满学研究丛书

赵志强　主编

满族书面文学流变

关纪新　著

中国社会科学出版社

图书在版编目（CIP）数据

满族书面文学流变／关纪新著 . —北京：中国社会科学出版社，2015.9
ISBN 978 - 7 - 5161 - 6370 - 2

Ⅰ.①满…　Ⅱ.①关…　Ⅲ.①满族—少数民族文学—文学史研究
Ⅳ.①I207.921

中国版本图书馆 CIP 数据核字（2015）第 147003 号

出 版 人	赵剑英	
责任编辑	郭沂纹	
特约编辑	沂　涟	
责任校对	韩天炜	
责任印制	李寡寡	

出　　　版	中国社会科学出版社
社　　　址	北京鼓楼西大街甲 158 号
邮　　　编	100720
网　　　址	http://www.csspw.cn
发 行 部	010 - 84083685
门 市 部	010 - 84029450
经　　　销	新华书店及其他书店

印刷装订	北京君升印刷有限公司
版　　　次	2015 年 9 月第 1 版
印　　　次	2015 年 9 月第 1 次印刷

开　　　本	710×1000　1/16
印　　　张	31.5
插　　　页	2
字　　　数	535 千字
定　　　价	108.00 元

目　　录

序

百年以来，种种的社会历史因由，形成了满学研究长期严重滞后的局面，迟至 20 世纪 80 年代，才得以较为顺利地展开。其中的满族文学研究领域，在为数不多的学者殚精竭虑的开拓下，取得一些重要成果，令广大学界改变了对满族文学视而不见、避而不谈的状态。

随着一批老学者们相继逝退，更为深入研究的重任，历史地落在了改革开放后培养出来的新一代学者身上。本书作者关纪新，即是代表人物之一。他从大学三年级起，就十分注重搜寻清代满族作家的文献资料，打下了扎实的历史研究基础，以后一直埋头于满学研究，出版了不少学术专著，尤以《老舍评传》《老舍与满族文化》等力作产生较大反响，遂被认为是当今满族文学研究领域中年学者的领军者。此项"满族书面文学流变"课题，是他罹患眩晕症时，天天在眩晕难忍、摇摇晃晃、举步维艰的病态中，所做的重大选择。这一选择，不仅需要克服常人难以忍受的顽疾所带来的痛苦，更需要具有极大的学术勇气。

研究探讨一个民族于 400 年间，运用母语与非母语所进行的书面创作的历史经验，是要有大气魄、大手笔，并须费大力气才能做的事情。纪新以恢弘开阔的学术视野、勇于担当学术史重任的坚毅气概以及顽强奋斗的意志，终于将厚达十三章的一本大书完成了。洋洋洒洒数十万字，秉笔直书，力透纸背，充分表现出敢为人先的胆识和难能可贵的激情，发出了前人所未发的论述，做出了更为接近历史真实的判断，进而承前启后地将近 30 年来的满族文学研究推到了一个新的高度。这是一部具有别样的深沉、别样的风格、现如今并不多见的满学新著。

在允诺为此书写序之时，我未曾想到，会写出如此赞许之语。但是，当接到书稿，于盛夏酷暑时节，远避在京北山区僻静之所，一章一章仔细阅读时，竟然像读到文学佳作那样，深受感染，三次为之落泪，两次拍案叫好！

这是一般学术著作不可能产生的效果，并非是出于偶然一时之冲动。三十多年中，与纪新亦师亦友，我能读懂这部书字里行间饱含的赤子深情，这书是他无所畏惧的拼命之作，是他用毕生研究之积累，为继承发扬本民族文化，所作的真诚、勇敢、执著的奉献。

最为难能的是，作者以敢于直面历史的严谨科学态度，突破学界长期存在的一言堂类型的文学史叙述模式。纪新一直强调"中华多民族文学的相辅相成、交相辉映，已然成为中国文学总体格局内不可缺少的一个重要环节"，极力主张"创建并确立中华多民族文学史观"；他认为研究满族文学，必须立足于满族"始终是与中华主体民族汉族之间，存在近距离社会交流与文化互动"这一基本看法。然而，由于满族作为一个有过特殊历史遭际的民族，谈满族文学，特别是要谈"流变"，也就必然会面对辛亥"驱逐鞑虏"革命后，国人已经习惯了的思维定式。怎么去看有清一代近 300 年的满族文学？怎么认识 100 年来政治风云变幻中的满族文学？怎么评价用母语创作以及大量用汉语创作的满族文学？如此等等许多难题，均曾经被歪曲、误解，甚至在全社会集体无意识之下，被通盘否定。许多史料，或被"革命"抹去、或被集体失忆。进行学术研究，必须以史实说话，纪新是中华人民共和国的同龄人，虽然其生也晚，却在进入满学研究的 20 世纪 80 年代初期，首先运用了多种多样的方式，尽心尽力地搜集着各种有关资料。

让我难以忘记的是，1983 年至 1984 年那寒冷的冬天里，我们天天到北京市东城区柏林寺破庙里的北京图书馆临时书库，借阅那里长久被封存的清代满族作家的专集，在没有暖气的大殿里，我们烤着火炉，用纸笔小心翼翼地抄写着，因为已经发黄变脆的书页，稍不经心，就会破碎……最终，我们出版了第一部《清代满族作家诗词选》（时代文艺出版社出版，张菊玲、关纪新、李红雨辑注）。后来，他还独自整理、点校出版了《八旗艺文编目》。这些，均为完成这部近 300 年的古代满族书面文学研究的书打下了坚实的基础。纪新又主编（兼撰稿）了大型学术图集《中国满族》，用照片与文字对照的方式，总体展示出满族的历史、风情、文化、人物。他还不辞辛苦地通过大量采访、查询、约稿等繁复工作，主编了《满族现代文学家艺术家传略》。

这期间，他以强烈的责任心，抓紧一切时机，进行口述历史性质的采访工作，如他因家庭关系，知悉一些中共中央的老革命家所谈及满族问题的意见，他都一一记载在这部书的注释里。更多的是利用参加会议的间隙，通过交谈了解到一些民国初年满人际遇的情况，例如著名教授唐圭璋的身世，大画家、"敦煌艺术守护神"常书鸿的幼年，京剧表演艺术家关肃霜的家教，等等，也都先后被他采访到，做了记录。这些长者接踵去世，他们的资料，稍纵即逝，再难捕捉，纪新用心良苦，情深意切，将这些历史当事人的口述资料保存下来，作为佐证，弥补史料的失阙。

而纪新如此大胆地秉笔直书，更是为了还历史一个公道。正因有了长期以来，从古到今的大量珍贵资料的积累，使他这部书中，在与曾被歪曲、误解的许多观点，进行针锋相对的论辩时，具有充分论据，产生强大说服力，使这部书的许多章节，别有新解，论点独特。

如第三章中，对纳兰性德的解读，就明显与历来学界观点不同。尤其是对于康熙朝满族文学第一轮辉煌中取得杰出成就的词人纳兰性德，"因何故'惴惴有临履之忧'"，纪新凭借满民族形成过程的确凿史料，认为"不像此前诸多学者所言，完全是叶赫纳兰与爱新觉罗间的宿怨"，而另从纳兰性德敏感的民族文化心态上，进行更深入的分析，指出："脚踩两种文化，也就不能不'惴惴有临履之忧'。这不光是纳兰性德当时的心绪，也是清朝统治者乃至于满民族彼时共有的焦虑。"本书作者这种参凭历史大背景进行民族文化的反思，贯穿于叙述《满族书面文学流变》这部书的始终。

又如，对于晚清时期小说家文康的《儿女英雄传》，学界颇有争议，针对种种指责批判，纪新有理有据地、用大篇幅详尽阐释了"它是首部直截了当、放开手笔地写满族社会题材的长篇白话小说"，"是一部清代文学史上通盘表现旗族生活场景无出其右的大制作"，"能够如实表现清代旗族自身民族意识和民族心理，同时又能准确地展示出那个时代之旗民关系"，《儿女英雄传》的艺术特长"差不多具备了为大众喜闻乐见之评书艺术的一切要素"，"纯用京语白话写成，实是一道京白语体艺术的丰美大餐"等观点。与激进派批判评论全然不同，纪新回到文康从事创作的本源，以不苛求的态度，说明了这位处于末世的旗籍作家："写得出来一部让读者爱不释手的小说，却又在思想层面上拿不出什么像样的新货色。"

历来，在学术史上，因时代不同、受到影响的思潮不同、研究者的身份不同，从而产生对待同一位作家、同一部作品见仁见智的评论，是常有的事，这里，纪新以其著作者的独立思考，从民族文化的角度，重新进行审视，提出他人难以反驳的新论，是可以成立的。

这部书，将400年来满族的书面文学流变，精心地设计成十三章，比较科学地加以分别叙述，每一章都努力从民族文化发展、民族审美追求、民族心理特质等各个层面，进行剖析，不但"把满族文学真的从社会历史的重重遮蔽跟民族文化的深深误读之中搭救出来"，更为弘扬中华多民族的灿烂文化做出了新的开掘。全书涉及作家、作品之多，引用资料之丰富，已为以往满学研究所不多见。

其中对《红楼梦》和老舍作品的论述，更以罕见的新颖观点，成为这部书中不可不读的最精彩章节。

纪新明确指出："不懂满学，您是很难研究透彻《红楼梦》的。"在他倾力写作第六章"经典复读——红楼梦醒托大荒"时，一次来电话，告诉我说："要说《红楼》了，有说不尽的千言万语，真是在用'心'来写！"现在，当我读到这部书最长的这一章节时，全然没想到他竟用了如此充满感情的笔触，向读者解说道："曹雪芹写作《红楼梦》，在中国文学史上原本就具有一重特殊性，那本是一位由满族社会走出来的文学家，在书写一个在清代独特历史景况当中满洲豪门世家的故事。"纪新仍然是出自"参凭于历史大背景的民族文化反思"，仔细说明《红楼梦》"堪称是鲜活完整地描摹出了彼时满洲贵族生活的大千样况"；指出"从满洲的'家奴'及'家生子儿'现象，来重新梳理贾府发生的故事，来用心体察雪芹写书的初衷，与我们用一般的社会学、阶级论的方式来机械解读，结果怕是不尽一致"；又指出，"《红楼梦》借宝玉之口道出的男女性别观，是作者雪芹对满洲特殊性别理念的一次能动的归结与提升"；还举出种种事例，让读者充分了解，"雪芹隶属满洲，谙熟于满洲，并且是在丝丝入扣地写他的满洲故事"；介绍到主人公贾宝玉时，他更是异常动情，不拘论说文的体裁格局，以诗意般的散文风格写出长长一大篇文字，连用八次"那宝玉"，作为每段叙述的开头语，犹如行云流水一样，畅快淋漓地道出了：雪芹"陷于一种无可排解的民族历史文化幻灭感，将笔下所书各项悲剧线索彼此互构，皆由民族文化之折冲来解释。于是，他追觅，他痛悔，他反省，他彻悟……"最后，他不同意当今"红学"最流行的说法，陈述道："笔者不能苟同的，是把雪芹和宝玉生硬地推到封建时代'反叛'的位置上，却以为，把他和他的男主人公看成是一种充斥悲情的文化英雄，会更恰当些。"……如此一系列独特的议论之后，纪新谦虚地说，权只当作"发微于满学视角的一家之言"。而我相信，那是会引起红学界的重视与关注的。

自从进入满族文学研究领域起，纪新即开始潜心研究老舍，他深知"作家老舍，是满族现代文学的杰出代表"，发表过不少博得学界好评的学术研究著述与文章。在这部书里，有关老舍，依然是分量很重的章节。纪新深入挖掘着老舍的巨大成就，说："历史延续到20世纪，挑中了京城旗族的后来人老舍，把他锤炼成这一既定传统的现代继承光大者；而长久以来，八旗下层官兵为艰辛生计折磨，也使他们逐渐养成了在悲苦境遇之下讨取生活乐趣的习性，这为老舍笔下'泪中含笑'的民族审美习惯，备下了社会与文化前提。"他高度评价："《骆驼祥子》是集老舍多项艺术优势于一身的作品，也是使老舍最终确定创作道路和艺术风格的代表作。30年代的中国文学界借此重新发现老舍，老舍也因而奠定了中国新文学最优秀作家之一的位置。《骆驼祥子》这部现代庶民文学永不褪色的经典之作，与茅盾的《子夜》和巴金的《家》鼎足而三，共同托起了中国现代小说艺术殿堂的巍峨拱顶。"而纪新对新中国成立后老舍创作的话剧《茶馆》和小说《正红旗下》，更评之是"对满族文学史册呈上的无价瑰宝"。有关《茶馆》，他写了一段饱含凄苦之情的论述，字字血、声声泪，使我为之动容。这里不吝篇幅，全文录下：

　　让满族作家老舍的民族心理备受折磨的问题，大概莫过于自己的民族，被普遍地看成是个缺乏爱国精神、不乏卖国记录的民族。事实上，满民族从来就不曾将自己置身于中国以及中华民族之外，"我是旗人，但旗人也是中国人"的观念，在他们那里，历来都是从精神到言行的基本准绳。

　　"盼哪，盼哪！只盼谁都讲理，谁也不欺负谁！可是，眼看着老朋友们一个个的不是饿死，就是叫人杀了，我呀就是有眼泪也流不出来喽！松二爷，我的朋友，饿死啦，连棺材还是我给他化缘化来的！他还有我这么个朋友，给他化了一口四块板的棺材；我自己呢？我爱我们的国呀，可是谁爱我呢？看，遇见出殡的，我就捡几张纸钱，没有寿衣，没有棺材，我只好给自己预备下点纸钱吧，哈哈，哈哈！"

　　这一番酸楚无比的话语，出于一位黑暗世道下面行将惨死的老旗人常四爷之口，字字句句蘸着血泪。它是旧中国满族民众凄苦之至的告白，更是满族文学巨匠老舍为自己那些亲近而又无助的同胞们，所留下的最切肤的体认和最真诚的代言！人之将死，其言也真，一个民族原本具备着与史俱来的爱国情愫，到头来，却要他的每一个成员背负"卖国"的弥天罪责，实为扬四海之波也洗不清的大冤枉。常四爷在告别人生前夕已是万念俱灰，所耿耿于怀者独独是这样一桩大事——"我爱我们的国呀，可是谁爱我呢？"这实实就是满人带着自我临终关怀性质的"天问"。

读着读着，我感到"在他笔端腾跃着的，是急切呼唤民族自尊自强的生命之火"；仿佛又看到，多次在一些小型会议上、或少数挚友聚会时，纪新与他的同胞一起，"切磋一番自己民族的古往今来，说到动情处，热血上涌，眼圈发红"。

正因如此，纪新面对以往文学史视而不见、避而不谈的清末民初与伪"满洲国"两大历史时期的满族作家、作品时，是以大量的实证资料，第一次让读者充分了解到，在辛亥鼎革之际满民族底层大众的被侮辱与被损害的悲情人格，以及在中华民族危难时满族抗日志士的爱国气节。

他最先介绍说："暮清时节，在文学艺术界内毅然表达与清廷旧制决裂的满洲名人，则首先当推汪笑侬和英敛之。"接着，又系统举出一系列的旗族报人小说家如蔡友梅、王冷佛、穆儒丐等人，在京城小报上连载的京话小说。对发出"谁教赶上这国破家亡的末运"叹息的穆儒丐，有更为详尽的分析，纪新以人类的良知、民族的自尊，十分沉重地告诉读者："在当时的北京城里，男人拉车或者去当个街头巡警，女人卖身，这是当时凄惨莫名的旗族困苦家庭最常见的谋生方式。"儒丐的社会小说《北京》"对男人拉车的艰难只是一笔带过，而对于八大胡同乃至'三、四等下处'人间魔窟的真切刻画"，"最令人不堪卒读"。随后，纪新深刻指出："《北京》提供了一个如此难得的文本，我们姑且以它为标本，来剖析一下这个败得一塌糊涂的民族在落败的当口的思想与作为"，于是，他郑重表示："满族人从来就极讲究为人的尊严和体面"，"一旦走进民国初年的噩运，他们的尊严跟体面却面临重创，像德三那样的昔日摔跤能手拉了洋车已经感到无颜见人，如秀卿似的清白女子被逼无奈去八大胡同卖笑度日，其感受的人生耻辱更是无以复加，当读到秀卿以一袭傲骨迎击浊世欺凌却至死不悔……每一位心存良知的读者，却不可能不为旗人女儿这份用生命浇铸的人格自尊和刚烈禀赋而动容。"

后面，当介绍到抗日烽火中的满族作家时，纪新这个东北抗日老革命家的后代，则激情洋溢地叙述了为祖国、为民族而庄严写作的端木蕻良、舒群、李辉英、马加、关沫南、金剑啸、田贲等一大批优秀的东北满族青年作家，指出："当'救亡图存'成了中华民族面向世界发出的最后吼声时，也成为了包括满族在内的各族群作家笔下空前一致的主题"。纪新称颂他们所取得的成就：

> 20世纪30至40年代，祖国东北的黑土地上，成长起来了多位满族青年作家。他们秉承自己所珍视的民族节操，用心血用生命，谱写出轰鸣于白山黑水、响彻到神州大地的爱国交响曲，不仅他们的诗文创作业已化为了中国现代文学宝库中的无价珍宝，他们身上与笔下腾跃着的精神理念，也为自己所代表着的那个民族争得了荣光。
>
> ……
>
> 可以告慰于祖国母亲并且也可以告慰于本民族先人的是，满族贡献出来了自己齐刷刷的一批优秀作家，在以文学作品为评判依据的大时代考场上，他们提交了优异的答卷。

纪新热爱老舍，敬重老舍，多年来一直尽心研究，力图将老舍作品的巨大价值，最深、最透、最到位地挖掘出来。他最为看重的，是老舍强烈的民族责任感，作为作家，老舍用沉思的笔，写下了富有哲理的反省，在引述老舍《正红旗下》所说"二百多年积下的历史尘垢，使一般的旗人既忘了自谴，也忘了自励。我们创造了一种独具风格的生活方式：有钱的真讲究，没钱的穷讲究。生命就沉浮在有讲究的一汪死水里"之后，作者说："老舍热爱自己民族，他敢于拿本民族的历史疮疤给人看，正是作家对民族往昔痛切检讨的证明。""老舍写《正红旗下》，何尝不是要表达对满族那段特殊历史遭逢的思考。""他在《正红旗下》里，更具体地检讨了满民族的历史滑落。检讨民族历史，自谴民族劣根，是长久落在民族精英阶层肩头的任务，它对有心寻找出路的民族来说，是件要紧的事。"所以，当谈到新中国成立的"十七年"文学时，纪新对《正红旗下》的评价是："《正红旗下》的思想、艺术和社会认识价值，是异常厚重的。这部未完成的作品，充分显示了老舍晚年文学功力的炉火纯青。它，是老舍艺术和满族新文学的——绝唱"。接着，纪新语重心长，用了这样一句话作结："哦，'十七年'间，亏得还有老舍"！

这部书的最后两章，纪新是以乐观、兴奋的心情来书写的。随着国家的民族文化政策的开放，随着中华民族整体包容精神的大幅度拓展，满族历史和现实地位正被重新认识，满族的民族心理越来越明朗舒畅地表露出来，从

20 世纪末到 21 世纪初，在中华多民族文学竞相繁荣的全景视野内，具备优良而厚重文化传统的满民族之文学家们，当仁不让地、豪迈地书写自我，取得一系列令世间目不暇接的成功，纪新称之为"出现了有如'井喷'现象"。于是，他如数家珍，将自己的父老乡亲、兄弟姊妹们，30 多年间在文坛先后出现过的各个年龄层的众多满族作家、作品，一一做了评介，并且满怀深情地说：满族作家们对本民族的爱，有着别样的深沉。他们怀着赤诚的情意，弘扬民族精神中的优质，超越民族性格中的杂质，去完成民族价值观的必要修正。

　　同样是以大半生精力从事满族文学研究的我，对此书稿前前后后用了近一个月的时间来阅读，被它深深吸引着。

　　对于过去、现在与将来，我坚信该书著作者的如是体验："一个民族，其价值存在的永恒，无论怎样去看，都将与它相濡以沫的、忧郁歌者的沉重吟哦，互为因果。这也就是满族文学的世纪行吟，继续要和流光溢彩之外的若干冷色相伴相随的道理。"

张菊玲

2011 年 8 月 2 日，于京西蓝旗营

自　序

检读满族书面文学进展的历史，可以看到，有那么两个颇重要的特征，在这部族别文学史册上一直体现着相辅相成的存在：其一曰"流"，其二曰"变"。没有自己特别的"流"，或者没有自己特别的"变"，满族文学个性化的历史都将不复存在，自然也就不能谈及满族文学对祖国及人类文化的奉献。这，是笔者多年来治满族文学学术的基本心得之一，也是之所以要将这部书稿题目确定为《满族书面文学流变》的因由。

20 世纪前期，满族及其历史文化的命运出现了大转折。新兴资产阶级领导的辛亥革命摧毁了清政权，终止了中国漫长的封建时代，显示了前所未有的社会进步意义。不过，这场革命难以避免的负面效应也随即反映出来，不单中国社会半殖民地半封建的基本性质未能随着政权鼎革获得质的改变，对中国历史和文化做过诸多积极贡献的满洲民族，亦在一场全社会的集体无意识之下，被通盘否定。在民族歧视情绪风行于世间的过程中，满族承受着在舆论上与生存上为后世难以想象的双重挤压，整个民族险些从人们的视野当中被抹掉，他们的文化遭到人为的忽略与遮蔽，便是极自然的结果。

20 世纪后半叶，新型国家体制破天荒地重视起国内不同民族优秀传统文化的继承光大。在各个兄弟民族纷纷发掘、梳理民族传统并在新的基点上将之引向繁荣的形势鼓动下，满族自身有价值文化的拯救、甄别、阐发、彰扬，也被推上日程。

然而，满族作为一个有过特殊历史遭际的民族，其文化传统的重见天日，远不是一件说说就能办到的事情。

在 20 世纪 80 年代初，人们重新谈起"满族文化"概念的时候，这个概念因为与人们的久违，已经教世间感觉陌生和茫然。满族还存在吗？满族文化还存在吗？除了彻底地"汉化"而外，满族文化还有其说得出来的特点与价值吗？再耗费艰辛去寻觅那逝去的满族文化韵律还有现实意义吗？——统统都是教大家备感疑惑的地方。还有，毋庸讳言，由于世间对满族这个民族的矮化、丑化乃至于妖魔化的时日较久，从都市到乡间，满族文化被视为"封建文化"、"腐朽文化"、"反动文化"，一任反复荡涤，在相当多的情况下，当搜集研究者走入满族的群体、民间以及世家，展开自己工作的当口儿，所接触对象们因心有余悸，顾左右而言他甚至是谈"满"色变者，远非个别；同时，可以估算到的本该保有满族文化及文学资料的场所，多曾遭到过历次政治运动的洗劫，种种史料烟消云散的情形亦不难想象。

是的，满族文化传统被遮蔽、被误读久矣。再去讨问其历史责任已经不可能并且无意义。重要的是，如何凭借我们的努力，比较真切比较科学地重新复原传统、阐释传统，让传统在今日之社会文化生活中体现其自身价值。

无疑，这是一条修远、曲折、坎坷密布的路。

将近 30 年过去了，今天我们似乎可以说，经过为数并不太多却差不多是整整一代学人的戮力探求，满族文化这一在很长时期内为世人难解其详的传统事相，再度比较清晰地呈现出了它的原来轮廓。

笔者身为"满族文化—满族文学"研究方面的一个长期从业者，理所当然地应为时下本领域的诸多成果而感到快慰。

单就满族文学而言，我们现在已经拥有了一二十本专著和数百篇专论，以显示出身后的研究业绩。满族文学作为中国境内一个具体民族的文学，其潜在的价值正越来越确切地被凸显出来。30 年前那种怀疑抑或忧虑满族文学研究有否意义的说辞，现在已经不像以往那么随处可闻了。

可是，在充分认定这一领域系列成就的同时，还是没有理由将乐观放大。相对于满族先民及其作家们所留下的大笔口承的尤其是书面的作品，已有的研究也许还仅仅是让那冰山的一角刚刚浮出水面。在问世的研究专著与学术论文当中，严格地讲，切中满族文化个性规律、弘扬满族文学独特张力的高妙论述，毕竟仍只是凤毛麟角。今日的满族文学研究既然已经迈过了起步阶段，就应当更有效地超越以皮毛式的展陈演示，来泛泛地壮声势护门面的无谓程序，真正走上理解满民族审美追求、贴近满民族文化心音、释放满民族精神律动的道路。

虽说是满族文学的研究已经起飞，事实上，我们也还时常感到，一些最初就伴随着这项研究而生的基本问题，一直在如影随形地跟随着研究者。例如，满族的绝大多数作家文学作品都不是用满文而是用汉文写就，只此一点，就足以让满族文学怀疑论者继续无休止又振振有词地说下来。这几乎成了满族早就彻底"汉化"的确凿证据,成了类似"魔咒"一般束缚满族文学研究长足发展的障碍。于是,进一步的推理也便形成:既然语言运用上没有了民族自我,还研究它做什么呢?——换句话说,满族文学研究,俨然是一门"伪"学术。

是了,要想把满族文学真的从社会历史的重重遮蔽跟民族文化的深深误读之中搭救出来,眼下可能仍然还处在一个需要"迈步从头越"的新起点。我们离那庆功奏凯的时刻还远得很。

学术研讨,在不少情况下是可以见仁见智、多元并行的。观察和诠释同一事物,也是可以启用不同视角的。笔者选择"流"与"变"这两把钥匙,来开启这方上下几百年整合而成的满族文学"黑匣子",得失成败,亦未可知。

在我看来,任何在人类文学史册上面成功的、为人们推崇的族别文学,都不能不是"流"和"变"二者的完美结合:"流"是指的它脉络清晰与自成一格,成就为或者接近成就为特殊民族的特殊文学流派;而"变",则是指的它敢于探索创造,善于标新立异,在永不知足的流脉变通中随时涌现有价值的新生长点。

发轫于 17 世纪初期的满族书面文学,在我看来,恰恰兼具着这样的两个特点。而一旦确认了这样两个特点的存在,有别于他民族文学的满族文学的存在,便是符合逻辑和可以给予正面判断的。

这部奉献给学界师友们的书稿,是我对于这一谈不上"发现"的发现,一些不很成型的解说。

既然已经不揣冒昧地把书稿写了出来,也罢,那就再不揣冒昧地写上一篇"自序"。

真心等待着的,是师友及读者的批评。

本书作者 谨陈
2011 年 5 月 1 日

引　言

　　这本书所要讨论的，是满族书面文学的流变问题。因为涉及满族作家文学的总体发展脉络，所以也会带有些许的文学史性质。

　　依笔者蠡测，满族及其文化、文学，大约是广大读者普遍觉得有所接触而实则相当陌生的事物。故而，在本书正文的前面，还是有必要将有关的背景资料作些简要交代。

　　在目前中国这个多民族国家内，满族，是一个既十分古老又异常年轻的民族。说它古老，自非妄谈，有关它的先民生息活动的确切记录，早在中原先秦时代的文献当中即已出现；而说它年轻，也是实言，它的确切"问世"是有史料可鉴的，是有具体日期可以认定的——这跟古今中外绝大多数民族已难考其形成之日的情形迥然有别——那就是明朝崇祯八年（公元 1635 年）的农历十月十三，后金政权大汗（亦即随后不久改国号"金"为"清"的皇帝）皇太极通过颁发谕旨，正式废止旧时"女真"（又译为"诸申"）族称，将本民族的族名定为"满洲"。

　　就民族学界的认定，满族属于阿尔泰语系满—通古斯语族满语支，其先民是东北亚地区最古老的土著民中的一部分。远在我国中原地区的舜、禹时代，满族的初民肃慎人，便以自己独特的文化形态，生活在祖国东北松花江以东至牡丹江流域的广袤地域。

　　成书于春秋时期的汉文典籍《左传》中，曾有关于"肃慎、燕亳，吾北土也"的记载，证实了满族初民很早就与中原地区有着联系。随后的肃慎后裔、满族先民，又曾以挹娄（秦汉时期）、勿吉（南北朝时期）、靺鞨（隋唐时期）和女真（宋金元明时期）等称谓见知于世。

　　在公元 6 世纪末至 11 世纪初，靺鞨族的粟末部融白山部及高丽遗民，曾经在今吉林一带建立国力颇强的"海东盛国"渤海国，经济文化直追中原同时代的盛唐。到了公元 12 世纪初，由女真贵族完颜阿骨打创建的金朝，又曾立国一百二十余年，与南宋、西夏在中国版图上鼎足而三，其疆域东北至日本海、鄂霍茨克海及外兴安岭，西北到今蒙古国，西与河套、陕西横山和甘肃东部与西夏接壤，南边以秦岭、淮河与南宋交界。在金世宗和金章宗在位时期，其辖域内还呈现过为史乘所夸赞的盛世景象。

作为肃慎后裔至满族先民的民族成分，其历史性地展开，有些复杂变数，或者换句话说，并不是"一线单传"的。"渤海国"解体后，粟末靺鞨人失散，有的进入朝鲜半岛，离开了女真群体。靺鞨人的另一支——经济文化原来并不发达的黑水靺鞨，则成了日后金代女真群体的基准先民。及至金代被元朝瓦解后，已经进入中原的金代女真人也多数分散于关内的冀鲁豫广大地区，融合到了当地的汉民族中间，真正返回东北故乡的并不多。

而明代东北地区的女真人，则又是后来重新再由松花江下游和黑龙江流域成长壮大的、先前发展更其滞后的女真群体，他们才是满族的直系祖先。

虽说"渤海国"的靺鞨人和金代的女真人都未成为满族的直系祖先，但是"渤海国"和金代由肃慎的不同族裔成分所留下的令人炫目的经济文化史实，却从另一个角度，证实着一个潜在的历史逻辑：白山黑水间肃慎古族的流脉所具备的精神创造力和文化爆发力不容忽视。历史上一切有作为的民族，尤其是其中一些中小民族，他们要在大民族的历史威慑与制约下，都不外乎是客观机遇与主观能力的高度结合。历史机遇一旦出现，能否抓住，是民族主观能力的集中显示。这种主观能力，既包括族群自身力量的充分蓄势，也包括着族群领袖人物对于稍纵即逝的历史机遇予以及时捕捉掌控。因此，假如说肃慎后裔在"渤海国"时期和金代的两度崛起与兴盛，已经为肃慎古族的另一流脉亦即明末女真 - 满洲，在中华封建历史的末叶横空出世，再造出一段东方帝国的辉煌，埋下了伏笔，也许就不为过分了。这一东北亚地区的古老族群，一向富有创造力和自决精神，果敢粗犷勇于承当，又具有非凡的文化想象力和实践精神，他们在并不多得的相似历史境况下，完成着一浪高于一浪的进取和成功，内里想必存在着某种客观的必然。

明代由松花江下游和黑龙江流域新崛起的女真人，分批先后南下，形成了包括建州女真、海西女真和东海女真的女真三大部。万历年间，女真各部蜂起争雄，战乱不已彼此残杀，民众蒙受极大痛苦。1583 年，建州女真部的年轻首领努尔哈赤，兴兵举事，顺应历史趋势及民心所向，肩负起了统一女真各部的重任。此后，在努尔哈赤和皇太极父子两代的率领下，经过长达数十年的艰苦斗争，建州女真不但统一了女真各部，而且征服了邻近的蒙古和朝鲜，击溃了明王朝派来围剿的强大兵力，为夺取中央政权奠定了坚实基础。在此过程中，努尔哈赤创立了使本民族兵民一体的"八旗制度"；皇太极则公开宣布更改女真旧族称为"满洲"，还将所用国号"金"也变更为"清"。皇太极之所以要为本民族重新命名，是出于目的与策略相结合的选择。随着政治军事的推进，其民族成员结构发生了较多变化，在原有的女真族固有成分继续占有决定性大比例的同时，来自不同方向上的其他民族人员成分也明显地加大了比重，用"女真"旧称来统括这一新的民族共同体开始显现出了其多少有些名不副实，以新的族称来指代扩大了的民族共同体，已被提上历史日程。于是，皇太极以女真民族为主体，吸收周边若干追随其族群政权较久且女真文化习染较深的汉族、蒙古族、朝鲜族等民族成分，建构起来了一个新的民族共同体——"满洲"。在努尔哈赤时期，曾沿用历史上的"女真"民族和"金"政权的称谓，而这两个称谓在中原人们的记忆中是敏感的，为了消解夺取中央政权的民心阻力，更多地化消极因素为积极因素，至皇太极时期，修正本民族形象以适应形势需求，不失为一项明智的选择。当然，此更改族称之举，也展现出了实施者对他民族文化的包容和认同倾向。古今中外，出于这样一些考虑而主动顺应历史需要而变更族称及国称者是罕见的，满人的历史智慧由此可见一斑。自此，满洲人的确不再一味强调自己与金朝以及女真人的历史渊源关系，而表现出一种比以往更加贴近中原文化的积极姿态。日后，人们也不再会轻易地将女真族和满洲族的概念混淆，因为二者不仅已经各自带有其时序所系的不同规定性，而且，就构成人员的成分来看，彼此也已经存在了某些各自的特质。

　　"满洲"①，是一个满语单词的音译，原来并不是地名。而"满族"只是"满洲族"在20世纪中后期才渐渐使用起来的简称。不过，后来世间有些人习惯于以"满洲"来代称满洲民族的故土东北地域，国外的史学界似乎更为习惯于这样做（他们的又一个称谓选项是习惯于用"旗人"来指称满洲民族），"满洲"概念也便出现了一点儿歧义。

　　公元1644年，由满洲贵族执掌的清政权入主中原，定都北京，并迅即向全国推进，开始了中华历史上最后一个大一统封建王朝——清朝统治中国268年的历史。清代的满人常常被世人称为"旗人"。其实，所谓"旗人"

---

　　①　"满洲"一词，起初据说是有着梵文"妙吉祥"之意，因为更名"满洲"之际，该民族上层已经出现了佛教信仰。

原本是一个大于满人的称谓。在有清一代，"旗人"是对被编入满洲八旗、蒙古八旗、汉军八旗兵民一体化组织中的人口的总称。努尔哈赤与皇太极在筹划进取中原的时候，将满洲民族的全体青壮年男性，都收进了军队之中，把他们分别划入以八种不同样式旗帜为标识的八个方面军。这八个方面军，即被称为镶黄旗、正黄旗、正白旗、镶白旗、镶红旗、正红旗、镶蓝旗、正蓝旗。① 后来，随着政治军事推进的需要，又仿照满洲八旗的编制和识别方式，建立起了蒙古八旗和汉军八旗。三个八旗的军事组织，自建立起的二三百年间，曾在创立清朝、巩固政权、维护祖国统一、保卫人民安定生活等方面发挥了重要作用。

17世纪的中华大地上诞生了一个洋溢着蓬勃生机的清王朝，它内成一统，外拒强寇，使本已急剧滑落的中华封建末世，又奇迹般地出现了长达一个半世纪的"康雍乾盛世"，给民众以在安定富足中繁衍生息的一个较长时间，中国人口迅速地从大约7000万，猛增至40000万。同时，中国辽阔版图之上的众多不同民族，前所未有地产生了中华多民族乃是休戚与共之一体的观念，为日后现代意义上的中华国族的形成，做了较为扎实的心理预设。人们可以试想，如果没有满族杰出人物和八旗劲旅在清前期的戮力经营，从而达成清中期国富民盛、各族一体的稳定局面，后来的中国，怕是难以渡过帝国主义列强蜂拥而上，妄图瓜分、灭亡我文明古国这一道险关的。

随着清初定都北京建立统一的中华大帝国，原先在东北地区的满族人入关者占本民族的十之八九。按《八旗通志》记载："自顺治元年，世祖章皇帝定鼎燕京，分为八旗，拱卫皇居：镶黄（旗）居安定门内，正黄（旗）居德胜门内，并在北方；正白（旗）居东直门内，镶白（旗）居朝阳门内，

---

① 起初只有以黄、白、红、蓝四色为标识的四种旗帜和四个方面军，后来随着军队的扩充，四个方面军扩充为八个方面军。新出现的四个方面军，便在原有的黄、白、红、蓝四色旗帜上分别镶缀上其他颜色的边，作为各自的标识。这样，先前分别以黄、白、红、蓝四种单一颜色旗帜为标识的四个方面军便称为整黄旗、整白旗、整红旗、整蓝旗，而后来加上了镶边的四色旗帜为标识的四个方面军，则分别称为镶黄旗、镶白旗、镶红旗、镶蓝旗。满人初学汉文书写时，常做些删繁就简的事，他们嫌"整"字笔画烦琐，往往将它简写作"正"，不了解原委的人们后来经常把整黄旗、整白旗的"整"字由汉语"zheng"音的第三声误读成第四声；更有甚者，后来书写时也有嫌"镶"字烦琐而写作"厢"的（至今京郊一带某些地名即如是），更造成了又一层的误解：以为"正黄旗"必是高于"厢黄旗"（因为"正中"该居于"两厢"之上）……其实，八旗顺序以镶黄旗为首，之下才是整黄旗等。

并在东方；正红（旗）居西直门内，镶红（旗）居阜成门内，并在西方；正蓝（旗）居崇文门内，镶蓝（旗）居宣武门内，并在南方。盖八旗方位相胜之义，以之行师，则整齐纪律；以之建国，则巩固屏藩，诚振古以来所未有者也。"① 在三个八旗被严整地部署驻守于京师内城（大致相当于后来的东城、西城两区）四方八隅的同时，旗人以外的所有民人（包括汉、回等民族的官、民、商贾各色人等），均被搬迁往京师南城（大致相当于后来的崇文、宣武两区）居住。

随着清初百年左右的平息国内敌对势力、荡平三藩、收复台湾、反击沙俄入侵、扫除准噶尔叛乱等战争的需要，八旗将士被一批批地派往国内各地作战与驻防。至乾隆后期，全国各地八旗驻防已有130多处。满族人由是而广泛地分布于全国广大区域，在西安、太原、银川、乌鲁木齐、伊犁、成都、广州、福州、杭州、德州、青州、荆州、库伦、西宁和西藏等地，都设有八旗驻防。清代乃中国有史以来有效管辖版图最为广阔的历史时期。② 中国今天的版图，基本上是在清代确定下来的。③ 清初百年间，我国幅员辽阔，北至外兴安岭，南达南沙群岛，东起库页岛，西临葱岭，都受到切实有效的管理辖制，国土面积高达1250万平方公里。在有清一代近300年间，满族将士为维护国家利益前赴后继英勇参战，付出了极大的民族牺牲。除上述清代初年的战事以外，中期尚有扫平准噶尔叛乱、平息回部叛乱、抗击廓尔喀贵族入侵西藏等战事；后期又有两次反抗西方列强入侵的鸦片战争和反抗八国联军入侵的战争。在这些战争中，满族官兵壮烈殉国的事迹比比皆是，史书上多有记载。

在入关之后，满族又出现了一批杰出人物，早期的多尔衮、孝庄皇太后，和稍后的康熙、雍正、乾隆三代帝王，都在清代的历史上发挥过重要作用。中原地区的先秦文献《战国策》中有《触詟说赵太后》文，认为历史上一向就有"君子之泽，五世而斩"的铁定规律，而满族的领袖人物从努尔哈赤、皇太极肇始，连续数代奋发图强，成功地逸出了这一规律的制约，不

---

① 《八旗通志初集·卷二·旗分志二》，见鄂尔泰等修：《八旗通志》第一册，东北师范大学出版社1986年版，第17页。

② 元朝的蒙古军团曾经在其鼎盛时代横扫欧亚大陆，但是并没有在占领过的大多数地方建立起有效的管理机构，所以元代的中国在国家版图上并没有太多地增加。清则不然，其前期在征讨周边地域的过程中，贯彻了步步为营的方针，每得一地，必建立地方管理机构，使版图所有有效化。

③ 毛泽东、周恩来等中华人民共和国的领导者，都对此有过肯定的表述。

能不说是一个历史性的奇迹。此外，由八旗满洲中间涌现出来的良将、贤官以及其他方面的优秀人物，也是不胜枚举的。① 清代满族以小民族而打天下坐天下，岌岌然如履薄冰，他们须不断调整和修正自己的形象，尤其是自己的道德形象须经得起世间评说。清朝君主们就自我修身的优良程度来看，在历朝历代中间都是数得着的。

　　八旗制度是伴随着满族的崛起而出现的，这种制度曾经铸造了一个磅礴进取的民族，推出了一个辉煌耀眼的时代，维系了一个虽属于封建末世却空前统一繁荣的大中华。然而，其制度自身，却孕育着难以排解的内在危机。八旗制度是清代始终贯彻的制度，对旗人们的约束是相当严苛的，它把世代的旗人严格地圈定在当兵吃粮饷的唯一人生轨道里，禁止他们从事除当兵之外的一切职业，不许他们做工、务农、经商以及从事一切其他职业，这虽然有助于政治基石的牢靠，防止了旗人与民争利，但是，也造成了创建此制度的人始料不及的社会难题。从雍正年间起，"八旗生计"问题就见出端倪，其后愈演愈烈，统治者煞费苦心力图解决它，却终告不治：旗人"人口大量增加，而兵有定额，饷有定数，既不能无限制地增饷，又不能放松正身旗人参加生产劳动的限制"②，于是，补不上兵缺的旗籍子弟越来越多，只好眼睁睁地失业赋闲，成为既没有营生也没有收入的"闲散旗人"（满语叫作"苏拉"），这就不仅导致了许多下层旗人家庭日益明显地走向贫困化③，还使入关之初异常精锐剽悍的八旗劲旅，失却了农商技能，滋生了惰于劳作、荒于嬉戏的积习。因此，正是八旗制度本身，后来给坚持这一制度的满族带来了灾难。八旗下层人口在贫困线上的苦熬与挣扎，上演了一代又一代。而最为悲哀的是，到了辛亥之后，世代远离农桑工贸等谋生技能的满族人，陡然间断绝了作为世袭军人所得的报酬——钱粮，又逢全社会的舆论和环境都对他们极为不利，八旗制度制约下的末代旗族百姓，便比他们的先人严重许多倍地承担了这种历史制度产生的惩罚与报应。所以，说满族是"成也八旗制，败也八旗制"，不无道理。

---

　　① 可参阅《清代八旗贤官》（滕绍箴著，中国社会科学出版社 1992 年版）等史学著作。

　　② 《满族简史》编写组：《满族简史》，中华书局 1979 年版，第 109 页。

　　③ 清军入关之际，因军事需要，满人男性 16 至 60 岁（或者身高 5 尺以上）者，均须应征入伍，成为甲兵。按照八旗制度规定，被挑为甲兵的旗人可按月领饷。饷分为两种，一种是银，一种是米，统称为"钱粮"。而钱粮是只发放给甲兵的，未经挑甲的闲散旗人以及妇女是没有饷的，他们只能靠家中被挑上甲丁的旗兵的钱粮来养活。而饷到清代的中后期，下层旗人家庭中不能被挑上甲丁的闲散旗人愈多，这些家庭的生计问题便愈发地严重。

至 20 世纪，满民族经历了沧桑巨变。中国近代史上发生的辛亥鼎革，其重大的政治意义与历史意义，是自不待言的。这片国土上经历了过于漫长的封建帝制，从公元前业已肇始，其后绵亘不绝，一直持续到 20 世纪初叶，早已严重桎梏了这个国家经济的发展、思想的追求、社会的进步。清代末期，以孙中山为代表的志在铲除中国封建帝制、以民主与共和为理想的资产阶级革命派，登上了政治舞台，他们迅猛地发动民众，推翻了最后的封建帝制，历史功绩盖莫大焉。

封建时代在中国的寿终正寝，本是大势之所趋，历史之必然。不过，最后的王朝偏偏赶上了是由一个少数民族所建立的政权，这却多少带有某种历史的偶然性。这点偶然性，切切实实帮了发动辛亥革命的资产阶级革命党人一些忙。在中国，封建帝制堪称根深蒂固，"普天之下，莫非王土；率土之滨，莫非王臣"，百姓们历来把"忠君"与"爱国"混为一谈，一向缺失反封建的意识与精神，要动员他们投身于推翻封建王朝的"民主革命"，殊非易事。新生资产阶级革命派在整个中国封建势力面前所体现出来的势单力孤，是显而易见的。在当时的中国，保皇党康、梁等人要搞资产阶级君主立宪，尚且难以推进，要以革命手段彻底埋葬帝制，更是难上加难。

让这一难题得以化解的"捷径"被找到了，那就是种族革命。清朝皇帝是来自于这个国家主体民族之外的一个异民族，而"尊王攘夷"与"非我族类，其心必异"，则从来就是华夏民族的正宗思想传统。要在一个主体民族人口占有压倒优势地位的国家，做一番号召大民族民众合力推翻小民族中央政权的"种族革命"动员，比较鼓动民众觉悟起来一道向封建王朝造反，就要简单和方便得多。何况此时的"大清朝"早已丧失了二三百年前的虎虎生气，船坚炮利的西方列强步步进逼，更让这个依旧沉溺于古典做派的颟顸帝国从内而外都呈现出"残灯末庙"的征候；再加上在"八旗生计"问题多年困扰下旗族生活的全面落寞，酿成八旗将士中相当一部分人显现出不同程度的精神蜕变乃至心理异化，也为革命党人否定旗族提供了客观依据。对"驱逐鞑虏，恢复中华；创立民国，平均地权"这一资产阶级民主革命的纲领，人们在较短的时间里面就接受了，然而他们普遍只是动情于鼓动种族革命的前八个字，而把更重要的带有民主革命性质的后面八个字置于脑后。这种带有严重偏颇的策动，得到了颇为广泛的呼应。于是，"忽喇喇似大厦倾"，本已相当衰败的清政权，几乎是在顷刻之间便息影于世间。

历史常识告诉人们，许多呼啸而至席卷世间的大规模社会行动，都难以避免它的两重性。由先天不足的中国资产阶级发动的辛亥革命亦莫能外。以往，人们多从这次革命的不彻底性上，来检讨它的先天不足，指出辛亥鼎革的结局只是做到了从形式上终结了封建王朝的存在，却未能从根本上解除中国半殖民地半封建的性质。这固然当属的论，但是仍嫌不够全面。因为从民族关系处理的层面来反省，辛亥革命也存在着难以突破的历史局限性，留下了负面影响。

中国，与西方某些单一民族的国度有所不同，古来便是一个多民族共存共荣的大国，在这片国土上繁衍生息着的来自于不同起源的各个族群，携手创造了中华恢弘的历史与璀璨的文明。翻开中华的史册，人们注意到，由于各民族间的发展层次不同、经济方式有别、利益追求互异，千百年来的确曾经出现过相互间的不少矛盾、冲突甚至规模化的战争；然而假如我们今天能够站得更高些去纵览史书，则会看到，不同民族之间的仇视状态，毕竟比彼此的太平厮守要少得多，相安相容互利互惠，历来是我国多民族交往史上的一个习见场景与基本主题。就以清朝入主中原而后形成中国封建时代最后一次空前的大一统来说，因为不同民族所处的立场及持有的价值观念有明显差异，起初委实有过一些令中原人民特别是士大夫阶层身心痛苦、无法容忍的事件发生；但是，若从近300年的全部清史来看，清代却可以被认为是中国封建时代统一的多民族国家发展的鼎盛阶段，满汉民族间以及中华各民族间的相处还是比较好的。①

---

①　明末清初政权更迭之际，清军南下曾遇到南明政权在某些局部的殊死反抗，一度矛盾相当尖锐，造成了少数城池的激烈争夺以及随后出现的屠杀。汉族士大夫阶层在民族折冲关头所坚持的传统民族气节是值得称颂的。不过这些抗清志士在自己恪守民族气节拒绝为新政效力的同时，却大多勉励未曾出仕于明季的子弟们准备应试于清廷科举，似乎他们并未十分决绝地对抗异民族的新政权。随着"康乾盛世"的出现及满族帝王们对儒家文化的由衷尊重与认同，中原旧族普遍出现了拥戴时政争相服务的举动，并将这种态度坚持到了清末。有清一代的确实行过"首崇满洲"的政策，但是其处理民族问题的种种方式，并没有超越封建时代中外任何一个民族政权（无论是大民族主政抑或是小民族主政）的作为底线。满洲统治者所推行的民族观和实施的民族政策，比较有利于境内各个民族形成"多元一体"的格局；而为了安抚汉族地主阶级，还采取了一些特别的政策，例如严禁八旗将士务工、务农、经商以防止"与民争利"；开设科举大量录用汉族贤才，等等。至清代中晚期，汉族封建阶级的势力在整个权力结构中间的比重持续上升，满汉两族的原有矛盾已有了显见的淡化。

　　然而，"革命不是请客吃饭"，"不能那样……温良恭俭让"①，在资产阶级革命党人为推翻封建王朝而大做舆论准备之际，历史的某些真相被舍弃了。瓦解由满人当皇帝的清政权既为当务之急，"殃及池鱼"般地株连整个满民族便当属难免；不仅满汉两个民族二三百年间总体上相安无事、友好相处的过程被人为地遮蔽起来，而且满民族为了中华而开疆拓土、保国护民的慷慨奉献的历史也被忽略，满族人的形象一概地被丑化乃至于妖魔化。在辛亥革命的发动造势阶段，两个半世纪之前的满族入主中原，被说成是一切罪恶的渊薮，不仅中国古而有之的"夷夏之防"② 思想与西方民族沙文主义者所标榜的"一国之内不容有二族"③ 等理论相互合流，同时，把满族人统统诬称为"满洲贱族"④、"逆胡羶虏"⑤、"满洲鞑子"⑥、"野番"⑦ 之类的辱骂亦不绝于耳，连当时最著名的一些政论中也喊出了"兴汉复仇"⑧、"诛绝五百万有奇披毛戴角之满洲种"⑨ 的声音。这些偏离民主革命应有之义而率然策动种族仇杀的言论，在当时的革命发动者中很是盛行，并且确实在现实中奏效，其结果，便是辛亥举事得到了相当多的汉族民众（包括一向怀有异端民族情绪的封建地主阶级分子以及与之声气相投的军阀势力）的大力策应。辛亥鼎革就此大功告成。

　　不过，辛亥革命的一些亲历者早已对个中原委有所披露。"1903 年革命派就向康梁公开声明：'……排满有二义：以民族主义感动上流社会，以复仇主义感动下流社会，庶使旧政府解体而新政府易于建立。'""国民党元老、辛亥山西新军起义领袖阎锡山说：'辛亥之改革，可以说不是民主主义的力量；有之，亦不过一二分，其余一半为利用时机力量，一半为排满主义的力量。'""孙中山指出辛亥革命的胜利'就是民族主义成功'。"⑩ 至于回顾辛亥前夜革命党人的相关言论，日后的历史学界也普遍

　　①　《毛泽东选集》第 1 卷，人民出版社 1991 年版，第 17 页。
　　②　转引自刘大年《辛亥革命与反满问题》，《人民日报》1961 年 10 月 22 日。
　　③　余一：《民族主义论》，载《浙江潮》1903 年第 1 期。
　　④　章太炎：《客帝匡谬》，载《訄书》，古典文学出版社 1958 年版，第 9 页。
　　⑤　章太炎：《狱中答新闻报》，载《章太炎诗文选》，巴蜀书社 2011 年版，第 83 页。
　　⑥　孙中山：《中国问题的真解决》，《孙中山全集》第一卷，中华书局 1981 年版，第 225 页。
　　⑦　孙中山：《敬告同乡书》，《孙中山选集》上卷，人民出版社 1981 年版，第 52 页。
　　⑧　孙中山：《1900 年 10 月下旬致刘学询函》，《孙中山全集》第 1 卷，中华书局 1981 年版，第 259 页。
　　⑨　邹容：《革命军》，《邹容文集》，重庆出版社 1983 年版，第 41 页。
　　⑩　转引自李良玉《辛亥革命时期的排满思潮》，《南京大学学报》1989 年第 2 期。

地注意到了："许多革命者并不强调最有光辉的建立共和国和平均地权的思想，而是把排满放在第一位……他们不愿深刻揭示资产阶级与帝国主义、封建主义的阶级矛盾，而情愿用反满冲淡和掩饰这种矛盾。"① "革命派中的许多志士，为了推翻清朝的统治，唤醒民族意识，激起民众的排满情绪，沿袭了清初反清志士的传统观念，宣传明亡清立即是'亡国'。"② "排满是辛亥革命思潮的主要特征。"③

辛亥革命以中华民国临时政府与清皇室之间签订了"清帝逊位"条约而宣告了结。逊清政权在大多数都市和八旗驻防重地，都是以和平的方式向民国完成了权力移交；尤其是在国家最高政权及首都控制权的平稳转移上面，更体现出清朝末代执政者识大体顾大局、对国家与民众负责的异乎寻常的政治理智，这不但为国内历代政权更迭之相关记录所罕见，也委实该当在中国的近代史册上留下明确的评价。④

但是，就全国而言，"驱逐鞑虏"口号产生了强大的激发作用，革命军与八旗军之间的仇视对立情绪未能因清帝逊位而及时化解，局部的武装冲突也没能避免，在南京⑤、西安、福州、荆州等地，上演了种族仇杀的惨剧。例如在西安，驻防"旗卒死三千余人，妇孺投井者尤众"⑥。

许多史笔都曾经充分肯定辛亥年间所取得的革命成功，却在有意与无意之间，淡忘了一个并不算小的社会事实：在清朝垮掉的同时，也株连着，完成了对于满族这个民族的通盘否定。在一个相当长的历史过程中，满族遭受

① 刘大年：《辛亥革命与反满问题》，《人民日报》1961 年 10 月 22 日。
② 唐上意：《辛亥革命时期关于民族问题的论战》，《社会科学报》1999 年第 1 期。
③ 李良玉：《辛亥革命时期的排满思潮》，《南京大学学报》1989 年第 2 期。
④ 对于这一点，资产阶级的革命先驱者孙中山和无产阶级革命的领袖人物周恩来等人，均有过明确肯定，惜为人们所淡忘。
⑤ 此处有一件似可记述的往事。1983 年笔者在苏州参加全国清诗讨论会时，吴调公教授对笔者言道：词学大家唐圭璋先生乃南京驻防旗人之后，因向与吴先生交好而谈起个人身世，唐在辛亥年间还是幼童，革命军与八旗驻防军交战颇惨烈，待革命军杀入旗营，驻防将士及其家眷悉数服毒自尽，而年幼的唐圭璋因服药较少而得以幸存，后被一家市民收养。在吴先生讲述此情后，笔者为编写《满族现代文学家艺术家传略》一书，曾致函唐圭璋先生恳请同意将其传略编入该书，随即收到先生赐复书信，对欲将其传略收入该书深表谢意，却又婉辞曰："至于所述唐某系满族云云，就不要再提了罢……"笔者常为此事抱憾歉歉，先生并未否认自己乃旗人之后，只是不难想象，其平生在此事上或许有良多感慨难以化解耳。而迟至 20 世纪 80 年代中期，社会上特别是南方诸地对满族之成见仍未松动，谅亦属先生取消极避之态度其一因也。
⑥ （清）尚秉和：《辛壬春秋四十八卷》，第四十三卷之第五页（伍辑 6—675），民国 13 年刻本。

了为后人难以想见的民族歧视。而作为一个此前世代以军人为铁定职业、以保国护民为基本使命的民族，满族自辛亥年起，不仅失去了固有的谋生手段，在生计上被迅速推向了困厄与衰败的无奈境地，而且，他们还要从此担起长久而不堪的骂名。许多年里，满人们不得不在惨淡的生存与肮脏的名声这样双重煎熬之下挣扎度日。

在清帝逊位前后，为了阻止动员革命时期的大量排满宣传继续在革命军中引发更多的过激举动，也为了化解旗族人们面临革命暴力产生的抵触恐惧心理①，孙中山适时地提出了汉、满、蒙、回、藏"五族共和"的政治主张；1912年9月，他又来到北京，会见满族上层及各界旗族代表，向他们公开承诺："政治改革，五族一家，不分种族。现旗民生计困难，尚须妥筹，务使人能自立，成为伟大国民。"② "现在五族一家，各于政治上有发言权，吾意对于各种工业，应即依次改良，使各旗人均有生计，免致失业。"③ 他的这些话语，对北京以及全国各地的八旗民众，产生了一时的心理抚慰作用。

遗憾的是，历史并没有沿着孙中山设计的"五族共和"蓝图前行，他的有关国内各个民族都应享有平等政治权利的主张没有得到重视，其关于妥筹旗族生计免致失业的构想更是远未得到实施。接续下来的，是袁世凯在京城上演的"加冕"闹剧，和封建军阀们围绕北京展开的无休止的割据战争，就连"先总理"的"天下为公"原则都遭受践踏，谁还把"五族共和"的意念放在心里？

大汉族主义的民族情绪，并没有因辛亥年间的和平易政而收敛，反而持续地风行于市。将旗人们一概贬斥为"封建余孽""亡国奴""懒惰成性的游民"的种种说法，以及像"鞑子""胡儿""满狗"之类的咒骂声④，随

---

① 1982年笔者参加山东大学主办的全国老舍学术讨论会时，蒙兰州大学马志洁先生（回族）告知，敦煌艺术的"守护神"、现代油画大师常书鸿，出身于杭州驻防旗人，辛亥年间他已弱冠，对革命军攻打当地旗营存有难以泯灭之惶恐记忆。后来笔者曾造访常老，老人证实此事说："那时我还是个只有几岁的孩子，家人把我单独藏在南高峰上的一所小寺庙，叮嘱我有人来切不可承认是旗人，但是我脑袋后边有一条小辫子，生怕被认出来，那种幼时的恐慌是久久都忘不掉的。"

② 孙中山：《在北京八旗生计会等欢迎会的演说》，《孙中山全集》第2卷，中华书局1982年版，第450页。

③ 孙中山：《在北京广济庙与旗人的谈话（一九一二年九月十七日）》，中国社会科学院近代史研究所中华民国史研究室、中山大学历史系孙中山研究室、广东省社会科学院历史研究室合编：《孙中山全集》第二卷，中华书局1981年版，第469页。

④ 在南方的福建等省份，"漏刀的"，成了对旗人及其后代一种较长期的蔑称，意为他们都是辛亥年间在刀下漏网苟活下来的人。

处可闻。当时在京城里流行极广的一则传闻是，一个在新政底下当差的衙役问一个路人："你是什么人？"对方说："我是旗人。"衙役动了火，举起鞭子就抽："什么？我们老爷才只是骑马，你竟敢骑人！"对方赶紧辩解："我不是骑人，我是在旗呀。"衙役更加得理，高声呵斥："你还敢再骑，我还得揍你！"其时，各类的读物、教科书、报刊也时常登载各式各样仇视和鄙视旗人们的言论，在政府及学校等部门招收职员、教员的时候，对旗人几乎是不屑一顾；甚至在法庭办案时，也出现了不分青红皂白一昧加重对旗人一方严办的情况。

旗人们不敢在公开场合暴露自己的族籍，成了普遍现象。本来按照旗族旧有的习俗是不习惯在各自的名字前面加上姓氏的，在此形势下，为了防备随时可能遭遇的歧视虐待，旗人们也都加冠了姓氏，假如从姓氏上头仍然比较容易被认出是满族人的，有些人也便不情愿地改用了他姓；为了寻求工作机会，不少旗人违心谎称自己是汉族人。当时，生存在南方各处的旗人们，更须事事留意，防备泄露了身份会遭至打骂嘲弄。[1] 后来，虽然还有一部分满洲族的后裔顽强地维持着他们的民族成分，满族所包含的人数却一而再、再而三地下降。[2]

20世纪的下半叶，中国迎来了一个全新的历史进程。中华人民共和国确认了国内多民族共存的政治格局，也确认了国家奉行的各个民族政治上一律平等的原则。经过了若干年炼狱般的生存际遇，满族这棵濒临衰枯的老树，生出了新的枝芽。政府正式认定了满族作为中华人民共和国多民族大家庭中平等一员的位置；满族的政协委员和人民代表，出现在了国家级的议事场所。

当然，满族的新生并不是一帆风顺的。社会主义中国的体制高层，对于

---

[1]　满族出身的京剧艺术家关肃霜（荆州旗人）谈到过，她幼年随父辈在武汉等处跑码头卖艺，父亲嘱咐，切记途中过关卡时若有人叫她数数，数到"六"时千万不可以说"liu"而一定要念成"lou"，不然就会从她的京腔听出她是旗人来，轻则要挨骂，重则要挨打！

[2]　刘庆相在《略论满族人口的历史演进及其特征》一文（《人口学刊》1995年第5期）中，对不同历史阶段北京城以及全国的满族人口数字有所证实：清代初年"京师八旗人口数，据《清史稿》记载：'京旗职官六千六百八十人，兵丁十二万三百有九人'，据此数字可以基本推断出京旗人口数，如按每一旗兵平均家庭五口人计算，则京旗总人口为60余万人。"而"北京城在清朝末年京旗总人口达634925人，由于国民党反动派实行民族压迫的反动政策，满族遭到压迫和歧视，很多满人为找一职业，不致饿死，而隐瞒民族成分，不敢提满族事儿，到外地区甚至还不敢承认自己是从北京来的，到1949年新中国成立时满族人口仅剩了31012人。40年来满族人口减少95.12%，年均递减7.2%。""……全国满族人口也由清朝末年的500万减少到新中国成立前的150万左右。"

该民族的认识，可以说，也是有个过程的。^①同时，虽然在全国的知识界以至于人民群众中间大力推行了辩证唯物论和历史唯物论的世界观与方法论，马克思主义的民族观教育却在许多情况下被明显地省略了，人们对国内民族历史和民族现实问题的感受和把握，有些还滞留在想当然和感情用事的阶段。关于满族，社会间的一般环境尽管较辛亥年间和民国时期宽松了许多，公开辱骂和诋毁满族的言论少了，但是，在国内主流知识阶层的心底，满族还是一个明显地偏于卑陋的记忆符号，在主体民族的成员嘴边，亦时不时地能听到对满族的刻薄褒贬。^②

清朝退出历史舞台，已经一个世纪，而在社会的某些领域，依旧维持着

---

① 早在 1946 年，在满族出身的老一辈无产阶级革命家关向应病危弥留之际，毛泽东去看他，他对毛讲："我是满族，以后，满族有什么事情，希望主席讲一讲。"毛泽东事后感慨地说：关向应同志那么一个老共产党员，我们党高级领导干部，但是他的民族感情，还是很深的。这件发生在新中国成立之前的事，曾有助于中共第一代领导人认识满族人的民族心理和民族情感。新中国成立前夜召开的中国人民政治协商会议第一届全国委员会，没有满族的代表，北京一些满族人因此哭了。毛泽东闻讯后说："一个民族没有代表，整个少数民族为之不欢！"从第二届起，全国政协更正了这一失误。新中国成立之际，满族未获承认，直到 1952 年 12 月 7 日，中共中央统战部才在相关文件中首次回答了满族是否是少数民族的问题："满族是我国境内的一个少数民族。许多大、中城市（多是北方）中有满人居住。由于他们长期地和汉人杂居，其民族语言和风俗习惯的特点已逐步消失；自辛亥革命以来，他们更有意识地隐藏自己的民族特点。有许多人已改变自己的民族成分，但是他们的民族情感，则仍然相当强烈地存在着。""中华人民共和国成立以后，全国各少数民族获得了民族平等权利，都呈现出欣欣向荣的新生气象，许多地方的满人也纷纷起来，要求政府承认他们是少数民族，并享有平等权利，这是自然的和合理的现象。我们认为，承认他们的少数民族地位，保障他们应有的民族平等权利，是完全必要的，对于团结满人和发扬他们爱国主义的积极性是有很大作用的。"（转引自赵书《辛亥革命后的北京满族》，载《辛亥革命后的北京满族》，北京出版社 2002 年版，第 16 页）另外，中华人民共和国实行民族区域自治政策，而满族区域自治的问题，虽在 20 世纪 50 年代即已提出并获中央政治局原则同意，周恩来还在当时的全国民族工作会议上表示"满族要自治是肯定的。"然而，在国内绝大多数的少数民族区域自治问题均获解决的情况下，满族区域自治问题却被长期搁置，直至 20 世纪 80 年代，才先后在辽宁、河北、吉林等省建立了一批满族自治县。

② 此处仅举二例。一是老作家冰心，1979 年读罢老舍遗著《正红旗下》，感慨系之，坦言："我自己小的时候，辛亥革命以前，因为痛恨清皇朝政府的腐败无能、丧权辱国，作为汉族一分子，又没有接触过任何一个'旗人'，因此我对于旗人，不论是贵族是平民，是统治阶级还是被统治阶级，是一律怀有反感的；这种认识，直到后来在参加革命活动和社会活动中，接触到一些旗人以后，才逐渐有所改变。（冰心：《读老舍遗著〈正红旗下〉》，《民族团结》1979 年第 3 期）二是当代作家余秋雨，他的散文名篇《一个王朝的背影》，差不多可以说是一篇为清朝和满族写的翻案文章，其中也谈到："我小学的同学全是汉族，没有满族，因此很容易在课堂里获得一种共同语言。好像汉族理所当然是中国的主宰，你满族为什么要来抢夺呢？抢夺去了能够弄好倒也罢了，偏偏越弄越糟，最后几乎让外国人给瓜分了。于是，在闪闪泪光中，我们懂得了什么是汉奸，什么是卖国贼，什么是民族大义，什么是气节。我们似乎也知道了中国之所以落后于世界列强，关键就在于清代，而辛亥革命的启蒙者们重新点燃汉人对清人的仇恨，提出'驱除鞑虏，恢复中华'的口号，又是多么有必要，多么让人解气。清朝终于被推翻了，但至今在很多中国人心里，它仍然是一种冤孽般的存在……"（余秋雨：《一个王朝的背影》，载余秋雨等著：《一个王朝的背影》，四川文艺出版社 1995 年版，第 81—100 页。）

对满族"不予落实政策"的深刻痕迹。① 在我们从事满族文化和满族文学研究的过程中，实际上时常会跟此种倾向不期而遇。它或轻或重地，构成了研究满族及其文化的障碍。关于满族，关于满族文化，迄今仍有相当多的事实与真相被历史的浮尘所遮蔽，为习见的偏执所误读。同时，在我们就某些满族文化及文学史料做出研究结论的时候，亦每每感觉到这种潜移默化然而却是相当顽固的社会舆论力量的掣肘。

20 世纪，是满民族跌向命运低谷以及又逐步从低谷中间走出来的时期，就他们的社会形象而言，早已不再值得夸耀。可是，说到他们的文学，我们却很难用"低谷"这样的字眼儿来比喻它。本来，单就满族历史来看，20 世纪已不再是重要的一页。不过，为了诠释满族文学的流变，笔者却只能在本书的这部分"引论"当中，多写几行关乎到该民族的文学在这个世纪里走出来一些特出步态的因由。

下面需要说一说满族的口承文化。

我们知道，人类学视野中几乎所有的已知民族，都经历过漫长的口承文化发展过程。② 各个民族的文学有他们相通的内在发展规律。大约在人类原始社会内氏族社会末期的时候，在语言已经产生并较为丰富的条件下，民间文学，这种通过人们口头创作、口头传承的人类最早的文学样式即告产生。古往今来，几乎所有已知的民族都有他们的民间文学。民间文学从它问世的那一天开始，便成为切近和反映人们社会生活和思考认识的产物，成为表达和传递人们心理感受和审美情趣的产物。在人类共同体由野蛮、蒙昧逐步走向文明、智慧的不同阶段中，民间文学作为各民族的观念形态，也在不断地变化着。在由氏族社会向部落社会发展的历史进程中，民族民间文学曾伴随着初民们对自然界和人类社会的认识水平的更迭，先后出现了神话创作的繁

---

① 不妨翻开当下仍畅销应用着的两部辞书，便可了然。在《现代汉语规范词典》（外语教学与研究出版社、语文出版社 2004 年联合出版）上，"八旗子弟"条目的诠释如下："八旗成员的后代，泛指贪图享受、无所事事的贵族后代。"而《现代汉语大词典》（汉语大词典出版社 1988 年版）中对"八旗子弟"条目的释义也是："享有特权而完全没有本领的名门子弟"。

② 谈到这里，总会有人以为我国的汉族有些例外。其实未必。只是汉族文化发展很早，创制文字及形成文献也很早，故而遮盖了其先民在久远而悠长的历史过程中以口承方式来传递文化传统的事实。加之汉族文字产生以后，"文化官司"层出不穷，权威话语"一言堂"的情形古往今来无时或已，这就不但排斥了"民间话语"，同时也排斥了"多元话语"。所留下来的文化史册上面，早已罕见初民与先民们瑰丽多姿的口承文化的原貌。

荣和史诗创作的繁荣，并分别赢得了它们为后世无法摹仿无法替代的艺术价值。

自肃慎时代起始，满族世世代代的先民，即以自然经济为基本生存途径，捕鱼业、狩猎业和采集业，是他们在历史上长久维系的主要生产方式。而这样的生产方式，既是其物质生活基础，成为使该民族得以久远繁衍生息之保障，同时，也是他们精神生活的前提，该民族的成员就是在此种生存状态下，获得了与之相适应的观念形态及行为准则。曾有民族心理学的一项研究结论证实，较之于传统的农耕民族和游牧民族，渔猎民族成员们头脑里边更少保守观念、更多创造精神与自主意识。① 况且，东北亚地区冬季长久高寒，夏天日照强烈，山岭纵横、地广人稀，满族先人生息在这样严峻的自然条件下，也就铸就了耐受严寒酷暑、不惧艰险困苦、粗犷剽悍勇猛奔放的民族性格。

千百年间，满族初民主要依赖自然物产为衣食之源，人与大自然的关系是压倒一切的要务。因为生产力低下，人们谙知不可以去与自然力冒昧抗衡，遂在民族心理的深处生就了敬畏大自然、崇尚大自然、亲近大自然的特有心态。他们的原始宗教——萨满教信仰，认定世间万物有灵，就是由此而生成和获取的精神依托。民族先人们不仅要从事艰险的渔猎经济生产，还时常须面对部落纷争刀兵相向的存亡考验，他们于是特别笃信以自然崇拜、图腾崇拜和祖先崇拜为基本内容的原始宗教"萨满教"。

满族民间留存的口头文学作品，包括神话、神歌、说部、传说、故事、民歌和说唱文学等，既有自肃慎以来从历代先民那里传承下来的口头创作，也有在满族共同体问世之后的作品。这中间，更其具有自身特色和价值的，当属神话、说部和说唱文学。

---

① 张世富主编的《民族心理学》中谈到："著名人类心理学家卡丁纳（A. Kardiner）认为在每一种文化中都有一个产生于某种共享的文化经验的基本人格。社会上成年人的人格应该是由共同的文化经验塑造的，这种共同的人格倾向产生于社会的基本制度，而基本制度与传统的谋生方式、传统的家庭组成及育儿习惯有关。基本的人格结构又反过来产生文化的诸方面，现在经常运用的'基本个性'、'国民性'、'民族性'等概念均是指某一社会中存在着的一套典型的个性特征。卡丁纳提出的这些观点被许多人类学家和心理学家通过田野工作得到了证实。如巴里（H. Barry）和培根（M. Bacon）提出，在畜牧和农业社会里，未来食物最可靠的保证是坚持既定的放牧和耕作常规，因为一旦失误就会影响一年的食物来源。但是在大多数渔猎社会中，一时失误只影响一天的食物来源，因此墨守成规就不是那么必要了，就有可能鼓励人们的创造活动。跨文化研究也表明，农业社会培养的儿童往往强调顺从与责任，而渔猎社会往往强调独立与自力更生。"（张世富主编：《民族心理学》，山东教育出版社1996年版，第40页）

　　满族先民祖祖辈辈流传下来的体现原始萨满教的宗教观念，使讲述世间万千神灵故事的口承文化系统，尤其丰富发达与摇曳多姿。它不仅造就了该民族对于外部世界异乎寻常的想象力，也使其族众世代不败地葆有追逐带有奇思异想的叙事文学的嗜好。满族初民将"万物有灵"观念渗透到神话中间，把宇宙分为天上国、地上国和地下国三层，认为人类就是阿布凯恩都里（天神）比照自己的形象创造出来的。在创世神话《天宫大战》里面，有着关于三位始祖女神阿布凯赫赫、巴那姆赫赫、卧勒多赫赫开天辟地并降伏恶魔耶鲁里的描述，情节跌宕起伏，色彩神奇诡异，体现着原始艺术的无羁与张力。而神话《女真定水》等则展示了洪荒时代初民们与暴虐的大自然周旋到底的坚韧精神。《长白仙女》是一则族源神话，称本民族是天上仙女来长白山天池躬浴时，误吞神鹊所衔朱果受孕，生下婴儿，这一故事后被改叙作爱新觉罗家族的始祖神话，仍为民间妇孺皆知。此外，有关民间神职人员萨满降妖禳灾的神话，也多有流传，其中最为典型的作品是《尼山萨满》①。

　　神歌，是满族民间文学中的重要一支，大多是萨满们在原始宗教祭祀活动中的吟唱，内容多为恭请图腾神灵或者祖先神灵的莅临。神歌均用满语表达，即便后来本民族普遍使用汉语的条件下，这一状况也有充分保留。歌词极尽崇敬与歌颂的情感，一般地讲，其间所演绎的情节并不复杂。②

　　"说部"，是满族民间口承文化的特有样式之一。它是一种由满族及其先民世代传承的长篇叙事文学，在其民族语言当中被称为"乌勒本（ula-bun）"，有传记之义。"20世纪以来，在多数满族群众中已将'乌勒本'改为'说部'或'满族书'、'英雄传'的称谓。说部最初用满语讲述，清末

---

　　① 《尼山萨满》是一部在满族历史上广为流传的萨满教神话，描述了一位名叫尼山的女萨满（即萨满教的女性神职人员），为了救人性命而去阴间夺魂的过程。在一个山村里，富人巴尔都·巴彦50岁时才得到的儿子塞尔古岱·费扬古，15岁时进山打猎而不幸死亡。巴尔都为了让爱子重生，去求救于尼山萨满。尼山在一位助手的帮助下，穿戴上神衣神帽，带上神器，便上路了。她们如风疾行，连闯三关，才在阴间从尼山萨满的舅舅那里，把小费扬古夺到手。在返回的路上，她遇到了自己死去的丈夫，因为他已死多年骨肉早就腐朽了，便拒绝了帮他还阳的要求。随后，她们又路遇子孙娘娘，观看了地狱奉图城中各种恶鬼因生前作恶而遭受刑罚报应的情形。子孙娘娘让她回到人间把那些情形讲给大家听。尼山萨满回到巴尔都家，把其子的灵魂放还到死者的身上，经祷告作法，塞尔古岱·费扬古复活了。巴尔都很感激，以部分财产回赠尼山和她的助手。此后，塞尔古岱·费扬古一生多行善事，结果子孙满堂，都居高官。

　　② 当然这里也存在特例，比如下面介绍长篇说部时要提及的《乌布西奔妈妈》，就是一部题材极为宏大、情节异常曲折的、对氏族始祖女神不朽业绩的传记性表达，同样也具有萨满教的神歌性质。

满语渐废，改用汉语或夹杂一些满语讲述。在漫长的历史进程中，满族各氏族都凝结和积累精彩的'乌勒本'传本，如数家珍，口耳相传，代代承袭，保有民族的、地域的、传统的、原生的形态，从未形成完整的文本，是民间的口碑文学。"① 说部在满族民众当中又被俗称为"讲古"，他们常说"老人不讲古，子孙失了谱"，体现出该民族重视自身历史传统延续的精神特点。说部作品常以本民族或本氏族历史上的重大事件和英雄人物为题材，许多作品在传承目的上带有显见的教化性质。说部作品有的具有神圣性和特定性，是关于氏族内部祖先神灵或先人英雄事迹的讲述，只能在某个氏族内部封闭的处境下传播；有的则具有普适的娱乐性，可在广众场合演述讲唱，有几分相像于中原市井间的说书艺术。说部作品的篇幅都很长，往往须把整部大作品分成若干分部来逐次讲唱。由于满族传统文化留存在 20 世纪的特殊遭遇，说部作品的大量湮灭成了一个令人叹息的现实。目前搜集到的长篇说部，有《东海窝集传》《乌布西奔妈妈》《红罗女》《金兀术的传说》《两世罕王传》《东海沉冤录》和《黑水英雄传》等②，这些作品普遍表现出情节震撼人心、人物个性鲜明、语言气势夺人的文学价值。

在满族民间，还世代传承着一种叫作"德布德林"的说唱文学形式，其基本方式是以散文讲述与韵文吟唱交替出现。德布德林均为传统的满语创作，随着满族族众在晚近历史阶段较多地改操汉语，此类作品逐渐失传，迄今搜集到的德布德林均为残本，其中有流传于黑龙江流域的描绘青年男女忠贞爱情故事的《莉坤珠逃婚记》和流传于嫩江流域的叙述侠弟救姊故事的《空古鲁哈哈济》等。

满族先民的口承文化暨民间文学，存有许多为中外其他民族早期文化所不能替代的内容与价值，需要珍视和维护。

---

① 谷长春：《满族口头遗产传统说部丛书·总序》，载鲁连坤讲述、富育光译注整理《乌布西奔妈妈》，吉林人民出版社 2007 年版，第 1 页。

② 2007 年 12 月与 2009 年 4 月，吉林人民出版社先后出版了《满族口头遗产传统说部丛书》当中的第一套、第二套作品，共 28 部，其中包括《尼山萨满传》《乌布西奔妈妈》《东海窝集传》《崑伦传奇》《雪妃娘娘和包鲁嘎汗》《东海沉冤录》《萨大人传》《飞啸三巧传奇》《萨布素将军传》《萨布素外传》《绿罗秀演义》《碧血龙江传》《比剑联姻》《女真谱评》《阿骨打传奇》《恩切布库》《平民三皇姑》《木兰围场传奇》《金世宗走国》《红罗女三打契丹》《元妃佟春秀传奇》《伊通州传奇》《天宫大战》《西林安班玛发》《苏木妈妈》《创世神话与传说》《瑞白传》《八旗子弟传闻录》等。

　　然而，文艺学的基本理论也告诉人们：与后来出现的作家文学相比较，民间文学具有它一系列的特征（或曰局限性）。从创作和流布的角度去观察，它的集体创作性、口头传播性、环境变异性和世代承袭性，都是很鲜明的；而从社会功用的角度去观察，它是以实用性为基本要求，而以教育性、审美性、娱乐性为辅的复合功用的性质，也是十分明确的。上述这些特征的形成，固然有利于民间文学自身的存在和发展，也有利于满足各民族人们在相当长久的历史过程中对这种文学样式的综合需求，但是，也正是这些特征本身，却又不可避免地给这种精神文化类型在固有的形态之内向更高级层次的提升，设置下了难以逾越的天然障碍。由于民间文学对世界的艺术把握，在其历史起源处便同人类各项实践活动紧紧地纠缠在一起，艺术活动是与非艺术活动完全混为一体的，并且始终担负着过于繁重庞杂的社会功用任务，致使文学的本质性的要求——审美，长期地处在这种虽然冠以"文学"称谓而实际上远非"纯艺术"的文化形态中的从属的而不是主导的位置上，甚至有时还要遭到种种非艺术因素的冷落，故而造成了民间文学明显的"审美不纯净"。同时，民间文学的集体创作性和世代承袭性，使它的全部作品在创作主体那里，都只能是群体的而不是个体的，只能是"集体无意识"的结果而不是自觉的艺术创造，这就压抑、扼制和否定了那些个性的、自由的、能动的审美创造力，使纯真美好的艺术冲动被久久地无可奈何地捆绑在一个民族的极为稳定的传统共识之上，而得不到应有的美的飞升。另外，它的口头传播性和环境变异性又意味着，民间文学对一民族一社区的公式化文化积淀的依赖性是很强的，各民族民间文学要么长久地处在自我封闭彼此隔绝的状态之内，要么稍有（只能是稍有，而绝不会是远足的）外部交流，便势必要走失掉它自己的某些原有的品质和蕴含，而不再具有民族间或社区间文化交流的全部意义。

　　人类文明无休止的上升，或迟或早地，总是能够有效地满足自己的超越欲望。文字——这种记录和传达语言、推动人际交流突破时间和空间局限的书写符号，作为人类进入文明社会的重要标志之一，在原始社会的末期到阶级社会的初期，在一些民族之中相继产生了。书面文学创作即作家文学创作问世的先决条件，就此为人类所享有。而随着生产力水平的进一步发展，人类社会在完成了脑力劳动与体力劳动的分工之后，又达到了把精神文化不同领域划分开来的程度，终于使作家与作家文学的出现，这个文学的光荣梦想，成为了世间的现实。文学一经由民间口头文学蜕变羽化为作家书面文学，便为文学逐步进取以至最终逼近文学的本体价值，宣示出了美好的前景。作家文学艰辛地却又是义无反顾地渐渐摆脱着多重社会功用任务的羁绊，坚持把文学创作从人类活动的其他所有形式中剥离开来，独立出来，把艺术的探求认作自己肩负的头等要务，而把教化功能、认识功能等项实用性任务，逐步转交由其他类别的文字著述去完成；作家文学又是创作主体作家的个体化劳动，它使文学的审美追求以富有个性化、富有自由创造力度的特征出现，从而也大大推动了文学作为自决的艺术形态的健全发展。作家文学在民族文学多元发展的历史时期，即开始展示了自己有利于寻找外向交流的运作机制；当作家文学的开拓道路上投射出世界文学一体化的曙光时，其内在的跨越民族和国度的审美潜能，则必将释放出更加璀璨的艺术光华。

满族的族别文学，正是沿着这样一条规律性的道路走过来的。

民族的作家文学，在其萌动生发之前，曾经受到本民族民间文化土壤的层层覆盖和重压；但是，作家文学一旦冲出重压破土而出，那丰厚的民间文化土壤，便又转而成其为该民族作家文学所独占的一方优渥的滋养源。就满族文学来说，传统的民间口承文化在整个民族精神养成中间所产生的决定性影响是深刻的，后世的满族书面文学作者，从先民遗留下来的萨满教的神话神歌，以及大量的口头说部等作品中，继承了许多的东西，而最为精髓的，则是充满无限遐思的艺术冲动，和长于缜密与宏大叙事的文学结构能力。

各个民族的书面文学向本民族民间文学和文化汲取营养的方式及路数是有差异的。有些民族的书面文学，比较习惯于做原有民间文学样式和题材的脱胎工作，作家笔下的作品还保留和展示着较多与民间文学作品"形似"的成分；而另一些民族的书面文学，则能够较多超越本民族民间文学一些表层特征，向本民族更加深沉的传统精神文化内里发掘，从而打造出一系列"神似"于传统的作品。

我们在观察满族书面文学流变的时候，常常能体会到，它的前一种特点或许较弱，而后一种特点却颇为突出——这中间的诸多话题，可以留到后面去从容讨论。

第一章　扁舟孤进——母语文学之检讨

依据常言常理，满族的书面文学，就应该是满人用满语、满文留下的文学作品才对。这也体现着一般人们看待民族文学的习惯性思维。

因应于这一想法，便会有人出来说，满族好像是没有什么以母语写就的作家文学作品。

其实，满族确曾有过运用本民族的语言文字创作的文学，并且，满人历史上用母语留下的作品，也曾取得过较高的成就。人们之所以总是感觉这个民族十分缺乏母语文学创作，原因大概有二：一是其母语的文章文献书写，大多分布于满洲民族问世之后的前中期，后来，能够阅读满文的研究者渐趋减少，社会对于满族文化本体生态的东西又一味地忽视，便致使满文创作长久以来被搁置起来无人关注；二是满人们从自己民族刚出现不久就身临中原内地，学习汉文化起速快、步幅大，不但学用汉文创作出成就早，而且长期维持了作家大多水准较高的发展状态，故而更容易让人们忘怀该民族的母语创作业绩。

这说来多少还是教人觉着怪异，满族因为自身汉语文学创作的发达，才使世间忽略了他们的母语文学，却又因为他们的汉语文学作品所用语言文字原来是他民族的，就被某些人说成是"完全汉化"了的产物，是"非满族文学"。于是，也就有了像 20 世纪 70 年代后期满族文学研究启动阶段所出现的"满族有没有自己的书面文学"那样的质疑。

一

现在，让我们来回眸瞩望满族的母语文学。

满族文字的创制与完善，是 16 世纪尾叶到 17 世纪前期的事情。

建州女真一代英主努尔哈赤在率部迅猛崛起东征西讨的同时，也适时地考虑到了民族文化建设问题。他于 1599 年，命满族学者巴克什额尔德尼和扎尔固齐噶盖，参照蒙古族文字的书写方式，创制拼写本民族语音的文字。努尔哈赤提出的指导思想是："以蒙古字，合我国之语音，连缀成句，即可因文见意矣。"① 额尔德尼和噶盖创制的这套满文，史称"老满文"或"无圈点满文"。这种"老满文"在试行的过程中，逐渐被发现，因为本民族语音与蒙古族语音在音素多寡分布等方面有所不同，简单地照搬蒙古语文的字母及拼写法，还有些明显不能满足准确拼写本民族语音要求的缺陷。于是，距"老满文"问世三十多年之后，皇太极又及时指示学者达海，对满文旧有方案加以改革。皇太极提出："可酌加圈点，以分析之，则音义明晓，于字学更有裨益矣。"② 这样，运用起来更加切近满语发音和书写要求的完善的"新满文"（又称为"有圈点满文"）终于面世。满族文字的发明与完善，不仅积极推进了满族的社会发展及其政治进程，也为满族文化的进步和满族书面文学的问世，创造了必备条件。

在本民族文字刚刚创制出来的时代，满族社会动荡频仍，战争连绵，加上整个民族的文化素质也还比较低，因而，未在短时间出现真正意义上的书面文学和作家。然而，满族书面文学的起始，却在这民族文字发明之初显露端倪。与许多民族的文化演进规律——书面文学的发生与史籍书写大致同步——极为类似的是，满族最早的书面文学，也首先萌芽于本民族的历史文献典籍之中。③

由额尔德尼、达海和库尔缠等人于 17 世纪初撰著的编年体史书《满文老档》，现存 180 册，用满文记载着清朝开国前后 30 年间满族历史、经济、军事、文化等方面的史实，不仅是后世了解与研究满族史的宝贵资料，其中若干篇章还蕴含着相当的文学价值，实堪称得是满族书面文学的滥觞之作。《满文老档》作者为了铺述历史事件，展示历史画面，常常会调动相应文学手法，在生动地运用语言、准确地状写人物、多角度渲染局势变化和巧妙剪裁情节素材等方面，都具可取之处。例如，在其中的太祖乙卯年档中就有下

① 《清实录·第 1 册·太祖高皇帝实录》卷 3 己亥岁至辛亥岁，中华书局 1986 年版，第 44 页。
② 《清实录·第 2 册·太宗文皇帝实录》卷 11，中华书局 1985 年版，第 156 页。
③ 就拿汉族文学来说，最初的书面文学因素，也是在一些早期的历史典籍当中显示出来。例如记录先前历史的《尚书》《春秋》《左传》《战国策》；等等，都在表述史实、阐发政论等史学文体中间，体现出依稀可辨的文学性。及至汉代由史官司马迁撰著的《史记》，虽然也是一部典型的历史学著作，所使用的文学笔法更是空前增强，为后世的文学发展留下了十分宝贵的写作经验，故而该著作亦曾被盛赞为"史家之绝唱，无韵之《离骚》"（鲁迅语）。

面的描写：

> 淑勒昆都仑汗每日仰卧二、三次，不知道的人以为是睡了，实际上
> 并没有睡。一面躺着，一面思考："哪一位好的僚友，达到了与身份相
> 称的富裕呢？哪一位好的僚友，非常尽力，可是家里贫苦呢？谁娶的妻
> 在一起生活很不和睦，也不能再娶，而苦恼呢？谁的妻子死了，没能再
> 娶，而困苦呢？使唤的阿哈、耕牛、乘马、穿的衣服、吃的粮食，都充
> 足的人有多少呢？贫苦的人可能有很多。"起床后便说："把妻子给那个
> 人，把阿哈给那个人，把马给那个人，把牛给那个人，把衣服给那个
> 人，把粮食给那个人"。照他想到的查明赏给。①

这里写的淑勒昆都仑汗即努尔哈赤，《满文老档》在大量描绘他运筹政
务、指挥军事的大智大勇之外，又这样具体地刻画了他对部僚功臣们的深切
关怀，既把努尔哈赤的心理活动展现得细腻入微，也把他深思果为的干练作
风交代得很清楚，只抓准一个寻常的生活侧面，即反映出民族首领人物体察
部下疾苦且善于用人的精神风范。

下面这则文字，引自《满文老档》"天命五年正月至三月"一条，记录
的是努尔哈赤与他的大福晋②衮代之间的一段故事。

> 汗宅内一近身闲散侍女名秦太，与一名纳扎女人口角。纳扎骂秦太
> 淫荡，与浓库通奸。秦太对纳扎曰："我与浓库通奸于何处？奸后给与
> 何物？你与巴克什达海通奸是实，曾予以蓝布二匹。"汗之小妾塔因查
> 闻此，于三月二十五日，告之于汗。汗闻之，当众对质。查得纳扎经福
> 晋允诺，与达海蓝布二匹属实。汗谓福晋曰："尔以物与人，我本不吝
> 惜，然禁约云：诸凡福晋，若不经汗允，即以一度布、一块缎给予女
> 人，则被诬为欺夫买药；若与男人者，则被诬为已有外心。有此诬告，
> 则以诬告人之言为是，故无论何物，均不得给予他人等语。是尔违约，
> 与达海蓝布二匹，尔有何忠心言耶？"遂拟达海、纳扎以死罪。汗复详

---

① 辽宁大学历史系编：《重译〈满文老档〉·太祖朝·第一分册》，辽宁大学历史系 1978 年内
部发行，第 36 页。

② "福晋"为满语称谓的汉语译音，指的是亲王、世子和郡王的妻子，相当于汉语的"妃"；
大福晋，即大妃。

思：男女皆死，罪有应得。惟杀其男，则再无如达海通汉语汉文者。遂杀纳扎，至于达海，缚于铁索、钉于粗木而囚之。

塔因查又告汗曰："不仅此事，更有要言相告。"询以何言，告曰："大福晋曾二次备办饭食，送与大贝勒，大贝勒受而食之；又一次，送饭食与四贝勒，四贝勒受而未食。且大福晋一日二三次差人至大贝勒家，如此来往，谅有同谋也！福晋自身深夜出院亦已二三次之多。"汗闻此言，遣达尔汉侍卫、额尔德尼巴克什、雅荪、蒙噶图四大臣往问大贝勒及四贝勒。业经询，四贝勒未食所送饭食属实，大贝勒二次受食所送饭食亦属实。又，所告诸事，皆属实情。对此汗曰："我曾言待我死后，将我诸幼子及大福晋交由大阿哥抚养。以有此言，故大福晋倾心于大贝勒，平白无故，一日来往二三次矣！"每当诸贝勒大臣于汗屋聚筵会议时，大福晋即以金珠妆身献媚于大贝勒。诸贝勒大臣已知觉，皆欲报汗责之，又因惧怕大贝勒、大福晋，而弗敢上达。汗闻此言，不欲加罪其子大贝勒，乃以大福晋窃藏绸缎、蟒缎、金银财宝甚多为词，定其罪。命遣人至界藩山上居室查抄。大福晋恐汗见查出之物甚多，罪更加重，故将其物，分藏各处，分送各家。将三包财物分送至山上达尔汉侍卫居所。查者返回汗屋后，大福晋即遣人去山上达尔汉侍卫居所取其所送财物。差人未至山上，误至达尔汉侍卫所住西屋取之。达尔汉侍卫即与差人同来见汗曰："我既知之岂有收纳福晋私藏财物之理耶？"福晋暗中遣人取其寄藏财物之事，汗本不知。此次得知差人错至达尔汉侍卫居室后，即遣人往山上住所查看，果有其事，遂杀收受财物之女仆。继之又查，蒙古福晋告曰："阿济格阿哥家中之二个柜内，藏有绸缎三百匹。大福晋常为此担忧，唯恐遭火焚水淋，甚为爱惜。"闻此言，即往阿济格阿哥家查看，查得绸缎三百匹。又至大福晋母家查看，抄出煖木面大柜中存放之银两。大福晋又告曰："蒙古福晋处尚有东珠一捧。"遂遣人往问蒙古福晋，其蒙古福晋告曰："系大福晋交与我收藏之。"且又闻，大福晋曾给总兵官之二妻一整匹精织青倭缎，以做朝衣；给参将蒙噶图之妻绸缎朝衣一件。又报大福晋背汗，偷将财物给与村民者甚多。汗乃大怒，传谕村民令将大福晋所与之诸物，尽数退还。并以大福晋之罪示众曰："该福晋奸诈虚伪，人之邪恶，彼皆有之。我以金珠装饰尔头尔身，以人所未见之佳缎，供尔服用，予以眷养。尔竟不爱汗夫，蒙我耳目，置我于一边，而勾引他人。不诛之者，可乎？然念其恶而杀之，则我三子一女犹如我心，怎忍使伊等悲伤耶？不杀之，则该福晋欺我之罪甚也！"又曰："大福晋可不杀之，幼子患病，令其照看。我将不与该福晋同居，将其休弃之。嗣后该福晋所与之物，无论何人均勿得容受，勿听其言。无论男女，违此谕令，而听从大福晋之言，收受所与之财物者，即杀之矣！"

自此，废大福晋。整理该福晋之器皿时，又取出其私藏之衣物，多为大福晋所不应有之物。遂命叶赫之纳纳昆福晋、乌云珠阿巴盖福晋来见隐藏之物，告以大福晋所犯之罪，并将大福晋所制蟒缎被二床，赐与叶赫二福晋各一套。其所藏衣服，除大福晋穿用者仍归其本人外，其余衣服，皆行取回，赐与女儿。小福晋塔因查以举发故，著加荐拔，陪汗同桌用膳而不避。①

这则史料书写，因其所具有的情节连贯性，以及史官笔致的生动曲折，初步显露了一种宛如短篇小说的艺术轮廓。所陈述的整个事件，有前因，有发展，也有结局，环环相接，丝丝入扣，缀成了完整的故事链。围绕着汗王努尔哈赤对家庭内部经济案例乃至人伦纠葛的了解、处理，大福晋与小福晋及侍女等人、大福晋与两位贝勒及侍卫等人不同层面的错综关系，一步步地被揭示，将矛盾渐渐导入高潮；而事件进展到后面，汗王却又出于怜爱幼子的心肠，做出了姑息大福晋的裁决，一触即发的冲突，居然引来了峰回路转的折中后果，不免有些出人意料。结尾处，小福晋终获"著加荐拔，陪汗同桌用膳而不避"的待遇，虽一笔带过，却余味长留，耐人品评。"天命五年正月至三月"这一条，无论是在整部的《满文老档》之中，还是在这部史书内涉及努尔哈赤家族关系的叙写里面，都属于情节性较强、故事引人入胜，同时文学因素亦颇为浓重的内容。②

在满族自身文字刚刚创制出来的日子，为配合急遽变幻的政治形势，满族统治者还运用满文，撰写了一批政论性作品。其中最著名的，当推努尔哈赤于天命三年（1618）发布的《七大恨告天》。这是一篇政治檄文，逐条列数了明王朝有负于己方的七宗事件，以为理由，意在发起对明朝中央政权的

---

① 中国第一历史档案馆、中国社会科学院历史研究所译注：《满文老档》，中华书局 1990 年版，第 133—137 页。

② 也正是因为这一点，在当代通俗文艺视野当中，不少新创制的小说和电视剧，几乎原封不动地照搬复制了《满文老档》里面的如上事件。

征讨：

> 我之祖、父，未尝损明边一草寸土也，明无端起衅边陲，害我祖、父，恨一也。
>
> 明虽起衅，我尚欲修好，设碑勒誓："凡满、汉人等，毋越疆圉，敢有越者，见即诛之，见而故纵，殃及纵者。"讵明复渝誓言，逞兵越界，卫助叶赫，恨二也。
>
> 明人于清河以南、江岸以北，每岁窃逾疆场，肆其攘夺，我遵誓行诛；明负前盟，责我擅杀，拘我广宁使臣纲古里、方吉纳，挟取十人，杀之边境，恨三也。
>
> 明越境以兵助叶赫，俾我已聘之女，改适蒙古，恨四也。
>
> 柴河、三岔、抚安三路，我累世分守疆土之众，耕田艺谷，明不容刈获，遣兵驱逐，恨五也。
>
> 边外叶赫，获罪于天，明乃偏信其言，特遣使臣，遗书诟詈，肆行陵侮，恨六也。
>
> 昔哈达助叶赫，二次来侵，我自报之，天既授我哈达之人矣，明又党之，挟我以还其国。已而哈达之人，数被叶赫侵掠。夫列国之相征伐也，顺天心者胜而存，逆天意者败而亡。何能使死于兵者更生，得其人者更还乎？天建大国之君即为天下共主，何独构怨于我国也。初扈伦诸国，合兵侵我，故天厌扈伦启衅，惟我是眷。今明助天谴之叶赫，抗天意，倒置是非，妄为剖断，恨七也。①

　　如果今人能对历史上民族矛盾的孰是孰非有所宽容超脱，仅就作品而论，可以看出，《七大恨告天》是一篇立论鲜明、论说严谨、气势高拔的论说式散文，体现了努尔哈赤时代女真（满）民族行文尚实用戒浮华、言简意赅的清晰面目。这篇在当时显然要用满汉两种文字同时发表的文章，应当断定为满族历史上最先出现的双语作品之一。

---

① 努尔哈赤：《七大恨告天》，《清实录·第1册·太祖高皇帝实录》天命元年正月至三年十二月，中华书局1986年版，第69页。

二

清朝定鼎中原之后，包括汉族语言文字和汉族文学艺术在内的汉族文化，对满洲民族构成了强有力的威慑和影响。然而，由于清朝统治者长期坚持对"国语骑射"民族传统的倡导，清代满人用本民族语言文字写作的散文作品，虽数量不多，却也时有所见。

运用满文写作，曾是清前期满族文坛上一个客观存在。满族人关之后，因为有八旗制度的严格约束，旗籍将士以及家眷都被圈定在自己的驻地，与"民人"们的来往是很少的。那时，就满洲整个民族而言，日常以满语来相互交际会话，仍然是十分自然和娴熟的。尤其是下层满洲人，普遍不大会讲汉语，他们当中一些略通文墨的小知识分子，比较习惯的，还是用本民族文字来应对日常的书写与阅读。

康熙年间由曾寿撰写的满文《随军纪行》①，是一部日记体的散文。该作以第一人称的视角与笔触，比较周全地记录了从康熙十九年（1680年）至康熙二十二年（1683年）间，清军平定"三藩"战争后期的各种场景，其中既有残酷激烈的鏖战，也有备尝艰辛的行军；既描绘到广东、云南等地的自然风貌，也披露了作者置身战地的内心感受。

在"康熙二十年正月"部分，曾寿写道：

> 康熙辛酉二十年，正月初一日，由西隆州起程，渡浮桥，见八渡河水碧绿而流急，山脚河岸路宽仅二尺，兵马拥挤，未行十里，天色已晚。因无下营之处，遂于河套之沙地宿营，风淤黄沙，炙人难忍。买得水酒数斤及猪一头过年。我之心中十分忧伤，思念老人，于被中哭泣。大将军传令曰："山路狭窄，无安营之处，著酌情顺序安营。"带来土著人问之，答曰："此处自古即非行军之路。清明之后，孔雀、蛇、蚯蚓充斥河中，流水混浊。一旦河水泛涨，道路即被淹没，人不能行。倘中

---

① 《随军纪行》，原著应为四卷本，现存留下来的只有其中的第四卷，收藏于中央民族大学图书馆。作者曾寿，生平无考，根据此著作可断定他是康熙年间康亲王杰书挥师平定"三藩"部队中的一员下级军官。相关资料，可参阅季永海《随军纪行译注》，中央民族学院出版社1987年版。

瘴气，则必死无疑。故我等之房屋皆建在山上。"观之，水痕达于树梢，依稀可辨。次日起程，旋即天色又晚，至仅能搭一、二帐房处下营。初三日，闻败石门坎之贼。初八日，方至班敦滕安营，拥塞于石门坎，歇息八日。传令以草垫路行军。十五日起程后，雨雹交加，脚绑涩子，步行山岭小路十五里，至石门坎下营。十六日，匍匐登石门坎头阶，因苔滑而铺草，将马逐匹牵过，勉强过此泥淖险境，许多马匹滚下山涧摔毙。人脚皆打泡，不能行走。仅行三里。天色即晚，跌跌撞撞勉强登上第二坎石阶宿营。观之，被杀之贼，一一可见。十七日，步行二十里，脚痛，勉强过第三坎台阶，方可骑马行走，始觉舒畅。行至安笼所，见归降贼众携民妇子女望城而来。我对对面之夸兰达和色曰："此乃新定之地，故过城后安营。"自西隆州至安笼所，险路二百四十五里许。十八日起程，见地方宽阔，追赶前队，夜行六十里。十九日休息，传令编为三队，干都海将我编入第一队。二十日，大将军以镶蓝旗连夜行军辛苦，拨一名汉军向导带路，抄近道两日行八十里。二十三日，架马别河浮桥，休息。闻贼于黄草坝扎营拒战……①

这只是作者在将近一个月时间大致的经历和感受，虽行文简约，运笔粗放，却颇能得见为剿灭三藩割据从而维护大一统的国家政权，将士们所尝之身心甘苦。

终于，至康熙二十一年（1862 年）秋，平叛大军奏凯返京，作者又笔录了当时的实况和个人的心境："十二日，上亲率首辅大臣，于长辛店平坦处搭凉棚，迎接大将军、大臣、章京及兵丁，列纛，鸣螺拜纛，令将军兵丁叩见。赐茶，众叩谢天恩。我往芦沟桥叩见家父。闻四弟之事，哭过园地，进城，哭入家门，叩见诸位母亲。子弟相见，已不敢认矣。观京城房舍，已大为改观，恍惚如梦。愈思愈奇，有如再生之躯。嗟乎！群鹅失一，怀念不已。此系梦，抑或非梦哉？"② 在得胜班师的军旅当中，作者本来是享有荣誉的一员，情绪理应高昂；可他又同时得到了胞弟的噩耗（文中虽未交代四弟死于何故，但是，在平定三藩战争中八旗将士牺牲者众多，读者亦可揣测一二），一时断难承受，在反观自身"愈思愈奇，有如再生之躯"的时刻，也

---

① 季永海：《随军纪行译注》，中央民族学院出版社 1987 年版，第 10 页。
② 同上书，第 23 页。

因"群鹅失一"而坠入似梦非梦的冥想。有清一代，八旗将士世代与战争为伴，那纷至沓来的战争尽管在后人眼里可以划分出各式各样的性质，然而所有的战争，却总是要吞噬大批的鲜活生命……在《随军纪行》这一战争亲历者留下的记述里，人们也许是第一次窥见到清前期八旗军人心底的感触。阵亡，实乃军人之宿命，对于随时可能出现的死亡，身为战士，从来都没有可能去发表更多的议论。然而，需要面对死生的战士，却并不缺乏常人的情感与思绪。这部不可多得并且在当时带有一定私密性质的满文日记《随军纪行》，恰是平定三藩战争中八旗下层官兵见闻和心理的真实存照。

康熙朝满人用满文书写的又一部令人瞩目的作品是《异域录》。作者图理琛（1667—1740），任过内阁侍读、广东布政使、陕西巡抚、兵部侍郎和内阁学士等要职。这位图理琛，少年时曾经攻读翻译学科，不但精通满文与汉文，对蒙古语以及俄罗斯语也有一定造诣。康熙五十一年至五十四年（1712 年至 1715 年），他与太子侍读殷扎纳、理藩院郎中纳颜等，奉旨出使远在俄罗斯境内的蒙古土尔扈特部，历时三年，不仅详备地考察了沿途社会、地理、人文诸项，也深入到土尔扈特部与其首领阿玉奇汗会见，对于怀柔该部上下，以及引发日后该部落长驱东归大清怀抱，起到了重要作用。明代，地处西域的厄鲁特蒙古之一部——土尔扈特部，迫于蒙古族内部矛盾纠纷，远徙北地伏尔加河下游到里海北境。其部落首领在大清创建之后，一再向朝廷表达愿成为清政权藩属的意向。康熙帝遂派遣宣谕使团，前去接受对方诚意。《异域录》便囊括作者对此行履命的翔实记录。

　　阿玉奇汗恭请大皇帝万寿。我等答曰："我大皇帝甲午年诞生，今年六十一岁。"阿玉奇汗又问："皇子几位？"我等答曰："现今已封亲王郡王贝勒贝子及常随大皇帝射猎，我等得见者十六人，尚有几位未出深宫，我等无由瞻仰，不得而知。"阿玉奇汗问："公主几位？"我等答曰："已经下嫁，我等所知者十数位。今官壶中尚有几位，亦不得知。"阿玉奇汗又问："闻得大皇帝每岁避暑行围所系何地名？去京都几多远近？于何时往返？"我等答曰："我大皇帝避暑之处名热河及喀拉河屯，距都城七八日路。每岁或四月尽或五月初起驾。立秋日哨鹿完日，九月间回銮。"阿玉奇汗问："此地山川树木林薮若何？"我等言："此地在长城边外，有高山大川，水极甘美，林木茂盛，禽兽蕃息。"……阿玉奇汗又

问："大皇帝龙兴之处，相隔都城几多远？人烟多少？"我等答曰："此
处名盛京，自都城行二十余日可至。彼处人烟稠密，设立五部衙门，建
官管理。又设三将军弹压地方。"阿玉奇汗问："满洲蒙古大率相类，想
起初必系同源，如何分而各异之处，大皇帝必已洞鉴，烦天使留意，回
都时可奏知大皇帝。我所遣之人来时，将此原由，恳乞降旨明示。"我
等答曰："我等留意，回日奏闻。"……阿玉奇汗又问："曩时闻得大皇
帝国中有一平西王作乱，大皇帝剿除翦灭系何年？叛逆尚有遗孽否？"
我等答曰："平西王受我大皇帝隆恩，念其少有微劳，封为王爵，安置
我中国西南隅云南地方，安享荣华，尚不自足，竟负恩叛逆。我大皇帝
赫然震怒，遣发禁旅，剿除翦灭。我中国法律，此等负国忘恩之人，断
不留其种类。此系癸丑年倡乱，平定以来，已四十余年矣。"

…………

初十日，阿玉奇汗……曰："我虽系外夷，然衣帽服饰略与中国同，
其俄罗斯乃衣冠语言不同之国，难以相比。天使返旆时，查看俄罗斯情
形，凡目击者须当留意，奏知大皇帝作何区处，悉听大皇帝睿鉴。至遣
使往来人数若多，恐彼惮烦，断绝道途，我遂无路请安朝觐进贡矣。"①

这是大清使团会见土尔扈特部首领阿玉奇汗的情景。双方言谈多为外交
辞令，看似寻常，实则问答多藏玄机。阿玉奇汗询问"大皇帝"的寿龄及子
嗣，是关注康熙帝的健康以及国家政权的稳固程度。使节回答问题，顺势则
提到皇子们"常随大皇帝射猎"，将皇家父子们的健康乃至骑射本领一并展
现。问及"公主几位"，亦非闲谈，从清开国前后，满、蒙之间便有相当多
的和亲关系，而使节此行并无此意，乃推托"今宫壸中尚有几位，亦不得
知"。有关康熙皇上半辈子每逢夏日便赴热河一带秋狝行围，更是关乎清初
"国策"和满、蒙关系的一桩大事：满族统治者实行着与中原先前历代政权
相异的民族政策，他们终止了千百年来用以御边的长城修建，改用恩威并施
的思维与措施，来稳定北部边疆，皇帝皇子们亲自参与一年一度隆重的围场
狩猎活动，既是满、蒙民族间传统文化的切近对话，又是向蒙古王公们炫耀
国力的上好时机，还是清廷督促八旗军旅常温骑射根本的军事演练。而说到
盛京和东北的满洲发祥地，说到平息三藩的历史功绩，也都是会见双方愿意

_____

① 朱眉叔等选注：《满族文学精华》，辽沈书社1993年版，第56—57页。

提到的话题，因为这样的话题最有拉近彼此情感与立场的功用。在会见中，阿玉奇汗一再表达"满洲蒙古大率相类，想起初必系同源"，"我虽系外夷，然衣帽服饰略与中国同"，甚至提醒清廷使节"至遣使往来人数若多，恐彼惮烦，断绝道途，我遂无路请安朝觐进贡"，更是机敏地阐释了其身在异域却心向故土的文化及政治倾向性。《异域录》中会见双方的一应交际辞令，含有丰厚的社会内容，图理琛记载这样的重要会晤，擅长启用自己所熟练的白描笔法，不事铺张与渲染，只是将谈话双方的言语尽量准确地收录下来，而人物的思想倾向和心理情感，都明确无误地在其言谈间显现无余。作品的字里行间，体现出书写者取舍剪裁的不凡功力。

图理琛所处的时代，满语满文在满洲各阶层相当盛行。简约、精准、流畅而且富有表现力，是当时优异的满文书写的基本特征，《异域录》的文字在展现这种语言特征方面，表现尤属上乘，其文笔张弛有度，深入浅出，而且读来兴味盎然。作者是满、汉语文兼通的文化人，《异域录》在雍正元年（1723 年）公开刊行即同时有满文和汉文两种版本，这两个语种的版本当都出自图理琛一人。作者正是借助于个人的双语创作优势，把逼近于口语的生动，与艺术质地上面的讲究熔于一炉，再分头书写到满、汉两种版本当中。

《异域录》又是具有历史文献与文化游记两重性质的作品，其中可以读到许多描绘异国境内山川风物人文景象的篇章。书中这样描写安加拉河的景色："昂噶拉河两岸，奇峦绝壁，迭秀横空，断岸千尺，水声淙淙，巉石嵯峨，横波峭立，风高浪激，奔注如矢。"① 而置身于伏尔加河流域，图理琛又触景生情地写道："佛而格河环其右……夜静登楼远眺，见高峣月出，万象澄澈，河水涟漪，一碧无际，遥忆乡井，心神恍然。"② ——我们尤其关注的是，它的满文文本是否可以达到汉文文本的文学水平，据满文研究专家鉴定，同样的描写，不但在汉文文本，也在满文文本里得到了完满的表达。如此看来，《异域录》成为满文散文创作中长期受到读者青睐的作品，是有道理的。

流传于世的散文体满文创作，受到人们关注的，还有康熙帝玄烨所撰《太宗皇帝大破明师于松山之战书事文》、乾隆帝弘历所撰《太祖大破明师

---

①　图理琛著、庄吉发校注：《满汉异域录校注》，（台湾）文史哲出版社 1983 年版，第 45 页。
②　图理琛：《异域录》卷下，《四库全书》史部十一·地理类十外纪之属。

于萨尔浒之战事文》，以及《出使交趾纪事》《百二老人语录》等篇。

清前期的满文散文写作，在当时是形成了一定风气的。只是后世的研究者还没有予以更加深入的发掘，才使得我们今天对这一部分满族文化遗产，还未能打开更宽的视角。

不难想象的是，由于满文的草创（1599 年），与满洲人举族进入中原（1644 年）二者相距的时间较短，这个短暂阶段满洲内部又处在大动荡过程，满洲人的母语写作没能得到比较充裕的发展、完善；继而身陷中原，辉煌的汉族文学对满洲上层知识分子很快就产生了巨大的吸引力和作用力，满洲人自身的母语写作，便受到新一轮的遏制和挤压。从目前能见到的满洲人母语的散文资料来看，不但其总体的艺术性有所不足，就是以文学词汇的丰富以及文学手段的多样等指标来考察，也是不令人满意的。

比起散文创作，满洲作者写作的母语诗歌，存量更少。在仅存的母语诗歌当中，尚有一些较有艺术价值的作品。

继承本民族传统吟唱方式来写诗，是清代满族母语诗人的一种选择。下面抄录的是明德所创《库克吉》诗①的一部分，是用其满文原作的拼音转写：

sahaliyan gaha kukji/moo de dombi kukji/sain ucun be kukji/ubade jombi kukji/tarhūn morin be kukji/geren de šombi kukji/eiten doro kukji/ejen de bi kukji/eture jetere kukji/weilere de bi kukji/haršame gamarangge kukji/ehe de bi kukji/haji senggijeme kukji/sain de bi kukji/beiguwen halhūn kukji/aniya de bi kukji /……

译为汉文则是：

黑色乌鸦　库克吉／落在树上　库克吉／美妙歌声　库克吉／在此起唱　库克吉／膘肥的马　库克吉／众人梳理　库克吉／一切道理　库克吉／只归主人　库克吉／穿的吃的　库克吉／依靠劳动　库克吉／偏向苟私　库克吉／纯属恶举　库克吉／亲近和睦　库克吉／皆为善行　库克吉／冷热寒暑　库克吉／年年如此　库克吉／……

---

① 原文与译文，均转引自富丽《满族诗歌格律》，载《少数民族诗歌格律》，西藏人民出版社1986 年版，第 381 页。

从前，在满族的先民中间，流传着一种被称作"拉空齐"（也被称作"空齐曲"）的民歌样式，所唱的每句歌词，基本上都由实意表达跟虚字衬词这样两个部分组成，同时，每句当中循环反复的虚字衬词又都是一致的。这里引述的《库尔吉》诗，从形式上来说，和传统的民间"拉空齐"极为相近，可见，满族的母语诗歌创作，也受到过旧日大众口头吟唱的很大影响。

接受汉族文人诗歌的艺术影响之后，满族母语诗歌创作出现了努力提升自我艺术水平的倾向。像康熙帝玄烨的满文组诗《避暑山庄诗》、乾隆帝弘历的《御制盛京赋》等作品，都可归于此类。清代早些时候，满语的固有诗歌语汇，普遍还停留于质朴、自然、粗放的层面，难以企及汉族诗词歌赋因长久积淀所享有词汇的丰富、典雅、细腻，更兼满语诗歌原来较为简明的用韵规律（一般只是大概地去押"头韵"或者押"尾韵"），也与汉文格律诗体严谨的创作规范（比如"对仗""平仄""韵脚"等），有着显著的差异。要让满文诗作有效地增强从内容到形式的表现力，则既要学习汉文诗歌的艺术优点，又要在母语创作上光大本民族的传统特色。知难而进，勇于探索，满人的这种文化性情，也在他们的母语诗歌创作中有所表现。这里，我们对比着看看弘历双语诗作《御制盛京赋》①的相关部分。满文：

ambalinggū mukden fukjin ilibuha, amargi simiyan be dalirabuha, alin den bira onco, abkai fejergi de tuwakū toktobuham, ayan tasha muduri i gese, ambula ferguwecuke ba banjinaha, acabume ulan fetebufi, akdulame hoton sahabuha, abka na be dursuleme, a e be alhūdaha, ai ai hūda be faksalame, asaha de taktu be dabkūrilaha, ambarame ten be ilibufi, amba han i doro be badarambuha.

汉文：

于铄盛京/维沈之阳/大山广川/作观万方/虎踞龙盘/紫县浩穰/爰浚周池/爰筑长墉/法天则地/阳耀阴藏/贷别隧分/旗亭五重/神基崇峻/帝

---

① 弘历：《御制盛京赋》，傅懋勣主编：《中国民族古文字图录》，中国社会科学出版社 1990 年版，第 341 页。

系绵昌

有论者就《御制盛京赋》满文诗作指出："满文诗歌特点在这里表现得很充分。满语诗歌的头韵、尾韵如此和谐是很难得的，特别是十四行诗中一韵到底的韵律更难做到。……整首诗歌的韵律前后呼应，更加协调一致，达到了一种更高的音乐之美。我们从这篇《盛京赋》颂诗中看到了一种高度完美和谐的，传统的满文诗歌形式。同时也领略到了，乾隆皇帝在满语及其音韵方面的造诣。作为一位帝王诗人，也作为一位少数民族诗人，他不仅要求自己的汉诗做得完美，而且更希望自己的民族语诗做得完美……其用心良苦是可想而知的。"[1] 笔者是赞同这一评价的。

至清代后期，满族文学范畴内运用汉语文去创作各种作品，早已蔚然成风，可是，作家们的母语写作，却照样是波澜不惊地在推进，并久久地占据着该民族文坛之一角。

《寻夫曲》[2] 这部子弟书[3]，唱的是中原地区流传的"孟姜女哭长城"故事：

> ere gese gūnin usacuka arbun muru ai mohon bi
> 似这样断魂景况何时了
> ai mini tere hesebun gosihon i eigen marikini ya aniya
> 叹我那苦命的儿夫何日归
> bi inemene emhun beye tumen bade eigen be baihanakini
> 奴不免一身万里寻夫去
> uthai gūwa bade bucehe seme fayanggu oron aicibe inu emgi sasa
> 便死他乡也落得魂魄随

这部"满汉合璧"子弟书，满文与汉文各自完整表意成文，对照书写，

---

① 赵志忠：《清代满语文学史略》，辽宁民族出版社 2002 年版，第 176 页。

② 无名氏：《满汉合璧寻夫曲》，张寿崇主编：《满族说唱文学子弟书珍本百种》，民族出版社 2000 年版，第 51 页。

③ "子弟书"，是清代中晚期风靡京师及一些北方大中城市的曲艺形式，其文学脚本多由旗籍的下层文化人创编。关于"子弟书"，本书后面将做专门评介。

教只懂满文或只懂汉文的人对照曲本而各得其所。

　　满文剧本《烟鬼叹》，有可能是现今人们能够读到的清代满族作家最为晚近的母语作品之一。[①] 剧本作者不详，据内容来看，写作时间当在道、咸之际。这是一部五幕戏，以真切的悲剧，描绘了西方列强倾销鸦片造成的中国人家凄惨景象。

　　　　yarun fukderefi dambagu akū oci balai bodome gūninjambi. gūnin de sargan be uncafi edelehe dambagu i bekdun be toodaki sembihe. emu dobori omime eici hontoho inenggi gocime. buda jetere be buyerakū. kangkaha erin. hatan cai omiha manggi, teni mukei dambagugocimbi. jekengge mini dere cira sohon. uju coko i umgan i gese. yasai hūntahan uthai wahūn behe tei? un muheliyen i adali. simhun saniyaci coko wasiha i gese. olhon i tuwara de mangga. bodome gūnici baktahū singgeku dolo. sahaliyan šugi i adali. ildefun de niohun（sude tube）yali olhon giranggi tuyembuhe. beyei gubci tuwa husūn akū bime yabume feliyere de jobocun manggašambi. juwari forgon de eitereme halhūn sehe seme. nei tucibume muterakū. tuweri forgon de jibca eture gojime šahūrun daldame muterakū. jiha bihe bici guwangjeo i goloi boihon waka oci. yarun（fukderefi）duleme muterakū. jiha akū i erin dambagu fulenggi be nandame yargiyan i hairacuka. weri besergen de dedume. dalbade ilime. booi niyalma tere boigoji be uileme ersere adališambi. weri niyalma dambagu cilcin dasatame juwe yasa sijirhūn tuwahai. elheken i tere fatan i fejile i bade tefi. gūwa niyalma dambagu fulenggi be feteme ashan fashan. gūnin de falan de niyakūrafi. cembe mafari seme hulaki. aikabade dambagu omire urse. emu andande mujilen oncodoci. emu cilcin be bume ohode. aikabade dambagu omire urse. emu andande mujiilen oncodoci. emu cicin be bume ohode. ebuhu sabuhū elhe be baimbi. niyalma i dengjan be juwen niyalma i gociku be juwen. beye eimede. emu anggai dambagu hefeli de dosifi. wangga jancuhūn same mutembi. umainaci ojorokū gala tukiyefi geli

---

　　① 有关满文剧本《烟鬼叹》的详细介绍，可参见赵展《满汉合璧剧本〈烟鬼叹〉刍议》，《满语研究》2000 年第 2 期，如下引文亦出自该文。

giohošome. jakūnggeri deijifi fulenggi be heni bufi inu baili onco hihan. nungnerengge tese sain gucu jailafi acarakū. arga akū dambagu fulenggi be fetefi uthai dambagu gocirengge obuha. baktakū singgeku i dolo, hefeli i dolo fulenggi fiheme jalufi. bucerakū secibe manggai majige ubu inenggi banjimbi dere. girucun akū be leoleci. cai buda be baire giohoto de gūtubumbi. butui erdemu be kokirabufi teni dambagu omire jui omolo be banjinjiha. emu inenggi juwe. juwe inenggi ilan. beye nimekulembi. dambagu fulenggi i horon de goibuha turgunde ergen yadaha.

汉译为：

　　瘾来了，若无烟，胡乱打算，想要卖妻子，偿还所欠烟债。抽一夜或半天，不爱吃饭，渴了时，先喝酽茶，后抽水烟。吃得我脸色黄，头如鸡蛋，眼眶就像臭墨铜圈。伸手指如鸡爪，干得难看。料想是肺腑内如黑漆一般，脖颈骨青筋毕露，肉干骨现，全身无火力，行走艰难。尽管夏天炎热，就是不能出汗。冬天里穿皮袄，不能遮寒。有钱时非广土不能过瘾；无钱时，寻烟灰实在可怜。别人躺上床，一旁站立，如家人侍奉那主人一样照看。见人家收拾烟泡两眼直看，慢慢地坐在那脚底下边。别人掏烟灰便着了忙，想跪于地叫他们祖先。倘若是吸烟人忽然心宽，给一个烟泡儿急忙请安，借人灯借人枪，自己讨厌，一口烟入了肚，能知香甜。无可奈何，举手又乞讨，给了些烧八遍的灰，也算恩宽。招惹得那些好朋友躲着不见，没有法掏烟灰当作吸烟。肺腑内与肚腹烟灰塞满，虽不死也不过多活几天。论无耻，玷辱那乞茶讨饭的乞丐；损阴德，才生下吸烟的子孙。一日两，两日三，身体得病，中烟灰毒，一命呜呼。

　　剧本《烟鬼叹》的满文书写，是流畅和生活化的。可以由此推想到，作者必是一位熟稔于母语表达的满族文化人。作品的控诉指斥对象，是西洋鸦片烟对中国黎民从肉体到精神的严重戕害，从题材上看来很严肃，并不是一部文人自我玩味消遣的创作，而明显地带有在全社会教育大众倡导禁烟的目的。这样推想，作品问世之际它的满文读者也一定很多，说明满语满文在清代晚期（或者说是我国近代）的满族当中还是很有基础的。当然，现在已经无法了解到，这样一部满文剧作在写出来以后，有没有过排演或者与更多读者见面的机会。我们知道，鸦片战争前后很长时间，国内各界"禁绝鸦片烟"的声浪曾经一浪高过一浪。正是在这样广泛的禁烟舆论中，满族作家们不但用汉文作品参与其内①，也曾用本民族中下层依然熟悉的满语满文，宣传于族众，表达出自己的鲜明立场。

三

清代满族作家用满文创作的另一类作品，是翻译小说。

任何不同民族文种之间的翻译工作，都不会简单地只是两种语言间对应文辞的互搬，翻译作品都带有二度创作的特点，好的译作就尤其要展现译者的艺术造诣，在真正完美的译作中，既要体现出翻译技巧，又要融入译者对文学世界的整体把握。由汉文翻译过来的满文译作，也必然如此。

满族民间喜好"讲古"文学，喜好各种题材的长篇说部，是饶有传统的。因而，在他们与汉族文化接触之初，也将这方面的兴致，同样地转移到对方的讲古作品上头。据记载，从努尔哈赤到皇太极，他们父子都痴迷于罗贯中所著长篇历史小说《三国演义》当中的故事。天聪年间，皇太极亲自命学者达海着手翻译这部作品。② 当时的满族将士能读懂汉文书籍的极少，他们通过对达海所译满文本《三国演义》的阅读，不单满足了艺术娱悦上的考虑，更把书中讲述的文韬武略，直接应用于现实的政治、军事乃至思想修养方面。③ 一部中原的通俗文学作品，竟然能在面世一些年以后在他民族社会历史变迁中，发挥如此之大的作用，实在是不能不叫人感叹的。

清代满人们学习汉语和废弛母语，有一个比较长的过程，直至清末，下层的许多满族人也照样会讲满语会读满文，他们即便是学得了一些汉语会话，离能够阅读汉文书籍的要求还有较大距离。前后近300年，他们以满文译本来阅读汉族文学作品已成为风习。

---

① 道、咸时期诗人庆康所作汉文诗歌《鸦片烟行》，即为一例。本书将在后面做出评介。

② 达海生前未能将《三国演义》译完，这部未完成的译稿即在满人中间广泛流传开来。清人入关后，摄政王多尔衮又组织了大量人力物力，终于把这部作品完整译出。

③ 有这样一种说法：皇太极设计离间明朝与袁崇焕的关系，就是从周瑜设计离间曹操与蔡瑁、张允那里学来的。此说也许只是一种民间比附。但是，清廷曾将译著小说《三国演义》作为兵书战策发放到军营里面供将领们学习，则确有其事。另外，《三国演义》宣扬的以关羽为代表的封建时代忠义观念，也对有清一代满族人道德伦理的强化固化，产生了重要影响。

终清之前，由满族翻译家用满文来译著的汉族作品，数量相当之大。

有研究者综合各种书目文献，专门对清代译自汉文的满文作品，做过一项自称是尚不完全的统计，得出来的数字居然有 153 部之多。[①] 这确是一个让人多少有些意外的数字。而从这些作品体裁上来区分一下，小说占了十之八九的比例，差不多纳入了当时汉文创作中所有较受欢迎的作品。像《唐人小说》《西游记》《水浒传》《封神演义》《东周列国志》《连城璧》《八洞天》《东汉演义》《列国演义》《说唐》《说岳全传》《平山冷燕》《好逑传》《玉娇梨》等，都是其中的篇目。虽说上述一百几十部译作的作者，并未全部留下名字，译作的文笔及翻译技巧也错落不齐，我们却看到，这中间有一些翻译家实在是功力非凡的。像前有达海后有顺治朝多位大文化人共同翻译出来的《三国演义》，在艺术质量上自不待说；随后涌现的著名翻译家也不少，例如康熙年间和素所译《西厢记》和《金瓶梅》[②]，道光年间扎克丹所译《聊斋志异》[③] 等，都堪称译文巨制，不但为当时的读者爱不释手，时至今日，也还是被学术界推崇为民族语文译著的经典文本。

四

以上，大致介绍了满族作家在清代用母语创作的基本情况。

自清朝退出历史之后，满族的母语文学书写，几近彻底湮灭。这时，满族与汉族在文化上的彼此界限愈发模糊起来。而满族的母语文学在 20 世纪前期这一时空坐标点上终告息影于世间，其原因是什么呢？笔者认为，这里面既有清代近 300 年里双方交流水到渠成的非人力作用，也包含辛亥鼎革后一个历史过程中满族文化所遭受的人为挤压。假如我们把前一个原因看作主因的话，应当想到，后一个因素也是不能忽略不提的。

满族的母语文学，业已交付历史存档。面对着种种满文创作的过往文化

---

① 赵志忠：《清代满语文学史略》，辽宁民族出版社 2002 年版，第 98—104 页。

② 昭梿在《啸亭杂录》中谈到："有户部曹郎中和素者，翻译绝精，其翻《西厢记》《金瓶梅》诸书，疏栉字句，咸中繁肯，人皆争诵焉。"昭梿：《啸亭杂录》，中华书局 1980 年版，第 396 页。

③ 扎克丹的学生德音泰和长兴，在谈到其师翻译《聊斋志异》情况时，说："夫子之于清文，如性命焉，而蒲留仙之《聊斋志异》一书，尤夫子之酷好者。遂择翻百十余则，经营辛苦，几历寒暑，方始脱稿。而夫子一生之纯粹精华，皆寓于是书矣。"（蒲松龄著、扎克丹译、永志坚校注：《满汉合璧〈聊斋志异〉选译》，新疆人民出版社 1993 年版，第 2283 页）

遗存，我们可以感触到一些什么呢？

首先，可以肯定，满族母语文学的发生、发展，是一个客观的必然的民族文化存在。在文化人类学的视野中，每一个民族的传统文化，都可以标示出一条有异于他民族的特定轨迹，而各个民族特定轨迹间又总能够看出某些共性规律。满族的情形也不例外。17世纪前期，在以女真族为核心的基础上，吸收了东北亚多个兄弟民族的血脉成分，完成了一次新型的满洲民族的建构——笔者这里既然称之为"建构"，就是想要说，满洲民族的出现，其间确有一点儿人为因素的渗透。不过，因先前的女真毕竟是后来之满洲的绝对主体成分，新问世的满洲民族便基本上还是循着女真文化的既定轨道前行。该民族的语言、宗教、伦理以至于社会经济；等等，都是从明代东北地区女真族的基点上铺开来的。当努尔哈赤、皇太极们将雄心壮志化为戎马行为的时候，他们所拥有的文化资源是有限而又薄弱的。有着偌大历史志向的英雄，连自己民族的文字，也须从头创制。当满文终于被创制出来，该民族的书面文学建设又显然不会是它的当务之急与首要承担。中外各个民族在刚刚拥有自身文字的时刻，都肯定地，不曾急于用民族文字去编织自己的文学之梦。民族文学，只能是历史书写之内一项起初几乎不被察觉的"副产品"。满族文学的研究者今天得从《满文老档》等史籍里剥离出这个民族原初的书面文学成分，恰与中原文学研究者从先秦典籍与《史记》中发现汉民族文学的萌芽，是一样性质的工作。在国内一些拥有自己文字的少数民族当中，也有相似的情况。

满族的母语书面文学，本来是渴望着能破浪远航的。原本有着丰厚积淀的民间口承文化，以及由此培养起来的波及整个民族传统的文学艺术嗜好，为该民族的作家文学起飞，做过极其扎实的铺垫；满文的创制与完备，又为满民族的书面写作预设了必备前提；同时，满洲民族经过艰苦持久的奋斗，社会处境大幅度抬升，甚至建立起来了以本民族为核心的国家政权。满族的民族文化、满族的作家文学，其借助于民族振兴之力而迅猛发展的机会，好像是近在眼前了。然则，历史常常要跟那些踌躇满志的成功者，开出一些大大小小的玩笑来，不以人的意志为转移的事情，这次在满族文化和满族文学的发展当中现身了。明、清交替，政治上的成功者恰恰并不是文化上的强者，满洲的民族文化虽颇有个性特色，却到底属于少数民族的带有某些原始质地的文化类型，跟在中原广垠上面早已扎下深根的具有悠久而辉煌传统的汉族文化相比，能量小，且发展阶段也滞后。自17世纪中叶起，这种满、汉文化上面的两相对峙与交互博弈，结果哪一方面会处于下风，似乎是一场早已规定好了的"宿命"。满族的文学乃至于满族的文化，都没有像这个民族在政治上那样春风得意，实际上，他们本当包含母语运用在内的、完全意义上的本民族的书面文学发展，是从清政权定都北京城的那一刻算起，就没有赶上过什么"顺帆风"。清初以降，满洲子弟自上层而中层，而下层，受汉族文化的濡染渐次表现出来，而且无时或已；在满族内部，虽然是出于不尽相同的目的，起步学习汉文与汉文化，进而用汉语文来书写包括文学作品在内的各种文章文献的，人数愈来愈多，书写水平也愈来愈高。综观清代的十几位帝王，多数人都曾经一再敕令满洲旗人，必须要将"国语骑射"的民族习尚时刻维系、代代传承。可是，在这些民族首脑们极度忧患于民族根本会不会失传的同时，他们自己却也不能不心甘情愿地用中原文化来装备自己。用女真—满洲式的传统文化，统治这个国家早已为儒家思想模塑定型的上层士大夫及下层民众，是不可能的事情。而攀援儒家文化的极顶，做中华大帝国权威的精神主宰，显然是比维护本民族文化的自足发展，更其重要的使命和担当。

　　检视清代满族母语文学的书面创作，大抵可以把它们分为四类。

　　第一类，是庙堂御制作品，像玄烨之《太宗皇帝大破明师于松山之战书事文》《避暑山庄诗》，弘历之《太祖大破明师于萨尔浒之战事文》《御制盛京赋》，即属于这一类。这样的创作都带有张扬本民族历史业绩的含义，也带有倡导满文写作的意向。不过，比起康、乾二帝用汉文书写的数量很大的作品，此类制作可以说只是凤毛麟角，对本民族母语写作的导向影响是可想而知的。

　　第二类，是带有一定个性化特点的写作，比如曾寿的《随军纪行》和图理琛的《异域录》。这类作品在写作当时没有公开发表的意图，比较的存在着私密性，尽管作者落笔时具备了一定的文学修养，毕竟不是为了公诸世间供读者欣赏。这类作品，与纯文学的制作尚有一些差异，且因流传范围的狭窄，也就缺少更广泛的影响力。

　　第三类，是子弟书《寻夫曲》、剧本《烟鬼叹》等有着面对社会创作意图的作品，这才是迎合满族下层只能读通满文却难于读懂汉文那些人的读物。这类满文创作，一上手就瞄准了满文读者或者观众的艺术需求，基本摆脱了非文学因素的束缚，具有可见的艺术性与审美性，算是标准的满族母语文学。只是，这样的作品问世之际已届清代的中后期，当时满族内部只能读满文的读者群已经日渐缩小，能读汉文作品的读者群却又在随时增长，客观的受众大环境已经很不理想，当然要制约其进一步的发展提高。

至于第四类，也就要说到满文的翻译文学了。那恐怕才是满族母语文学中自始至终得到充分而完备发展的一类。这类译作，既有较大的数量，其间又不乏高质量的佳制，而且还维持了相当长久的良好成长势头。唯一可惜的，是此类作品毕竟不是满族文学创作者的完整原创，只属于在汉族作者首度创作基础上的二度创作。这样的创作哪怕是再精彩，到底也不能在满族书面文学的总体格局中成为主导。

清代满族的母语书面文学，一直是在有限历史空间制约之中舞蹈着。璀璨夺目的中原文学，无时无刻不在抑制着它的生存。在清廷反复颁布的一道道政令下面，"国语骑射"尚且难以长久维系，从来就没有得到过什么"政策保护"的满族母语文学，生长和延展的空间，自然是越来越狭窄。满族母语书面创作，始终是处在自然生成，又自然流失的状态。

就满族文学的总体发展而言，无论是满文创作还是满文译作，毕竟都没能形成对他民族有影响的大潮。① 在多重政治、社会及文化因素强有力的作用之下，清代满族文学的主潮，始终体现于借用汉文表达方式的"非母语——汉语"书写形态上。从日后不同站位的文化感觉上讲，这既可以被视为一种文化上的"不幸"，也可以被视为一种文化上的"大幸"。

不管怎样说，以汉族语文做自己书写工具来成就满族文学，终归已经成为其自身的主要特征之一。

---

① 在清代的国内多民族文学交流当中，满族的母语文学只对锡伯、达斡尔等相互文化关系切近的民族，产生过一些影响，而真正做到与汉族及其他民族之间在文学上交流互动，则主要还是满族作家运用汉文写作之后的事情。

第二章　借海扬帆——汉文书写始肇端

满洲民族作为中国境内的一个少数民族，由诞生之初起始，始终需要直接面对的，便是比自身在能量上要强大、丰厚甚至威严许多倍的汉族文化。

对比于中原汉族，中国自古以来的小民族可谓多矣。但是，像满族这样自打一出世，便须全方位地思考和处理与汉族文化关系的民族，却并不多见。唯其如此，满族的文化史及文学史在文化人类学方面所提供的罕见的标本价值，才尤其需要引发学界的重视。

从这一特别的角度放眼，我们也许能够读出，一部满族书面文学的流变史，就是满族书写者们一向以来，在文学道路上如何学习和汲取对方，与如何寻找和守望自我的历史步态。

所以做出这般的理解与概括，皆因满族以及满族文学从问世伊始，就和汉民族的距离，贴近到了耳鬓厮磨的程度。出于同样的关系，我们在研究满族文学的时候，也就有必要随时提示自己：切莫大而化之地搬用寻常情况下去看待其他少数民族文学的眼光和方式。

一如前述，依据人们的习惯思维，一个民族的书面文学，就该是这个民族的作者以本民族的文字写下的作品。可是，凡事也总会有个常态与非常态的差异。任何事物，溢出于常态轨道而以这样那样的非常态面目显现，既在哲理上可以理解，现实中也不难看到。

一

翻开中华史册，文化相对滞后的少数民族靠弓马征讨天下，进而入主中原腹地者，原不罕见，满族在其中，仅是个最晚的到来者。即便只算确立起大一统中央王朝的，在满族建立清朝之先，也还有蒙古人建立起来的元朝。清朝定鼎北京前后，这个起家于白山黑水偏远乡野的小民族，其统治者们不但有过思考，甚至在内部还有过决策上的矛盾交锋。其中一种意见是，可以仿照当年的蒙元，仍以民族故乡为战略根据地，进入中原后大可不必与汉民族做过多的文化周旋，若不能长久驻足于长城以里，便索性重新撤回关外老家了事；另一种意见则是，既然进入了中原，就要有雄心远略，须在兵力严重短缺的情况下举族内迁，将本民族战略大本营彻底移至燕京（即北京）地区，并不间断地向全国进取渗透，从而有效、持久地去控制和管辖这个泱泱大国。

结果，后一种意见成为最终的决策。

满洲人入主中原的时刻，挟有自己的文化传统，其野性而粗粝的精神特征，仍是十分彰显的。携带着这样的民族文化闯进关内的满洲民族，当时全部人口仅几十万人，无法与已有近万万之众的汉族相提并论，就他们的文化发展水准来看，亦比中原滞后许多。

他们一定是觉察到了蒙元留下的深刻殷鉴。一方面，他们不愿像蒙元那样成为一个坐不稳的短命朝代，想尽办法在这个东方大帝国的政治中心扎下根；另一方面，他们也为如何才能既获得巨大的政治权益又保全自己的民族根基，而冥思苦想、寝食不安。他们清醒地意识到，以武力夺得的政权，是无法仅凭武力去长久维持的；为了实行对中国广大地区的有效掌控，自己必须向汉民族发达的文化看齐，从中获得精神统治者的牢固地位。他们虽然不甘心就此丢弃本民族的诸多固有特点，却又没法儿不向汉族传统文化领域大举挺进。

两难之下，他们选择了文化上有可能是破釜沉舟的路线。

自顺治初年起，他们以儒学为基础，设立学校，实行科举，使满族人特别是本民族的上层子弟，能够及时而充分地接受中原文化的学习，成为这种文化的拥有者。这就是清代初期满洲上层掀起踊跃学习汉族文化热潮的基本动因。

以顺治、康熙、雍正、乾隆几代清朝早期帝王为代表的执政者，出于维护政权的迫切诉求，不遗余力地向汉族传统尤其是儒家思想靠拢、学习。他们懂得这种学习对于新兴的清政权而言是存亡攸关的，因而他们学习的态度与毅力也是足以令人慨叹的。

　　　　福临（指顺治帝——引者注）是一位好学而明智的年轻君主，1651年，他开始执掌朝政时，很难看懂向他呈递的奏折。由此他深感对汉文的无知。他以极大的决心和毅力攻读汉文，因而在短短几年内已经能够用汉文读、写，评定考卷，批阅公文。他对中国小说、戏剧和禅宗佛教文学的兴趣也不断增长，大约在1659年或1660年的时候，他成段地引用 1656 年刊行的金人瑞评点的《西厢记》……他对小说评论家金人瑞的评语是"才高而见僻"，足以显示他对汉文的理解力相当高深。一个日理万机的人能有如此成就是很不寻常的。[①]

还有康熙皇帝玄烨，自少年时代起时常彻夜攻读先秦"坟"、"典"文献，即便是累得咯血，也在所不惜。

他们的攻读终于奏效，经过不懈的努力，清代的主宰者登上了"无限风光"的儒学传统思想顶峰，完成了自我文化形象的调整与重塑。中原封建旧族中的绝大多数，因此也开始心悦诚服地为他们原本并不喜欢的这个异民族政权效力。

其实，满洲主宰们政治上的踌躇满志，掩盖着的正是他们在文化上的岌岌然如履薄冰。古今中外，任何一个民族都不会愿意主动地轻易地舍弃自身传之久远的文化传统。当顺、康、雍、乾等满洲领袖人物向汉族文化思想的高峰奋力攀登的时刻，他们的心理或许是极其矛盾的。一方面，如若不把汉人传统的文化尤其是治国思想的精髓实实在在地学到手，已经到手的政治利益就完全可能付之东流；他们又不希望自己的满洲同胞也都效法其后，与他们一样地去学习和汲取其他民族文化，那么做，显然会危及自我民族文化的存在、承袭和延伸。正是鉴于这般自相矛盾的思虑，包括上述各代帝王在内，清朝历代全力进取汉文化的君主们，却从始至终三令五申，强调对于本民族传统的固守，强调长期持有"国语骑射"等满族习尚，对本民族在新环境下继续存在的根本意义。然而，跨进中原不再回头的历史性抉择本身，就意味着坠入并浮游于汉族文化汪洋大海的开端。博大精深的汉族文明，对这个经济文化欠发达民族的成员们来说，不啻是一种"挡也挡不住的诱惑"。

有清一代，"国语骑射"等满民族的非物质和物质的文化，显见着一层层地脱落。时至清末，入关前的满族文化在汉族文化的步步诱导下，业已出现了大幅度的转型。

幸好，满人并未一任汉族文化洪涛的彻底"灭顶"，较高的智商和举世公认的创造性帮了他们一些忙，使他们在某些情况下大胆地向强大的汉族文化表达了自己的别样选择，他们的某些独特的价值取舍没有被历史所湮灭，

① ［美］A. W. 恒慕义主编：《清代名人传略》，中国人民大学清史研究所《清代名人传略》翻译组翻译，青海人民出版社 1995 年版，第 573 页。

在日后中华文化的构建中还发挥了独特的作用。不过，那已经是后话。

　　满洲人学习汉文化并不是从文学入手的。儒家学说、治国韬略、恩威并施统治社会的精神话语，才是统治者"急用先学"的东西。可是，文学在汉族文化庞大的混合形态当中，毕竟是最叫人痴迷生瘾的一部分，就像顺治皇帝在攻读汉文及其典籍之余，汉文的文学修养也同步被抬升起来一样，最先跨入汉文写作领域的满洲人，多不是一上手就想要成为什么文学家。

　　鄂貌图（1614—1661）在满族文学史册上，是开风气之先的重要人物。他出身于满洲叶赫部内章佳氏家族，是皇太极时期的满洲科目解元，累官至中和殿学士兼礼部左侍郎。此人文武全才，善于骑射，也酷爱读书，在满文创制之初就能精通满文，同时他也好学习中原儒术，能够兼通满、汉文义。他是满族最早的文学翻译家之一，在清朝进关之初所刊刻的满文译作当中，就有他译自汉文的文学典籍《诗经》。而他的诗集《北海集》，更被认定是满人最早用汉文创作的作品集。

　　清初中原诗界的领袖王士禛，关注到同时代文坛上异族诗人鄂貌图的出现，曾给予很高的尊重与评价，推崇为"满洲文学之开，实自公始"①。当然，客观地说，王士禛的这一评价是有点儿偏差的。因为所谓满洲文学，就应当是该民族的民间口头文学、母语书面文学和汉文书面文学这样几个类型创作的总和，那么，前两种类型作品的发端，既然确实早于他们的汉文书面文学，再认定"满洲文学之开"，是从鄂貌图这里起始，就不准确了。这其实只是彼时彼境之下作为中原文化人一种不可避免的视角闪失，这一闪失，折射出来的是历史上身处不同民族文化站位者的感官误差。今天在我们的眼里，是可以理解和宽容的。

　　鄂貌图尽管不是满洲民族文学史上的第一人，却毫无争议地，是满族历史上的第一位汉文的书面文学作者。对汉文诗人鄂貌图出现的意义，不可低估，除去理当看到他个人的文学创作成就不俗而外，尤其应该从满族文学日后的长驱发展，来理解他在文学史上的预示性质。

　　据估算，有清一代，国内文人的汉文诗集大约总计7000种。而近年来的发掘研究证实，其中仅满族诗人们创作的汉文作品集，就有600种以上。② 这

---

　　① （清）铁保辑、赵志辉等点补校：《熙朝雅颂集》，辽宁大学出版社1992年版，第328页。
　　② 这一数字是根据《八旗艺文编目》等记录统算得来的。另，《熙朝雅颂集》收入清初至清中期旗族诗人诗作近万首，作者凡550人；《八旗文经》亦收入旗族文人文章650篇，作者也有550人。

个在清代的汉文诗坛上几近十分之一的作品创作量，足可证实在这一历史过程中，满族文人汉文写作队伍之大与作品之多。假使我们再认识一下满族杰出作家由清代至现代用汉文创作的文学达到了何等出类拔萃的境界，便会更加明了，清初汉文诗人鄂貌图的出现，在满族文学史册乃至于中华多民族的文学史册上，有着什么样的提示作用。

像清初许多满族士人一样，鄂貌图的一生也是在昂扬、紧张、充实的社会气氛下度过的。身为赞襄军政的要臣，他跟随八旗劲旅南征北战，屡建功勋，地位突出。《清诗纪事初编》载：鄂貌图曾"随豫亲王定陕洛，下江南、两浙。多罗贝勒征闽，单骑说郑芝龙降之。郑亲王征川湖，安亲王征喀尔喀，郑世子征闽降黄梧，多罗信郡王取云贵，凡清初用兵，靡役不从，隐然为监军焉"①。

翻开鄂貌图的诗作《北海集》，读者难以想象，它竟然是出自这位差不多半生都奔波于戎马生涯的满人笔端；何况，在鄂貌图之前，满洲所有的文臣武将，全都没有尝试过触摸汉文文学的写作。

《北海集》里面的作品，均为典型的汉文格律诗，这些诗，基本上都是作者身负军政要务走行南北各地时候的触景咏怀之作。

树色苍苍滇海秋，归心每望凤凰楼。二毛镜里惊衰鬓，万里天边看敝裘。片片火萤摇客眼，轻轻沙燕过南州。飘蓬风露疲鞍马，回首盘江东北流。

——《秋思》②

天涯自昔感分襟，楚水吴山滞好音。江上频年征客泪，樽中几度故人心。楼头好月凭谁对，囊中新诗只自吟。幸有塞鸿从北至，殷勤慰我别愁深。

——《寄友》③

---

① 转引自（清）铁保辑，赵志辉等点校补：《熙朝雅颂集》，辽宁大学出版社 1992 年版，第331 页。

② 鄂貌图：《秋思》，张菊玲、关纪新、李红雨：《清代满族作家诗词选》，时代文艺出版社 1987 年版，第 1 页。

③ 鄂貌图：《寄友》，张菊玲、关纪新、李红雨：《清代满族作家诗词选》，时代文艺出版社 1987 年版，第 2 页。

他的诗，工稳流畅，颇得中原传统诗歌流脉技法之要义。按说，阿尔泰语系民族的语言习惯，与汉民族的语言习惯原本大相径庭，二者从语音到句法，再到韵文体创作的词汇结构方式，全都格格不入。对于乍学汉语文的外民族成员来讲，学写汉语格律诗，简直是比登天还要难，它的韵脚、平仄、对仗等规则不一而足，把寻常的汉族平民都要毫不客气地拒之门外，像鄂貌图这样刚刚从纯粹的异民族语言环境里走出来的人，在这么短的时间里便把汉文的格律诗写得如此有模有样，多少总有点儿像是个文化上的"奇迹"。

要打造这种"奇迹"，势必得从一招一式的模仿开始。鄂貌图的格律诗虽然写得不坏，却依稀可辨，留下了较多的临摹痕迹。且试看他的这样两首诗：

何处通京国，回帆下岳州。日应从楚出，水合向吴流。城郭兼天净，鱼龙动地浮。因思少陵句，渺渺使人愁。

——《泊岳州》①

来登百尺楼，举目见梁州。山峻环滇海，云低压瘴流。一生长作客，万里共悲秋。不有杯中酒，难解六诏愁。

——《九日滇府南楼》②

唐代杜甫曾吟有名诗《登岳阳楼》："昔闻洞庭水，今上岳阳楼。吴楚东南坼，乾坤日夜浮。亲朋无一字，老病有孤舟。戎马关山北，凭轩涕泗流。"鄂貌图以上两诗，一写于湘，一作于滇，显见地都是临摹了杜诗的"红模子"，不单沿用了《登岳阳楼》原韵，连抒发的情怀也亦步亦趋，只是鄂作二诗在平仄的调节安排上用了"五律"体两种不同样式，这也很像是文学初入门在艺术探索上的一种实习。杜甫的《登岳阳楼》，堪称千古名篇，与杜甫原诗相比，鄂貌图这两首诗，不论意绪或者怀抱，都是远处下风的。这也颇为自然，方才入门的学生，与高山仰止的大师，一定是不好相比的。

这里把鄂貌图称作"学生"，恰好是对初涉汉文写作领域的整个满洲民族的喻指。发蒙阶段的学生，顶好的成绩就是要模仿得像先生。我们注意到，鄂貌图的临摹"红模子"，首先是要学会汉族传统诗歌的写法，包括汉语音韵、

---

① 鄂貌图：《泊岳州》，（清）铁保辑、赵志辉等点补校：《熙朝雅颂集》，辽宁大学出版社1992年版，第328—329页。

② 鄂貌图：《九日滇府南楼》，（清）铁保辑、赵志辉等点补校：《熙朝雅颂集》，辽宁大学出版社1992年版，第329页。

格律、对仗、起承转合……同时，他也还要学习汉文诗歌创作的思维规范与思想表达。千百年间汉文诗作早已形成了自己情感意境的一些书写路数，就拿行旅者的抒怀诗来说，最常见的，就是要尽力描摹出亲友间的离愁别绪与一己的孤单落寞。鄂貌图半生羁身军旅，写起抒怀诗，也在心理上多多少少地落入了这种窠臼。清初的满洲将士们，人人为开疆拓土建功立业的精神所激励，其情感的主旋律均体现为高度的激昂亢奋，他们虽然也有离别亲友的伤心，却从未把这种离愁别绪作为精神生活的主要成分。可是，读者却在鄂貌图的诗集当中读到了相当多的离别和思念。的确，带有艺术气质的人格总会比他人更加易感；不过需要指出的是，鄂貌图作品中的离愁别绪，恐怕也不能不说是有其刻意仿制汉文诗作思想内容之嫌疑。鄂氏自年轻出仕，文经武纬从未辞劳，功绩累累，连历史上有名的"说郑芝龙降"事件，都是他"单骑"深入敌营完成的，足可见其精神面貌一斑；他48岁英年病逝军中，引得"上震悼，遣官谕祭"[1]，亦可证明文武全才竭力报国的他，在当时满洲人中的重要位置与典范形象。假如真像他的诗集作品所反映的，此公俨然只是个时常缠绵于思亲望友情绪的诗人，倒是无法想象的了。由此我们看到，少数民族诗人在刚刚学习汉族文化时候的被动姿态，他们一时还难以树立自己从思想到艺术的独到风格，在一味临摹汉文作品形式的当口儿，把对方的传统思维意蕴也未加选择地学了去。整出整入的学习倾向，固然是有弊病的，但发生在"满洲文学之开"的时刻，便又无可厚非了。也许是因为鄂貌图的诗歌较多地体现了对中原文学传统价值的"无条件"遵奉，当时的汉族诗坛才那么"无条件"地赞赏和接受了他：施闰章的《〈北海集〉序》认为，"公喜经术，手不释卷。诗斐然温厚，一泽于正雅。"[2] 这就把个初登汉文诗坛的满洲人鄂貌图，从思想到艺术，完全视为"自己人"了。温柔敦厚，既是汉族一向标定的诗学传统，中原的诗歌批评家们，也肯定是在希望与想象着，从鄂貌图开始的满洲诗人，都将在这条"正道"上行进。

跨民族间的文学影响，是多种多样的。鄂貌图学写汉诗，在艺术技法上迅速达到了几近乱真的地步，这是他刻苦努力取得的成绩；但是，在精神类型和艺术风格上，做学生的倘若走不出"范本民族"的原有格式，便不能算

---

① 徐元文：《特授光禄大夫内秘书院学士兼礼部左侍郎加一级鄂公传》，见邓之诚《骨董琐记》，中国书店1991年版，第434页。

② 施闰章（愚山）：《〈北海集〉序》，转引自（清）铁保辑、赵志辉等点补校《熙朝雅颂集》，辽宁大学出版社1992年版，第330页。

作本民族文化意义上的成功。

可喜的是，鄂貌图并不是一个很缺文化悟性的满洲人，从他的少数诗歌作品里面，我们还是发现了他的异民族气质。一首《黄河》诗写道：

> 极目黄河日影开，高风拍岸急流催。谁将万折长驱水，渡马东南作赋来？①

立足黄河岸畔，放眼满洲人前所未见的内地壮丽山川，他襟怀激荡，豪情四溢，用纵横张扬的笔触，勾勒出"万折长驱"的大河气象，以比拟一个新兴民族与新兴时代的崛起。这样的诗歌，是远非诗人其他一些循规蹈矩的作品所能比拟的。此外，像《过石屏州》②等创作，也透露了身处清初八旗行伍的诗人，在军事、政治节节胜利时候由衷的喜悦之情。它与汉族士大夫阶层一些人"哀国哀己"的时作，区别是那么明显。

民族精神因子和民族情感因子在文学创作中具体而微妙的展现，跟特定历史场面下不同民族身份写作者其不同心理反馈，常常是贴近或者一致的。检读此民族与彼民族的文学特质，是要注意到这一点的。

鄂貌图在满族的汉文文学史上，并不是一位十分杰出的作家。今天，身为后人的我们已经知道，该民族的文学夜空，已有诸多耀眼星座连缀起来的灿灿河汉在。不过，17 世纪的上半期，鄂貌图凭借着自己的优异禀赋，捷足先登于汉文文坛，却分明是对随后乃至后世的本民族文学和文化发展，有其筚路蓝缕、垂范引路的先锋意义。

满族的书面文学，满打满算，也才有大约四个世纪的历史。可是，富有内在张力的流变，却每每振荡与充斥其间。满人用汉文写作品，从民族文学的常规说来，似乎不如他们选用母语创作更有价值，甚至很容易被人看作这只是少数民族在被动无奈场景之下，对大民族文化的一种随波附丽——此种看法有无道理，或许有待于其持有者在全面了解了满族文学总貌之后再来商议。

---

① 鄂貌图：《黄河》，张菊玲、关纪新、李红雨：《清代满族作家诗词选》，时代文艺出版社 1987 年版，第 3 页。

② 其诗如下："旌节过南诏，云烟满眼开。林中看雨过，波上觉春来。令肃雄风远，山青瑞霭迴。军声先到处，早靖碧云台。"（铁保辑、赵志辉等点补校：《熙朝雅颂集》，辽宁大学出版社 1992 年版），第 330 页。

清代从始到终，满族基本还是艰辛地维持了自己在文坛上双语创作的态势，所谓艰辛，是指的其双语创作中母语创作一翼。社会的大环境，使他们日见蓬勃的汉文书写，比愈益萎缩的母语书写，要醒目得多。不管是从积极意义还是从消极意义上讲，满族一旦开启了运用汉文写作书面文学这只"魔瓶"，便势所必然地，要走上文化与文学大幅度转轨的方向，这一方向所昭示的，恰是一条漫长修远的"不归"之程。倘若单从汉族旧有的文化观念出发，便会轻易地把满人的汉文创作统统扫进"汉化"的箩筐，以为它那特别的民族文化价值到此已告了结；而倘若单凭满族的文化站位去思考问题，率先跨进汉文写作这道门槛的鄂貌图，则因其舍母语写作而改操他民族文字写作，便非但不是"功臣"，反倒像是一个"罪人"了。

历史现象的价值判定，或许并不那么直截了当。当代学人，业已超越了历代先人的褊狭文化思维，可以用更加科学的民族文化观来指导自己的文学考察。是耶非耶鄂貌图，这个看似简单的问题，有必要，也有可能，从历史上多民族交流互动的大文化背景下，重新找寻答案。

当然，这个答案即便是现在就亮明到这儿，也未必能够为刚刚翻开此书的读者接受。笔者以为，假使可以大致读完这本书中的内容，鄂貌图——满族文学史上第一个在语言文字上面铤而"越界"的书写者，其价值内涵，就会自然而然地凸显出来。

二

在满族文学的历史演进当中，鄂貌图可说是一个醒目的转捩点。

重视到鄂貌图个人的坐标性质，却不是说离开了他，满族文学的整体发展就会是另一番气候。诚如前文所介绍，满族既然横下一条心倾巢进了关，就必得学会在中原文化的汪洋大海中振臂遨游，转而运用汉文写作，那不过是迟一天早一天的事情。

只比鄂貌图稍晚了不多时日，满族中以汉文书写作品的第一个创作梯队，便及时跟进上来。

其中需要着重介绍的是高塞。高塞（1637—1670），是清开国时期的宗室[①]

---

① 宗室，即皇族。清代制度规定，只有显祖塔克世（努尔哈赤之父）的直系子孙，始得称为"宗室"。

显贵，清太宗皇太极的第六子，顺治皇帝的庶兄。此人在那么一个风起云涌的大时代，委实是爱新觉罗家族当中的特例。打从努尔哈赤起兵，到多尔衮拥戴着冲龄幼主福临进入北京紫禁城，建起清皇朝的一统江山，满洲民族尤其是当时的爱新觉罗们，绝大多数人都极度兴奋地成长在英雄主义的炽烈氛围里。孔武尚勋、建功立业的迫切诉求，是他们压倒一切的人生追求。多少勇猛的将士战死沙场，也有那炙手可热的宗室近支，无悔无憾地倒在了皇权争夺之下。而唯有这位高塞，是一个不为时势所动且完全置身局外的人。史书上关于他的记载不多，我们知道的，仅是他常年索居于辽东医巫闾山的峰峦之间，过着喜禅慕道、诗书琴曲的闲在日子。当时的爱新觉罗高塞，必能精通满语满文，但没有留下母语作品，而汉文创作上，却有自己的作品《恭寿堂诗集》（又作《寿祺堂集》）。

高塞的汉文诗，题材面比较窄，基本上是反映个人于山中闲居的现实见闻及精神生活，其中也有不少兴致盎然地游冶名山秀水的作品。

　　　　终朝成兀坐，何处可招寻？极目辽天阔，幽怀秋水深。浮云窥往事，皎月对闲心。兴到一尊酒，沈酣据玉琴。

　　　　　　　　　　　　　　　　　　　　　　——《秋怀》①

　　　　平生爱丘壑，历胜恣登眺。医闾夙所期，兹焉惬怀抱。鸟道薄层云，盘纡陵树杪。系马憩中林，拂石坐荒草。野衲侯柴荆，朱颜发皎皎。问渠何来时，云在此山老。修岭逸惊麏，斜阳急归鸟。古洞驾长虹，细泉屡回绕。亭亭阶下松，百尺参青昊。托根护斯地，籽落无人扫。逶迤度几峰，下瞰群山小。旷然豁心目，顿觉离纷扰。再上白云关，万象咸可了。石门破苍蔼，返景堕空杳。烟霞情所钟，登陟险亦好。大海面岩岫，波光动林表。自古递相传，其中有蓬岛。安期与羡门，往事终绵邈。滉漾失端倪，气色变昏晓。岂识天地心，物理费探讨。冷然此游豫，何用心悄悄。

　　　　　　　　　　　　　　　　　　——《登医巫闾山观音阁》②

------

① 高塞：《秋怀》，张菊玲、关纪新、李红雨：《清代满族作家诗词选》，时代文艺出版社 1987 年版，第 4 页。

② 高塞：《登医巫闾山观音阁》，铁保辑、赵志辉等点补校：《熙朝雅颂集》，辽宁大学出版社 1992 年版，第 3 页。

高塞远离凡尘纷扰，将自己全身心融入山水云林，先前可能会有点儿造成这一个人行为的社会原因，但从他的作品来看，主要还是缘于他的个性。亲近大自然，向往着自身生命如"百尺参青昊"般的松柏托根于山川大地，是跟满洲民族古远的自然崇拜观念相通相系着的。不论有什么原因教他与身边的军事政治狂潮彼此隔膜，高塞的心毕竟不再属于尘世。在《立秋》诗题下面，他吟道："萧萧夜雨暑初收，清浅银河淡欲流。怀抱不堪闻落叶，相思何处是南楼？边尘朔气催征雁，塞草西风劲紫骝。回首云山忘岁月，一声蝉噪已清秋。"① 这是今人能读到的他唯一波及战争事项的诗，诗人一意坚持的，仍然是"回首云山忘岁月"的心绪指向。

王士禛对高塞的看法是："性淡泊，如枯禅老衲。好读书，善弹琴，精曲理。常见仿云林小幅，笔墨淡远，摆脱畦径，虽士大夫无以逾也。"② 足见其心灵倚傍及艺术修养之端倪。

他很有一些高僧宿道的知交，常常与他们赠答唱和，哪怕其中有的人出家前后有所谓政事涉嫌，他也并不在乎。他不想作政治人物，心里就不会存有相应的芥蒂。朋友韩宗骙，本是前明礼部尚书的儿子，削发为僧后，法名剩人，因为有反清倾向，被流放关外，高塞和剩人和尚结成了要好的诗友，后者圆寂，高塞还写诗悼念他："一叶流东土，花飞辽左山。同尘多自得，玩世去人间。古塔烟霞在，禅关水月闲。空悲留偈处，今日共跻攀。"③（《悼剩和尚》）

对照鄂貌图等汉文诗歌的第一批写手，高塞的诗，从内容到风格，更显恬淡洁净。他是最早写汉文作品的满人之一，是颇得唐代"诗佛"王维余韵的一位少数民族诗客。没有"皇兄"的身份，高塞不可能那么早便得到良好的中原文化习养；没有跳出"圈儿"外的人生抉择，他的诗作也不可能在那个时候就走出一条满人诗歌创作的特定轨迹。

鄂貌图的创作调式，与高塞是有区别的。如果把鄂貌图的创作道路，认作是满人写汉诗源头的一道主流，那么，高塞的创作，则可以说是它的一道

---

① 高塞：《立秋》，张菊玲、关纪新、李红雨：《清代满族作家诗词选》，时代文艺出版社1987年版，第5页。

② 转引自张菊玲、关纪新、李红雨《清代满族作家诗词选》，时代文艺出版社1987年版，第4页。

③ 高塞：《悼剩和尚》，铁保辑、赵志辉等点补校：《熙朝雅颂集》，辽宁大学出版社1992年版，第4页。

支流。主流、支流的会通，恰是满族书面文学刚刚启用汉文书写时分的本来图景。

　　既然我们把鄂貌图那端比作主流，就让我们再来看看主流发端过程的另外几位作者的情况。

　　图尔宸、禅岱、顾八代、费扬古，都是顺治朝代略晚于鄂貌图和高塞而开始写汉文诗歌的满人。顺康时期，图尔宸做过工部侍郎，禅岱当过吏部侍郎，顾八代是个立有军功的礼部尚书，费扬古则是在大败噶尔丹战争中勋绩卓著的抚远大将军。下面各选他们的一首诗作：

　　　　野色初开宿雾清，晚清天气嫩凉生。半陂新水鹭鸶立，一架落红鶗鴂鸣。霁后烟痕连树碧，雨后虹影接霞明。蒋生三径无人到，怊怅行吟句未成。

　　　　　　　　　　　　　　　　　　——图尔宸：《晚步》①

　　　　衡阳南头少塞鸿，故园只有梦魂通。三秋旧病千山里，一路新诗百感中。瘦马总肥云梦草，破帆还受洞庭风。归家可耐亲朋老，白发文章未送穷。

　　　　　　　　　——禅岱：《大军次衡阳西山，是夕余先之武昌》②

　　　　弱冠读经史，胡为事远征。挥戈追定国，从帅靖滇城。崇荫非投笔，髫年未请缨。妖氛围上将，参赞委书生。一自单车去，相将万里行。机宜因合算，攻伐偶然成。以此堪归隐，谁知更作卿。余年叨禄养，报国寸衷萦。

　　　　　　　　　　　　　　　　　　——顾八代：《述旧》③

　　　　秋日出都门，言寻西山道。试登最高峰，放眼观浩浩。天风飘塞鸿，荒原衰白草。日暮起层阴，落叶随风扫。烟云荡长空，野水枯行潦。蓟邱古战场，杀气飞霜早。草昧窃英雄，妄意窥大宝。千秋几斗争，士卒涂肝脑。白骨幽黄沙，扑面伤怀抱。依杖独徘徊，漫忆渭滨

---

　　① 图尔宸：《晚步》，铁保辑、赵志辉等点补校：《熙朝雅颂集》，辽宁大学出版社 1992 年版，第 346 页。

　　② 禅岱：《大军次衡阳西山，是夕余先之武昌》，铁保辑、赵志辉等点补校：《熙朝雅颂集》，辽宁大学出版社 1992 年版，第 352 页。

　　③ 顾八代：《述旧》，铁保辑、赵志辉等点补校：《熙朝雅颂集》，辽宁大学出版社 1992 年版，第 403 页。

老。百世树奇功，长往终难保。何似赤松游，飘然归绝峤。

——费扬古《杂诗（四首选一）》①

以上四人，都与鄂貌图近似，是明清之际"积极入世型"的满族官吏将领。几位写的诗，功力虽有参差，欲以中原传统诗歌形式来表述的思想，却跟鄂貌图很近似。作为当时置身军旅的满人，他们无不豪气充满胸臆，以功名事业为人生鹄的；可是作为汉文诗歌的作者，又跟鄂貌图一样，总得顾及中原的文体及文化传统对自己的约制，得让作品带有些"中和"色彩。即便分明是奋不顾身的征人战将，却还是要在创作上添加几笔"愁"呀"归"呀的文辞，似乎不这么着，就不像是在写汉文诗歌，也得不到中原诗坛的认可。他们作为汉族"先生"的首批满族艺徒，希望自己的写作"中规中矩"，希望获得"先生"们的满意和夸奖，是情理之中的事情。殊不知，这在无形中却又束缚了这批异民族作者真性情的崭露。

从鄂貌图到高塞，再到图尔宸、禅岱、顾八代、费扬古……清朝开国不久，满族就及时地从一个母语写作民族，转变为在文坛上两面出击的双语写作民族。而且，一旦汉文写作这扇门被訇然推开，满族人的汉文写作就仿佛领受了八面来风的激励，迅速超过了母语写作的规模和趋势。

中国历史上下几千年，不知出现过多少过往民族，他们之间更不知上演过多少文化之间交互折冲、彼此融通的悲喜剧。任何一个民族的文化，其最显项的标志，就要数该民族由其源头带来的特有语言了。而凡是出现两个民族之间的文化交往，语言又总是首当其冲，是最先要做出反应与变化的部分。在两个文化势能不相匹配的民族中，近距离交流的结果，总是体现在文化弱势民族的语言被迫向文化强势民族的语言靠拢上。在此类交流的过程中，注定要出现语言变异的这一方，由浅入深，由局部而全面，会出现所操语言由此及彼的演化。接触、学会直到熟用对方民族的语言，以至于最后完全搁置和舍弃本民族的原有语言，当然不可能是一蹴而就的事情。在民族语言之舟从此岸向彼岸摆渡的渐变过程，产生语言变异的民族，或长或短的，都会出现一个"双语"过程。

---

① 费扬古：《杂诗》，铁保辑、赵志辉等点补校：《熙朝雅颂集》，辽宁大学出版社1992年版，第356页。

双语创作在一个民族文化发展的经历中，是个值得珍视甚至于值得夸耀的阶段。用两种不同语言思索、用两种不同文字书写的文化人，想问题、看世界以及反映与描绘客观事物，都比较单操一种语言的人们要得天独厚得多。所操这两种语言文字其各自归属的民族在文化上面的相互差异越大，"双语"人的思维空间也就越宽阔，思考问题也就越富有内在张力；而落实到文学创作上面，"双语"作者们的想象场域和表现场域，毋庸置疑，也一定会比仅只掌握一种语言文字的作者，更具优势及超越性。

梳理现存的清代满族作家资料，我们尚难找到较多作家同时兼用满、汉双语写作不同作品的例证。不过，仅从迟至清代中晚期仍有不少满人精通满语满文这一现象来推断，也可以得知，在入关后一个很长时期，满族都是一个"双语"民族这样的事实。尽管满族作家的大多数笔底所展示的尽是些汉语汉文的作品，生活中的他们，却并没有完全乖离和遗弃了自己的母语。这里有个很是说明问题的证据，来自于晚清时著名作家文康笔下的长篇小说《儿女英雄传》。该书的第四十回，有小说主人公安老爷与儿子的一番对话，这样写道：

> ……安老爷此时见了他，不是前番那等闭着眼睛的神气了，便先问了问他这番调动的详细。公子一一回明。提到见面的话，因是旨意交代得严密，便用满洲话说。安老爷"色勃如也"的听完了，合他说道："额扒基孙霍窝扒博布乌杭哦乌摩什鄂雍窝，孤伦寡依扎喀得恶斋斋得恶图业木布栖鄂珠窝喇库。"公子也满脸敬慎的答应了一声"依是奴。"①

安公子回父亲话，"因是旨意交代得严密，便用满洲话说"，而安老爷说的那句话，同样讲的是满洲话，作者此处只是照顾文字书写的方便，用了汉字记音，如果恢复成满语表达，便是："ere gisun holbobuhangge umesi oyong-go, gurun guwai jakade jai jai de tuyembuci ojoraku"，其意为"此话关系重大，千万不可以泄露给外人"。其后公子说的"依是奴"，也还是由满语演变来的，意思为"是"。这说明，清代晚期的满族作家即便如文康这样在汉文书写方面达到极高造诣者，操起母语来，依旧是探囊取物般得心应手的。

有清一代，在满族文苑，这样一个"双语"民族的这样一批"双语"

---

① 文康：《儿女英雄传》，西湖书社 1981 年版，第 836 页。

作家，在艺术上、文化上和感触客观事物上，都享有着潜在的、为世人不易发觉的优势。假如要讨论满族书面文学缘何能在清代迅猛崛起异军凸现，笔者以为，这当然应当算是一个起码的原因。

　　祸兮福所倚，福兮祸所伏。一个人口寡少的民族身处汪洋般的大民族间，又是绝难将自己的"双语"状态"进行到底"的。哪怕是身居显要社会位置的清代满族，亦不例外。至清代末年，八旗子弟们的母语能力已经眼见着普遍下降，连能得到最优等传统教育的皇室成员——像帝、后等人——在政治场合与日常生活中，也不大运用满语了。满族作为"双语"民族的历史已依稀看到了尽头。而随后，一场辛亥鼎革，又人为地加速了这一"双语"民族全盘告别母语时限的来临。①

　　无论是在中国还是在世界范围，数也数不清的不同民族，从一开始就借用他民族语言而没有自我母语的，少而又少。母语，不单是一个民族特有的文化标志，同时也是维系一个民族完整文化传统的最强有力的纽带。一个民族原初文化的核心密码，以及其最为宝贵温馨的族裔记忆，都贮存于民族的母语深处。当历史老人出于这样那样的原因，去无情褫夺一个民族所葆有和运用母语的天然权利的时候，都免不了会激起这个民族发自内心的剧烈反拨。然而历史的决断常常是铁的决断，容不下人们的温情与留恋。古往今来，丢失了母语的民族早已不知凡几。而这众多丢失了母语的民族无可奈何的下一步，往往就是要面临着丢失自我。所以，当然可以说，没有哪个民族是在欢天喜地的情绪下主动放弃母语的。②

　　母语的丧失，对任何有着特定历史传统的民族来说，都是一场永久的、根本的、伤筋动骨和不可治愈的痛。——假如我们还能够本着一种更为科学

---

　　①　民国期间，满族和满语都不见容于世间，本来尚能说写满语满文的一些满族人，也为了生计等基本的生存考虑，在许多场合远离母语，生怕外界认出自己的这一民族特征。满语在内地都市满人们当中最终的消亡，应当说是 20 世纪前半叶的事情。中华人民共和国成立之后，满语小范围的日常运用，只在黑龙江流域、嫩江流域的少量村屯，还顽强地存在着。而今，又是半个多世纪过去了，在 21 世纪之初的当下，这些村屯里面的满语愈发的岌岌可危，却仍未最终成为绝响。

　　②　也许会有人专门捡出中国历史上北魏孝文帝明令禁止本民族即鲜卑人讲说母语的例子来加以反诘。其实这在历史上，只是一个不具普遍意义的孤例。人们可以看到，孝文帝确曾一意孤行地利用权力推行"汉化"，也应当注意到，当时的鲜卑人中实有许多的抵制派存在。对众多的抵制派，今天假如还像以往那样简单地称其为民族"守旧势力"，也许是不很确当的。人类历史上相当多的现象，仅凭"进步"还是"守旧"的标准，是难以完全解释清楚的。民族文化上的问题尤其如此。

的态度，不把这一丕变，直截了当地误认为是一个民族在文化上面的"灭顶之灾"的话。

由清代到当代，满族书面文学的道路跌宕起伏，时而是充盈自豪地推进，时而又要曲折前行、变通发展。具体到语言应用的层面上来观察，该民族的作家们先是享有和凭借着"双语"的文化优势，使本民族的创作态势赢得了高拔的起步与健美的展开；而日后，该民族的作家们则要在丧失母语的社会条件下，悉心地维护、发扬"双语"时期所开拓的优良传统，在民族的"后母语时代"，继续营造出不容世间小视的新价值。

当然，鄂貌图、高塞以及图尔宸、禅岱等最早闯进汉文创作领域的那批作家，是没法儿估算到身后二三百年本民族文学的发展轨迹的。他们已经是蛮负责地完成了他们的任务。

三

17世纪中叶，鄂貌图、高塞等人，教本民族的汉文文苑，结出了第一批果实。取得了这一很不错的开端之后，满族文学为了成就自我，便马不停蹄地向更高的目标出发。

满族第一代用汉文创作的书写者，有他们无法意识到的历史局限性，还没有脱离阿尔泰民族世代依赖的惯有语言环境，就想在汉文写作上面展示自己的特色，是绝难做到的。可是，亦步亦趋地临摹别人的"红模子"，即便临摹得再好再像，也还只是一种文化"翻版"，没有更大的价值。一味效法别人闹不好，便会滑向邯郸学步甚至东施效颦的泥淖。满族的汉文创作，必须尽早走出汉族传统那巨大的影子。

满族文学潜在的悟性适时地体现出来。进入康熙朝，满族诗人们有意识地挣脱条条框框的束缚，让文学上的"真我"渐渐显现。

康熙皇帝爱新觉罗玄烨，是中国史册上不可多得的杰出君王，又是满族文化史上一位禀赋卓异的天才人物。他在位61年，励精图治，平定叛乱，抗御外侮，奠定统一的祖国版图，有效地调整民族关系，恢复并发展经济，推进了满、汉文化的交流，为中国封建社会最后一个盛世——康乾盛世的出现铺平了道路。

为了有效地治理国家，玄烨曾多年一贯地勤奋攻读历史文化典籍，青年时代因读书过劳，至于痰中带血，亦未少辍。他的一首《夜静读书》诗，描述了自己这种人生体验："九重夜静御炉香，《坟》《典》披观意味长。为念兆民微隐处，孜孜不怠抚遐荒。"①

　　笔者想要在此着重指出的，乃是这位满族史上的巨子，在本民族的汉文创作方面，亦发挥了特有的历史作用——倘若能够把当时满族的汉文创作，说成是在有意寻找民族"真我"的一波文学运动的话，那么，庶几可以把这位玄烨，看作这场运动的领袖。

　　玄烨的文学修养颇高，能用满、汉双语写文章，并通晓汉文诗韵律，《康熙御制文集》内存留着他的诗歌作品 1100 余首。他的作品，以政治抒情诗见长，许多的诗作里，都充盈着北方民族的清新气韵和创业者的恢宏魂魄：

　　　　松花江，江水清，夜来雨过春涛生。浪花叠锦绣縠明，彩帆画鹢随风轻。箫韶小奏中流鸣，苍岩翠壁两岸横。浮云耀日何晶晶，乘流直下蛟龙惊。连樯接舰屯江城，貔貅健甲皆锐精。旌旄映水翻朱缨，我来观俗非问兵。松花江，江水清。浩浩瀚瀚中波行，云霞万里开澄泓。②

　　这首题为《松花江放船歌》的歌行体作品，创作于康熙二十一年（1682年）作者冬巡前往吉林松花江校阅北疆边防水师之际。诗的境地博大，笔锋健劲，情感充盈，既写出了一位创盛世之君的非凡胸襟，又在昂扬歌唱中展现了作者出身于北方民族的独到审美气派。古往今来的文学史上，澄明、晓畅、炽烈、豪放，从来就是北地民族的天性表达，《松花江放船歌》给予读者的，正是此种强烈感受。

　　康熙皇帝一生扫荡三藩、抗击沙俄、平定漠北、收复台湾，建立了名垂青史的赫赫战功。他宣武扬威于海内，显露了政治家的雄才大略，也昭示着清代初期自己身后一整个民族异常饱满的精神状态。当时的满族上下，勇于藐视艰辛，敢于迎击强敌，舍生忘死地去营建大一统的崭新国家。玄烨的个性气质也充分反映这一特征。康熙三十五年及三十六年（1698 年、1699年），他两度亲征西域准噶尔部噶尔丹叛军，全胜凯旋，归途上写了一首《自宁夏出塞，滨河行至白塔，乘舟顺流而下，抵湖滩河朔作》："黄河之源

---

　　①　玄烨：《夜静读书》，张菊玲、关纪新、李红雨：《清代满族作家诗词选》，时代文艺出版社1987 年版，第 35—36 页。

　　②　玄烨：《松花江放船歌》，张菊玲、关纪新、李红雨：《清代满族作家诗词选》，时代文艺出版社 1987 年版，第 35—36 页。

难可穷，滔滔来自遐荒中。既入洮兰复西出，飞涛浩瀚声淙淙。来从边山远跋涉，遣师挽饷兼采风。回銮欲假顺流便，特乘艇舰浮奔洪。潆洄大野势几曲，沙岸颓突还巃嵸。乱柳排生枝干密，中有巨鹿藏榛丛。遥山转转行莫尽，忽前俄后迷西东。有时塞云催急雨，晚天霁色横长虹。旌门月上夜皎洁，水光直与银汉通。放棹百里只瞬息，迅于走坂驰骏骢。中宵望见旄头落，幕北已奏烟尘空。（四月十四日夜奏报，噶尔丹穷蹙自尽，其下悉平。）兹行永得息兵革，岂惜晓暮劳予躬。长河绵延古鲜历，巡阅乃与区域同。自此寰海乐清晏，熙恬万国咸亨丰。"① 这首诗气势奔涌，壮伟雄浑，突出了新兴时代新兴民族的大无畏气韵与爱国情操。

　　清初的满族政治精英，在尽力掌握汉家传统思想精华的同时，还从自身社会体验出发，有胆有识地推出些更其符合中国国情的安邦理念。康熙皇帝就曾做出自本朝起再不修建长城的战略决策，他的思想是，以怀柔安抚和经济共荣的边地现实，去替代千百年来劳民伤财效用甚微的长城防线。在《塞外省览风俗》诗中，他动情地写道："莫道关山险，要荒总一家！戍楼无鼓角，战垒是桑麻。野静知民乐，时清见物华。林中归径晚，旌旆满眼霞。"② 作品真切描摹了，经过连年的治理经营，塞外民族年丰民乐，与中原人民相安一家的升平气象。

　　在玄烨的诗作里，还有一些有关前辈艰苦创业的题材，其诗笔每涉及此，更是意气风发，神采飞扬，民族的心理与激情溢于言表。当年曾祖努尔哈赤在辽东萨尔浒创造了以少胜多的典范战役，被他这样骄傲地写进作品："城成龙跃竦重霄，黄钺麾时早定辽。铁背山前酣战罢，横行万里迅飞飙。"③（《萨尔浒》）

　　从《康熙御制文集》当中，可以读到一篇名为《诗说》的文论。文章虽不长，却也能证实满族文化人此际已经较多地重视起对自身文艺理论的打造④。以

---

①　玄烨：《自宁夏出塞，滨河行至白塔，乘舟顺流而下，抵湖滩河朔作》，张菊玲、关纪新、李红雨：《清代满族作家诗词选》，时代文艺出版社 1987 年版，第 38—39 页。

②　玄烨：《塞外省览风俗》，张菊玲、关纪新、李红雨：《清代满族作家诗词选》，时代文艺出版社 1987 年版，第 43 页。

③　玄烨：《萨尔浒》，张菊玲、关纪新、李红雨：《清代满族作家诗词选》，时代文艺出版社 1987 年版，第 34 页。

④　在营建本民族诗学系统方面，玄烨的建树远不及同时代的纳兰性德（关于他的相关建树，本书将在稍后的章节予以评述），但是，玄烨在满族文化全盘中间的身份与影响毕竟与后者大为不同，所以对他的建树亦不可轻易忽略，须当多加关注。

下引录的是这篇文论中的一部分：

> 诗者心之声也，原于性而发于情，触于境而发于言。凡山川之流峙，天地之显晦，风物之变迁，以及君臣父子夫妇兄弟朋友之间，古今治乱兴亡之迹，无不可见之于诗。而读其诗者，虽代邈人湮，而因声识心，其为常为变，皆得于诗遇之。①

　　玄烨的诗歌主张，继承了中原传统的诗学观念，也在这种传统之上表达了特有的美学倾向。他认为，诗歌所要书写的并非他物，而是心声，是性情，这就将自己的艺术追求既与中原传统提倡的"发乎于情"相交通，却又跟这种传统所强调的要"止乎于礼"相疏离。他还认为，诗歌是作者"触于境"时的客观反映，由于"古今治乱兴亡之迹，无不可见之于诗"，所以不管过了多久，读者仍可以从身处不同时代不同地位的众多作者笔下，"因声识心"，分辨出诗人的个性来，因而，一个真正的诗人，就该因应于"天地之显晦，风物之变迁"，写出自我的心之声，写出自我的性与情。

　　康熙皇帝玄烨在清代的满族文坛上，称不上是一位一流的诗人和文论家，他的诗歌常有政治色彩遮蔽了艺术求索的瑕疵，其文论也只是披露一些可贵的审美倾向性而已。但是他的出现，正值满人跨入汉文诗坛未久而又多有遮蔽自我性情屈从汉文创作局面之际，加之其非同一般的民族高端身份，他的诗风及文论便可以想见地，会在满族文学范畴产生不一般的文化影响。

　　把满洲民族的气质与个性在汉文创作中彰显出来！玄烨堪称历史上率先垂范的领袖人物。在康熙朝这一波满人用汉文写作向"写出真我"目标挺进的文学浪潮中，玄烨的作用不可低估。

四

　　"写出真我"，实际上是从康熙年间发轫而一直波及到雍正年间，渐成大观的满族文学浪潮。这中间，若论最重要的诗人作家，当然要推纳兰性德、岳端和文昭等名家。不过，为陈述的方便，本书只好把这些名家推延到下一

----

① 玄烨：《诗说》，王佑夫主编：《清代满族诗学精华》，中央民族大学出版社 1994 年版，第 1 页。

章去专门评介。这儿所要接续谈到的，是在这一波"真我"书写浪潮中涌现出来的，很能引起人们阅读兴致的另一些满族诗人。

所谓"真我"，在讨论民族文学的层面上，当然首先还是指的民族"大我"。其实，文学史上每一位有造诣的作家或诗人，都会展示出有别于众人的一个"小我"。不论是"大我"还是"小我"，凡在质地上有别于他者的，都可以被称作"真我"。

此民族与彼民族在文化艺术上肯定是有不同价值追求的，在追求过程中，此民族的作家们相互存在共性，彼民族的作家们也相互存在共性。他们在民族内部存在的这种共性，拿到更高的多民族的比较层面上，便又形成了一个民族区别于另一个民族的"个性"。倘若我们再把眼界放得更为开阔，去看看东西方的文化与文学，"东"与"西"，不也还是有相互不大相像的更高层面上的"个性"区别可以看到吗？因而，共性与个性是相对的，"大我"跟"小我"也是相对的。

此处，我们不想泛泛地去关注所有层面上的共性与个性，"大我"与"小我"，笔者只是想把镜头摇近一些，去具体观察清前期已经操用了汉文的满族诗人们，是怎样集体"逃离"中原文化的共性笼罩，而写出自己的"民族个性"来。

这一轮的阅读，似可由康熙朝正白旗满人佛伦写过的一首《从军行》开始：

> 神蛟得云雨，铁柱焉能锁！壮士闻点兵，猛气怒掀簸。赤土拭剑锋，白羽装箭笴。矫首视天狼，奋欲吞幺麽。鲸牙如可拔，马革何妨裹？行色方匆匆，妻孥无锁锁。送复送何为？别不别亦可。亲朋劳祖饯，且立道之左。请看跃骅骝，扬鞭追伴伙。长天碧四垂，乱山青一抹。大旆高飞扬，万马迅风火。一鸟掠地飞，先驱者即我！①

史籍上佛论的资料不是太多，我们只知道写出了如此惊世骇俗作品的诗人，在康熙中期，任过左都御史、山东巡抚和内阁学士等职。平定三藩之

---

① 佛论：《从军行》，张菊玲、关纪新、李红雨：《清代满族作家诗词选》，时代文艺出版社1987年版，第61页。

役，他曾经总理粮饷，转战于南方数省，这首《从军行》，即当作于其时。诗歌把我们带回满族发愤创业的历史场景中间，体会到一个如日喷薄、万难不辞的上升期民族，能够拥有怎样超越一切的势能与魄力。如若拿这首诗，去与中原世代流传的"车辚辚，马萧萧，行人弓箭各在腰。爷娘妻子走相送，尘埃不见咸阳桥。牵衣顿足拦道哭，哭声直上干云霄"两相比照，即不难看出，民族精神在不同时代、不同族群之间的反差，是何等的强烈。人们早就读惯了内地农业族群充满厌战情绪的作品，脑海已被"君不见青海头，古来白骨无人收。新鬼烦怨旧鬼哭，天阴雨湿声啾啾……"①之类的诗句所填满，却要突然地，来领受一下"鲸牙如可拔，马革何妨裹"及"送复送何为？别不别亦可"的勇士长啸，心臆间会顿生出什么感觉呢，是理解的错位，是莫名的诧叹，还是心灵的快感？其实不管是什么，我们都可以讲，那就是不可左右的文化差异，是民族表达上的"真我"，在发挥效力。

反映八旗将士尚武精神、请战气概的诗歌，在清初的满人诗集里，还有不少。何溥《述怀》，就是能与佛伦《从军行》相互印证的作品之一："髓以三洗净，金以百炼精。海以万川汇，山以一篑成。鼎鼎百年内，穷达各有营。人生贵努力，忧患生功名。古来豪杰士，束发自请缨。扬威万里外，义重身命轻。区区抱蠹简，乌足了此生！"②何溥是康熙后期的进士，雍正间随军征讨准噶尔叛军，战斗中误入敌人包围圈，与敌肉搏一昼夜，激励同行将士为国奋战，终至殉难，军中得知情况均感叹不已。同民族的文化人伊福纳后来曾撰文谈到他："体貌清癯退然，如不胜衣，平生雅以诗古文辞见称于世，及其见危授命大节凛然，有壮夫所不能者，可云不虚读书者已！"③单从伊氏这一赞誉也看得出，清初满民族持有的处世标准，是把凛然尚武与明义守节，都认作当时本民族读书人最基本的行为规范。

求仁得仁，抱负得展，是清初满洲子弟人生之大快事；反过来说，没能在战场上获得施展，没能在血与火的时代造就功业，也成了有些满人抱憾终生的原因。康熙朝的宗室诗人博尔都，写了一首《宝刀行》，来倾诉心中的不平之气：

---

① 以上所引两小段诗句，均出自唐代杜甫之《兵车行》。

② 何溥：《述怀》，张菊玲、关纪新、李红雨：《清代满族作家诗词选》，时代文艺出版社1987年版，第73—74页。

③ 伊福纳：《白山诗抄诗人小传》，转引自张菊铃、关纪新、李红雨辑注《清代满族作家诗词选》，时代文艺出版社1987年版，第73页。

　　我有太乙鸣鸿刀，一函秋水青绫韬。流传突厥几千载，至今铦利堪吹毛。静夜攀来光照室，似有啾啾鬼神泣。洪炉淬就锦江波，良士磨用阴山石。当时跌荡少年场，宝装玉珥何辉煌。铜衔横拂秋霜色，金埒斜飞晓月光。岂意我今须发暮，虫网缘窗鸟巢树。抱病不闻车马声，结庐却在蓬蒿处。君不见，干将莫邪本巨观，龙光直射斗牛端。张华既往雷生老，飞去延津风雨寒！①

　　除相关尚武参战、建功创业的题材外，满人所固有的粗犷朴野、崇尚自然的精神追求，也于康雍年间的满族文学创作上，得到了足够的表达。这也可以认定是该民族在汉文写作上率然回归“真我”的又一个重要表现。

　　正白旗满洲诗人徐元梦的《秋日郊行》，摹写了自己对旷野田园的亲近感情，又烘托起民族骑射场面的热烈：

　　　　偶因寻客去，骑马出青门。
　　　　落日衔千树，寒流抱一村。
　　　　田家收黍稷，场圃散鸡豚。
　　　　父老惊心目，将军猎骑繁。②

　　专门状写满族射猎生活的诗作，也有许多写得很好。像下面这首贵昌所吟《游猎》，就极出彩：“散猎平原外，悬知狡兔肥。盘雕旋日下，怒马抱云飞。晴树天光远，层山野色微。莫言无一获，谈笑带禽归。”③ 自从两千多年前肃慎时代起，民族初民一向以渔猎经济为生，早已练就了异常精湛的骑射技能；而满洲人能进入中原，也在一定程度上依赖着他们高超的骑射素养。清初直到康雍年间，狩猎骑射仍然是已经驻守于都市的八旗子弟乐此不疲的军事训练兼娱乐活动，并且它们还把骑射铸成的豪放性情，当成值得夸

---

　　① 博尔都：《宝刀行》，张菊玲、关纪新、李红雨：《清代满族作家诗词选》，时代文艺出版社1987年版，第51页。
　　② 徐元梦：《秋日郊行》，朱眉叔、黄岩柏、董文成、卜维义选注：《满族文学精华》，辽沈书社1993年版，第46页。
　　③ 贵昌：《游猎》，张菊玲、关纪新、李红雨：《清代满族作家诗词选》，时代文艺出版社1987年版，第84页。

耀的精神状态来开怀享用。也正因为如此，在当时满族诗人们的作品里，才可以读到如许密集的狩猎题材，狩猎题材也分明地成为满人在创作中展现民族生活特征和精神特征的一项标志。

诗人们爱写狩猎，还把选题从本民族的射猎发散开来，触及更多与狩猎现实相近的题材。大词人纳兰性德的弟弟揆叙和妹妹纳兰氏，都是写诗的好手。也都是狩猎题材的爱好者，揆叙写过一首《题元世祖出猎图》长诗，依凭自己对狩猎场面的熟知，追忆了前朝蒙古人的狩猎壮举：

> 至元天子英武姿，校猎每以秋冬期。我今展图如见之，沙漠惨淡移于斯。星斿蔽野虹作旗，厩马既秣车既脂。至尊前行后阏氏，茸帽压顶裘反披。各王部长络绎随，臂弓腰箭千夫驰。北风似弩雷似筛，骏乌匿影顽云痴。鸿鹄纷至苍隼饥，雉飞入草鹰在枝。银獐缟鹿熊豹麋，狡兔封豕狐与狸。洞胸饮羽血淋漓，焚林捣穴麝子遗。就中射虎者为谁？引满一发穿其颐。目光礚磤怒未衰，懦怯乍睹犹惊疑。归来穹庐帘幕施，酪浆潼乳倾金卮。燎毛番肉土锉炊，琵琶发声羌笛吹。酒酣耳热欢融怡，寒气忽转春迟迟。忆昔提兵辟坤维，乘胜直抵西海湄。于阗乞降适龟兹，角端示警知不知？从畋已寓阵法奇，止齐步伐皆得宜。月来日往绵岁时，此画完整无缺亏。偶然流览浑忘疲，便觉满室生凉飔。壮观咫尺慰所思，何待振策游边陲。[①]

而纳兰氏呢，虽身为女性，却以罕见的强悍笔力，写有一首短诗《鹰》，将世代与本民族捕猎者形影相伴的猛禽勾勒得出神入化："劲风凛凛纵秋鹰，玉爪金眸正横行。原草初凋眼更疾，飞来一击鸟皆惊！"[②]

以苍茫遒劲的笔触，来书写对于民族故园的情感依托，也是这个时期满洲诗人自然的艺术展示。正白旗满洲内务府包衣人曹寅（《红楼梦》作者曹雪芹的祖父），是康熙朝重臣，也是当时卓有成就的文学家。这位在生理血脉上存有汉族案底的"包衣人"，吟诗著书却时而用"长白曹寅"或"千山曹寅"署名，以表达他拥有辽东精神文化依傍的人文倾向。在他

---

① 揆叙：《题元世祖出猎图》，张菊玲、关纪新、李红雨：《清代满族作家诗词选》，时代文艺出版社 1987 年版，第 56 页。

② 纳兰氏：《鹰》，张菊玲、关纪新、李红雨：《清代满族作家诗词选》，时代文艺出版社 1987 年版，第 55 页。

的《楝亭集》中，我们读到了《满江红·乌喇江看雨》词作一首，从目力，到笔力，再到所描画的大自然场面，无不体现出满人看世界、写世界的粗犷调性：

> 鹳井盘空，遮不住，断崖千尺。偏惹得北风动地，呼号喷吸。大野作声牛马走，荒江倒立鱼龙泣。看层层、春树女墙边，藏旗帜。蕨粉溢，鳇糟滴，蛮翠破，猩红湿。好一场莽雨，洗开沙碛。七百黄龙云角蠹，一千鸭绿潮头直。怕凝眸，山错剑芒新，斜阳赤。①

满族书面作品摆脱汉文创作旧有调式的"真我"追求，也体现在他们高声地为本民族新政权歌功颂德的坦然与张扬。康雍朝做过兵部尚书的夸岱，诗集中留有多首表达用兵西北而得胜回归时极佳心情的作品，从中再寻不到先前鄂貌图等初登汉文诗坛之际那些强写"愁"啊"苦"呀的字句。他的《河套放船》②写道："两界河声走未休，川开沃野古今流。受降已改当年戍，失地真成误国谋。青草园中犹牧马，黄云天际信归舟。仰瞻睿略边烽靖，千里洪涛激壮游。"另一题《夏州怀古》③则是："独上高楼俯浊流，朔方形胜望中收。星分井鬼连三镇，地绕山河壮一州。龙虎气消谁正号？汉唐渠在漫防秋。欣逢四海为家日，宛马葡萄不用求。"④

汉文写作，是满洲民族在自身母语写作出现未久即开始操练的别一种创作方式。既已走进汉文创作路径，满族的书面文学书写者，便势必很快地遇上对本民族文学而言重要的选项抉择——毫无二致地临摹下去，意味着文学

---

① 曹寅：《满江红·乌喇江看雨》，张菊玲、关纪新、李红雨：《清代满族作家诗词选》，时代文艺出版社 1987 年版，第 66 页。

② 夸岱：《河套放船》，张菊玲、关纪新、李红雨：《清代满族作家诗词选》，时代文艺出版社 1987 年版，第 45 页。

③ 夸岱：《夏州怀古》，张菊玲、关纪新、李红雨：《清代满族作家诗词选》，时代文艺出版社 1987 年版，第 46 页。

④ 与夸岱同时另一位满族诗人僖同格的两首七律也颇可一读。其一题为《出塞》："远上龙沙黑水滨，急流水断石磷磷。天当绝塞晴明少，地到穷边险恶真。山殿老狐秋拜月，战场新鬼夜哭人。长林落日征云合，猎马嘶风怒不驯。"（张菊玲、关纪新、李红雨：《清代满族作家诗词选》，时代文艺出版社 1987 年版，第 80 页）吟唱出了创业时代满洲将士视一切险恶为无物的胆气。其二题为《书曹孟德集后》："健笔犹从爽气生，毅然横槊主文盟。东汉以上有其匹，大江以南无此声。安得短兵攻老贼，坐看坚垒据长城。诗家共说黄初好，七子何人敢抗衡！"（张菊玲、关纪新、李红雨：《清代满族作家诗词选》，时代文艺出版社 1987 年版，第 81 页）借赞扬汉末大英雄曹操的文武全才，表达了挺进中原的满洲人愿效其后的壮志豪情。

自我的迷失以至于死亡；而跳出汉文写作传统的窠臼，才有可能赢得本民族文学的艺术生机。

康熙雍正时期，满族文学的书写者们以可贵的悟性和能动性，将自身与汉文创作的师承规范，做了一次虽为世间习焉不察但在实际上却颇有意义的文化疏离。

这种疏离，既体现于满族的群体动作上面，也体现在该民族的个体行为上面。以上所介绍的，基本上都可以称为一个民族的群体文化动作，其实，更有决定性意义与价值的，则在于此书下一章将要谈及的与前文所述同一时代的几位满族文学重量级人物的出现及其作为。

第三章　朔方气跃——民族诗魂渐铸就

展读这部才有三四百年之久的满族文学史，人们会有各式各样的心得感触。而各种心得感触的相似一点，大概就是对于这部族别文学史册上大家林立场景的惊异与慨叹。

康熙朝，开启了中国封建社会最后的一个盛世期；康熙朝，也推出了满族文学的第一轮辉煌。

前面一章，笔者已经初步描述了刚刚闯入汉文写作园地的满人，是怎样由童蒙学步般地模仿开始，转而尽快地去寻找自我和表现自我，踏上一条走向民族文学个性成熟的道路。

然而，民族文学的决定性成熟，却既有赖于这个民族在文学上的整体展开、四面开花，更有赖于大手笔们在这一整体开拓中间异峰突起的显性影响。

满族书面文学在这方面，适时地回赠给它的受众，以充分的兴奋。

纳兰性德的艺术成功，岳端的艺术成功，文昭的艺术成功……接踵而至，并且均出现在康熙年间，让人有点儿目不暇接。他们都有过对于艺术"真我"的孜孜以求，其各自充满个性与艺术力度的成功，共同托起的，是满洲这一北方民族所熔铸的民族诗魂。

一

纳兰性德（1655—1685），正黄旗满洲人，姓叶赫纳兰①，原名成德，为避太子名讳而改为性德，字容若，号楞伽山人。康熙十五年即 21 岁时，中进士，任御前侍卫。他的一生仅活了 30 岁，在政治上受到康熙皇帝的高

———————————

①　也写作"叶赫那拉"，二者只是译为汉字时的不同用字而已。

度信任，多次扈跸出巡，乃至受命单独完成一些秘不示人的重要使命；同时，性德在文化领域留下的业绩在于他词作等艺术所取得的成就，他是中国古典文学史册上后来居上的杰出文学家之一。

性德出生于一个显赫的满洲官宦家庭，父亲明珠是兼通满、汉语言文字而又权倾一时的大学士。他自幼生活极优渥，但生性不喜好荣华尊贵，偏爱博览群书。年满 16 岁，入国子监就读，始拜汉族名士徐乾学为业师；之后，又和当时汉族文坛上许多年长于己的著名人物，如朱彝尊、顾贞观、陈维崧、梁佩兰、严绳孙、姜宸英、吴兆骞、马钰、韩菼等，结为至友，从而有效地接受了中原传统文化的深度濡染，在文学艺术创作上迅速成长起来。

他生命短暂著作却惊人地丰厚。20 岁之前，即在徐乾学的指导和协助下，主持编纂了长达 1792 卷的《通志堂经解》，其中共辑入 140 余种宋、元以后解释儒学经典的书籍。后来，他又独立创作完成《通志堂集》共 20 卷，包括诗、词、文和渌水亭杂识各四卷，赋一卷，杂文一卷，附录二卷。纳兰性德的文学创作尤其以词作闻名，成就不让同时代名声显赫的陈维崧和朱彝尊两大家，甚至被清末大学问家王国维鉴定为"北宋以来，一人而已"[1]。另外，性德的诗歌创作也很有水准，特别是能够在诗歌理论方面独树一帜，提出自己的诗学主张。

性德所处的时代，正是一般满族人在社会生活中极度热衷追求的时代，性德本人也深受风习影响。他有超群的禀赋，从政方面能应对裕如，本来是堪当重任的。但是，对于人生万象的特殊敏感，却使他时常陷入微妙的矛盾心绪之中。加上爱妻早亡给他带来的感情重创，使他的抑郁心态又平添了几分。这繁复的现实砥砺和精神烙印，一齐作用于性德的文学创作，形成了他的作品在艺术风格上以婉丽清凄为主、天然浑朴为辅的多向度魅力。

问君何事轻离别？一年能几团圆月？杨柳乍如丝，故园春尽时。
春归归不得，两桨松花隔。旧事逐寒潮，啼鹃恨未消。
　　　　　　　　　　　　　　　　　　　　——［菩萨蛮］[2]

---

① 王国维：《人间词话导读》，上海书店出版社 2009 年版，第 140 页。
② 纳兰性德：［菩萨蛮］，张菊玲、关纪新、李红雨：《清代满族作家诗词选》，时代文艺出版社 1987 年版，第 17 页。

辛苦最怜天上月，一昔如环，昔昔都成玦。若似月轮终皎洁，不辞冰雪为卿热。　无那尘缘容易绝，燕子依然，软踏帘钩说。唱罢秋坟愁未歇，春丛认取双栖蝶。

——［蝶恋花］①

青衫湿遍，凭伊慰我，忍便相忘。半月前头扶病，剪刀声，犹在银缸。忆生来，小胆怯空房。到而今，独伴梨花影，冷冥冥，尽意凄凉。愿指魂兮识路，教寻梦也回廊。　咫尺玉钩斜路，一般消受，蔓草残阳。判把长眠滴醒，和清泪，搅入椒浆。怕幽泉，还为我神伤，道书生薄命宜将息，再休耽、怨粉愁香。料得重圆密誓，难禁寸裂柔肠。

——《青衫湿遍·悼亡》②

此恨何时已！滴空阶，寒更雨歇，葬花天气。三载悠悠魂梦杳，是梦久应醒矣。料也觉人间无味，不及夜台尘土隔，冷清清一片埋愁地。钗钿约，竟抛弃。　重泉若有双鱼寄，好知他，年来苦乐，与谁相倚。我自终宵成转侧，忍听湘弦重理。转结个他生知己，还怕两人俱薄命，再缘悭，剩月零风里。清泪尽，纸灰起。

——《金缕曲·亡妇忌日有感》③

这四首词，头一首写于随皇上出巡时，倾诉了对妻子的不尽思念；后面三首则写于爱妻故去之后，泣陈柔肠寸裂无时或减的伤悲。思亲与悼亡作品，在性德的全部词作中有较大比重，透过凄楚、真挚的情感摹诉，读者很容易体会到陈维崧对其"哀感顽艳，得南唐二主之遗"评价的中肯。

性德词作有别于儿女情长范畴的，也很动人。他在抒发抱负、歌颂与朋友们的友谊时，作品格调都是沉雄炽烈的。《金缕曲·赠梁汾》是他写给忘年之交、汉族文人顾贞观的，一展其磊落襟怀：

德也狂生耳！偶然间，缁尘京国，乌衣门第。有酒惟浇赵州土，谁会成生此意？不信道，遂成知己。青眼高歌俱未老，向樽前、拭尽英雄

---

①　纳兰性德：［蝶恋花］，张菊玲、关纪新、李红雨：《清代满族作家诗词选》，时代文艺出版社 1987 年版，第 7 页。

②　纳兰性德：《青衫湿遍·亡妇忌日有感》，朱眉叔、黄岩柏、董文成、卜维义选注：《满族文学精华》，辽沈书社 1993 年版，第 41—42 页。

③　纳兰性德：《金缕曲·亡妇忌日有感》，张菊玲、关纪新、李红雨：《清代满族作家诗词选》，时代文艺出版社 1987 年版，第 10 页。

泪。君不见，月如水。　共君此夜须沈醉。且由他、蛾眉谣诼，古今同忌。身世悠悠何足问，冷笑置之而已。寻思起，从头翻悔。一日心期千劫在，后身缘、恐结他生里。然诺重，君须记。①

身为文武全才的少数民族词人，性德的不少作品从选题到审美，都是自出机杼独领风骚的。身为康熙帝的御前侍卫，他时常亲临重大军事活动前沿，写有不少勾勒朔方军旅生涯的作品。这些作品，景观阔大，笔触冷凝，所感发者往往异乎他人，颇能令人生出超常的欣赏快感：

　　山一程，水一程。身向榆关那畔行，夜深千帐灯。　风一更，雪一更。聒碎乡心梦不成，故园无此声。

　　　　　　　　　　　　　　　　　　　　　　　　　——［长相思］②

　　万帐穹庐人醉，星影摇摇欲坠。归梦隔狼河，又被河声搅碎。还睡，还睡，解道醒来无味。

　　　　　　　　　　　　　　　　　　　　　　　　　——［如梦令］③

王国维曾一语中的地指出："纳兰容若以自然之眼观物，以自然之舌言情。此初入中原，未染汉人风气，故能真切如此。"④ 已故文史大家启功在一首题为《奉题成容若遗作笺注》的诗中写道："渤海金源世可知，朱申奕叶见遗思。非关弧矢威天下，有井人歌饮水词。"⑤ 也是认定纳兰艺术的文化根底中有满族的成分。性德的创作个性中，不但顽强地葆有鲜明的满人性情满人素质，世间认识他，喜好他的词作，也大多是为他的这一性情与素质所感染和折服。他那特殊的艺术品位，分明是向清初词坛输进了一股劲爽而清新的气息，使传统的中原文学领域风气为之重振。

_____

① 纳兰性德：《金缕曲·赠梁汾》，张菊玲、关纪新、李红雨：《清代满族作家诗词选》，时代文艺出版社1987年版，第12页。
② 纳兰性德：《长相思》，张菊玲、关纪新、李红雨：《清代满族作家诗词选》，时代文艺出版社1987年版，第14页。
③ 纳兰性德：［如梦令］，张菊玲、关纪新、李红雨：《清代满族作家诗词选》，时代文艺出版社1987年版，第15页。
④ 王国维：《人间词话导读》，上海书店出版社2009年版，第140页。
⑤ 见《纳兰成德评传》一书正文前面的题诗。寇宗基、邸建平：《纳兰成德评传》，山西古籍出版社1994年版。

　　在初涉汉文创作领域的满人里，纳兰性德是既勇于又善于写出自己北方民族生活样态跟精神型范的突出一位。他的一首〔浣溪沙〕小令写道："一半残阳下小楼，朱帘斜挂软金钩。倚栏万绪不能愁。　有个盈盈骑马过，薄妆浅黛亦风流。见人羞涩且回头。"清清楚楚写出一个京师街头纵马而过的满洲少女形象，北方女儿身上的豪爽举止和风流体态，与中原汉族的大家闺秀、小家碧玉皆不相同，词人寥寥几笔就给人一种簇新的美感，实在是中国古典诗词作品里的罕见一例。另一首《采桑子·塞上咏雪花》所表达者更引人关注："非关癖爱轻模样，冷处偏佳，别有根芽，不是人间富贵花。　谢娘别后谁能惜？飘泊天涯，寒月悲笳，万里西风瀚海沙。"① 古来咏雪作品很多，性德这首却新颖奇特，别开生面，在这位少数民族词人眼里，雪花当是"冷处偏佳，别有根芽"的殊异花卉，是世居苦寒之地的北方民族刚毅坚忍性情的自然比托物，也是作者个人人生路径与选择的真切象征。他这个出身显赫的贵公子，除沾了家里的光自幼得到了最好的满汉文化教养而外，短短一生则极少让人看见"纨绔"表现，他不是自称"德也狂生耳！偶然间，缁尘京国，乌衣门第"吗，也是认为自己命中原本就该是渔猎骑射民族当中一个野性后生，却不知缘于何故，竟然偶然降生到了京师贵宦的"乌衣门第"。所以，虽身处于顶级的汉人文化圈儿，也能和他们交上感情深厚的朋友，却并没有觉得自己就可以是和那些中原士子一模一样的人。

　　性德作品所显示的特异性情和特异格调，给他同时代以及后世读者印象极深，他本人自会对这一点有更切身的体验。他懂得在创作理论上总结和升华自我创作经验的重要。纳兰性德是满族文学理论的开创者之一，曾撰有《原诗》《渌水亭杂识》《赋论》《填词》等诗文理论，系统地推出了他的诗学建树。首先，他特别强调诗歌创作中情的重要作用，指出："诗乃心声，性情中事也。……作诗欲以言情耳！生乎今之世，近体足以言情矣。好古之士，本无其情，而强效其体，以作乐府，殊觉无谓。"② 同时，他又看重创作中个人风格的确立独标，旗帜鲜明地针砭当时盛行的写诗抑或宗唐抑或宗宋的弊病：

---

　　① 纳兰性德：《采桑子·塞上咏雪花》，张菊玲、关纪新、李红雨：《清代满族作家诗词选》，时代文艺出版社1987年版，第17页。

　　② 纳兰性德：《渌水亭杂识》，买买提·祖农、王弋丁主编：《中国历代少数民族文论选》，新疆人民出版社1987年版，第176—177页。

世道江河，动以积习。风雅之道，而有高髻广额之忧。十年前之诗
人，皆唐之诗人也，必嗤点夫宋；近年来之诗人，皆宋之诗人也，必嗤
点夫唐。万户同声，千车一辙。其始，亦因一二聪明才智之士，深恶积
习，欲辟新机，意见孤行，排众独出，而一时附和之家，吠声四起。善
者为新丰之鸡犬，不善者为鲍老之衣冠。向之意见孤行，排众独出者，
又成积习矣。盖俗学无基，迎风欲仆，随踵而立。故其于诗也，如矮子
观场，随人喜怒，而不知自有之面目，宁不悲哉！

——《原诗》①

性德远非一味地反对师承古典名家，而是提倡学习古人的优长之后，必
须要促进艺术个性的生成与创立。他形象地提出："诗之学古，如孩提不能
无乳姆也。必自立而后成诗，犹之能自立而后成人也。明之学老杜、盛唐
者，皆一生在乳姆胸前过日。"② 性德自己，就是他的文学理论的典范体现
者。他在创作中运用个人兼及两种民族文化的优势，着力打造超越时代超越
众人的艺术个性，从而富有创造性地卓立于清初的中华文坛之上。

文学研究界常常有人，习惯于把纳兰性德说成是满人积极"汉化"与彻
底"汉化"的典型，他们不愿意（或者是没有能力和兴趣）去发现性德艺
术的双重文化特征，也就容易将性德人生的某些现象误读成为别的什么。

纳兰性德是在满族上层向汉文化迅猛冲击过程中涌现出来的一员文苑骁
将。聪颖睿智、心怀博大、孜孜探求、勤勉戮力，诸多的优秀禀赋助推了
他，成全了他，使他短暂的生命闪射出夺目的光华，赢得了满汉、朝野各个
阶层的盛赞。

纵观纳兰之一生心迹，他似乎没有过上几天踏踏实实的日子。检读他的
作品，可以分明触摸到的，是他胸臆间始终存积着这样那样说不清道不出的
烦闷与痛苦。他的心灵一直不大安宁。

自古以来，诗人们都是极为敏感的，有杰出成就的大诗人便尤其地过于
敏感，正所谓"感时花溅泪，恨别鸟惊心"。严绳孙曾经准确捕捉到性德

---

① 纳兰性德：《原诗》，买买提·祖农、王弋丁主编：《中国历代少数民族文论选》，新疆人民
出版社 1987 年版，第 171 页。

② 纳兰性德：《渌水亭杂识》，买买提·祖农、王弋丁主编：《中国历代少数民族文论选》，新
疆人民出版社 1987 年版，第 176 页。

"惴惴有临履之忧"的生命迹象①，说得是对的。那么，纳兰性德作品所呈现出的心灵摇曳甚至于精神失衡，到底是出于何种原因呢？

解读纳兰者，大多谈及下面诸点。一是说性德祖上与爱新觉罗的先人结有深仇，不知是性德始终耿耿于怀呢，还是他怕九乘至尊对此耿耿于怀，反正彼此每日里的近距离接触，总让性德心里不得宁静；二是说纳兰忌惮于乃父——权相明珠的斑斑劣迹，担心自家的时运能否久长，故而忧思有加。此外，也还有猜测性德因救助吴兆骞等汉人因而触犯"文字狱"禁忌，有可能遭到牵连，等等。

这样一些说法也许都有点儿道理，却又都不是很站得住脚。

叶赫纳兰氏族与爱新觉罗氏族之间的往日怨结，委实有过。性德的先祖本是土默特氏蒙古人，因除灭了纳兰部并占据该地方，便以纳兰为姓，成为海西女真四大部之一叶赫部的首领，并且自身家族亦归于满化。在当年努尔哈赤统一女真各部的战争中，性德的高祖金台什率叶赫部抗争失败，自焚而死。这一历史上的惨痛事件，在清朝最高统治者爱新觉罗家族与满洲贵族叶赫纳兰家族间，存有某种心理芥蒂，也是可以想象的。而性德之父明珠，又一跃而成了康熙皇帝信任的近臣与皇亲，权动于朝野，并因而树敌较多。以性德之绝顶聪颖，对这一切当然不会毫无心理防范，以至于有时候还要萌生些不如出世的念头来。

然而，假若只是不着边际地片面夸大其中之世仇因素而看不到事情的另一面，则叫人遗憾。须知，当初努尔哈赤和皇太极父子兴兵统一女真各部并征讨蒙古、朝鲜和中原之际，无一仗不是刀光血影惨烈得很，相互的血债当然会有许许多多，可是事态一旦平息，战胜方却总是要着力做好招抚工作，用今天的话说就是"化消极因素为积极因素"，借以完成扩充己方实力的最大化。此等事例在从后金政权建立到清王朝入关之后的史册记载里，不胜枚举。② 这也恰恰是"以十三副遗甲起兵"的努尔哈赤及其子弟们一步步走向成功最基本的经验之一。从最初的努尔哈赤到随后的清政权，他们不断地以小敌大、以小胜大，成了一种规律。可以想见，在此规律的背后，正是追求

---

① 严绳孙：《成容若遗稿序》，纳兰性德撰、冯统编校《饮水词》，广东人民出版社 1984 年版，第 224 页。

② 只讲在统一女真的战争中，就有与建州各部的战争、与海西四部的战争、与东海女真的战争。同时，在此过程中，爱新觉罗家族内部围绕着权力之争的杀戮也不少。而事件其后几乎从未见到复仇的现象。

这一规律的人所具有的开阔胸襟、高度智谋和非同一般的政策考量。爱新觉罗与叶赫纳兰之间的关系当然不会例外。夸大爱新觉罗与叶赫纳兰两氏族仇隙的人们，似乎是有意地淡忘了一个事实，皇太极的生母，就是被努尔哈赤所剿灭的叶赫部首领金台什的胞妹，皇太极、福临和玄烨的身体里都流淌着叶赫纳兰的血液；而纳兰性德算起来，也是康熙皇帝一位并不很远的表弟。到了康熙朝，皇上既然能够充分信任明珠，难道还需要和其子性德相互警惕吗？应当说，到玄烨和性德这一辈，彼此的芥蒂基本上已不复存在。①

关于容若因明珠有着一些不良行径而心存不安的说法同样似是而非。他们父子二人的性格区别很大是事实，但提出性德为父亲忧心或者对父亲不满，还缺少证据。而相反的记载却似乎多一些，如："容若性至孝，太傅尝偶恙，日侍左右，衣不解带，颜色黝黑，及愈乃复出。太傅及夫人加餐，辄色喜，以告所亲。"② 至性德亡故，他的汉族友人们怀念他的时候，依旧是太傅（指明珠）长太傅短的，说明当时的人们也并未看不上明珠。明珠的劣迹日后败露了，又过了二三百年，人们才把此事与性德词作中的心绪不宁联系到一处，当然不大具有说服力。

至于说容若因救助吴兆骞等而有所顾忌，则更是小看了这位出身望族的年轻武士之胆魄，恐怕也不值一提。

既然这也不对，那也不像，究竟大词人纳兰性德因何故"惴惴有临履之忧"呢？

满族的传统文化不是前前后后一成不变的。入关之前的满族文化可以说大致上是该民族的原初文化，具有浓烈的白山黑水乡土色彩，其精神实质是萨满教式的思维定式，表现在人的精神气质上，有天然、浑朴、刚劲、奔放、粗粝等特点。满族威武张扬、以少制多，促成清王朝的创建，颇多得益于此种文化形态的巨大冲击力。不过，这般有利于建功立业、开疆拓土的精神文化，却远远满足不了得到中华大帝国之后的守成需求。善于学习和创造的满民族，认识了这一点。与时俱进，及时地完成了本民族文化的"二次创

---

① 关注于叶赫纳兰与爱新觉罗有"世仇"的人们，也许多少是受了点儿辛亥之后某种说法的影响。确曾有人津津乐道于"清朝亡于慈禧太后，是因为叶赫那拉要为三百年前的祖先复仇的宿命"。

② 徐乾学：《通议大夫一等侍卫进士纳兰君墓志铭》，纳兰性德撰、冯统编校《饮水词》，广东人民出版社 1984 年版，第 217—218 页。

业"，即在满汉互动的基础上，推出满族文化一种具有诸多新质素的"次生态"。这种民族文化的"次生态"，首先反映在统治者亟须的思想领域，即取儒家文化为己所用，在抹平"华夷之别"旧观念人为制造种族裂痕的情况下，叙说有助于清政权巩固的理论依据。

文学是满族文化"重造金身"的一个重要方面。作为文学家的纳兰性德，曾以他的全身心，投入了满民族的文化"转轨"工程。最早谙熟汉文诗歌创作形式，并在中原诗坛上产生影响的满人，是鄂貌图和高塞，他俩比纳兰性德分别年长 41 岁和 18 岁。他们二人刚从本民族的语言文化环境中走出来，创作中多有临摹汉族作品的痕记，在所难免。较此二人，纳兰性德则大有长进，他已经代表满族人，一举登临清代文坛的最高梯级，不但未落他人之窠臼，还表现了堪称卓越的艺术张力。传统的中国文化人都晓得，词亦称作长短句，须倚声制作，是极吃功夫的一种创作体裁，非常人所能轻易驾驭。何况容若的修养又不止于填词一途，诗歌、文论、经学、书法也都相当在行。难怪人们总会把这个天命不永的年轻人，誉为文学天才与文化圣手。

性德的"惴惴有临履之忧"，正缘于此。一骑绝尘的满洲人纳兰性德，单兵突进般地，深入到了汉民族的传统文化腹地，以本民族同胞们此时都还不大弄得利索的词作①，享誉于中原名士硕儒之悠悠众口，其心底里难道就会很愉悦很踏实甚至是意满志得吗？应当对比想到的是，这当口儿，绝大多数满洲人怕是连汉话还不大会说呢。

"脚踩在两片文化上"，这是人们讨论当代少数民族作家文化处境时的一句煞是形象的断语，借来形容当年的纳兰性德也很确当。一个人，脚踩在两辆走向不一的车子上，肯定要失去平衡以至摔跤，脚踩在两片文化上的感觉，只会更严重就是了。研究界已经注意到，纳兰在从事文学及文化活动的时候，切近的师友与唱和对象当中竟然一个满人也没有，他是会四顾欣然呢？还是会四顾茫然？我们虽不得而知却又不妨略加猜想。

清代初年之先，满、汉两个民族间的文化与感情交流有限，彼此相当陌生，要主动滑脱习以为常的本民族传统轨道，义无反顾地从一片文化横跨到

---

① 与纳兰性德同时期的满人，能够染指于词创作的，只有岳端以及曹寅，且二人之词作在各自创作当中都不太多，都远不能当得起杰出词人的名声。余下的同时期满人作家，都还难有起码的写词造诣。

另一片文化上去，可能跟今日一个虔诚的宗教徒陡然间背离了多年信奉的此种宗教而改奉他种宗教，一样地不安逸，一样地会心灵惶惑。

纳兰性德并非一个本民族文化的主动叛逃者。他的身上具有当时满族人的几乎全部表征。他"数岁即善骑射，自在环卫，益便习，无发不中"①；他也精通满语满文，曾奉旨翻译御制《松赋》②，是一位世所瞩目的双语作家；他还如同清代开国时期的其他满人一样，渴望着创建功勋彪炳青史；至于"性德事亲孝，侍疾衣不解带"，也是满族先民自萨满文化盛行时期即形成的长幼有序、尊重前辈的传统在他身上的真切体现。

其实，性德活在世间的岁月，满、汉两族间的旧有文化隔膜，还未真正化解，这位满族出身的青年词人愈是领民族文化交流风气之先，便愈是难以排解自己在文化处境上的两难选择。康熙二十二年，性德伴驾东巡至吉林乌拉，那里正是民族先人海西旧部所辖之地，目睹身感，感慨系之，他填写了这样一首《浣溪沙·小兀喇》③：

> 桦屋鱼衣柳作城，蛟龙鳞动浪花腥，飞扬应逐海东青。　犹记当年军垒迹，不知何处梵钟声？莫将兴废话分明。

作品此刻未尝明言的"兴废感"，在笔者看来，并不像此前诸多论者所言，完全是叶赫纳兰与爱新觉罗间的宿怨。上半阕的前三句，句句大写意似地描摹着词人眼前民族故土与当年毫无变化的渔猎场景，这类场景不但是经济场景，在性德这样敏感的文化人心中，同样是一种文化场景——酷似民族先民原初尊奉萨满教时代的文化场景，置身其间，词人既感到亲切更感到激动，他的心绪如海东青般地在飞扬！第四句，作者追忆的，当是与此种旧时蛮荒生活场景相吻合的部落间连绵不断的战争故迹，却不一定是专指金台什与努尔哈赤之战的遗迹④；而几乎不容有片刻的思绪滞留，猛然间，回荡耳际的却是梵钟的鸣响，它提醒作者，甚至就连自己的民族故乡的文化，此刻

---

①　徐乾学：《通议大夫一等侍卫进士纳兰君墓志铭》，纳兰性德撰、冯统编校《饮水词》，广东人民出版社1984年版，第218页。

②　同上书，第217页。

③　纳兰性德：《浣溪沙·小兀喇》，纳兰性德撰、冯统编校《饮水词》，广东人民出版社1984年版，第62页。

④　当初努尔哈赤与金台什激战的战场，应在叶赫部所在地之中心区域，即在今日吉林省梨树县的叶赫镇，距离松花江的小兀喇，尚有数百里之遥。

也在悄悄变迁……从词作上下阕对比写到的一切，可以体会，词人心底对民族文化的兴废感触，有多么得强烈。

　　如果我们确实已经感知了性德的"惴惴有临履之忧"，与他敏感的文化心态不无关系，便会继续联想到一些事情。

　　他的词集，起初命名为《侧帽集》，分明带有身为一介年轻武士耀显与张扬北方骑射民族精神气度的自得心理。① 后来，随着阅历的增长和感受的叠加，他把自己的词集改换了名字，改为《饮水集》，则是取佛教禅宗所谓"如鱼饮水，冷暖自知"② 的含义。如果我们仅仅把性德看作一个社会人的话，解说者当然可以只去关注他前世今生各个方向上的恩恩怨怨，仅凭这些恩怨来想象他的"冷暖自知"；但是莫要忘了，纳兰性德恰恰是个不同民族文化折冲历史上过于敏感的人物，他就像一尾由冷水流乍然游入暖水流里的鱼儿，"冷暖自知"当中的一个"自"字，实在不知会融进几多难为他人道也的感慨……

　　性德在主观上并不想如汉族宿儒那样塑造自我。即便是有汉族文化和文学的博大精深、引诱着自己，也不行。"脚踩着两片文化"的他，经常要左顾而右盼。有时他会把二者结合得比较熨帖，例如"其扈跸时，雕弓书卷，错杂左右。日则狩猎，夜必读书，书声与他人鼾声相和。"③ 有时他会凸现对于民族文化故态的留恋，例如"非关癖爱轻模样，冷处偏佳。别有根芽。不是人间富贵花。"有时他会感到被不同文化撕扯的无奈，例如"德也狂生耳。偶然间、缁尘京国，乌衣门第。"④ 有时他会描摹自己对于文化百态前因后果的诧异，例如"雨打风吹都似此，将军一去谁怜。画图曾见绿荫圆。旧时遗镞地，今日种瓜田。"⑤ 有时他更会以梦境及心境的急

---

　　① "侧帽"用典来自《周书·独孤信传》："信在秦州，尝因猎，日暮驰马入城，其帽微侧。诘旦，而吏民有戴帽者，咸慕信而侧帽焉。"
　　② 见佛教禅宗经典《五灯会元》中道明禅师答卢行者语。
　　③ 徐乾学：《通议大夫一等侍卫进士纳兰君墓志铭》，纳兰性德撰、冯统编校《饮水词》，广东人民出版社1984年版，第218页。
　　④ 纳兰性德：《金缕曲·赠梁汾》，纳兰性德撰、冯统编校《饮水词》，广东人民出版社1984年版，第72页。以往的解释，多认为这是容若对个人贵族子弟的身份表示不如意；其实这里的"狂生"恰恰说的是自己并非熟透了的汉人，命运安排的错误让他"偶然"地进入了中原文化的腹地——京城。
　　⑤ 纳兰性德：《临江仙·卢龙大树》，纳兰性德撰、冯统编校《饮水词》，广东人民出版社1984年版，第72页。

转弯来表达脚踩两种文化的心理激荡，例如"朔风吹散三更雪，倩魂犹恋桃花月。梦好莫催醒，由他好处行。无端听画角，枕畔红冰薄。塞马一声嘶，残星拂大旗。"① 与其词作的美感蕴藉有所不同，性德的诗作大多坦坦荡荡、直抒胸怀。《拟古四十首》是他的诗歌代表作，内心世界的种种想法，都在其中和盘托出。"煌煌古京洛，昭代盛文治"，是他对眼前时代政治清明的颂扬；"平生紫霞志，翻然向凌烟"，是他对个人有志于功名的憧憬和坦言；"悠悠复悠悠，人生胡不乐"，是他对人生苦多的无奈与慨叹；"但受伏枥恩，何以异驽骀"，是他对怀才不遇的牢骚；"何如但饮酒，邈然怀古人"，又是他对归隐田间的策划……匆匆走过一生的性德，真不知面临着多少困惑与折磨！

性德贡献颇大的满族文学事业，自他投入其中开始，便在跟汉族文学近距离的交流中，不断地探索和寻觅着自己有异于汉族文学的别途。

性德的文武兼备，显然也得到了当时康熙皇帝的垂青。玄烨对他的赏识，不单在于他的满汉兼通文武全能，也在于他可以在周边联络团结一批汉族上层知识分子，这是一件有利于清政权的事情。他的夭亡，引起了康熙的悲恸，也是很自然的。

然而，容若的"惴惴有临履之忧"，毕竟不是无来由的。往大处说，古往今来任何民族，都不会心甘情愿地放弃本民族赖以存在的文化传统。清初满族统治者为了自己的政治目的，带领本民族去往不知水有多深的汉族文化方向奋力跋涉，既是一项绝招，更是一步险棋，怕就怕其结局有如"邯郸学步"，到头来没学会人家的长处，自己连怎么走路都不会了。这就是清代最高统治者每每思想起来都要不寒而栗的地方。他们在大幅度地学用汉族文化的时候，总是要满怀忧思地提醒本民族成员不可丢弃"国语骑射"的传统。不过，"鱼和熊掌不可兼得"几乎是铁定的，后来，满语舍弃了，骑马射箭的硬功也渐渐生疏了，这都是历史弄人。好在，失之东隅，收之桑榆，满族依凭着自身天赋，抓住种种文化机遇，到底还是成就了自我文化独具新形态，也没有让他们的老祖宗们白白担忧一场！

脚踩两种文化，也就不能不"惴惴有临履之忧"。这不光是纳兰性德当

---

① 纳兰性德：［菩萨蛮］，纳兰性德撰、冯统编校《饮水词》，广东人民出版社1984年版，第98页。词人这里写到的"桃花月"，或许不是单指个人感情生活，它有可能是泛指一种阴柔的文化意境，与"塞马一声嘶，残星拂大旗"式的阳刚文化精神相对。

时的心绪，也是清朝统治者乃至于满民族彼时共有的焦虑。①

　　三个多世纪以前的纳兰性德，不言而喻，会有他个人的民族文化心态。当然，他的民族文化心态，只能是在有意或无意之间依稀可辨地流露出来。今天，人们却只能依靠这些许的蛛丝马迹，来辨认出一些对我们来说可能会有些价值的东西。

二

　　岳端（1671—1704），是要在这一章里着重介绍的第二位康熙年间满族文学大家。

　　中国历史上，多将"天潢贵胄"的皇族叫做宗室。按照清代的制度规定，只有清太祖努尔哈赤的父亲塔克世的直系子孙，才可以称为宗室成员。在创立和巩固清政权的历次战争中，努尔哈赤及他的皇位继承者，多借助于家族内的力量统率大军东征西讨，宗室成员亦建功极多。从清初起，朝廷即把宗室爵位定为十等，其尊贵程度依次是：亲王、郡王、贝勒、贝子、镇国公、辅国公、镇国将军、辅国将军、奉国将军、奉恩将军，并以论功封爵的方式，使有军功者皆获爵位。而凡宗室之内无爵位者，便是闲散宗室。

　　岳端，是清代"天潢贵胄"的一员。然而，他的人生道路，与清代初年绝大多数的宗室成员却有所不同。在他人大多热衷于鞍马征战、建功攫位的时候，岳端却走了一条在文学艺术方向上发展自我的道路，从而完成了他对满族后世的某种示范作用。

　　岳端，又写作袁端、蕴端，字兼山，又字正子，号玉池生，别号红兰室主人、东风居士、长白十八郎等。他在世间只活了 35 年，留下的艺术业绩却令人瞩目。其传世作品，有诗集《玉池生稿》（内含《红兰集》诗 81 首、《蓼汀集》诗 135 首、《出塞诗》43 首、《无题诗》30 首、《就树堂集》诗 40 首、《松间草堂集》诗 123 首、《题画绝句》80 首、《桃坂诗余·桃坂填词》词 12 首、曲 9 支），戏曲《扬州梦传奇》，以及绘画作品逾百幅。同

---

　　① 推而言之，在当下国内文化一元化倾向下面，本来持有不同文化传统的各个少数民族，大概都有那么一点儿"惴惴有临履之忧"的感触；再推而广之，在今天"全球化"的文化语境下面，大约连源远流长的汉族文化，也不可盲目乐观，也该当保持一些"惴惴有临履之忧"的警觉罢。

时，他还选编有唐代诗人孟郊、贾岛的作品集《寒瘦集》。

岳端与康熙皇帝同宗同辈，均为努尔哈赤的曾孙。岳端的祖父阿巴太与父亲岳乐，都是明末清初军事舞台上骁勇善战的人物。阿巴太乃努尔哈赤第七子，亲身参加了统一女真各部、靖定漠南蒙古和进军明王朝的大小战役，因战功被封为饶余郡王；岳乐子承父业，不但在清入关后参与平定张献忠部的战斗，康熙初年又执掌"定远平寇大将军"印，在平定三藩的战争中屡建功勋，被晋封为安亲王。康熙皇帝亲政之初，对岳乐倍加信赖，以至于岳乐在诸位议政王中占据首席。凭着前辈的荫庇，岳端及其兄弟都在毫无功绩可言的年龄，得到了显要的爵位。自幼体弱的岳端，刚刚 15 岁，就已经是"勤郡王"了。

阿巴太与岳乐父子，跟当时的许多满洲贵族有所不同，这二位戎马倥偬的名将，较早认识到汉族文化的高深以及学习这种文化的必要。阿巴太很早便注意在自己征战的过程中网罗人才，让他们到家里来教习子弟。岳端自幼的启蒙老师，就是有名的湖南文人陶之典。当时，安亲王府的文风，在京师各王府中是最盛的。① 通过陶之典、顾卓、朱襄等汉族教师的悉心传授，机敏好学的岳端，很快地就迷上了汉族的古典诗歌等艺术形式。15 岁的时候，他已经能够写一手格律严整、用典准确的汉文诗歌。这位少年王爷，乐得让父兄替自己应付官场事务，整天里沉醉于诗、书、画的氛围间，落得个惬意。从努尔哈赤，到阿巴太和岳乐而形成的尚武家风，至此出现了扭转和变异。

在岳端 18 岁的时候，家庭有了大变故，父亲政治上受到挫折，被皇上派去漠北蒙古地方执行公务。文弱的岳端也不得不跨上战马，陪同 64 岁的父亲远涉大漠。这是他人生的第一次远行办差体验，在他当时写下的诗歌中，很少见到戎装的英姿和抖擞的精神，因为父子此种遭遇而生成的厌倦旅途生活的牢骚，却比比皆是："落照大荒红，无林四望通。雁迷沉暮霭，犬

---

① 昭梿在《啸亭杂录》中说："崇德癸未时，饶余王曾率军伐明，南略地至海州而返。其邸中多文学之士，盖即当时所延至者。安王因以命教其诸子弟。故康熙间，宗室文风，以安邸为盛。"（昭梿：《啸亭杂录》，中华书局 1980 年版，第 180 页）饶余亲王即阿巴太，崇德癸未年是 1643 年，当时岳端还未出生；其父安亲王一直实行请汉儒教习子弟的计划。岳端的哥哥玛尔浑、弟弟吴而占以及一位被称为六郡主的妹妹，均以文名传之于世；玛尔浑选编的《宸萼集》，还是清代最早留存宗室诗作的作品集。

误逐惊蓬。草秃人炊粪，天昏鬼哭风。他乡难作客，况是此乡中。"① 在一些吊古之作中，他还表达了一定的反战意向，这在清初满族将士普遍追求在战场上建功立业的时候，当属另类声音。

塞北驻防两个多月之后，他们回到京城。父亲因劳累过度而死去，岳端本人也在随后被降了爵位，从郡王变成了贝子。这使他渐渐明白了，皇权是冷酷的，名利场并非自己人生的乐园；只有回到艺术的世界里，才能找到精神的慰藉。

贝子岳端继续追求着风雅浪漫的书斋气息。他整天苦吟，甚至于在半夜里突然想出好的诗句，也要马上起身记下来；为画出一张称心的画作，他能挥毫泼墨直到四更天。

他的艺术寻觅，得到中原文化界的赞许。汉族的许多文人名士，都和他交上了朋友。岳端身为宗室贵族，为了艺术的长进，一点架子也不摆，时常带着自己的作品四处讨教。在他的友人里面，既有名动一时的大作家，也有地位卑微又满腹才华的落魄文人，他们结成诗社，饮酒唱和，切磋文章。当时，正值戏剧家孔尚任在京做国子监博士，孔邸是岳端常去的地方，二人的友情也十分深厚。孔尚任的母亲过生日，大家去祝寿。按照规矩，贵为贝子的岳端是不可以屈尊出现在这种场合的，他差人送去了一幅亲笔所绘作品，并题写了情深意永的诗："孔君与我交，诗文兼道义。孔君不挟长，我亦不挟贵。贤母屈古稀，华筵腾鼓吹。同人共称觞，独我不能至。画此长春花，取此长春意。"②

对贫寒的汉族文人，岳端倾力相助。他的朋友、广东诗人林凤冈滞留北京时，得知父亲亡故，为奔丧无路费而苦恼，岳端迅即赠款，又以诗送行。朋友袁士旦客死京城，岳端"捐三十金，棺衾始备"。一次在饮酒时，听说朋友沈方舟已别乡多年，因无盘缠不能回去跟妻小团聚，他又慷慨解囊。

1698 年，岳端 28 岁的时候，连他的贝子爵位，也被皇上颁旨剥夺了。《大清实录》记录着康熙皇帝的谕旨："固山贝子袁端，各处俱不行走，但

---

① 岳端：《漠北》，张菊玲、关纪新、李红雨：《清代满族作家诗词选》，时代文艺出版社 1987 年版，第 27—28 页。

② 岳端：《题长春花寿孔尚任母》，转引自陈桂英《玉池生稿·校点前言》，爱新觉罗·岳端：《玉池生稿》，天津古籍出版社 1990 年版，第 11 页。

与在外汉人交往饮酒、妄恣乱行，着黜革。"① 从这条谕旨可以想见，岳端不关心官场政务，不去有关公务部门行走办差，却整日里跟与朝廷无关的汉族文化人过于密切地交往，终于惹恼了皇上。至于他是否在与汉族文人的接触中被卷进了什么案子，已难确考。

岳端被一降到底，成了皇族中间顶没身份的"闲散宗室"。对一个曾经贵为郡王的宗室显要来说，这无疑是极丢面子的事情。可是，执着求索于文学艺术之路的岳端，却以鲜明而决绝的态度，冷对着这场严重打击。他通过诗作高傲地表示："野处忘城市，狂夫今更狂；酒兵终日练，诗债一生偿！"② 果然，终其一生，他再也没有回头望一眼那令他厌倦的名利场，他愿重新规划自己，将全部身心献给艺术圣殿。

比较一下纳兰性德与岳端的文化遭遇，也许是有意义的。性德活在世上的时候，满族需要像他这样在短时间内高度涉猎汉族文化的文坛急先锋，康熙皇帝也对他表现出嘉许和宽容。但是，当权人的政策尺度常常是在调节着的。比性德年幼16岁的岳端，却因为同样地热衷于汉族文化，"但与在外汉人交往饮酒"等罪名而被废黜。康熙皇帝何以如是地褒性德而贬岳端呢？仅就文化层面来看，性德出现时正是急需提倡满人汲取汉族文化之际，其文学活动不但给本民族同胞树了标杆，也促成汉族文坛耆宿们对满人艺术创造力的折服，均有利于实施康熙前期的民族文化方略。而至岳端出现，虽距性德之际未久，满人中尤其是宗室子弟们，以汉文化为向往而迷恋文学艺术的却比较多了起来，这又让康熙为宗室风气的迅速变异感到担忧与震惊。而且，性德保持着文武兼备的特点，马上功夫骑射本领样样了得，他的文学造诣是在这样的底色上面修炼的，所以皇上还算放心，而岳端则不然，他毫不"尚武"却一味"尚文"，代表着民族文化最高利益的康熙皇帝，当然会觉得这不是一个好兆头。一张一弛的制政尺度掌握在帝王手中，性德跟岳端，都无法知道何时该张又何时该弛。这恐怕也是在文化上一骑绝尘的性德生前"惴惴有临履之忧"的一重缘由吧。

中国历史上历朝历代，最高统治集团内部都发生过或隐或显的矛盾冲突。这是封建社会内在关系演变的本质性体现。清朝建立之后，宗室贵宦之

① 原文出自《大清实录》，转引自陈桂英《玉池生稿·校点前言》，见爱新觉罗·岳端《玉池生稿》，天津古籍出版社1990年版，第13页。
② 岳端：《春日园居寄怀表弟素庵芬昆季》，爱新觉罗·岳端：《玉池生稿》，天津古籍出版社1990年版，第68页。

间展开的你争我斗，也是贯穿于始终的。以往的朝代，因多设立外藩，分封各地的外藩王与朝堂上争权夺利，会时而采取异地举事刀兵相向的方式来解决。清代吸取了这一教训，摒弃设立外藩王则例，所有王公爵爷们只允许在京师内辟地设府享受"天恩"，却无一例外地褫夺了权贵人物居住封地拥兵坐大的可能。这也决定了清代统治集团内部诸多的斗争，往往在不大显山露水的暗地里运行解决。

言及岳端父子的政坛失势，同样也存在些权力集团内斗的暗底。原来，安亲王岳乐的岳父是清初辅政大臣之一索尼，他的妻兄乃索尼之子、康熙朝权臣索额图。索额图与明珠，曾一度成为当时水火不容的两派朋党的首脑。① 而索额图又搅进了支持废太子胤礽的活动，引起皇上的大不满。康熙帝翦除索额图的举动有个过程，从安亲王岳乐的贬黜到其子岳端的步步出局，实际上均与索额图一党的最终扫除有内在联系。否则，岳端"各处俱不行走，但与在外汉人交往饮酒、妄恣乱行"的事情再大，也不会一降到底。

朋党政治与朋党纷争，是包括清朝在内历代朝堂之上的习见现象。到了清代乾隆朝曹雪芹笔下，这一现象被形象地描写成了四大家族"一损俱损、一荣俱荣"至为紧要的"护官符"故事，堪称是封建社会的绝妙写照。清代"一损俱损、一荣俱荣"的情形，并非是到了雍正朝之后雪芹等人家族败落之际才出现；岳乐、岳端家族由起初"赫赫炎炎"而仅支撑了几十年便迅速倒运，也不过是清季二三百年间此类场面较早的开端之一而已。

中国封建时代的社会矛盾主要有三类：曰阶级矛盾，曰民族矛盾，曰统治阶级内部矛盾。三者交相呈现，无时或已。以往的文学读者，受某种政治理念的影响，多只重视反映前两类矛盾的作品，以为那样的文学反映才有思想意义。反映第三类矛盾的作品，往往是既缺乏，又不大被人们重视。清代的满族被视为国家的统治民族，不少满族文化人都属于封建统治阶级的个中人。随着各个时期统治者内部矛盾的发展，一些利益集团或者利益家族胜出，另一些利益集团或者利益家族落败，那些从旧营垒里跌落出来的人，对此类现实的摹写与感发，也具有其不可替代的文学价值。

---

① 纳兰性德与岳端是同时代同城居住的满族两大文学才子，却无任何材料证实他们彼此有过接触，原因也在于此。岳端辞世后，曾与性德有着深厚情谊的文坛宿儒顾贞观，受朋友之托，来为岳端之《红兰集》作序，一开头就是："贞观三载前曾一游都亭，即闻东风居士学问之勤，礼贤爱士之笃。虽未获见，心窃向往之。"

　　应当说，满族高端没落家族的文化人，许多都是勇敢的。纵观一部满族文学史，确有好多作品，确切且深刻地书写了他们对统治阶级内部斗争的观察和体会。这在历代的文学留存当中，也是并不多见的。尤其难得的是其中有的作者，就来自于那个神圣的爱新觉罗姓氏。

　　清初，满人大多沉浸于创业建功的光荣梦想之中，满洲上层特别是宗室近支，更是没有几人不想功标史乘的。岳端虽自幼体弱，青少年时期也未必没做过类似的幻梦。这儿有《玉池生稿》诗为证。其一云：“李君有宝刀，索我为长歌。几番下笔难，其奈宝刀何。信手抽刀不见刀，匣中流出一泓水。迎风忽觉古血腥，使我雄心顿然起。起舞落日辉，人在电光里。人在电光里，其刀妙如此。”① 其二云：“旌旆飘荡去不停，少年为将赴边庭。当思祖父功名重，仰赖朝廷社稷灵。碛路奔风嘶叱拨，山城覆雪按清萍。临歧话别无多事，惟望燕然早勒铭。”②

　　是至高威严的皇权，扑灭了岳端心头曾经存有的热衷功名的星火。他走向一条彻底尚文的道路，从这个角度来讲，也是别无选择的事。

　　岳端的人生完全转型，有其潜在的规律支配着。在清代满族书面文学流变的这方平台上，继岳端之后，还将一再演绎出相似的剧目。

　　转而落为一介“闲散”的岳端，看世界的心态变了。虽说荣华生活的享有在他那里还依然如故，他却能够从另一片视野中窥到世事的不易与艰险。他的作品中，开始出现多首以《行路难》为题的诗歌。之一：

　　　　行路难，行路难，山有万仞之巉岘，水有千丈之波澜。上有豺狼踞，下有蛟龙蟠，况有林木森森百里宽。日光月光射不入，老魅夜叫清燐寒。人从此中来，焉得常平安！行路难，行路难。此间之山非嶙峋，此间水浅清而澈。朝骑金勒马，暮棹沙棠枻。鬼魅不到龙虎绝，坦然大路无凹凸。此中之难不可说。③

　　之二：

————————————

　　① 岳端：《宝刀歌为李先春赋》，爱新觉罗·岳端：《玉池生稿》，天津古籍出版社1990年版，第15页。

　　② 岳端：《送十九弟占随征》，爱新觉罗·岳端：《玉池生稿》，天津古籍出版社1990年版，第49页。

　　③ 岳端：《行路难》，爱新觉罗·岳端：《玉池生稿》，天津古籍出版社1990年版，第14页。

樽有旨酒须尽欢，案有佳肴且饱餐。听我抵节鼓此曲，曲终恐君忧思攒。今古人生寄一世，人世艰危千万端。天梯石栈行蜀道，米珠薪桂居长安。居大不易行路难。乘桴浮海波浪宽，凌风奋飞无羽翰。①

之三：

劝君莫之晋，晋国不容廉洁人。贪天之徒常自保，介子登山遭火焚。劝君莫之楚，楚国放逐正直客。谗谀之辈日竞进，屈子入江遭水溺。其余他国亦皆然，胡为远游不言旋？君乎君乎！莫视己贤。请看亚圣孟夫子，不遇鲁侯空怨天。②

面临百不如意的外部社会及政治环境，像岳端这样的失势贵族，没有任何作为可以施展。颇受折磨的，是他的心灵。在一首题为《竞渡曲》的诗歌中，他借屈原爱国不成而愤然投江的往事，抒发了对人生险恶丛生的反感与消极退入酒乡的选择：

才人自古多酒徒，独醒只有屈大夫。屈大夫，尔将胡为乎？不从渔父谏，甘受朝臣诬。我虽知此是寓言，终投湘江何其冤！湘江万丈波涛恶，中有鼋鼍蛟龙与鲸鳄。直将大夫身，横争肆吞嚼。君不见，今人造龙舟，喧腾鼓吹吊中流，犹为大夫沉角黍，水族依然争不休。吁嗟乎！世途不可处，水底不可留。我劝大夫一杯酒，庶几醉乡还可游。③

他把人世上甚而连同鱼龙居住的水底世界，全然看成是纷攘争利的场合，感觉一个清白的人是再也无处可以逃逸的，如果有，也就只剩下一处酩酊醉乡了。逐渐，他迷上了老庄的道家思想，类似这首《题老子图》诗意的作品多了起来："老子骑青牛，西出函谷关。闻有关尹喜，相随去不还。一

---

①　岳端：《行路难》，爱新觉罗·岳端：《玉池生稿》，天津古籍出版社1990年版，第48页。

②　同上。

③　岳端：《竞渡曲》，张菊玲、关纪新、李红雨：《清代满族作家诗词选》，时代文艺出版社1987年版，第31页。

朝无紫气，万古空青山。所著一卷书，长留在人间。上有五千言，其外无文字。所以贤达人，名成皆避世。我生千载后，颇有相随意。青牛不复来，红颜日憔悴。今日披画图，想见当年事。他凡与古今，绝似天壤异。捉笔常太息，聊以写吾意。"①

岳端一味避世的人生哲学，对后来遭遇仿佛的清宗室子弟选择隐居都市近酒习文的生活方式，有着显见的影响。

一般认为，康熙朝的京师满洲家庭都是畅通民族母语的。岳端身后虽未留下他说写满语满文的资料，逆料他在这方面仍葆有相当能力，亦不会错。清初满人们乍一别离白山黑水的东北故土，民族心理和民族情趣总要去寻找自己的表达方向。岳端有个别号"长白十八郎"，十八郎指的是他在家族内的大排行，而"长白"则显然带有怀乡怀土的民族意识。有清一代，进而直到当代，满洲苗裔离开东北乡土的许多人，都还习惯在自己的署名前面冠以"长白"二字，"长白十八郎"大约是最早这样做的居京人士之一。

岳端的作品，从选题到立意，再到艺术风格，都可以找到许多北方民族精神文化的固有特征。《玉池生稿》里面，像《长白山歌》《紫骝马》《塞上行》一应饱含北地民族特殊笔触的诗题仍然存在，不少作品稍加细读，便可察觉满人审美的内在蕴含。一首《咏庭前草》写道："不耘庭际草，任共石阶齐。雨过丛丛绿，风来叶叶低。烟浓迷粉蝶，根软托香泥。野色当窗见，心同野外栖。"②满洲的先民从来就是与大自然相依偎生存的，入得关内，他们每每被牢笼于都市乃至家庭的圈子里，不能跟林莽山川亲近，煞是不自在。岳端索性任凭他庭院里的草儿疯长，以便满足"野色当窗见，心同野外栖"般贴近自然的习性。

前已述及，清代旗人不论地位多么高，没有上峰差遣是不可以擅离驻地的。岳端一生，除了跟随年迈父亲去了一趟漠北苦寒之地办差，再也没有过离开京城的机会。对于热爱大自然的他来说，这是挺惨的事。他的作品中有两首写到中华名胜巫山的诗，让人读来悲从中生。其中一首《巫山》是："云雨巫山十二峰，昔人因梦识仙容。今人亦有相思梦，知在巫山第几重？"③诗人不敢轻言自己何时有幸亲睹巫山仙容，只好推说昔人也不过是在

---

①　岳端：《题老子图》，爱新觉罗·岳端：《玉池生稿》，天津古籍出版社 1990 年版，第 26 页。

②　岳端：《咏庭前草》，爱新觉罗·岳端：《玉池生稿》，天津古籍出版社 1990 年版，第 21 页。

③　岳端：《巫山》，爱新觉罗·岳端：《玉池生稿》，天津古籍出版社 1990 年版，第 1 页。

梦中得见；而自己今日终于相思巫山而致成梦，却又一时难以辨别梦中场景到底是巫山十二峰中的第几峰！在又一首《无题》中他吟出："巫山十二最高峰，只有宵来此地逢……"① 其"宵来"者，不还是夜里，不还是要到梦中才能去相逢吗。

幸亏世代的满人们，早已有过偌多亲近自然的体验，有过偌多放飞艺术想象的历练，当他们困守愁城的时候，才有可能充分张开神思的双翼，去拥抱幻想当中的艺术王国。

岳端的诗歌风格，伴随着他短暂一生前后截然不同的遭遇，经历了由前期清新俊逸向后期冲淡超然的变化。这里再援引他的几首不同韵味的作品，用以展示其艺术造诣上的超凡脱俗：

> 秋风落日平沙晚，身倦马疲前路远。四野苍茫不见人，碧天如覆琉璃碗。
>
> ——《中途口占》②
>
> 漠南斜路落红曛，风叠沙纹学水纹。去日野花犹烂漫，归时病叶乱纷纭。老蛇升树缠虬干，孤雁摩天负鹤云。尚在秦关千里外，故乡音信杳难闻。
>
> ——《漠南》③
>
> 曾闻诗胆大如天，请看狂生画亦然。乱点葡萄十数个，只求神似不求圆。
>
> ——《画葡萄》④
>
> 狂夫作画未曾难，一瞬工夫数笔完。单写鱼儿不写水，诗中自信有波澜。
>
> ——《画鱼》⑤

---

① 岳端：《无题》（三十首选一），爱新觉罗·岳端：《玉池生稿》，天津古籍出版社 1990 年版，第 42 页。

② 岳端：《中途口占》，张菊玲、关纪新、李红雨：《清代满族作家诗词选》，时代文艺出版社 1987 年版，第 28 页。

③ 岳端：《漠南》，张菊玲、关纪新、李红雨：《清代满族作家诗词选》，时代文艺出版社 1987 年版，第 32 页。

④ 岳端：《画葡萄》，张菊玲、关纪新、李红雨：《清代满族作家诗词选》，时代文艺出版社 1987 年版，第 29 页。

⑤ 岳端：《画鱼》，张菊玲、关纪新、李红雨：《清代满族作家诗词选》，时代文艺出版社 1987 年版，第 29 页。

长堤一望夕辉斜，芳树枝枝待暮鸦。西岭生云将作雨，东风无力不飞花。娇莺细啭留清昼，孤鹜徐飞带晚霞。野客独扶藜杖远，柳荫深处觅人家。

——《春郊晚眺次韵》①

他的诗，曾深为文坛推崇，姜宸英、陶之典、顾贞观、蒋景祁、沈德潜、王源等康熙年间文化人，都写下了对岳端诗艺倍加肯定的文章。钱名世在所撰《〈蓼汀集〉序》中谈道："红兰主人以诗雄数年"②，更证实了岳端诗歌在当时的影响之大。

与纳兰性德相比，岳端是有他另外一种风格的。性德和他均来自满洲上层，都有很高的文化天赋，都属于从自我民族氛围走出来的头一批文化远足者，凭借努力，二人又分别登上了同一时代汉文写作艺术的高层次。他们不可避免地，都受到满族时尚的激励，却因社会为各自留下的进退空间不同，走向了不尽一致的艺术方位。性德毕生文武兼习，满、汉学养并备，朝野身份两栖，以至于不同民族文化的交互作用，造成某种程度上心灵的摇曳不居和作品的意向闪烁，从而平添了饮水词作的内在魅力。岳端则不同，他虽有先前的宗室爵位，却因自幼羸弱疏于修武，跨入人生就像个文人坯子，连续的贬黜夺爵，叫他彻底弃置了功名上的非分之想，而艺术上也渐入中原文化之"佳境"，减少了置身双重文化之间的一种张力。由是，性德突出体现的"以自然之眼观物，以自然之舌言情"，便在满人岳端的笔底，变成偶尔为之了。不过，如果以为岳端创作就此而没有了他的满人特质，也不尽然。他的作品清新、俊朗、飘逸，对自然景观的摹写极富想象力、表达力，亦体现出北地民族初登文坛的个性风采。他的诗歌语言平易晓畅，不为惊人之言却每有新奇之意，也与满民族的艺术格调吻合。还应看到，在清代这个特殊的社会环境下，通过文学曲写上层统治阶级内部的矛盾关系，岳端堪称"第一人"，而其身后，这项独到的文学路数，却成了清代满族文学的一个重要特征。

纳兰性德与岳端，同时同城的两个满洲人，彼此素昧平生却又从互异的

---

① 岳端：《春郊晚眺次韵》，爱新觉罗·岳端：《玉池生稿》，天津古籍出版社 1990 年版，第 3 页。

② 钱名世：《〈蓼汀集〉序》，爱新觉罗·岳端：《玉池生稿》，天津古籍出版社 1990 年版，第 108 页。

路径一起登上了中原文学艺术的巅峰。偶然乎？必然乎？

　　像纳兰性德的多才多艺一样，岳端也在艺术领域的多范畴有其建树。《玉池生稿》内存有他填写的词12首，曲12支，这里各录其一：

　　　　云气漫天失晓色，中庭涴遍莓苔。愁人独坐北窗开。空濛如薄雾，散漫似轻埃。　暗记前番曾有约，连朝泥泞盈街。何堪事事若星乖。病令新作少，雨阻故人来。

　　　　　　　　　　　　　　　　　　　　——《临江仙·对雨》①

　　　　叹双星已愿难酬。除却今宵，欲见无由。早难道把欢会都丢，来应人家无厌之求。算将来书传差谬，多因为世尚虚浮。笑那骏女痴牛，常抱离愁。他既有回天之力，竟何不自保绸缪？

　　　　　　　　　　　　　　　　　　　　——《折桂令》②

　　岳端还擅长音律，根据唐人小说《杜子春》故事，编写过戏曲剧本《扬州梦传奇》。这部作品曾在当时搬上戏曲舞台，得到观众的赞誉。尤其难得的是，两位杰出的戏曲家孔尚任与洪升，也都对《扬州梦传奇》的创作给予了热情褒奖，甚至将它与明代戏剧大师汤显祖的"临川四梦"相比拟。《扬州梦传奇》所铺演的情节，涉及豪门子弟挥霍败家与世态炎凉，以及主人公历尽人世跌宕终于斩断尘缘一心求道，其中某些寓意带有作者自身对社会现实的体会。

　　此外，岳端的绘画，也在清代美术史上占有一席之地。当时的评画名著《画徵录》，认为岳端"画山水潇洒纵逸，类八大山人；墨兰得元人之秀致。"③

　　岳端，是满族文化史上较早出现的视文学艺术为全部性命并且殚精竭虑而为之的一位"奇人"。近代学者邓之诚撰《清诗纪事》，说他"是固一代宗潢之秀。后来无及之者。即较之江南耆宿，亦足自树一帜也。"④

────────────────

① 岳端：《临江仙·对雨》，爱新觉罗·岳端：《玉池生稿》，天津古籍出版社1990年版，第93页。

② 岳端：《折桂令》，爱新觉罗·岳端：《玉池生稿》，天津古籍出版社1990年版，第95页。

③ 李放：《八旗画录》，周骏富辑：《清代传记丛刊·艺林类18》，明文书局1985年版，第80—428页。

④ 邓之诚：《清诗纪事初编》，转引自（清）铁保辑、赵志辉等点补校：《熙朝雅颂集》，辽宁大学出版社1992年版，第184页。

三

康熙朝第三位数得着的满族文学名家，是宗室文昭。

文昭（1680—1732），也是清代初期文学领域典范性的满族诗人之一，字子晋，号芗婴居士、北柴山人、紫幢道人，爱新觉罗皇族出身，是努尔哈赤第七子阿巴太的五世孙，百绶之子。百绶初封镇国公，后被降为镇国将军，最后又因故被黜去世爵，成为闲散宗室。这样，按照清代宗室爵位的袭封则例，身为"天潢裔脉"的文昭，并没有获得任何爵位，只是以闲散宗室终其一生。

如前所述，"崇德癸未时，饶余王曾率军伐明，南略地至海州而返。其邸中多文学之士，盖即当时所延至者。安王因以命教其诸子弟。故康熙间，宗室文风，以安邸为盛。"文昭，也是饶余亲王及安亲王的直系后代，其家庭内部在清初形成的追逐内地文化艺术的气氛，一直影响到了他这一辈。少年时代，文昭即对文学创作有着浓厚的兴趣，有幸拜师于名士王士禛门下，潜心研修写诗技艺。虽然小小年纪的他已陆续写出许多作品，却不愿轻易拿给别人看。18 岁的时候，与较他年长 9 岁的叔祖岳端相见，岳端分韵令他为诗，他率然吟出"花香高阁近，书味小楼深"的佳句，令岳端大为惊喜，击节赞赏说："是儿冰雪聪明，不愧渔洋高第弟子。他日固不让一头地也！"[1]

文昭在王士禛门下学诗，时间很久。王士禛（字渔洋）是清初中原之"诗坛领袖"，亦为康熙皇帝的文学侍从。他以诗歌理论上的"神韵说"为倡导，强调诗歌必须具备艺术感染力，讲求诗歌的神致韵味，认为"不着一字，尽得风流"的诗，方为上佳作品。当时有志学习汉族文化的满洲贵族子弟多起来，但是能够成为王门入室弟子的，毕竟还是一种荣幸。

文昭 19 岁这一年，康熙皇帝特命宗室子弟应乡试。文昭也奉旨参加科考。他的学识及诗艺本属上乘，可是，因为对儒学神圣权威的唯一性缺乏足够的恭敬，在后场考试当中误用了《庄子》中的语句，冒犯了考场忌讳，不仅没有被录用，还遭到了严厉处分，被放逐到台溪去索居。

原本就对科举取仕不以为然的文昭，从此以后，一股脑儿地丢掉了在官

---

[1]　杨钟羲：《雪桥诗话》，转引自（清）铁保辑、赵志辉等点补校：《熙朝雅颂集》，辽宁大学出版社 1992 年版，第 244 页。

场上进取的念头。他干脆就"辞俸家居，扫轨谢客，学道之暇，颇事吟咏"①，走上了一生甘为"闲散"而致力于诗歌创作的道路。此时也恰好就是文昭叔祖、诗人岳端被黜尽爵位而一心去走"诗债一生偿"道路之际，文昭或许受了其叔祖垂范的诱导，亦未可知。一首名为《自题诗集后》的诗作，吐露了诗人文昭不欲追逐功利而一心投入诗歌艺术怀抱的心声，其中写道："雕虫深愧壮夫为，呕出心肝也不辞。"② 他的另一首《自题写真》诗，表达出对世事的大不敬，以及由这种疏狂态度派生出来的返璞归真、顾影自若的心理："乱头粗服葛天民，枯木寒灰浪漫身。我亦似渠渠似我，问渠端的是何人？"③

文昭一生中写下大量优秀诗篇，结集传世的，有《紫幢轩诗集》计三十二卷。

王士禛的诗论，倡导含蓄蕴藉、意在言外和天然冲淡，推崇"言有尽而意无穷"。这种纯艺术化的创作要求，符合康熙朝稳定人心与政局的目的，故而得到了当政者的认可。文昭一生的创作，并非尽以"神韵说"为准绳，却也没有更多讽世的锋芒。这跟乃师的诗学教诲一定是会有些关系的。

　　　清和梅雨后，淡荡麦收天。药裹闲阶晒，茶团活火煎。竹风翻素扇，松韵合朱弦。冰簟容高卧，看书引画眠。

　　　　　　　　　　　　　　　——《夏日闲居》（五首选一）④

　　　秋来已十日，残暑未全平。忽听虫声动，能令凉思生。绪风时入树，北斗渐沉城。倚枕尚无寐，孤灯欲二更。

　　　　　　　　　　　　　　　——《闻蛩》⑤

　　　小院无人绿荫成，徘徊独步领新晴。心空两耳无寻处，瞥听盆鱼跳

---

　　① 文昭：《夏日闲居 有序》，（清）铁保辑、赵志辉等点补校：《熙朝雅颂集》，辽宁大学出版社1992年版，第229页。

　　② 文昭：《自题诗集后》，转引自张菊玲、关纪新、李红雨：《清代满族作家诗词选》，时代文艺出版社1987年版，第108页。

　　③ 文昭：《自题写真》，张菊玲、关纪新、李红雨：《清代满族作家诗词选》，时代文艺出版社1987年版，第108页。

　　④ 文昭：《夏日闲居 有序》（五首选一），（清）铁保辑、赵志辉等点补校：《熙朝雅颂集》，辽宁大学出版社1992年版，第230页。

　　⑤ 文昭：《闻蛩》，（清）铁保辑、赵志辉等点补校：《熙朝雅颂集》，辽宁大学出版社1992年版，第235页。

水声。

——《独步》①

此类含蓄蕴藉、气韵淡定的小诗，在文昭的集子里面很有一些。它不单是王士禛"神韵说"诗论的产物，也吻合满人们为诗已现端倪的平易的语言格调，清新且别致，得满、汉读者的喜好。

偶尔，他也写上一点儿对现实生活有感而发的作品，因为他不是一位指斥时弊闻世的作者，尚难以判断其诗行之外还有否弦外之音：

家人恶鼠鼠何辜，青蚨三百买狸奴。亲之床榻夜承足，眠之毡片食以鱼。鼠虽可恶尚知畏，横行未敢公然趋。昼伏夜出类盗窃，么小何足加深诛？未若尔猫无忌惮，恣意饕餮难羁束。日前偷啖竹笎鸟，昨宵又攫临鸡雏。阴能贼物有如此，何若鞭挞将伊驱！鼠犹不过窃人食，狸受豢养还掠余。鼠也狸也何厚薄，譬彼去狼进虎何其愚。噫欷歔，去狼进虎何其愚。

——《驱猫行》②

文昭亦选辑过当时宗室诗作，编成《宸萼集》③。《自题〈宸萼集〉后五首》，其中两首是："和气蒸濡数百秋，万条柯叶布中州。引囊尘尾承平后，莫笑朱门尽粉侯。""红兰已死问翁④徂，此事渠谁更觅途？万马奔驰荣利热，有人重下冷工夫。"⑤ 至康熙中后期，爱新觉罗远近枝蔓借着承平盛世生齿日繁，文昭的感慨是，宗室上下许多人，或热衷追逐名利荣华，或金玉皮囊实为"粉侯"，都是些无甚文化根柢的表现；而眼前在文学的探索寻觅方面，叔祖岳端等知名的宗室诗人，均已作古，环顾左右，也就只剩下自己和为数不多的宗室子弟，还能坚持艺术理想，继续"下冷工夫"于这一方向了。

---

① 文昭：《独步》，（清）铁保辑、赵志辉等点补校：《熙朝雅颂集》，辽宁大学出版社 1992 年版，第 241 页。

② 文昭：《驱猫行》，（清）铁保辑、赵志辉等点补校：《熙朝雅颂集》，辽宁大学出版社 1992 年版，第 226 页。

③ 史料记载，康熙年间玛尔浑与文昭，都编选过书名为《宸萼集》的宗室诗歌合集。

④ 问翁，指宗室诗人博尔都（字问亭）。

⑤ 原载杨钟羲《雪桥诗话》，转引自（清）铁保辑、赵志辉等点补校《熙朝雅颂集》，辽宁大学出版社 1992 年版，第 243 页。

古人常把"读万卷书，行万里路"，当作迈向艺术成功的必经之途。文昭深知在自己的必经之途上有个无法逾越的障碍。他坦言："自是余益肆力为诗，而诗往往不工。然以余闻古之能诗而工者，盖未有不出于游。……余才不逮古人，而志窃向往。重以典令，于宗室非奉命不得出京邑。故闻有所游，不过郊垧，而外乘一辆屡，数目辄返。夫所谓高山、大谷、浦云、江树之属，举足助夫流连咏叹者，而故未尝一寓之目。诗之不工，抑又何尤耶!"①

束缚在京城的诗人文昭，经历了许多苦闷与摸索，在既有的条件下，推开了一扇使他有望接近成功的门扉。他蹊径独辟，将自己锤炼成为一个擅长刻画康熙年间京师民俗世相的诗人。

他力求传神地摹写所处时代北京城里城外林林总总的社会剪影。

京城旗人的生活画面，是他描绘的要点。在他的笔下，清初满族"阿哥"的风采是那么的活泼灵动：

> 鹭翎缯笠半垂肩，小袖轻衫马上便。偏坐锦鞍调紫鹘，腰间斜插桦皮鞭。
>
> ——《见城中少年》②

这位大清京师的城中少年，一副满洲后生的传统装束与举止：头戴插上鹭鸟翎毛的丝帽，身着行动便捷的箭袖轻衫，骑在马上飒爽自得；他时而偏歪上身，调教一番肩头的猛禽鹘鹰，在他腰间斜插着的，还是用东北故乡桦树那光亮洁白的树皮装饰着的马鞭。短短二十几个字，北地民族英武少年的姿态已跃然纸上。

> 辫发高盘绿染油，春风扇物手初柔。挺身独立花荫下，臂挂雕弓拈骲头。
>
> ——《题东峰二弟春郊步射小照》③

---

① 文昭：《〈古瓶集〉自序》，转引自（清）铁保辑、赵志辉等点补校：《熙朝雅颂集》，辽宁大学出版社 1992 年版，第 244 页。

② 文昭：《见城中少年》，张菊玲、关纪新、李红雨：《清代满族作家诗词选》，时代文艺出版社 1987 年版，第 111 页。

③ 文昭：《题东峰二弟春郊步射小照》，张菊玲、关纪新、李红雨：《清代满族作家诗词选》，时代文艺出版社 1987 年版，第 111 页。

　　旧时满人为骑射方便常把辫发盘到头上，这个青年头发油亮，在草木返青的掩映下，辫发就像是染上墨绿油彩一样漂亮，当此和煦春日，射手的手腕儿也不再像冬天那般僵硬，他挺立于花荫之下，臂挂强弓，手拈箭头，自信会在这样的季节里博得上佳的步射成绩。

　　康熙间，八旗子弟们普遍维系着他们孔武劲健的民族形象。《紫幢轩诗集》中出现了不止一首《校猎行》，书写的都是旗族健儿前往郊苑围场从事传统狩猎活动的场景，画面有的火爆有的威严，都具备画面鲜明动感强烈的特点，既勾勒了异常真切的风情氛围，更点染出朔方儿郎们纵横射猎、威武驰驱的激情。其一：

　　　　朔方健儿好驰骛，擒生日踏城南路。怒马当风势如飞，耳立蹄躇不肯驻。大箭强弓身手热，一时杀尽平原兔。穿胸贯腋血纵横，锦鞍倒挂纷无数。君不见，独孤信，会猎归来日已暮，侧帽驰马人争慕。①

又一首：

　　　　绣竿掣曳雕旗扬，国门晓出冲残霜。玉花宝勒纷腾骧，风沙卷入髭须黄。羽林健儿夸卞庄，将毋回鹘从朔方。枯杨白草秋茫茫，严飙九月含锋芒。钲声四动排雷破，锦衣雉尾花围场。盘风雕隼摩青苍，韩卢突兀高于狼。将军意气凌天阊，论功不惜金琅玕。麋潜虎慄威难张，鼠辈何论狐与獐。银鞯血染芙蓉囊，日迷碛火寒无光。归来氍幕饮酪浆，小刀风落驼峰香。儒冠真无缚鸡长，嗟余坐马如阑羊。暮笳突送声悲凉，冰轮半破衔城墙。②

　　文昭有关彼时满人个体姿容及群体动作的描画和速写，体现了他对自我民族的深深认同，也为后世留下许多在历史上稍纵即逝的民俗资料。

　　文昭为诗，一贯喜欢选取去除雕琢文饰的晓畅语言。这样的语言风格，又十分有利于刻画和展现北京城乡之间纯真古朴的风土人情。

---

　　①　文昭：《校猎行》，张菊玲、关纪新、李红雨：《清代满族作家诗词选》，时代文艺出版社1987年版，第110页。
　　②　文昭：《校猎行》，（清）铁保辑、赵志辉等点补校：《熙朝雅颂集》，辽宁大学出版社1992年版，第227页。

《京师竹枝词》十二首,是文昭以"竹枝词"习见诗体,来分别叙写北京城一年十二个月里风光景物、俚俗世相的组诗,首首都能捕捉到这个月份里京师内最具代表性的生活画面,客观,真切,趣味盎然。

且看,《正月》——

珠轺宝马帝城春,剩冷微暄半未匀。几日东风初解冻,琉璃瓶内卖金鳞。

《二月》——

芳草裙腰绿尚微,少年赌射马如飞。银貂日暮宫墙外,一道玉河春鸭稀。

《三月》——

西直门西秀作堆,畅春园外尽徘徊。圣人生日明朝是,早看高粱社会来。

《四月》——

枣花照眼麦齐腰,南苑红门入望遥。钲鼓前鸣香呗起,烧香人上马驹桥。

《五月》——

食罢朱樱与腊樱,卖冰铜盏已铮铮。疏帘清簟堪逃暑,处处葡萄引竹棚。

《六月》——

水槛凉生绿树遮,冰盘旋剖辣么瓜。潞河报道粮船到,满载南州茉莉花。

《七月》——

坊巷游人入夜喧,左连哈达右前门。绕城秋水河灯满,今岁中元似上元。

《八月》——

　　涓涓凉露碧天高，砧杵声中百结牢。红绉黄团都上市，果房又到肃宁桃。

《九月》——

　　才过霜降无多日，闭瓮黄韭正好时。捆入菜车书"上用"，沿街插编小黄旗。

《十月》——

　　孟冬朔日颁新历，猩色香罗叠锦囊。监正按名排八分，一齐先送与亲王。

《十一月》——

　　城下长河冻已坚，冰床仍著缆绳牵。浑如倒拽飞鸢去，稳遍江南鸭咀船。

《十二月》——

　　催办迎年处处皆，四牌坊下聚俳偕。关东风物东南少，紫鹿黄羊叠满街。①

　　清代之京师，坐落于中国北方，春夏秋冬的节令铺衍，无不标示着其显在的地理征候；而京师又是泱泱大国的煌煌帝都，与异地比较，自然物候即便有参差相仿之处，人文景观也会在在有别：高粱桥畔每逢"圣人"华诞的民间庙会鼓噪，霜降过后载有反季菜蔬的"上用"菜车辚辚过市，初冬乍冷时候对"八分"亲王以下爵爷们的按季犒赏，以及年关底下俳优们的争相献艺……"首善之区"的如是场面，应只属于这唯一的城市；至于那早春二月草色微漾少年们已迫不及待地去野外较量骑射本领，冬月里冰河上越冷越兴奋的嬉戏人群，腊月间关东物产紫鹿黄羊堆在街头营造出的过年气氛，又明白无误地，透视出清代满洲人口在首都占据较大比重的特征。

---

　　①　以上文昭的12首诗，转引自张菊玲：《清代满族作家文学概论》，中央民族学院出版社1990年版，第63—64页。

文昭的诗，喜好直接借用市井俚语来表现风物特征，像以下这首单独撰写的绝句《八月》，即套用百姓口语，以两头细中间粗的民间玩具"戞戞"，来形容秋天气候的忽冷忽热，格外地形象贴切：

　　　　四时最好是八月，单夹棉衣可乱穿。晌午还热早晚冷，俗语唤作"戞戞天"。①

因为经常创作反映民间场景的诗歌，文昭的作品，也日益体现出诗人对黎民百姓生存的认同。这对于一位贵族出身的诗人来说，是值得关注的。《赠西邻老农》，是他在京城右安门外赵村期间写的，可以读出他对民众生活的主动接近："晌后耘田得少休，高林卓午绿荫稠。临风甘寝知无恙，横枕锄头作枕头。"② 而《攘场》诗，还写出来诗人参与农民的扬场劳动后，萌生了想要亲自耕作的愿望："处处攘场处处人，迎风掀播散黄尘。较量筋力知全健，合是躬耕作幸民？"③

文昭的民俗诗作，与那个时代满洲人的日常审美习性相贯通。他专心书写京师民俗的时候，满人们入住这座城市已有七八十年，他们一面使用自我文化的那把"筛子"，决定着京师民间习俗的取舍存弃，一面也向中原民族学会了不少都市生活的方式，得以继续生发的京师民俗，已然不再是当初那种"纯满族"抑或是"纯汉族"的东西，京师民俗在一个新的文化会通的层面上满、汉因素相互漫漶，使居住其间的满人与汉人，都由衷地觉出来亲切跟自然。从文昭的民俗诗歌里，读得出来他的情感所倚。渐渐地，随着旗族人等在京师居留年深日久，他们还将获得一种此地"土著"的感觉和意识，京城即乡土的情结在他们的心底扎下了深根。

文昭，以他贴近民俗的态度和贴近市井的语言，找到了自己的成功之路，而且还为其后的满族作家们长期热衷于都市民俗题材的创作，开了先河。

---

① 文昭：《八月》，张菊玲、关纪新、李红雨：《清代满族作家诗词选》，时代文艺出版社 1987 年版，第 112 页。

② 文昭：《赠西邻老农》，朱眉叔、黄岩柏、董文成、卜维义选注：《满族文学精华》，辽沈书社 1993 年版，第 79 页。

③ 作者在诗题之后有注云："土人谓簸扬为攘场。"其实，至今京郊农民们也还是把"扬场"叫做"攘场"。文昭《攘场》，见于张菊玲、关纪新、李红雨《清代满族作家诗词选》，时代文艺出版社 1987 年版，第 108 页。

性德、岳端与文昭，是经笔者遴选出来的、康熙年间能够集中代表"北方诗魂"典范特征的三位满洲作者。① 他们三人，人生经历不同，创作上的关注视野各异，艺术旨趣更是有差别。然而，三人却都在满族文学的前期发展中，有着不容小视的业绩，都对后来的满族文学延伸，有着率先垂范、导引三军的影响。三人均出现于满汉文化交流的早期，却凭借着各自的艰辛努力，由不同的路径，攀上了中华艺术的高端。在他们的前头，中原文化毕竟

---

①　康熙年间出生并在京师文坛上锋芒凸现的满洲诗人，还有几位堪与伯仲。例如博尔都、赛尔赫和恒仁。此三人均来自宗室。博尔都（1649—1708），字问亭，袭封辅国将军，工诗画，好交游，每与满汉文化名士诗酒唱和，"极一时之盛"。汪琬称赞他的作品为近体诗清新，歌行体雄放。有《问亭诗集》传世。《感怀》诗云："殷红凋谢奈何花，无奈悲来反强歌。窗外菏池新雨过，荷珠争似泪珠多？"（张菊玲、关纪新、李红雨：《清代满族作家诗词选》，时代文艺出版社 1987 年版，第48页）《月夜听筝》云："十二楼头宵漏永，霜月斜穿碧窗冷。乌鹊南飞夜有光，星河西下秋无影。此时主客心徘徊，秦筝侑酒倾金罍。朱丝秀柱初掩抑，忽然殷起南山雷。俄顷沉雄变陆续，飒飒秋风动梧竹。铁笛惊残陇上梅，银砧敲碎阶前玉。拨拉一转仍激扬，恍如铁骑奔沙场。急雨铮铮溅碧瓦，轻尘嫋嫋飞雕梁。人幔余音犹荡漾，四座无言久相向。银甲频挑转郁陶，鹍弦欲断还惆怅。更深筵散月倍明，凡教哀怨难为听。何人制此关山曲？写出伊凉离别情。"（张菊玲、关纪新、李红雨：《清代满族作家诗词选》，时代文艺出版社 1987 年版，第50页）此外尚有《宝刀行》（本书前已引述）等名篇。赛尔赫（1676—1747），字晓亭，授奉国将军。有《晓亭诗钞》，诗风清新、壮美。沈德潜对他评价很高，曾说："于北地得晤三诗人，首数赛尔赫。"又说："晓亭遇能诗人，虽樵夫牧竖，必屈己下之，故以诗为性命也！"有《马上口占》："苍崖白水驻残阳，夹道红云一径长。九月黄花山下路，熟梨过后马头香。"（张菊玲、关纪新、李红雨：《清代满族作家诗词选》，时代文艺出版社 1987 年版，第93页）又有《松山歌》："锦州城南多巃嵷，路入坡陇低复起。行行旷望见广原，一掌平开浑如砥。东南突兀耸南皋，行人指说松山是。松山之上一松无，风过涛声清入耳。此山得名不计年，半土半石形迤逦。汉魏北燕辽金元，有明至今一弹指。人民城郭凡几更，此山依旧苍然峙。我来山下访旧事，当年战垒无遗址。缅邈崇祯五六年，神兵御敌渡辽水。弯弧洞铁气如虹，俯视将军捋羊豕。千骑转战杏山前，路隔松山十八里。战鼓惊天海浪翻，百万覆军强半死。凯旋牧马沈水阳，天助龙飞良有以。今日田园古战场，万缕炊烟墟落里。沉吟怀古向秋风，残照松山暮微紫。"（张菊玲、关纪新、李红雨：《清代满族作家诗词选》，时代文艺出版社 1987 年版，第92页）恒仁（1712—1747），字月山，初封辅国公，后因不应袭失爵。著有《月山诗集》。曾向沈德潜学诗，沈说过："授以唐诗正声，造诣日进，吐属皆山水清音，北方之诗人也。"纪昀亦曾评论恒仁诗歌："其吐言天拔，如空山寂历，孤鹤长鸣，以为世外幽人岩栖谷饮，不食人间烟火者，而固天璜之贵胄也。"其《对月》诗曰："清宵一片如规月，流辉积素真奇绝。露下天高风未寒，阶前何事凝霜雪？对之使我胸襟开，当窗酌酒聊徘徊。小童淘水池边戏，解道银蟾入手来。"（张菊玲、关纪新、李红雨：《清代满族作家诗词选》，时代文艺出版社 1987 年版，第120页）又《枯柳叹》云："闲情堂畔柳枝新，昔年长条任拂尘。夭桃秾李各斗艳，此树袅袅偏依人。岂知中路颜色改，根株半死当青春。草堂无色株杜甫，枯棕病柏同悲辛。婆娑生意几略尽，穿穴虫蚁难完神。一枝旁挺独娟好，亦有狂絮飞来频。人生宁无金城感，过情悲喜伤吾真。且把杯酒酹木本，枯荣过眼安足论！"（张菊玲、关纪新、李红雨：《清代满族作家诗词选》，时代文艺出版社 1987 年版，第123页）这三位诗人的文学特征，与本章所着重介绍的性德、岳端与文昭，是可以互相印证和互相补充的，而汉族文坛上几位权威人士对他们的评论，亦有助于我们更加真切地抽象出彼时满族文学开始形成的基本风格。

经历过数千年的变迁推进，杰作如林，巨匠如云；况且中国的封建文化走行到清代，行将"收官"的态势也很明确。历史究竟给原本没有太多话语权力及对话资本的满洲后来者，留下还是不曾留下展示自我的余地，委实是个问题。性德、岳端与文昭，具备满洲民族勇于学习，勇于创造的精神，在看似没有太多历史空隙的情况下，满怀激情地寻找着自我，成就着自我。这三个人的成就有其高下，既往的中国文学史册对他们的承认也有欠慷慨，其实并没有很大的关系，重要的是他们代表着本来文化滞后的小民族，努力过，表达过，也潜移默化地，作用过那一时代的文化史。

有他们以及他们的同调们在前面引领，满民族随后的文学队伍，自会把脚下的道路，愈行愈宽。

第四章　群峰耸峙——激荡文澜尤此时

康熙到雍正时期，满族文学写作的浪潮迅猛上涌，及至乾隆朝，该民族的书面文学，已在疾速通过了蹒跚学步与风格草创阶段后，迎来了自身发展的一个鼎盛期。这一时期，满族作家辈出，作品繁多，格调鲜明，不仅产生了像曹雪芹所著《红楼梦》那样的旷世之作，而且在各种文学样式和创作题材上，都推出了一些艺术珍品。

乾隆年间展示满族文学成就的中心平台仍然在京师。其最突出的特征是，京城里面满洲出身的文学作者们，聚拢了人脉，形成了群体。他们在研修及掌握中原文化方面，羽翼渐趋丰满①，对于汉族名士们不再需要先前那种满怀谦恭地依赖，与他们近距离的交游也不再频繁。他们构建起来了基本可以在本民族内部彼此交流唱和的文化"沙龙"，也有了比较过往相互间更为契合的艺术趣味和创作倾向。

在检验各个民族历史文化发展系数的时候，可以说，判断一民族在文学领域是否步入了整体成熟期，一个相当重要的指标，是要观察其本民族的作家群体出现与否。乾隆年间在北京，具有相当规模的满族作家创作群体终于问世，满族书面文学前所未有的高潮亦同步呈现。

这一时期满族作家群的成员，大都出身于贵族或者官宦世家，其成员们多因为自己的社会位置而享有很好的受教育条件，从而获得了较本民族一般人来说要深厚得多的文学素养；同时，他们中间的不少人还有过由盛及衰、由尊转卑的家族动荡经历，对所处社会有着相当深入的认识。相仿佛的人生体味和相

---

① 满族入关初期，学习中原文化的教育体制尚未配套，故而一些宗室贵胄为了培养子弟及早掌握汉文化，只能采取聘请儒学名师进入府邸教习的方式。这一现象随后即有了较快的改变，到雍正朝，京师满洲子弟进入各类官办学校读书的情况已属正常，国子监、宗学、觉罗学、咸安宫官学、八旗义学等学校逐步成龙配套，宗室子弟以及八旗中、上层子弟在这些学校里既可学到传统的民族文化也可以学到中原文化，他们总体的文化水准及文学修养均获得了显著提升。

投合的艺术偏好，把他们在不同程度上吸引、交织和联络起来，使他们得以从事相互或者直接或者间接的彼此有所呼应、有所支撑的文学活动。

在这个满族作家群中陆续显现的身影有不少，其中既有永忠、永㥄、书诚、敦敏、敦诚、墨香、弘晓、弘旿、永恩、永璥等宗室子弟，也包括了曹雪芹、脂砚斋、畸笏叟、庆兰、明义、和邦额、恭泰、阿林保、恩茂先、成桂、幻翁、兆勋等非宗室人士。

一

回顾清前期，在满洲上层，尤其是爱新觉罗家族，围绕皇位争夺和权力分配的苦斗，曾频起于由太祖努尔哈赤到太宗皇太极、由太宗皇太极到世祖福临（年号顺治）的交接过程。然而那时，清政权承受的外部压力很大，其内部矛盾，毕竟须让位于统治集团共同的利益取舍，故而内部的争斗往往归结于一定的妥协。到了康熙年间，社会阶级矛盾和国内民族矛盾趋向和缓，统治者内部的矛盾争斗反倒更加见出白热化与扩大化。

谈乾隆朝京师满族作家群，似可从他们当中一位代表人物永忠谈起。而说到永忠，就得从康熙朝诸皇子夺嫡事件来切入话题。

受到满民族历史传统的影响，清代皇位递补方式与汉族传统的皇位递补方式不同，是不承认长子继承权的，一般来说是要经过在位皇帝对皇子们的长期考察来最终决定自己的继任人。康熙皇帝玄烨在位61年，排行皇子24个，其中不少人才华出众，具备接班的能力，而康熙帝对继任者的考察决断又反复了多年终未明示，于是皇子们窥视庙堂神器的明争暗斗，此起彼伏，也绵延了三四十年。经过长久抉择，晚年康熙曾对十四子允禵寄以厚望，这位封授"抚远大将军"印信代父西征厄鲁特蒙古的"十四阿哥①"，不是别人，就是文学家永忠的祖父。结果是康熙帝猝崩，允禵的同母兄长、皇四阿哥胤禛出示"遗诏"登上大宝，允禵的帝位期待也就永告东逝。犹不仅此，雍正皇帝胤禛，对有政敌之嫌的手足们板起面孔大加伐戮。② 皇八子允禩和皇九子允禟，受尽凌辱之后丧生。允禵虽幸免一死，却奉旨长期谪守皇陵，

---

① 阿哥，满族称谓，这里指皇子。
② 雍正皇帝胤禛，也是一位在历史上卓有政绩的杰出君主。这里不是全面评价他，而只是谈他的即位过程。他惩治政敌，是统治者本性所决定的，同时也是为了加强中央集权，故亦不应一概否定。

形同囚犯。他伶仃厮熬，一直捱到雍正十三年胤禛辞世，才在次年即乾隆元年获得自由。此时的允禵，年过半百，万念俱灰，早已蜕去先前雄姿英发、胆气超人的风采。

恰在雍正死去这一年，公元 1734 年，永忠降生。允禵为了让人们看出他对新皇上的感戴之意，亲自给这个孙儿以"永忠"命名。

此"忠"何如，唯天知晓。作为皇权争夺当中覆水难收的败北派，允禵以及其子弘明、其孙永忠这支背时倒运的"天潢贵胄"，在乾隆年间，虽象征性地恢复和承袭了几个有名无实的封号，却再没有拿到一丁点儿实权。乾隆初年，朝中又爆出了庄亲王允禄等人结党"谋逆"的罪案，又是一番紧锣密鼓的"惩治"，也无异于向允禵一家发出了新的警示。颓唐的允禵，对政治再也打不起精神，他消极避世，并奉禅、道。对爱孙永忠，则延请名释、宿道为之发蒙。这样，永忠从小就被领上一条毕生与佛、道意念扯不清瓜葛的路。他自号颇多："蕖仙""矔仙""矔禅""且憨""觉尘""如幻居士""九华道人""枡椆道人"……多散发着扑鼻的宗教气息。

其实，永忠又并不大像是个虔诚的宗教信徒。家世的浮沉摇曳，给他的心灵打上了抹也抹不去的烙印。他总是把自己隐蔽在禅悦的雾霭之中，可是，却又常让人感觉有点儿欲盖弥彰。

永忠说到过自己幼年一件事："周年左手取印，右把弧矢，他玩好弗愿也。王祖（即允禵）曰：'是儿有奇气'。"[1] 什么"奇气"？其意只可在祖孙之间意会。不难猜测，参禅慕道而外的家庭教育，在孩提时代的永忠心里播下的是颗什么种子。

18 岁那年，永忠夜得一梦，起作《记玉具铁英剑梦异》："壬申秋夕，梦见剑破匣飞去，白光一匣！……警觉，剑在枕畔，起视无他异。曾闻梦因想成，吾意不在是，胡乃梦成？复悟曰：此剑之灵爽也！耻不烈士用，而伴此孺弱书生耳……吾将弃书学剑乎？……剑乎，剑乎，吾将安从乎！"[2] 这是永忠少年气盛时的写照。他踌躇满志，以身为书生为耻，却承受着利剑在握而不可一试的苦闷。

读者会记得，康熙朝的宗室诗人博尔都，就曾写过一首慷慨苍凉的《宝

---

[1]　永忠：《记玉具铁英剑梦异》，转引自侯堮《觉罗诗人永忠年谱》，《燕京学报》1932 年第 12 期，第 2604 页。

[2]　同上书，第 2609—2610 页。

刀行》,抒发了怀才不遇,纵有建功立业大抱负却没有机会施展的无奈。这里,我们又得见永忠以宝剑为题所表达的类似感慨。清代满人反复以此寄意书写胸中块垒者其实经常能够见到。昔日满人以武功打天下创霸业,他们的后人睹刀剑而思人生,亦可算作一种特别的民族情结了。

成年之后,永忠辨清了自己的社会处境,把壮志连同功名利禄一类的非分梦想,逐渐看轻了。乾隆二十一年,他"蒙圣恩封授辅国将军",得到了一张对他说来没有人生价值的冷板凳。永忠丝毫没有受宠若惊,反倒提笔写下了这样的诗句:

过去事已过去了,未来何必预商量。只今只说只今话,一枕黄粱午梦长。①

入世而不可得,出世又难心静。永忠只能把他那股"奇气",灌注到艺术诉求上去。他成了被时人称为"少陵、昌陵之后,惟东坡可与论比"②的优秀诗人。

身为诗人的永忠,也还有点生不逢时。清代康、雍、乾三朝,"文字狱"案件迭出,犹以乾隆朝为最。这种"文字狱"初兴,多是由于明朝遗老中的笔杆子对满洲人大不敬引发的。后来,统治者以兴"文字狱"为一种施政方式,有些挟嫌诬陷、告密邀功之辈,亦推波助澜、营私攫利。渐渐,连乡民野老、市井愚氓,也有遭"文字狱"拿办的,即使是满洲贵族、朝廷要员,也有被席卷而去者。文人秀士人人自危,"避席畏闻文字狱,著书都为稻粱谋"③成了并不罕见的现象。生为允禵之后,永忠弄墨吟诗,自然要加倍陪着些小心。履底薄冰随时要防备着给踏破,他的诗也便难能直抒胸臆。

在一首题为《十四夜月》的诗中,他写道:

冰轮犹欠一分圆,万里清辉已可天。明夕阴晴难预定,且徘徊步画廊前。④

----

① 永忠:《丙子诗稿本题诗》,张菊玲、关纪新、李红雨:《清代满族作家诗词选》,时代文艺出版社1987年版,第167页。

② 这位时人,系乾隆年间满族小说家和邦额。该评语是他在永忠诗集中所作的眉批。

③ 清代诗人龚自珍诗句。

④ 永忠:《十四夜月》,爱新觉罗·永忠:《延芬室集》,上海古籍出版社1990年版,第743页。

诗集在这里没向读者提供任何相关背景材料，要就此诗做深入剖析是困难的。但笔者仍以为稍加推测，该诗后两句，大约就是他苦衷的委婉表露了。

他的诗集《延芬室集残稿》中，绝少应制之作。他常要例行公事地天阙晋谒，但与九重至尊，却没有多余的情感可言。

他的诗作带有禅悦色彩的，颇有那么几首，对这些诗细细读来，更多显示的却是诗人气质及艺术营造，不同于那些空腹诗僧硬挤出来的干瘪货色，更没有"悬知溪上意，流水是经声"①一类的混话。请看：

> 楼角犹残照，云来夕景昏。总有风折树，旋作雨翻盆。魑魅应潜伏，蛟龙肆吐吞。天威严咫尺，危坐一诚存。②

难道你能说他所怀"一诚"是可怜的宗教意识吗？这实为诗人在纷繁时势下，对自我怀抱的着意描摹。有"风折树"、"雨翻盆"、"魑魅潜伏"、"蛟龙吐吞"的政治风暴威慑，作者什么也做不成。皇权的炎炎天威，步步逼迫到他的咫尺之近。正襟危坐，固守一诚，便是他不二的人生选项。

与其事佛三心二意形成反调的，倒是他对秀丽自然的一往情深。这是永忠苦闷精神的转移和寄托。翻翻他的诗集《延芬室集残稿》，对乡野风物、山光水色的流连，对朵花片叶、滴雨丝雾的钟情，触目皆是。随着诗人情思袅袅的笔锋，读者自能品味出其中的韵致与情趣。

他状写梅花，是"冰骨珊珊韵莫加，飞琼蕚绿本仙家。"③

他赞咏飞雪，又是"骈花塞叶尽瑶瑛，一夜罡风剪刻成。"④

身临微雨笼罩的村野，他吟哦："隐隐灌水抱山村，几曲溪流新涨痕。停午篆烟融不散，斜风细雨到柴门。"⑤

游冶雨雾的西山，他又描绘："淡淡墨晕作烟皴，苍翠云山望里匀。老

---

① 清代诗僧实讷句，转引自张毕来《红楼佛影——清初士大夫缠越之风与〈红楼梦〉的关系》，上海文艺出版社 1979 年版，第 134 页。

② 永忠：《大风雨》，张菊玲、关纪新、李红雨：《清代满族作家诗词选》，时代文艺出版社 1987 年版，第 167 页。

③ 永忠：《梅花》，爱新觉罗·永忠：《延芬室集》，上海古籍出版社 1990 年版，第 666 页。

④ 永忠：《十一月初三日咏雪》，《延芬室集》，上海古籍出版社 1990 年版，第 666 页。

⑤ 永忠：《数村风雨》，爱新觉罗·永忠：《延芬室集》，上海古籍出版社 1990 年版，第 214 页。

眼昏花游戏笔，不经意处却通神。"①

这些诗句清新隽永，生面别开，读来爽目，促人心驰。欣赏者很容易从永忠的文笔间，看出一位满洲优秀诗人的素质与天赋。

下面是一首题为《偶成》的诗：

> 东风几度恋秋千，又送黄花到槛前。有约碧桃随逝水，无端锦瑟思华年。玉阶午夜如霜月，芳甸清朝乍暖天。谁遣才人心易感，春情秋怨总缠绵。②

诗人的心，之所以每每缠绵于自然景色，易为"春情秋怨"所感，原是为着"逝水"漂去了和他有约在先的"碧桃"，而"华年"又总是无端再现于他的脑际。这是一种近似于"春花秋月何时了，往事知多少"的无奈心况。假使不了解永忠的读者，把"逝水"、"华年"、"春情秋怨"，统看成是寻常骚客的无病呻吟，就错了。相反，诗人的愁苦倒是沉疴染身却不敢呻吟，起码是不敢高声呻吟。他违心地偏离追求自然清新的本来风格，常要提醒自我把诗句罩上一层朦胧的保护色；而唯有会心的读者，才能捕捉住其心曲之板眼。诗人无法排遣的感慨在于，一切昔日美好物约都悄然地逝而不返，"华年"盛景明明已不可逆转重现，却又无休止地缠绵悱恻，折磨着他那颗残破的心。

易感，且多情，才是呻吟之为呻吟的壶奥。说他算不上合格的教徒，却是颇够标准的诗人，盖缘于此。原配夫人卞氏病故，他悲痛欲绝，一蹴而就30首《悼亡诗》③。这位自号"居士"的诗人，在给友人的信中，毫不掩饰地自称"予固情种"。动之由衷、儿女情长的章句，在他的作品中，不胜摘捡。而最富咀嚼意味的，也许是下面两首：

> 遣情无计奈春何，永夜相思黯淡过。自爇心香怕成梦，玉莲花上漏

---

① 永忠：《雨后山光》，爱新觉罗·永忠：《延芬室集》，上海古籍出版社1990年版，第216页。

② 永忠：《偶成》，张菊玲、关纪新、李红雨：《清代满族作家诗词选》，时代文艺出版社1987年版，第164页。

③ 永忠：《悼亡诗并小序哭原配卞氏夫人》，爱新觉罗·永忠：《延芬室集》，上海古籍出版社1990年版，第367—376页。

声多。

　　学道因何一念痴，每于静夜起相思。遍翻《本草》寻灵药，试想何方可疗之？①

正是，"学道因何一念痴"，连诗人也觉得非扪心自问一下不可。

永忠的至交永蒉为其诗稿作序时，这样说："曜仙，盖吾宗之异人也！同余游二十载，余未能梗概其生平为何如人。何则？痴时极痴，慧时极慧，当其痴慧两忘之际，彼亦不知为何物。然其事亲也，蔼然有赤子之风；其平居也，涣然好与禅客羽流俱；其行文也，飒然有列子之御风。往往口不能言者，笔反能书之。是彼殆以手为口者也。"②

这就对了，"极痴"与"极慧"，正是研究和解读永忠的钥匙。极慧，反映了他对最高统治者的认识清醒，对自己处境的心如明镜；而极痴，则不过是为了保护自己的策略方式。

永忠是有头脑有造诣的才子，他对身临其间的政治有清醒的体会，面对不可能变更的冷峻生活，还须时时提防着不测，他用人前的痴愚，遮蔽内在的敏慧；他企望一剂宗教的麻醉剂能助他约束精神上的求觅，希冀从风月花鸟那里聊取慰藉。不过，一切却适得其反，往事历历，合愁共恨，牵肠搅肚，方自眼底退去，又打心头浮起，无计相回避；难以名状的烦恼驱使着他，以口代手，让曲折的诗歌来发泄于万一。这从根本上规定着宗室永忠的诗人生涯。

乾隆三十五年（1775年），人进中年的永忠，重读自己早年诗作，不无感慨：

　　旧诗捡出一长吟，触起当时年少心。渐谢青红归淡泊，知音争似不知音！③

<hr />

　　①　永忠：《情诗二首》，张菊玲、关纪新、李红雨：《清代满族作家诗词选》，时代文艺出版社1987年版，第165页。

　　②　永蒉：《延芬室集·跋》，爱新觉罗·永忠：《延芬室集》，上海古籍出版社1990年版，第20页。

　　③　永忠：《志学草壬申癸酉诗稿自评诗》，爱新觉罗·永忠：《延芬室集》，上海古籍出版社1990年版，第249页。

这时他已经是闻名遐迩的诗人。诗如其人，历经波折磨难，已由初期的气韵横驰，转而趋向苍凉凄清。他深谙诗风演变的原因。真正使他着意寻找的，乃是人生与艺术的知音者。

清皇族内部的政治倾轧由来已久，牺牲品远非永忠一家。爱新觉罗的不少人，在不同时期也被抛向皇权政治的轨道之外。他们之中，永忠式的人物，并不少见。

径先与永忠结为莫逆的，当推他的两位宗兄，永瑢和书诚。二人在当时，也是饶有名气的宗室诗手，文学功力均不在永忠之下。三人所以契合，也有深刻的原因。

永瑢，字嵩山，较永忠年长六岁，是康修亲王崇安之子。其兄永恩袭了亲王爵位，他终身只做到"镇国将军"，郁郁而不得志，加之生性率真不阿，使他与尸位素餐的衮衮诸公，保持着明显的间距。

书诚，号樗仙，与永瑢同庚。其六世祖郑献亲王济尔哈朗曾是清初叱咤风云的角色。而该支宗室，后来却很少得到皇权的青睐。书诚只是援例袭了"奉国将军"虚名，但性守狷介，不欲婴世，年甫四十，即托疾辞爵，逍遥自保。

乾隆三十五年（1775年）左右，永忠与他们二人相识，直至终生，维系着密切的过从。

关于他们的关系，永忠写道："嵩山外朴内含真，樗仙孤介不受尘，余也肩随二公后，有如东坡月下对影成三人。"[1] 言外之意，分则三人合便一体，是极为亲近的。在永瑢、书诚的诗中，歌颂情谊和彼此推重的句子也不少。书诚以至于自夸他们是"羲冠鼎峙惟三人"[2]，把世间芸芸之众都有些不放在眼中。

永忠一生处在睽睽众目之下，稍有闪失，便可能惹出祸端，须时刻打点些谦谦唯唯，不肯轻越雷池半步。永瑢、书诚则不必，他们还够不上为当局重点监控的"危险分子"，用不着装出敦厚和平之态。与永忠不同，他们的作品讽喻时事锋芒外向，抒发郁闷性灵毕现。

---

① 永忠：《醉歌行次樗仙谢嵩山招饮》，爱新觉罗·永忠：《延芬室集》，上海古籍出版社1990年版，第715—718页。

② 书诚：《醉歌行谢嵩山招饮兼呈瞿仙》，铁保辑、赵志辉等点补校：《熙朝雅颂集》，辽宁大学出版社1992年版，第273页。

书诚在他的诗中说："长安车马如水流，出门泥土增烦忧"①；又说："骄阳炙地气腾火，百计娱心无一可"②；还说："世间万事无如酒，醉眼看花花尽丑。惟有梅花恶独醒？直使《离骚》不能取。"③ 可见其胸中郁闷也是层叠沉积的。

永蕙是能更多祖露胸怀的诗人。他的《早秋过太液见残荷有感》诗，竟敢拿皇家池塘"太液"中的残荷做比拟，来描述宗室贵胄们难免遭受的枯荣衰兴际遇：

> 旧日相知在五湖，托根偶尔寄皇都。知君亦有升沉感，未是逢秋便觉枯。④

永蕙的家世并没有像永忠那样跌宕，他能获得这份感时喟世的悟性，是难得的。再来看他的一些歌行体诗句，对他的认识会更为深刻："呜呼大地为高丘，蚁穴纷纷争王侯……贤愚到头无复别，人生扰扰何时休！"⑤ "君不见伏波晚岁心犹壮，明珠犀玉遭谗谤？又不见淮阴一日大功成，狡兔未尽狗即烹？"⑥

这比永忠的表达可是清楚多了。他们的愤懑，是冲着薄情寡恩的同宗主宰者去的，是冲着尔虞我诈的列位掌权人去的，也是冲着崎崛险巇的官场政治去的。这种情绪在他们那里，既是切肤铭胸的，也是彼此与共的。

永忠诗中有一些"白鸟⑦潜缘幔，青虫暗扑窗"⑧，"飞蚊更结羽，竟夕

　　① 书诚：《次韵水云道人画竹兼呈枬桐道人》，铁保辑、赵志辉等点补校：《熙朝雅颂集》，辽宁大学出版社1992年版，第284页。
　　② 书诚：《嵩山以二扇索写梅各题一首》，铁保辑、赵志辉等点补校：《熙朝雅颂集》，辽宁大学出版社1992年版，第276页。
　　③ 同上。
　　④ 永蕙：《早秋过太液见残荷有感》，张菊玲、关纪新、李红雨：《清代满族作家诗词选》，时代文艺出版社1987年版，第181页。
　　⑤ 永蕙：《狂歌行》，朱眉叔、黄岩柏、董文成、卜维义选注：《满族文学精华》，辽沈书社1993年版，第125页。
　　⑥ 永蕙：《醉歌行》，张菊玲、关纪新、李红雨：《清代满族作家诗词选》，时代文艺出版社1987年版，第179页。
　　⑦ 诗人原注："蚊，一名白鸟"。
　　⑧ 永忠：《夜坐杂感》，爱新觉罗·永忠：《延芬室集》，上海古籍出版社1990年版，第498—499页。

振雷音"① 之类的费解句子，在这里，它们的注脚被发现了。

为了逃避炎势，消极抗拒他们痛恶的封建弊政，永忠采取的生存方式，正是他们协调行动的一部分：

一为各自谢世读书。永恚之侄昭梿在《神清室稿跋》中，记载了叔父常年"独处一斗室中"读书吟诗的情形。书诚的一首《题瞿仙云阴欲雪图》诗，也描摹了永忠的一帧自绘像：

> 前山后山云垂垂，大木小木长风吹。欲雪不雪尽如晦，湖影吞空静游潊。水阔凭空随人指，此公读书声未已。彼美盈盈间一水，瞿仙自画琨林子②。

二为相约互邀，对酒当歌，唱予和汝。此种篇什在他们的集子里占有可观的比重。永忠曾有一首《过嵩山见神清室壁悬长剑戏作》："笑君长铗光陆离，日饮亡何空尔为。怀铅提椠老蠹鱼，行年四十犹守雌。我少学剑壮无为，英雄气短风月辞。不如乞我换美酒，醉歌《金缕》搏纤儿。"③永恚深领其自嘲自道之意，和之一首《重为长剑篇戏示瞿仙兼以自嘲》："壁上宝剑蛟龙子，拔渊真有风云起。嵩山留此亦何愚，四十无闻心不死。男儿当作万夫豪，学书学剑真徒劳！拍浮自足了一世，剑换美酒书换鳌。"④

在他们眼里，世上万物不足道，只有相互的理解与情谊，才是最真挚和最富吸引力的："风雨初涤天日朗，潇洒襟怀气逾爽。剩有黄花三两枝，人约东篱欣共赏。下车不解叙寒温，触目琳琅歌慷慨。"⑤ "九月十日风物清，登高已罢心未平。陶公篱菊正烂漫，折简招我偕酒兵。"⑥ 他们不聚则已，每

① 永忠：《夜坐杂兴》，爱新觉罗·永忠：《延芬室集》，上海古籍出版社 1990 年版，第 501—502 页。

② 书诚：《题瞿仙云阴欲雪图》，铁保辑、赵志辉等点补校：《熙朝雅颂集》，辽宁大学出版社 1992 年版，第 273 页。琨林子，为永忠别号。

③ 永忠：《过嵩山见神清室壁悬长剑戏作》，张菊玲、关纪新、李红雨：《清代满族作家诗词选》，时代文艺出版社 1987 年版，第 170 页。

④ 永恚：《重为长剑篇戏示瞿仙兼以自嘲》，张菊玲、关纪新、李红雨：《清代满族作家诗词选》，时代文艺出版社 1987 年版，第 177 页。

⑤ 永恚：《重阳后一日樗仙手酿潇湘春招瞿仙与余同饮》，铁保辑、赵志辉等点补校：《熙朝雅颂集》，辽宁大学出版社 1992 年版，第 296 页。

⑥ 永忠：《重阳后一日樗仙招集静虚堂同嵩山赋》，铁保辑、赵志辉等点补校：《熙朝雅颂集》，辽宁大学出版社 1992 年版，第 304 页。

聚必醉。酒酣耳熟，便慷慨狂歌是以为哭，以阮籍、刘伶自况，以太白、长吉互喻。这样的"诗酒唱和"，远远突破了旧时文人间的空虚酬酢，呈现出一抹抹政治色调。

三为浪迹山水，吟风赋月，陶冶情志。他们对归隐山林、种过西畴田亩的陶渊明，羡慕得很。然八旗制度限制着自由，对名山大川向往了一辈子，终归没有福分成游。于是，他们把足迹洒遍了京郊的每片山水。书诚诗云："住山固无缘，游山遂无度。屈指惜秋残，趋之若公务。"① 只有在大自然的怀抱里，他们才感到一洗平素的躁虑，赏心悦目。

永忠还同他的挚友，在自己选定的理想之岸 —— 政治旋涡冲刷不到的地方，构筑起广泛的生活情趣。琴棋书画，无所不操，无所不通。永忠儿时即善抚琴，能弹奏《平砂》《静观》等曲目。② 刚成年的书法，便得晋人骨力，友人见其"片纸只字，辄夺去藏蓄。"③ 他和书诚，都是长于画梅的绘画高手，风格各呈千秋："臒仙写梅梅似火，道人游戏朱门可；樗仙写梅梅似冰，心已成灰身未果。"④ 习射、酿酒、种蔬、养花、植竹、蓄砚，也是他们生活中的快事。

乾隆时节，汉族古代文化习尚更深地濡染着满洲上层。而永忠这类闲散文人，与强权格格不入，在诸多技艺上反倒苦心孤诣地追索，又怎能不一展才华？从清初到康、雍、乾时期，满洲人多以昂扬姿态介入社会，其中的得势者会将才干发挥在政治与军事上；而失势者们不甘潦落，也顽强地选择施展自我的方向。永忠等人在各门技艺上的成就，包孕着的，是燃烧生命的蓬勃生机。

永忠、永㥅和书诚共同营造的朋友圈子，不是封闭的。乾隆朝宗室贵族文人日多，社会生活大浪淘金，断断续续地，又往他们周围，推过来一些思想情感相仿佛而艺术上又志同道合者。这样，一个以人生近似体验为纽带、彼此之间或紧密或松散的满族文人集团，便逐步形成。在这个文人

① 书诚：《九月十四日再游罕山道院题壁》，铁保辑、赵志辉等点补校：《熙朝雅颂集》，辽宁大学出版社1992年版，第271页。
② 永忠：《延芬室集残稿》壬申初稿本。
③ 永忠：《寄汇川秀才（诗后附记）》，爱新觉罗·永忠：《延芬室集》，上海古籍出版社1990年版，第681页。
④ 永㥅：《和樗仙题画扇原韵》，铁保辑、赵志辉等点补校：《熙朝雅颂集》，辽宁大学出版社1992年版，第294页。

集团（或称为作家群体）中间，比较引人注目的身影有：敦诚（字敬亭）、敦敏（字懋斋）、额尔赫宜（字墨香）、曹霑（字雪芹）、和邦额（字闲斋）、成桂（字雪田）、兆勋（字牧亭）、永恩（字惠周）、永璥（字文玉）、弘晓（号冰玉道人）、弘旿（号瑶华道人）、明义（号我斋）、庆兰（字似村）……他们不但个个锦襟绣口，才华飘溢，不少人还有过沧桑沉浮的家世经历。

敦诚、额尔赫宜和成桂，在这些人中，与永忠更亲近些。敦敏、敦诚兄弟俩，是努尔哈赤子阿济格的五世孙，额尔赫宜是他们的幼叔。阿济格于顺治朝遭难之后，他们这支沦为了宗室平民，到了"不辞种菜身兼仆，无力延师自课孙"①　的程度，与执政者结下了宿怨。同是天涯沦落人，相逢何必曾相识？敦诚刚一结识永忠，便把这位"貌朧心自冷"的宗弟引为同调；而永忠，"耳熟敬亭有年"，一朝邂近，相见恨迟，有说不尽的共同语言。额尔赫宜，是一位风流倜傥的青年武士，偏爱浏览情诗情文，遇上了"情种"永忠亦属求之不得，二人时常交换各自欣赏的文学作品。永忠把自己的"情诗"交给他，再三叮咛："再无副本，人亦未见，幸速见还，若致遗失，性命所关也！"②　而额尔赫宜转交永忠阅读的作品当中，更包括有曹雪芹的《红楼梦》。成桂，也许是这个文人集团中处境尤告可怜的一位。他姓爱新觉罗却非宗室，属于觉罗身份③。他文墨在胸却一贫如洗，靠永忠收留赡养，其关系可见一斑。

人们自然是未曾领略过无来由的爱恨。在乾隆朝这批相互联络着的文友们笔下，我们随处可以读到与永忠、永瑢、书诚作品相接近的选题与意象。

客来无貌更无文，真率相投气自熏。不善逢迎应恕我，但须谈笑总由君。公荣饮酒胸诚阔，阮籍看人眼太分。蕉鹿梦园同戏局，未来过去总浮云。

——敦敏：《客来》④

---

① 敦敏：《春日杂兴》（四首选一），铁保辑、赵志辉等点补校：《熙朝雅颂集》，辽宁大学出版社 1992 年版，第 313 页。

② 永忠：《延芬室集残稿》戊子稿。

③ 清代，努尔哈赤祖父塔克世直系子孙可称宗室，旁系后代只能称为觉罗。

④ 敦敏：《客来》，张菊玲、关纪新、李红雨：《清代满族作家诗词选》，时代文艺出版社 1987 年版，第 189 页。

槎枒病骨卧苔茵，力薄摩宵空望云。无分乘轩过凤阙，自甘俯首向鸡群。病魂虽怯秋来警，清唳犹能天上闻。丁令不归华表在，成仙往事讵堪云！

　　　　　　　　　　　　　　　　　　——敦诚：《病鹤》①

江静晚鸥多，斜阳挂女萝。淡烟迷古渡，骤雨乱春波。远岸飞黄蝶，当窗绾翠螺。韶华看冉冉，小泊感蹉跎。

　　　　　　　　　　　　　　　　　　——和邦额：《泊江村》②

九天何处忽超忽，此日凄凉亦自叹。大野风来飞侧力，高林雨后立孤寒。将同老骥怜筋骨，肯向苍雕借羽翰？稍待深秋双翮健，排云万里逐鹏抟。

　　　　　　　　　　　　　　　　　　——成桂：《病鹰》③

不咏《大刀头》，忧怀怅未休。一村黄叶雨，千里白云秋。空馆留渔伴，寒溪饮牸牛。浩歌谁共赏？斗酒妇能谋。

　　　　　　　　　　　　　　　　　　——兆勋：《暮秋即事》④

骤雨初晴五夜中，纤云不见点清空。喜无烦热兼尘气，恰有微凉荐好风。杳杳钟声催晓日，亭亭月色送孤鸿。此时此景真堪画，借问丹青若个工？

　　　　　　　　　——永璇：《五月十四日五更出阜成门……》⑤

君马黄，我马白，马色虽参差，同君共大陌。论心投分应交人，如何交富不交贫？世情轻薄都若此，贫富移心复可耻。君不见洛阳市上数家楼，五陵裘马少年游。千金一掷不回顾，豪情百尺谁堪侔？一朝冷落繁华已，贫富原来无定耳！

　　　　　　　　　　　　　　　　　　——弘晓：《君马黄》⑥

---

①　敦诚：《病鹤》，张菊玲、关纪新、李红雨：《清代满族作家诗词选》，时代文艺出版社1987年版，第194页。

②　和邦额：《泊江村》，张菊玲、关纪新、李红雨：《清代满族作家诗词选》，时代文艺出版社1987年版，第156页。

③　成桂：《病鹰》，《白山诗词》，吉林文史出版社，第400页。

④　兆勋：《暮秋即事》，张菊玲、关纪新、李红雨：《清代满族作家诗词选》，时代文艺出版社1987年版，第185页。

⑤　永璇：《五月十四日五更出阜成门……》，张菊玲、关纪新、李红雨：《清代满族作家诗词选》，时代文艺出版社1987年版，第158页。

⑥　弘晓：《君马黄》，张菊玲、关纪新、李红雨：《清代满族作家诗词选》，时代文艺出版社1987年版，第152页。

水亭苍莽隔烟霞，淡淡孤村处士家。溪上松风亭畔竹，一行新雁远山斜。

——弘旿：《自题山水画册》①

劳劳尘世叹华胥，拟托幽斋静起居。千里折腰五斗米，三年作宦一囊书。已当奴散家贫后，莫再情伤齿落初。更有蹉跎如我辈，半生眉宇未曾舒。

——庆兰：《呈三兄》②

偃仰驰驱别有因，归真返璞是全身。不贪五斗折腰米，免却九街扑面尘。赵女秦筝堪乐岁，青鞋布袜好寻春。平明钟鼓严寒际，不负香枕更几人？

——明义：《和庆六似村韵》③

透过前面对永忠、永璁、书诚等的介绍，以及此处集中摘引 10 位诗人的诗作，可以看出，先前康熙时期满族书面文学在诗歌创作上的既有风尚与倾向，到了乾隆朝，已经发生了较为明显的变异。康熙前期满人奋起于政治追求的姿态与尚武崇功的用世精神，此时在满族作家们的作品里不再那么张显，或者变换成了别样的表达形式；当初纳兰性德单兵突进身陷汉族文化腹地所诱发的个体文化心理失衡，以及岳端因过于突出地追摹和交往汉族文人而遭到惩处的情形，都因此时满人上层研习汉文化不但蔚成风气并且走进了这种文化的内里，不大容易被找见了；而朝堂斗争日趋激烈错综，产生了颇多的政治角逐牺牲品——即疏离于核心权力的倒运贵族，他们一方面对现实持怀疑和贬斥态度，另一方面又深感人生无他路可循，便将先前由岳端、文昭等人踩踏出来的退居自处、冷眼时政、玩味艺术的蹊径，蹚成了一条宽阔的大道。满族文学，在乾隆时期出现了一番看似避开政治笼罩实则与政治脱不开干系的流向偏移，而本民族旧时追求自然天成的传统审美定式，在这种逃逸政治压力的气氛下，也得以长足地推进。

---

① 弘旿：《自题山水画册》，张菊玲、关纪新、李红雨：《清代满族作家诗词选》，时代文艺出版社 1987 年版，第 155 页。

② 庆兰：《呈三兄》，张菊玲、关纪新、李红雨：《清代满族作家诗词选》，时代文艺出版社 1987 年版，第 210 页。

③ 明义：《和庆六似村韵》，张菊玲、关纪新、李红雨：《清代满族作家诗词选》，时代文艺出版社 1987 年版，第 211 页。

乾隆朝满族书面文学新出现的基本特点是：

一、文学活动的规模性与群体性。即京师满洲上层文人作家群的形成，以及作家群成员们彼此倚撑与呼应的文学活动。

二、人文心态的避时性与抗时性。本阶段满族最有成就的作家，均已不具有身兼政治、军事要员之身份，他们或为政治旋涡所甩弃，或有感于衷，表达出厌倦于官场名利纷争的悟性，文学创作也往往能抒写出避世抗时的主观态度。①

三、艺术诉求的多样性与深刻性。经过了清前期百年左右民族上层文化的演变过程，满族作家们到乾隆时期，羽翼空前丰满，他们的艺胆越来越大，将贪婪的目光投向了所有自己感兴趣的文学方向；他们苦心孤诣地写作，处心积虑地想要回赠给世上更多、更为厚重的作品。

二

诗歌写作，一向就是中原历史上文学创作的典范领域。在我国汉文写作的悠久过程中，诗人始终占据着创作者的绝大多数。清初，满洲人学习汉文书面写作，也是最先从诗歌写作开始。时至乾隆朝，满族当中能够为汉文诗歌者已难计数。② 回到本章所要着重关注的乾隆年间京师满族作家群体来看，多数人也还是以诗人著称于当时的。

然而，胃口不小又不乏艺术尝试探索精神的满洲人，登上文坛学会诗歌创作之后，远未感到满足，他们继续左顾右盼多方放眼，总想到文学创作的不同范畴去一显身手。何况，康熙年间的纳兰性德与岳端，在词作和戏曲等体裁的写作上已经做出了榜样，更使后来者们见猎心喜，总想在多个写作领

---

① 这里似可再提供一个同样是乾隆初年却出在京师满族作家群之外的例子。满洲诗人长海，那拉氏，先世为乌拉部长，前辈有功于清廷。其家人为他谋得了一个官职，他"坚卧不肯起"，表示自己是"逃死，非逃富也"，终以平民身份度过一生。其《白翎雀》诗为："白翎雀，巢寒沙，上都城外河之涯。雌雄携子乐复乐，大漠秋风生雪花。元时避暑上都中，峨峨金紫凌高空。可怜一旦沉烟草，牧马群嘶归驰道。白翎雀，何所栖？汝巢不徒踏为泥，汝子携向笼中啼！"（张菊玲、关纪新、李红雨：《清代满族作家诗词选》，时代文艺出版社 1987 年版，第 102 页）另《苦雨》曰："白昼夜见缠太阴，阳景壁藏天四沉。天将伸芒河鼓暗，倾注无处无秋霾。横流倒泻深泥滓，当轩半落秋江水。东家西家似渔舟，我屋直如鸥鹭浮。日愁蒸薪爨难给，夜移床榻避淋湿。儿女房中且莫啼——天乎！天乎！毋使秋原绝民粒！"（张菊玲、关纪新、李红雨：《清代满族作家诗词选》，时代文艺出版社 1987 年版，第 104 页）

② 乾隆间的中原文坛名士袁枚在他的《随园诗话》（补遗）中谈道："今日满洲风雅，远胜汉人，虽司军旅，无不能诗。"

域里一试身手。

于是，我们看到了这一时期的满族作家在创作形式上四面开花，硕果累累。

在京师满族作家群当中，人人都具备高超的诗艺，同时，他们当中的一些人还拥有多姿多彩的文学业绩。

——诗人永忠填过词，制过曲，还以所写诗作参与了小说《夜谭随录》《红楼梦》的评论与推介。

——诗人敦诚的散文写得很见功力；他还和其兄敦敏分别写了多首诗，介绍《红楼梦》作者曹雪芹的身世、气质及写作生涯。

——和邦额与庆兰，不但具有诗人的禀赋，更重要的是均以小说家闻名。和邦额创作了文言小说集《夜谭随录》，以及戏曲《一江风传奇》；庆兰则用"长白浩歌子"为笔名，写出了文言小说集《萤窗异草》。

——恭泰（字兰岩）与阿林保（字雨窗），是小说集《夜谭随录》之评点人，阿林保还曾帮助该书刊刻出版。

——诗人弘晓，亲手撰写过阐释小说创作理论的文章，还组织过抄写《红楼梦》的活动。

——曹雪芹以长篇白话小说《红楼梦》，显示了他个人在艺术上的全才与天才。

——脂砚斋和畸笏叟，是《红楼梦》之评点人，为后世了解该作品创作活动及写作宗旨发挥了相当的作用。

与中原汉族文人们惯于以律诗、词作等较短的文学篇章来"言志"、"咏情"并将诗词作为文学正宗有所不同，我国北方的阿尔泰民族，历来都以长篇叙事文学为其欣赏偏好。满洲先民流传下来了几乎可以说是令世间瞠目的大量口承说部，更是确切的证明了，从肃慎以降直到满洲入关前的民间审美活动，最是短缺不得叙事性散文体鸿篇巨制的滋养。清乾隆年间，满族文人文学由此前的以诗歌创作为中心逐渐移位，刮起来一阵小说写作的热风。① 且

---

① 说起满人用汉文写小说，其实早在康熙年间就有一个应当述及的事例，即佟世思和他创作的《耳书》。佟世思（1651—1692），字俨若，先世隶属满洲，后入正蓝旗汉军。以门荫入仕，出任过广西临贺和思恩两县的县令。由他撰写的文言小说集《耳书》，收入 63 则故事，分为"人""物""神""异"四部，多记载他任职期间耳闻目睹怪异之事。佟世思在世及写作《耳书》的时间，与著名的文言小说家蒲松龄在世及创作《聊斋志异》时间相仿，然其《耳书》却从任何方面来看均较《聊斋》成就相去甚远。不过，假使单从满族文学的流变解读来观察，《耳书》则实为这一族别文学中文人小说创作之滥觞。

京师满族作家群中即便是不写小说的人，也大多愿以各自方式为小说创作摇旗呐喊、推波助澜。探究原因，假使只是一般性地看到它跟明清之际中原文坛上文学样式消长迹象存在着呼应关系，则远远不够，应当注意到，那其实首先是一个原本有着独特文化传统的民族，在娴熟地掌握了文字书写技能（哪怕是以别民族的文字为书写工具）之后，一种本能地要体现民族文化审美回归欲念的冲动。

乾隆朝由满族作家创作的小说作品，主要是三部：《红楼梦》《夜谭随录》和《萤窗异草》。当然，谈到这些作品在历史上的地位，则远非"三部"这一数字所能涵盖。在当时，京师满族作家群通力推出这三部小说创作的相关活动，有许多是值得记录的。

笔者在本章前节，曾以宗室文人永忠为代表加以讲述，这里，还是可以沿着这一线索推进我们的介绍。

永忠与《夜谭随录》作者和邦额为生平知交；与《红楼梦》作者曹雪芹虽未曾谋面却有可能彼此知名；与《萤窗异草》作者庆兰大约并不相识，却又同处于一座城市一个异常相近的文学艺术氛围之下。

在永忠作品集《延芬室集残稿》里，有他对和邦额斯人斯文大为嘉许的诗篇，也有和邦额所留对永忠作品的一些批注文字。先来看永忠的一首诗："暂假吟编向夕开，几番抚几诧奇哉。日昏何惜双添烛，心醉非是一覆杯。多艺早推披褐日，成名今识谪仙才。词源自是如泉涌，想见齐谐衮衮来。"这首诗题为《书和霁园邦额〈蛾术斋诗稿〉后》，永忠有三处加了注，第二句后注曰"奇哉具有如来智慧德相，出内典"，第五句后注曰"先生绮岁所填《一江风》传奇早在舍下"，全诗结尾注曰"苏文如万斛泉不择地而出"。此诗及注，既表述了永忠对和邦额"谪仙"诗才的爱慕，也在今人仅能看到和邦额有《夜谭随录》创作（即"齐谐"所指）传世的时候，提供了和氏当时尚有《蛾术斋诗稿》和戏曲《一江风》传奇等作品流传的情形。在永忠《延芬室集残稿》当中，和邦额署名留下的批注均不太长，多是些"老树着花无丑枝""诗心类陶""自然妙谛，警绝千古"一类的读后随感，而值得一提的是在永忠《过墨翁抱瓮山庄》诗后，和邦额注有"无一妄语"四个字。永忠这首诗中，描绘了携友人一同造访墨翁（即额尔赫宜，字墨香）别墅的场景："荆扉多野趣，满眼菜畦青。近水因穿沼，连林别起亭。主人容啸咏，过客慢居停。黄菊全开日，还来倒醁醽。"批注人和邦额能那么亲切地证实此诗"无一妄语"，足见他对这回"容啸咏"、"慢居停"、在柴扉野趣间开怀饮酒恣意谈诗的活动，不但亲与亲历，并且有多么的留恋和喜欢！在这样的文学酬酢里面，永忠等满族文人想必也会不断地谈起和邦额《夜谭随录》的撰写，对他表示"词源自是如泉涌，想见齐谐衮衮来"的真诚祝贺。所以，认为永忠等京师满族作家群的成员们是和邦额小说创作最切近的鼓励者鞭策者，洵属确当。

永忠与曹雪芹的缘分，是更可一说的。

二人素不相识，向未谋面，其"缘分"从何而来呢？这要从永忠的一组诗作说起。

在永忠 59 岁的整个生命里，这一组诗尽管只留下了百十字的痕迹，却是如此赫然引人注目。

那一年永忠 34 岁，他从密友额尔赫宜手中，借到一部手抄秘本的《红楼梦》。按说，永、额之间传阅文学作品，已成习惯。而这回却不然，一阅之后，给永忠的心灵世界带来了石破天惊的震撼。

一部小说，险些把永忠多年固守的韬光养晦防线崩塌，思浪情涛破堤奔流，诗人再也不能自已，以《因墨香得观〈红楼梦〉小说，吊雪芹三绝句》作题，笔纵龙蛇，一气挥就了动人灵台的七绝三首：

> 传神文笔足千秋，不是情人不泪流。可恨同时不相识，几回掩卷哭曹侯！
>
> 颦颦宝玉两情痴，儿女闺房语笑私。三寸柔毫能写尽，欲呼才鬼一中之。
>
> 都来眼底复心头，辛苦才人用意搜。混沌一时七窍凿，争教天不赋穷愁！①

关于曹雪芹的身世，近代以来经红学及史学专家们多方考据，其轮廓已有大致认定。而在当初，雪芹却是个不见经传的"小人物"。永忠在展读小说之前，是否会得知他的坎坷身世呢？回答当是肯定的。因为宗室作家敦诚

---

① 永忠：《因墨香得观〈红楼梦〉小说，吊雪芹三绝句》，张菊玲、关纪新、李红雨：《清代满族作家诗词选》，时代文艺出版社 1987 年版，第 168 页。

在与永忠相识之先，已与同族文学家雪芹深交有年，并将友谊维持至雪芹逝世。雪芹给他的印象是那么深，永忠与他的友谊又是那样真，在彼此密切的交往中，他不会不把雪芹的故事讲与永忠听。

永忠了解雪芹之身世遭逢，有更深层的意义。二人的家道，原本就有些非同一般的连络。永忠祖父允禵，乃康熙帝极钟爱之子，雪芹祖父曹寅，亦为康熙帝很得力的内务府大员。永忠一家于雍正朝以前，称得上得天独厚的"天潢骄子"；雪芹家截至康熙朝，也是数得着钟鸣鼎食的百年望族。永忠的祖父允禵，惨败在雍正帝之手；雪芹父曹頫，也是在雍正年间被缉办的。允禵因争帝位而遭荼毒，曹頫又为何而倒运呢？红学界的结论之一，是说曹頫的姐姐即雪芹的姑母，上嫁作了平郡王讷尔苏的王妃，而讷尔苏在允禵代父西征时，又恰好是允禵的左膀右臂！在雍正皇上心目中，治办允禵，必得株连讷尔苏；治办讷尔苏，又必得株连曹頫，因为他们均为一党。连锁反应就这么出现了。《红楼梦》第四回那个葫芦僧门子，曾指出贾、史、王、薛四家，是"一损俱损，一荣俱荣"。读到小说此处，永忠自会把作品的艺术加工，还原成为一幕幕生活中本来就发生过的难忘场景，与小说作者同病相怜而频频扼腕！

自己与雪芹，相似何其多。这是永忠在读《红楼梦》时一再发觉和感慨尤烈的。家世，仅是其中之一。更多的，更重要的，在思想感情方面。

雪芹在其如椽笔下详描尽绘的封建"末世"万千镜像，对永忠来说，也是异常熟悉和寓目感心的。小说中展现的人世间枯荣悲欢、生合死离、衰兴败成、暖冷炎凉，在日后毫无干系的读者眼里，即已是准确逼真、生动形象的了；那么，在彼时彼境中的永忠看去，一应故事叙写简直就是咄咄逼人、动魄惊魂的了。

"陋室空堂，当年笏满床；衰草枯杨，曾为歌舞场。"[1]永忠和雪芹，都是罪囚之后，昔日前人所逢"烈火烹油之盛"，像过眼烟云般地飘散了，给他们留下的，只是一缕缕冥冥虚幻的感念罢了。他们面临凶险四布、转瞬沧桑的人生，痛感无以自主，总觉得有股谜也似的力量，在玩弄着他们的命运之筹。于是，渐渐惑于因果，遁入虚空，或趋向老庄，或近乎佛禅，以找寻蒲团自守的规避之径。从《红楼梦》虚拟的贾宝玉，到现实中间的永忠，最后凭据全身者无不如此。

雪芹作品中，展示了封建社会已入膏肓的痼疾。他品遍世上的甜酸苦

---

[1]　曹雪芹：《红楼梦》，人民文学出版社 1973 年版，第 12 页。

辣，认惯了世人的眼色与本性。永忠又何尝没有同样的体会。他们对上上下下"得志便猖狂"的"中山狼"怀有戒心及憎恶，对一整个时代失望决绝，却又与现存的封建制度和封建阶级，有着程度不同的相依关系。他们的精神痛苦地徘徊在"出世"与"入世"的隘口处，熬煎于"折台"与"补天"的犹豫间。

"木石前盟"的宝黛爱情故事，同样撞击着"情种"永忠的心。他不会是个色盲——在小说男女主人公浓重的叛逆色彩面前，他把"颦颦宝玉两情痴"，作为自己的意中形象来讴歌。挣脱精神锁钥的桎梏争取个性解放，这种思想基础，永忠是有的，早在其题《西厢记》诗作中，便有过表述。而黛玉和宝玉，更有反抗伪善礼教，蔑视利禄功名的态度，也是永忠心领神会并寄以支持的。

令永忠啧叹不已的，正是雪芹笔下凡此种种，激愤澎湃的诅咒，脉脉流情的挽歌，尽为永忠之心底所有而笔下所无。永忠惊诧了：在自己身旁的人生挚友之外，还会有雪芹这样一位更其高妙和卓越的知己！抱憾这位知己，却只能由其作品去相识了，雪芹已在五年以前，就告别了人间……言念及此，痛感至深，千怨交迸，涕泗倾流，几回掩卷，恸哭曹侯！他恨不能邀得九泉之下的这位"才鬼"，来自己的延芬斗室，把酒述怀，一醉方休。

感情上的共鸣，思想上的认同，使永忠在自己的诗歌创作活动中，走出了有生以来最远的一步。雪芹在其小说缘起处怆然发问："满纸荒唐言，一把辛酸泪！都云作者痴，谁解其中味？"[1] 投桃报李，永忠的三首诗，正是给雪芹哀魂的一个再确切不过的答复，证实了在同时代读者中，他是对雪芹作品"其中味"体会尤其深切的人。他无愧于是这个体会尤其深切的人，置可能发生的追查于不顾，毅然将这三首诗，誊入自己的《延芬室诗集》。他的叔父弘旿，本是京师满族作家群的成员之一，见到永忠的三首诗，却不免有点儿胆怯，在诗集中写有眉批，说自己对小说《红楼梦》"闻之久矣，终不欲一见，恐其中有碍语也！"[2] 也恰恰是从旁衬托出永忠此举之胆识不凡。

另一方面，永忠本人的艺术修养，使他又得以在文学艺术方面充分鉴赏《红楼梦》。他一生多创作诗歌，也写过少量散文，却没有写过小说或戏剧，

① 曹雪芹：《红楼梦》，人民文学出版社 1973 年版，第 4 页。
② 见爱新觉罗·永忠《延芬室集》（上海古籍出版社 1990 年版）778 页之眉批。由弘旿批语看得出来，作为一个满族作家他不是对小说这种文学样式不喜欢，而是对《红楼梦》这部具体的作品心存忌惮。

但他的文学兴致却远远超过自己笔下的样式。他顶好藏书，"臞仙少年心冰清，身无长物书满簏"①，且把更大的兴趣放在博览杂书上头："常不衫不履，散步市衢，遇奇书异籍，必买之归，虽典衣绝食所不怨也"②。"奇书异籍"可能就包括封建文学正统所鄙薄的小说等体裁。因而，他能秉承本民族传统，成为明清之际较早认清小说创作意义和创作规律的有眼光的文人之一。他发现，《红楼梦》的创作既出自于作者亲身体验，却远不仅限于一家一门的生活素材，那是让更广阔的社会生活"都来眼底复心头"的文化艺术结晶，是"辛苦才人用意搜"的文学劳动成果；他品味到，唯有匠心独运的艺术大手笔，才"三寸柔毫能写尽"那么一个斑驳陆离的大千世界；他毅然断言，文笔这般"传神"，便是足以千秋不朽的佳作。永忠这些精辟的诗句，与我们今天所持的文学观念，与我们今天对《红楼梦》小说的估价，是何等的相类相投！

自然，我们亦不必溢美永忠，把他说得同雪芹一般伟大。永忠毕竟还是永忠。他对封建王朝的痛绝和对新理想的追求，较之雪芹，仍不可同日而语。易言之，永忠也还不能像今人那样比较透彻地辨析雪芹思想的全部内涵。这倒不是囿于永忠的才力不济，而是因为他与雪芹社会经历存在差异。雪芹本人出生于锦衣花簇的家道"盛世"，享受过极顶的荣华，又亲自承受了"金满箱，银满箱，转眼乞丐人皆谤"③ 的家境暴跌，被命运一举逐入社会底层，时常窘困到"日望西山餐暮霞"④ 的潦倒地步，他的感慨与愤激，当然是火山喷射般的强烈。而永忠，出生之前，家庭早已运交华盖，他并没有尝过一天"盛世"的丰美滋味。而终其一生，又不曾再遭到新的冲击，尽管与当朝异梦日久，而身处远高出小康的生活，却让他还能苟且下去。此其一。其二，雪芹早年生活在江南经济发达地域，对当时已在中国大地上崭露头角的资本主义因素，有幸目睹，其民主新精神也应运萌生。他天南地北地漂泊，人世间的苦痛忧患，对他时有轰击与启迪，其思想演进，也就可能迈向时代的前列水准。而永忠却一辈子关在京师这个死水一潭的封建堡垒里，

---

① 永瑢：《枅桐道人歌》，张菊玲、关纪新、李红雨：《清代满族作家诗词选》，时代文艺出版社 1987 年版，第 175—176 页。

② 昭梿：《宗室诗人》，（清）昭梿：《啸亭杂录》，中华书局 1980 年版，第 34 页。

③ 曹雪芹：《红楼梦》，人民文学出版社 1973 年版，第 12 页。

④ 敦诚：《赠曹雪芹》，张菊玲、关纪新、李红雨：《清代满族作家诗词选》，时代文艺出版社 1987 年版，第 203 页。

胸间愁城难能吹进更多时代气息。他又是冠以爱新觉罗"神圣"姓氏的宗室子弟，封建宗法陈规对他不会没有一定的约束力。与雪芹相比，他在政治准则上与现行制度间的差距，更小些，思想感情上与世间百姓的间隔，则更大些。但是有一点，至少有一点，永忠极接近雪芹，那就是，面对冰冷无情的社会，他们绝不甘心熄灭自己的生命之火，而是顽强自砺，意欲使之燃烧得更加炽烈。

从永忠《因墨香得观〈红楼梦〉小说，吊雪芹三绝句》，人们读到了乾隆间京师满族文坛上一段生死相知的文学之缘。试想，永忠与雪芹，假如仅只"同是天涯沦落人"，彼此没有那么切近的社会遭际与心理体验，没有相互会通的艺术情操，还是断难演绎出如此感人的生命故事来。

三

尽管满民族历史上存有厚重的民间说部文学积淀，但要将民族传统的叙事艺术之梦兑现到汉文书面文学的小说创作当中，却需要展示出一些过人的胆识和脱俗的举动。前一节介绍的永忠与和邦额及《夜谭随录》、与曹雪芹及《红楼梦》之间的关系，只是乾隆朝满族作家群支持小说写作实例之一端。满族作家当时向小说领域发动冲击，事实上是通力而为的、集团式的文化行为。

围绕着和邦额的小说创作活动，人们注意到，除了永忠有其对《夜谭随录》"词源自是如泉涌，想见齐谐衮衮来"① 一类的推重击赏而外，同时的京师满族文化人恭泰（字兰岩）、阿林保（字雨窗）、恩茂先、福霁堂等，也纷纷伸出援手。

《夜谭随录》是一部以志怪作品为主要内容的文言小说集，和邦额在"自序"中谈到该书写作的起因："予今年四十有四矣，未尝遇怪，而每喜与二三酒朋，于酒觞茶榻间，灭烛谭鬼，坐月说狐，稍涉匪夷，辄为记载，日久成帙，聊以自娱。"② 说明了他在资料搜集之时得到过"酒朋"们的帮助。

---

① 永忠：《书和霁园邦额蛾书斋诗稿后》，爱新觉罗·永忠：《延芬室集》，上海古籍出版社1990年版，第1040页。

② 和邦额：《夜谭随录》，王一工、方正耀点校，上海古籍出版社1988年版，第6页。

而此书之最早刻本于乾隆己酉年（即乾隆五十四年，也就是 1789 年）问世，书前亦有署名"雨窗"者所作"序言"称："吾人一生与二三知己晤对忘形，剧谈不倦，此境未易多得。回忆十多年前，春怡斋中，与霁园①、兰岩诸君子昕夕过从，或官街听鼓，夜雨联床，瀹茗清谈，至忘寝寐。因各出新奇，以广闻见。而霁园且汇志其所述，颜曰《夜谭随录》。……因念霁园之录、兰岩之评，向只缮成卷帙，未镌梨枣。吾独以枕秘私之，何如公诸同好。足以资艺林之谈助，文士之赏心；而余与霁园、兰岩诸君子生平交谊亦藉以永志而弗谖也。爰付诸剞劂氏。"②

至今，人们在阅读《夜谭随录》的时候，时而还会读到这位雨窗以及兰岩，还有恩茂先、福霁堂等人的评语。如果再将以上这两段话相比照，便可知道，雨窗和兰岩实际上是参与了这部小说集从早期故事搜集到出版之前的欣赏点评整个过程的工作；尤其是雨窗，甚至还是《夜谭随录》小说集终于得以印制出版的资助人！

经研究者查考，对于《夜谭随录》创作问世曾经发挥过重要作用的这两个人——雨窗和兰岩，都是当时曾在京城生活过的满人。"雨窗"是正白旗满洲阿林保（舒穆鲁氏）的字，"兰岩"则是镶黄旗满洲恭泰（富察氏）的字。③

至于恩茂先、福霁堂等参与较少的《夜谭随录》评点者，一时已难查考其确系何人，但仅从他们的名字来推测，也显然均为满人。

《夜谭随录》一书的问世，清晰地体现了这部满人早期创作的汉文小说集，具有京城满族文化群体众手托出的特点。

然而，较满族作家群体成员支持和邦额《夜谭随录》写作活动更引人注目的，还当属他们围绕曹雪芹《红楼梦》创作活动所给予的踊跃支持。

敦敏和敦诚兄弟俩，是曹雪芹生前亲密友人。在敦敏的《懋斋诗钞》和敦诚的《四松堂集》里面，曾留有十首与雪芹直接相关的诗。

其中敦敏的作品包括：

---

① 和邦额号霁园主人。

② 转引自韩锡铎、黄岩柏《阿林保与〈夜谭随录〉》，《满族研究》1987 年第 1 期。

③ 关于"雨窗"即阿林保与"兰岩"即恭泰的考证，可参见韩锡铎、黄岩柏《阿林保与〈夜谭随录〉》（《满族研究》1987 年第 1 期）与薛洪勣《试论和邦额和他的〈夜谭随录〉》（《满族文学研究》1984 年第 1 期）。

可知野鹤在鸡群，隔院惊呼意倍殷。雅识我惭褚太傅，高谈君是孟
参军。秦淮旧梦人犹在，燕市悲歌酒易醻。忽漫相逢频把袂，年来聚散
感浮云！

——《芹圃曹君霑别来已近一载余矣，偶过明君琳养石轩，
隔院闻高谈声，疑是曹君，急就相访，惊喜意外，因呼酒
话旧事，感成长句》①

傲骨如君世已奇，嶙峋更见此支离。醉余奋扫如椽笔，写出胸中块
垒时。

——《题芹圃画石》②

碧水青山曲径迤，薜萝门巷足烟霞。寻诗人去留僧舍，卖画钱来付
酒家。燕市哭歌悲遇合，秦淮风月忆繁华。新仇旧恨知多少，一醉酕醄
白眼斜。

——《赠芹圃》③

野浦冻云深，柴扉晚烟薄。山村不见人，夕阳寒欲落。

——《访曹雪芹不值》④

东风吹杏雨，又早落花辰。好枉故人驾，来看小园春。诗人忆曹
植，酒盏愧陈遵。上巳前三日，相劳醉碧茵。

——《小诗代简寄曹雪芹》⑤

花明两岸柳霏微，到眼风光春欲归。逝水不留诗客杳，登楼空忆酒
徒非。河干万木飘残雪，村落千家带远晖。凭吊无端频怅望，寒林萧寺
暮鸦飞。

——《河干集饮题壁兼吊雪芹》⑥

---

①　敦敏：《芹圃曹君霑别来已近一载余矣，偶过明君琳养石轩，隔院闻高谈声，疑是曹君，急就相访，惊喜意外，因呼酒话旧事，感成长句》，张菊玲、关纪新、李红雨：《清代满族作家诗词选》，时代文艺出版社 1987 年版，第 190 页。

②　敦敏：《题芹圃画石》，张菊玲、关纪新、李红雨：《清代满族作家诗词选》，时代文艺出版社 1987 年版，第 191 页。

③　敦敏：《赠芹圃》，张菊玲、关纪新、李红雨：《清代满族作家诗词选》，时代文艺出版社 1987 年版，第 191 页。

④　敦敏：《访曹雪芹不值》，张菊玲、关纪新、李红雨：《清代满族作家诗词选》，时代文艺出版社 1987 年版，第 192 页。

⑤　敦敏：《小诗代简寄曹雪芹》，张菊玲、关纪新、李红雨：《清代满族作家诗词选》，时代文艺出版社 1987 年版，第 192 页。

⑥　敦敏：《河干集饮题壁兼吊雪芹》，张菊玲、关纪新、李红雨：《清代满族作家诗词选》，时代文艺出版社 1987 年版，第 193 页。

敦诚的作品则是：

少陵昔赠曹将军，曾曰魏武之子孙。君又无乃将军后，于今环堵蓬
蒿屯。扬州旧梦久已觉，且著临邛犊鼻裈。爱君诗笔有奇气，直追昌谷
披篱樊。当时虎门数晨夕，西窗剪烛风雨昏。接□倒著容君傲，高谈雄
辩虱手扪。感时思君不相见，蓟门落日松亭樽。劝君莫弹食客铗，劝君
莫叩富儿门。残羹冷炙有德色，不如著书黄叶村。

——《寄怀曹雪芹（霑）》①

满径蓬蒿老不华，举家食粥酒常赊。衡门僻巷愁今雨，废馆颓楼梦
旧家。司业清钱留客醉，步兵白眼向人斜。何人肯与猪肝食，日望西山
餐暮霞。

——《赠曹雪芹》②

我闻贺鉴湖，不惜金龟掷酒垆。又闻阮遥集，直卸金貂作鲸吸。嗟
余本非二子狂，腰间更无黄金珰。秋气酿寒风雨恶，满园榆柳飞苍黄。
主人未出童子睡，斝干瓮涩何可当。相逢况是淳于辈，一石差可温枯
肠。身外长物亦何有，鸾刀昨夜磨秋霜。且酤满眼作软饱，谁暇齐罍分
低昂。元忠两褥何妨质，孙济缊袍须先偿。我今此刀空作佩，岂是吕虔
遗王祥。欲耕不能买键犊，杀贼何能临边疆。未若一斗复一斗，令此肝
肺生角芒。曹子大笑称快哉，击石作歌声琅琅。知君诗胆昔如铁，堪与
刀颖交寒光。我有古剑尚在匣，一条秋水苍波凉。君才抑塞倘欲拔，不
妨斫地歌王郎。

——《佩刀质酒歌（有序：秋晓遇雪芹于槐园，风雨淋涔，朝寒袭袂。
时主人未出，雪芹酒渴如狂。余因解佩刀沽酒而饮之，雪芹欢甚，作
长歌以谢余，余亦作此答之）》③

四十年华付杳冥，哀旌一片阿谁铭？孤儿渺漠魂应逐（前数月伊子

---

① 敦诚：《寄怀曹雪芹（霑）》，张菊玲、关纪新、李红雨：《清代满族作家诗词选》，时代文
艺出版社 1987 年版，第 201 页。
② 敦诚：《赠曹雪芹》，张菊玲、关纪新、李红雨：《清代满族作家诗词选》，时代文艺出版社
1987 年版，第 203 页。
③ 敦诚：《佩刀质酒歌（有序：秋晓遇雪芹于槐园，风雨淋涔，朝寒袭袂。时主人未出，雪芹
酒渴如狂。余因解佩刀沽酒而饮之，雪芹欢甚，作长歌以谢余，余亦作此答之）》，张菊玲、关纪新、
李红雨：《清代满族作家诗词选》，时代文艺出版社 1987 年版，第 204 页。

殇，因感伤成疾），新妇飘零目岂暝。牛鬼遗文悲李贺，鹿车荷锸葬刘
伶。故人惟有青山泪，絮酒生刍上旧坰。

——《曹雪芹》①

敦敏与敦诚兄弟这十首诗，为后世难能可贵地留下了《红楼梦》作者于
艰难困苦之下勉力书写文学巨制的真实记载，刻绘出同时也赞赏了雪芹其人
傲骨"世已奇"的性情气质，披露了雪芹著作选题与他的家世浮沉存在的内
在关联，证实了敦氏两兄弟之所以关注雪芹的写作，乃是出于相互间对"新
仇旧恨知多少"的世事变幻有着太多的相近体悟，更反映出二位诗作者在雪
芹生前即了解与鼓励他"著书黄叶村"的艺术举动，并且在雪芹不幸英年早
逝后极端恸伤的心绪。这十首诗，均较永忠《因墨香得观〈红楼梦〉小说，
吊雪芹三绝句》吟成为早，体现了《红楼梦》的写作，起初即已同步地得
到京师满族作家群成员们道义上以及艺术理解上的积极支持。

在京师满族作家群中，跟敦敏、敦诚兄弟差不多同时表述了对曹雪芹
《红楼梦》创作的感知和评价的，还有诗人明义②。据信，他于曹氏在世之
际就已经读到了小说《红楼梦》的前 80 回，并对该书十分欣赏，写下了
《题〈红楼梦〉》③ 诗 20 首。这些诗，对雪芹创作宗旨的把握虽不及永忠、
敦敏、敦诚等人深刻犀利，却也代表了当时京师满族作家群体部分成员较多
地从艺术结构跟故事铺写方面来肯定《红楼梦》小说的积极态度。《题〈红
楼梦〉》诗 20 首当中有两首，是这么写的："莫问金姻与玉缘，聚如春梦散
如烟。石归山下无灵气，总使能言亦枉然。""馔玉炊金未几春，王孙瘦损骨
嶙峋。青蛾红粉归何处？惭愧当年石季伦。"④

在《红楼梦》成书的同时，进行该书评点的，有脂砚斋与畸笏叟，他们

---

① 敦诚：《曹雪芹》，张菊玲、关纪新、李红雨：《清代满族作家诗词选》，时代文艺出版社
1987 年版，第 206 页。

② 明义，号我斋，富察氏，镶黄旗满洲，约生于 1740 年前后，卒年待考。曾官至参领，任上
驷院侍卫，为皇上管马执鞭，并终生居于此职。主要文学活动为诗歌创作，有《绿烟琐窗集》存世。

③ 这 20 首《题〈红楼梦〉》诗前"序"曰："曹子雪芹出所撰《红楼梦》一部，备记风月繁
华之盛。盖其先人为江宁知府；其所谓大观园者，即今随园故址。惜其书未传，世鲜知者。余见其
抄本焉。"（张菊玲、关纪新、李红雨：《清代满族作家诗词选》，时代文艺出版社 1987 年版，第 212
页）这中间除指称大观园即随园不准确外，所证实《红楼梦》作者系曹雪芹，雪芹先人乃江宁织造
等，均为后世之"红学"研究提供了切实的证据。

④ 明义：《题〈红楼梦〉》（二十首选二），张菊玲、关纪新、李红雨：《清代满族作家诗词
选》，时代文艺出版社 1987 年版，第 212 页。

曾对作者的创作甘苦及作品的故事设计，做过若干有益的揭示，也在帮助世人认识小说写作宗旨上面提供了各自的意见。关于谁是脂砚斋，谁又是畸笏叟，红学界猜测颇多，但是有一点，人们好像看法差异不大，即二人都是雪芹近亲，也就都还是满洲旗人。后世在解读《红楼梦》的时候，也同样不该忘记此二人的功劳与辛苦。

满人和小说的缘分的确不一般。被中原古典文坛长期斥为"稗官野史""雕虫小技"的小说文类，因与满族世代的欣赏习惯煞是合拍，便在满人中间受到经久的欢迎。

满族人素有喜爱小说的传统。

早在金朝，女真人对"说话"艺术就有特殊的癖好。《三朝北盟会编》载有完颜亮的弟弟完颜充听说话人刘敏讲"五代史"的情形。《金史》中亦有关于张仲轲、贾耐儿等金代说话人的记载。

清太祖努尔哈赤和清太宗皇太极都特别喜爱《三国演义》等明代通俗小说。崇德四年皇太极命令翻译《三国志通俗演义》等书，"以为临政规范"。顺治七年（1650年）第一部满文译本《三国演义》告竣，小说在满族中产生了巨大影响。

清帝国定都北京后，著名的满文学者和素，曾经出色地把《西厢记》《金瓶梅》译成满文。昭梿在《啸亭续录》中称赞说："有户曹郎中和素者，翻译绝精，其翻《西厢记》《金瓶梅》诸书，疏栉字句，咸中繁肯，人皆争诵焉。"现今存于北京故宫图书馆的满文书籍中，有满文翻译小说三十余种，多为历史演义和明末清初流行的才子佳人小说。①

《红楼梦》的问世，是满人作者向世间第一次如此全面地展示他们大俗大雅、雅俗共赏的艺术调式，化解宏大叙事，摹写眼前生活，状绘世俗情感，表达人生况味，加之京语大白话的运用，使这部小说从作者在世之时和亡故之初，便在社会各阶层引起了层层高涨的阅读热潮。"开谈不说《红楼梦》，读尽诗书也枉然"，清代中晚期直至当代，《红楼梦》之所以在中国古典文学中取得了压倒一切的读者数量，雅俗共赏，实为不容怀疑的头一条原因。

---

① 张菊玲：《论清代满族作家在中国小说史上的贡献》，《民族文学研究》1983 年创刊号。

　　与雪芹同时代，满族文坛上出现了一位小说理论家，此人就是当过一段时间怡僖亲王的爱新觉罗弘晓①。他酷爱阅读小说，曾经组织手下人誊写《红楼梦》书稿，还亲自评点了当时流行的另一部长篇小说《平山冷燕》。在为《平山冷燕》撰写的"序"中，他阐释了自己的文艺观念：

　　　　尝思天下至理名言，本不外乎日用寻常之事。是以《毛诗》为大圣人所删定，而其中大半皆田夫野老妇人女子之什，初未尝以雕绘见长也。迨至晋，以清读作俑，其后乃多艳曲纤词娱人耳目；浸至唐宋，而小说兴；迨元，又以传奇争胜，去古渐远矣。然以耳目近习之事，寓劝善惩戒之心，安见小说、传奇之不犹愈于艳曲纤词乎！

　　　　夫文人游戏之笔，最宜雅俗共赏。阳春白雪虽称高调，要之举国无随而和之者，求其拭目而观，与倾耳而听又焉可得哉？②

　　从弘晓的这些阐释里，我们读到的是带有满族传统理念的艺术观。对一味追求曲高和寡的"阳春白雪"，满族的文艺受众向来有一种本能的避让；他们喜好的是田夫、野老、妇人、女子人人喜闻乐见的文艺样式，像小说、传奇那样，讲述一些耳目近习的身边故事，包含一些劝善惩戒的人生道理，那样的作品虽似平凡游戏之笔，却能收到雅俗共赏目的最大化的效果。这在中国封建时代一向追求高雅深奥、一向标榜"文以载道"的叫人近乎窒息的文艺氛围里，着实称得上是吹进来的绿野清风。

　　雅俗共赏，是清代满人鉴别艺术的常用尺子。单单追求深奥的东西，在他们那里没有市场。他们的文化艺术修养不断攀升，但是，即便有了再大的学问，他们还是嗜好带有民族文化泥土气儿的"下里巴人"。就拿清代中晚期几宗最大众化的艺术样式来讲：小说、京戏、子弟书、八角鼓、评书、相声……样样都是上至贵族文人、下到纠纠旗兵，不分出身与阶层，所有人都长久不倦的所爱。

　　《红楼梦》在古典小说史册上，是一部雄视百代的现实主义巨制。对这部书的产生，学界专家们已做出了极为艰苦的钻研，累积了诸多成就。然

---

　　①　弘晓（1722—1778），号冰玉道人，康熙十三子怡亲王允祥之第七子，曾袭怡僖亲王，又被夺去爵位。是乾隆年间京城满族作家群体中间的一员，有《明善堂诗集》传世。

　　②　弘晓：《批点〈平山冷燕〉题词》，王佑夫主编：《清代满族诗学精华》，中央民族大学出版社1994年版，第91页。

而，在研究曹雪芹赖以创作的生活基础时，似乎尚有疏漏之处。笔者认为，推进对永忠以及永䜣、书诚、敦诚、敦敏等宗室文人以及乾隆朝京城满族作家群体的深入探讨，理所当然地，须作为"红学"研究的一个重要方面。这是因为，雪芹这位辛苦才人着意搜求的，除本人经历外，大都是这类宗室、贵族人士家世、际遇、情绪、习性、心理等方面的材料。永忠也写过题"十二钗"的诗。永䜣也写过题为"访菊""对菊""梦菊""簪菊""问菊"的组诗。雪芹笔下的《红楼梦》小说当中出现了这些诗题，绝不会是相互间的偶然巧合。作为满洲内务府包衣旗人的曹氏虽非宗室，却在兴衰各阶段都与宗室成员保持着异常紧密的联系。就整个社会而言，他们的生活，本来就处在一个共同的微观氛围之内。进一步认识乾隆年间京师满洲文人集团，会有助于对雪芹和他的作品的进一步研究。

有一种意见，把离开《红楼梦》作品本身的探讨，一概划定为无须注目的"红外线"，恐怕是失当的。而另一种方法，撇开雪芹同时代乃至于身边的大量史料不予关心，而着意追求对曹氏十八代祖宗的考证，也不足取。只有很具体地认清作家曹雪芹的现实生活基础，认清他所遵循和秉承的民族文化审美诉求，才能确切地认准作家的思想幽微与运笔法则。仅仅把曹雪芹的生活条件，大而化之地说成"封建末世"，则难免在研究中出现雾里看花、隔靴搔痒和概念化的倾向。

也许有句话，我们身旁相当一部分的文史学家一时还不大容易接受，这句话就是：不懂满学，您是很难研究透彻《红楼梦》的。

自从《红楼梦》被举世公认为文学巨制以来，作者曹雪芹的族属，就成了"红学"界内外一桩长久争议的公案。人们经常可以听到或者读到认为曹雪芹是汉族人的意见。

这种认为曹雪芹是汉族人的意见，首先是以曹雪芹与满族"没有血缘联系"为立论依据的。这一点本身就有失误。马克思主义民族理论在分辨民族成分时，不承认血统决定论，而是由地域、语言、经济生活、心理素质等方面的异同作为综合识别标志。曹氏家族到曹雪芹这一代，已依附满洲社会达六代百年之久。其间曹家生活的各个侧面皆与满族毫无不同。即便是在心理状态方面，直到雪芹父辈也一直是竭尽全力地为满族统治集团效忠。曹氏一家人，很早就已经彻底满化了。至于雪芹一生贫困潦倒，确实跟权贵们离心离德，但也并不会因而就摇身一变成了汉人。民族与阶级毕竟是两回事情。满洲的宗室觉罗们不是也有一些政治斗争的落败者和牢骚派吗？曹雪芹所处的社会位置，与他们是极为相像的。

　　将曹雪芹说成是汉族人的又一个欠妥之处，是这种意见的持有者混淆了"满洲包衣旗人"与"汉军旗人"的不同概念。"包衣"在满语里有"家奴""奴仆""家里的"等含义。这类人，多是在清太祖努尔哈赤起兵之初，因主动降顺或战争被俘等情况而归入旗籍（即划分到后来的八旗满洲之内）并世代成为满洲统治者的家奴的。满洲主子不但占有了他们的人身自由，还把他们作为家奴而实施民族同化。曹氏在民族成分变异上面就经过了这样一个过程。曹氏因彻底同化，并对主子效力有功，步步发迹，终于成了满洲上三旗内务府之要员，不但享受了"钟鸣鼎食"的荣华富贵，还被堂而皇之地收入了《八旗满洲氏族通谱》，便再也谈不上一点汉人的味道。当时，满洲内部习惯地称呼他们为"汉姓人"而不是"汉人"。至于"八旗汉军"的出现，与这类有汉人血统的"满洲包衣旗人"并不是一回事，那是在清军入主中原之前，为了军事及政治需要而实行的一项新措施，比"满洲包衣旗人"的出现要晚许多年。

　　还须说明的是，满族从一开始就是一个非单一血缘的民族共同体。其诞生之初，是以女真族为主体，兼收了包括少量汉、蒙古、朝鲜等北方少数民族成分而组成的。这是满族史的基本常识。人们知道，清初著名满族词人纳兰性德，究其血统，也非女真直系，而是蒙古后裔，而今天的蒙古族却很少有人提出纳兰氏该回归蒙古。事实上，即便是清代的"汉军旗人"，在许多情况下也早已"旗化""满化"了，他们在清代的社会舞台上，已然和满洲旗人、蒙古旗人一起，形成了一个被称作"旗族"的人们共同体。这些汉军旗人的后代，日后坚持申报满族族籍的也很多。

　　曹雪芹，虽一生历尽坎坷，有着复杂的经历，却始终没有离开过满族的生活圈子。只要了解一下有关曹雪芹的研究资料，再来看看与他同时代的一些满族文学家的作品，就会发现，这位伟大作家和他的不朽作品的问世绝非偶然，他们彼此有着极为近似的家世、遭遇、情绪、志趣、习尚、心理，甚至在他们各自的笔下，还出现过类似的形象和内容。这些人的思想和艺术，为雪芹的创作提供了广阔的社会基础和文化基础。而我们似乎从未发现，雪芹生平还与哪些"民人"（即"旗人"而外的人）有过较多较深的接触。

　　综上所述，我们以为，把曹雪芹认定是满族人，没有大错。而把《红楼梦》说成是满族对祖国文化和人类文化的奉献，也是有道理的。在中外文学史上，一民族的作者用他民族的文字创作作品的情况多得很，并不妨碍他的作品属于自己民族的文学范畴。不过，《红楼梦》博大精深，毕竟有中华文化多方面的背景价值，把它视为包括满族在内的中华民族共有的伟大文明的结晶，也许更容易教人接受一些。

其实，只要我们在头脑里真正树立起"中华民族的灿烂文化是由各个民族共同创造"的正确观念，是不难通过历史事实来理解上述结论的。

抑或应当在这里加以强调的是，满洲民族由其问世，即已经打下了与周边民族交会融通的清晰印记；女真民族也正是因为肯于在自己的队伍当中包容其他不同的民族成分并且与他们共同去开创新的历史过程，才脱胎换骨，不再是女真而成其为满洲。这一点，恰好是我们不该轻易忘掉或者抹杀的。就像这个民族曾经积极地收纳其他民族的血脉成分一样，满洲民族入关前后的文化与文学，也早已不再是原初单质文化以及单质文学的纯态推进。兄弟民族文化以及文学成分的介入，已然成了潜置于满族（汉语）文学内里的一重重要基因。满族书面文学的流变，时不时地，总要反映出此一特点。这一特点，也有助于该民族的文学来成就自我。

第五章　文言浮绘——疾飞双矢竞穿鹄

　　中国古典文苑历来尤以诗词散文为正统文体之标榜，小说作为文学体裁则饱受轻视，直到明清仍被归为"不登大雅"的"稗类"者流。然而，放眼今日世界，小说写作却成了所有民族文学创作的核心项目。如若从学界比较晚近的观念出发来考察民族文学，是否具有小说作品特别是小说力作、杰作的生产能力，还是检验与鉴定一个文明民族（或族群）其文学总体能力高下的重要刻度。

　　乾隆年间，由京城满族作家笔下，相继推出了三部重要的小说作品（集）。它们是被称作满族文言小说"双璧"①的《夜谭随录》与《萤窗异草》，和在中国文学史上翼盖一代影响恒远的长篇白话小说《红楼梦》。

　　《夜谭随录》的作者和邦额，与《萤窗异草》的作者庆兰，彼此同庚，都出生于乾隆元年（丙辰年，公元1736）。而《红楼梦》的作者曹雪芹，则出生在雍正二年（甲辰年，公元1724），刚好较和邦额、庆兰二人年长一轮。巧的是，按照中原的夏历纪年方式，三人之生肖属相，均为"大龙"。这腾飞于乾隆时期满族文坛上空的三条龙，虽威力有别，作为各异，却同时间翻滚作势，耕云播雨，不但教满族文学改天换地获益良巨，也及时而充分地惠及于中国文学宝库。

　　笔者在前面介绍过，早在康熙间，旗籍作家佟世思就写出过满族文学史上第一部文言小说集《耳书》。那书的成就虽不算高，可是，如果可以把一个民族在不同时间段上的文学动作，看成一个有机而连贯的历程，那么佟世思的举动，便具有他应有的一份荣耀——他代表着满人和他们的族别文学，早在17世纪80年代，就试探性地踏勘过小说创作的甘苦与壸奥。只不过在佟世思的时代，满人要想写好小说，文学笔力跟艺术修养还明显地可见出底

---

① 张菊玲：《清代满族作家文学概论》，中央民族学院出版社1990年版，第117页。

气欠缺准备不足。

　　而到了乾隆年间，雪芹、和邦额和庆兰所能领受的民族文化积累与民族文学氛围，都大大优化于佟世思在世之际。满族作家不仅个人的文学视野空前开阔，写作能力亦臻于成熟，此时，京师满族作家群体划时代地形成与出现，也构造了一股众手托举的合力，将本民族的小说作家们，送去艺术的云端施放作为。

　　雪芹、和邦额和庆兰，这三位乾隆年间的满族小说家，由以下角度观察又是耐人寻味的：和邦额与庆兰是为女真人之直系苗裔，却不约而同地选择了文言小说的创作形式；而雪芹的祖上原本来于中土血胤，并且他的家学渊源也明显带着些汉文化的传承特征，反倒是他选择了去写白话小说——从一般逻辑看，三人当中，似乎是该写白话的写了文言，该写文言的却选择了写白话。

　　入关以后的满族中上阶层，历经三四代人的顽强努力，在学习与掌控中原诸种文化技能上，迅速表现出就总体来说已然是差强人意的水准。文言写作属于这种学习与掌控当中极吃功夫的那一环。但是，即便艰难却总想试它一试，满洲人的这点儿酷好尝试的性情叫他们的作家在征服汉文写作各个领域的时候，常常具有常人难有的探索与投入。可以猜测，满人开始学汉语用汉文，一准儿是从日常口语以及白话文这一路径入门的，要学好用精到的汉语文言写作，则无异于要令本来生长在平原的人去一口气翻越几架高耸的山岭那么难。和邦额与庆兰，都是这个文化起先较比滞后的满民族历史性地派往汉文文言小说创作区域去探险的尖兵，《夜谭随录》与《萤窗异草》，也可以被看作他们通过一次文化"大考"的两份答卷。满人能在刚刚走向双语环境还不太久的时刻，并驾齐驱地一举登临这样两座文言写作的峰峦，足可见得他们当时进取中原文化各个高度的胸中豪情。

　　雪芹的情形则又有不同。他是满族文学发展史上一个极其典型的案例。超人的多重文化习养与绝代的艺术感悟能力，使他得以在创作道路上较身边的满人们更多地看出那么几步棋。穿越满汉文化交汇折冲的纷繁景象，此公慧眼只具，洞若观火，发现了不同文化积极互动之最新结晶——京旗汉语白话那无可比拟的叙事魅力，因而他胆识兼备地择定，就使用这种刚刚"出炉"然而却是极有艺术前景的语言材料，来搭建自己心中的艺术圣殿。

　　实际上，《夜谭随录》《萤窗异草》与《红楼梦》之间，已构成一重满族文学内部在小说写作范畴的竞争和博弈。即单从语言方式上来寻味，《夜谭随录》《萤窗异草》的文言书写模式，亦不能不远逊于《红楼梦》的白话叙事路线，因为从满人的文化本位上来讲，不管是读者也罢作家也罢，都天然地不会很喜欢去亲近中原夫子们笔头那种习见的文言表述方式。更何况雪芹所运用的京旗汉语白话，已经不再是一般意义上的汉语白话，它正在凝聚起数倍于一般汉语白话的艺术能量。

无论是和邦额与庆兰运用文言书写的这一方，还是雪芹选择了京旗汉语白话的那一方，都再也不会知晓他们双方语言博弈上的结果。然而，他们身后活泼泼推进着的满族文学流变史，却明白无误地证实了该民族后起文学家们或本能或理智的取与舍。《夜谭随录》和《萤窗异草》的文言书写模式，在满族小说创作的长河里昙花一现便归于绝响，而《红楼梦》的京旗汉语白话叙事，却衍成了日后满族小说写作的洋洋大观与重大特性。

当然，用文言书写的小说集《夜谭随录》和《萤窗异草》，也自有其文学史上的存在意义。撇开下面对这两部作品各项价值的发掘探讨不谈，起码来讲，它们联袂竖立在某一具体的历史时空，既体现了满族文学的创造者们切实有过此项艺术探索，也证明了满族文学驾驭汉语文言叙事所达到过的文化"摸高"程度。

——

这一节，用来讨论和邦额与《夜谭随录》。

须先提到的，是和邦额的祖父和明。他是康熙年间生人，雍正初考取武进士，后半生多年以武官身份宦游于西北、东南及中南各省，最后死于福建汀州任所。青少年时期的和邦额，长期随祖父转勤国内各地，视野广博、见闻芜杂，这为他日后成为书写天南海北奇闻轶事的作家，打下了坚实基础。而和明给和邦额带来的又一层影响，是在文学上，他虽系武将却颇尚文风，撰有《淡宁斋诗钞》①，堪称文武全才，他的文学习养自然也就涵化于常伴左右的爱孙。

雍正至乾隆时期，满洲内部的精神趋势渐显变化，有些人介乎这样那样的原因，不再像先前时代那么一门心思扑向功业向往，他们眼观心省于种种

---

① 《淡宁斋诗钞》今已失传，现仅能从（清）铁保辑《熙朝雅颂集》中读到和明的10首诗作。

社会现象，胸间热度在暗自滑降。出任过清王朝多处总兵官职的和明也是如此。在他的诗作中，留有"七载宦情羞告雁，平生身世怕闻鸡"① 和"虎头事业知犹在，鸡肋行藏渐觉非"② 一类诗句，看得出来他对自己的"宦情"、"身世"开始生疑，这和当时渐起于一部分满洲中上层知识分子中的由本身际遇而寻索历史真释的思潮正相合拍。他们对"虎头事业"终还有些难以割舍，"鸡肋行藏"之感却时刻地在脑际涌动。

和明笔底流露的此种情绪，也同样影响了孙儿和邦额。《熙朝雅颂集》中收入了和邦额现今存世的 9 首诗③，篇篇均带有这种面对历史场景的伤感与置疑：

> 结侣登秋山，心仪水塔寺。塔寺两无存，临流空怀思。缅想建寺时，有人运智力。能将榛莽区，辟作清凉地。沧桑更变后，乌有先生至。色相刹那空，无人志一字。其在如来法，兴废原不系。不以隆而隆，岂以替而替。大千世界中，梦幻泡影内。凡此兴废者，难以恒沙计。譬如玻璃屏，倩人作图绘。丹绿在屏上，不与玻璃事。揩去丹绿色，依然见本质。寺塔既云无，即以作无视。归去复归去，从容觅晚醉。杖底吼西风，秋林黄叶坠。
>
> ——《水塔寺感旧》④
>
> 一炬横江铁索开，孙郎霸业付蒿莱。荒祠秋老堆黄叶，野老犹携麦饭来。
>
> ——《孙郎庙》⑤

此等以空空视史又诘己何苦的心头况绪，后来亦成为《夜谭随录》书写之中一抹潜在的基调。

---

① 和明：《塞上春夜感怀》，（清）铁保辑，赵志辉等点校补：《熙朝雅颂集》，辽宁大学出版社 1992 年版，第 818 页。

② 和明：《怯寒》，（清）铁保辑，赵志辉等点校补：《熙朝雅颂集》，辽宁大学出版社 1992 年版，第 819 页。

③ 据文献记载，和邦额著有《蛾术斋诗抄》，惜未传世。

④ 和邦额：《水塔寺感旧》，（清）铁保辑，赵志辉等点校补：《熙朝雅颂集》，辽宁大学出版社 1992 年版，第 1547 页。

⑤ 和邦额：《孙郎庙》，（清）铁保辑，赵志辉等点校补：《熙朝雅颂集》，辽宁大学出版社 1992 年版，第 1549 页。

　　和明去世时，和邦额已 18 岁。他随父亲护灵回京，之后得以进入咸安宫八旗官学就读，并在京师生活了较长期间。自幼跟着祖父走南闯北的阅历，不但叫他有了充沛的人生积累，也使之养成了豪放交游的性情。居京生活之时，他把自己游历八方的生平见闻，以及不同阶段各式各样交往中人们讲给他的故事，一一记录，用心书写，数年不辍，终于撰著成功了这部收有 160 篇作品、总计约 18 万字的文言小说集《夜谭随录》。至 40 岁，和邦额中举，此后进入仕途，而从相关文献查考，也只能得知他出任过山西乐平（今昔阳）的县令。其晚年情景不详。

　　《夜谭随录》中的作品，题材纷繁广泛。一般阅读，留下印象较深的，常常是其中那些"说狐""谈鬼"之类光怪陆离的故事。的确，这类故事不但在小说集里占的比例颇重，连作者本人也在书首"自序"当中对此类题材予以重点"推介"。何况，已有蒲松龄之《聊斋志异》先期问世且该书又以对花妖狐魅的出色描写著称，在时间与体裁上紧步其后尘的《夜谭随录》，就更容易被视作沿"说狐""谈鬼"一途出现的仿效之作。

　　《夜谭随录》确有对《聊斋志异》的模仿与借鉴，然而，假使把这种模仿和借鉴刻意夸大，便有可能妨碍对这部后起之作的解读。笔者感觉，虽蒲松龄写"狐"，和邦额也写"狐"，二者主旨却饶有差异。前者写"狐"人之情，其经典意义乃是要表达争取男女情爱自由的社会主题；而后者写"狐"人之情，表达重心则有游移，其主要意向并不在争取男女的情爱自由，却变易为借写狐鬼故事来针砭世人的伦理情态。

　　小说集中的《梁生》篇，讲述了仗义而为的狐仙不图财不图势，帮助穷书生来惩治浮浪子弟，给人的感觉，是人世间充斥了世态的炎凉险恶，反过来去做个"阿紫相依千载期"的狐婿，倒是件幸福的事。《某倅》说的是人与鬼已阴阳两隔，而鬼魅当中却实有坚贞的道德持守，两相比照，几令阳世之士子无言以对无地自容。《洪由义》叙述的是善良的主人公，因长年放生那些为渔人丢弃的鱼虾螺蚌，终至在不慎失足落水后，遇到了水下"贵人"的搭救。《红姑娘》篇在这类作品当中最是感人，其中描写了一位由"义狐"幻化的红衣少女，为了要报答三十多年前旗兵赫色的救命之恩，在赫色贫困孤独的晚年，连续十数载，坚持无微不至地照顾这位戎务在身的老人。

　　《夜谭随录》中写人与狐、与鬼、与仙之间的交往故事，尽管场景相殊情节各异，却多带有比较清晰的伦理色彩；而这部小说集里凸现出这种色彩的作品，还有许多则是直接书写纯粹人世间的社会题材。例如《棘闱志异（八则之七）》《某太医》《赵媒婆》《冯瓤》诸多篇目，均对准世间各色人等的道德败落现象，给予尖锐的揭露和抨击。

和邦额所处的清乾隆朝，不仅就清代自身而言，就是对于整个中国的封建社会来说，也属于由盛及衰的"盛世"尾端。当时，一系列社会矛盾相互激化的趋势已经难以逆转；即便是在原本上下一致奋力进取的统治民族——满洲内部，也已酿成了多重无可排解的矛盾关系：像高层政治集团中的利益切割失当、旗族上下贫富两极分化明朗以及由底层旗人生存状况反映出来的"八旗生计"等问题，都在日趋表面化。作为社会矛盾的精神呈现，各个领域人际道德层面的种种不堪，也愈益地现象化与冲突化。

满洲民族自古以来曾葆有崇尚淳朴与正直的精神传统。有清一代该民族即使是进入中原变化了社会位置，就总体来讲也还是注重恪守此项传统，他们为人处世尤其讲求忠诚与纯正，将这看作做人的至高荣耀。满族的传统理念还格外看重人生在世的自尊度，即无论处于盛世还是乱世都应有的道德自我规范。他们不但通过自觉的德行养成来表达对一己名誉的看护，在清朝建立后与他民族近相接触时，也看重对于本民族声誉的守望。和邦额，这位乾隆年间的满族作家，正是从这样一种民族文化的本位立场出发，才能那样深刻地觉察到民族内外伦理风习的变异轨迹。①

远在努尔哈赤和皇太极时期，忠直廉洁与舍身忘我便是民族领袖们提倡的品行；至康、雍、乾三朝，君主对旗下官兵道德上的规范也很严格，他们最为忧虑者，是八旗子弟沾染上不良习气而迷失了本性。乾隆帝甚至颁布御旨，凡满洲人有行为及道德不堪者当一律革出旗籍。历史学家们多认为，清代君主们就自我修身的优良程度来看，在历朝历代都是数得着的。然而耐人寻味的是，历史的辩证法常常却只给其当事人留下相当有限的行为空间，凡封建君主受其政治地位的局限，都逃不脱施政法则中薄情寡恩一面，这也是一道历史的定数。所以，作为文学家的某些历史"在场者"其感受现实的切肤痛楚，往往与大历史的基本结论会相互参差，却也显示出一定的同时也是带有本质性的历史真实。

乾隆年间的京师满族作家群，便是这样的一批历史"在场者"。他们为了表达对于现实存在的真实感触，各自选择了不同的写作（亦即"反馈"）

---

① 请留意，和邦额式的"道德敏感"，将在其后的满族文学史册上被一再发现。

方式。和邦额所择定的主要选项，就是主要反映现实社会道德走势的小说创作。

《陆水部》《憨子》以及《猫怪》《某太守》《张五》等篇，都是作者从道德角度切入身边现实政治题材的作品。特别是《陆水部》和《憨子》两篇，常会引起后世读者的更多注意，因为作家竟然敢于在那个存在"文字狱"祸患的时代，以正面的道德形象来描绘两名朝廷"钦犯"——陆生楠和谢济世。陆生楠是雍正初年以"诽议时政"罪而被"军前正法"者，谢济世也曾是一度身负死罪的"要犯"。和邦额毫无避讳直呼其名地写他们的生活故事，还表达出对二人的同情与赞许，不能不说是对时政的一种不满与寻衅。①

《猫怪》在小说集里颇具代表性，可以把它当成批判官场道德时弊的一篇寓言来读。某官宦世家养有十几只猫，一日，其中一只忽然操起人言，主人深感不祥，意欲将它丢进河里淹死，不想此猫逃回他家——

> 猫登踞胡床，怒视其父，目眦欲裂，张须切齿，厉声而骂曰："何物老奴！尸诸余气，乃预谋溺杀我耶？在汝家，自当推汝为翁；若在我家，云乃辈犹可耳孙，汝奈何丧心至此？且汝家祸在萧墙，不旋踵而至，不自惊怕，而谋杀我，岂非大谬！汝盍亦自省平日之所为乎？生具蜩蚁之材，夤缘得禄，初仕刑部，以钩距得上官心。出知二州，愈事贪酷。桁杨斧锁，威福自诩。作官二十年，草菅人命者，不知凡几。尚思恬退林泉，正命牖下，妄想极也。所谓兽心人面，汝实人中妖孽，乃反以我言为怪，真怪事也！"遂大骂不已，辱及所生。举室纷拏，莫不抢攘。……猫哂笑而起曰："我去，我去，汝不久败坏之家，我不谋与汝辈争也。"亟出户，缘树而逝，至此不复再至。②

---

① 嘉庆朝袭封礼亲王的昭梿，在其史学著作《啸亭杂录》中谈及此事，说："有满洲县令和邦额，著《夜谭随录》行世"，"至陆生楠之事，直为悖逆之词，批斥不法，乃敢公然行世，初无所论劾者，亦侥幸之至矣！"（昭梿：《啸亭杂录》，中华书局1980年版，第453页）昭梿站在皇权正统的立场上说这番话，是不奇怪的。不过，从后世所能读到的譬如敦敏、敦诚、永忠、永蕙等人的一些作品以及和邦额的这类小说来看，雍正、乾隆时期的"文字狱"或许还没有像日后传说得那么严酷密实。这倒并不是因为他们是满人而被网开一面，有证据证明，满洲大员身陷"文字狱"者也是有的。

② 和邦额：《猫怪》，《夜雨秋灯录》《夜谭随录》（合集），重庆出版社1996年版，第145—146页。

后来，猫的主人家半年便染上瘟疫，几乎死绝。这篇作品，已将作者笔下的社会伦理叙事直接切入到仕途政治层面，假猫之口，痛快淋漓地戳穿官场人物岸然伪装下的道德真相。

和邦额写世人的善恶故事，经常都会给出一个善有善报、恶有恶报的清楚结局。我们知道，因果报应的情形在社会现实中并不多见。作者坚持这样写，体现了他持之以恒的正义感，也反映了他缺乏其他更有力量的思想武器的无奈。这种对社会正义的寻求和事实上寻求不到的无奈感，在和邦额身处的时代，也就很容易把他送向一种虚空的参禅味道的境地——本节前面所引其《水塔寺感旧》诗，弥漫着的就是此等精神。这也是当时京师满洲作家群成员们普遍的思想渊薮之一。

和邦额《夜谭随录》"自序"曾申言他的创作是"谈虚无胜于言时事"，那不过是为自己涂上的一层保护色罢了。小说集中除借"狐仙""猫怪"之类故事外壳敷演了不少人间场景而外，亦确有些像《怪风》《地震》《蜃气》《来存》《落溇》等记录各地奇异自然现象及物产的篇目。相关内容当时看来不好捉摸，对后世人们认识自然界则是有价值的，也不可笼统纳入"谈虚无"范围。至于《米芗老》《修鳞》《铁公鸡》《崔秀才》《倩霞》等作，读来很有些引人入胜的传奇性，细加品味，便仍可嗅出呼唤社会正义、贴接民间生存的情感气息。

和邦额这位乾隆年间的满洲作家，也是这个历史阶段京旗满洲生存真相乃至于精神样态的忠实记录人。一部《夜谭随录》，中间大约有四分之一的篇目，直接叙写了旗下官兵及其家眷的现实生活题材。就是通观满族小说写作的发展历程，这也是一件令人瞩目的现象。

从康熙朝即已生成并于随后严重影响旗族生活几近200年的"八旗生计"问题，在乾隆时期的京师底层旗兵家庭里面已经反映得相当强烈。《某马甲》《红姑娘》《谭九》等篇都是对准这种场景予以状写的代表作。且看《某马甲》之描写：

> 马甲某乙，居安定门外营房中，甚贫，差役多误。其佐领遣领催某甲往传语："亟出应役，不则必斥革矣。"甲素与乙相善，即往见之，入门，马矢满地，破壁通邻。屋三间，秸隔一间为卧室，妻避其中。时际

秋寒，乙着白布单衫。白足趿决踵鞋。甲一见，恻然曰："弟一寒如此哉！"因致佐领语，且曰："料弟贫寒，我归见牛录章京①，当为缓颊。但日云暮矣，不克入城，舍此无信宿处。"解衣付之曰："弟应久不举火，讵可以口腹相累？此衣可质钱四五千，姑将去，市肉沽酒，来消此寒夜。余者留为数日薪水费，幸勿外也！"乙赧然抱衣去。

　　菅房去市远，曛暮未归。甲独坐炕头，寂无聊赖，检得鼓词一本，就灯下观之。有顷，闻房中哀泣声，知为乙妻苦贫。窃为感叹间，蓦见一曲背妇人，蹒跚入室，至佛案前，塞一物于香炉脚下，乃出户去，面目丑恶，酷似僵尸。甲觉其异，起视脚炉下所塞物，则纸钱十余枚，深怪之，不禁毛戴，付诸丙丁。

　　房中泣声渐粗，倍觉凄切。潜于帘隙窥之，乙妻已作缳于梁间，将自缢。甲大惊，不复避嫌，急入救之……②

这户旗兵穷困得无以复加，"马矢满地，破壁通邻"，衣食了尽，鬼魅（即"曲背妇人"）穿行，直逼得女主人求生无路而要去悬梁自尽，真是凄惶到了极点。细想想，此刻距离当初明清易政才刚满百年，在封建"盛世"，在大清国都，所谓的"既得利益"民族其下层却已困厄潦倒到了这般田地，怎么不令旁观者百感杂陈。八旗制度是清代维护政权的一项最基本的社会制度，说起来，清廷乃是其最大的受益者，而社稷与苍生也可以说是其间接的受益者，然而，愈来愈穷困的下层旗兵和他们的家眷，则成为无可逃逸的受害人，不能不隐忍着该制度所酿成的悲剧——而且，这悲剧越到后来越被加重与放大，一直到清末，直至民初。和邦额是满洲籍作家中率先反映这一清代根本性社会问题的人，可以肯定地讲，他是具备着深刻民族情感与非常社会良知的文学家。

　　与同时代一些勤于思索的满族知识分子一样的是，和邦额也力图通过他的小说作品，表达出对既有历史演进的寻绎与反刍。在这一题旨下面，他写了《戴监生》与《卖饼翁》。

　　《戴监生》叙述的是监生戴懋德乡试落榜抑郁归家，途中某晚独入山林，

----

① 八旗职官，牛录章京即佐领。
② 和邦额：《某马甲》，《夜雨秋灯录》《夜谭随录》（合集），重庆出版社 1996 年版，第 74—75 页。

无意间听到了一老一少的对白。那少年嘲笑老人，说他只配去做吮食臭脚汉们的臭虫，却做不了夜入闺房叮咬小姐们玉肌香肤的蚊子。

老人揶揄之曰："老夫年逾五十，讵意今日闻此奇谈，何其恢诡！夫乞丐小儿，宛转于百尺竿头，以为得计，自谓出人头地，初不知地下折臂叟，即是当时竿上儿。方叹天下险蠍危途无有甚于此者，乃今子顾以此骄老夫耶？天能与人以寿夭之数，而不能禁人以搏节之方。设有两人于此，得青蚨一千，各分五百，数则同，而用必不同也。其一人一日一钱，或数日一钱，渐至不破一文，则此五百钱，虽终身不尽可也。其一人，初亦一人一钱，或一日四五钱，六七钱，渐至十百文，则此五百钱，其尽也可立而待也。子不明事理，反曰我生不有命在天……"①

说着说着，老人竟评价起旁听的戴懋德来，说破他原本就不是个能够科考中第的人，却要苦苦折磨自己，无异于自我戕害。之后戴懋德发现，那夜间斗嘴的老少两位均系狐仙，不禁有悟，便在"再试不第"之际，"忆狐言"而"投笔经商"，最终以至"致富十万"。

《卖饼翁》说的则是某内阁学士正值仕途上平步青云，却在野外江边遇见早年结识的"卖饼翁"；他早就得知此翁已死，不禁诧异，老翁遂向他讲述了自己得道成仙的经过。内阁学士羡慕不已，"泣拜求渡"。

翁曰："尚非其时也！君于名场中，官可二品，惟'躁进'二字不可犯，'勇退'二字不可忘，志之志之！请从此别。"言讫，跃入江中，履水如平地，转瞬而逝，惟剩江心月白，一望无涯。②

《戴监生》与《卖饼翁》的读者幸勿忘记，和邦额写出此等作品之际，恰好也就是曹雪芹在《红楼梦》里大唱"好了歌"的时节。"好便是了，了便是好"的"盛世谶言"正在这个民族并不缺乏反思能力的知识阶层渐趋弥散。满洲社会就整体而言，一百年的光景虽尚未演示出"兴也勃焉败也忽

---

① 和邦额：《戴监生》，《夜雨秋灯录》《夜谭随录》（合集），重庆出版社 1996 年版，第 170页。

② 和邦额：《卖饼翁》，《夜雨秋灯录》《夜谭随录》（合集），重庆出版社 1996 年版，第 28页。

焉"的全过程，其自身却已经显现了不少教人不堪凝眸、难以理喻的路数。可贵的是，和邦额这批满族文化人这时就辨识出了社会变迁的蛛丝马迹，看到那今日的"地下折臂叟"，正好就是当初在"百尺竿头出人头地"之"竿上儿"——故而，"名场"之上须用心牢记者，"惟'躁进'二字不可犯，'勇退'二字不可忘"是也！

实际上早在康熙年间，满族作家对自我民族的文学反思便初露端倪。"唐家宫锦汉家环，上有冰纹古色寒。道是韩王孙子物，前年卖此度朝餐。"① ——这是康熙末年诗人蒙额图的一首《偶见》诗，涉及了历史上一再出现的"君子之泽五世而斩"的严肃话题。而曹雪芹的爷爷、正白旗满洲内务府包衣人曹寅，身为最受康熙帝信任的朝廷大员，也用这样的诗句提醒过身边的人们："开疆争捷论功多，绿酿葡萄金筐笋。自是勤劳防逸乐，西南兵甲渐消磨。"② 而放眼乾隆朝以后，直至当代，满洲作家以文学来反省民族的，更是数不胜数。抑或可以认定：自我的历史反思与文化反思，正是满族书面文学传统及其流变中不可或缺的一大特性。

《夜谭随录》讲给读者许多鲜为人知的京旗故事，这对于了解清代满人的风俗习尚乃至精神征候，饶有价值。

凸现下层旗兵性情做派的《三官保》③，是一篇有味道的作品。小说写的是满洲少年旗人三官保，外表帅气温文，实则"负气凌人，好勇逞力"之人，"往往于喧衢闹市间，与人一语牴牾，或因睚眦小怨，必至狠斗凶殴"。他与另一旗人少年佟某酿成冲突，约好在地坛争斗，他只身前去，不料对方竟带了十五六个人来群殴。"保大笑曰：'我苟惧打，岂敢复来？任汝鼠辈所为，但一皱眉一呼痛，非好汉也！'"对方"蜂拥其前，木棒铁尺乱下如雨，一霎体无完肤，四肢不能转侧，犹哂笑怒骂。"佟某为三官保的从容气势所折服，甘拜下风为三官保所驱使。三官保又以类似举动降服了市井另一霸张某。他们一伙人常聚啸街头，向各种势力挑战，甚而敢于教训和羞辱身着

① 蒙额图：《偶见》，张菊玲、关纪新、李红雨：《清代满族作家诗词选》，时代文艺出版社1987年版，第54页。

② 曹寅：《冰上打毬词》三首之一，张菊玲、关纪新、李红雨：《清代满族作家诗词选》，时代文艺出版社1987年版，第65页。

③ 和邦额：《三官保》，《夜雨秋灯录》《夜谭随录》（合集），重庆出版社1996年版，第206—210页。

"貂皮狐裘""平日恣横恃势"的宗室子弟。不想终有一天，他们不慎惹恼了江湖好汉的英魂，惨遭惩处。"保自此爽然若失，幡然而悔，遂折节读书，不复语力，见人谦抑巽顺，犯而不较，卒为善士。"他远离了佟、张等人，"入籍为羽林军，从征缅甸，阵殁，年甫二十有零。"

人们阅读《三官保》，常将它当成一则富有传奇色彩的创作看，其实据旧京老旗人们介绍，乾隆年间确有过满洲少年三官保其人其事。和邦额的同名小说开头也是说："友人景君禄为予言：其表弟三官保，满洲某旗人也。"可见，和氏亦是根据实有的三官保事铺衍撰写。不仅如此，有关三官保的民间故事，从乾隆年间起也一直在京城内外八旗营房中口耳相传。或许有人要问，一个三官保并非什么显要人物，为何会被这样一代代传说下来？其实这远非难以思议。在世代驻防的满洲营房里，下层士兵们尤其崇尚的是倔强勇武果敢之人，像三官保这般生性无畏天不怕地不怕的"游侠"风度，自然而然就会成为他们追捧的对象及效仿楷模；何况三官保者，并无欺凌下层无辜的劣迹，却留下了敢于挑战权贵的举动，也会被引为主持社会正义的化身。三官保的结局，也不乏"荣耀"：他最终远离游侠帮伙，幡然而悔，从征疆场，以至英年捐躯。故而，今日读者惯常会以为是街头"混混儿"的三官保，在清代便长时间享有了旗族青年士兵们的推重。难怪有过民国年间外火器营（清代京师"外三营"之一）生活经历的满族文史大家金启孮作如是说："在营房里，贾宝玉的群众只有我一个人，三官保的群众却有他们一帮年轻的营兵。"① 同样是这位满族文史大家，还下过以下断言："我以为《夜谭随录》一书之价值，全在此文（指《三官保》——引者注）。我们知识分子每知满族少年有贾宝玉、安龙媒等典型形象，从未见人论及三官保的典型形象。是知满族上层、写满族上层的人多，知满族下层、写满族下层的人少。事实上清朝前期满族绝大多数少年是三官保式的，尤其是在京旗之中。"②

许多年来，社会上就有不少对满族女性的说道。满洲人的先世由于缺少对于女子"三从四德"的封建思想规范，女儿果为率性、妇女干练泼辣的居多。和邦额的小说集摹写了一批光华夺目的"野性少女"③，譬如《碧碧》

① 金启孮：《北京郊区的满族》，内蒙古大学出版社 1989 年版，第 58 页。
② 金启孮：《北京城区的满族》，辽宁民族出版社 1998 年版，第 14 页。
③ 可参见薛洪勣《试论和邦额和他的〈夜谭随录〉》，《满族文学研究》（内部发行）1984 年第 1 期。

《娄方华》《阿凤》《倩儿》《白萍》《香云》；等等，读到当中描绘的一个个特异的女儿形象，叫人时有如沐旷野徐风的清新之感。这里，或能允许笔者举个极端的例子，即书中的《护军女》，从题目上，就可读出它的满洲题材特征。小说叙写一位独自在家的护军女儿，为邻家轻浮的护军少年所羡艳。少年在间隔壁上钻出一孔，以言语挑逗，女儿把愤恨压于心头，与之周旋。不想"少年亟解裈出势，纳入孔中。女即捉之，佯为摩弄，潜扳鬓钗横贯之，脱颖而出。少年僵立痛甚，号叫声嘶。女出房扃其户，置若罔闻。"① 故事后面，是调戏人者得到救治，勇敢自卫的少女却在母亲归来时"大哭，觅死"。不管这则小说的读者会怎样评判此少女与彼少年的纠葛，毕竟作家是准确地写出了那个历史特有阶段的旗人特有故事。

此外，《夜谭随录》之中刻画京旗其他风俗的还有许多：《阿凤》涉及旗人当时持有的不迎亲习惯，《额都司》《塔校》与《嵩棻篇》讲述了旗人们不怕鬼的性格，《伊五》《佟觭角》与《庄厮松》描写了萨满作法除祟的过程，《异犬》体现出满人爱犬的生性……

《夜谭随录》虽用文言写就，其选材，其眼光，其格调，其语言，却每每体现了平民化、市井化的选择。这也是满人文学写作的必有归宿。在了结这节之前，就再引述几句这部文言小说集里面的俚俗表达罢：

佟大言曰："汝既称好汉，敢于明日清晨，在地坛后见我否？"保以手抚膺，双足并踊，自指其鼻曰："我三官保，岂畏人者！无论何处，倘不如期往，永不为人于北京城矣！"②

媒笑曰："翁所谓'又要马儿好，又要马儿不吃草'也！……"③

夫人素严厉，怒曰："不肖子！岂不闻'不听老人言，凄惶在眼前'耶？"④

夫人曰："……正所谓'自将马桶往头上戴'者！尚堪作朝廷堂堂

---

① 和邦额：《护军女》，《夜雨秋灯录》《夜谭随录》（合集），重庆出版社 1996 年版，第 218 页。
② 和邦额：《三官保》，《夜雨秋灯录》《夜谭随录》（合集），重庆出版社 1996 年版，第 206 页。
③ 和邦额：《铁公鸡》，《夜雨秋灯录》《夜谭随录》（合集），重庆出版社 1996 年版，第 249 页。
④ 和邦额：《阿凤》，《夜雨秋灯录》《夜谭随录》（合集），重庆出版社 1996 年版，第 39 页。

二品官耶?"①

二

下面要谈到的，是庆兰与他创作的《萤窗异草》。

庆兰，字似村，别号长白浩歌子，镶黄旗满洲籍，章佳氏。他出身于显赫的旗族世家，祖父尹泰与父亲尹继善，先后拜为东阁大学士与文英殿大学士。清代不设宰相（丞相）职，大学士职务大体即相当于当朝宰相衔。及至庆兰一代，其三哥庆玉、四哥庆桂，又都出任过朝中要职，庆桂还得以拜文渊阁大学士。章佳氏一门这种连续三代拜相的情形，不仅在清代，在历朝历代也是很少见的。他们的家族不单是官场显贵，且为皇亲国戚，庆兰的妹妹嫁给了仪亲王永璇为嫡福晋，益使其门第荣耀高攀一层。

具体说到庆兰，他也有过一个夺人视线的"高起步"：那是乾隆十二年，皇上在朝堂之上钦点少年庆兰为秀才，这实非寻常人所能得到之"荣幸"！却孰知，庆兰一生的"功名"竟到此止步，再无寸进，与其一家人的仕途风光也便无法相匹配。后来庆兰在心情顺畅、沾沾自喜之际，也曾自称"殿试秀才"；而到了心情不济时刻写下的诗句里，便要发些个不轻不重的牢骚："更有蹉跎如我辈，半生眉宇未曾舒。"②

生长于三世相府门第，少小还得到过不一般的"荣誉"，如若说庆兰他一向就跟功名事业别着劲儿，委实有些令人难以置信。可是，他为什么始终游离于官场之外，甚至偶尔抱怨蹉跎自我、眉宇不展呢？造成这样结果的明确因由今天已经难以查找，以常理来揣测，则无外乎科考失意或者性情使然这两种可能。而鉴于庆兰的文采学养及家族荫蔽，科考不第的可能性又比较小。

幸好有时人留下了些相关的参考意见。满人铁保在他嘉庆年间主编完成的《熙朝雅颂集》中，撰有"庆似村传"，写道：庆兰"家世簪缨，三代俱登宰辅，以似村之才之学，稍有志于功名，取显轶如拾芥；而似村弃之如敝履，视之如浮云，独构老屋数楹，栖身僻巷，以避车马，作小书屋，环种以

---

① 和邦额：《噶雄》，《夜雨秋灯录》《夜谭随录》（合集），重庆出版社 1996 年版，第 46 页。
② 庆兰：《呈三兄》，张菊玲、关纪新、李红雨：《清代满族作家诗词选》，时代文艺出版社 1987 年版，第 210 页。

竹。"① 于此可以得知，由根本上讲，庆兰还是在主动躲避官场纷争，要一门心思注力于自己钟爱的艺术生涯。这首《芳园》诗，也突出地证实了作者庆兰平日里闲居自适、放歌纵酒的疏漫情致：

> 芳园烟柳带烟和，聊试樽前一曲歌。欲透春光帘半卷，好收山色镜新磨。鹊非报喜何妨少，雨纵浇花也怕多。解事小溪知我意，却从竹中抱琴过。②

据文献介绍，庆兰一生诗、画皆精。曾吟撰《小有山房诗钞》和《绚春园诗抄》两部诗集，可惜现已失佚。聊可补憾的是，在《熙朝雅颂集》中保存了庆兰的 28 首诗，民国年间徐世昌主编完成的《晚晴簃诗汇》中亦存有其作品。这样保存下来的诗作固然有限，却提供了略可窥及庆兰精神图像的管道。

身为乾隆年间京师满族作家群的一员，庆兰跟同一作家群中其他不少人在精神层面上是有共性亦有差别的。他的家世与身世都没有过遭受政治冲击的记录，并不像永忠、敦敏、敦诚和雪芹等人，内心早已密布着纵横层叠的凄苦郁结。他的"半生眉宇未曾舒"，至多也就是对个人未能像祖、父及兄弟们一样平步青云的偶为感慨，说说罢了——这在封建时代的大多数闲散士子那儿早已不稀罕了。他的心性基调，是厌倦尘世搅扰，并且向往真情、向往自然、向往艺术世界的。在这个方面，他和京师满族作家群的其他成员没有两样。现仅存世的庆兰诗作多可证实，他虽出身豪门世家，却别具怀抱，出于天性，他对流连田园风光且携卷吟哦，每每总是兴致盎然。

同时代的江南名士袁枚，系尹继善门生，与庆兰交谊甚深。他的《随园诗话》（补遗卷十三），曾把庆兰诗歌作品一些佳联援引到一处，意在梗概其艺术格调："尹似村诗，虽经付梓，而非其全集也。集外佳句云：'鹊非报喜何妨少，雨纵浇花也怕多。''欲抽竹笋泥先破，才放春花蝶便忙。''水去砚池防夜冻，春生布被藉炉温。''买将花种分儿女，试验谁栽出最多。'《接尚书伯书》云：'惹得妻孥来笑我，柴门那说没人敲。'——数联可谓专

---

① 转引自张菊玲《清代满族作家文学概论》，中央民族学院出版社 1990 年版，第 126 页。

② 庆兰：《芳园》，张菊玲、关纪新、李红雨：《清代满族作家诗词选》，时代文艺出版社 1987 年版，第 208 页。

写性情，独近剑南矣。"①

在京师满族作家群体中，庆兰与明义私交最好。明义的诗作《绿烟琐窗集》今人仍能读到，里面，也可觅得较多与庆兰唱和或者有关庆兰的内容。明义一首《和庆六似村韵》，堪称直揭庆兰人生选择的谜底："偃仰驰驱别有因，归真返璞是全身。不贪五斗折腰米，免却九街扑面尘。赵女秦筝堪乐岁，青鞋布袜好寻春。平明钟鼓严寒际，不负香枕更几人？"② 从《绿烟琐窗集》中，读者还有个意外发现，那是一首被附录其间的庆兰诗作《题云郎词后》："酒绿灯红景尚存，最难割处是情根。而今春梦空回首，犹忆吴门欲断魂。别后一帆成幻影，携来满纸带啼痕。须知我亦工愁者，风趣还应与细论。"③ 明义诗集中存有不少他们与这位云郎来往的唱和之作，并有一句说明："云篮者，姑苏之伶官也，姿态绝伦，琴诗兼妙。"④ 若把庆兰《题云郎词后》诗和这句说明搁在一处，再联系到《红楼梦》中所描写的贾宝玉与蒋玉函的故事，人们就不难大略地想象出贵公子庆兰跟苏州艺人陆笺产生情感的轮廓。当时，有闲阶层酷嗜艺术的公子哥儿们行迹放浪、交际艺伶的情形几近成为一种时尚，有的"红学"专家甚至认为连曹雪芹也有过此种际遇。对这类故事附带的情感因素或许可作另外议论，但庆兰确实有过这样的经历，对他贴近下层社会生活、撰写描绘现实的小说作品，肯定是有裨益的。

文言小说集《萤窗异草》的署名，是"长白浩歌子"，而不是"庆兰"。这就在有关研究界引发了一起讼案，有的研究者认为其作者不是庆兰，而是清末什么人。囿于本书的写作宗旨，笔者无意就此来做更多的擘析，而只是想表明，赞同认定该书作者即庆兰的论者观点⑤。或者可以稍加补充的是，

① 袁枚著、顾学颉校点：《随园诗话》卷十三，人民文学出版社 1982 年版，第 448 页。

② 明义：《和庆六似村韵》，张菊玲、关纪新、李红雨：《清代满族作家诗词选》，时代文艺出版社 1987 年版，第 211 页。

③ 庆兰：《题云郎词后》，张菊玲、关纪新、李红雨：《清代满族作家诗词选》，时代文艺出版社 1987 年版，第 209 页。

④ 明义：《庆郎诗引》，《绿烟琐窗集》《枣窗闲笔》（合集），上海古籍出版社 1984 年版，第 122 页。

⑤ 这种观点的典型表述，可参见薛洪的《〈萤窗异草〉》（《社会科学战线》1987 年第 1 期）、《〈萤窗异草〉论略》（《民族文学研究》1987 年第 4 期）等论文，以及祝注先的论文《长白浩歌子和他的〈萤窗异草〉》（《西南民族学院学报》1989 年第 3 期）。

在文坛上下不把小说创作看作文学正宗的年代，像庆兰这样有着非同一般"身份"的文化人，暗中居然如痴如醉地写起不登大雅的"玩意儿"来，心理上还是须顾及一些社会反响的。试想一下，《夜谭随录》作者和邦额的社会地位比庆兰低许多，且和氏就性情来说大约也要较庆氏直率坦然，但是，和邦额写《夜谭随录》，同样未署上本名而只是署上了"闲斋氏"的别号（那时连"笔名"的概念也没有）。如此看来，庆兰在他的小说集上署"长白浩歌子"的别号，是正常的。至于"长白"二字，亦非虚饰，在有清一代，原是只有本系女真后裔的满人，才会以此来表达自己固有的民族地位与民族意识；也可换句话说，只有本系女真后裔的满人，才有资格这么自况。①

历史上，处在特定民族位置上的文学家，出于各自缘由，在作品当中表达自我民族情感与立场的方式，是可以不尽相同的。即以乾隆年间三位满洲小说家为例：曹雪芹、和邦额和庆兰，在这方面便可看出轩轾差异。和邦额是明明白白地去写满人，因为他既无过高的社会地位，也无在政治上需要着意规避"文字狱"的道理；雪芹呢，是几乎处处写的是满洲社会场景，却要特意抹掉表面上的一应族别痕迹，那是因为他生为钦定"罪人"之后，没法儿不用这样的防身术来逃避重起的祸患；而庆兰，与二者的情况均不相同，他的家族没有"前科"，却是过分引人注目的满洲名门，众目睽睽之下，他不能不提防出语不慎给家族造成麻烦，于是，他要选择第三条途径，尽力淡化跟满洲事务相关的题材，却在署名上用"长白"二字，来委婉地披露写作者的身份方位。

《萤窗异草》共三编十二卷，138篇作品（包括一篇后掺入的赝作），总规模约30万字。比起和邦额之《夜谭随录》来，《萤窗异草》就作品题材、精神意蕴以及描绘故事的细密章法来说，倒是更接近蒲松龄《聊斋志异》的风格，无怪乎有人曾经将《萤窗异草》说成是"聊斋剩稿"。应当肯定地讲，《萤窗异草》与《夜谭随录》对比，艺术上是要高出一筹的，而在直面社会现实的状写方面则显得略输胆识。单就反映满洲社会"八旗生计"问题来看，《夜谭随录》难能可贵地多有摹写，《萤窗异草》则是有意绕开了这

---

① 清代及后来文献上面的署名凡缀以"长白"字样者，均属如此。另外的例子是，曹雪芹的祖父曹寅，因先辈之汉人血统以及自身之"包衣"身份所限，在表达自己家族同满洲一样发迹于辽东的历史，除有时署名"长白曹寅"外，也还往往署名作"千山曹寅"。人们知道，位于现今辽宁鞍山境内的千山，本是东北地区长白山脉的一个支脉。

一社会现实，而不能不让人遗憾。

虽没有直笔勾勒身边的"八旗生计"现象，《萤窗异草》仍有它观察社会情状刻写社会矛盾的另一些好作品。庆兰的祖、父曾在东北、西南、江南及京城任职，于是，庆兰亦如和邦额一般，有幸陪侍前辈遍游国内各地，眼界极为开阔，对社会的认识颇多深刻之处。

描写青年男女爱情生活的作品，在《萤窗异草》里占有较大的比例和醒目的位置，这也是证明作者确曾受到《聊斋志异》影响的重要依据，同时还体现了庆兰这位优秀的满族作家写作此书之时所达到的思想境界与人文高度。昔日生息于白山黑水之间的满洲人，在男女青年的情感生活和婚配模式上，并没有偌多的条条框框，当他们来到中原之后，也在比较长的时间里保持着对古国封建礼教的敏感与拷问。这恐怕是《萤窗异草》作者庆兰和《聊斋志异》作者蒲松龄间的差异所在。《萤窗异草》中《拾翠》《银针》《镜儿》《郎十八》等篇，都以曲折动人的故事和鲜明确切的写作主旨，表达出作者对男女主人公自由相恋的赞许，以及在婚姻领域反抗封建传统的民主意识。《刘天赐》讲述了一则身份高下不同的青年人，因地位有别不能结合，故而相互盟誓要他生相守，最终真的得以实现的故事，有着与封建礼教相背离的鲜明主题。《杨秋娥》篇，更是一反封建时代"父母之命媒妁之言"的择偶原则，教一位富贵门第的母亲直率说出尊重年轻人自主选婿的决定："媪之色似甚喜，既而曰：'老妇龙钟，耳目之聪明大逊往日，儿女姻事，无敢自作主张，俟小妮子来与郎君旗鼓相当，渠之意中，则老妇之意亦中矣。'"① 如此把儿女间两情相悦看作确定其婚配对象的言论，在那么一个封建礼教桎梏的社会里，几乎是无可寻觅的，正因为这样，作者以其作品人物之口的这番表述，才显得异常可贵。

自主的、美满的与两情相悦的男女婚配，既然在那个时代里那样难得，庆兰便只好把这样的理想婚配愿景，寄托到现实生活之外的某种状态下去兑现。追随着《聊斋志异》的路子，《萤窗异草》也大量地书写人鬼恋、人狐恋、人仙恋，以及美好的爱情只有靠小动物的扶助才能实现的故事。《青眉》描写的是狐仙青眉以不渝的情感来追求与皮匠竺十八的纯真情缘，二人为了感情私奔而去，竺十八却经不起迷乱世道的诱惑，一错再错；青眉为搭救竺

---

① 长白浩歌子：《杨秋娥》，（清）长白浩歌子著、孟庆锡点校：《萤窗异草》，中州古籍出版社 1986 年版，第 436 页。

十八而殉亡，才唤回了后者的良知，并欲随青眉赴死；最后，是青眉还阳，与竺十八携手返乡，过上了他们的好日子。《宜织》《桃叶仙》《住住》等，也尽是些人狐相爱并且经过了顽强力争而终获幸福生活的作品。《落花岛》一则，讲述青年公子申翊出海过程染病去世，魂灵遨游海面，为落花岛上的仙女救护成仙，彼此结为连理，在岛上享有了数年相亲相爱的美满光景，后来申翊因思亲心切，返回人世，不料老父亲等却因其尸骸已葬埋多年而不敢相认。

《秦吉了》篇，转述了剑南地方的一个爱情传说。某大户人家有一婢女，专门为主人喂养一只秦吉了鸟，婢女与秦吉了关系极好。一日，婢女受主人差遣到梁姓人家去办事，与梁家公子梁绪互相一见钟情，为了促成这段纯真姻缘，小小的秦吉了不辞劳苦，两地穿梭传递音信，不料一次在穿梭途中被恶少弹弓打中，跌落毙命；而与此同时，婢女也因私情泄漏遭到主人家之酷罚，没等咽气即被放入棺木埋掉了。在这个人间悲剧几乎铸成的时候，又是秦吉了的魂灵来向梁绪托梦，梁遂根据鸟儿的指点，前去墓地，掘开婢女棺木，将奄奄一息的情人搭救回家，使这对有情人终成眷属。一只小小的秦吉了鸟，在这段动人的传说中，被刻画得不仅有情有义更兼舍生忘死，哪怕一己命丧黄泉，依旧要以其魂灵来为人间的痴男怨女穿梭奔波！读罢作品，人们亦不能不为作家庆兰完成了如此感人的爱情叙事而慨叹再三。

庆兰之人生与文学，选择的都是绕开时局与政治走的路线。然而，朝代盛极而衰，社会大势将去，却是笼罩着乾隆年间满洲朝野上下的那道许多人不愿或不敢说出口的谶语。庆兰终非世外之人，他对政治的清明和阴暗总还是有自己的判断。像他笔下《斗蟋蟀》《虢国夫人》《黄灏》《女南柯》《玉镜夫人》等篇目，都属于《萤窗异草》作品集中借古喻今、针砭时政的作品，对诸如奸人误国、无耻之徒得道等现象的暴露，体现了作家由衷地鄙薄上层社会丑恶淫荡的态度。小说集内开篇第一则，就是《天宝遗迹》。唐明皇李隆基当年极度宠幸贵妃杨玉环及其族人，终于酿成安史之乱及中原涂炭的往事，历来被看作中国历史上的重要殷鉴。作家庆兰却好像觉得既有的记录还不够。他在《萤窗异草》当中又特意补写了这篇《天宝遗迹》，描述了骄奢淫逸的李隆基、杨玉环曾在某山洞中精雕细刻出自己寻欢作乐场景，以及后世被人们所发现的情形。小说讲到，这孔山洞为世间发现了，后来又找不到了，但是这不妨事，起码有庆兰书写的这篇《天宝遗迹》在，已然展示了满族作家庆兰对历史及现实的认识倾向。

在中国历史上，国家政局一旦露出颓败端倪，总要伴随着世风的江河日下。跟前文所述的满族作家和邦额相仿佛，庆兰也是一位注重反映时人道德面目的作家。满族作家的笔，由他们的书写起始即已显现出——并将长久地显现出——与本民族的传统伦理文化接轨的特点。满族是一个重视道德修身的民族，他们的文学一以贯之地赞许忠勇、正直、诚信，非议丑恶、伪善、狡诈，愿为纠正世间的善恶与忠奸力量对比而尽心力。

《萤窗异草》当中《卜大功》篇的同名主人公，是明末清初一员武将，为张献忠部所虏，张看上了他的勇猛过人，便差遣他的故友来说降于他，他却宁折不弯，以死相抗，感动了一位贞节美貌的女鬼，把他救出牢狱。《钟蒘》写了一对身为太守家门客的钟氏兄弟，在主人无辜陷入冤狱之际，哥哥数年间顽强不懈历尽艰险终救主人脱难，弟弟为侍奉主母且顾全彼此名节，竟毅然自阉。兄弟二人的忠勇之举抑或难以面对今人之评点，却是十分符合那个时代满人普遍服膺的道德准则。

在揭露和批判世人的丑陋灵魂与龌龊行径上头，庆兰的态度是坚定的、明确的。《苑公》讲到一个生在富豪家庭的婴儿被阉割的事件：他的乳母淫荡成性，主人治家严格使她三年不能外出与奸夫幽会，便心生歹意，残忍地用生丝把孩子的生殖器绑住让它坏死。凶残的妇人事后怕恶行败露，只得自缢身亡。而那个遭人暗害的贵公子，则因自幼被净身而终生不幸。讲罢了这个事件，作者十分感慨地借"外史氏"之口言道："谓他人母，亦莫我有。儿固以乳为母者，乃不第不有其子，且并其所有而去之，穷凶极恶，要之，则淫之一字，实为厉阶。淫则必阴，阴则必毒，吾因以告夫天下之为父母者。"①《翠微娘子》的故事，从亲兄弟间的冤冤相报开始，兄嫂在老人去世后想把弟弟逐出家门，弟弟一气之下，手持尖刀去杀兄嫂，为亡父魂灵所拦阻；亡父生前行医有恩于翠微娘子，便将小儿子的终身托付给后者，后来这个小儿子在妻子的帮扶教化下，不但生活美满，且将他由娘子手里获得的大量家产馈赠于兄嫂，使兄嫂既惭愧自省又感激不尽。这是一篇善德感化恶行的故事，否定了弟弟以凶杀了结恩怨的选择，肯定的是亡父与翠微娘子用伦理亲情来化解仇恨的方式。书中尚有像《固安尼》及《白衣庵》之类的作

---

① 长白浩歌子：《苑公》，（清）长白浩歌子著、孟庆锡点校：《萤窗异草》，中州古籍出版社1986 年版，第 462 页。

品，均对佛门败类伪善、污浊的嘴脸，做了无情的展示和鞭笞。

在《萤窗异草》集子里，收有接近十篇的公案（侦破）题材小说，教人们得以从其他角度观察认识当时的社会状况。《折狱》一则，讲述年轻县官路遇出殡队伍，见大风吹起未亡人的衣裙，瞥见其丧服之下竟套有鲜艳的红裙，顿时心生疑窦，决心要审一番这个没有原告的案子。然此案数日难以突破，办案人受到了很大的舆论压力。关键时刻是县官的老父亲深入民间，访出了案情真相，使那个居心叵测的未亡人及其一伙受到制裁。原来，死者是一名监生，其妻与表兄私通，把一根长长的银针刺入其阳具，造成了他很难查明的死亡。而办案时大造舆论围攻县官的，都是些急于等待瓜分死者家产的族人。另外一篇《定州狱》的案情更为曲折：一个年轻美貌的乡村少妇连续几晚上到邻村观戏，引来丈夫不满，便去看戏地方偷回了她的绣鞋，她回家后，丈夫借此一再羞辱她。少妇唯恐人们耻笑，就上吊了。丈夫发现了，怕被追究，把她的尸首投进寺庙井里。少妇失踪使娘家惊慌，告到了太守那里。这位太守是个聪明干练之人，很快就找到了夜里赶驴送少妇回家的人，少妇之夫被拿押，只好供出事实。不料官府派人到井里找寻少妇尸体，却不见少妇而只见到一个头被砸烂的和尚尸体。至此案情出现僵局。原来少妇上吊未死，被丢进井里也没摔坏，醒来乃大呼求救，适逢庙里和尚晨起汲水，知有人失足落水，便把绳子放下去待她攀爬。正巧一个农家短工路过，说下面的人既无力攀爬，不如和尚下去将绳子拴在妇人腰间，再由自己拉她出井。待少妇出井和尚还没出来之时，农家短工心泛歹念，竟用大石头把和尚砸死，随后又将少妇强暴。农家短工要求少妇跟他回家过日子，妇人推托无鞋不能远走，那男人只好去弄鞋。令他得意的是居然在路旁捡拾到一双绣鞋，便高高兴兴地拿回来给少妇穿。孰料他的末日也接踵而至，两个衙役尾随即到，立刻锁上了他，其实那双绣鞋就是太守差人放在路边的，因为他知道少妇无鞋走不了路……此外，《陆厨》《货郎》《袅烟》《庞眉叟》等，也都通过各自的办案经过，栩栩如生地展现了清代中期社会的维安场景。

即便是在庆兰这样衣食无忧的贵公子笔下，读者还是可以看到作者用心书写民瘼的一面。《银筝》篇，描写了一个战乱年代的悲剧，明末清初社会动荡，匪患也横行无度，秀美的少女银筝为了防备歹人们施暴于己，连续几年将身上脸上涂满污泥浊水甚至粪便，才保全了自己的贞节，也以此面目沿街乞讨才使父母存活；《假鬼》篇，叙写了一个同样叫人辛酸的故事，一个贫困至极的家庭唯有少女与老母二人，女儿只好把母亲安顿在一处墓穴之内，自己则夜夜扮装为鬼，打劫行人财物以度日。作家笔下的这两则苦难叙事，实在是叫人过目而难以忘怀的。

庆兰一向擅长描绘心智优良相貌美好的少女少妇形象。前面所述诸作品有些已具这一特点。属于这类叙事的还有《拾翠》《痴婿》《秋露纤云》等等。《拾翠》写了个有胆有识的婢女，为了让自己服侍的小姐嫁给她的意中人，设下"调包计"，将自身嫁与陌生郎君，而叫小姐有了称心的归宿。《痴婿》讲述的是一个智慧貌美的姑娘因父母双亡，被俗气的哥嫂变卖成婚，嫁给了低智商的痴婿，她不向命运低头，忍耻含悲，坚毅而有耐心地帮助丈夫步步脱离混沌状态，教他学到种种生活技能，夫妻还产下了一对双胞胎儿子，过起远胜当初的日子。满族文学的读者常常会注意到：这个民族的作家，总把笔下的许多女性形象写得聪明智慧有才干。其实，满族文学的此项特征，是与该民族独特的女性观相联系的，与中原民族相比，满族从其先民那里起始，就不大喜欢将女性看作男权的附庸。

庆兰早年跟随爷爷和父亲走遍天南地北，他的经历在《萤窗异草》当中多有留痕。《翠衣国》讲到了陇西、巴蜀地方鹦鹉介入人们生活的故事；《昔昔措措》讲到了贵州苗疆所谓女子"放蛊"的故事；《化豕》讲到了藏区与西域双方战争时后藏女僧阵前作法的故事；《胎异》讲到了粤东地区少女"假孕"的故事；《辽东客》讲到了关东地方土匪杀人越货的故事；《奇遇》讲到了父亲因清初战争流落西疆回部（今维吾尔地区）多年后被儿子重临当地相认的故事……所有这些天涯海角的故事，都带有相当浓重的传奇性，也多带有庆兰对时变世变的咀嚼品评，包含着满人的特有感慨。例如在《辽东客》的收尾处，作者说："僧（即做过土匪的辽东客——引者注）遇先大父时，即已六旬，此其壮年事也。比及先大父秩满回都，东道之民，竟有夜户不闭者，而行人之无虞，又何待问哉！"①

庆兰所作《萤窗异草》，在艺术上亦存有诸多价值创造。

首先，作为小说家，他注意对作品结构与气氛的悉心营造。《瓢下贼》写一个强盗持刀入户胡作非为，家中主人是个弱女子，却在被逼之下跟盗贼斗智斗勇。妇人虚与委蛇而取得了优势，把盗贼反锁在房中；待她四处喊来

---

① 长白浩歌子：《辽东客》，（清）长白浩歌子著、孟庆锡点校：《萤窗异草》，中州古籍出版社1986年版，第183—184页。

邻居们，盗贼却已藏入一口水瓮，没被发现；众人误以为是妇人开玩笑，便纷纷离去；房内只剩妇人的时候，凶顽的盗贼则突然从瓮中窜出，将妇人杀死。这篇小说，情节发展紧张曲折，变幻难测，几乎令读者喘不过气来，其中蕴含的哲理又耐人寻味，它证实了在现实生活的各种博弈当中，局势的扭转演变往往就在刹那一念之间。前文述及的侦探小说《折狱》，情节推进不似《瓢下贼》那般瞬息变幻，乃是张弛有度的类型，移步易景终至柳暗花明，其结尾处蓦然写到年轻有为的县令突然辞官告归，更让读者在意外处平添感悟。

小说集中诸如《青眉》《消魂狱》等作品，或以倒叙方法结构故事，或在情节主干近旁衍生辅枝，都收到了使作品层次更丰满的效果；至于《潇湘公主》一篇，更是采用了以两位主人公对话为主脉而多次穿插回叙故事的体式，据认为，在中国小说史上，这种包孕数端次第道来的谋篇技法，还是首次出现。①

另外，《销魂狱》《仙涛》《田一桂》等作品中对人物心理活动大量而细腻的描绘，在中国当时的小说创作中，也属罕见。我们知道，在文学作品中间对人物的心理做有效地准确地摹写，本不是古国文坛先前许多时代文学作品的长项。由清乾隆时期庆兰笔下人们所读到的这一方向的积极尝试，也应当与满族文学家一向葆有的一个特点联系起来认识——那就是，不停歇的探索跟不停歇的创造。

①　可参见薛洪《〈萤窗异草〉论略》（《民族文学研究》1987 年第 4 期）一文的有关论述。

第六章　经典复读——红楼梦醒托大荒

终于该说说曹雪芹与他的《红楼梦》了。

凡中国人谈到自己的古典文学，外国人说起咱们的中国文学，都绝对绕不过这部《红楼梦》去。《红楼梦》是东方艺术的大餐、盛宴，各方读者从中都会获得无穷无尽的审美快感，也就都愿意有所倾吐，那是自然的。然而，《红楼梦》也是一块不易充分消化的"硬骨头"，所有"红学"大师面对它的研究，都不敢说没有丝毫的迷失。就像一百位观众眼里会产生一百个哈姆雷特一样，一百位读者的心间，也注定会演绎出一百种悲金悼玉的《红楼梦》。

《红楼梦》异常博大，然而，迄今的"红学"成果俨然比这部著作还要"博大"多少倍。有鉴于斯，笔者须做一点申明：本节以至于本书对于《红楼梦》的议论，均是在笔者所撰拙著总的框架下推进的，也就是说，只能是侧重于讨论《红楼梦》与满族书面文学流变的那点儿关联。

"满纸荒唐言，一把辛酸泪！都云作者痴，谁解其中味？"[1] 二百几十年前生活在世上名曰曹雪芹的满族作者，曾向人间怆然发问。他是否不曾奢望后世会有人珍爱他的创作读懂他的书，我们难以断言；但是，可以断言的是，曹翁当时即便再有多少倍的想象力，也还是绝想不到，今日竟有如此多的后人会用如此多的意见跟想法，宣称自己业已"破解"了他的《红楼梦》！

《红楼梦》好读，因为它是用今人依然挂在嘴边的大白话，娓娓道来在荣、宁二府生活的贵族之中发生的大事小情。《红楼梦》也难读，似乎它的读者以及作为它的特定读者的所有研究家，都还没能拿出一套令世间普遍认可的解析——例如这部书究竟想要向读者传递一种什么样的思想？——再高妙的"红学家"之阅读感受当中，也免不掉会漾起些似水中望月、镜中赏花般的心理疑惑。

---

[1]　曹雪芹：《红楼梦》，人民文学出版社 1973 年版，第 4 页。

一

　　曹雪芹写作《红楼梦》，在中国文学史上原本就具有一重特殊性，那本是一位由满族社会走出来的文学家，在书写一个在清代独特历史景况当中满族豪门世家的故事。遗憾的是，差不多一个世纪以来，汗牛充栋的"红学"论文与专著几乎百分之百，均忽视此点于不顾。人们在观察和阐释《红楼梦》及其作者的学术活动中，有意无意地援例舍弃"满族"抑或"满学"的视角，大约正是他们难以准确接近目标的核心原因之一。① 满学及满族文学研究方式的缺位，不能不说是"红学"研究迄今以来的先天不足。

　　人们对客观事物的认识，不可能永远板滞于一个层面，特别是这一层面假如是参差于事物真谛的话。人们注意到，近些年间，学界已经有些明眼人，或者较为谨慎或者较为大胆地，在这个方向上提出了真知灼见，即《红楼梦》与满族历史文化事实上存在着不容忽视的内在关联。②

---

　　① 有一类情况属于例外，在某些"红学"著述里，认为曹雪芹写《红楼梦》是为了"排满"。这种思路主要来自于辛亥年间（1911 年）的革命宣传，正如鲁迅先生所说：一部《红楼梦》"单是命意，就因读者的眼光而有种种：经学家看见《易》，道学家看见淫，才子看见缠绵，革命家看见排满，流言家看见宫闱秘事……"（鲁迅：《集外集拾遗补编》，人民文学出版社 1993 年版，第 141 页）

　　② 在我国的少数民族文学界，许久以来就不断能够听到把曹雪芹视作满族文学家的声音。但是，真正直面各种质疑与问题，去做《红楼梦》与满族文化关系研究的著述却是凤毛麟角。在这些凤毛麟角的著述当中，近些年来的阐释尤当引起注意的有：a. 张菊玲所著《清代满族作家文学概论》（中央民族学院出版社 1990 年版），其中设有题为《产生〈红楼梦〉的满族文化氛围》之专章；b. 红学家周汝昌、满学家金启孮等人的郑重呼吁，详见齐徹所撰《著名红学家周汝昌与著名满学家金启孮聚谈纪要》（载《满族研究》1993 年第 3 期）、周汝昌所撰《满学与红学》（载《满族研究》1992 年第 1 期）；c. 少数来自东北地区的红学家关于《红楼梦》与满洲先民原始的萨满教信仰及长白山自然风土关联的研究，其中包括陈景河《大荒山小考》（载《吉林日报》1990 年 8 月 9 日）、《绛珠草·人参·林黛玉》（载《南都学坛》第 24 卷第 1 期）、《"大荒山"新考与"灵石"的象征和隐喻》（载《河南教育学院学报》哲学社会科学版 2007 年第 6 期）等系列论文，以及静轩所著《〈红楼梦〉中的东北风神》（北方妇女儿童出版社 2006 年版）。以上这三类著述，都对《红楼梦》与满族文化二者的关系有堪称精到的分析和肯定。a、b 两类意见，同时还确切地肯定了作者的满族身份。在 c 类表述中，陈氏似仍囿于"血统论"羁绊，把雪芹看作汉人；而静氏虽承认雪芹满族身份，却又在其书"后记"中做了如下表达，让人思忖："把本书定名为《〈红楼梦〉中的东北风神》，是经过反复思考后才确定下来的。原本欲定名为《〈红楼梦〉与满洲文化》，这样一来，满洲文化大概念必将冲击到《红楼梦》作为中国文化之瑰宝的荣誉。因此突出《红楼梦》中的东北风神，似乎更含蓄、更恰当些。……我之所以将本书定名为《〈红楼梦〉与东北风神》，还是想让《红楼梦》保持作为中华经典文化传统的纯情，不让它产生习惯心理上的不悦之感。"依照这样的说法，少不了引出一项偏颇结论：中华文化传统的建设是不容少数民族来染指的。

在笔者看来，雪芹先生撰写《红楼梦》，乃是满族书面文学创作在该民族既定艺术道路上的一次长驱推演。尽管此书写作亦充分接受了汉族传统文化的诸多影响，但是，它的一系列在艺术创造上面特有的新突破新绽放，却多与满族文学的潜在基因环环相扣、紧密相关。

研究《红楼梦》的绝大多数著述，说到作品题材，总是好笼统地说它是在写封建末世的贵族社会，而不肯再将这一观察的镜头焦距调节得再准确些。其实，只要对于民族间的旧有心理芥蒂稍加防范，则不难看到这样的事实：《红楼梦》是作者雪芹对于他所生活时代最为熟悉的典型满洲豪门生存现象的鲜活艺术摹写；所谓贾府，是作者以"假托"方式，对当时包括自家在内的多个满洲世家遭逢过程集中的概括与抽象。"都来眼底复心头，辛苦才人用意搜。"——雪芹在精神与艺术上面的知音，由雍正时节与雪芹家同时败落的、康熙帝十四阿哥府里走出来的宗室诗人永忠，早就用他的诗句，为这一结论提供了注脚。而敦敏、敦诚在雪芹生前热衷于支持他的写作，也是因为他们的家族有跟《红楼梦》里贾府大同小异的浮沉经历，永忠、敦敏、敦诚们都与雪芹的心理感触，有着太多的共鸣。

清代是满洲人主政的朝代，奉行着"首崇满洲"的政策，满洲的皇族以及外姓功臣当中的望族数不胜数，他们多挟有"从龙入关"的战功与荣耀，分别袭有各式各样的爵位。① 清季京师城内到处辟有王爷、贝勒以及公爵、侯爵们的府邸，到了乾隆年间雪芹写书之际，这些府邸维持"花团锦簇""赫赫炎炎"者，多已超过百年。

在彼时的显贵门阀之中，后人不很容易想象的是，还有一批被始终称作"包衣"（完整叫法应为"包衣阿哈"，即"家奴"）的、并不袭爵的高等人物，他们不是一般家奴，不是身处下层以供驱遣劳作的粗使奴隶，而是向皇帝直接负责和效忠的超级"家奴"。这批超级家奴向上数若干辈，多不是来源于正宗女真血脉，而是以异族战俘身份得到收容，因长久效忠于女真（满洲）主子，不单早早地就拥有正式的满洲籍贯，并且在受到皇帝信赖重用方面也丝毫不让他人，有些时候，他们甚至会比王侯们更多地受命主掌国家之经济实权。这些享有特权的被称为"内务府包衣世仆"的家族，同样属于当

---

① 在满洲内部，授予皇族（即宗室）的爵位有亲王、郡王、贝勒、贝子、镇国公、辅国公、镇国将军、辅国将军、奉国将军、奉恩将军共十等；授予非皇族外姓功臣的爵位分为公、侯、伯、子、男、轻车都尉、骑都尉、云骑尉、恩骑尉共九等。（另外，清廷还有专门授予蒙古封建主之爵位系列。）

时的豪门上层，甚至于把他们视作贵族阶层一个特别部分也不很过分。这些人的来路如何且不计较，他们从行为到心理上都已经彻底满化，并进而成了朝廷当中一支不可忽视的中坚力量，倒是一个不争的事实。①

雪芹时代的满洲权贵可以说是由这样三种家族一并构成：宗室袭爵者之家、非皇族袭爵者之家、内务府包衣世仆中的顶级光鲜家族。满洲权贵是当时具备规模的社会阶层。这个阶层的出现，来自朝廷对"功臣"之"恩养荫蔽"。该阶层虽尊优无限，却是不够稳定的，其所有家庭的荣辱衰兴，都要掌握在最高皇权把持者手中。翻看一下史书便知道，由于政治争斗与权益再分配等原因，从顺治朝定鼎京师到乾隆朝雪芹写书，百多年间，竟难以计数有多少贵宦家庭，遭受过了皇权战车的碾压。

《红楼梦》第十六回，宫内太监来贾府宣旨命贾政"立刻"入朝陛见。"贾政等也猜不出是何来头，只得急忙更衣入朝。贾母等合家人心俱惶惶不定，不住的使人飞马来往探信。"② 所幸，这次是喜不是祸，元春"封为凤藻宫尚书，加封贤德妃"，闹了个虚惊一场，转忧为乐。此情节出现在作品开头，已预先披露了当时满洲豪门权贵，随时都存着"伴君如伴虎"，岌岌然如履薄冰的心态。

建立清朝的满洲人，入关前长期处在农奴制社会，上峰对属下操有生杀予夺权力，向属正常。入关后，权力高度集中，从王爷、贝勒到基层兵丁，凡满人，名义上一概属于皇上他家的"奴才"，晋见"圣颜"时都必得自称"奴才"。③ 这也就又不断地提示和强化着满洲人对皇权铁定的人身依附关系。④

有论者认为，《红楼梦》是反对和抨击皇权以及满洲民族的，那大约是

---

①　曹雪芹的一家便属于此类人物，从他的五世祖曹世选（曹锡远）于天命年间"来归"女真（满洲）起，历经四世祖曹振彦（清入关后曾任浙江盐法参议使）、三世祖曹玺（曾任江南织造，其妻孙氏乃康熙帝玄烨的乳母）、祖父曹寅（做过少年玄烨的"伴读"，曾任江南织造）、父辈曹頫与曹颙（此二人均任过江南织造），久已成为皇家可信赖的"包衣世仆"，尤其是其中有三代四人都出任过令一切"包衣世仆"以及宗室豪门为之垂涎的"肥缺"——江南织造，更显示了得到皇上恩宠的程度非同一般。他们这个家族，很早就被收入《八旗满洲氏族通谱》，享有满洲人的身份与资格。

②　曹雪芹：《红楼梦》，人民文学出版社 1973 年版，第 173 页。

③　与此相对应的是，凡"民人"（即"旗人"以外的所有人），则不必也不许可自称"奴才"。这已经成了清代辨识一个人身份的标志之一，"民人"当时被认为是无权享受自称皇家"奴才"的"荣誉"的。

④　因此，一旦遇有战事，满洲将士奉命开赴战场冲锋陷阵以至于为国（君）捐躯，便是必然的毫无二话的一件事情。

种误解，充其量也不过是今人从其愿望出发去赋予该书的"附加值"。"无才可去补苍天，枉入红尘若许年。"① 作者说得挺清楚，连想要"补天"还遗憾没有做得到呢，何谈造反。一部《红楼梦》，用极其哀婉的笔调，状尽了清代满洲贵族之家盛极而衰的事态衍变，独独没有写出来的是作者以及作品主人公的反皇权倾向以及反满洲倾向。

有论者认为，《红楼梦》是一部清代中国社会文化的"大百科全书"，这怕是也有点儿勉强；作者书写始终紧紧围绕当时满洲贵族的生活场景展开，没有或完全没有触及的社会层面不知有多少！可是不能因为喜好一部作品，就无偿地赠给它一些不合尺寸的大号冠冕。《红楼梦》不过是清代社会贵族文化的一部"小百科"。别以为说是"小百科"就贬低了它。它对自己题材范围之内的事态物象，都有着异乎寻常的详描细绘、精勾尽勒，显示了不同凡响的现实主义笔工。在这方面，任谁也不曾接近于它的水平。

作为满洲贵族典型的荣、宁两府，从庆典仪轨、岁时应季、婚丧度制、馔食品色、服饰发型、行止则例，到人伦秩序、嫡庶纠葛、亲友酬对、主仆掣约，再到用度收支、家计操控、明暗运作、福祸酿变……作者无不了然于胸，书中无不信笔挥洒，桩桩件件无不写得从容自然、确当翔实，堪称是鲜活完整地摹现出了彼时满洲贵族生活的大千样况。

迄今所能观赏到的由这部小说改编的戏曲、影视作品，人物着装和发型均是一水儿的中原样式，显见有违书里描写。作者笔下的宝玉，本是"靛青的头，雪白的脸"②，"在家并不戴冠，只将四围短发编成小辫，往顶心发上归了总，编一根大辫，红绦结住"③，乃满洲贵族少年男性剃发垂辫样式。书中还多次写到宝玉着装，是"二色金百蝶穿花大红箭袖"④、"秋香色立蟒白狐腋箭袖"⑤、"大红金蟒狐腋箭袖"⑥、"荔支色哆罗呢的箭袖"⑦。"箭袖"是"箭袖袍子"的简称，是有别于汉家男子宽衣大袖衣着的满式服装，因满人先民长期在高寒地区从事渔猎生产，便选择了这种有利劳作的狭窄衣袖，又在窄袖上接出半圆的"马蹄形"袖头，可收可放，便于手部的冬日防寒跟

① 曹雪芹：《红楼梦》，人民文学出版社 1973 年版，第 2 页。
② 同上书，第 1012 页。
③ 同上书，第 239 页。
④ 同上书，第 34 页。
⑤ 同上书，第 95 页。
⑥ 同上书，第 215 页。
⑦ 同上书，第 650 页。

常日裸露。至于第四十九回写宝玉"穿一件茄色哆罗呢狐狸皮袄,罩一件海龙小鹰膀褂子"①,这"鹰膀褂子"更是乾隆年间满洲阿哥们骑马显示威武的时髦装束。而书里面描绘的贾府贵妇们的衣着,也清晰显示满洲服饰特征,如第三回讲到王熙凤出场时的打扮:"头上戴着金丝八宝攒珠髻,绾着朝阳五凤挂珠钗;项上带着赤金盘螭璎珞圈,身上穿着缕金百蝶穿花大红云缎窄裉袄,外罩五彩刻丝石青银鼠褂,下着翡翠撒花洋绉裙"。②

《红楼梦》处处落笔描绘满洲贵族家庭,还有一项颇可举证,这贾府上下,凡女子绝大多数皆是天足。历史上的少数民族多没受到过封建时代"三纲五常"的祸及,女子没有被迫裹过小脚,这是在文化上保持了尊重生命的优长之处。③ 不过,因为满人入关后跟汉人交往过于密切,别的学去不少却唯独在女孩子缠足上面不予相随,所以中原民族有许久对满族女人们那双大脚颇看不惯。《红楼梦》写了许多美貌女性,却极少写到她们的脚,也为此引来过嗜好"三寸金莲"读者的非议,挖苦说《红楼梦》只写了些"半截美人"。有论者认为,雪芹不写女足之大小,是有意掩盖他的汉人心理,掩盖对于满洲人的不满,可是笔者却得不到这种感觉,把它看作作家不肯轻易苟同那种病态的"嗜莲"趣味,也许更符合雪芹的文化眼光。其实,庚辰本《红楼梦》第六十五回也有一处描写:"这尤三姐松松挽着头发,大红袄子半掩半开,露着葱绿抹胸,一痕雪脯。底下绿裤红鞋,一对金莲或翘或并,没半刻斯文。"④ 这应是书里唯一写到缠足女子的文字,似可理解为作者在暗示尤家与贾家的不同族籍⑤,也说明了作者并没有一味躲闪对于女性的足部描写。

　　因旧日农奴制度的残余而留存于满洲贵族府邸的"家奴"现象,书中每

---

　　① 曹雪芹:《红楼梦》,人民文学出版社1973年版,第606页。
　　② 同上书,第28页。
　　③ 有一首满族民歌唱道:"你脚小,我脚小,坐在窗前比小脚。脚大好?脚小好?阿玛(满语:父亲)揪来乌拉草,捶它三棒槌,变得像皮袄。絮进靰鞡里,冷天不冻脚。/小脚登,上山峰。跌了一个倒栽葱。鼻尖摔通红,眼眶磕曲青。扔了裹脚条,换上靰鞡草。穿上皮靰鞡,小脚变大脚。/可在云里站,能在冰上跑。回家对你额娘(满语:母亲)说,民装哪有天足好。"(转引自刘小萌《八旗子弟》,福建人民出版社1996年版,第88—89页)
　　④ 曹雪芹:《戚蓼生序本石头记》,人民文学出版社1975年版,第2513页。
　　⑤ 清代虽有旗民不得通婚的制度,人们还是偶能看到相反的例子,其原因应是多种的。我们在读《红楼梦》时,抑或会有一种感触,尤氏一家的女性,总是有些跟满人贵族不大相像之处,譬如尤氏与尤二姐的凡庸无能以及尤三姐虽不凡庸却嫌泼辣失度的做派。

有涉及。入关前女真各部及女真（满洲）与明朝之间，战争很多，战俘除编入战胜者军队，更常被收为"家奴"。当然，除了由战俘转为家奴，其他途径转变的家奴也有一些。满洲人的家奴，跟今人依凭别的时代、别的民族场景所想象的，一向受到百般欺凌奴役没有生命保障的那种奴隶，并不一样。他们的家奴（即"包衣阿哈"）在主子家里服务久了，彼此关系会近上一层，虽尚存高低身份之别，却能渐渐生出家里人的情分。特别是有些先前有功于主子的家奴，还会被主人们高看一等，受些额外的宽容礼遇。《红楼梦》第七回出现的焦大，便是这么一位在宁国府中倚老卖老的家奴下人，他"从小儿跟着太爷出过三四回兵，从死人堆里把太爷背出来了，才得了命，自己挨着饿，却偷了东西给主子吃。两日没水，得了半碗水，给主子喝，他自己喝马溺。不过仗着这些功劳情分，有祖宗时，都另眼相待……他自己又老了，又不顾体面，一味的吃酒，吃醉了无人不骂。"[1]

　　贵族府邸的家奴与主子生活一处，成婚后亦如是，后代不但还是家奴身份，又因出生府内，乃称为"家生子儿"。凡"家生子儿"后代还是"家生子儿"，可延续好多代，便是所谓"世仆"。具有世仆资格的家奴，不仅身份要高过不是家奴的一般仆人，自己乃至亲戚还能在府内担当管理职务获取利益，在外面也允许有自己的产业和坟茔地。满语中将"家生子儿"以下的"两辈奴""三辈奴""四辈奴"要用不同的语汇加以表达，当是为了显示其与主子家庭相互倚赖的长久程度，辈分越多，说明关系越牢靠和亲近。《红楼梦》里写了赖嬷嬷、赖大（及赖大家的）、赖尚荣这么一户典型的家奴世仆。那赖嬷嬷是贾府家奴中的"老资格"，连贾母也要善待她，对贵公子宝玉她也能以贾府家史"见证人"的身份去从容教训。其子赖大夫妇都是荣府大管家（宁府管家赖升与赖二，恐怕也是他家的），有权有势，是家奴世仆集团当中最令人羡慕的角色。贾府作为对他家的回报，帮赖大之子赖尚荣先捐了个"前程"，后又让他选上县令。此事把赖家高兴得不行，赖嬷嬷亲自到处下邀请，要在自家花园（虽比不得大观园，却也是泉石林木、楼阁亭轩样样齐全）接连三日摆酒唱戏，请贾府上下都去凑热闹。赖嬷嬷对着凤姐儿一干人，这样转述她对孙子的教诲："我没好话，我说：'小子，别说你是官

---

[1]　曹雪芹：《红楼梦》，人民文学出版社 1973 年版，第 90 页。宁府上下都一味姑息焦大，很少有人敢主动招惹他，他一气之下连主子家"爬灰的爬灰，养小叔子的养小叔子"的家丑秘闻都能嚷出去。对于他，唯有偶过宁府来的王熙凤不吃那套，敢惩治他。作者写此事，也为了体现"凤辣子"不把族中的规矩当规矩，"从来不信什么是阴司地狱报应"的霸道性情。

了，横行霸道的！你今年活了三十岁，虽然是人家的奴才，一落娘胎胞儿，主子的恩典，放你出来：上托着主子的洪福，下托着你老子娘，也是公子哥儿似的，读书写字，也是丫头、老婆、奶子捧凤凰似的，长了这么大，你那里知道那奴才两字是怎么写？……'"① 这段话语实在是大有嚼头，尤其是"你那里知道那奴才两字是怎么写？"，实在是一言藏尽了满洲贵族层层"主奴"关系之委曲。读者似也不难按照《红楼梦》中的贾、赖两家关系，放大出一个作者雪芹家族，与清朝皇家之间世代主仆的关系来。作为一辈又一辈主仆关系当中的"世仆"，从做奴隶上可谋得巨大的利益，但凡主子未翻脸，仆人是不肯轻易离弃这"做稳了奴隶"② 的地位的。

　　这部书里，像赵姨娘、鸳鸯，以及周瑞家的和她女婿冷子兴、林之孝和他的女儿小红，等等，全是贾府的家奴乃至于世仆，假如人们了解了满族家奴、世仆的内情，发生在这些人身上的故事也就会不叫人感到过于奇特了。③ 另外，满洲贵族人家另一类老奴也是受到额外看待的，那就是阿哥和格格

---

① 曹雪芹：《红楼梦》，人民文学出版社 1973 年版，第 548 页。

② 这原是鲁迅对中国封建时代一类习见社会情状的归纳，见《灯下漫笔》（《鲁迅全集》第一卷，人民文学出版社 1981 年版，第 213 页）。

③ 第五十五回中，"李纨与探春……只见吴新登的媳妇进来回说：'赵姨娘的兄弟赵国基昨儿出了事，已回过老太太、太太，说知道了，叫回姑娘来。'""探春便问李纨，李纨想了一想，便道：'前日袭人的妈死了，听见说赏银四十两，这也赏他四十两罢了。'吴新登的媳妇听了，忙答应了个'是'，接了对牌就走。探春道：'你且回来。'吴新登家的只得回来。探春道：'你且别支银子。我且问你：那几年老太太屋里的几位老姨奶奶，也有家里的，也有外头的，有两个分别。家里的若死了人是赏多少？外头的死了人是赏多少？你且说两个我们听听。'一问，吴新登家的便都忘了，忙陪笑回说道：'这也不是什么大事，赏多赏少，谁还敢争不成？'探春笑道：'这话胡闹。依我说，赏一百倒好！若不按理，别说你们笑话，明儿也难见你二奶奶。'……吴新登家的满面通红……取了旧账来。探春看时，两个家里的赏皆二十四两，两个外头的皆赏过四十两。……探春便说：'给他二十两银子，把这账留下我们细看。'""忽见赵姨娘进来……说道：'我这屋里熬油似的熬了这么大年纪，又有你兄弟，这会子连袭人都不如了，我还有什么脸？连你也没脸面，别说是我呀。'探春笑道：'原来为这个，我说我并不敢犯法违礼。'一面便坐了，拿账翻给赵姨娘瞧，又念给他听，又说道：'这是祖宗手里旧规矩，人人都依着，偏我改了不成？'"以上这段叙述的前提，便是赵姨娘这家人是"家里的"（家奴）身份，本来已享受着"家里的"待遇，就不能再闹着按平日未享受着家奴待遇的"外头的"即一般仆人的则例对待。第四十六回里，写到鸳鸯决意要抗婚，"鸳鸯道：'……你们不信，只管看着就是了！太太才说了，找我老子娘去，我看他南京找去！'平儿道：'你的父母都在南京看房子，没上来，终究也寻得着。现在还有你哥哥嫂子在这里——可惜你是这里的家生女儿……'鸳鸯道：'家生女儿怎么样？"牛不喝水强按头"吗？我不愿意，难道杀我的老子娘不成！'"可见鸳鸯一家人，包括她的父母兄嫂，都是贾府家奴，她和她的哥哥，还是"家生子儿（女儿）"。这刚强的鸳鸯以弱抗强取得成功，一方面是因为贾母的庇护，另一方面也不能不看到她那"家生女儿"的身份多少还是起到了一些作用。

（即少爷和小姐）们自幼受其哺乳的奶妈，阿哥与格格年龄再大，地位再高，照样须把她们当作长辈来敬着。书中对宝玉乳母李嬷嬷着墨不多，一回是在宝玉要畅饮的兴头上她站出来阻止，使宝玉好生为难；又一回是擅自喝了宝玉的好茶没人敢说什么；还有一回是不由分说吃了宝玉专留给袭人的乳酪，并且辱骂袭人。一般读者只道这位老者处事讨嫌，为所欲为，哪里就知道这乳母在满人眼里向被当成半个母亲，荣府上下敬重礼让有乳母身份的李嬷嬷，是源于他们的民族习性。

从满洲世家的"家奴"及"家生子儿"现象，来重新梳理贾府发生的故事，来用心体察雪芹写书的初衷，与我们用一般的社会学、阶级论的方式来机械解读，结果怕是不尽一致。

即便就是人们常提到的第五十三回，"东省"庄头乌进孝年末来京进奉大宗作为庄租的东北土特产，也能叫人嗅出满洲家奴世仆跟主子之间的气息。"乌进孝"这个名字，已将此人身份依稀划入"家里人"（而且是晚辈）一堆儿。同时，从他与贾珍对话，也看得出来：其年纪已经不小，下代人虽也可以独自办好这趟差事，他却要硬撑着前来，为的是仗着老脸好说话，把进奉物品少些的事儿"摆平"；主子贾珍，因为跟他有多年（或者是多代）的老关系，对他是又爱又气，没见面就说"这个老砍头的今儿才来"——只有年深日久的主仆间才说得出这样的戏谑语——随后见他进奉的东西少了，也不便马上发火，说的是"今年你这老货又来打擂台来了"，等着乌进孝这个老奴如何答对，乌却胸有成竹，你有来言我有去语，直把贾珍弄得肝火上冲，说出"不和你们要，找谁去！"这种硬话，谁知，乌进孝还是早有准备，笑道："那府里如今虽添了事，有去有来，娘娘和万岁爷岂不赏的！"真把个贾珍说得恼又恼不得乐又乐不得，只好解嘲地讲："所以他们庄家老实人，外明不知里暗的事。黄柏木作磬槌子——外头体面里头苦。"结局是贾珍只能"命人带了乌进孝出去，好生待他"。[1] 这段情节，作者并没有将它打造成为火烧火燎阶级叙事的意图，相反，却高度概括且形象地写出来清代满洲主子与家奴世仆间撕不断打不散、不到万不得已很难一刀两断的胶着情状：主子因多年甚至是多代的主仆缘分，对效忠于他们的世仆老奴总得敬让三分，这不仅是出于日后还须他们"办差"，也多少有些双方长久相处生发的情义在里头。满洲社会历

---

[1]　以上引文，出自曹雪芹：《红楼梦》，人民文学出版社 1973 年版，第 660—663 页。

史上讲"情"重"义",世代维持的人际关系首先凸现于此。当然,那时节的情与义,都逃不脱封建关系的框架。这里我们抑或可以推得一点联想,不光是雪芹笔端那乌庄头与贾府的关系是这样,雪芹自家先前作为满洲内务府包衣豪门,与当朝皇上的关系,又何尝不是如此呢?轻易地说雪芹与朝廷已经势不两立,真的挺牵强。

假使可以把《红楼梦》的家奴世仆问题当作洞悉书里贾府与书外作者家族的一道重要路径的话,那么,另一事项,即《红楼梦》对待年轻女性的态度,则可帮助我们通过又一路径,来接近雪芹与其著作文化上的倾向和导向。

《红楼梦》问世以来,世间读者皆睁大眼睛品读过这两行文字——"(这宝玉)说起孩子话来也奇:他说:'女儿是水做的骨肉,男子是泥做的骨肉,我见了女儿便清爽,见了男子便觉污臭逼人!'"① 《红楼梦》不写女性缠足,已经涉及了作者对女性现实生存和精神世界的关切,而通过作品主人公之口道出的这番话,则尤其是作者对于女儿性情的一处纲领性阐释。我国中原人的古来社会,具有明朗的男权特征,对女性绝少尊重,瞧瞧长篇小说早期大制作《三国演义》《水浒》《西游记》以及《金瓶梅》等,无不对于女性肆意辱毁。《红楼梦》却一反常态地突破千古文化重压,高声唱响歌咏女儿"清爽"圣洁的新调式,说它是"石破天惊"亦不为过。如此尊重女性的言论,也需要到与中原文化相异趣的少数民族边缘文化当中来找寻渊薮。雪芹身处的女真——满洲就是这样的民族。在绵延千载的采集渔猎经济生产中,人们有着性别分工,女人偏重采集,男人偏重渔猎,渔猎收成有时可以相当丰厚,但这项收获的偶然性与风险性也显而易见;采集业的收获则是稳固和有保障的。这就叫满洲先民们不能轻视女性。再者,东北地区酷暑又高寒,在自然经济活动中女性世代历练出了与男人们一样粗放豪爽的性格,包括纵马驰驱也都是家常便饭。这样民族的女性,自然不会在性别的角逐上轻易失掉话语权。尤其是,该民族历久信仰原始宗教萨满教,源于母系氏族社会的女神崇拜观念充盈弥漫于全民族的思维之内,也使男人们压根儿不敢对女性太轻蔑。后来满洲人入关了,有意思的是重视女性的习性非但没有消减,反倒由于一项新原因再次抬高了女性地位,那就是名义上旗人家的

---

① 曹雪芹:《红楼梦》,人民文学出版社 1973 年版,第 19 页。

女儿都有被遴选入宫做后妃的可能。这样久而久之，满洲家庭普遍生成"重小姑"（指女儿出嫁前在家里很有地位）、"重姑奶奶"（指女儿出嫁后仍在娘家葆有重要位置，对娘家事务还有较多决断权）、"重内亲"（指各个家庭都很看重母系亲戚，却较为看轻父系亲属）的习俗。女子力压须眉的情形，也在此一民族社会屡见不鲜。①

《红楼梦》借宝玉之口道出的男女性别观，是作者雪芹对满洲特殊性别理念的一次能动的归结与提升。书里将贾府内的众多少女（包括探春、惜春、黛玉、宝钗、湘云、香菱、妙玉、晴雯、鸳鸯、平儿、司棋，等等），个个写得姣外惠中禀赋不凡，既表现了作者站在民族文化之上持有的拔世超凡的女儿观，更为后面写出来这一群冰雪圣洁的女孩儿随着她们铁定的宿命而齐刷刷地归于毁灭，完成了一个更高层面的文化宣示。

黛玉、宝钗等高标的诗文造诣，来自各自的家庭教养②，也来自正在快速涅槃着的民族文化进程。③ 同样在贾府里耀人眼目的，还有凤姐儿、探春和宝钗等年轻女性的干练及操持家政的能力。在这里，凤姐儿是少奶奶主宰大家族家政的典型（对于琏二爷与宝玉这些"甩手"男人而言，这位少奶奶何其能干；对于掌控荣、宁二府繁杂的家政要务来说，她又是何其年轻），探春是"小姑"当家的典型（即便她是庶出，只要具有"小姑"身份，便可以发号施令），宝钗则是"内亲"（她在贾府属于母系一族）当家的典型。你看，贾府最有实干能力的三个年轻女性，就代表了满人家庭三种女性当家的类型——只是作者不肯说破而已。

还有一项雪芹不肯说破甚至于有些讳莫如深、故弄机巧的事，便是黛玉这位女主人公在整部作品中的尴尬位置：她是贾府的父系亲戚（称作"外亲"），本来就在"重内亲"的家庭关系中间"丢了分"，在一个旧式的满洲大家族里面，通常是连奴仆们都晓得谁是"内亲"谁是"外亲"，谁该多受三分宠，谁该少得一点爱的。自打黛玉进入贾府，就处处像只惊弓的小鸟，恐怕不完全是因其性情孤僻敏感造成的。而宝哥哥偏偏就爱上了林妹妹，他们的姻缘，实实地倒霉，不单因为黛玉是"外亲"不那么遭人待见，还径直

---

① 这也成为满、汉两种文化中间一道不大不小的分水岭，甚而构成了清初与清末两度由皇太后掌控政局时，满、汉两大范畴反响差异巨大的潜因。

② 在当时的满洲豪门，女孩子受教育的机会要比坚持"女子无才便是德"的汉族同样人家多。

③ 至清乾隆时期，满洲人学用汉文创制诗文，已不囿于男性范畴，上层家庭的一些才女也多有能够写得一手好作品者，例如纳兰氏、佟佳氏、莹川等。

走入了另一道"鬼打墙"——触犯了又一宗满洲传统的习俗大忌。满人对待男女婚配并非一概反对"亲上加亲",却只允许"两姨亲"而不能容忍"姑舅亲"。他们认为,"姑舅亲"是会引起"骨血倒流"灾祸的,而"两姨亲,辈辈亲,打断骨头连着筋"却是一桩美满姻缘。在雪芹写的《红楼梦》里,"木石前盟"恰恰正是"姑舅亲","金玉良缘"才是"两姨亲"!黛玉来到贾府,也曾受到外祖母和不少人的怜爱,但也不过只是怜爱而已,她跟宝玉的情感却是笃定没有出路的,二人撞进了民族禁忌的死胡同。作者为宝玉黛玉设计了这么一层压根儿无解的恋爱关系,是和这部书中俯拾皆是的故事一样,矛头指向了"好便是了"的悲观哲理。

雪芹隶属于满洲,谙熟于满洲,并且是在丝丝入扣地写他的满洲故事。限于篇幅,拙著对此只能稍现二三。至于作者的民族心理站位,建议人们再来关切一下这段描写①:

      因又见芳官梳了头,挽起纂来,带了些花翠,忙命他改妆,又命将周围的短发剃了去,露出碧青头皮来,当中分大顶,又说:"冬天作大貂鼠卧兔儿带,脚上穿虎头盘云五彩小战靴,或散着裤腿,只用净袜厚底镶鞋。"又说:"芳官之名不好,竟改了男名才别致。"因又改作"雄奴"。芳官十分称心,又说:"既如此,你出门也带我出去。有人问,只说我和茗烟一样的小厮就是了。"宝玉笑道:"到底人看的出来。"芳官笑道:"我说你是无才的。咱家现有几家土番,你就说我是个小土番儿。况且人人说我打联垂好看,你想这话可妙?"宝玉听了,喜出意外,忙笑道:"这却很好。我亦常见官员人等多有跟从外国献俘之种,图其不畏风霜,鞍马便捷。既这等,再起个番名,叫作'耶律雄奴'。'雄奴'二音。又与匈奴相通,都是犬戎名姓。况且这两种人自尧舜时便为中华之患,晋唐诸朝,深受其害。幸得咱们有福,生在当今之世,大舜之正裔,圣虞之功德仁孝,赫赫格天,同天地日月亿兆不朽,所以凡历朝中跳梁猖獗之小丑,到了如今竟不用一干一戈,皆天使其拱手俛头缘远来降。我们正该作践他们,为君父生色。"芳官笑道:"既这样着,你该去操习弓马,学些武艺,挺身出去拿几个反叛来,岂不尽忠效力了。何必借我们,你鼓唇摇舌的,自己开心作戏,却说是称功颂德呢。"宝玉笑

---

① 曹雪芹:《戚蓼生序本石头记》,人民文学出版社 1975 年版,第 2427—2430 页。

道："所以你不明白。如今四海宾服，八方宁静，千载百载不用武备。咱们虽一戏一笑，也该称颂，方不负坐享升平了。"芳官听了有理，二人自为妥贴甚宜。宝玉便叫他"耶律雄奴"。

宝玉与芳官插科打诨的一席话，清楚不过地道出了作者的满洲自尊感。须知，在《红楼梦》写作之前，雍正皇帝胤禛发表了他的《大义觉迷录》，出于反驳"反清复明""惟汉正统"言论之目的，已为本民族建立的皇权亦属"正统"说过许多颇在理的话，他说："且自古中国一统之世，幅员不能广远，其中有不向化者，则斥之为夷狄。如三代以上之有苗、荆楚、猃狁，即今湖南、湖北、山西之地也，在今日而目为夷狄可乎？至于汉唐宋全盛之时，北狄、西戎世为边患，从未能臣服，而有其地，是以有此疆彼界之分。自我朝人主中土，君临天下，并蒙古极边诸部落，俱归版图，是中国之疆土开拓广远，乃中国之臣民大幸，何得尚有华夷中外之分论哉！"①所以，雪芹写下的这段宝玉话语，是很合乎皇上主子的口径，从满洲同样乃中华正统的前提下抒发的。这段话，调侃的对象是昔日的"匈奴"跟"契丹（即耶律氏）"，不是本民族满洲，芳官"周围的短发剃了去，露出碧青头皮来，当中分大顶"的发式，也显然不是满人而是说不准哪一路"土番"的。有些议论专好从这段描写来证实作家曹雪芹的"反满立场"，可算是近于荒唐。

还是那句话，雪芹假使不是明白摆着的钦定"罪人"之后，不是有意要去书写一个满洲豪门"无可奈何花落去"的悲悯故事，不是要顶着封建时代时常制造冤假错案的炸雷来完成这项创作活动，便断无道理，要特意抹掉这部书里的一应满洲族别痕迹。即便这么着，他好像还是不大放心，又在书首忐忑声明："此书不敢干涉朝廷，凡有不得不用朝政者只略用一笔带出，盖实不敢以写儿女之笔墨唐突朝廷之上也。又不得谓其不备。"②谁说斯言就必是"假语村言"呢？

---

　　① 胤禛：《大义觉迷录》，李治亭主编：《爱新觉罗家族全书》第7卷，吉林人民出版社1997年版，第311页。
　　② 以往，《红楼梦》曾被判为反封建、反朝廷的"进步作品"，此等话语也就常被视为作者意欲逃脱阶级报复的"狡猾之笔"；其实，细加揣摩，这几句声明拿来看做作者有更深一层——即不得不隐去书中族别印记——的曲意交代，也许更说得通。因为那年月清朝和满洲是容易被画等号的。

二

下面须面对的便是——《红楼梦》到底要告诉世人些什么。转换成"红学"界多年热议的题目，就是"《红楼梦》的主题何在?"

《红楼梦》，源起于女娲补天剩下的一块石头，结穴于这块石头去人世间"潇洒并且痛苦地"走了一遭之后所翻演摹录出来的大型叙事。

"却说那女娲氏炼石补天之时，于大荒山无稽崖炼成高十二丈、见方二十四丈大的顽石三万六千五百零一块，那娲皇只用了三万六千五百块，单单剩下一块未用，弃在青埂峰下。谁知此石自经煅炼之后，灵性已通，自去自来，可大可小。因见众石俱得补天，独自己无才不得入选，遂自怨自愧，日夜悲哀。"① 这是此书开头至为紧要的交代。近年间它引起一些"红学"专家的关注。有论者相当肯定地指出，所谓"大荒山无稽崖青埂峰"，即为长白山"勿吉"崖"清根"峰。② 笔者对这一发现有些兴趣，并持审慎肯定的态度。

长白山峰乃祖国东北第一高峰。长白山脉绵亘盘旋在东北亚广袤无垠的大地上，与松花江、黑龙江、鸭绿江、图们江等江河纵横依傍，为我国北方肃慎/挹娄/勿吉/靺鞨/女真/满洲一系的古老民族，提供了世代繁衍生息的辽阔场域。满洲人于清初悉数进关之后，其魂牵梦萦的民族发祥之所，以及心头的故园圣乡，仍旧是雄浑巍峨的长白山，这一点，在众多满洲文化人遍处中原四处却每每于著文署名时都要深情地落下"长白××"，便可窥一斑。

早就近乎通盘满化了的雪芹家族，在这上面也跟出自女真旧系的满洲人高度认同。对雪芹一生精神与文化养成有根本影响的乃祖曹寅，也曾著文落款为"长白曹寅"或者"千山曹寅"③。本书前面第二章第四节，已征引过他创作的词作《满江红·乌喇江看雨》全文，你看，从对所绘山川景物（乌喇江，即松花江，是一条发源于长白山天池的大江）的心灵体认，到作品凸现的雄奇粗犷调性，都与那时节其他满人文笔如出一辙。雪芹《红楼梦》虽无一处直写长白山，他对包括爷爷在内的众多周围满人所持有的"长

---

① 曹雪芹：《红楼梦》，人民文学出版社 1973 年版，第 1—2 页。

② 请参见陈景河十多年来发表于各地各种报刊上的多篇论文。

③ 千山位于今辽宁境内，是长白山之重要支脉。署名"千山曹寅"与署名"长白曹寅"盖为一意。

白山情结"却不但不陌生，还会同样感觉亲切。雪芹大约毕生没能去过"东省"长白山①，但从他有关从那边儿过来的庄头乌进孝进奉大宗物品的翔实罗列，也看得出他对那里的天宝物华是有深致了解的，甚至就此推测说他家就有位于"东省"的田庄也不无道理。故而，笔者以为，倘若一字对应一字地断定"大荒山无稽崖青埂峰"，就该破解为长白山"勿吉"崖"清根"峰，似乎还多少要冒点儿风险，然则从这整部《红楼梦》的总体文化倾向上来蠡测，我们就算退上一步，比较笼统地将"大荒山无稽崖……"，认作是作者在有意指代满洲民族发祥地及满洲文化之根，亦不会去雪芹本意太远。由中原人们的眼里，想象文明不够发达的东北族群，何尝不是打蛮荒遍布之"大荒山"和怪诞可笑之"无稽"崖那边来的呢。

　　读者不妨暂时离却那通常熟悉的"红学"路标，启用一下从满族文化思考出发而铺开的新异视角。于是，人们不难看到的是，作为小说主人公的贾宝玉，这块来自于大荒山下的"顽石"／"灵石"，乃是被作者雪芹寓意模塑的、代表着满洲民族元文化基准内涵的一个"喻体"，宝玉从离开大荒山投胎贾府到复遁空门再返大荒山这番人世游历，也在暗写作者对于清初以来满、汉之间社会文化折冲、互动的心理感受。

　　那宝玉出山投胎之缘起，是"因见众石俱得补天，独自己无才不得入选，遂自怨自愧，日夜悲哀"，这与当初满洲人不甘平庸、图谋自强，欲取没落明王朝而代之的初衷毫无二致。

　　那宝玉"落胞胎嘴里便衔下一块五彩晶莹的玉来"，世人皆称"果然奇异，只怕这人的来历不小！"长到十来岁上，"虽然淘气异常，但聪明乖觉，百个不及他一个"。② 这与满洲人进关创建大清朝之际的自我陶然何其相似。其中特别是反复强调着一个"异"字，不能不让人联想到与中原相异的文化以至于民族。

　　那宝玉的问世，引来相关人士评价："……清明灵秀，天地之正气，仁者之所秉也；残忍乖僻，天地之邪气，恶者之所秉也。今当祚永运隆之日，太平无为之世，清明灵秀之气所秉者，上自朝廷，下至草野，比比皆是。所余之秀气漫无所归，遂为甘露、为和风，洽然溉及四海。彼残忍乖邪之气，

---

① 有个别研究者认为他是去过的。
② 曹雪芹：《红楼梦》，人民文学出版社 1973 年版，第 19 页。

不能荡溢于光天化日之下，遂凝结充塞于深沟大壑之中。偶因风荡，或被云摧，略有摇动感发之意，一丝半缕误而逸出者，值灵秀之气适过，正不容邪，邪复妒正，两不相下；如风水雷电地中既遇，既不能消，又不能让，必致搏击掀发。既然发泄，那邪气亦必赋之于人。假使或男或女偶秉此气而生者，上则不能为仁人为君子，下亦不能为大凶大恶。置之千万人之中，其聪俊灵秀之气，则在千万人之上；其乖僻邪谬不近人情之态，又在千万人之下。若生于公侯富贵之家，则为情痴情种。若生于诗书清贫之族，则为逸士高人。纵然生于薄祚寒门，甚至为奇优，为名娼……"① 这其中对"清明灵秀之气"的形象概括，就好似人们今天喜欢喻说历史上每次异族文化进得中原，都像是向密闭窒息的空间输进了一股清新的空气。② 上引这段议论，把乾坤运转之气，分为"残忍乖邪之气"和"清明灵秀之气"两类，虽然列举若干中原人杰秉承了"清明灵秀之气"，却也清醒地指出"残忍乖邪之气"终是"凝结充塞"所致。作者雪芹借议论宝玉人性人文之"奇"即在于"清明灵秀之气"，传递了他对一种后起民族清新文化精神的把握和期待。

那宝玉投胎人间，偏偏被携"到那昌明隆盛之邦、诗礼簪缨之族、花柳繁华地、温柔富贵乡"③，成其为贵族府邸鼎盛时光的一介公子哥儿④，下面两首［西江月］，把他由一块大荒"顽石"骤然化身为百年望族纨绔子弟的尴尬相儿，刻画得入木三分："无故寻愁觅恨，有时似傻如狂。纵然生得好皮囊，腹内原来草莽。潦倒不通庶务，愚顽怕读文章。行为偏僻性乖张，那管世人诽谤。""富贵不知乐业，贫穷难耐凄凉。可怜辜负好时光，于国于家无望。天下无能第一，古今不肖无双。寄言纨绔与膏粱：莫效此儿形状！"⑤你看他，纵然有一副贵公子的堂皇外表，内里却照旧保持着草莽儿郎的精神特质；尤其是他的一套价值倾向，皆为身边现世所不取——即所谓"天下无能第一"，甚至于遍访古今之中原社会，他这块料也叫人看不准弄不懂，简直是"不肖无双"的。

---

① 曹雪芹：《红楼梦》，人民文学出版社 1973 年版，第 20 页。

② 陈寅恪说："李唐一族之所以崛兴，盖取塞外野蛮精悍之血，注入中原文化颓废之躯，旧染既除，新机重启，扩大恢张，遂能别创空前之世局。"（《金明馆丛稿二编》，三联书店 2001 年版，第 334 页）

③ 曹雪芹：《红楼梦》，人民文学出版社 1973 年版，第 2 页。

④ 不禁让人记起纳兰性德《金缕曲·赠梁汾》中的句子："德也狂生耳！偶然间，缁尘京国，乌衣门第。"对于这班草莽民族的草莽青年来说，入关前后的处境简直像是个化解不开的梦。

⑤ 曹雪芹：《红楼梦》，人民文学出版社 1973 年版，第 36 页。

那宝玉来到世间，就发出他"女儿是水做的骨肉"一类"离经叛道"的人生"宣言"，代表着彼一种文化风采，向此一种文化现象，发动了貌似"荒诞不经"实则严肃非常的挑战。假使世间皆认可他的这套主张，中原社会千百年来的纲常秩序势必大乱无疑。可是，就这部书来说，假使没有了宝玉的这番"宣言"在前，许是雪芹想要在笔端容纳那许多可爱可叹的少女命运，也是铁定的"难乎哉"。

那宝玉日日出入于封建宅门，却并非像一些人所说，是个"反封建的典型人物"。他的锦衣玉食全得益于封建制度，没见他有何不满；他的家族因战功而封袭偌多的爵位，也没见他有何非议；皇帝老儿百多年来持续荫庇赐福于他家，更没见他有何抵制；相反，就是这位宝玉，能在跟随贾政拟写大观园联额的时刻，主动纠正父亲及众幕僚的"关键性失误"，出言恳切："这是第一处行幸之所，必须颂圣方可"①，还亲口提出要用"有凤来仪"四个阿谀皇权的字。我们实在是用不着给宝玉其人义务赠送可能会压趴了他的皇皇冠冕，赋予他本不会有的"反叛思想"。那么，想必有人要问：宝玉一贯反对读儒书考科举总是真的吧？是的，这一点千真万确，是他的思想与作为。这个宝玉，只爱读《西厢记》《牡丹亭》之类的"闲书"，却一向讨厌读那些最终要把人送上科考取仕道路的儒教经典，他对通过读书"考"得功名最是没兴趣，谁劝他这个他都要跟人家翻脸，还把"读书上进的人"叫作"禄蠹"，连儒家传统说法"文死谏武死战"他都要横挑鼻子竖挑眼。据此，我们已经不难看出，在宝玉这里，凡是沾了儒家、儒教、儒学边儿的人和事，他都只一接触便摇头，全都要持本能的抵触态度。这跟入关前后许多满洲人的文化心理，是充分吻合的。满洲传统文化，就其集体无意识这一点来稍加辨析，就可看出它是相当地就近感性、疏远理性的。

那宝玉始从石身衍来，终向石身化去，其灵性之存在均有赖大自然。他的性子看似乖张独步，却总一味地由着自然又自在的方式走行。他"时常没人在跟前，就自哭自笑的，看见燕子，就和燕子说话，河里看见了鱼，就和鱼说话，见了星星月亮，不是长吁短叹，就是咭咭哝哝的。且是连一点刚性也没有，连那些毛丫头的气都受的。爱惜东西，连个线头儿都是好的，糟踏起来，那怕值千值万的都不管了。"②他忒意地崇尚天然、师法天然，且有自

① 曹雪芹：《红楼梦》，人民文学出版社1973年版，第189页。
② 同上书，第424页。

己不落窠臼的"天然"观①。他追求无拘无束惯了，第五回梦中神游太虚幻境，"那宝玉才合上眼，便恍恍惚惚的睡去……但见朱栏玉砌，绿树清溪，真是人迹不逢，飞尘罕到。宝玉在梦中欢喜，想道：'这个地方儿有趣！我若能在这里过一生，强如天天被父母师傅管束呢。'"② 所呈现出和强调着的，还是亲近自然礼赞自然的心性。

那宝玉作为《红楼梦》一书的头号主人公，带有浓烈的满洲民族原初文化质地，来到中原人文环境后，又苦心孤诣地保持他的真性情，却时时处处为强大的异质文化所不容。这种看来已经不合时宜的"灵石"心性，就其本质而言，便是满洲先民长期生息于天地之间、自然万物当中所形成的思维与心性，是对"大荒山"中极有灵性的自然界的秉承与师法，它特别地近似于该民族原始宗教——萨满教的思想范式。

《红楼梦》不曾有片言提及萨满教，笔者却可以断定，作家雪芹的精神世界里面较多并且较为深入地拥有着此种文化因子。不是这样的话，他就不会为他作品的第一主人公设计一个大荒山间灵石出身的大背景（他曾将此书命名为《石头记》），他就不会暗示作品的男女主人公原本是与自然界命息相通的"神瑛侍者"与"绛珠仙子"，他就不会让多愁多病的黛玉强打起精神去完成"葬花"劳动（还要悲切切情戚戚地歌赞纷繁落英是"质本洁来还洁去"），他就不会写宝玉笃信小丫头说的晴雯之死原是去做了芙蓉花神的谎言进而撰写出来大篇追怀文字《芙蓉女儿诔》……崇尚大自然，敬畏大自然，认定自然界一定是"万物有灵"的，这一萨满教思想之核心观念，在《红楼梦》里不期而遇者良多。雪芹犹恐读者不解这一观念，第七十七回他还要宝玉这一萨满教文化理念的负载者，直截了当地做如斯言说："你们那里知道，不但草木，凡天下之物，皆是有情有理的，也和人一样，得了知己，便极有灵验的。若用大题目比，就有孔子庙前之桧，坟前之蓍，诸葛祠前之柏，岳武穆坟前之松。这都是堂堂正大随人之正气，千古不磨之物。世

---

　　① 见第十七回："宝玉忙答道：'老爷教训的固是，但古人常云天然二字，不知何意？'众人见宝玉牛心，都怪他呆痴不改。今见问天然二字，众人忙道：'别的都明白，为何连天然不知？天然者，天之自然而有，非人力之所成也。'宝玉道：'却又来！此处置一田庄，分明见得人力穿凿扭捏而成。远无邻村，近不负郭，背山山无脉，临水水无源，高无隐寺之塔，下无通市之桥，峭然孤出，似非大观。争似先处有自然之理，得自然之气，虽种竹引泉，亦不伤于穿凿。古人云天然图画四字，正谓非其地而强为地，非其山而强为山，虽百般精而终不相宜……'"

　　② 曹雪芹：《红楼梦》，人民文学出版社 1973 年版，第 53 页。

乱则萎，世治则荣。几千百年了，枯而复生者几次。这岂不是兆应？小题目比，就有杨太真沉香亭之木芍药，端正楼之相思树，王昭君冢上之草，岂不也有灵验？所以这海棠亦应其人欲亡，故先就死了半边。"①

雪芹既然得小心翼翼绕开满、汉问题的敏感性，当然也就须将"萨满"之类惹眼的概念一并遮蔽起来。

"萨满"概念被隐藏的同时，作者却又纵笔疾写出来他所欲以宣介的诸多萨满教文化理念及事项。不妨把那笼罩整部《红楼梦》故事的"太虚幻境"（乃至于其主宰者"警幻仙子"），都认定是萨满教之理念演化而成。原始宗教萨满教自来就是一个格外尊奉女性神祇的精神体系，人类在蒙昧时代的生存中，曾经坚持认为身边的一些女性大萨满具备无穷无尽的预知力、洞察力和救助力。② 而太虚幻境的警幻仙子，刚好和满洲人眼里法力无边的女萨满如出一辙，她能准确无误地预知贾府内外各色人等的命运走势，能够向所有陷于混沌状态的人发出强烈尖厉的"警幻"（"警"告他们从"幻"梦中自醒）之音，她为懵懂中的宝玉精心准备的"金陵十二钗"里的种种判词以及一首首的谶言歌唱，皆是面对未来的"警幻"（启蒙）之作。宝玉当时因有"灵石"在身且有警幻仙子之妹引路，得以较凡胎俗子们捷足先登于太虚幻境，而他却又无缘参透事态因果。后来，当他看到梦里那些谶言和判词一一灵验，方才渐渐醒悟，终致毅然遁空，返回了与萨满教精神导向相一致的自然界——大荒山。就连书中时隐时现的二位神界使者，癞头"和尚"与跛足"道人"，也实实地不像释家和道家形象③，倒很像是作者借僧道外表（这在他写书的时代也许是需要的）写出来的一对萨满使者。他们先是送大荒山间的"灵石"投胎人世，又借一面"风月宝鉴"给贾瑞惩其毙命④，再以标准的萨满法术帮助熙凤、宝玉从妖巫折磨下脱身，干的皆是些萨满教神职人员"萨满"与"栽力"⑤ 常干的事情。

作为警幻仙子的妹妹，秦氏"可卿"也有萨满技能。她辞世前给王熙凤托梦，说的尽是预卜未来的"警幻"之语。

---

① 曹雪芹：《红楼梦》，人民文学出版社 1973 年版，第 999—1000 页。

② 譬如满族说部《乌布希奔妈妈》《尼山萨满》等，都是浸透此种信奉理念的突出证据。

③ 雪芹假若真的笃信佛教或道教，为何要把这僧、道二人写得如此残缺不美。再看书里，铁槛寺的老尼贪财少德，佛门庵堂对于妙玉来说完全靠不住，贾敬修道家导气之术致一命呜呼……都不大像虔诚信徒之运笔。

④ 在萨满教的故事里，萨满们用铜镜来祛病、禳灾、除恶的事迹相当多。

⑤ 栽力，萨满教神职人员的一等，在萨满跳神时充当助手。

秦氏道:"婶娘……常言'月满则亏,水满则溢',又道是'登高必跌重'。如今我们家赫赫扬扬,已将百载,一日倘或乐极悲生,若应了那句'树倒猢狲散'的俗语,岂不虚称了一世的诗书旧族了!"凤姐听了此话,心胸不快,十分敬畏,忙问道:"这话虑的极是,但有何法可以永保无虞?"秦氏冷笑道:"婶子好痴也。否极泰来,荣辱自古周而复始,岂人力能可保常的……'"①

《红楼梦》需要以萨满之口(或曰以萨满教的方式),来预卜和警示些什么,这即是作者意欲诉诸读者的思想。自康、雍之际始,满洲社会内里最严重的问题莫过于"八旗生计"。人们提到"八旗生计",大多关注的是下层旗兵家庭人口激增引发的粮饷不支贫寒迭起,殊不知,这满洲上层"大有大的难处",却也一样存在他们的"生计"难题。雪芹不同于本书前面一节谈到的作家和邦额,既了解也写得出下层旗人家庭的生计窘况,在雪芹这里,印象深刻并且需要向他的读者全面摊开的,乃是满洲上流家庭或尚在潜伏或业已爆发的生计危机。②

秦可卿以萨满口吻警告王熙凤及其大家族之际,贾家外表看去还享有一派"烈火烹油,鲜花着锦之盛"。警告者言之凿凿,被警告者则浑浑噩噩。凤姐儿和那不可一世的贾氏家族,依然沉浸在对当年接驾"把银子花得像淌海水似的"回忆中,依然兴奋于如何再造一回迎接皇妃省亲的大铺张大快活中,他们连个秦可卿的葬仪也要操持得阵仗非常。

雪芹"十年辛苦",所要完成的,就是这样一个满洲极盛家庭于毫不自觉的状态下,一举彻底跌落于读者视野的震撼过程。作为一条强化这条主线的写作副线,作者又讲述了"颦颦宝玉两情痴",那场看似构成绝佳配偶的"木石前盟",同样走向完输完败的故事。此外,书里差不多所有其他有价值

---

① 曹雪芹:《红楼梦》,人民文学出版社1973年版,第143页。
② 此一点,请参看《红楼梦》第二回如下内容:"冷子兴笑道:'亏你是进士出身,原来不通!古人有云:百足之虫,死而不僵。如今虽说不及先年那样兴盛,较之平常仕宦之家,到底气象不同。如今生齿日繁,事务日盛,主仆上下,安富尊荣者尽多,运筹谋画者无一,其日用排场费用,又不能将就省俭,如今外面的架子虽未甚倒,内囊却也尽上来了。这还是小事。更有一件大事:谁知这样钟鸣鼎食之家,翰墨诗书之族,如今的儿孙,竟一代不如一代了!'"

的事物，也都是面向美好目标而走行不远，便兜一个圈圈儿，无可如何地趋向于毁灭。

雪芹是个敢于直面天地翻覆的大艺术家，也是一个极端的悲观主义者。

实不知雪芹在此书词曲之中，消耗了多少异常精准又万般用情的话语，来抒发他胸中的大凄凉、大悲切：

——"陋室空堂，当年笏满床，衰草枯杨，曾为歌舞场。蛛丝儿结满雕梁，绿纱今又糊在蓬窗上。……金满箱，银满箱，转眼乞丐人皆谤。正叹他人命不长，那知自己归来丧！"①

——"霁月难逢，彩云易散。心比天高，身为下贱。风流灵巧招人怨……"②

——"才自精明志自高，生于末世运偏消。"③

——"叹人间，美中不足今方信。纵然是齐眉举案，到底意难平。"④

——"一个是阆苑仙葩，一个是美玉无瑕。若说没奇缘，今生偏又遇着他，若说有奇缘，如何心事终虚化？"⑤

——"喜荣华正好，恨无常又到。"⑥

——"将那三春看破，桃红柳绿待如何？把这韶华打灭，觅那清淡天和。说什么，天上夭桃盛，云中杏蕊多。到头来，谁把秋捱过？则看那，白杨村里人呜咽，青枫林下鬼吟哦。更兼着，连天衰草遮坟墓。这的是，昨贫今富人劳碌，春荣秋谢花折磨。似这般，生关死劫谁能躲？"⑦

——"机关算尽太聪明，反误了卿卿性命。……家富人宁，终有个家亡人散各奔腾。……忽喇喇似大厦倾，昏惨惨似灯将尽。呀！一场欢喜忽悲辛。叹人世，终难定！"⑧

——"气昂昂头戴簪缨，光灿灿胸悬金印，威赫赫爵禄高登，昏惨惨黄泉路近。问古来将相可还存？也只是虚名儿与后人钦敬。"⑨

---

① 曹雪芹：《红楼梦》，人民文学出版社 1973 年版，第 12 页。
② 同上书，第 56 页。
③ 同上书，第 57 页。
④ 同上书，第 60 页。
⑤ 同上书，第 61 页。
⑥ 同上书，第 61 页。
⑦ 同上书，第 62 页。
⑧ 同上书，第 62—63 页。
⑨ 同上书，第 63 页。

——"为官的，家业凋零，富贵的，金银散尽，有恩的，死里逃生，无情的，分明报应。欠命的，命已还，欠泪的，泪已尽。冤冤相报实非轻，分离聚合皆前定。欲知命短问前生，老来富贵也真侥幸。看破的，遁入空门，痴迷的，枉送了性命。好一似食尽鸟投林，落了片白茫茫大地真干净！"①

——"无我原非你，从他不解伊。肆行无碍凭来去。茫茫着甚悲愁喜，纷纷说甚亲疏密。从前碌碌却因何，到如今，回头试想真无趣！"②

笔者发现，《红楼梦》从作品叙事，到词曲搭配，一切的用意，竟然全部在于要写出那个身处末世之中"好便是了，了便是好"的悲观逻辑。

世人都晓神仙好，惟有功名忘不了！古今将相在何方？荒冢一堆草没了。

世人都晓神仙好，只有金银忘不了！终朝只恨聚无多，及到多时眼闭了。

世人都晓神仙好，只有娇妻忘不了！君生日日说恩情，君死又随人去了。

世人都晓神仙好，只有儿孙忘不了！痴心父母古来多，孝顺儿孙谁见了？③

甚至我们都可以用宝玉说给黛玉的一句既似情话又像气话的偈语，更简约地概括出雪芹的创作主旨——"既有今日，何必当初！"④

跟读者经常读到的许多文学叙事不同，《红楼梦》不是循着其中心事物由弱至强奋斗发迹⑤的走向来运笔，却是逆向写了一座巨厦华堂将倾终倾的无可如何，作者全部用心皆包蕴于这盛极而衰的故事当中。现世生活的乐极生悲、追悔无望，是作者置信不疑的。

那么，他想要表达的痛切追悔究竟是什么？

① 曹雪芹：《红楼梦》，人民文学出版社1973年版，第63—64页。
② 同上书，第255页。
③ 同上书，第11页。
④ 同上书，第326页。
⑤ 《三国演义》《水浒传》和《西游记》均属这种模式。

　　是仅只在于豪门由盛及衰、由奢返贫的一般教训吗？当然会有这一层，却又不会局限于此。由我们已经观察到的作者在作品中暗自布排了偌多满洲元文化——萨满教文化基因来看，雪芹的"既有今日，何必当初"①，亦不像是只为了倾吐贾府的伤心往事。这位业已具备满洲元文化精神站位的作家，在他的故事讲述基础上，尚要表达的，是对于本民族进关以来文化遭遇的辨思。

　　雪芹与其笔端的宝玉，如前所述，不大喜欢儒教，不大喜欢道教，不大喜欢佛教，他们对这些"熟透了的"中原文化，持有敬而远之的态度。他们接受并认可满洲尊崇自然之文化的滋养，更愿意在满洲先民留下来的文化江河当中畅游。②然而入关了，需要在儒、道、释交融的汪洋中游弋，需要在儒、道、释规定的框架里运动，虽说一些满洲人较早地适应了这一变化，就其整个民族来讲，不适应则依旧是主流。一个难以适应异质文化环境的民族，可能会触发灾难，特别是当这种异质文化本身就显现出末世景象的时候。试想，像贾府这等满洲人家，如若还在关外生活，《红楼梦》里全部的悲剧便没有了来由。与其说它是一场政治性的或者社会性的伤痛，毋宁说是文化上的伤痛为宜。

　　满洲人大举进关前后在其高层出现的有否必要准备撤回东北故乡的辩论，余音尚在，贾府这样深陷他方文化境地的故事已经上演。还记得纳兰性德那首有名的《浣溪沙·小乌刺》吗，双重文化之间的折冲兴废，早就苦苦折磨过清初满洲人中的民族文化敏感者。在雪芹写《好了歌》之前，雍亲王（即即位后的雍正皇帝）就很喜欢另一首民谣"好了歌"："南来北往走西东，看得浮生总是空。天也空，地也空，人生杳杳在其中。日也空，月也空，来来往往有何功？田也空，地也空，换了多少主人翁？金也空，银也空，死后何曾在手中？妻也空，子也空，黄泉路上不相逢！"③两首歌谣，思想上一脉相承④，读之写之都暗藏有满人入关是否值当的意绪于其中。有人要问，假如雪芹真的持有这种精神文化上的追悔，为什么其他一些出自女真

---

　　①　曹雪芹：《红楼梦》，人民文学出版社1973年版，第326页。
　　②　有些人不解，为何宝玉那么反感父亲贾政教他读书科考，却又要在相互诀别之时深情跪拜父母。假如了解了尊奉萨满教的民族中后代对前辈均会持由衷敬畏感情（前辈递升到一定的程度则可能成为祖先神），此问题便可告迎刃。
　　③　雍正皇帝少年读书时，亲手把所喜好的文章辑为《悦心集》，其中就包括这首原题叫作"醒世歌"的"好了歌"。
　　④　这也是教人们怀疑雪芹也许不会对雍正皇上十分怀恨的地方之一。

谱系的满人反而没有如此深刻的认识，这等深刻认识为何会出自远祖却是汉人且对汉文化颇多修养的雪芹头脑？这当然是个有见地的问题。殊不知，"春江水暖鸭先知"，就是因为这只智慧的"鸭子"既游过寒水又游过暖流，它才拥有一番清醒感触。当我们再联想到乾隆之际和邦额、庆兰等作家正兴奋地"跃入"文言小说写作水域，而独有雪芹却"反潮流"地"跃出"文言写作水域，上述想法便获得了又一道辅证。

　　"乱烘烘你方唱罢我登场，反认他乡是故乡。甚荒唐，到头来都是为他人作嫁衣裳！"①"终久是云散高唐，水涸湘江。这是尘寰中消长数应当，何必枉悲伤！"② 已经不须枉猜与索隐，这两段曲词说得够明白了。

　　作家曹雪芹将其有关文化冷暖的一腔悲怆与追悔，一股脑儿撒到这里，显见的，是不很中肯和公允的。一个人，总有他的偏爱，总有他的历史倾向与历史局限。但是，像雪芹这样一位至为聪颖而又杰出的文学家，能有这般深彻的历史文化洞悉，已然极其难得。

　　笔者不能苟同的，是把雪芹和宝玉生硬地推到封建时代"反叛"的位置上，却以为，把他和他的男主人公看成是一种充斥悲情的文化英雄，会更恰当些。

　　雪芹的写作活动，怀着一个强烈的目的，即要世人都来认认这烈火烹油般的"红楼"贾府，与这"红楼"贾府终归残"梦"一枕的宿命。他用"既有今日，何必当初"八个字，以及触目惊心的《好了歌》，抽象概括出他的历史文化体验，向一个虽扬帆百年却有可能一朝搁浅的民族，鸣示出尖厉的警号。一式幻梦般的宿命观，是雪芹创作心理的核心。他为作品设计了多重写作脉线，首先，演绎了满洲大家族的盛极而衰，其次，又讲述着令人憧憬的"木石前盟"毫无前途，再其次，则是告诉读者，包括大观园里一切少女命运的所有美好物约，到头来都得毁灭，只落得"白茫茫大地真干净"。彻头彻尾的"悬崖撒手"叙事，是雪芹文化宿命创作心理的绝佳证明。他陷于一种根本性的无可排解的民族历史文化幻灭感，将笔下所书各项悲剧线索彼此互构，皆由民族文化之折冲来解释。于是，他追觅，他痛悔，他反省，他彻悟……

---

①　曹雪芹：《红楼梦》，人民文学出版社 1973 年版，第 1 页。
②　同上书，第 62 页。

我国满族文学的基本特征之一，便是参凭于历史大背景的民族文化反思。在先前的满洲族别书写当中，此特点已初现端倪。是乾隆年间的曹雪芹，通过《红楼梦》将它初次激为洪波。人们会看到，绞结于历史、纠缠着文化的一批批满洲文坛后起之秀，还将在随后的时代，就此而奉献出许多许多。

雪芹以《红楼梦》参与满、汉交往时代的历史文化思辨。他的基本立场与价值观是服膺于满洲传统倾向的。这主人公由大荒山"灵石"化身为人却直截揳入进关百年后的满洲望族家庭，这一点精巧的时空错置，恰好有利于观察关外与关内、百年前与百年后满洲文化遭逢之迥异，有利于写透不同历史岁月间的同一文化持有，竟能将人们引向天壤不同的境地。作者对满民族建清定鼎之利害得失有着怎样的运思跟判断，值得人们根据其作品去深切考量。"开弓没有回头箭"，民族的历史之船再也不能驶回原初的港湾，沧桑天地就这样，常会与绝代风骚占据史册的英雄们开些玩笑。一部捶胸顿足追悔过往的《红楼梦》，终于成了满汉文化交通碰撞的生动摹本。许多年来，人们针对这部巨著书写者的心态，恐已给出了多达百十种的解说，实难说到底有没有切近肯綮的答案。笔者在这一章的议论中，顶多也不过是完成了自圆其说的、发微于满学视角的一家之言。

三

下面简要地谈谈《红楼梦》在艺术上，留给了满族文学乃至中华文学一些什么。

满人喜爱长篇叙事文学，那是他们由历史深处带过来的文化癖好。不过在相当长久的时期，其先民只能依靠母语口传的说部作品，来填充这一精神需求。清朝入关，使以刚刚创制的满文来写作书面叙事文学的可能性过早地夭折。满人们不得不转而通过汉文创作为媒介，解决自己的此类文化饥渴。他们开始试探进入文言小说的写作领域，像佟世思、和邦额、庆兰等人的努力，均属这类操作。这样的努力，又只能满足同胞中少数具备汉文文言阅读水平的人，其读者的多数，还是汉族文化人。这时，另外一批精通满、汉双语的满洲翻译家也上得阵来，通过译汉族长篇小说为满文作品，来给只粗通一些满文拼读方式的下层同胞阅读。

到了乾隆年间，清朝定鼎中原已达百年，身处京师的满洲人，有些人已学会了汉语日常会话，已完成民族母语向汉语京白的初步过渡。他们在先前有所接触的汉语沈阳方言的基础上，择取某些满语的发音与用词习惯，创制出来一种文化交汇型的"满式汉语"，即新型的北京汉语方言。①

雪芹书写《红楼梦》，恐怕头一个愿望就是要拿给他刚掌握满式汉语的同胞们去阅读，他这部书的最初读者中几乎不大见得到民人，便是客观证实。雪芹知晓他的满洲同胞顶喜好的文体该是什么样，果然是正中满人读者们之下怀。据说，此书连当朝皇上都看了。

曹氏具汉人血统，家里的汉文学养向未中断，但他们早早成了满洲"包衣人"，跟满洲文化结下深缘，在为满洲统治者效力的百多年里，其满语不会比血统为满人稍差，肯定是双语并用。雪芹站在当时两个民族语言文化互动的位置上，敏锐地辨识出甫现于京师满人之口的"京片子"语言的独特语感魅力。《红楼梦》的语言，既是乾隆中期京城旗族上下口语的缩影，又体现出历史进入那个时期旗族圈儿内所通用的京腔京韵的最高成就。在中国古典小说创作领域，雪芹第一个选定北京方言作为文学的叙述语言及对话语言，这是他睿智与胆识过人之处。"我国自明代起长篇小说兴盛，推动运用白话口语进行创作的文学发展新潮流奔涌向前，最早《三国演义》的语言还是半文半白，《水浒传》《金瓶梅》则启用山东方言，《西游记》《儒林外史》用的是长江流域官话，到了《红楼梦》开始运用北京话写作，充分展现出曹雪芹非凡的语言艺术才华，他对北京话进行锤炼加工，使《红楼梦》语言自然流畅，准确生动，兼具华美与朴素之长，达到了炉火纯青的成熟境界，成为中国文学语言发展史上的一座丰碑，对于近世北京话的形成具有重大意义。现代语言学家王力教授四十年代初，在抗战后方图书资料匮乏的情况下，仅靠一部《红楼梦》，钻研中国现代汉语语法，编写出在中国语言学史上富有创造性的《中国现代语法》。"②

《红楼梦》破天荒地全面展示了京腔京白在造就文学巨制上面，令人们意想不到的艺术征服力。作品当中写得尤其精到，教读者过目不忘的是人物

---

① 在清代满汉语言彼此互动的日子里，满语远非一味地只取被动守势，它不仅教汉语北京话收入了不少满语词汇，更让京城方言平添了轻重音的读音新规范；在满人长期驻扎京城并随时玩味打磨汉语京腔的过程中，他们又成功地为这种方言添置了极大量的"儿化韵"词的尾音处理新规则。这种具备了"轻音"与"儿化"新特征，并且收入一定量满语词汇的北京话，便是经过原本操满语的满族人，酌取本民族语言特点，加上他们学说汉语之际的艺术灵感和创造性，来重塑汉语北京话的文化结晶"汉语京腔"（也有人把它称为"京片子"）。

② 张菊玲：《满族和北京话——论三百年来满汉文化交融》，《文艺争鸣》1994 年第 1 期。

语言，书中主要人物、次要人物有几百个，来自于京师上、下、内、外极广泛的社会阶层，作者总能通过每个人的个性声口，把这个人物活脱脱描绘出来，真真切切地推到读者近前。《红楼梦》是"中国创造"，不像西方小说那样，耗用大量笔墨去静态地刻画人物的精神世界与内心活动，《红楼梦》在这方面不逊色于任何世界名作，每个人无论多么细微的精神活动，都能借助于这个人在特定场景下的三言五语而和盘托出。平凡不过的家常话，被作者点石成金，占有了无穷无尽的表现力，令人拍案称绝。《红楼梦》在语言上还有一个特点，就是倚重于京白俗语的鲜活气儿。章章节节无处不在的俚词俗语，被作者精心撷取，准确应用，把书中三六九等的主仆、官民和三教九流的僧俗、伶弁、匠丁，状写得一个个纤毫毕现。有论者以为《红楼梦》实在担得起清中期京师俗语"百科"的名分。曹雪芹有此亲近口头俗语的嗜好，也足可印证当时京师旗族文化人对耳畔五光十色的市井语汇之专注和偏爱。① 在这股道儿上，之前已有文昭，之后又出现了文康、老舍，雪芹与他的前后同胞们一起，共同标示出满族文学的又一特点。

　　红学家俞平伯说过："我们试想，宋元明三代，口语的文体已很发展了，为什么那时候没有《红楼梦》这样的作品，到了清代初年才有呢？恐怕不是偶然的。作者生长于'富贵百年'的'旗下'家庭里，生活习惯同化于满族已很深，他又有极高的古典文学修养和爱好，能够适当地糅合汉满两族的文明，他不仅是中国才子，而且是'旗下'才子。在《红楼梦》小说里，他不仅大大地发挥了自己多方面的文学天才，而且充分表现了北京语的特长。那些远古的大文章如《诗经》《楚辞》之类自另为一局；近古用口语来写小说，到《红楼梦》已出现新的高峰，那些同类的作品，如宋人话本、元人杂剧、清代四大奇书，没有一个赶得上《红楼梦》的。这里面虽夹杂一些文言，却无碍白话的圆转流利，更能够把这两种配合起来运用着。"② 俞平伯

---

① 仅《红楼梦》第一回到第四十回，就有如下俗谚出现："瘦死的骆驼比马还大""一龙九种，种种各别""打着灯笼也没处找去""天有不测风云，人有旦夕祸福""治了病治不了命""知人知面不知心""癞蛤蟆想吃天鹅肉""远水解不了近渴""能者多劳""坐山观虎斗""推到了油瓶儿不扶""人家给个棒槌，我就拿着认作针了""吃着碗里瞧着锅里""没吃过猪肉，也见过猪跑""摇车儿里的爷爷，拄拐棍儿的孙子""巧媳妇做不出没米的饭""狗咬吕洞宾，不识好歹""不是冤家不聚头""黄鹰抓住鹞子的脚，扣了环了"。其中，"摇车儿里的爷爷，拄拐棍儿的孙子""黄鹰抓住鹞子的脚，扣了环了"等，肯定是来自满洲人的生活现实。

② 俞平伯：《读〈红楼梦〉随笔》第二篇《它的独创性》，《俞平伯论红楼梦》，上海古籍出版社、三联书店（香港）有限公司1988年3月联合出版，第663页。

还谈到,《红楼梦》书中"所说是满族家庭中底景况,自然应当用逼真的京语来描写。即以文章风格而言,使用纯粹京语,来表现书中情事亦较为明活些"。①

拙著前章曾援引与雪芹同时代的宗室文人弘晓有关小说写作"最宜雅俗共赏"的理论阐述,这实际上是满人对待小说的一贯态度。《红楼梦》的问世,是满人作者向世间第一次如此全面展示他们大雅大俗、雅俗共赏的艺术调式,化解宏大叙事,摹写眼前生活,状绘凡人情感,表达人生知会,加之京语大白话的运用,使这部小说从作者在世之时和亡故之初,便在社会各阶层引起了层层高涨的阅读热潮。"开谈不说红楼梦,读尽诗书也枉然",清代中晚期直至当代,《红楼梦》之所以在中国古典文学中间取得了压倒一切的读者数量,雅俗共赏,亦是不容怀疑的头一条原因。

《红楼梦》里,书写得顶精绝的章节之一,是"刘姥姥一进大观园",穷人刘姥姥来阔亲戚家走一走,她若是一副凄苦莫名的表情,怕是早教王熙凤给打发了,然其偏偏带着平和的心境,憨态的言行,插科打诨的做派,出现在老少贵族之间,让贾母及府邸上下的红男绿女欢喜得什么似的,刘姥姥是以独特的下层人的智慧禀赋,占尽了与上等人"文化互动"的彩头。有论者说:"曹雪芹在这样一部伟大的悲剧中,极不和谐地穿插进这样一个喜剧人物,其审美意蕴是耐人寻味的。她是这个悲剧故事的见证人,是荣国府那锦衣玉食人家的反衬人,是向荣国府里那死气沉沉的贵族之家吹来的一股田野之风,是那些讨好老祖宗的各种虚言假笑中的一声真诚的笑声。刘姥姥以她庄稼人的质朴、愚憨和多少有一点讨人喜欢的小小狡黠给荣国府带去了一点活跃的空气,使读者认为她是一个带幽默色彩的人物。"② 此番评论虽然不错,却稍嫌严肃有余,刘姥姥进府来的桩桩件件,你瞧它是喜剧,是闹剧,是正剧,还是悲剧?对书内不同人物、不同故事意旨而言,它可剥离出不同的结论。其实,说刘姥姥幽默,还不如说作者雪芹深谙幽默,此处他写来的,乃是地地道道的一折喜剧,其间展现了刘姥姥的貌憨而实慧,作者之文笔调笑适度,温婉可感,饱含生活气息却笔笔暗藏机趣,实得幽默大法之壶奥。从满族这个不乏幽默感的民族中诞生的作家,其字里行间流注的,也不

---

① 俞平伯:《〈红楼梦〉研究》,上海古籍出版社 2005 年版,第 68 页。

② 张丽妽:《北京文学的地域文化魅力》,中国和平出版社 1994 年版,第 63 页。

可能老是一本正经。雪芹的诙谐，是深接旗人幽默真章儿的。

"红学"，一向被列入东方"汉学"中之"显学"。自其问世以降，先后在各个不同的阶层跟人群中引发了不败的兴趣，"红学"的河床虽一再加扩，仍时而感到有拥堵淤塞之忧。此中研究成果势如叠床架屋，尚盼汗牛充栋，未知喜哉愁哉。然则，自逊清靠边儿之后，出于各自原因，绝大多数阐释者便极力回避以至于绝口不提作者与满族、作品与满族的深层关系，实可谓学界一项实质性的硬伤、关键性的缺憾。近年间，随着人们对于文化多样性的体悟，随着相关学术工作者渐趋树立起中华多民族文化史观，一味地排斥讨论曹雪芹《红楼梦》与满族历史文化关联的举动已然少多了。笔者有意再次声明，启用满学研究视角，与迄今为止卓有成效的"红学"研究非但不是水火难容，相反，呼吁启用满学视角，只是为了让已有的"红学"研究更上层楼。

我们也注意到，近几年在研究当中，出现了这样一种"公允"的说法，说不妨将曹雪芹与《红楼梦》划为满、汉两个民族所共有。这种观点假如是就《红楼梦》一书同时存有两个以上民族的文化成分而言，则当肯定斯言不虚。但是，同一位作家却可以分属于两个不同民族这样的提法，似乎难以通过学界如下的常识性咨询：自打有了国内多民族之间与世界多民族之间种种文化交往互惠以来，谁又见过有哪一种作家作品是纯净到毫无异质的单一民族的独特文化结晶呢？

第七章　阡陌旅痕——云卷云舒临万象

　　与中国封建时代的最后一段"盛世"出现于乾隆年间同步，满族古典文学的鼎盛阶段，似嫌过早地，也出现在了这段时间。拙著前文，已用三章篇幅，集中探查了乾隆时期的满族文学发展情况。即便有那样的介绍，还是难免多有疏漏，因为上述介绍仍基本局限在当时的京师满族作家群体的活动，对同一时代的其他满族书写，则不免暂告阙如。①

　　接下去的这一章，用来讨论嘉庆、道光年代的满族文学。② 这一过程，属于清代中期偏后的一个阶段，满洲文坛享有乾隆朝本民族文学鼎盛推进之余波，创作锋芒仍较为劲健，继续涌现出来一些优秀的作家与作品。特别是旗族诗歌总集《熙朝雅颂集》的编纂面世，不单是对自清初以来八旗文学积累的一次整体校阅，也还强化了该民族文学创作者的族别心理自识。

　　随着时代的推进，满族社会内里的演化面及对外的接触面都在扩展，有视野有见地的满族作家们，一方面依然维系着与自我民族审美习尚的密切关

---

　　① 即如乾隆朝的最高统治者爱新觉罗弘历，前章为叙述连贯而未加提及。正像人们所知道的，他是中国历史上有作为的一代君王，也是作品异常宏富的诗人，据有关统计，他毕生诗作总量多达423584首，"几乎抵得上《全唐诗》的数量。"（孙丕任、卜维义：《乾隆诗选·前言》，见孙丕任、卜维义选编《乾隆诗选》，春风文艺出版社1987年版，第2页）后世对其诗歌褒贬不一，或认为作品中他人捉刀者为数不少。但纵观弘历作品，仍能感受到一位优秀诗人创作的诸多特征。这里不能展开评价他的诗歌艺术，只能略引两首作品，以一斑窥全豹："行行麦垄边，见一雉将雏。雏儿才长成，哑哑学母呼。翅软未解飞，嘴嫩未能食。饮啄与翱翔，皆赖顾复力。儿兮依其母，母兮爱其儿。一朝羽翼全，那料南北飞。有童持长竿，捕雏何遽遽。老雉虽善飞，绕匝不忍去。雏儿颇有智，藏伏荆棘间。棘密难探取，儿童怅空还。须臾童去远，老雉还来视。母子得全活，鼓翼心倍喜。尔童一何忍，尔雉一何慈。孰谓天良心，人禽乃倒之！观物可会心，抚古常自镜。今朝忽见此，大愧中牟令。"（弘历：《雉将雏》，张菊玲、关纪新、李红雨：《清代满族作家诗词选》，时代文艺出版社1987年版，第145页）"翠柏红垣见葆祠，羔豚命祭复过之。两言臣则师千古，百战兵威震一时。道济长城谁自坏？临安一木幸犹支。故乡俎豆夫何恨，恨是金牌太促期！"（弘历：《经岳武穆祠》，《明陵吊古》（二首选一））

　　② 为着叙述方便，某些介绍会向前、向后有所延伸。

联，另一方面则像他们的前辈作家那样，从这一民族传统的文化基点出发，热衷去做更加突出个性化的文学探索与艺术实践，从而叫满族文学的园林更见其枝叶繁茂与标新立异，使该民族的文学在不断流变中持续获益。

　　满族由一个尚武民族向文化民族的过渡，至嘉、道年代格局概定。作为这一时期满族文学的另一个特点，家族性写作（即同一家族内出现两位以上优秀作家）的情形也大为增加。像铁保和他的夫人莹川、他的弟弟玉保，奕绘和他的两位夫人太素、太清，英和与他的父亲德保、儿子奎照，麟庆及其家族，等等，皆属满族文学史上之显例。

一

　　对满族文学事业创益良多的铁保（1752—1824），出身于正黄旗满洲，字冶亭，又字铁卿，号梅庵，旧谱为觉罗氏，又更为栋鄂氏。据称远祖或出自中原赵宋王朝之宗室，但不知在什么年代流入了女真—满洲系统。①

　　铁保10岁开始延师读书，16岁入国子监继续求学。在大肆开疆拓土的既往时代，他的前人个个均为赳赳武夫，官至直隶泰宁镇总兵的父亲诚泰也曾把同样的期许寄托于他，不想他却在新的社会环境下面，有了自己的意向，他要选择习文，"专攻举业以求一当"②。果然，他19岁取举人，21岁中进士。其仕途为时较久，贯通于乾隆、嘉庆、道光三朝。

　　铁保一生，经历充实又多履坎坷。他曾出任过镶红旗蒙古副都统、吏部尚书、山东巡抚、两江总督等要职，为官清廉，恪尽职守，屡有政绩。嘉庆年间，却因故两度遭到革职，分别被遣戍新疆和吉林。在每遇波折的人生道路上，铁保总是表现出满洲人豪放旷达的心胸，给世间以进退安然、荣辱不惊的精神展示。

　　在总结铁保毕生文化业绩的时候，笔者以为，应当首先指出，他是一位富有民族情感和文化眼光的满族名士，在仕途平顺之际，他能珍视人生难得的机遇，以个人的才力与影响，戮力促成各项弘扬民族文化的壮举。他曾担当《八旗通志》的总裁，并先后主持纂辑了汇收八旗诗歌作品的《白山诗

---

① 假如此言不虚，则人们对满族以及满族文化复杂的包容性质又增一点儿理解。
② 铁保：《梅庵自编年谱》，转引自张菊玲《清代满族作家文学概论》，中央民族学院出版社1990年版，第135页。

介》（共 10 卷，收入诗人 140 余家，选诗近 800 首）和《熙朝雅颂集》（共 134 卷，收入诗人 585 家，选诗 7943 首）。特别是这《熙朝雅颂集》的编纂，工程异常艰巨，除铁保领衔担当总编纂外，尚得到其文坛同调法式善、纪晓岚等多人的协助，始得告竣。该书完成后，嘉庆皇帝颇为称心，亲赐书名并撰序言。卷帙浩繁的《熙朝雅颂集》的问世，保留了自清初起始到乾隆末年为止的满族文学遗产，具有不可替代的史料价值，足称重要的民族文化奉献。《白山诗介》和《熙朝雅颂集》，按照清代方式处理，所辑人者不仅包括众多的满洲八旗诗家作品，也包括了当时蒙古八旗与汉军八旗的诗家作品。在《白山诗介·序》中，铁保曾经写道："余尝谓读古诗不如读今诗，读今诗不如读乡先生诗。里井与余同，饮食起居与余同，气息易通，瓣香可接，其引人入胜，较汉魏六朝为尤捷。"① 他在这里所称之"乡先生"，就是经过一百几十年的共同经历共同命运而模塑出来的以满洲为主导的"旗族"文化群体。他认识到，这些人的创作有着与历史上其他创作范畴不同的特色和追求，此间的诗人由生存到气质上的独特性，也使其各自作品"瓣香可接"，其引人入胜之处，亦不让历史上有成就的文学时代。

从 17 世纪中叶满洲民族首位汉文诗人鄂貌图出现，到 1802 年（嘉庆九年）《熙朝雅颂集》公开出版，其间仅有大约一个半世纪，满族书面文学之汉文书写，已经获得了令世间刮目相视的业绩。姑且将《熙朝雅颂集》内所收的蒙古八旗、汉军八旗作者的创作除去，光是满洲八旗的诗家竟然也有 351 家之多。须知，这还不是满洲诗人的全部，例如曹寅被收在内，而其孙雪芹便被遗漏。虽说这 351 位诗人也许并非全都在一定的水平线之上②，但大致读毕这些人的诗作，却也不能不就整体上来讲给出比较高的评价。不该忘记的是，一个世纪以前，这个民族基本上还没有走出他们的母语状态，会讲汉语的满人仅是极少数。而人们又都了解，学会汉语的日常会话，距离能

---

① 铁保：《〈白山诗介〉序》，王佑夫主编：《清代满族诗学精华》，中央民族大学出版社 1994 年版，第 135 页。

② "舒坤在《批本随园诗话》中谈到法式善有过这样一段介绍：'法时帆（即法式善——引者注），蒙古人，乾隆庚子进士，其人诗学甚佳，而人品却不佳，铁冶亭辑八旗人诗为《熙朝雅颂集》，使时帆董其事，其前半部，全市《白山诗选》，后半部，则竟当作买卖做。凡我旗中人有势力者其子孙为其祖父要求，或为改作，或为代作，皆得入选。竟有不识丁者，以及小儿女子，莫不滥厕其间。'这里明白指出《熙朝雅颂集》不能代表满族文学全貌的原因。尽管这部书瑕瑜互见，但是其珍贵的文献价值仍不能低估。"引自张菊玲《清代满族作家文学概论》，中央民族学院出版社 1990 年版，第 144 页。

够用汉文来创制格律诗歌，其间又有多少苦功需要付出。笔者要提醒世人，当我们在认识满洲民族当年由此文化向彼文化整体移位历史现象的时候，不妨想象，这一民族的文化移动速度有多么快，以及这个"多么快"的背后，会掩藏着怎样多的"主动进取"与"被动融汇"的悲喜故事。

让我们把视线重新转回铁保本人，来稍微细致地观察这样一位典范的北方民族诗人。他的创作虽也不乏精美含蓄的小品（例如一首《塞外夜雨》："一夜氊庐雨点粗，何人为觅引光奴？晓来泼墨秋山上，欲写米家从猎图。"①），却更喜欢通过刻画自己熟稔的民族生活场面来抒放个人的情怀，相关作品常常被写得生机勃发，意蕴不凡。有《塞上曲》组诗，其一写道："雕弓白马陇头春，小队将军出猎频。猿臂一声飞霹雳，平原争羡射雕人。"其二写道："高原苜蓿饱骅骝，风起龙堆塞草秋。陌上健儿同牧马，一声齐唱《大刀头》。"② 只寥寥数字，直将马上民族的姿态与神采勾勒得活泼泼、亮闪闪。另外，他的《试马》诗云："行空天马脱羁勒，驾我如坐云雾中。茂林丰草没短影，左旋右抽争长雄。燕昭台上骨已朽，伯乐眼中群复空。骄嘶重汝铁蹄踝，千里万里谁能穷！"③《放歌》诗云："何人射虎北城北，有客截蛟东海东。涿鹿城边战场古，黄金台下骥群空。颓波怒啮石子母，落木惊撼风雌雄。书生凭吊气龃龉，怀铅握椠徒雕虫。"④ 都在传统骑射民族的形象上，赋予了新的观念拓展。

他的作品，最是擅长表露雄健阳刚的精神魂魄，每每凸现着满洲民族诗人浪漫狂放的气质。

惊飙为轮云为旗，出门大笑穷攀跻。章亥有步不能测，凌虚飞躐昆仑西。昆仑西遇浮邱子，携我直上缥渺青云梯。走眼尽八荒，俯首瞰四夷。八荒四夷小如粟，向误芥子为须弥。江海等勺水，泰岱如丸泥。举头天日近，侧身云雾低。吁嗟乎！古来蛮触斗蚊睫，朝为吴越暮楚齐。

---

① 铁保：《塞外夜雨》，张菊玲、关纪新、李红雨：《清代满族作家诗词选》，时代文艺出版社1987年版，第224页。

② 铁保：《塞上曲》，张菊玲、关纪新、李红雨：《清代满族作家诗词选》，时代文艺出版社1987年版，第222—223页。

③ 铁保：《试马》，张菊玲、关纪新、李红雨：《清代满族作家诗词选》，时代文艺出版社1987年版，第227页。

④ 铁保：《放歌》，转引自李金希：《清代满族诗人铁保》，《民族文学研究》1998年第3期。

六经戈戈剩糟粕，二十一史全无稽。划然发长啸，巨响匐岩溪。青天高
尺五，吐气成虹霓。十洲三岛罗眼底，琼楼鸣天鸡。归来为补壮游事，
茫茫春梦无端倪。

——《放歌行》①

上面这首诗，写于作者置身莽莽昆仑的群山之间，正值他职场遭遇挫折
谪去西域途中，可是，遍索诗章，读者竟然根本找不到一星儿半点儿的咕哝
怨艾，诗人唯愿在远逐的路上，用狂飙为轮驾，以云霓为大纛，恣意享受一
通纵横驰驱于精神天地的快悦，他感觉，那些迁祸于己的小是非不过都是些
"古来蛮触斗蚊睫，朝为吴越暮楚齐"的无聊伎俩，在诗人自我灵魂的松弛
与歌舞面前，"六经戈戈剩糟粕，二十一史全无稽"，还有什么是可以束缚自
己的呢？

被贬黜的过程，恰恰是铁保诗歌充盈强者生命律动的佳作迭出期。他常
常能以一襟之博大，笑睨世事万物："万里岩疆事远游，玉门关外此淹留。
塞山不及征夫健，才见秋风已白头。"②

在谪居新疆的岁月中，铁保有幸接近不少西域的民族，或许是他个人的
民族身份，教他十分兴奋于这类交往。他以传神的诗笔，描绘和记录了许多
当地民族的风土社情。

昆仑迤西碣石北，中有雄藩古疏勒。国中女乐称最奇，意态翩跹胜
巴棘。当筵醉舞号妩娜，对对红妆耀金饰。低昂应节态婆娑，翩若惊鸿
曳双翼。齐眉翠黛入鬓长，拖地青丝随袖侧。曼音促节不可辨，俯仰低
迴哪能识？我会以意遇以神，仿佛高人诉反仄。夷人重译妩娜词，座上
闻之三叹息。江南江北此最多，一曲缠头无定则。朝朝暮暮歌吹繁，岁
岁年年风月逼。江上琵琶曲未终，六朝金粉无颜色。我闻妩娜声呜咽，
回首吴门隔西域。归来为补妩娜词，懊恼声中泪沾臆。③

---

① 铁保：《放歌行》，转引自张菊玲《清代满族作家文学概论》，中央民族学院 1990 年版，第
157 页。

② 铁保：《出关作》，朱眉叔、黄岩柏、董文成、卜维义选注：《满族文学精华》，辽沈书社
1993 年版，第 230 页。

③ 铁保：《妩娜曲》，张菊玲、关纪新、李红雨：《清代满族作家诗词选》，时代文艺出版社
1987 年版，第 225—226 页。

上面这首《妳娜曲》，传递出维吾尔民间舞蹈的美妙情韵，身为观者的铁保，虽因文化差异一时未能听懂舞蹈时的唱词，却用心去接近表演者的情感表达，并最终得以理解了其中的艺术内涵，产生了与歌舞人的心理共鸣。这是诗人铁保强过一般他民族观赏者的地方。同样写于西域维吾尔地方的《见新月》，更刻画了铁保本人与当地民众共同庆贺伊斯兰教历新年的欢乐场景："三百六十日如驶，以月占岁岁云始。闺中礼拜心最诚，拜罢升斋啜甘旨。喧呼彻夜如雷霆，举酒酹月月不醒。歌声呜呜鼓声咽，男女醉卧全忘形。一年一度月光好，如此良宵敢草草？我欲喝月使倒行，今岁红颜明岁老。"① 在穆斯林民众欢度新年的特有时刻，铁保以满族文化人的包容性格，对新疆民族传统庆典予以真诚的尊重、亲近与参与。

铁保所处的清季中期，中原文坛上已经确立的诗歌理论大家，包括首创"格调说"的沈德潜、鼓吹"肌理说"的翁方纲和阐发"性灵说"的袁枚等。铁保作为满族诗坛的领袖人物，并不盲从成理，他对沈、翁诗论的拟古主义倾向不以为然，指出："于千百古大家林立之后，欲求一二语翻陈出新，则惟有因天地自然之运，随时随地语语记实，以造化之奇变，滋文章之波澜，话不雷同，愈真愈妙。我不袭古人之貌，古人亦不能囿我之灵。言诗于今日，舍此别无良法矣。"②

他主张，写诗只有抒发自己的"性情"，才能获得成功。他所强调的"性情"，与袁枚所强调的"性灵"，既在指出文学创作要突出个性气质方面有共同之处，也有分歧之点。"性灵说"专注于诗趣的灵动，有时则难免蹈入虚飘，而铁保的认识比较的切中生活乃创作之源的艺术规律。他说过："余曾论诗贵气体深厚，气体不厚虽极力雕琢，于诗无当也。又谓诗贵说实话，古来诗人不下数百家，诗不下数万首，一作虚语敷衍，必落前人窠臼。欲不雷同，直道其实而已。盖天地变化不测，随时随境各出新意，所过之境界不同，则所陈之理趣各异。果能直书所见，则以造化之布置，为吾诗之波

---

　　① 铁保：《见新月》，张菊玲、关纪新、李红雨：《清代满族作家诗词选》，时代文艺出版社1987年版，第226—227页。
　　② 铁保：《续刻梅庵诗抄自序》，朱眉叔、黄岩柏、董文成、卜维义选注：《满族文学精华》，辽沈书社1993年版，第236页。

澜。时不同，境不同，人亦不同，虽有千万古人不能笼罩我矣！"① 铁保的这一强调诗歌必得写出真我之性、真我之情的诗歌创作论，与纳兰性德、玄烨等人的诗论一道，共同建构出满族古典诗歌理论的基本框架，也为丰富中华多民族的文艺理论做出了该民族的特殊贡献。

铁保一生著作颇丰，除辑有八旗诗作总集《白山诗介》与《熙朝雅颂集》而外，独立完成的著作尚有：《淮上题襟集》《惟清斋诗文集》（十八卷）、《梅庵诗钞》（五卷）、《淮西小草》《回民风土纪略》《梅庵奏疏》（二卷）、《梅庵自订年谱》（二卷，续编一卷）等。

铁保的艺术修养是多方面的，他又是清代著名的书画家。其书法极具晋人风骨，在中国书法史上占有一席较为重要的席位，曾与满人成亲王永瑆以及汉人刘墉、翁方纲一起，被公认为"清代四大书法家"。铁保之画技，尤以绘写梅花而见长。他的一些书画作品，一直流传到当代，仍为人们所推赞与珍藏。

铁保的夫人莹川，字如亭，宁古塔氏，是当时颇有名气的女诗人。她是一位很典型的满洲女性，性情达观，辨识大体，既喜读文史，工于书画，又有本民族女子传统的骑射本领。她的作品，往往显示有别于寻常女子的开朗洒脱面貌，实非一般中土之闺门可比。先来读读这首《郊外试马》："郊原风拥将台高，盘马遥观兴倍豪。岭树烟横萧寺古，长河一带水滔滔。"② 再看她的《登太白楼作》（四首选一）："楼外云山万树秋，苍茫湖海气难收。晴明最喜登高望，一片风帆天际浮。"③ 都可感受她的非凡气度。

在多年间与夫君相砥相扶的日子里，莹川与铁保的诗文唱和亦有不少。嘉庆四年，铁保、莹川携家由关外返京，途经山水相傍的山海关，有过一次尽兴的畅游。后来，二人每每忆起此事，产生了用形象作品将它记录下来的冲动，遂请画师绘制了一幅《望海图》。画成之后，铁保夫妇又欣然命笔，在《望海图》侧，各自吟题了诗文。铁保之作是：

---

① 铁保：《梅庵自编年谱·嘉庆九年》，转引自张菊玲《清代满族作家文学概论》，中央民族学院出版社 1990 年版，第 148 页。

② 莹川：《郊外试马》，张菊玲、关纪新、李红雨：《清代满族作家诗词选》，时代文艺出版社 1987 年版，第 229 页。

③ 莹川：《登太白楼作》（四首选一），张菊玲、关纪新、李红雨：《清代满族作家诗词选》，时代文艺出版社 1987 年版，第 230 页。

自题临榆望海图照 并序

　　己未之秋，余自盛京刑侍再调少宰，挈眷属入山海关。艳临榆海天之胜，轻骑往观。至则车骑塞途，内子已携元儿徘徊于云影天光之外，相视大笑。余喜其意气豪迈，乘风破浪之想竟锝之闺阁中，有非常流辈所能几及者。辛酉三月芙蓉山人华君过淮，属为补图，以识胜概。他日解组归田，白头举案，灯前月下，历数壮游，亦足增一时谈助。元儿其善藏之。

　　山川气拥古临榆，驻马堪描望海图。巨浸无从辨中外，壮游有几挈妻孥？茫茫云影随时变，点点齐烟入望无。我若携樽酬海若，长风万里卷衣襦。①

莹川的题诗有数首，其中两首为：

　　——极天雪浪望无际，六合全归浩瀚中。渺渺蒲帆残照外，苍茫万里驾长风。

　　——一楼惨淡斜阳影，拍岸涛声动客情。我向天涯开眼目，扶摇风卷一身轻！②

　　有人说，满洲古典的女作者其作品多呈现出不让须眉的丈夫气质。这一看法，顶多是说准了一半。在高纬度地区，世代从事与男性相比肩的野外经济活动，确让该民族的女子，早已养成了豪迈果为的性格，这一点，实为长久遭受"三纲五常"名教挤压的汉地女子所不及；不过，说到底，满洲女儿也有其情感充沛的一面，只是不像中原闺阁多以细弱柔美的方式为突出表现而已。满洲的女性作者，其最大的特点，其实不仅在于表层的豪迈风发，而更其本质地在于她们的"天然去雕饰"。

　　铁保之弟玉保也是有着进士出身的诗人，他因与权臣和珅不洽，40 岁上即抑郁辞世，由此可见他的心理类型或较乃兄不同。玉保有诗集《萝月轩存

---

　　① 铁保：《自题临榆望海图照并序》，张菊玲、关纪新、李红雨：《清代满族作家诗词选》，时代文艺出版社 1987 年版，第 223—224 页。

　　② 莹川：《自题临榆关望海图小照》，张菊玲、关纪新、李红雨：《清代满族作家诗词选》，时代文艺出版社 1987 年版，第 230 页。

稿》和《石经堂诗集》，作品也与铁保的风格不同。这里引一首《宿姚家庄》，聊以见其诗貌："驱车投荒村，夕阳满林薄。田家重款宾，殷勤开草阁。自云城中人，家世久萧索。徙居牛栏山，胼胝事耕作。薄田仅数亩，糊口异漂泊。迄今三世余，母子保藜藿。城中多族党，当时竞炫烁。一再过其门，嗣续叹日削。担种两不能，此身竟何托？白屋无冻馁，朱门有沟壑。翩翩贵家子，往往悲中落。闻言心惨惨，是非感今昨。聚食爱鸡豚，处堂怜燕雀。凉月隔林来，西风卷疏箨。"①

下面，再重点地谈一谈嘉、道时期满族诗坛上一位紧步铁保后尘的优秀诗人——英和，以及他的家族。英和（1771—1840），又名石桐，字树琴，号煦斋，因生于其父德保广东任所故而又号粤溪生，满洲内务府正白旗人，索绰罗氏。其先人世居混同江东北佛阿辣地方，五世祖布舒库"从龙入关"有战功归入内务府，四世祖都图因勇力过人，做康熙皇上随从时，帝"嘉其身健如石，赐姓石氏"②。于是这支索绰罗家族又有了一个荣耀的"石"姓。到英和上边两代，其武勇家风竟也随民族文化变迁而蜕变。从英和祖辈的富宁（有《东溪先生诗》）和永宁（有《寸寸集》《铸陶集》）两兄弟起，到父辈的观保（有《补亭诗稿》）和德保（有《乐贤堂诗文钞》《督运草》）两兄弟，再到英和与他的儿子奎照（有《使青海草》）都有不一般的文学造诣，《清史稿》对其一门祖孙四代赞赏有加，说他们索绰罗氏一门"皆以词林起家，为八旗士族之冠"。③

英和的父亲德保，为乾隆初年的进士，大半生辗转仕途，曾任广东巡抚、礼部尚书等职。他的诗歌，尤有特色的是任职各地所写的即事咏怀诗，例如《观潮》《木棉花歌》《南海神庙铜鼓歌》《飓风行》等。《广东将军邀阅水操》一作，记录下乾隆年间广州八旗水师的军事操演壮景及诗人的感想："粤东濒海地，重镇先军防。教养百年余，士气皆鹰扬。将军熟韬略，纪律严且详。招邀阅水战，旗鼓何堂堂。初为鱼丽阵，鹅鹳分成

---

① 玉保：《宿陶家庄》，（清）铁保辑、赵志辉等点补校：《熙朝雅颂集》，辽宁大学出版社1992年版，第1569页。

② 于植元：《清代满族著名文学家英和与奎照》，辽宁人民出版社1988年版，第5页。

③ 同上书，第5页。英和家族向下不知又传了几代人，再次跃出一位在中国戏曲史上的名士——京剧表演艺术家程砚秋，不过，到程砚秋学戏的时候，这索绰罗（石氏）家族，已经潦落到了无以复加的程度。满族史上，大起大落的门第，竟不知有多少！或许这也就是满族。

行。渐如五花市，左右逐飞蝗。梁传乍合斗，刀剑寂礲碾。欻天一炮发，
尽作惊鳞藏。万舸寂无声，白波浩茫茫。须臾浮水面，踏浪如康庄。移时
演火器，烟焰迷重洋。较之在平地，步武尤腾骧。一士引长缏，攘臂援危
樯。直上几百尺，捷若飞鸟翔。到顶逞盘旋，四顾何徜徉。技岂类寻橦，
永夜资瞭望。升平静海氛，潢池无拔猖。曩者侍瀛台，兵嬉岁为常。扈从
到东吴，大阅金山傍。兵也备不用，保泰钦吾皇。今观岭南土，一夫万人
当。年年会虎门，众志维金汤。师贞利丈人，三锡仔恩光。将军一笑粲，
对月倾壶觞！"[1]

英和"少有俊才"，5 岁起先学汉字，9 岁掌握了满文与弓矢技艺，12
岁学写诗，很早就在八旗上层少年中脱颖而出。权相和珅欲以女儿嫁与英
和，德保坚持谢绝此门婚事，相互因而生有芥蒂。乾隆五十八年（1793
年），英和取中进士，当年的主考官刚好为铁保，英和此后便在"恩师"铁
保处执"门生"礼。铁保和英和师生二人恐怕真的就算有缘吧，英和日后的
仕途履历、跌宕命运乃至于艺术成就，都与铁保有一些相像之处。

英和为官凡 35 年，自 33 岁起即授军机大臣，转任过八旗满洲与八旗汉
军的正、副都统，还做过热河都统和宁夏将军，他在嘉庆朝之吏部、户部、
礼部、刑部、工部分别担任过尚书和侍郎，加太子太保衔，并授予协办大学
士职。他也数次主持科考，还做过续纂《四库全书》总裁、《会典》馆总
裁、武英殿总裁和重修《明史》总裁。

英和是一位作为显著、青史留名的贤官。为裁决一些错综复杂的案件，
他多次远行踏察，以弄清事实，秉公执法；在远非和畅的政治环境下，他身
体力行改革吏治，不顾一己安危，提出向"祖宗家法"挑战的新举措；他以
直谏著称，兴利除弊、节俭开支，多与权贵结怨。嘉庆年间他为百姓生存
计，力挽巨澜，推翻增加捐税决策。道光年间他又力主通筹海运，并使南粮
北运、大局安然。他为平定新疆出现的危及国家统一的张格尔叛乱，运筹帷
幄，制定了决战千里的方略，为战局胜利打下基础。

英和一生毁誉沉浮异常剧烈，他不仅受过超乎常规的皇恩，也遭到同样
来自皇权的严裁。嘉庆年间曾五次遭到黜降，无一次为个人品德或能力所

① 德保：《广东将军邀阅水操》，张菊玲、关纪新、李红雨：《清代满族作家诗词选》，时代
文艺出版社 1987 年版，第 134—135 页。

致，故都能在短时间内重新起用。嘉庆二十五年，皇上对他的恩宠到了极限，竟破例为英和 50 岁"赐诗祝寿"。皇上为臣工贺寿，在封建时代可谓"旷典"，可见英和在朝中何其重要。道光朝，皇帝即位之初对他评价极高，谕旨褒扬英和"人本明白，性复敢言"和"才力可取，办事认真，不避嫌怨"。孰料至道光七年，英和连遭厄运：先是因"家人私议增租"而被"拔去花翎，降二品顶戴"，随后皇上是更加恼火，将英和与时任左侍郎的长子奎照、任通政使的次子奎耀，以及做即补员外郎的孙子锡祉，一并革职，他的家财被抄没，一家人均被投进牢狱。原来，一贯提倡节俭用度的英和，在所监造的皇陵工程中紧缩开支，致使已安放了皇后灵柩的陵寝浸水。道光帝为之震怒，险些把英和杀了头。后来，这位为大清皇朝竭尽忠诚的老臣，虽保住性命，却于道光八年，与两个儿子一道被"解往黑龙江充当苦役"。那年英和已年逼六旬。经过将近半年的艰辛跋涉，他们才抵达流放地——卜魁（即今齐齐哈尔），那里当时最是异常蛮荒寒冷之所在。英和的一首《风中行》，能够见出他们一行前往流放地途中情状："平野浩浩声呼号，风来削面如剪刀。蒙茸一袭薄如纸，晴旭徒上三竿高。仆夫次且有忧色，望帝辄欲沽村醪。乃援御者相戒告，告以此行难得遭。雪后惊尘冻不起，复少泥淖污战袍。毋为善退学鹢翼，但期占顺吹鸿毛。病躯虽愈心未愈，鞭镫今尚能亲操。回顾良驹正腾跃，伸颈掉尾鸣萧萧。其志从来在千里，锋棱瘦骨轻吾曹。呜呼！不令瘦骨轻吾曹，冒寒前进甘任劳。"[①]

英和父子在卜魁煎熬了两年，皇上终于转念，颁旨赐还。英和的两子一孙重新出仕，垂暮的他却再也没有心思复归官场伤心地。他年迈多病，在极痛苦的人生磨难中，往日所持忠君报国心志亦受到重创。他以痴愚老人之义，给自己取了"瞽叟"别号，退居田园十年之久，直到逝世。

英和承受了难忘的人生经历，对身处其间的封建朝野本质，获得了顿悟，对皇朝已入末世的趋向，生发出无法言说的绝望。这对本来就有很高诗歌修养的英和来说，是个可贵的砥砺。其晚年诗作的思想性因而走向成熟与完美。

---

① 英和：《风中行》，张菊玲、关纪新、李红雨：《清代满族作家诗词选》，时代文艺出版社 1987 年版，第 240—241 页。

瞥眼遥见一神竦，茸茸斑毛将摇动。守犬频惊吠篱隙，草蛇欲避趋墙孔。梯山航海来何方？或从乌弋过白狼？谛视乃是新堆石，居然威猛形披猖。相质寻材遍溪涧，以绳缚木登云栈。奥数千斤积累成，当局谁能别真幻？万物有真便有假，假者恒多真者寡。但知渊下鱼化龙，岂少人间鹿为马！麒麟不见角端无，只知狻猊立屋隅。一时雄踞炫人目，会使儿童捋尔须！[①]

这是一首《石狮子谣》，诗人从石狮子像以假充真、欺世盗名写起，毫不容情地揭露了世上虚假遍布的现实，断言于假相终会被识破之必然。

《徐星伯匹马关山图》，则对封建社会权势者埋没人才的现象做出痛彻批判："不行万里路，不知马力强。不历险阻境，不知马性良。相马贵有识，驭马要有方。若其不然者，辜负马之长！"[②]

他的诗歌，见地独特，情感真切，在朴实的描绘和不事雕琢的宣泄中，表达着一位具有上等德操的封建政治家的胸襟与气度。

《瞻云》诗中，写出了他退居田园后对国计民生的关切："晴雨多关怀，日日看云色。或轻若挚絮，或浓如翻墨。我田能几区？所望丰邦域。凭栏心遥驰，向云目屡拭。"[③]《春夜风雨》同样反映的是这种关注民瘼的情感："短梦惺忪当夜静，闲情宛转为农忧。田园待泽久如渴，风雨骤来凄若秋。柳弹桃秾二月破，窗摇幕湿五更头。天悭更比诗悭甚，时未黎明势已休。"[④]

《经香界寺山下》看似一首即景之作，却写出了诗人在多次遭受坎坷波折时的磊落坚贞：

卷地风来竟日频，阴寒不似艳阳春。惊沙一任漫天舞，难掩山容面

————————

①　英和：《石狮子谣》，张菊玲、关纪新、李红雨：《清代满族作家诗词选》，时代文艺出版社1987年版，第239页。

②　英和：《徐星伯匹马关山图》，张菊玲、关纪新、李红雨：《清代满族作家诗词选》，时代文艺出版社1987年版，第237—238页。

③　英和：《瞻云》，张菊玲、关纪新、李红雨：《清代满族作家诗词选》，时代文艺出版社1987年版，第236页。

④　英和：《春夜风雨》，张菊玲、关纪新、李红雨：《清代满族作家诗词选》，时代文艺出版社1987年版，第237页。

目真。①

在英和诗集中，尚且保留着一些他落难东北之际，悉心观察当地风光民俗的作品，让人们看到这位原本"处庙堂之高"的要吏，对先前满洲等偏远民族生存之故地，所葆有的不解情结。这些作品使今人读来，也会因其中存在的民族文化价值而感到可贵。

《打牲乌拉》记录了清代中期满族故土的真切气象："投宿打牲处，问丁盈万家。山林聊托迹，烟水是生涯。老蚌应成孕，寒鱼亦可叉。攀条寻树蜜，结实仰松花。寺僻春光少，人来夕照斜。边门方百里，行不厌风沙。"②

《海青》诗，是作者所作《龙沙物产十六咏》组诗中的一首，刻画了满洲民族自古以来所珍爱的猛禽海东青："俊绝超鹰侣，飘飘健复轻。层霄冲有志，凡鸟寂无声。萧瑟三秋景，绵延万里程。《禽经》闲欲注，东海记佳名。"③ 也是在这"十六咏"中，这样写到《貂》："温厚生来质，不妨霜雪侵。只缘好毛羽，难隐旧山林。复顶光迎日，章身重比金。神兵戡定后，献纳到而今。"④ 又这样写到《乌拉草》："不似柔沙种，冰天独可凌。铺之分擘絮，织亦说从绳。难报三春日，休夸万岁藤。牛羊频践履，茁壮遍沟塍。"⑤

卜魁位于北地巨川嫩江之畔，周边还有许多索伦等兄弟民族的栖息地。英和日日与他们为邻，便饶有兴致地拿起笔，一再描摹那里的土风社情。

识俗

南北气候既殊，风俗亦异，删其冗杂，得诗四首

其一

草束缚高竿，檐脊标小帜。鼓送太平声，女巫禳祀事。

———————

① 英和：《经香界寺山下》，张菊玲、关纪新、李红雨：《清代满族作家诗词选》，时代文艺出版社 1987 年版，第 238 页。

② 英和：《打牲乌拉》，张菊玲、关纪新、李红雨：《清代满族作家诗词选》，时代文艺出版社 1987 年版，第 241—242 页。

③ 英和：《海青》，张菊玲、关纪新、李红雨：《清代满族作家诗词选》，时代文艺出版社 1987 年版，第 243 页。

④ 英和：《貂》，张菊玲、关纪新、李红雨：《清代满族作家诗词选》，时代文艺出版社 1987 年版，第 242—243 页。

⑤ 英和：《乌拉草》，张菊玲、关纪新、李红雨：《清代满族作家诗词选》，时代文艺出版社 1987 年版，第 243 页。

其二

纳彩跃门楣，丹黄色炯炯。兆为男子祥，石麟待摩顶。

其三

靴以皮为之，古风借扬榷。惟有束发冠，峥嵘露顶角。

其四

谁言葬者藏？三藏为人骇。安得火中莲，甘露枝同洒。①

英和一生诗作丰厚，计有《蛾术集》《恩福堂赋抄》《瀛州集》《容台集》《民部集》《西馆集》《水部集》《赓扬集》《植杖集》等，这些诗集中的许多作品，又被编成《恩福堂诗抄》十二卷。此外，他还有《恩福堂笔记》和《恩福堂年谱》等著述。

在清代书坛之上，英和也是一位数得着的大家。他的书法作品，刚劲方正，见其书便似睹其人。

铁保与英和，都是封建时代的贤官宿吏，都曾立志要以自己的卓异才力报效国家与君王。然而他们已经生不逢时，偏偏赶上中国封建社会的盛世委顿末世降临，才情的发挥就要大大地打个折扣；其实，任何封建时代就其本质来讲，也都只会是无视忠良戕害才俊的世道。文学作品总归是作者经历之演示、心灵之映现，我们透过铁保与英和的诗歌，看到了这二人的人生坎坷，也不难读出前者精神的放达豪迈，和后者心灵的坚贞顽韧。放达也罢，顽韧也罢，作为封建年代的政治家，这些持始持终的性格，尽管终究无补于社稷，还是值得后人看重的。我们当然又要为他们际遇于那样的年代而发出慨叹。

英和之子奎照，亦进士出身，因其父株连放逐卜魁前已任过吏部侍郎等职，从流放地返回后，再任礼部尚书和左都御史。存世作品有《使青海草》，是他于道光十一年（1831 年）奉旨出使青海，用诗歌形式记录的见闻与感受。此处稍征两首，颇能窥见其中所受乃父精神之浸润。《喜雨》："几度云开落复停，心香默乞雨师灵。添来新涨鸭头绿，洗出遥山佛顶青。叱犊划泥

---

① 英和：《识俗》，张菊玲、关纪新、李红雨：《清代满族作家诗词选》，时代文艺出版社 1987 年版，第 244—245 页。

耕垄亩，呼童导水灌畦町。驱车我亦同加额，击壤明朝处处听。"①《会宁途中见驼装》："一橐驼身载两箱，十驼五驼为一行。一行一行道相望，顶铃迎风声郎当。廿里才过山之梁，十里又涉水之矼。一驼泥滑倒路旁，几人驱策牵复扛。咻咻嘶殆卧欲僵。可怜日未饱刍粮，负重犹自行踉跄。回顾围人语为详：勿鞭我马驰仓皇。行已鹄立背有疮，朝冲风日暮凌霜。人与驼马同心肠，视为一体应哀伤！"②

二

嘉、道时节又一个值得较多言说的满洲文学家庭，是奕绘与太清一家。

奕绘（1799—1838），字子章，号妙莲居士、幻园居士、太素道人。他是清宗室，为乾隆皇帝曾孙。其祖父荣纯亲王永琪，父亲荣恪郡王绵亿，都是宗室内才艺兼备的人物，他们在满汉文法、中西算学、诗画艺术等领域，均取得过相应的成就。奕绘自幼得到家学气氛的濡染，又受汉族名士的教育，12 岁即能写诗。他有一种博览群籍的嗜好，在长期不懈的追求中，具备了诗词、书法、数学、天文多方面的知识积累。他还有文字学方面的著作，与王引之合编过《康熙字典考证》；特为可贵的，是在精通满文、汉文的基础上，掌握了当时国人极少染指的拉丁文。像他这样学贯东西的学者型人物，在当时的宗室当中是罕见的。

奕绘 17 岁的时候，父亲去世，他按宗室制度袭封贝勒衔，成了王公集团中的重要一员。他也曾先后出任正白旗汉军都统、镶红旗总族长、东陵守护大臣、内大臣，还管理过两翼宗学事务、武英殿事务和观象台事务。但是，奕绘就其性情来说是个很不愿意跟官场肖小为伍的人，长年奔波于名利途中使他甚是不快。37 岁时，他便自请免除所有政务，获得皇上准许，以半俸而归去于泉石林木之间，专注于他所喜好的艺术生涯。

奕绘 15 岁成婚，嫡福晋（即正室夫人）贺舍里氏是一位才女③；25 岁时，他又纳才貌双绝的西林觉罗氏为侧室夫人，这位西林觉罗氏，便是在中

---

① 奎照：《喜雨》，张菊玲、关纪新、李红雨：《清代满族作家诗词选》，时代文艺出版社 1987 年版，第 287 页。

② 奎照：《会宁途中见驼装》，张菊玲、关纪新、李红雨：《清代满族作家诗词选》，时代文艺出版社 1987 年版，第 288 页。

③ 奕绘的嫡福晋妙华（字霭仙），曾有诗作《妙华集》问世，惜未传。

国文学史上占有一席之地的西林春（顾太清）。嫡福晋比奕绘先期去世，他没有再续娶正室。他与西林春十分恩爱，且有着一致的艺术志趣，常常相携游历山水，吟诗填词，彼此切磋，留下了许多美好的作品。① 当时，奕绘的贝勒府中，文风炽盛，王引之、阮元、潘世恩等名儒硕学都是常客，府中僚属阿禅泰、鄂克陀、尼玛兰等也都擅长弹琴作诗，甚至连仆童、侍女也皆会背诵男女主人的诗词警句。据说有一回，他家中的一个干粗活儿的奴仆到市面上，发现了一幅有收藏价值的绘画作品《达摩渡江图》，也知道主动买回来献给主人，可见奕绘家里文化艺术之风浓重到了何等程度。

奕绘曾在《妙莲集》卷首《未冠集》中写过："世所最乐者，太平读书生。亦不必仕宦，亦不必躬耕。经史五六架，斋馆两三楹。默然见古人，快扶古性情。何乐能过此，沁润心脾清。"② 他的一生，不愿以权贵闻世，却好以读书人自居。

奕绘生活的时代，清政权步入下坡，而西方国家的文化、经济、军事渗透却日甚一日，此时国内贵族阶层的穷奢极欲不但不见收敛，反倒更为明朗。奕绘贵为贝勒，能对社会现实保持清醒认识。这些，在他的作品中都有所体现。对上流社会的不满和对苍生百姓的同情，是他的诗歌中的常见主题。

在一阕《江神子·听梨园太监陈进朝弹琴》中，他竟敢明明白白地写道："老奴空抱爱君心，借长吟，献规箴，弹《鹿鸣》《鱼丽》戒荒淫"③，语锋所指，当为皇朝最高统治者。在《砖头富》《两富翁》等长诗中，他对剥削制度下拜金主义腐蚀人性以及富豪人家毁于荒嬉之类的社会现象做了透辟的揭露，并且还能联系到自身的现实："弓矢与农工，可以保家身。文章与道德，可以活万民。金银与田宅，可以殃子孙。我今既多男，后时子必繁。若非读书材，但当习苦辛。慎勿恃封荫，熟玩富翁篇。"④

---

① 一次浏览互联网，竟发现有当代青年网友将奕绘与太清（西林春），评为"中国古代十大知音夫妻"中的一对，另外的九对夫妻，包括赵明诚与李清照、司马相如与卓文君、钱谦益与柳如是、冒辟疆与董小宛、陆游与唐琬，等。

② 奕绘著、金启孮编校：《妙莲集·写春精舍词》，辽宁民族出版社 1989 年版，第 78 页。

③ 奕绘：《江神子·听梨园太监陈进朝弹琴》，张菊玲、关纪新、李红雨：《清代满族作家诗词选》，时代文艺出版社 1987 年版，第 267 页。

④ 奕绘：《两富翁》，张菊玲、关纪新、李红雨：《清代满族作家诗词选》，时代文艺出版社 1987 年版，第 263—264 页。

　　奕绘对身旁贵族子弟们骄奢淫逸带来的王朝凋敝气象，倾注了一腔忧虑。享有"贝勒爷"尊荣的他，思考见地上确有胜出其他贵族许多的地方。《临江仙·书所见》词写道："风流公子无拘束，游春十乘香车。车中颜色尽如花。连翩从骑，大马锦泥遮。传闻前任夔州府，子孙年少豪奢。生民膏血换吴娃。黄金易散，白日易西斜。"①

　　奕绘的诗笔，总能迫近他所观察和思考的世情世态。面对某些他亲见亲感的官场恶行，诗人不惜忿然拍案，投以尖锐的抨击。一次，他父亲府里派出的摩吉哥（满语，即传信人），办差途中无辜死在贪利图财的县吏手下。奕绘悲愤已极，疾笔而成《九指虎儿歌》，喊出了"苛政猛于虎"的心声："赳赳成虎儿，貌恶心忠和。左手缺一指，身充摩吉哥。壬辰腊月底，传事白沟河。虎儿素善走，四日应到家。十日不见来，中途必有差。虎儿有老父，盼儿若风魔。虎儿有妻室，望夫泪滂沱。有子三岁强，学语日呼爷。果哉孙述武，束装气峨峨。请行寻虎儿，宝刀囊以鲨。朝寻大道旁，暮觅深山阿。夜犯盗贼群，昼访州县衙。茫然四五日，重到良乡坡。坡下有深沟，裸葬尸如麻。一尸唯九指，僵皮冻泥沙。述武入县中，怒向役朱诃：虎儿有敝裘，亦有刀新磨。汝司者何事？杀夺事云何？实供免汝死，否则白刃加！役朱惧顿首，战兢言若哇：人实死道旁，资财役私拿。埋尸不报官，所图止些些。刀裘匿家中，取验果不讹。述武遂返命，入城日未蹉。呜呼天壤间，冤屈埋则那。设役以捕贼，杀人比贼多。愿言长民吏，听我虎儿歌。苛政猛于虎，猾役比政苛！"②

　　《挖煤叹》一首，更是集中抒发了他对劳动者凄苦命运的体恤和悲悯，同时也披露出对被奴役者精神蒙昧的关注：

　　　　山间一簇人耶鬼？头上荧荧灯焰紫。木鞍压背绳系腰，俯身出入人相尾。穴门逼狭中能容，青灰石炭生其中。盘旋蚁穴人如虫。移时驼背负煤出，漆身椒眼头蓬松。我立穴上看，深怜此辈苦。因令僮仆前，转责煤窑主："汝坐享其利，视彼陷网罟。人无恻隐心，何以为人父！"窑主依我言，按分青钱数。数付挖煤人，令彼去息午。挖煤人得钱，足蹈

────────────

① 奕绘：《临江仙·书所见》，张菊玲、关纪新、李红雨：《清代满族作家诗词选》，时代文艺出版社 1987 年版，第 268 页。

② 奕绘：《九指虎儿歌》，朱眉叔、黄岩柏、董文成、卜维义选注：《满族文学精华》，辽沈书社 1993 年版，第 311—312 页。

而手舞。饥不市糕馍，劳不息茂树。且去向村头，酒肉充馋肚。腹果有余钱，聚伴群相赌。移时钱尽心如灰，又向窑中去挖煤。①

在奕绘诗歌中，又屡可读到一些真诚赞叹苍生百姓之优长的作品。例如《牧羊儿》，夸奖了小牧童精湛的放牧本领，借以鞭笞了功名场上常见的虚枉浮躁："偶逢牧羊儿，顺手拾土块。打头中羊头，打背中羊背。借问技何精，牧儿叉手对：'八岁初放羊，羊多吃禾菜。鞭长不及丈，难制数步外。农圃惜青苗，颇遭长者怪。几番遭痛打，筋骨幸未坏。渐解瓦石抛，时或失一再。一失亦有祸，百中乃无败。久之千中千，遂敢以土代。轻重与远近，随心万无碍。不似彼官人，学射多姿态。五发中三四，升迁换冠带。可应承平赏，难当军阵队。可陪中朝彦，难伍牧儿辈。彼若如牧儿，将入凌烟画！前坡春草丰，无暇久闲话。'鞭羊去不顾，溪山正堪爱。我闻牧儿言，内惭先语塞。功名何足矜，草野有婴、哙。"②又如《棒儿李》，讲述了一位南京街头的汉族艺人，帮助素不相识的满族落难兄弟，远涉千山万水返回东北故乡，而自己却钱财耗尽流落异地的故事，反映了汉、满两族贫苦百姓间的情分："棒儿李，身挟一鼓行万里。自言'家住金陵城，偶遇福建赦回旗人饿垂死。怀中无钱有赦书，不得还乡见妻子。我时年少心肠热，许助东归鸭渌水。三木地上支鼓腔，三棒空中落还起。一日渡长江，三日渡黄河。食分患难友，口唱凤阳歌。天津达山海，出关更东走。口唱凤阳歌，食分患难友。友人中途已抱病，扶持到家亦殀命。入门三日死正寝，恸哭声催鼓皮进。东经宁古塔，北转经三姓。东京往还十五年，南京流落北京边。有兄有嫂不得见，旅食他乡不见怜。绝艺养身稍余积，复因藏友倾腰缠。'吁嗟乎！世间翻云覆雨诸君子，远愧街头棒儿李！"③诗的结尾，作者对上层社会"翻云覆雨诸君子"的断喝，说明了他对越来越无法认同的现实生活的怀疑和谴责……还有一首小诗《采苦荬》，也值得品读："苦荬类于茶，阳坡杂绿芜。百年春气味，一尺老根株。秀色已堪采，芳华宁旧污？乡人羡肉食，——无

———————

①　奕绘：《挖煤叹》，张菊玲、关纪新、李红雨：《清代满族作家诗词选》，时代文艺出版社1987年版，第257页。

②　奕绘：《牧羊儿》，张菊玲、关纪新、李红雨：《清代满族作家诗词选》，时代文艺出版社1987年版，第255—256页。

③　奕绘：《棒儿李》，张菊玲、关纪新、李红雨：《清代满族作家诗词选》，时代文艺出版社1987年版，第252页。

乃近于诬!"① 切近地写出来贫苦人家采食野菜度日的场面，指出他们的生存与小康家庭尚且存在的极大距离，而上流社会对这简单的事理都不懂得。这样的诗，委实是寻常的王公贝勒们断断写不出来的。

诗人认为，要防止子孙后代荒嬉忘本，必须教授以民族的优秀文化。他曾经以《诗》《射》《清语》《算法》为题，作过四首"示儿辈"的诗，强调勤奋继承家学渊源的重要性。《清语》一首写道："大清援建国，天命始为书。地据三韩旧，言尤渤海余。诹咨通训诂，问学辨虫鱼。继志毋忘本，生民各有初。"② 他是把民族语言文字的继承，当作后代是否赓续初民根本来看待的。

同时，奕绘又不是个墨守文化陈规的人，他因早期主管钦天监事，多与西洋传教士往来，知晓西洋科技发展近情。在《千里镜》《寒暑表》《自鸣钟》《登观象台》等作品中，他对刚刚传入中国的西方科学技术倍加赞赏，如《千里镜》诗这样写："圆镜五重合，长筒制度匀。谈天古多误，望远此如神。金、火生元气，泥丸转地轮。拘人守成说，至论岂终湮!"③ 表示了必须勇于放弃祖先留下的荒谬成说，积极向外国之近代科学文明学习的意向。

奕绘的著作，留存于后世的，有《子章子》《集陶集》《妙莲集》《写春精舍词》和《明善堂文集》等。另外，他还和汉族文字学家王引之合编过《康熙字典考证》。

奕绘在满族的文学史册上有其一定的意义。时至嘉、道时期，绞结一道的满洲社会与清王朝，步步走向了不再可能振作复起的下坡路。这时，封建制度的固有恶疾，桩桩件件地引发与暴露出来，官民各界的视野亦为之大开。连像奕绘这样处在尊优位置上的王公贵胄，也已无法躲避社会矛盾的激变与逼仄。此前，乾隆间京师满族作家群以及较他们更早些出现的满族作家，辗转反侧痛苦面对的主要矛盾，还多为统治阶层内部的冲突倾轧，他们的文笔也大多在纠缠或者回避着那样的悲哀现实。到了嘉、道时期，满族作

---

① 奕绘:《采苦荬》，张菊玲、关纪新、李红雨:《清代满族作家诗词选》，时代文艺出版社1987年版，第254页。
② 奕绘:《清语》，张菊玲、关纪新、李红雨:《清代满族作家诗词选》，时代文艺出版社1987年版，第251页。
③ 奕绘:《千里镜》，张菊玲、关纪新、李红雨:《清代满族作家诗词选》，时代文艺出版社1987年版，第250页。

家关注的社会矛盾，已经充分展示了它的整幅画面，有社会担当的满族文化人，向内、向外的一切知觉触点，都遍布着问题。上一节所述铁保与英和，当然也处在这一现实当中，但检读他们的作品，铁保笔下便较少直击社会矛盾的作品，英和虽然有一些，也多是在遭受巨大人生灾难后才沉淀的感受。奕绘则不然，依他的处境，完全有条件如同鸵鸟一样把头钻进沙土中，苟且平安度过一生，他却没有做出那样的抉择。在满族文学范畴，他是头一位主动将笔锋指向广泛的社会生活跟社会矛盾的贵族文人，并且以此为该民族的文学后辈树立了楷模。此其一。其二：奕绘在当时的满族文人中间，足称饱学之士，甚至达到与人合著《康熙字典考证》的超高学识，可是，读起他的作品，人们却惊异地发现，那轻松裕如的，语体化、生活化的鲜活表述在在皆是，散漫自由的诗歌形式、娓娓道来的平凡言说，更是瞄准了最广泛读者的接受程度。这种文学风尚，在一部越来越显现出以大众情趣、庶民语境为其生命的满族文学流变史中，不能不说有其承上而启下的示范价值。

再来说太清。

清代初期满族人刚刚学会用汉文写作的时候，除了纳兰性德、岳端、曹寅等极少几位作家得以进入传统词作的领域之外，多数人还不能涉足词坛。这与填词比吟诗难度更大有关。到了清代中、后期，满人填词的渐渐增多，也能写出为数不少笔力脱俗的长短句作品了。满族词坛由此亦达到和汉族词坛比肩发展的水平。贝勒奕绘之簉室夫人太清，就是一位令中国的古典文学史家彻底刮目相看的满族女词人。

太清（1799—1877），在以往的文学史著作中多被称作顾太清，偶也称作西林春或者顾春。她是镶蓝旗满洲人，名春，字梅仙，号太清，西林觉罗氏。皆因是乾隆年间"胡中藻文字狱"中要犯鄂昌的孙女，在嫁作贝勒奕绘的侧室时，不得不向宗人府托报是顾姓后代，便为世人叫做顾太清。太清在创作时，常自己署名"太清春"，晚年也自署为"太清老人椿"或"云槎外史"。

太清一生历嘉庆、道光、咸丰、同治、光绪五朝。其前期创作活动多是和丈夫奕绘一起进行的，约有 20 年。奕绘 1838 年去世，此后是太清创作活动的后期，约有 40 年。①

---

① 为了笔者行文及读者阅读方便，只能将太清的生平和创作于此节一并介绍。

太清的祖上，也曾是满族望族之一。雍正年间做过保和殿大学士的鄂尔泰，是她的曾叔祖。她的祖父鄂昌，乾隆间官至甘肃巡抚，结果因朝中党争而获罪于文字狱，被皇上"赐自尽"。此后，父亲鄂实峰只好以游幕为生，直到晚年才在北京西山健锐营落户，娶得富察氏为妻，生了太清兄妹三人。太清十七岁之前，受到家学教育。后来，家计过艰，就凭着跟奕绘府上有远亲的关系，来府中谋事，做些类同家庭教师的事情。原来，太清是奕绘祖母的内侄孙女，她和奕绘的关系，与《红楼梦》中湘云和宝玉的关系相同。太清才华出众品貌兼美，引起奕绘贝勒爱慕。但二人结合却是难题。一是奕绘已然有了福晋（即正室夫人）；二是按当时的宗室制度，贝勒立侧室，也只能从所属府员包衣旗人中选择；三是太清身为"罪人之后"，立为侧室是犯大忌的。这样的难题终于没有难倒不计世俗利害的奕绘，几经波折，太清在假托奕绘府中顾姓护卫家人的掩护下，呈报宗人府，获准成了奕绘之如夫人，应了"有情人终成眷属"那句话。

太清虽仅为奕绘侧室，二人感情生活却十分美满，以至于奕绘在嫡福晋亡故之后，未再议娶正室。他与太清厮守一生，彼此情意相投，艺术志好也吻合，他们每日吟诗、填词、绘画、郊游，有享受不尽的乐趣。从太清记录当时二人春游见闻的一首《浪淘沙》词中，看得出她对这种生活的满足："花木自成蹊，春与人宜，清流荇藻荡参差。小鸟避人栖不定，飞上杨枝。归骑踏香泥，山影沉西。鸳鸯冲破碧烟飞。三十六双花样好，同浴清溪。"[1]

太清40岁的时候，奕绘去世了。在受到情感重创之后，她又随即失去了往日的舒适生活。奕绘的母亲、她的婆婆，立逼着她带上二子二女，离开府邸住到外边去。无奈，她搬出贝勒府，靠变卖金钗，购得了一处住房，勉强度日。这段时光让太清艰辛遍尝，几乎活不下去。此后20年，她的儿子袭了镇国公爵位，她才得以返回旧日府邸。谁想到了晚年，其子又遭削爵，她再次陷入凄凉境地，直到逝世。满族女词人一生不平坦的经历，为她的创作铸入了异样的气质与韵味。

太清在中国文学史上，主要以词作成就而驰名。她的词，显示了高超唯美的艺术境界：

---

[1] 太清：《浪淘沙》，张菊玲、关纪新、李红雨：《清代满族作家诗词选》，时代文艺出版社1987年版，第278页。

杨柳风斜，黄昏人静，睡稳栖鸦。短烛烧残，长更坐尽，小篆添些。红楼不闭窗纱，被一缕、春痕暗遮。淡淡轻烟，溶溶院落，月在梨花。

　　　　　　　　　　　　　　　　　——《早春怨·春夜》①

兀对残灯坐，听窗前、萧萧一片，寒声敲竹。坐到夜深风更紧，壁暗灯花如菽。觉翠袖衣单生粟。自起卷帘看夜色，压梅梢，万点临流玉。飞霰急，响高屋。　乱云堆絮迷空谷。入苍茫，水花冷蕊，不分林麓。多少诗情频到耳，花香薰人芳馥。特写入生绡横幅。岂为平生偏爱雪，为人间，留取真眉目。阑干曲，立幽独。

　　　　　　　　　　　　　　　——《金缕曲·自题听雪小照》②

烟笼寒水月笼沙。泛灵槎，访仙家。一路清溪，双桨破烟划。才到小桥风景变，明月下，见梅花。　梅花万树影交加。山之涯，水之涯。影塔湖天，韶秀总堪夸。我欲遍游香雪海，惊梦醒，怨啼鸦。

　　　　　　　　　　　　　　　　　——《江城子·记梦》③

　　率真地去唤醒美、拥抱美、谱写美、颂赞美，是太清词作最能征服读者的魅力所在。她一生住在北京，活动范围并不太宽，作品也多以写景、咏物、寄情等传统题材出现，但或小令或长调，一经她手剪裁，总能独辟蹊径，营造出一番新奇别致的艺术氛围。她的词，有的明丽，有的含蓄，有的疏朗，有的凄婉，细细品味，可以分辨出若干互不雷同的美感意蕴。而其总体艺术风格，则是一式的高洁纯净，清旷脱尘，与北方民族的传统审美追求相因相应。

　　拙著前文在谈到铁保夫人莹川时，撂下过半句议论，认为将满洲古典女作者的写作风格一概视作有须眉气质，并不准确。满洲女性在长久以来有别于中原的文化气息下，性情养成不似汉族女儿那般的纤细柔弱，而多有干练豪爽之风，也是事实。但是，若论及情感丰富、追求美质来，满洲女性却不

---

① 太清：《早春怨·春夜》，朱眉叔、黄岩柏、董文成、卜维义选注：《满族文学精华》，辽沈书社 1993 年版，第 322 页。

② 太清：《金缕曲·自题听雪小照》，张菊玲、关纪新、李红雨：《清代满族作家诗词选》，时代文艺出版社 1987 年版，第 276 页。

③ 太清：《江城子·记梦》，张菊玲、关纪新、李红雨：《清代满族作家诗词选》，时代文艺出版社 1987 年版，第 270—271 页。

让他人。只是具体到情感的归依，美质的夺定上面，这些由异方文化里头打磨出来的女子，便会跟中原闺秀们有些异趣。她们对"美"的基本诉求，盖效法于大自然，来源于大自然，所有不能体现自然而然天生美好的人为拼换，雕琢粉饰的工后物象，常为她们所不喜、不容与不取。太清应当就是这样的人，她追求的美质美感，都经过一把名曰"天然"的筛子滤过，不再存留些许的矫揉与造作。

> 东风近日来多少？早又见蜂儿了。纸鸢几朵浮天杪，点染出晴如扫。暖处有星星细草，看群儿缘阶寻绕。采采茵陈茮苴，提个篮儿小。
> ——《迎春乐·乙未新正四月看钊儿等采茵陈》①

> 故人千里寄书来，快些开，慢些开，不知书中安否费疑猜。别后炎凉时序改，江南北，动离愁，自徘徊。徘徊徘徊渺予怀。天一涯，水一涯。梦也梦也，梦不见当日裙钗。谁念碧云凝伫费肠回。明岁君归重见我，应不是，别离时，旧形骸。
> ——《江城梅花引·雨中接云姜信》②

> 兀对残灯读，听窗前，萧萧一片，寒声敲竹。坐到夜深风更紧，壁暗灯花如菽。觉翠袖衣单生粟。自起钩帘看夜色，压梅梢，万点临流玉。飞霰急，响高屋。乱云堆絮迷空谷。入苍茫、冰花冷蕊，不分林麓。多少诗情频到耳，花气薰人芳馥。特写入生绡横幅。岂为平生偏爱雪？为人间，留取真眉目。阑干曲，立幽独。
> ——《金缕曲·自题听雪小照》③

太清词的表现内容，前期多写与奕绘间和谐生活的诗书游冶之趣，后期则转而较多地描述孀居的艰难和对世事的体味。太清生活在一个社会矛盾愈呈错综的社会底下，她的创作虽然不易找出对政治题材的直笔涉猎，却也有少量作品流露着些许信息。如《鹧鸪天·咏傀儡》中写道："傀儡当场任所为，讹传故事惑痴儿。李唐赵宋皆无考，妙在妖魔变化奇。从赤豹，驾文

---

① 太清：《迎春乐·乙未新正四月看钊儿等采茵陈》，张菊玲、关纪新、李红雨：《清代满族作家诗词选》，时代文艺出版社 1987 年版，第 272 页。

② 太清：《江城梅花引·雨中接云姜信》，张菊玲、关纪新、李红雨：《清代满族作家诗词选》，时代文艺出版社 1987 年版，第 275 页。

③ 太清：《金缕曲·自题听雪小照》，张菊玲、关纪新、李红雨：《清代满族作家诗词选》，时代文艺出版社 1987 年版，第 276 页。

狸，衣冠楚楚假威仪。下场高挂成何用，刻木牵丝此一时。"①《江城子·题〈日酣川静野云高〉石画》中又有句云："昏昏天地太无聊。系长条，钓鲸鳌。且对江光、山色酌香醪。其奈眼看人尽醉，悲浊世，续《离骚》。"②《烛影摇红·听梨园太监陈进朝弹琴》中还有："人间天上，四十年间，伤心惨目。……不堪回首，暮景萧条，穷歌当哭。"③ 都证实了这位女词人远非世外之人。

太清在词作上的成就，历来得到读者的普遍击赏和高度评价。近代词学家况周颐认为，太清词"深稳沉著，不琢不率，极合倚声消息。……其佳处在气格，不在字句"④。另有前人评论说："八旗论词，有男中成容若，女中太清春之语"⑤，把她与清初杰出的满族词人纳兰性德相提并论。⑥ 对有清一代的女词人考察，推太清为首位，则是文学史界的共识。也有人提出，从整个中华女性词作史的角度去看，太清也可和宋代女词人李清照、朱淑真鼎足而三。

太清的艺术成就，还远不局限在词作一个方面。她的传世作品除了词集《东海渔歌》四卷之外，还有诗集《天游阁集》五卷。经过学界的考证发掘，《红楼梦》的续书之一《红楼梦影》，计二十四回约 13 万字，亦当是太清晚年以"云槎外史"的别号写作完成的。这项学术发现，引来了研究者对太清文学现象更深入的关注。据此，太清已不仅仅是在历史上占有明显位置的女词人，而且也因为写了《红楼梦影》，而被列为有作品传世的中国长篇小说创作史上的第一位女作家。

---

① 太清：《鹧鸪天·咏傀儡》，张菊玲、关纪新、李红雨：《清代满族作家诗词选》，时代文艺出版社 1987 年版，第 279 页。奕绘亦有《鹧鸪天·傀儡次太清韵》："日日无为无不为，偶看傀儡逐群儿。千年野史同春梦，百变妖精亦大奇。花虎豹，美狐狸，战争揖让不成仪。喧阗下里巴人曲，耽搁闲眼一顷时。"（奕绘：《鹧鸪天·傀儡次太清韵》，张菊玲、关纪新、李红雨：《清代满族作家诗词选》，时代文艺出版社 1987 年版，第 266 页。）

② 太清：《江城子·题〈日酣川静野云高〉石画》，朱眉叔、黄岩柏、董文成、卜维义选注：《满族文学精华》，辽沈书社 1993 年版，第 320 页。

③ 太清：《烛影摇红·听梨园太监陈进朝弹琴》，朱眉叔、黄岩柏、董文成、卜维义选注：《满族文学精华》，辽沈书社 1993 年版，第 319 页。

④ 况周颐：《西泠印社本〈东海渔歌〉序》，（清）顾太清奕绘著、张璋编校：《顾太清奕绘诗词合集》，上海古籍出版社 1998 年版，第 709 页。

⑤ 见许世昌《晚晴簃诗汇》（线装本），卷 188。

⑥ 尚有当代词学史家严迪昌指出："以纳兰性德始，而由顾春殿其终，清代满族词人是有着一部独异的倚声之史的。"严迪昌：《清词史》，江苏古籍出版社 1999 年版，第 559 页。

　　《红楼梦影》写作于太清晚年，属清季《红楼梦》诸种续书中较晚出现的一种。该书以百二十回《红楼梦》收笔处为叙事起点，描述了一段荣宁二府否极泰来却又不事张扬的日常生活场景。在女作家的笔下，贾政北归途中，将被一僧一道劫走的宝玉救出，并遇适逢大赦的贾赦。他们反思过往，重回家中，使这百载贾府人气再次上升，继而，宝玉、贾兰齐中进士，宝钗诞子，贾政拜相，颇有几分赫赫炎炎局面中兴重现的趋势。然而，这府内贵族男女又似乎都不再是从前模样，他们都较往日检点、规矩了许多，以至于连贾政也能在官运显亨位极人臣之时，"急流勇退"，辞掉当朝大学士之职①，直教这曾经是不可一世的府邸，越来越走向跟皇朝、官场脱掉干系的位置。

　　乾隆年间问世的《红楼梦》，曾使多少满族读者为之倾倒。太清夫君奕绘的早期诗集《妙莲集》里，即有读罢《红楼梦》写下的《戏题曹雪芹〈石头记〉》诗："梦里因缘那得真？名花簇影玉楼春。形容般若无明漏，示现毗卢有色身。离恨可怜承露草，遣才谁是补天人！九重斡运何年阙？拟向娲皇一问津。"② 太清与奕绘结合以后，联袂品读研议《红楼梦》，必会是他们相互间都感兴趣的活动。太清写《红楼梦影》虽在奕绘辞世久后，其间有些受到奕绘思想艺术影响的地方，则是可以断言的。

　　太清与奕绘都没能达到雪芹的思想境界，却又不是完全没有看懂《红楼梦》在说些什么。起码他们是注意到了"离恨可怜承露草"（木石前盟了无出路）、"遣才谁是补天人"（为皇朝"补天"不合时宜）以及"九重斡运何年阙"（躺在富贵时光里混沌度日后果堪忧）这样多重的悲剧题旨。他们通过阅读《红楼梦》，或深或浅地，已然启动了对于包括自我在内的贵族阶层命运前景的思考与寻绎。奕绘生前写下的许多有关社会现实的诗作，和太清随后拿出来的这部长篇小说《红楼梦影》，皆与此相关。

　　"咱们倒是一家亲骨肉呢。一个个像是乌眼鸡似的，恨不得你吃了我，我吃了你。"③《红楼梦》里探春一句话，实在是把那部书里"高调"出场的贵族男女们相互关系的紧张度破解得淋漓尽致。到了太清所撰《红楼梦影》，情形大变，整座贾府内，到处洋溢着孝悌仁爱空气，府内男性多和祥达理，

---

　　① 清代之大学士，即相当于朝中宰相或首辅。
　　② 奕绘：《观古斋妙莲集》卷二《戏题曹雪芹石头记》，（清）顾太清奕绘著、张璋编校：《顾太清奕绘诗词合集》，上海古籍出版社 1998 年版，第 370—371 页。
　　③ 曹雪芹：《红楼梦》，人民文学出版社 1967 年版，第 966 页。

女性皆温暖通情，连亲戚们下人们都没有太多叫人感到不稳定的因素——阖府上下俨然一处人人均知所进退的"君子国"。这当然不会是太清无缘无故面壁构建的"乌托邦"，她书写《红楼梦影》，正值封建末世风气颓败跌落之际，一批欲要力挽世间精神危局的满洲人，再没有别的法子可寻，便不能不每每开出这种"下下策"的药方①，试图通过倡导人伦德性的修养来恢复社会的道德和谐。

《红楼梦影》从一开始，便将原书中的各色人物拉向作者重新设想的人文轨道。在太清笔下，宝玉出走原非自愿，系出于僧、道打劫，是他主动来到陌路相逢的父亲贾政跟前"倒身下拜"，从而逃脱黑道纠缠，也便重铸了他与贾政的父子情深；蒋玉函发觉娶回家的女人竟是袭人，立即想到自己"也曾受过二爷的恩惠。我虽是生意行中人，这点良心是不敢昧的"②，遂不惜"人财两空"，将袭人完璧奉还；就连先前顶顶昏聩自私的贾赦，也能幡然自省，其至还用道德武器去鞭挞拐骗巧姐的亲戚："那老少二位舅老爷呢，向来就是见利忘义的手！那三个东西难道把侄女妹子换了钱使，从此永不见人了吗？将来怎么见祖先？可见是利令智昏了！"③ 读《红楼梦》的时候，人们的心是"吊"起来的，说不清哪一回就要酿出一番惊心动魄的大波澜；而读《红楼梦影》，人们自可安心，差不多每个出场人物都有其恪守的温良恭俭让，好似这贾府上下是在一方道德的竞技场上相互比拼谁人更是楷模，凡有些许相互间隙，人们皆会采取一式的息事宁人态度。④ 书里甚而写到了薛姨妈病危，薛蝌媳妇邢岫烟偷偷地割下己肉来做药引子以孝亲，这样即使在封建时代也远非常见的"感人"故事。第二十回写出来几乎是全书唯一一处冲突：贾赦隐居的隐园，遭一伙无良恶仆的袭击打劫，主人尚未知晓，却早有附近两个村子（其中一个居住着平儿娘家）见义勇为的民众出手相助，将这场恶行粉碎。待官兵赶来，事态早已平息：

　　　　杜三（施援相助民众之首——引者注）见了千总，拱拱手说："总

___

① 后面将要介绍的由费莫文康撰写的长篇小说《儿女英雄传》，正与《红楼梦影》问世时间相仿，也与《红楼梦影》的思想倾向如出一辙。

② 云槎外史：《红楼梦影》，北京大学出版社 1988 年版，第 9 页。

③ 同上书，第 20 页。

④ 即使是原著里喜欢恶作剧、伙着凤姐毒设相思局作践贾瑞的贾蓉，也在续书当中变成了一个"命中注定"专好"劝架"的好人物。

爷来了，我交代明白，连贼带赃一样不短，我要失陪了。"……贾家下人说："杜三爷别走，等见了我们的爷们再走。"杜三说："我们不过是邻村，听见这里有事来帮忙，如今贼也有了，赃也有了，本府的人也出来了，营里官兵也到了，还有我们什么事？大太爷上头也不敢惊动，说请安罢。"说完，同了安长工带着众人径自去了。①

笔者读到此处，优先想起的，是太清先夫奕绘当初动情写下的《棒儿李》。珍视民间百姓心底那份急公近义的真性情，是太清跟奕绘所共有的认识。他们在上流社会出现礼崩乐坏、人心不古之虞的时候，是必定会有"礼失求诸野"倾向的。

太清显然是把修身、克己，当作了拯救贵族阶层精神裂变以及命运沉落的"救命稻草"。满族从先民那里便继承了太多的伦理遗产，入关之后又将这宗精神遗产与汉文化相应部分有所拼接。在奕绘到太清的时代，循践规范的满人，即便再具忧国忧己之心，也是不可能窥见封建末世必然到来之根源的。他们实在没有他法干预现实，只好把道德说教融进笔下的艺术形象里面，以求达到导引人们回归精神世界的持守与淳厚。当然，太清叙写贾府温暖备至的故事，还跟她在奕绘去世以后的痛楚经历有关。她对大宅门里的世态炎凉人情冷暖是存有切肤经验的，在《红楼梦影》当中，她也写出了作为大家族一员，尤为渴望家族内长慈幼孝人人亲和的气氛。

针对雪芹描画的贵族家庭难逃的悲剧下场，太清给出了她的两手救治措施。头一手是倡导人们克己复礼。第二手，则是呼唤仕途中人认清形势，"急流勇退"。贾政在这本书里出现，堪称一水儿的顺帆风送，他却清醒得很，先是奉旨处理西北匪情，他轻易办完回京述职得到嘉赏，不免对所办离奇案情透出的腐败官风欷歔再三，感慨道："真是天高皇帝远！"继而，有那贾府当初的"家生子儿"、在云南做官的赖大之子赖尚荣，差人来"孝敬"五千两银子以赔罪（贾府被难时节他也曾薄情如纸翻脸不认人），贾政"很生气，说知道他是穷官，这刮地皮的钱断乎不收"。该书后头，身为相国的贾政过寿诞之日，他下朝后昼寝，梦见老母亲亡灵托梦与他，对他言讲："想你年近七旬，官居极品，子孙也都冠带荣身，那福禄寿三字也算全了。虽然皇恩隆重这些年调和鼎鼐，国泰民安，也就是报了君恩。趁此时光，激

---

① 云槎外史：《红楼梦影》，北京大学出版社 1988 年版，第 160 页。

流勇退，难道不记得《道德经》：'功成，名遂，身退，天下道'？"① 梦醒后，贾政真的一通百通，"三上辞表"，终于如愿以偿全身而退。作者为了不使贾政辞相归隐成为孤例，还叫贾琏也悟性十足地主动辞退掉了一年有几万两银子"外快"收入的"税差"肥缺……贾府之人委实做到了懂仁义、践孝悌、不恋官、不贪财。

　　太清如此专注地刻画贾府贵族的精神转轨，按理说，她就该最终给出"斯为坦途"的信然结论了吧？非也。《红楼梦影》最耐人寻味的地方恰在此处，作者在全书终结一回，有意讲述了宝玉重游太虚幻境的难忘梦魇。日前，宝玉已听到过一段叫做"无梯楼儿"的唱曲儿："无梯楼儿难上下，天上的星儿难够难拿。画儿上的马空有鞍鞯，也难骑跨。竹篮儿打水，镜面上掐花，梦中的人儿，千留万留也留不下！"② 太清仿效着雪芹，设伏下这样的谶诗，接着便铺写了宝玉重入大观园，坐在椅上恍恍惚惚地做起梦来。他不觉再进"太虚幻境"，在"三山在望"处，看到人们奔忙挖掘于金山、银山之侧，更有"无数的衣冠人"倚靠于一座"水晶似的冰山"。宝玉"问道：'似这等光天化日之下，这许多人倚靠，倘或靠倒了又当如何？'众人说：'假如靠倒了这一座，再去靠那一座。……趁此极热的时候，何不过来靠靠。'宝玉听了这话，甚为可耻，一掉头就往外走……"③ 当他终于走到一个惬意所在——

　　　　不看则可，这一看真是正撞着五百年风流业冤！正北上一座红楼，几段朱栏，只见钗、黛、云、琴凭栏谈笑。宝玉笑道："原来都在这里，你们到这神仙境界来逛，也不叫我一声！"只见他们在上面笑着招手，意思竟是叫他上楼的光景。把个宝玉乐得手舞足蹈，走进房去寻找楼梯，把五七间的屋子都找遍了，也没找着。暗想道，必是从外头上的。出了房门又把这座红楼周围绕了几遍，又不见楼梯。心中想道："那日听曲儿唱的是'无梯楼儿难上下'，难道真有无梯楼？若是没有楼梯，他们是从哪里上去的呢？"展转思量，不胜焦躁。忽然一阵狂风，吹的二目难睁。把身子伏在地下，俟风过了，睁眼一看，那里有红楼碧户！

---

① 云槎外史：《红楼梦影》，北京大学出版社1988年版，第188页。
② 同上书，第186页。
③ 同上书，第194页。

却是惨凄凄的一片荒郊，有许多白骨髑髅在那里跳舞。宝玉吃了一惊，却也不知是真是假。①

上引文字，便是《红楼梦影》的匆匆扫尾。这段扫尾文字煞是突兀，却又仿佛作者是有许多想要演绎的衷曲，不得不欲言又止戛然住笔。太清或者是写到书尾，自己就先疑惑起所给出的两手"救治措施"会否有效？或者是她索性就想诉诸读者，其实这整部续书勾勒出的，不过是一幅"红楼梦影"，不过是一座无梯可攀的空中楼阁？这处收笔之叙，看去与《红楼梦》原著中"忽喇喇似大厦倾，昏惨惨似灯将尽"以及"好一似食尽鸟投林，落了片白茫茫大地真干净"的偈语，实有异曲同工之妙。看得出，女作家太清也想勉力写出她对雪芹原著较为贴近的思想认同，只可惜这种认同是太不充分了。这有关"无梯楼"寥寥数笔的仓促收尾，极可证明太清身为一位清代后期满族小说家的心理矛盾，还有那相去于雪芹的精神差距。

《红楼梦影》的艺术特点，已有一些研究家的学术分析相当精切。② 指出该书的女性书写特征与现实叙事态度，证实小说里面的诗词作品与作者个人的相关造诣紧密关联，都是有见地的看法。笔者想要补充者，是出自太清笔下的这本续书，鲜明地具有了满族题材性质。雪芹写《红楼梦》时，奈于某些自保考虑，不得不将所写满洲或者清代题材的表层印痕尽量冲淡、隐去。至太清写作《红楼梦影》之际，作者却不再需要有这样的顾虑和选择。续书当中，除了没有直呼"满洲"地去写，手脚则放开了许多。对于宝玉、贾琏等荣、宁二府的青年男性主子，书中多次使用满洲人家特有称谓称其为"阿哥"，从府内人物纵马、习射以及吃"饽饽"喝"奶茶"等日常生活镜头来看，作者也是想把满洲贵族家庭写得越真切越好。书里继续着雪芹的笔触，多处写到满洲人家的包衣家奴，乃至说起吴新登的侄儿和林之孝的儿子，竟用了"这两位奴少爷"的叫法，教读者看来实在是新颖别致，这叫法必定不会是作者的面壁杜撰，而是来自彼时的生活真实，原来这包衣世仆中间有头有脸儿的人物，混出两代以后，也是可以称"少爷"的，不过是"奴少爷"而已。第十一回其回目为《靖边疆荣公拜相……》，正文里则分

---

① 云槎外史：《红楼梦影》，北京大学出版社 1988 年版，第 196 页。

② 可参见张菊玲专著《旷代才女顾太清》（北京出版社 2002 年版），以及詹颂论文《女性的阐释与重构：太清〈红楼梦影〉论》（《红楼梦学刊》2006 年第 1 辑）、马靖妮论文《浅析〈红楼梦影〉的价值》（《民族文学研究》2007 年第 2 期）等。

明写的是"因办理边疆有功，吏部尚书贾政拜了东阁大学士"，这种以"大学士"衔权称为"相"的事情，亦非清代莫属。我们可以这样想象，乾隆年间雪芹写书之时，满洲上层的内在矛盾还是相当严重，并且有可能是盖过了其他的社会矛盾；到了太清续写之际，其他社会矛盾均告上升，已经淹没了满洲上层的矛盾关系，当局不再关注这些问题，作家们的胆子也放开了。

《红楼梦影》直追《红楼梦》的地方，是它有着亦雅亦俗、雅俗兼顾的语言风格。书内男女主子们结社吟诗自不待说，写到情景交融处，作者的笔墨也同样出色。以下是一段宝玉重踏潇湘馆的描写："不知不觉已到潇湘馆。见那满院的修竹更比从前茂盛，连那石子甬路上都迸出春笋来。抬头一望，密不见天，真是苍烟漠漠，翠霭森森，窗轩寂寂，帘幕沉沉，屋檐下还挂着个不全的铁马，被东风吹得叮当乱响。此时将近黄昏，宝玉心中十分伤感。"① 此即景抒怀的笔功，是和作者杰出词人的修养相一致的。我们却又可以在书里读到这样的关于市井常态的绘写：

　　这边座上看着眼热，又不敢过去亲近，未免说了几句不知好歹的便宜话。那边如何肯受，也就骂了起来。这几个朋友见风头不顺，一个个的都溜了。剩下邢舅太爷，酒已喝沉，还在那里乜乜邪邪看着嘴里说着："太爷搅搅的时候，你们这一群还没出世呢！"只听那边说："拉出去打！"过来两个豪奴，就把邢大舅拉到桥边大道上拳打脚踢。②

预备下雅、俗两套笔墨，在创作里视情视景地相辅相成加以操练，诚为许多满人作家都有的看家功夫。

太清的艺术领域，较上面论及的词作、小说还要更广些，她的绘画在当时也有影响，另外她还有戏曲作品流传下来。

三

昭梿所著《啸亭杂录》和麟庆所著《鸿雪因缘图记》，是嘉庆、道光年间满族散文创作中比较引人注目的作品。

---

① 云槎外史：《红楼梦影》，北京大学出版社1988年版，第60页。
② 同上书，第162—163页。

昭梿（1776—1829），号汲修主人，出身于清宗室，30 岁时曾袭封礼亲王，10 年后遭革爵圈禁，获释后再未得志。所著文学色彩浓烈的笔记体著作《啸亭杂录》，收录着道光初年之前有关社会、政治、军事、文化、经济、人物、习俗各方面的多种描述，流传下来的书稿，计七百余篇、三十余万字。《啸亭杂录》直面历史、较少回避的写作态度，反映了受过打击的作者对待社会的冷峻与客观。

该书对清代及满族的历史文化与掌故逸闻记载得丰富而且生动，在史学与文学双方面均有独特的价值。触及社会矛盾及弊端的作品在其中为数较多，《岳威信始末》《权贵之淫虐》《湖北谣》《三姓门生》等篇目，相当尖锐地刻画了令人不平的种种现实；以亲历的形式写出的《癸酉之变》洋洋8000 言，讲述了嘉庆十八年（1813 年）白莲教义军闯入皇城直逼大内的全过程，作者立场虽偏倚在当局，文中却分明透露出清王朝已岌岌见危的政治讯息。展示满族典章制度、文化建构、风习信仰的内容，散见于《八旗制度》《本朝祧庙之制》《翻书房》《八旗官学》《满洲婚嫁礼仪》《堂子》《满洲跳神仪》等篇目内，多用笔洗练而准确。

对前代宗室人士的艺术成就及其人品，作者十分推许，描绘具体，又情透其间：

> ……矐仙将军永忠为恂勤郡王嫡孙，诗体秀逸，书法遒劲，颇有晋人风味。常不衫不履，散步市衢，遇奇书异籍，必买之归，虽典衣绝食所不顾也。樗仙将军书诚，郑献王六世孙，性慷慨，不欲婴世俗情，年四十即托疾去官，自比钱若水之流。邸有余隙地，尽种蔬果，手执畚锸从事，以为习劳。晚年慕养生术，每日进食十数，稍茹甘味即哺出，人皆笑其迂，然亦可谅其品矣。先叔嵩山将军讳永憼，诗宗盛唐，字摹荣禄。晚年独居一室，人迹罕至，诗篇不复检阅，故多遗佚。
>
> ——《宗室诗人》①

清朝进关定鼎，统治者遂参照中原王朝的旧有制度，将本民族的萨满教信仰因素注入其间，给出一套新的规范，这对京师以及若干八旗驻防重镇的旧有信仰习俗，构成显见的制约。《啸亭杂录》中《堂子》一则，记录了清

---

① 昭梿：《宗室诗人》，（清）昭梿：《啸亭杂录》，中华书局 1980 年版，第 34 页。

代统治者所认可的祭祀礼仪，为后人研究满族萨满教的演变过程留下了可贵的民俗资料："国家起自辽、沈，有设竿祭天之礼。又总祀社稷诸神祇于静室，名曰堂子，实与古明堂会祀群神之制相符，犹沿古礼也。既定鼎中原，建堂子于长安左门外，建祭神殿于正中，即汇祀诸神祇者。南向前为拜天圆殿，殿南正中设大内致祭立杆石座。次稍后两翼分设各六行，行各六重。第一重为诸皇子致祭立杆石座，诸王、贝勒、公等各依次序列，均北向。东南建上神殿，南向，相传为祀明将邓子龙位。盖子龙与太祖有旧谊，故附祀之。岁正朔，皇上率宗室、王、公、满一品文武官诣堂子，行拜天礼。凡立杆祭神于堂子之礼，岁以季春、季秋月朔日举行。祭日悬黄幡，系采绳，缀五色缯百缕，楮帛二十有七，备陈香镫。司俎官于大内恭请神位，由坤宁宫以彩亭舁出，行中路至堂子，安奉于祭神殿内东向，陈糕饵九盘，酒盏三。圆殿陈糕饵三，酒盏一，楮帛如数。司俎官以赞祀致辞行礼。大内致祭后，越日为马祭神于堂子如仪。凡月祭，孟春上旬三日，余月朔日，大内遣司俎官率堂子官吏于圆殿奠献糕酒，行礼如仪。是日，内管领一人，于上神殿献糕酒楮帛，亲、郡王各遣护卫一人，于上神殿献楮帛。凡浴佛之礼，岁以孟夏上旬八日，司俎官率执事人等，自大内请佛至堂子祭神殿，陈香镫献糕酒，王公各遣人献糕。执事设盥盘，赞祀二人浴佛毕，六酌献，三致祷如仪。是日大内及军民人等不祈祷，不祭神，禁屠宰，不理刑名。凡出师展拜堂子之礼，皇上亲征（如仁皇帝征噶尔丹事），诹吉起行，内府官预设御拜褥于圆殿外，及内门外御营黄龙大纛前，兵部陈螺角，銮仪卫陈卤簿均如仪。皇上先诣圆殿，次诣纛前，均行三跪九叩礼。六军凯旋，皇上入都门，先诣堂子行礼。命将出师，皇上率大将军及随征将士诣堂子行礼，仪均与亲征同。凯旋日，诣堂子行告成礼，均与古之袔禂告功明堂之礼相同。实国家祈祷之虔，百神之所佑庇，与商、周之制若合符节，所以绵亿万载之基也。"①

对不同时期朝野满人的风度、作为，昭梿也有或生动或精确的描绘。《阿里玛》的这位主人公，就带有那时节融野性、淳朴、自尊于一身的满洲汉子的典型心理与性情：

国初有骁将阿里玛者，能自握其发足悬于地，又能举盛京实胜寺之

---

① 昭梿：《堂子》，（清）昭梿：《啸亭杂录》，中华书局 1980 年版，第 231—232 页。

石狮，重逾千斤。战功甚巨。入京后，所为多不法，章皇帝欲置于法，恐其难制，有巴图鲁占者，其勇亚于阿，因命其擒之。占至阿邸，故与之语，猝握其指。阿怒，以手拂占，掷于庭外数十武，因数之曰："汝何等人，乃敢与吾斗勇耶？"占以上命告。阿笑曰："好男儿安惜死为？何须用绐计也！"因受缚，坐车中赴市曹。至宣武门，阿曰："死则死耳，余满洲人，终不使汉儿见之，诛于门内可也。"因以足挂城门瓮洞间，车不能行。行刑者从其语，阿延颈受戮，其颈脉如铁，刀不能下。阿自命占以佩刀割其筋，然后伏法，亦一奇男子也。①

　　年羹尧是雍正朝不可一世的人物，《年羹尧之骄》一则，言简意赅地叙述了他因"骄"铸祸的经历："年大将军羹尧，受宪皇帝知遇，以平青海功，封一等公，金、黄服饰，三眼花翎，四团龙补。其子年富，封一等男，其家奴魏之耀，赏四品顶戴，实为近世所无。年既承天眷，日渐骄迈，入京日，公卿跪接于广宁门外，年策马过，毫不动容。王公有下马问候者，年领之而已。至御前，箕坐无人臣礼，上皆优容之。而年犹不悟，至书'夕惕朝乾'为'朝惕夕乾'，语意干指斥，故上决意诛之。籍没日，其家蓄妇女旧包头数箧，云欲作绵甲者，又有刀剑无算。命其交将印于岳威信时，年迟三日始付出。或云其幕客有劝其叛者，年默然久之，夜观天象，浩然长叹曰：'事不谐矣！'始改就臣节。其降为杭州驻防防御时，日坐涌金门侧，鬻薪卖菜者皆不敢出其门，曰：'年大将军在也。'其余威尚如此，实近日勋臣所未有也。②

　　昭梿笔触所致，既有过往人物、事件，也有他同时代身边的现实。对嘉、道之际不少宗室子弟好逸恶劳终成劣习的情景，作者也秉笔直书，给予不留情面的指斥："近日宗室蕃衍，入仕者少。饱食终日，毫无所事。又食指繁多，每患贫窭，好为不法之事，累见奏牍。盖宗室习俗倨傲，不惟汉士大夫不肯亲昵，即满洲贵戚稍知贵重者，亦不肯甘为之下。惟市井小人，日加谄媚，奉为事主，宗室乐与之狎。一朝失足，遂难回步。"③ 可以想见，昭梿在世期间已届鸦片战争前夜，他的忧思感慨，对精神滑降每况愈下的封建贵族

---

①　昭梿：《阿里玛》，（清）《啸亭杂录》，中华书局 1980 年版，第 234 页。
②　昭梿：《年羹尧之骄》，（清）《啸亭杂录》，中华书局 1980 年版，第 272—273 页。
③　昭梿：《宗室积习》，（清）《啸亭杂录》，中华书局 1980 年版，第 494 页。

们来说，已经是无裨于事了。

《啸亭杂录》是一部史学价值高于文学价值的书，然其文学色彩却时时有所凸现，如《巴将军》："巴将军赛，为郑献亲王孙。其父武襄公巴尔堪征吴逆时，被创而死。公同抚远大将军傅公尔丹征准夷，傅公兵既溃，公力战溃围出，觅傅公不见，以其已被贼害，慨然曰：'余为天子宗臣，今遇危急之秋，不能斩将搴旗以雪国耻，乃以陷帅得罪，何面目归对妻孥也？'因复驰入贼垒。……须臾，见贼人以矛挑黄带示曰：'汝之宗室已被吾辈戮矣！'"① 令读者仿佛身临其境，直面瞬间发生的生死变幻。又如《索家奴》：

> 索相当权时，性贪黩，一时下属多以贿进。然多谋略，三逆叛时，公料理军书，调度将帅，皆中肯要，吴逆患之，乃密遣刺客刺之。公正秉烛治军书，见一修髯伟貌者立其傍，问曰："汝得非吴王刺客乎？"客长跪颊首。公曰："然则取吾头。"客曰："若果害公，早取公首领去，不待公命也。吾至良久，见公批示军机，咸如身至其地，料理军书，竟夕不寐，诚良相也。某虽愚，岂敢刺贤相？"因反接请死，公笑挥之去。次日乃投公邸中，执奴仆役甚恭，公驱使无不如意。后公下狱，客潜入狱馈饮食，及公伏法，客料理丧殓事毕，痛哭而去，不知所终。按公此事可比张魏公，然张以忠贞立朝，名播后世，公乃苟苴不禁，致干国纪，反有负于客所望矣。②

这里的索相，说的是康熙朝的索额图，作者所持为正统立场，认为他是一个贪婪且违国纪的罪臣，可是这则《索家奴》讲的却是索额图一件因公废寝感化刺客的小故事，尤其是在索某伏法之后，由当初刺客变成的那个家奴倒能尽忠报效，足证当年所受感化之深铭其内。整篇用字不多，很有点儿微型小说的意思。

昭梿亦能诗，有《蕙荪堂集》传世。《南阳民》云："南阳民，生何苦！中丞苛虐猛于虎，为令稍愕立捶楚。双沟贼首驱民来，千呼万唤城不开。中丞匍匐若鼷鼠，偃旗息鼓藏草莱。朝献捷，暮献捷，捷书日上马汗血。官军四合三万人，何尝与贼一相接！今日掳民妇，明日捉生人，贼徒屠斫饱飏

---

① 昭梿：《巴将军》，（清）《啸亭杂录》，中华书局1980年版，第308页。
② 昭梿：《索家奴》，（清）《啸亭杂录》，中华书局1980年版，第321页。

去，护送出境争策勋。中丞凯旋喜变嗔，督责供给胡不均？朝征羊豕，暮索金银，囊橐饱载，马行骎骎。中丞未至贼肆掳，中丞既至逃无所。昔曾畏贼今官府，南阳民，生何苦！"① 如此尖锐地揭露吏治败坏世道凶险的作品，不但在满族文学史上，就是在整部中国文学史上，也是极具锋芒的。或许这诗矛头所向就是当时的满洲污吏，那么，昭梿此诗的价值便更要加倍估算。因为，它说明了有良知的满族文学家，其坚守的苍生社稷情愫和并不护短于自我民族的高风。

昭梿的父亲为礼亲王永恩，叔父是镇国将军永恚。永恩、永恚均为乾隆间京师满族作家群成员，只是二人性情有别，永恚性烈情炽，诗作最擅袒露胸襟；永恩则较为平和宁静，作品风格也明朗亲切一些。永恚艺术成绩，已在之前章节有所介绍。借此谈及昭梿之时，或可再将永恩的作品援引一二，以飨读者：

> 岋崬白山高，云深人莫至。树色郁青苍，兴王肇基始。闻说山之巅，潺潺玉池水。源出混同江，松花更流此。深山四水拥，鸭绿派乃此。脉分泰山背，跨连苍海趾。灵显天造区，扶舆气钟美。望望不可攀，三江水弥弥。
>
> ——《望长白山》②

> 混同江水清，东流分数脉。鸭绿久已名，却羡松花碧。白山远脉通，相隔数千百。临渚柳未黄，泛舟鸥鹭白。缓步欲寻源，览此东方迹。忽觉江水清，倒影见楼阁。老蚌出明珠，珍奇多怪石。垂钓有鲈鱼，紫貂走松柏。何处引青龙？森森林水隔。我性爱山水，对兹忘朝夕。小艇急如飞，须臾波上易。盘桓屡忘归，兴寄东方陌。
>
> ——《松花江》③

---

① 昭梿：《南阳民》，朱眉叔、黄岩柏、董文成、卜维义选注：《满族文学精华》，辽沈书社1993年版，第258页。
② 永恩：《望长白山》，张菊玲、关纪新、李红雨：《清代满族作家诗词选》，时代文艺出版社1987年版，第150—151页。
③ 永恩：《松花江》，张菊玲、关纪新、李红雨：《清代满族作家诗词选》，时代文艺出版社1987年版，第149—150页。

　　这两首诗，皆为歌咏关东地区满洲发祥地神山圣水之作，其中蕴含着化不开的民族情愫，在满族诗人的心理投影方面，是极有代表性的。

　　下面再说说麟庆和他的家庭。麟庆（1791—1846），字伯余，号见亭，出身于镶黄旗满洲望族完颜氏。他也拥有一个特别值得夸耀的文学世家，这个家庭的文学前缘可上溯数代，清初的阿什坦、和素二人，即是麟庆的六世祖和五世祖，都是将汉文典籍与文学作品译成满文的著名翻译家；至乾、嘉、道时期，这个家族当中，又接连出现了麟庆之母、女诗人恽珠（汉军），麟庆本人及其夫人、女诗人程孟梅（汉军），麟庆长子、诗人崇实，麟庆次子、诗人崇厚及其夫人、女诗人蒋重申（汉军）、麟庆长女妙莲保及丈夫来秀（蒙古旗人）、麟庆次女佛芸保，这样一个文风长久不败的家庭。① 于此，我们不仅看到了满洲文学世家的渊薮效应，同时，也发现了在旗族内部同一家庭里面的多元文化暨文学互促互推的例子。

　　麟庆承继了文学艺术上面的家教，出仕后雪泥鸿爪留遍国中，也大为有利于他的地理名胜类散文创作。《鸿雪因缘图记》就是这样一部饶有特色的散文集，以作者生平足迹所至或经历所及分别设题，共辟写 80 篇散文，并邀画师们为每篇散文配绘一幅图画，辑成这部文图并茂的作品集。

　　麟庆秉天然的文风，对祖国各地美好的山川景物一一状写，读来令人如临其境，心驰神往。例如《铁塔远眺》篇记叙了逐层攀登开封城宋代铁塔时的所见：

　　　　寻径至塔院，仰视十三层，层各一门，其十一层有树倒垂，蔚然苍古。乃开塔门，燃炬入，则见塔心中实，蹬道盘旋，悉以铁琉璃瓦为之，规制与他塔异。爰振衣而上。登三层，近指贡院，号舍翼张，堂轩鳞次；五层，见城内公署市闹，人烟繁庶；七层，见城外平野，菜畦谷

---

　　① 在这个满洲完颜氏家庭中，成员来自满洲、蒙古、汉军不同的旗份，一家人自己就存在多元文化的零距离交流。第一代文学家恽珠即出身汉军，是嫁给麟庆之父满洲廷璐为室的，她曾撰写和编纂了《红香馆诗词集》《国朝闺秀正始集》等诗著，是清代知名的女文学家之一，她对这个原本没有写出过汉文诗歌而后来却变成了诗文世家的家庭，是有积极影响的。继恽珠之后，麟庆又娶了汉军出身的才女程孟梅，文化上的相互影响又进一步。而蒋重申与来秀，则分别出身于汉军旗和蒙古旗，这个家庭的文化和文学交流，于是又可以扩大它的范围。来秀亦出自名门，他是著名的大文化人、大作家正黄旗蒙古法式善之孙；而法式善的母亲端静闲人，也是一位出过诗集的作家，却又是一位汉军旗人。

陇相间，有堤横亘西北，宛宛相属；九层，遥望黄河如带，近俯雁字进退离合，若相与、若相背，余神凝其间，几忘其事；登十二层，天为之宽，地为之辟，目力所及，直接青霭；十三层有铁佛据门，不可登，乃循级而下。至院回视，夕阳在山，落霞森射，琉璃辉映，黝色变金。俄而西山化碧，又闪为紫。①

所记全是身心直感，全无一笔主观议论，而文意笔趣，不仅倾泻出对外部景色的痴情迷醉，也同样升华在对于"欲穷千里目，更上一层楼"生命哲理的体验，使美潜移默化于读者心底。

麟庆的散文，还体现了作者的满人意识与面貌，譬如《五福祭神》篇，对于自家祭祖的礼俗仪轨做了详尽的描绘，文中充满了庄重虔敬的气氛。

道光二十有五年，岁次乙巳，麟庆年五十五岁，蒙恩家居调理腿疾。秋八月，凤恙就痊，发愿祭神于宅内五福堂。其名五福者，则以官总督时叠邀御书"福"字之赐，汇萃其五，永迓嘉祥也。

爰蠲吉日，选牺牲，前期命长媳造醴酒，打酒糕。届期在杆前供糕酒，命长子崇实告祭，屋内西炕悬镶红云缎黄幪，黏纸钱三挂，前设红棹供糕十三盘，酒十三盏香三碟，免冠叩首。易酒三次，焚纸钱一，移南一香碟及第三糕盘于版上，请牲（称曰"黑爷"）入，提耳灌酒，省之（避"杀"字），取阿穆孙（背也）供棹北。俟肉熟，奉俎以献，首向上，振鸾刀插之。免冠叩首，撤幪受胙。夕祭设幪架于北炕，系小黄幪，仪如朝祭。惟糕、酒数各十一，请牲不取血背。献熟时息香撤火，布幔遮窗，主妇叩首，谓之"背灯"，呼烛后撤幪，分胙。

次早在杆前祭天，先置大铜海，设高棹，陈五碟，实以米、盐、香、水，一空，留贮阿穆孙。洗斗升旧骨于屋上。免冠叩首，撒米三次，请牲省之，盛血以盆，曩杆尖，脱衣（避"剥"字）解节，俟肉熟，跪切细丝，盛以碗，配稗米饭同供。免冠叩首，取碟中物贮斗内，剔项骨共贯于杆，立之，转俎分胙。午后，撂骨燎牲衣，礼毕。余家旧有萨玛（译言祝辞），今则乐设不作。其器有神箭、桦铃、拍板、手鼓、

---

① 麟庆：《铁塔远眺》，转引自张菊玲：《清代满族作家文学概论》，中央民族学院出版社 1990 年版，第 188 页。

腰铃、三弦、琵琶、大鼓，凡八具。……①

麟庆在人生后期遇上了第一次鸦片战争，其散文集中的少量作品与这一历史过程有关。《英勇请缨》记录了爱国将领两江总督裕谦英勇捐躯的感人事迹；而《苇营合操》则客观地写出来包括作者在内的许多官员面对强敌入寇的颟顸可悲。

嘉、道年间在文艺理论方面有所建树的满族人，除了前面介绍到的铁保以外，还有一位是裕瑞。裕瑞（1771—1838），字思元，出身于清宗室，曾受封辅国公，任过副都统和护军统领等职，后因事屡遭黜办。他知识渊博，诗画兼精，著有《思元斋全集》，并以外国科技方法绘制过西洋地图，还用唐古特文字译校了佛经。

裕瑞熟读中国古典诗学，他撰写的《文采说》，对刘勰《文心雕龙》的理论有所延伸，认为作品在内容与形式的关联中，可分为质、文、采三个层面，文是质之宾，"文之有采又是宾中宾也"，"采因文而斯彰，而文无采不华"②，从而要求华美的辞采应融汇在文学的自身形式之中。

《枣窗闲笔》，是裕瑞撰写的文学评论著作，书中收进 8 篇文章，其中 7 篇是评论小说《红楼梦》各种续书的③，外一篇的评论对象是李汝珍的长篇小说《镜花缘》④。

《枣窗闲笔》为后世提供了不少关于曹雪芹写作《红楼梦》的资料，例如："曹雪芹虽有志于作百二十回，书未成即逝矣。""闻前辈姻亲有与之交好者，其人身胖头广而色黑，善谈吐，风雅游戏，触景生春；闻其奇谈娓娓然，令人终日不倦。""其先人曾为江宁织造，颇裕。又为平郡王府姻戚。往来诸邸甚多，皆不可考。""又闻其尝作戏语云：若有人欲快睹我书不难，惟以南酒烧鸭享我，我即为之作书云。""……其名曰《红楼梦》，此书自抄本

---

① 麟庆：《五福祭神》，转引自张菊玲《清代满族作家文学概论》，中央民族学院出版社 1990 年版，第 183 页。

② 裕瑞：《文采说》，王佑夫主编：《清代满族诗学精华》，中央民族大学出版社 1994 年版，第 147 页。

③ 这 7 篇的题目分别是：《程伟元续〈红楼梦〉自九十回至百二十回书后》《〈后红楼梦〉书后》《雪坞〈续红楼梦〉书后》《海圃〈续红楼梦〉书后》《〈绮楼重梦〉书后》《〈红楼复梦〉书后》《〈红楼圆梦〉书后》。其中不含对续书《红楼梦影》的评论。

④ 题为《〈镜花缘〉书后》。

起至刻续成部，前后三十余年，恒纸贵京都，雅俗共赏。"① 这些说法出自与雪芹所处时代不远的裕瑞之口，裕瑞又自称前辈与雪芹有姻亲关系，故而存有一定的可信度。

书中《程伟元续〈红楼梦〉自九十回至百二十回书后》一文，通过将《红楼梦》前八十回与后四十回诸多情节设置与艺术表达方式的比较，坚持认定："细审后四十回，断非与前一色笔墨者，其为补者无疑。"② 程伟元托称后四十回是从坊间无意中获得曹雪芹真本的说法，不过是"故意捏造以欺人者"。③

关于其他续书，裕瑞之批评多有见地，并且相当尖锐。《雪坞〈续红楼梦〉书后》，径直痛击这本续书偏离原著思想之三寸，写道："其谵词趣语，触绪纷来，借境前书，令人喷饭。""大荒山修道，非比家居，必需仆从……茫茫大士、渺渺真人，应当传道足矣。而语语不离《四书》，东拉西扯，扯淡无谓。余谓此僧道乃两本破烂《四书》成精！"④《〈倚楼重梦〉书后》更是就续写者的低下品位，不留情面地指出，该书"一部村书而已！若非不自量，妄傍《红楼》门户？当可从小说中《肉蒲团》《灯草和尚》等书之末。""自不知丑，人皆掩鼻，点污《红楼》，灾殃梨枣。"⑤

裕瑞的作品批评，还有一些是从作品语言运用的角度介入。他说《后红楼梦》，"书中所用字眼多不合京都时语，如'搋脸'必曰'抹脸'，或有当用'顽闹''顽耍''顽意''顽笑''顽戏'等字眼，当分别之处，唯用'顽儿'二字，不别加字眼分别，多不成话；当用'我们'处，全用'咱们'，当用'算计'处，全用'打谅'。如此口吻，不合时语者不胜屈指。"⑥

---

① 裕瑞：《程伟元续〈红楼梦〉自九十回至百二十回书后》，（清）富察明义：《绿烟琐窗集》／（清）爱新觉罗裕瑞：《枣窗闲笔》，上海古籍出版社 1984 年版，第 161、175、176、179—180、174 页。

② 同上书，第 164 页。

③ 裕瑞是较早指出存世的百二十回《红楼梦》之前八十回系曹雪芹原著，而后四十回乃程伟元、高鹗续作的人。此说虽后经胡适等学者认可并几成定论，学界内不同的声音（即认为百二十回书稿均出自曹雪芹手笔，程、高二人至多也只是做了些润色、编辑的工作）却始终存在。惜笔者能力精力所限，对此著名的学术讼案，尚未得到倾向性判断。

④ 裕瑞：《雪坞〈续红楼梦〉书后》，（清）富察明义：《绿烟琐窗集》／（清）爱新觉罗裕瑞：《枣窗闲笔》，上海古籍出版社 1984 年版，第 197、205 页。

⑤ 裕瑞：《〈倚楼重梦〉书后》，（清）富察明义：《绿烟琐窗集》／（清）爱新觉罗裕瑞：《枣窗闲笔》，上海古籍出版社 1984 年版，第 218、225 页。

⑥ 裕瑞：《〈后红楼梦〉书后》，（清）富察明义：《绿烟琐窗集》／（清）爱新觉罗裕瑞：《枣窗闲笔》，上海古籍出版社 1984 年版，第 193—194 页。

《〈红楼复梦〉书后》谈到："其写闺阁嬉笑戏谑，亦欲仿前书。惟口角过于俗亵市井之谈，有乖雅趣，竟使许多贫嘴恶舌，出于钗、黛，唐突西子矣，雪芹必不为者。作者或自辩曰：雪芹数十年前人，其所用谚语，皆当时常谈，今若跬步依之，则漫无新趣，不得不取今时谚语装之。无奈时谚下趋尖巧俗亵，即现时闺谑，亦不见学此，故书中聊复尔尔。使雪芹尚在，自续其书，或亦采取时谚耳——余料作者心中必有此辩。虽然，数十年前，非甚远也，当时岂无俗亵之言？一经雪芹取择，所收纳者，烹炼点化，便成雅韵，究其手笔俊耳！难以时谚之故，粉饰笔拙也。"①

　　作者在《红楼梦》流行初期种种续书纷至沓来情况下，保持了清醒的头脑与独到的鉴赏力。裕瑞评价小说作品，擅长对作者创作格趣高下的剖析，并以此为本，将《红楼梦》原著与其后某些"续貂"之作做出鲜明比照，表示："殊不知雪芹原因托写其家事，感慨不胜，呕心始成此书，原非局外旁观人也。若局外人徒以他人甘苦浇己块垒，泛泛之言，必不恳切逼真，如其书者。"② 裕瑞对曹雪芹远远优于续书作者的语言造诣给予至高评价，指出市井俚俗语言"一经雪芹取择，所收纳者，烹炼点化，便成雅韵，究其手笔俊耳"，体现出裕瑞身为满族的文学批评家，葆有了与雪芹等满族出身的作家同步的对于语言艺术掌控技巧的高度敏感。《枣窗闲笔》这部"红学"史上独有的对《红楼梦》各种续书的批评专著，证实清代满族的文学评论对于小说创作内在规律的确切把握程度。

　　裕瑞也是诗人，他的《思元斋全集》里面，收有《萋香轩诗草》《樊学斋诗集》《清静堂诗集》《东行吟稿》等。且读下面两首：

　　　　诸品先花而后果，惟兹有果竟无花。赋材岂必泥成像，得实何尝在艳华？玉质凝酥疑绀露，香苞含蜜似枇杷。春风不屑争开谢，晚熟垂辉耀绛纱。

　　　　　　　　　　　　　　　　　　　　——《无花果》③

---

　　① 裕瑞：《〈后红楼梦〉书后》，（清）富察明义：《绿烟琐窗集》/（清）爱新觉罗裕瑞：《枣窗闲笔》，上海古籍出版社1984年版，第226—228页。
　　② 同上书，第182—183页。
　　③ 裕瑞：《无花果》，张菊玲、关纪新、李红雨：《清代满族作家诗词选》，时代文艺出版社1987年版，第232—233页。

卜地当年辇特过，龙川脉涧近无波。重垣难作金汤固，广岁徒劳民力多。龙虎两山雄气象，春灯一曲艳笙歌。却将余息捐江左，荆棘空闻泣石驼！

——《明陵吊古》（二首选一）①

拙著有关嘉、道时期的满族文学推进情形，大致也只能做如上介绍了。读者抑或注意到了，本章对所述满族文学家，多附带做了家族式的展示，唯最后裕瑞者，乃特例"单出头"。也罢，为了权取叙述上的平衡，这儿再做些相关情况的介绍。

据笔者在整理点校《八旗艺文编目》时所做一项统计，清代宗室出身的著作者之多，是远超人们意料的。过去，研究满族文化的学者，多对清宗室突出的文化创造力有所注意，但是，在有清一代八旗满洲的文学著作人大约近 600 位当中，竟有约三分之一的成员来自宗室，却是鲜为人知的。如果我们再把"宗室"与"觉罗"两部分相加，则可获知，清代爱新觉罗家族的著作人，竟然几乎占了整个八旗满洲作者总数的四成。当然，也可以想见的是，清代皇上即爱新觉罗氏，所以出身于清代宗室和觉罗的作者因其特殊身份，易于被发现和记录下来，是不足为奇的。但是，四成于整个清代满族作家总额的高比例，虽然可能不够十分确切，却还是提醒着人们，应当对这一不很平常的"爱新觉罗文化现象"，投诸更多一些的探讨。

你看，爱新觉罗裕瑞，他身后有那么庞大的一个文学家族，他当然算不得是"单出头"。

---

① 裕瑞：《明陵吊古》（二首选一），朱眉叔、黄岩柏、董文成、卜维义选注：《满族文学精华》，辽沈书社 1993 年版，第 250 页。

第八章　斜晖落鹜——陆离世相应时文

本章所述，大致区割在清咸丰与同治年间的满族书面文学。

道光朝后期，爆发了一场鸦片战争。西方列强沆瀣一气，倚凭其船坚炮利，大举攻侵，终致中华泱泱古国踉踉跄跄地跌进封建过程的最后阶段——半殖民地时代。其时，清帝国肇建已有 200 年，整个中国社会病入膏肓，从国家政治、军事、经济到思想文化领域，均呈现出难以挽回的衰落大势。悠久古远的中国封建格局，早已编织起束缚斯国斯民精神想象与举手投足自由空间的密网，时辰既到，便可见得百弊齐现百病竞发。再从清代主宰者所隶属和信赖的满洲暨旗族内部来观察，至道光朝，同样也是危机四伏、精神委顿，远非清初进关之际的英雄面目。前文已有交代，八旗制度本是清代一以贯之的铁定制度，君主们本来设想以这一制度方式强行制约与塑造自我民族，驱遣满洲人世世代代专事国家兵务而不得旁顾，这一方略虽在一个较长的时间起到了维护国家统一、社稷稳定的作用，却也早早地诱发了严重折磨旗族自身存在的"八旗生计"问题。并且，陷入人生桎梏的八旗子弟们，不可能永远坐拥往日共创新政时刻的风发憧憬与热衷追求，在越来越多远离硝烟、令人迷蒙的岁月里，暗淡无光的人生成了苦苦盘剥他们的世袭宿命。为外界不易想象的恰是，本应枕戈待旦、代代强势的旗族子弟，由此而渐渐走上了一条以市井下层文化情趣排遣光阴的路，他们放逐了前世的宏远人生鹄的，远离成本功利地，向着一切可以发散自我精力的泛艺术方向，漫漶铺张，导致了民族大部分成分的情绪低迷和精力废弛。

中国封建末世的蹒跚到来，与清代八旗社会的深陷泥淖难以自拔，互成因果。

然而，任何一段历史，都可能包容着懵懂睡去与清醒前行的两部分人。当外寇临头国是告危的时刻，包括汉、满等各民族成分在内的一部分优秀中国人，在思想，在呼喊，在尽其所能地行动起来，挽狂澜于既倒。

就在决定国运大局的鸦片战争时期，林则徐、邓廷桢等民族英雄的身边，亦不乏旗族俊杰的身影。文冲，一位历任工部郎中、东河河道总督的满洲官员，在他的作品《和邓嶰筠先生七夕感作兼呈少穆尚书》中，深切地表达了对于好友林、邓二人的理解与赞赏，抒发了由于二人力战而被革职之后自己对于东南海防的忧虑："漫说双星驾鹊行，人间离合赖升平。寄言海上神仙使，好借风涛善用兵。""花砖几度拜彤樨，回首华胥梦境移。此日忧心看牛女，东南谁与靖天池？"① 鸦片战争战败后，金瓯倾斜，举国临危，国计民生的种种羸弱不堪，更叫诗人文冲痛彻心脾，所吟一首《过扁鹊墓》，使其胸间愤懑表露无余：

> 立马山头读旧碑，活人有术少人知。苍山此日无多病，两字"饥寒"欲问医。②

待时序下转至咸丰、同治年间，满族作家在他们的作品中凸显忧国忧民情结之现象，已是触目皆然，蔚成大观。

曾有论者认为，清代是为中华国族逐步形成充分奠基的过程。我们注意到，正是在这个过程的文学视野间，包括满族在内的出身于国内不同族群方向的爱国者，也终于结成了他们的思想阵营。

满族文学的研究者同时也看到，清后期的这一时间段，满族书面文学也还在另一方向上显著推进，它同样更为确切地描画出满族文化走行的个性化指向，譬如《儿女英雄传》等长篇白话小说新创的继起展示，譬如"子弟书""八角鼓"等市俗文艺的蓬勃兴起，都在蓄积着一种别样的文化力道，为漫长封建时代"正统"文言书写最后被清退出文学领域，扎扎实实地预备着条件。

一

鸦片战争的败北，让本已衰朽的清帝国政治更趋凋敝，曾经出现于古国

---

① 文冲：《和邓嶰筠先生七夕感作兼呈少穆尚书》（三首选二），张菊玲、关纪新、李红雨：《清代满族作家诗词选》，时代文艺出版社1987年版，第286页。
② 文冲：《过扁鹊墓》，张菊玲、关纪新、李红雨：《清代满族作家诗词选》，时代文艺出版社1987年版，第285页。

封建末期的康乾盛世已成杳去大梦，清帝国自此一病不起，官场腐化时时加剧，民不聊生触目皆是，激发了满民族内部有识之士的极度忧虑和不满，也加剧了满族知识阶层的思想分化。

鸦片战争以后，随着人民反侵略、反封建斗争的开展，形成了中国近代文学中的爱国、进步文学主潮。资本主义列强的侵略，不仅威胁到清王朝政权的存亡，而且危及国家的独立和各族人民的生存，这就激起了中国各族人民，包括满族人士的愤怒和爱国情绪高涨，促进了中华民族整体意识的形成和民族认同。

咸丰、同治时期的满族作家文学，承袭并且推进了清代前期与中期敢于正视社会矛盾的创作优长，同时也由先前比较多地关注本民族上层冲突的书写基点，向普遍关注社会各个阶层的生存现实转移视线，作家写作的突出兴奋点每与最广阔的社会现实生活紧密交结，从而引人注目地出现了一批与时共进的表达爱国恤民意识、追求进步社会理想的好作品。这类创作，在满族文学自身的发展过程中开拓出一个前所未有的新阶段，使满洲民族的族别文学，最直接地融入了中国近代爱国进步文学的主潮，开始走上了与国内兄弟民族文学发展风雨同舟、休戚与共的历程。

咸丰、同治年间在创作中显示出爱国忧民文学风尚的满族作家有很多，其间留有明确业绩者，计有庆康、宝廷、宗韶、毓俊、承龄、志润、廷奭、遐龄、锡缜、恩孚、廷琳、桂山等数人。

庆康（1834—?），字建侯，舒舒觉罗氏，镶红旗满洲人。咸丰间举人，曾做过永平同知、朝阳和丰宁知县、热河道台之类的中下级官吏。有《墨花香馆诗存》八卷传世，其中反映民间苦难，鞭挞官场黑暗和抒发爱国主义情感的诗篇占有较大比重。在《夏苦旱》《悲荒歉》《水灾叹》等作品中，他对连年灾荒造成的"鸠形鹄面满城市""内肉相食析骸炊"的凄惨场景作了真切的记录，表达了对民间疾苦极大的同情；《观猎归途见狼戏作长歌》中，把人间诸多的凶残狡狯之徒比拟为自然界的兽类，宣泄出对不公正社会的满腔义愤：

　　莽莽天风霜木摧，边声动地殷如雷。麾旗吹角驱壮士，将军射虎营门开。左列奇鹰右功狗，荡决征尘入林薮。鸣镝横飞饿鹘号，神枪陡发潜蛟吼。鸠鹊哀号鶵雏惊，蝘蜓避匿貙犴走。一令千钧重，冯妇魏犨成

腾踊。老拳毒手格黑熊，搏虎擒貘奋神勇。逢蒙养叔引乌号，月满星流
落毛氄。凶鸦恶鹏坠林坳，封豕长蛇殪邱陇。鹙鸧折翼血淋漓，窦窟洞
胸形臃肿。恢恢罗网讵能逃，藉藉他他坠羽毛。鸷禽猛兽旋授首，分势
磔裂扬腥臊。将军传令撤围场，回戈返辔群奔忙。献飞献走纷杂还，机
骇蜂轶收刀枪。神威武略不可及，旁观咂舌心彷徨。观猎归来循周行，
山樵牧竖欣癫狂。共谓狐狸已无窟，岂知当道有豺狼。贪饕黠诈尔如
此，挞伐不及堪悲伤。①

对于当时西方列强以鸦片烟荼毒中华的罪恶，他更是怒火填膺，在长诗
《鸦片烟行》中，痛陈吸毒给百姓和国家带来的种种可怕后果，向同胞们发
出异常强烈的警号：

　　鸦片烟，何来种？误尽苍生谁作俑！一经堕落少回头，丧败死亡不
旋踵。或云此物来西洋，罂粟花中产异浆。其性最毒其味苦，促人年寿
断人肠。吸食之人戒不得，奈何不吸之人犹争尝。磁瓶湘管长盈尺，火
爇兰膏一灯碧。诗人藉彼遣牢骚，好友因之数晨夕。老弱谓可助精神，
少壮从兹褫魂魄。富贵之家转瞬贫，贫贱之人亦效颦。骨立行销如槁
木，芙蓉人面不生春。可怜一炬阿房火，烧尽康衢安乐民。微物戋戋能
几许，厥害无穷难枚举。病入直使入膏肓，不医之症诚痛楚。富贵尝之
已堪哀，百务废弛心如灰。倘无子息犹悲痛，月冷珠寒蚌不胎。贫贱尝
之愈疾首，饥寒逼迫谁之咎？或则盗贼伏萑苻，或则奸淫为利诱。烟为
之祸可能言，其害胜于色与酒。大千世界起腥风，爝火蛮烟处处同。受
痛不分男与女，朝朝酣卧毒雾中。西洋用此毒中华，中华好奇实堪嗟。
奈之何！百万金钱换泥沙，火烹水煮斗豪奢。丧乱死亡已如麻，今犹学
种罂粟花。吁嗟乎，堪嗟呀！②

这样情绪激越、是非分明，鞭辟入里，痛斥西方国家凭借鸦片贸易图谋
中国祸心且能切中要害的诗歌，在当时的整个中国文坛上也堪称上品力作。

---

① 庆康：《观猎归途见狼戏作长歌》，朱眉叔、黄岩柏、董文成、卜维义选注：《满族文学精
华》，辽沈书社 1993 年版，第 404—405 页。
② 庆康：《鸦片烟行》，张菊玲、关纪新、李红雨：《清代满族作家诗词选》，时代文艺出版社
1987 年版，第 291—292 页。

在清政府对外侮战和不定的关头，庆康始终坚持主战。《庚辰正月闻廷议使俄大臣罪名口占二绝》《光绪甲申感事二十韵》《绝法夷》等诗歌，都明白无误地表现出他在捍卫国家主权方面毫不动摇的爱国立场。庆康这些寄托个人政治情愫的诗作通俗流畅，可以见出清代满族文人诗的传统风格。

宝廷（1840—1890），字竹坡，号偶斋，爱新觉罗氏。是清初郑亲王济尔哈朗的八世孙，隶镶蓝旗满洲。少年时期因祖宅遭焚，家道中衰，备尝贫苦生活之艰辛，乃发愤攻读。22 岁中举，26 岁成进士，累官内阁学士、礼部侍郎等职。在朝为官以直谏闻名，因主张除弊、御外，与张之洞、张佩纶等被时人目为"清流党"，常遭朝中佞臣诋毁。光绪八年（1882 年）主持福建乡试，途中纳船女为妾，回京后上书自劾罢官。① 晚境凄苦。宝廷是清代晚期满洲诗界之重镇，著有《偶斋诗草》《长白先生奏议》等诗文集。其诗歌题材多样，风格晓白锐健，直抒襟怀，颇多富有社会价值之作。

他在入仕前所作《补履》诗，借亲手修补敝履抒发补天救弊的抱负："履兮！履兮！吾补汝未识，汝可知吾苦。此生事事不周全，茫茫宇宙谁肯补？"② 为官时，亦能关注民生，写过《质女行》《肩担儿》《中州女》等反映灾年民瘼的作品。其《质女行》云：

> 送女将出门，女悲不忍行，牵阿娘衣哭嘤嘤。娘泣告女：非娘弃尔，娘不弃尔，娘与尔俱死。娘为尔补衣，娘为尔裹头，速从人去，勿使娘心烦忧。尔勿懒，主人将晋尔；尔勿傲，主人将捶尔；尔勿号，尔号人以为不祥，主人将逐尔；尔勿思娘，尔爷归，娘使赎尔。女泣告娘：娘勿思儿，思儿亦不能归，思儿亦无益，思儿恐娘得疾，儿归将何依？女别娘去，至主人家，主人有女娇如花。小怒唾骂，大怒鞭笪。终日饮泣，难见阿娘与阿爷。③

---

① 有研究者认为，宝廷在主试途中纳妾自劾，乃是他跌宕官场多年后由于看破炎凉所选择的一条主动退食之路。这种看法不无道理。

② 宝廷：《补履》，朱眉叔、黄岩柏、董文成、卜维义选注：《满族文学精华》，辽沈书社 1993 年版，第 407 页。

③ 宝廷：《质女行》，朱眉叔、黄岩柏、董文成、卜维义选注：《满族文学精华》，辽沈书社 1993 年版，第 407—408 页。

　　面对内政多艰、外寇频仍的时局，宝廷在《经三叉河口有感》《题焦山文文山墨迹》《表忠观题壁》《五人墓》等诗中，集中抒发了爱国情怀。晚年贫居，宝廷对社会底层人民的遭遇以及社会潜在的危机又有了更深一层的体会，他连续创作了《无衣叹》《无衾叹》《冬日叹》等直写贫民苦痛的组诗，以及《雨夜书怀》等由一己之危推言天下忧患的作品，摹写出"一家同冻馁，六合尚疮痍"的堪虞景况。

　　　　朝断炊，典寒衣，空空两袖寒侵肌。寒侵肌，不足叹，老父葛衣不掩骭。

　　　　　　　　　　　　　　　　　　　　——《无衣叹》①

　　　　眠无衾，无衾寒难眠。中宵把膝悲辛酸。娇儿哭告娘：北邻新妇衾连床。

　　　　　　　　　　　　　　　　　　　　——《无衾叹》②

　　　　冬日朔风冷，穷民纷满街。齐燕同水灾，赈济仓屡开。三九无快雪，时序似少乖。积水久不涸，千里无尘埃。死者随波涛，生者卧沙泥。菽麦敢望食？难觅蒿与莱！县官如木偶，吏役如狼豺。朝廷费银米，小民安得哉！灾沴叹如此，阴阳何由谐？穷居自闭户，困守谁与偕！

　　　　　　　　　　　　　　　　　　　　——《冬日叹》③

　　　　不死知非福，偷安总自危。一家同冻馁，六合尚疮痍。困顿将谁告，穷愁已莫支。挑灯倚窗卧，窗外雨声迟。

　　　　　　　　　　　　　　　　　　　　——《雨夜书怀》④

　　晚年的宝廷，对于社稷苍生的哀感痛觉已经到了无以复加的地步，词作〔喝火令〕亦将这项抒发推向极致："蓑草连荒垒，寒林绕故关。角声呜咽

────────────

　　① 宝廷：《无衣叹》，张菊玲、关纪新、李红雨：《清代满族作家诗词选》，时代文艺出版社1987年版，第296页。
　　② 宝廷：《无衾叹》，张菊玲、关纪新、李红雨：《清代满族作家诗词选》，时代文艺出版社1987年版，第297页。
　　③ 宝廷：《冬日叹》，张菊玲、关纪新、李红雨：《清代满族作家诗词选》，时代文艺出版社1987年版，第297页。
　　④ 宝廷：《雨夜书怀》，张菊玲、关纪新、李红雨：《清代满族作家诗词选》，时代文艺出版社1987年版，第295页。

晚风酸。遥见征人无数，曝背古城边。　朔气浸金甲，严霜冷玉鞍。停鞭一望更凄然。几点旌旗，几点夕阳山，几点颓垣断壁，掩映暮云间。"① 在他的诗集当中，读者还发现这样一首短诗——《糖胡卢》，看似信手拈来，却异常形象地记录了这位"天潢子孙"对"大清末世"的独特观察："胡卢穿累累，咀嚼蜜满口。外视尽光华，中心隐枯朽。"②

承龄（1814—1865），字正久，又字尊生，裕瑚鲁氏，是一位与太清同时的满族知名词人。他的《冰蚕词》，为清后期以来数种词选所辑录。承龄之为词家，小令及长调均很出色，其短章多抒写离情别恨之作，颇近南宋吴文英、王沂孙风格："日日江楼还独凭。潮去潮来，旧恨难重省。百折不回流不尽，斜阳一桁珠帘影。海燕归时花径暝。月色银黄，照见双栖稳。一霎春寒催酒醒，春来料理伤春病。"③ 而相形之下，承龄词中长调尤为可观，一些眷怀故园的作品，不仅词意开阔，笔力深沉，还能切实勾画出客观层面的乱世景况与主观层面的萧瑟怀抱，表露出耿耿于中的爱国情操：

> 望南飞鹤影，出塞行云，曾共徘徊。锦字寄回文，怕鸳机织就，不是新裁。琵琶行谱春怨，人在白登台。只两地飘零，关前雪拥，陌上花开。　重来，向燕市，便击筑悲歌，谁与衔杯。忽忽中年近，纵东山丝竹，难遣愁怀。一麾欲去江海，荒径问蒿莱。但落叶萧疏，高斋又听秋雁回。

> ——《忆旧游·和彦华见怀》④

咸丰与同治年间的满族进步诗人创作，逐步形成了几个较为集中的思想主题，包含反映民间疾苦、痛斥外敌入侵、表达与颂赞抗敌爱国精神、书写报国之志难以施展的苦闷……

---

① 宝廷：《喝火令》，转引自张佳生《清代满族诗词十论》，辽宁民族出版社 1993 年版，第 284—285 页。

② 宝廷：《糖胡卢》，张菊玲、关纪新、李红雨：《清代满族作家诗词选》，时代文艺出版社 1987 年版，第 299 页。

③ 承龄：[蝶恋花]，张菊玲、关纪新、李红雨：《清代满族作家诗词选》，时代文艺出版社 1987 年版，第 284 页。

④ 承龄：《忆旧游·和彦华见怀》，转引自张佳生《清代满族诗词十论》，辽宁民族出版社 1993 年版，第 268 页。

着意追随"诗圣"杜甫悲天恤民诗风的宗韶①，以其苍茫痛楚的笔调，多次录下官府横行民不聊生的社会现状，表示了不祥而且敏锐的政治预测。其《六月初三日作》诗为："黑云垂屋天外白，庭树不动风无声。银河倒泻不可止，六龙何处方游行。雨多或至鳞甲湿，神物亦恐难飞腾。今雨旧雨断复续，雨师茧足难留停。龙性难驯固如此，呜呼天意谁能明？即今天下稍削平，有女未织男未耕。良田芜没满荆棘，万民颠沛犹输征。天公下视云雾隔，九重不见流亡形。吾闻天德本好生，奈何不顾恒人情！吾恐一朝混沌破，金银楼阁皆敧倾。众仙立足无处所，四维已倒谁能擎！杞人忧天众口笑，彭咸自溺谁知名？拔剑高歌喝云退，日月应照吾精诚。腐儒移床避屋漏，绸缪不早毁易生。倒樽且复醉清酒，长天坐待何时晴！"②

另一位满族优秀诗人毓俊，也创作了《贫妇词》《霸州大水行》《凿冰曲》《老农歌》等多篇诗作，为世间随处可见的贫富极度分化现象大放不平之声。一首《劝赈歌》云："贵人蹻高位，赫赫处华屋。出门乘朱轩，仓廪积余粟。门第高峨峨，鹰犬日仆仆。粉黛快心意，悦耳丝竹肉。丰膳办中厨，更食神仓谷！贵人无足时，岂知一路哭：路有流亡民，不能复邦族。徒据要路津，出入擅威福。与观《劝赈歌》，弃置不肯读。饥溺遍中野，民命伤窘促。——填沟壑，咄嗟谁养育？民有饥寒忧，犹窃天家禄！"③

诗人恩孚的《卖粥翁》④，出自于满洲文人看问题的独特心境，将昔日盛世街面颇堪夸耀的富足场景与身边已属不堪入目的饥民遍地做了对比，写道："金吾弛禁漏无声，记得喧阗街市行。压岁钱多小儿喜，左持粗粔右饴糖。甘芳物物价俱贱，百处旗亭盛珍馔。贵戚传柑夜欲阑，倦归仍设后房宴。蒲觞午日饼中秋，果饵餐余鲜宿留。偶有二三行丐者，经旬常是蓄干糇。嘉禾瑞麦年年秀，解愠阜财舜庭奏。螟螣不生灾沴消，凤凰同现驺虞兽。雨旸有若候无愆，和在人心气格天。四野颂声少他语，将军神武相公

---

①　宗韶（1844—1899 年），也是清末满族的一位杰出诗人，他因一心追随杜甫，而将自己之表字也取为"子美"。

②　宗韶：《六月初三日作》，朱眉叔、黄岩柏、董文成、卜维义选注：《满族文学精华》，辽沈书社 1993 年版，第 427 页。

③　毓俊：《劝赈歌》，朱眉叔、黄岩柏、董文成、卜维义选注：《满族文学精华》，辽沈书社1993 年版，第 431—432 页。

④　恩孚：《卖粥翁》，朱眉叔、黄岩柏、董文成、卜维义选注：《满族文学精华》，辽沈书社1993 年版，第 377—378 页。该诗有序："元夜有卖粥翁，贫儿多向之乞钱。翁谓一钱不能救饥，遂以金釜飨众。惜不知其姓名乡贯，聊赋此篇以志慨云。"

贤。茅檐妇织鸡鸣布，大户兴豪起酒库。街上难逢马燧孙，谁吟乞食渊明句。维时我已过垂髫，也共欢腾暮复朝。呜呼故我犹今我，底事佳辰大寂寥？作计排愁遣韶节，辉煌不睹鳌山结。笙歌杳杳耳如聋，两字"奇闻"路人说。卖粥翁怜丐子多，慨然相飨更倾锅。犹言今夕粥原少，恨不此锅化巨河。太息轻裘肥马客，自云丐子一乡籍。旁观意代出钱偿，但道风光迥非昔。"

廷奭的诗歌《见鬻子者》，把严重饥馑下面为保活命才出现的卖儿卖女举动，写得活脱脱如在读者视线之内："近见鬻子者，鹑衣愁百结。夫妇携雏儿，吞声向人说。自云本三口，卖儿救饥渴。拼将一人苦，欲谋二人活。穷途愿非奢，千钱买犹悦。彼岂非人情，谁舍抱中物。儿更恋父母，欲言重哽咽。呼亲何抛儿，痛哉生死别。阿父与阿母，含悲与永诀。属儿好从主，只当儿亲灭！依依那忍离，撑眸泪成血。我见心孔酸，断肠空火热。归去衔余哀，梦魂犹恻怛。"①

志润的《捉车行》，可以看出是模仿了"三吏""三别"的笔法，展示的却分明是清晚期世间吏民关系高度紧张的情状："西望长安道，风尘暗白日。田车从西来，辚辚声不绝。悍吏立道旁，盛气任嗔喝。橐橐弃逶迤，狼藉谁能恤！鞭棰相促催，遭伤面流血。吏云奉军帖，索车载兵卒。青齐路虽遥，更待即返辙。车中有老翁，致词语呜咽：'前岁载征夫，西征讨回纥。无钱贿官人，我车被捉出。驿传不许更，千里远驰突。复为兵所驱，服役力欲竭。黾勉至临洮，妖氛正酷烈。兵气苦不扬，一战全覆没。哀哉御车人，枕藉半殄灭。幸我弃车逃，余生苟存活。今又逢点兵，田车复遭夺。长跪告吏胥，放我归蓬筚。'悍吏若无闻，催促乃进发。观此伤客心，悲愤眦欲裂。忆昔太平时，安乐者家室。哀今逢乱离，流亡何时毕？况复徭不平，穷苦向谁说？泪洒望西风，悲风来木末。"②

清代历史过程中满族的特殊地位，容易让某些人在理解这个民族的时候产生倾向性的猜测，好像这个民族既然有最高执政者，当中也就不大可能出现具有高度人民性的优秀人物。其实，只要略微读一读这里所介绍的作家作

①　廷奭：《见鬻子者》，朱眉叔、黄岩柏、董文成、卜维义选注：《满族文学精华》，辽沈书社1993年版，第423页。

②　志润：《捉车行》，朱眉叔、黄岩柏、董文成、卜维义选注：《满族文学精华》，辽沈书社1993年版，第389—390页。

品，就会发现那样的猜测距离事实多么遥远。当清晚期中国社会疾速败落之际，满族进步作家们通过各自作品发出的正义之声，正是他们以及他们身后的民族之良知所在。

第二次鸦片战争中，英法联军侵入北京，咸丰皇帝率后宫及群臣逃往热河，酿成强盗们肆意掠夺焚烧圆明园这一文明史上的大惨剧，诗人廷琳所写《西郊》一首，敢于把谴责的芒刺指向临战脱走的君臣："虎节龙旗不复还，白云犹恋昔时山。钟声隐约平桥外，人影萧条春树间。断壁颓垣新瓦砾，古碑荒草旧溪湾。可怜飏拜赓歌地，只有伤心月一弯。"①

当英法联军由渤海湾登陆直攻北京之时，清军曾在西八里桥奋力抵抗，终战败，宗室诗人遐龄在《通州道中感作》诗中，以深切哀思，凭吊了为祖国捐躯的烈士忠魂：

> 野色满园皋，夕阳鸦背闪。驱车古车辙，汗湿疲骡喘。忽睹道边桥，战血惊涛卷。青磷疑昼飞，白骨横未掩。万灶冷烟炊，柴门断鸡犬。可叹劫火余，斯役几人免。忠魂不可招，烈士行当勉。我来独唏嘘，临风泪空法。悲歌慨以慷，陈迹一俯挽。回首望遐荒，苍烟生数点。②

封建时代本来就不存在"充分辨才"和"人尽其才"的可能，而时至封建末世社会变乱，就尤其不能给予人才以施展的空间。故而在此阶段，激烈抨击浊世埋没人才的声音，也就更响亮起来。

> 吁嗟乎！辕下驹，何事一朝不如驽？驽马日行无百里，鞍鞯璨璨联明珠，日饮膏粱丰肌肤。辕驹困盐车，劳劳未得息。朝登南山阳，薄暮来砂碛。茫茫何处求菽刍？空厩夜深不得食。欲嘶不成声，筋骸日瘦瘠，憔悴反无驽马力。吁嗟乎！辕下驹，何事一朝不如驽？不逢伯乐空踟蹰！

> ——志润：《辕驹叹》③

---

① 廷琳：《西郊》，朱眉叔、黄岩柏、董文成、卜维义选注：《满族文学精华》，辽沈书社 1993 年版，第 387 页。

② 遐龄：《通州道中感作》，朱眉叔、黄岩柏、董文成、卜维义选注：《满族文学精华》，辽沈书社 1993 年版，第 382—383 页。

③ 志润：《辕驹叹》，朱眉叔、黄岩柏、董文成、卜维义选注：《满族文学精华》，辽沈书社 1993 年版，第 390 页。

良弓藏，良弓何为藏？解衣推食恩未忘，不然何不为真王？呜呼！良弓何为藏？良弓藏，诸吕王。

——宗韶：《良弓藏》①

有鹤有鹤毛羽丰，呼之不应如痴聋。雕栏玉槛适汝意，何须郁郁忧樊笼。鹤不能言对以意，哀鸣俯首声玲珑："乾坤位定物之始，忧忧万类能其中。或为止隅鸟，或为遵渚鸿。鹏抟万里脱羁绁，天空海阔真从容。我独何为罹尘网，局促辕下驹相同。既不能乘轩廊庙快其志，复不能栖身林壑潜其踪。进有所牵退有制，寄人篱下嗟吾穷。誓将奋翼凌云去，肯与凡鸟争雌雄！"

——桂山：《笼鹤叹（和古愚农部作）》②

"誓将奋翼凌云去，肯与凡鸟争雌雄！"这是清晚期满族进步诗人们的灵魂在呐喊。他们位卑未敢忘忧国，忧时忧民忧天下，将一腔热血泼洒于诗行内外，以表达志向坚毅地突破牢笼羁绊，奉献忠贞，力挽社稷苍生运命于倒悬。所遗憾的是，此刻的满族进步诗人们，还没有人能摆脱旧封建价值秩序的大要，他们之安身立命者，仍未走出"解衣推食恩未忘，不然何不为真王"的韩信式的忠君爱国老路。

清代后期在思想倾向上较为进步的满族文学，毋庸讳言，绝大多数还都是这样一种带有镣铐的舞蹈。那时节，那个以"大清"为徽标的中央皇权，一方面已经成为了代表着整个东方大帝国的政治核心，另一方面，却毕竟还是一个由满洲统治者世代因袭着的少数民族政权。作为与这个中央政权主宰者同出一个民族的满洲文化人，即便是再想体现出爱国恤民的殷殷激情，意欲唱出不再受到传统礼法制约的新选择新歌吟，其难度也是不难想象的。

一切在世界上存在过和将要存在的具体人，都要先天地带来他的历史规定性。历史唯物主义者的实在态度，就是要大处放眼，见出他们在不能不受到局限的历史场景下，所做出来的主观选择是什么。

这一历史过程的满族诗歌创作，在艺术表现方面，还有一个特点，即作品的俗白趋势更加凸显。俚俗化与语体化，成了诗人们的自觉追求。无论是

---

① 宗韶：《良弓藏》，朱眉叔、黄岩柏、董文成、卜维义选注：《满族文学精华》，辽沈书社1993年版，第425页。

② 桂山：《笼鹤叹（和古愚农部作）》，朱眉叔、黄岩柏、董文成、卜维义选注：《满族文学精华》，辽沈书社1993年版，第380页。

诗还是词，满人之笔底所作总是能够顾及下层民众的阅读习惯，基本上不再做一厢情愿的"儒雅"制作。它体现出市井倾向在满洲民族文化的总体视野下得以伸张扩展，连诗词写作这类中原文坛上向持高深趣味的领地，也被满洲作者们涂抹得不那么富有传统"尊严"了。下面聊引两篇作品，以证此言不虚：

> 莫养猪，养猪夺人粥。花猪腹中脂，饿殍身上肉。夺人饲畜人不足，畜肥人瘠人羡畜。吁嗟，养猪心胡毒！
>
> ——宝廷：《莫养猪》①

> 向晚登高，禁不住，天风吹荡。留一片，斜阳倒影，愁云来往。正是四方离乱后，平看万里乾坤莽。更何堪，北向雁嗷嗷，杂悲响。　村落渺，孤烟上。关塞黑，疏星朗。把无穷怀抱，来供俯仰。身世尽多人饭信，功名绝少封侯广。古今来，吾辈几升沉，抗心想。
>
> ——锡缜：《满江红·庚申滦阳晚眺》②

假如我们把上面指出的这一点，跟本章下述两节的相关内容一并思考，便会产生更深入的印象。

二

鉴于小说写作在中外民族文学创作史上越来越为人们所体会出来的重要性质，笔者也在这部关于满族文学流变研究的作品当中，尤其关切小说写作一端。

满族的小说写作，自清初佟世思启程探路，到乾隆年间曹雪芹、和邦额、庆兰三位名家的鼎力书写共同托举，再加上同时及随后弘晓、裕瑞等理论评论家的倾情助推，业已形成自己的清晰阵容与书写格路，突出它的独特影响，也预示出该民族文学在其日后将有可能在小说范畴铸起自身持续的文学强势。

---

① 宝廷：《莫养猪》，张菊玲、关纪新、李红雨：《清代满族作家诗词选》，时代文艺出版社1987年版，第298页。

② 锡缜：《满江红·庚申滦阳晚眺》，转引自张佳生《清代满族诗词十论》，辽宁民族出版社1993年版，第279页。

　　前章已经述及，女词人西林太清，在其晚年曾写出过一部长篇白话小说《红楼梦影》，可认定是满族小说史上的又一笔主要收获。而下面将要提到的，差不多就在《红楼梦影》问世的前后，满族作家阵营，还推出了另一部较《红楼梦影》之影响要大得多的长篇白话小说，那就是由文康撰写的《儿女英雄传》。[①]

　　《儿女英雄传》，又名《金玉缘》，或称《儿女英雄评话》，是满族文学库存中一部十分重要的创作，在中国小说史上也享有持久的地位。这部小说大约成书于清代咸丰、同治间，原作有五十三回，刊行时被删存为四十一回，成书近 60 万字。

　　小说家文康，字铁仙，又字悔庵，别署燕北闲人，费莫氏，隶属镶红旗满洲。其准确生卒年已不可考究，只知大约生在 18 世纪末或 19 世纪初，亡于 19 世纪的 60 年代；他大半生奔波仕途，出任过理藩院员外郎、天津兵备道、凤阳府通判及荣昌县知县，生前也曾被任命为驻藏大臣，却因病未能履任。文康出身于满洲军功世家，曾祖父官至兵部尚书并以战功显著追赏伯爵，祖父为经略大臣晋封公爵，父亲是内阁学士兼礼部侍郎，族内并有与皇室结亲的记录。据认为，他家当时的显赫位置比较先前曹雪芹祖上的地位尚有过之。可是，荣显富贵的家境到文康手里没能维持住，其"晚年诸子不肖，家道中落。先时遗物，斥卖略尽。先生块处一室，笔墨之外无长物，故著此书以自遣。"[②]

　　就像那雪芹写作《红楼梦》的心态及目的每每受到后世探问一般，文康写《儿女英雄传》的心态及目的，也屡遭后人热议。尤其是当研究者们注意到了雪芹与文康二位均为清代富有才华的旗人小说作家，彼此身世有相似之处，并且《儿女英雄传》里面还存有两三处旁敲侧击地褒贬《红楼梦》的文字，将这两部作品做"捆绑"评论或曰"比较研究"，遂成一种学术习惯。不过，就笔者看来，这类的"捆绑"和"比较"，虽不能说是全无是处，却也不能说是尽有道理。

　　拙著前章谈过，雪芹身处于清中期暨"康乾盛世"的后半段，彼时满洲

---

　　① 据张菊玲《旷世才女顾太清》（北京出版社 2002 年版）介绍，《红楼梦影》出版于光绪三年（1877 年），《儿女英雄传》出版于光绪四年（1878 年），并且二书之首版，均刊刻自北京城内隆福寺路南聚珍堂书坊。

　　② 马从善：《儿女英雄传·序》，文康：《儿女英雄传》，正文前页，西湖书社 1981 年版。

人建立的清王朝还不可谓不巩固不威严，潜在的威胁首先却在满洲精神生活或者也可以说是意识层面突出反映出来，从而影响到了这一入关未久的民族内部的文化心理蜕变、利益分配占有与现实存在局面。慧眼只具的杰出作家曹雪芹，从自我家族以及周边类似门第的浮沉遭际，透视出深藏在时代内里的思想危机，敏感地警觉于民族文化裂变于无可奈何间的逼近、蔓延及引爆，看到了民族精神转轨行将导致之险运，故以一出贵族世家"悲金悼玉"的痛切叙事，向尚且沉浸于半是乐观半是懵懂迷梦的自我民族拉响了先知先觉的凄厉警号。

然而，身为雪芹后辈的文康，其生也晚，他对自己及其家族赖以安身立命的清王朝说来，早就谈不上盛世躬逢，只能算是末世之人，他已不必具备什么"秋凉蝉先觉"般的先知先觉，再去苦苦思考满汉文化相互折冲的精神文化课题，他这代满洲人的当务之急，倒是须面对既成事实的"无边落木萧萧下"的内外颓局，好好想想他的"大清朝"以及与自身互相攸关的旗族（满族）之历史去向了。

咸丰、同治时期，内忧外患不一而足。早先作为清王朝政权柱石的八旗劲旅，二百多年间已备受自身"生计"问题再三熬煎，各种精神蜕变亦显现诸多，风气腐蚀程度空前严重。再就国事而言，在外寇闯进领土的同时，清帝国是内乱频仍，吏律失控，百姓生存日艰，世风民心亦似江河日下。此际，家道中落、块处一室的文康氏，依仗着他那份正宗旗人的未泯良知，自不会优哉游哉地作什么轻松快活的"白日梦"——编造些纯粹的戏谑文章来自娱自慰。翻开他"守着一盏残灯，拈了一支秃笔，不知为这部书出了几身臭汗，好不冤枉"①才写就的这部《儿女英雄传》，只要今日读者放得下某种先入为主的"批判"诱导，认真地读一读，沉静地品一品，便会觉察，其中饱含的，也是一种严肃的伤时忧世之思。

《儿女英雄传》，讲述的是，旗籍侠女何玉凤为报父仇，更名"十三妹"，浪迹四方，时逢旗籍书生安骥只身以及民女张金凤一家同时落难于能仁寺，便施展武艺将他们从恶僧手下救出，又撮合安骥和张金凤结为夫妻；后来何玉凤得知自家仇人已被朝廷翦除，便在众人一再规劝之下也嫁与安骥，与张金凤一道和睦事夫，终促成安骥中举出仕，乃至于合家荣华，子孙

---

① 　文康：《儿女英雄传》，西湖书社 1981 年版，第 839 页。

富贵。

　　希望自己的家族好，民族好，国家社稷都好，这在小说家文康说来，是极其自然的事情。于是，他便苦心孤诣地，利用笔底叙事来勾画出一幅他认为可行的再造祥瑞的蓝图。作品中安骥之父安学海的形象，是作者倍加赞许和推崇的，此人热衷科举，追求仕途，主张以既有的封建伦理观念修身齐家治国，他在八方浊流的世道当中力保洁身不染，虽惨遭陷害却不弃道德初衷，终于得到了好报。很明显，文康是把安学海当做一位处世楷模来塑造和鼓吹的。同时，正如书名所反映，小说反复倡导一条"最是儿女又英雄，才是人中龙凤"①的人生道路，以为要达到"儿女英雄"的标准，就须既有儿女真情，又要将其提升到"纯是一团天理人情"的理想境界，当好"忠臣孝子""义夫节妇"。小说中所显示出来的这类思想缺陷，不屑深说，是相当明显的。

　　然则近百年来，我们的文学史界对于《儿女英雄传》的种种思想指责，可谓多矣。宣扬"忠孝节义"的陈旧观念，自是这部著作难以推卸的罪名。可是谁又料到，从相仿佛的这种指责出发，批判声浪竟一浪盖过一浪，一直到迸发出来《儿女英雄传》乃是"腐朽没落"的"反动作品"的调门。以至于时至今日，人们在提到宣扬"忠孝节义"封建观念的古典文学作品时，差不多会不约而同地首先点到这部书。

　　历史唯物主义者本应注意，在观察任何历史场景下的任何历史人物时，都得有个客观态度，不能苛求那些早就已经作古了的人物，去完成只有其后世或者今人才有可能完成的时尚动作。这也就是人们经常挂到嘴边上的"历史局限性"吧。我们在阅读小说家文康的时候，同样不该忘了这条。文学史上的作品千千万万，因袭前人笔法技艺和重蹈前人思想观念的情形充目皆是，那是一点儿都不值得惊讶的，顶多是叫读者感到它们陈旧乏味罢了；设若我们用当下的进步理念去从严筛选古典文学作品，符合标准的即便不是一部没有，只怕也只剩下寥寥几部了。一部古人的创作摆在我们面前，该发现的是，它哪怕提供了仅是最少量的在前人笔下没有提供过的新的东西（或者是新思想新观念，或者是新技巧新形象……），也都是值得研究者用心地指出、理解、珍惜和记载的。这才是对待文化遗产的恰当态度。

　　当然，也许还须顺便说一句，这一态度，也应该一视同仁地适用于面对

---

① 文康：《儿女英雄传》，西湖书社1981年版，第1页。

各个民族文化遗产的批评与估价。

"忠孝节义"一类的封建纲常，确是《儿女英雄传》小说的思想支撑及言说基点，那是文康们注定摆不脱的魔咒。我们理当意识到注意到这一点，仅此而已，却无须特意地厚非文康其人其作。每个中国人都晓得，这套封建纲常的观念，文康远远没有"原创权"。封建纲常本是在上千年的中国社会运行中间起到重要作用（包括正负两面作用）的精神准则。之于"忠孝节义"这艘陈旧得千疮百孔的思想之舟而言，文康所属的这个民族，其实不过是相当晚近的搭乘者。可惜的倒是，文康也跟他同时代的众多满族文化人一样，不再能像《红楼梦》作者一般聪慧，还能依稀记得自己民族文化远航的"此岸起点"。

这片古老土地上的一项传统，就是历来都把"忠孝节义"观念，铁定成为吾国吾民踏狂涛、渡汪洋唯一可供凭仗的救生船与运载器。文康的背运之处，实在于他写得出来一部让读者们爱不释手的小说，却又在思想层面上拿不出什么像样的新货色。况且，《儿女英雄传》问世未久，即撞到了20世纪初期"五四"新思潮狂飙大作的"枪口"上，短距离彼此遭遇，自然要造成"枪打出头鸟"的事件，那就不可不说是"时也运也"。至于有人嘀咕，在文康著书之先，国内思想领域即已出现像魏源、林则徐等近代思想的先驱，相形之下《儿女英雄传》便尤其要不得，笔者辨之，恐其只是句玩笑话。

下面言归正传，让我们埋下头来，耐心寻觅一番满族作家文康的"新提供"。

《儿女英雄传》最醒目的文学史价值，当在于它是首部直截了当、放开手笔地书写清代满族社会题材的长篇白话小说。文康占了点儿便宜：他没必要再像《红楼梦》作者似地，小心翼翼地遮掩起书写满洲社会事相的一应表层印记，当时"文狱"罗网渐趋弛废，且他笔下又没有写满洲人跌跌宕宕的大悲剧，更重要的是，虽说同样是家道潦倒，他家可又不曾像曹家那样，径直就落败在皇上的"钦定"裁夺。

这部书近不说残唐五代，远不讲汉魏六朝，就是我朝大清康熙末年、雍正初年的一桩公案。我们清朝的制度不比前代，龙飞东海，建都燕京，万水朝宗，一统天下。就这座京城地面，聚会着天下无数的人才。真个是冠盖飞扬，车马辐辏。与国同休的先数近支远派的宗室觉罗，再就是随龙进关的满洲、蒙古、汉军八旗，内务府三旗，连上那十七省的文武大小汉官，何止千门万户！说不尽的"九天阊阖开官殿，万国衣冠拜冕旒！"这都不在话下。

　　　如今单讲那正黄旗汉军有一家人家，这家姓安，是个汉军世族旧家。这位安老爷本是弟兄两个，大哥早年去世，止剩他一人，双名学海，表字水心，人都称他安二老爷。论他的祖上，也曾跟着太汗老佛爷征过高丽，平过察哈尔，仗着汗马功劳上头挣了一个世职，进关以后，累代相传，京官、外任都作过。到了这安二老爷身上，世职袭次完结，便靠着读书上进……①

　　这些《儿女英雄传》第一章"开宗明义"的文字，用墨不但鲜丽更具张扬，彰显着一位清代满族作家意欲兑现民族叙事时的快感心理。刚一开讲，就为读者展开一幅云蒸霞蔚的康雍时代社会画卷。那个时代，最是让后世满洲族众引以为自豪，文康选准这个时期作为他的写作背景，也就不难想象。（一个民族，有时多像一个人，都愿意常提自己的"过五关斩六将"，反而会有意无意地隐藏起不大光彩的"走麦城"经历。）文康希冀着清朝及八旗社会得到"末世中兴"，当然也就要期待康雍时代及其风发精神的复归。紧接着，作者讲到安家，简单交代了几笔他家的历史荣耀，就势笔锋一转，即说到"世职袭次完结，便靠着读书上进"上来，实际这里所要涉及的，还是安家将如何面对"八旗生计"的故事。"八旗生计"这个烦恼八旗社会很久的问题，在这部书里虽没公开挑明，却始终是作者一个暗中的关注点。

　　提到"八旗生计"，人们有时会误以为那仅仅是下层旗人的生存困境，实则不然。为清代八旗制度严格"框死"的，是从上到下包括了全部旗人的人生，下层旗人由此引发的普遍的贫寒命运是比较容易被看到的，那是穷旗人因补不上兵缺便要沦为"闲散"，没了"钱粮"也就断了生计之源，马上就会面临饥馑威胁；其实，旗人上层人家也有类似问题等着他们：不论是皇室宗亲还是异姓勋贵，世袭的爵位大多也有终结的那一日（只有极少数的所谓"铁帽子王"除外），终结世袭后的身份也同样是"闲散"，如若将家中积蓄吃净，一样是要面临"生计"危机的。故而旗人家庭，小有小的苦衷，

---

① 　文康：《儿女英雄传》，西湖书社1981年版，第9页。

"大有大的难处"——"八旗生计"的厄运，实在是高悬于绝大多数旗人家庭头上不知何时便会掉下来的一柄达摩克利斯之剑。如此看来，安学海"世职袭次完结，便靠着读书上进"，也就不啻是作为旗人上层家族未雨绸缪，及早防备日后恐为"八旗生计"难题搅扰的本能选择。作者透过这一处描写，也是想向所有一时没有贫寒之虞的旗人们发出一点儿必要提示。

作者把这一提示贯穿于他的书里。安家因有军功在先，京畿有着清初的"圈地"，聊可作为其衣食之源，因而他家有时也有坐吃老本的惰性。小说第30回，安骥即言："我家本不是那等等着钱粮米儿养活父母的人家儿，只这围着庄园的几亩薄田，尽可敷衍吃饭。"能多看出一步棋的何玉凤立即指出："至于家计，我在那边住的时候，也听见婆婆同舅母说过，围着庄园的这片地原是我家的老圈地，当日多得很呢。年深日久，失迷的也有，隐瞒的也有，听说公公不惯经理这些事情，家人又不在行，甚至被庄头盗典盗卖的都有，如今剩的只怕还不及十分之一。果然如此，这点儿进项本就所入不抵所出。及至我过来，问了问，自从公公回京时，家中不曾减得一口人，省得一分用度，如今倒添了我合妹妹两个人，亲家爹妈二位，再加我家的宋官儿合我奶娘家的三口儿，就眼前算算，无端的就添了七八口人了。俗语说得好：'但添一斗，不添一口。'日子不可长算，此后只有再添人的，怎生得够？……若不早为筹画，到了那展转不开的时候，还是请公公重作出山之计，再去奔波来养活你我呢？还是请婆婆摒挡薪水，受老米的艰窘呢？"① 这场交锋的结果，是何玉凤将新婚丈夫安骥也动员去奔仕途了。虽说是让今人虑来，安家老少先后奔仕途，未必就是一条"光明大道"，但在当时，这可就是他们唯一可以"自救"于生计陷阱的"华山一条路"。勉力自救，总比坐而待毙要好。

清廷为了政权的维持和满洲民族的保存，制定和执行了"八旗制度"，这一制度却又教八旗当中的若干族众身陷窘迫无路可行。坐吃山空、颓唐往复一途既然不是生路，文康氏绞尽脑汁能开出的药方，也就只剩下这发愤仕途。作家在这部书里是把安家当做正派而不甘堕落的旗人去写的，百多年来的读者也基本上是这样去领会他们。有议者习惯于斥责安家父子追求功名利禄，却往往也是他们，同样习惯诟病于另一些旗人的游手好闲不务正业，这样"两头儿堵"的批判家，也许是顶好当的。须知，"冲出牢笼，诉诸革

---

① 文康：《儿女英雄传》，西湖书社 1981 年版，第 533 页。

命"的念头，压根儿就不可能产生在文康那种人的头脑中间。

古来的文学都离不开一个"情"字。这"情"就是文康所言说的"儿女"一端，在这位旗人小说作家看，一个人的"儿女"属性必须跟对应的另一端"英雄"属性相辅相依，才算得上"人中龙凤"。这也可说是对满洲民族精神传统的一种继承和诠释。清前期满人创业之际，最受标榜的即是"英雄"气概（包括英雄的志向与英雄的作为），后来，为岁月以及制度所层层销蚀者，也多在满人的英雄气概上面。在常人眼里，凡"英雄气短"的，大多就会"儿女情长"一些，清代后期的旗人们便是越来越"英雄气短""儿女情长"的一群。文康在小说开头大写特写侠女十三妹（即旗籍少女何玉凤）大义凛然严惩恶僧，还用旗籍安公子的懦弱表现加以衬托，既凸现出满洲女性刚烈英勇的固有风采，也是对满洲男性渐趋儒雅失却血性的揶揄。文康对以安公子为代表的满洲男性日见柔弱性格的这种揶揄，是贯穿全书的。小说收尾时安公子抖擞精神金榜高中，还被御批破格裁定为"探花"身份，让人感觉这个一向不很争气的"小儿女"终于"英雄"起来，好像安骥这个堪称样板的"儿女英雄"在千呼万唤中到底是问世了，殊不知作者文康却单单要在这里跟他开个不大不小的玩笑，说皇上为了栽培于他，把他赏了个头等辖（即侍卫），放了乌里雅苏台的参赞。"只这一句话，安公子但觉顶门上轰的一声，那个心不住的往上乱迸，要不是气嗓挡住，险些儿不曾迸出口来，登时脸上的气色大变，那神情不止像在悦来店见了十三妹的样子，竟有些像在能仁寺撞着那个和尚的样子！……这位爷此时莫说想升阁学，连生日都吓忘了！"随后，他"便泪如雨下。"[1] 不光是安骥本人，他家里人得知此事，也多是慌成一团。原来，全因为乌里雅苏台任所远在塞北风沙苦寒衣食鄙陋之地，与安公子高中探花后的美满期望落差太大。此刻，也就还得算是安学海说出来一句"正理"："却不道这等地方不用世家旗人去，却用什么人去？用世家旗人，不用你这等经年新进，用什么人去？"[2] 故事的最后，毕竟是皇上及时改了主意，改授安骥为内阁学士兼礼部侍郎等衔，叫他去做了个威风八面的"观风整俗使"，安公子一家才"化险为夷"，踏下心来。时至清朝晚期，即使像安家这样当年依仗"汗马功劳"起家的旗人，也只是肯把那点儿"英雄"余勇，置于远离战场远离艰苦的文职仕途之间

---

① 文康：《儿女英雄传》，西湖书社1981年版，第789页。
② 同上书，第804页。

了。文康尽管姑息安骥的怕苦畏难，没让他走"厄运"去了乌里雅苏台，却分明是在用这些情节，对身边不肖前人的旗人后代，予以一次深刻针砭。这种对旗人精神的严密注视，其关切范围应当讲已经超乎于一般的"八旗生计"事项。所以能够看到，作家文康是有其民族责任心的。

　　总规模接近60万言的《儿女英雄传》，出自满人作家之手，所述内容几乎无一处游离于旗人世家安家的人与事。这安家是八旗汉军，作品如实地写出了清后期满洲、蒙古以及汉军的三个八旗从政治、经济到文化、心理全面整合的客观现实。清初以降，蒙古八旗和汉军八旗因"从龙入关"后随时随处与满洲八旗同命运共休戚，满化程度相当彻底。晚清时节，社会上要辨别一个普通人的身份，大致的办法只有一宗，即"但问旗民，不问满汉"，旗人是一大类，民人是另一大类，把这个弄明白了就差不多了解对方了；而对方在旗人里面究竟是属于满洲还是属于汉军，却为一般时人不很注意。于是乎，一个新的反映当时该项现实的称谓——"旗族"——便应运而生了。"旗族"称谓一直被使用到辛亥以后一段时间，才慢慢淡出社会。满洲旗人文康显然没有把安学海安骥一家汉军旗人当作"外人"看待，他把自己对本民族满腔的褒贬与期待，一股脑儿地端给了安家。事实是，"满族"概念是迟至20世纪50年代才出现的，假定要说满族的原有涵盖应当是什么，笔者认为，并不只局限于清代的满洲旗人，倒应该是清后期社会上所说的"旗族"，才更准确。①

　　因《红楼梦》当初不能不被动地遮蔽起八旗社会生活的相应表征，留下了民族文学书写的较大遗憾，故而，我们把《儿女英雄传》认定是一部清代文学史上通盘表现旗族生活场景无出其右的大制作，是不会有误的。这儿所说"通盘表现"，诚不为过，因为它在描画清代旗族生活样态和民俗流变方面，几近达到了由表及里全景观与全层面的笼罩，从旗族的历史由来到其间具体家族的辗转经历，从"旗人生计"问题的积累成形到旗人日常家居之细况逐项，从旗人家族特定阶段婚丧规制的执行到他们平日之间对长幼礼法的持守，从社会上通行的科举取材方式到其中旗人读书入仕路径，从旗族家教当中尤为重视的伦理精神培养到子弟们道德观念的刻意催化，从八旗大家族

____

① 这一点，在我国的满学界内其实是大家早已普遍接受的看法，不料近些年来却每每读到局外人言之凿凿的不同说法。

内长久保持的家奴世仆现实到旗族普遍拥有的尽忠于朝廷社稷的基本理念，从旗族人家进得中原后"汉习渐染"的总体趋向到旗人后代身上发生的气质异化，从旗族成员们对"国语骑射"特定传统的珍视到这一传统在时代变迁下的无奈蜕变，从旗族跟汉族广泛交往从而接受汉语表达方式到这一形势下，旗人家庭内部彼此称谓上的固守满式旧习等等，不一而足，只要读者有心挖掘，大抵都可以找到在其他书籍和档案里面难以得到的历史资料。近年来已见到一些学人陆续开始书写"《儿女英雄传》与清代满族民俗"一类的文章，却多未能够摆脱汇集资料"挂一漏万"之嫌，就是因为这部作品在相关方面所提供的内容实在是太过丰富了。

　　小说《儿女英雄传》不单详描细绘了清代旗族自身的大千百像，颇有意义与难能可贵的是，它还由内而外放射性地扫描出清季社会的其他现实面貌。

　　作品一上手，便毫不留情地披露了一生不肯苟且的安学海在知县任上遭遇的官场黑暗。还没上任，他已凭着人生阅历逆料到了自己将要陷险："我第一怕的是知县；不拿出天良来作，我心里过不去；拿出天良来作，世路上行不去。那一条路儿可断断走不得！"① 上得任来，他偏不认通行的官场"游戏法则"，不愿"虚报工段，侵冒钱粮，逢迎奔走"②，很快就开罪于作为上峰的河台谈尔音，被蓄意整治，派到前任偷工减料随后逃之夭夭的"靠不住"工程上值守，酿成河道决口，安学海不但遭到撤职而且要罚赔巨款。"可怜安老爷从上年冬里出任外官，算到如今，不过半年光景，便作了一场黄粱大梦！"③ 作者以安学海的这场仕途"黄粱梦"，描摹的正是晚清社会（显然不是书中所说的康雍时期）极其可怕的官场现状。营私舞弊，贪赃枉法，是所有急剧下滑社会进程当中的最醒目的弊病。尽管如书中所写当时也还有像安学海这样洁身自好、严于律己的清廉官吏存在，也还有朝廷在终于弄清事实后的肃贪之举，世间之正派罡风却已不再能够与歪风邪气相抗衡。文康内心实际上是明白这一点的，书里有一个情节似含深意：朝中派来查办案件的钦差乌明阿，是安学海的门生，他来拜访冤狱尚未解脱的老师，明明

---

①　文康：《儿女英雄传》，西湖书社 1981 年版，第 16 页。

②　同上书，第 19 页。

③　同上书，第 3 页。

白白地说道："门生还有句放肆的笑话儿，以老师的古道，处在这有天无日的地方，只怕以后还得预备个几千两银子赔赔定不得呢！"① 果然，冤案一俟解脱，安学海便"急流勇退"，归隐林泉了。

作家笔下的末世景象还体现在世道的不公正不安宁。千里携款救父的安公子与良家行旅张姓一门，分别在途中遭遇恶匪抢钱和夺色，性命孤悬一线，却根本指不上地方治保力量现身，遂使侠女十三妹及时赶到救民于水火成了大英雄。谁都知道，一个给侠客们留下充分活动余地的时空，必是百姓最伤心的世道。文康擅长写恶匪们的横行乡里，也勇于写"善"寇们的聚啸山林，牯牛山上有着海马周三等强人出没，照作者认为，他们"虽说不守王法，也不过为着'饥寒'二字"②，这些人所以被"逼上梁山"，也总是起因于这样那样的"路见不平"。这就是对清王朝以及现存政治制度怀揣一腔热望的作者，其良知可辨的地方。

作者对当时社会方方面面情态的表现，每有力笔。关于科举尤其是旗人参加科举，通过安学海与安骥父子二人"考取功名"的历程，有着再清楚不过的勾画。"那一甲三名的状元、榜眼、探花，咱们旗人是没分的。也不是旗人必不配点那状元、榜眼、探花。本朝的定例，觉得旗人可以吃钱粮，可以考翻译，可以挑侍卫，宦途比汉人宽些，所以把这一甲三名留给天下的读书人，大家巴结去。这是本朝珍重名器、培直人材的意思。"③ 安学海虽然"见识广有，学问超群"④，却"自二十岁上中举，如今将及五十岁，考也考了三十年了，头发都考白了"⑤，还只是个孝廉（举人）身份，足见旗人科考入仕之不易。也曾有人指认文康就是个"科考迷"，此话也许只对了一半，有作者的如下议论为证："列公，这科甲功名的一途，与异路功名却是大不相同。这是件合天下人较学问见经济的勾当，从古至今，也不知牢笼了多少英雄，埋没了多少才学。"⑥ 小说后面写安骥参考，讲述得更加细致，头场、二场、三场……连下场前如何候场、搜身，进考场后一道又一道烦琐程序，都说得透彻明了。到最后，安骥高中进士第六名，已是合府欢庆，接着又被

---

① 文康：《儿女英雄传》，西湖书社 1981 年版，第 188 页。
② 同上书，第 340 页。
③ 同上书，第 16 页。
④ 同上书，第 12 页。
⑤ 同上书，第 17 页。
⑥ 同上书，第 18 页。

钦点为"探花",从而破了旗人进不了前三名的"成例"。这破例之事在有清一代极少出现,文康敢于这么写,既凸显出他对安骥这路贵族"纨绔"子弟①皈依他想象的"正途"之超常盼望,更通过此事,将他对清代科举的惯例与特例,写得一清二楚。

另外,小说当中对京城的市井气象(如邓九公所复述的下馆子、进戏园子)及京外的乡野民俗(如安学海逛涿州庙会的见闻)……都也抓写得生动传神,笔笔出彩儿。

这部作品依笔者读来,以为还有一个足堪称道的、反映现实的优长,便是它既能够如实表现清代旗族自身的民族意识和民族心理,同时又能准确地展示出那个时代之旗民关系(用今天的话说就是"满汉关系")。

小说主要写的是汉军旗人家庭,处处充盈的则是这类家庭对满洲历史文化的亲近感。书里讲到皇家破例给了安骥一个"探花"身份这里,安学海父子俩竟冷不丁地讲起了一口的满语——"提到见面的话,因是旨意交代得严密,便用满洲话说。安老爷'色勃如也'的听完了,合他说道:'额扒基孙霍窝扒博布乌杭哦乌摩什鄂雍窝,孤伦寡依扎喀得恶斋斋得恶图业木布栖鄂珠窝喇库。'公子也满脸敬慎的答应了一声'依是奴。'"②作品前头已有所交代,安骥的满语不怎么好,这里可是为了表达旗人家特定交流时刻才有的"神圣性"与"私密性"诉求,即便置大多数汉文读者之茫然不解亦不顾,不加任何解释地,便接连写下了多达几十个字的满语(汉字记音)。在作品反映的生活当中,旗人们也都具有彼此的亲和意愿甚至是帮扶举动。安骥进考场后得走个远距离,一名叫答哈苏的跟班官吏主动为他掏钱雇人夫去送,见安骥过意不去,答某便道:"好兄弟唰,咱们八旗那不是骨肉?没讲!"③在安家自己唠家常的时候,安太太说过的一句话,"咱们八旗,论起来,非亲即友"④,也体现了这种旗族浑然整合的实况。

关于旗民关系,作品的各项提供煞为可贵。小说以旗族安家为叙事核

---

①　书里除了写安骥一度沉湎于温柔乡中,没有多写他的纨绔表现,但作者还是在第34回回目中写道:《屏纨绔稳步试云程……》说明对安骥这样的官宦子弟,文康还是担忧的。

②　安老爷说的那句满洲话,其意为"此话关系重大,千万不可以泄露给外人"。其后公子说的"依是奴",也是满语,意思为"是"。

③　文康:《儿女英雄传》,西湖书社1981年版,第631页。

④　同上书,第367页。

心，在旗族之外，主要涉及了京师外埠的两户民人——张金凤及其父母、邓九公及其一家。在清代那么一个所谓"首崇满洲"、旗人当政的时期，文康却不惜调用大量温热的笔墨，来表达他对这些异民族"平民"阶层善良、正派、豪爽、慷慨等性情的好评。河南彰德出身的农户张家，得以跟京旗官宦安家结亲且一处度日，互相之间不仅族属互异，生活习俗差别更甚。可是两家人相处得却十分融洽。他们的顺遂相处，大概主要取决于安家随和宽松的态度，因为他们乃是处在"居高临下"的位置。书中写道："那张老夫妻虽然有些乡下气，初来时众人见了不免笑他；及至处下来，见他一味诚实，不辞劳，不自大，没一些心眼儿，没一分脾气，你就笑他也是那样，不笑他也是那样；因此大家不但不笑他，转都爱他敬他。虽是两家合成一家，倒过的一团和气。"① 张金凤嫁与安家后，张母对安太太"说道：'亲家太太，我看你们这里都是这大盘头，大高的鞋底子。俺姑娘这打扮可不随溜儿，要不咱也给他放了脚罢？'安太太连忙摆手说：'不用，我们虽说是汉军旗人，那驻防的屯居的多有汉装，就连我们现在的本家亲戚里头，也有好几个裹脚的呢。'"② 假如说安、张两家的"两好合一好"体现的是以旗、民双方互敬互爱尊重对方文化传统的厚道为本，那么，安学海与邓九公的一拍即合直至相知相携，则是展示了不同民族间核心型伦理价值的高度共振。安未见邓之先即得知后者有急公近义收留搭救何玉凤母女的善行；而邓没与安谋面时也已仰慕这位"'清如水，明如镜'的好官"，故二人相逢仅片刻便义结金兰、称兄道弟了。小说关于旗、民交往的种种书写，无不在表达文康这个满洲文化人期望与祝福异民族间友好相处和谐共存的殷切愿望。通观清代乃至中国古代汗牛充栋般的各类创作，含有如此心肠如此描写的大型作品，实在是很罕见的。透过《儿女英雄传》大量表现清代旗民和睦的情节，读者会感受到文康的文笔真实性和他相关规箴的赤诚程度。他既摹写出了当时社会旗、民双方长期相安无扰的基本场景，也献上了自己对此事态的进一步祝福。可惜的是，在清代解体后的相当一段时间内，世间继续承认这一历史本来面目和葆有这样心态的言论少了，随意散布不负责任的相反意见的情况却一度扶摇而长。

　　除了安家与张、邓两家的故事，《儿女英雄传》里还有一处不很为人们

---

① 文康：《儿女英雄传》，西湖书社 1981 年版，第 192 页。
② 同上书，第 173 页。

注意的描写：安家也像《红楼梦》中贾府似的，有一帮跟他们长期以来休戚与共的"家奴"①，当中有一位叫长姐儿，是多年来侍奉安学海夫妇的丫头，当安骥被派去乌里雅苏台而二位少奶奶有孕不能陪同的时刻，有"漆黑的个脸蛋子，比小子倒大好几岁"② 的她，成了安骥"收房"纳妾之人选。安太太想到这丫头的出身便顿生迟疑，原来，长姐儿的前辈是身为清初战俘的"贵州苗子"，她本人是个有一身苗族血脉的安家"家生女儿"。

> 老爷道："太太，你就不读书，难道连'舜，东夷之人也；文王，西夷之人也'这两句也不曾听得讲究过？……我看长姐儿那个妮子，虽说相貌差些，还不失性情之正，便是分赏罪人之子何伤，又岂不闻'罪人不孥'乎？……"③

安学海的这番话语化解了太太的迟疑，就笔者读来，简直就是点到了中国古来民族形成演变、国体发展繁荣的根本上。清代，满族因为是来自偏远一隅的蒙昧寡民，常遭人们讥诮，当他们读了一些中国古来承传的文献典籍，才深信自己没什么见不得人的地方，同时，他们也就用一视同仁的眼光看待中原以外的周边民族。满洲这个相当晚才出现在东北亚大地上的新型民族，如若要想理解它是怎样才聚集了后来令世间不再小视的智慧跟力量，有安学海这种文化胸襟，抑或是不可绕过的一个事实。小说第 38 回到第 39 回，安学海用其悲悯博大的精神气度，慷慨出手，救济当初无情陷害于他而此时却沦为一介乞丐的下台贪官谈尔音，"费厄泼赖"得几乎教读者一时气绝，但读罢平心静气地想想看，文康这么写是有他的用意的，他在呼唤末世的人们，弃除闭锁渺小心态，复归光明大度襟怀。诚然，无论是在民族问题还是社会问题面前，这都是不无道理的。

随后，再来说说《儿女英雄传》的几点艺术特长。

清晚期，以京师为代表的大都市其大众性消费文化空前成熟，北方曲艺艺术形式的极大繁荣是这中间的重要表现。而在各种曲艺样式纷纷创立和竞

---

① 因篇幅限制，对本书里旗族家奴问题的观察与剖析，只好从简。其实，《儿女英雄传》这方面的提供当中有些比较《红楼梦》更有意味的信息。这里，只能是单独地议论几句长姐儿的故事。

② 文康：《儿女英雄传》，西湖书社 1981 年版，第 809 页。

③ 同上书，第 809—810 页。

相展示之际，评书艺术则始终雄踞曲艺行当的"龙头老大"位置。其时，北京四九城的"书场"众多，说书名家所受到追捧的范畴远不停止在下层听众以内。八旗的或穷或富的文化人都爱听书，旗人贵族家家也都是"书迷"。这文康自然也撇不下"顶级书迷"的帽子，这部《儿女英雄传》，用今天的题材标准界定它是长篇小说也可以，但在当年，把它径直认作是纯由一个潦倒文人写就的一部"评书"底本，也不会有人感到诧异就是了。文康这书差不多具备了为大众喜闻乐见之评书艺术的一切要素，载文载武、家国关怀的情节，跳进跳出、亦述亦评的说书人角度，故事铺演中的套子、扣子运用，以及叫听众感觉身临其境的市井口语挥洒……在一应评书手段的借鉴与化用上，这本书许是要比《三国》《水浒》等"拟说书"类的小说，更有直接搬到书场上去的条件。

《儿女英雄传》是否该归入传统的"侠义小说"一列，也是近年研究界的话题。书中有"英雄"和"儿女"两个思想着力点，把它看成单写"侠义"或者专事"言情"均不尽妥。侠女十三妹没有叫凡俗读者目瞪口呆的呼风唤雨、飞剑吐丸式的超人技艺，充其量只是现世一个武功超群的"小女子"。而其形象，又说得上是古典文学中饶有满族色彩的"这一个"。她像许多满族少女那样天不怕地不怕，个性十足勇于承当，学了武艺便果敢地斩恶除奸，虽身怀杀父之仇却又能顾及那仇人是国家尚须借重的将领，而甘愿暂缓出手。甚至就是后来被说服嫁进安家，也是她一向"明辨事理"的必然结果，并不教人们感觉突兀。她曾申明自己的做人准则是"只愿天下人受我的好处，不愿我受天下人的好处"，有此道德自律，日后被"招安"到安家"帐下"，也就不用奇怪。也是，人们阅读满族文学创作，每每会与这个民族过于浓烈的伦理精神不期而遇，该民族的许多作家都在传统价值观的驱动下，热衷于书写常态生活下恪守道德底线的人物，与非常态时节所涌现的古道热肠侠义之士。由这儿，可以窥见《儿女英雄传》中宣扬的"英雄"与"儿女"二者的那个契合点，即无论"英雄"还是"儿女"都要遵循的性情人品之"正"。在作品中同时并写"英雄"之凡情与"儿女"之义举，由文康起始，居然渐渐成了一项满族的书写传统，到后继出现的满族作家穆儒丐、老舍、王度庐诸位的笔端，都能或多或少浓些淡些地见出文康的这一影响。

最后，还须议论一下《儿女英雄传》的语言与意趣。

这本书异常口语化的语言，在中国古典叠床架屋般的作品中间——设若是允许笔者偏爱一点儿去说——确乎精妙到了无以复加的地步。学者胡适本是早期抨击该书思想缺陷最激烈者，但他有些很具见地的论断却至今为学界时时引用。他说："《儿女英雄传》是一部评话，它的特别长处在于言语的生动，漂亮，俏皮，诙谐有风趣。这部书的内容是很浅薄的，思想是很迂腐的；然而生动的语言与诙谐的风趣居然能使一般的读者感觉愉快，忘了那浅薄的内容与迂腐的思想。旗人最会说话；前有《红楼梦》，后有《儿女英雄传》，都是绝好的记录，都是绝好的京语教科书。"[1] "《儿女英雄传》出世在《红楼梦》出世之后一百二三十年，风气更开了，凡曹雪芹时代不敢采用的言语于今敢用了；所以《儿女英雄传》里的谈话有许多地方比《红楼梦》还更生动……充满着土话，充满着生气。"[2] 应当肯定，胡适这些对于《儿女英雄传》语言的看法，都是相当准确的。他不但发现了"旗人最会说话"（其应有之义，即包含旗人较比汉人操起汉语口语来得更精更妙更地道更有感染性），还注意到自乾隆年间雪芹创作《红楼梦》到同治时代文康创作《儿女英雄传》这中间的百多年里，京旗人们持续打磨的"满式汉语"不是凝固的，而是变化发展越来越棒的。[3]

《儿女英雄传》纯用京语白话写成，实是一道京白语体艺术的丰美大餐。不管我们翻开作品的任何一节任何一页，扑面而至的，全都是标志着 19 世纪京师满人最高口语水准的言谈和句式，纯正、动听、明快、酣畅并且富有气韵张力的"京片子"，在字里行间俯拾皆是：

> 一套话，公子一个字儿也不懂；听去大约不是什么正经话，便羞得他要不的，连忙皱着眉，垂着头，摇着手，说道："你这话都不在筋节上！"跑堂儿的道："我猜的不是？那么着你老说啵。"[4]

---

① 胡适：《〈儿女英雄传〉序》，《胡适全集》第 3 卷，安徽教育出版社 2003 年版，第 542 页。
② 同上书，第 544 页。
③ 郑振铎说："我们在《红楼梦》见的却是最自然的叙述，最漂亮的对话。"（《文学大纲》下册，广西师范大学出版社 2003 年 4 月第一版，第 180—183 页），《儿女英雄传》"特点未尝没有，那就是：全书都以纯粹的北京话写成，在方言文学上是一部很重要的著作，那样流利的京语，只有《红楼梦》里的文字可以相比。"（同前，第 486—487 页）；周作人说："《红楼梦》的描写语言是顶漂亮的，《儿女英雄传》在用语这一点上可以相比，我想拿来放在一起，二者的运用北京话都是很纯熟，因为原来作者都是旗人。"（《小说的回忆》。见《周作人散文全集》第 9 卷）
④ 文康：《儿女英雄传》，西湖书社 1981 年版，第 57 页。

……及至坐下，要想看戏，得看脊梁。一开场唱的是"俞伯牙摔琴"。说这是个红脚色。我听他连哭带嚷的闹了那半天，我已经烦的受不得了，瞧了瞧那些听戏的，也有哑嘴儿的，也有点头儿的，也有从丹田里运着气往外叫好的，还有几个侧着耳朵不错眼珠儿的当一桩正经事在那儿听的。看他们那些样子，比那书上说的闻《诗》闻《礼》还听得入神儿！①

那个胖女人却也觉得有些脸上下不来，只听他口儿嘈嘈道："那儿呀！才刚不是我们打伙儿从娘娘殿里出来吗，瞧见你一个人儿仰着个颏儿尽着瞅着那碑上头，我只打量那上头有个什么希希罕儿呢……谁知道脚底下横不楞子爬着条浪狗，叫我一脚就造了他爪子上了。要不亏我躲的溜扫，一把抓住你，不是叫他敬我一乖乖，准是我自己闹个嘴吃屎。你还说呢！"②

在满族作家文学的历史长流中，语言运用，从来都是特别为世间瞩目的。如何将汉语京腔说得（实际上是"磨炼得""把玩得"）更具艺术性，包括能够达到雅俗共赏层次的流畅、生动、准确、传神、晓白、悦耳、亲切、诙谐、美妙等诉求，实乃清季京旗众生长久之间乐此不疲的一大营生；他们的作家，一向独享着这项民族文化财富，更兼自己的艺术悟性和"烹炼"功夫，直把这种写进文学便会添彩的语言，锻造得令读者惊艳叫绝。如果说当初纳兰性德、岳端、文昭等诗词写家还只是小试锋芒，仅仅向文坛展示了一种满族作家语言选择上的大致指向，那么，到了雪芹，则是敢于放手信任业已出炉、有了真身大模样的满式汉语，让京腔京韵一举完成了它的牛刀初试；至京腔京韵的"京片子"语体到了文康所处时代，可说是再就成了一枚不单熟透了而且咬上一口便会浆汁四溢、香甜扑鼻的果实，恰逢文康又是在这方面取择操练的行家圣手，致使《儿女英雄传》就真的脱颖而成同时代语言艺术的一柱高杆，并切切实实地为 20 世纪北京话登上国语王座，加分加票。

满人重德重教，活得却也不枯燥，甚至可以说他们的生活极有情趣。文康不光在这本伦理教化成分满重的书里把满族式语言"玩儿"到了"妙语连珠"的极致，也把他们日常的幽默诙谐、插科打诨，模拟到惟妙惟肖。

---

① 文康：《儿女英雄传》，西湖书社 1981 年版，第 566 页。
② 同上书，第 736 页。

那姑娘急了，又催他说："怎么着，不下来炕了呢？"听他道："一身的钮襻子被那和尚撕了个稀烂，敞胸开怀，赤身露体，走到人前成何体面？"姑娘道："这又奇了。你方才不是这个样儿见我的么？难道我不是个人不成？"又听他慢条斯理的说道："呵呵呵！非也非也！方才是性命呼吸之间，何暇及此！如今是患退身安哪。我是宁可失仪，不肯错步！"姑娘听了，说道："我的少爷，你可酸死我了！……"①

不是说作者一意地护卫封建纲常吗，这里的描写却令人捧腹地嘲弄了安公子在十三妹面前的斯文礼数。笔者思忖，《儿女英雄传》俨然一部思想缺陷那么严重的书，却从问世以来持久不断地受到不同时期国内由上到下各个层次读者的喜爱，还被译为多种外文行销世界，是何道理？怕是跟它言辞活泼、妙趣横生关系很深。文康手中一副道地的游戏笔墨，引领着你，有时想不去钻他设计好了的纲常"圈套"都很难。其说教娱乐化的成功实践，难道谈不上对我们当下某些正襟危坐的文学"说教品"，有那么一星半点儿的启发吗？

毋庸赘言，国内外的不同民族，皆有其自成传统的文化价值。瞧不惯、瞧不起他民族文化或文学格调的情况，有时就从这里发端。再回到前面的讨论上来，文康写这本书，说了归齐，也就是想要在封建社会的既有框架里面找寻它的守恒与和谐。面临危局，有史以来的志士仁人，谁都会作出一通拯救社会拯救民族的努力；可怜的是他们之中，成者殊少败者良多。显然不能用时人的至高至傲态度去指点前人的不足，该看到他们的一片衷肠十分努力，再真诚地哀其思想局限导致的不幸。还有，在审读甄别中华文化遗产的时候，也当具备一些对于不同民族作品的包容精神，在同一样的时空下面，要尽量学会设身处地理解别民族的文化行为，避免迫于民族心理宽容此方而刻薄彼方的事情。

这一节关于文康及《儿女英雄传》的讨论，就此打住。不过就便，想在这儿说几句与文康及《儿女英雄传》书写差不多同时期的一宗有趣儿的满族文学现象，即"石玉昆《三侠五义》"现象。

---

① 文康：《儿女英雄传》，西湖书社1981年版，第107页。

　　石玉昆，又名文光楼主，约 1797 年至 1871 年间人，满族，原籍天津，是在道光、咸丰、同治时期活跃于京城内从王府到书馆的著名艺人。他所创编演出的脱胎于"子弟书"的评书《龙图公案》，以百姓喜闻之宋代包公故事为主线，在中国说书史以及小说史上皆有其一份影响。这石玉昆艺术修养极高，在他做艺期间，有听众将他说唱的《龙图公案》笔录下来，删掉了唱词，形成题为《龙图耳录》的抄本。随即，便有无名氏据《龙图耳录》改编作《忠烈侠义传》，存世的光绪五年（1879 年）北京聚珍堂活字本便是已知最早刊本，同年，上海广百宋斋再将此书易名《三侠五义》印行，尚题"石玉昆述"①。光绪十五年（1889 年），江南文化名人俞樾阅读《三侠五义》后，高声激赏："方算得天地间另是一种笔墨！"② 于是亲笔修订并重写首回，乃更名《七侠五义》，广泛传播，与原作《三侠五义》并行于世。

　　本来，石玉昆与文康，《三侠五义》与《儿女英雄传》，相互间没有太多的可比性。然笔者观察满族文学流变之脉象，每临此处，却抑制不住生出些遐思奇想。你看，作家文康创作小说，一心就要模拟说书的样式和口吻，并且把这"活儿"做得顶顶地道，将作家文学的艺术殿堂径直建筑到了与民间说书艺术咫尺相视的藩篱之下；那一边呢，艺人石玉昆说书，确也能将市井曲艺的"雕虫小技"修整得模样非凡气度高标，达至大文人也要夸赞他"天地间另是一种笔墨"的程度，③ 不是也让那俚俗文化的"玩意儿"只差这么一星半点儿就跟作家文学来比起肩膀了吗。

　　满族的作家文学从不弃厌其"俗"，而这个民族的民间艺术又每每力融其"雅"。二者之间，仅隔一层窗户纸。

三

　　前文谈过，清代中晚期，北京城里的旗族成员，出于逃逸八旗制度下可哀的人生况味和精神限制，纷纷通过文化艺术渠道，找寻打点光阴、排解烦闷的可行方式。这一节，拟重点观察的是，八旗底层一些大众性的民间文艺活动，即所谓以"子弟书"与"八角鼓"为代表的创作及欣赏。

---

　　① 虽有如此多重波折，迄今大量出版的长篇小说《三侠五义》，其著作人始终标明是石玉昆。
　　② 俞樾《七侠五义·序》，石玉昆述、俞樾重编、林山校订：《七侠五义》，宝文堂书店 1980 年版，第 1 页。
　　③ 鲁迅在《中国小说史略》里更指出《三侠五义》是"为市井细民写心"之作。

早在道光年间，有位擅长绘写京师风土民俗的满洲写手叫作得硕亭的，曾用108首《竹枝词》①，详尽勾画出这座城池居住者的世情百态，其中每有传神点睛之笔。这儿聊取三首以略窥人们当时消闲品艺生活之一二：

小帽长衫着体新，纷纷街巷步芳尘。闲来三五茶坊坐，半是曾登仕版人（内城旗员，于差使完后，便易便服，约朋友茶馆闲谈，此风由来久矣）。

做阔（京师名学大器派者曰"做阔"）全凭鸦片烟，何妨作鬼且神仙。②闲谈不说《红楼梦》（此书脍炙人口），读尽诗书是枉然。

顽笑人（说书唱曲以及戏法等辈，曰"顽笑人"）能破酒颜，无分籍贯与京蛮。而今杂耍风斯下，到处俱添"什不闲"。

街衢之上的茶馆酒肆，都是八旗老少经常的去处，其间闲谈的话资，竟大多是《红楼梦》一类的文学作品；他们又在这些场合观摩"顽笑人"的说书、唱曲及戏法表演，随着欣赏趣味逐步衍化，新创制的像"什不闲"③般的曲艺新品种也得到广泛追捧。

子弟书与八角鼓的创制欣赏热潮，就是在这样的空气和土壤当中，出现在了京城的市井社会。

这里有必要稍许回顾一下历史。在我国版图北部漫长的横亘地域，自古以来就分布着阿尔泰语系④诸民族：其东段为满—通古斯语族；中段为蒙古

① 得硕亭：《草珠一串》，杨米人等著：《清代北京竹枝词》，北京古籍出版社1982年版，第49—58页。

② 这是作者对无聊摆阔之徒的挖苦。他的《竹枝词》里另有一首云："人人相见递烟壶，手内须拈草子珠。扇上若无鸦片鬼，此公缺典定糊涂（近时患鸦片瘾者极多，好事者特画此，以作前车之戒。竟有持此扇而吸此烟者，此扇直卖银十二两一把，大抵踵事增华，故竟者有此以为荣）。"

③ 旧时北方民间曲艺的一种，从"莲花落"发展而来，演唱故事人物时，用锣、鼓、铙、钹多种乐器伴奏。清后期的"什不闲"艺人，以"抓髻赵"（满族）最为出名。

④ 民族学界根据不同民族所操语言的特征，将世界上的民族大致划分为13个语系，其中主要的7大语系分别是印欧语系、汉藏语系、阿尔泰语系、闪含语系、德拉维达语系、高加索语系、乌拉尔语系。我国多数民族分别隶属于汉藏语系下面的汉语族、藏缅语族、壮侗语族、苗瑶语族；少部分民族分别隶属于阿尔泰语系下面的蒙古语族、满—通古斯语族、突厥语族；此外有些民族属于其他语系，例如南方少数的民族属南亚语系，台湾的原著民诸族属于南岛语系，而俄罗斯族和塔吉克族则属于印欧语系；一般的看法，将朝鲜族在语系划分上视为"待定"。

语族；西段为突厥语族。我国北方阿尔泰语系几乎所有的族群，无不富有民间叙事作品。对比蒙古语族和突厥语族下属各族群盛行流传英雄史诗这一性征，满—通古斯语族下属族群，则以葆有众多民间讲唱文学作品为性征。二者的区别，从形式上说，史诗基本上是韵文体，通篇作品要由演唱者"一唱到底"，而讲唱文学却是韵文体和散文体相结合，民间艺人表演时则是"边说边唱"；再从内容和主题上区别，史诗集中反映了从原始社会解体到进入奴隶社会人们对部落英雄的崇拜，而讲唱文学的内容与主题则较为宽泛，既涉及与英雄史诗相似的主题，也兼及表述人类早期的神话想象和后来部落及氏族内外的历历往事。对民间流行的大部头口承作品而言，要想牢记并且传播它，没有超常记忆力是不成的。可以想象，世代咏诵英雄史诗的民族，与世代传播讲唱文学的民族，思维和艺术训练方面是有所不同的。史诗演唱中，韵文体叙事的押韵方式，以及配有程式化歌唱旋律的表演方式，都有助于对大部头作品的记忆。而"边说边唱"的讲唱文学，其大量讲述内容没有语言韵律和歌唱旋律支撑，记忆起来就困难得多，讲唱文学传播者于是就必须努力通过强化作品的故事性来达到强化记忆的目的。久而久之，世代诵唱史诗的一些民族（例如蒙古族、维吾尔族以及西南地域的藏族），即训练得格外富于诗歌创作能力和旋律感觉，世代传播讲唱文学的民族（例如满族），则更加擅长编创与欣赏情节繁复生动的叙事性作品。①

　　满族的先民历经许多个世纪的口承文化阶段。虽说自中原地区的先秦时代，就有了满族先民——东北亚地区肃慎古族群活动的记载，但这个民族的直系祖先却是直到 16 世纪末叶，才正式创制了本民族的文字满文。② 漫长的历史推进过程，该民族的先民都是以口承方式来传载自己的精神文化。他们的口承文化积累不可谓不厚重。满族先民又年深日久信奉萨满教。萨满教的万物有灵观念，便于激励人们的奇思异想。在满族先民的许多部落和氏族中间，所信奉的各种各样神祇煞为繁复，而且据说人们还总是以祐护本氏族的神祇比祐护他氏族的神祇更多而感到慰藉与骄傲。这又从另一角度推进了该

---

　　① 直至今日，人们仍然可以看到，蒙古族、维吾尔族、藏族等世代传唱史诗的民族，民间诗人多，民间音乐优美，仍然是"诗的海洋、歌的海洋"；同样，像满族那样世代喜好讲唱文学的民族，民间故事家多，作家特别是小说家，涌现得也非常多。

　　② 金代的女真人曾经创制出自己的民族文字女真大字和女真小字，然而正像金朝被元朝推翻后绝大多数金代女真人留在中原随后为汉族所覆盖一样，金代的女真文字也未能流传下来为明代中后期新一波由东北地区崛起的女真人所拥有。

民族民间口承文化的摇曳多姿。

　　白山黑水之间的广袤地带是满族故乡，其地处北半球北温带向北寒带过渡段，冬季极长，是我国最寒冷的地区之一。地广、人稀、物博，加之冬天的高寒与漫长，给人们养成"猫冬"（即严寒时节足不出户、在家歇息）的习惯备下条件。满族一辈辈的先民，冬天常常是整日半宿地围着老人，听他们"讲古"。所谓"讲古"就包括讲述神话、传说和历史故事。"前人不讲古，后人失了谱。"老人们的"讲古"是民族传统交递承传的重要手段，听众愿意用虔诚的情感去聆听。

　　不过讲故事有时也会是另一番场景。满族乡村常把民间叙事作品叫作"暇话儿"，大概因为多是冬闲时节所讲的故事而得名。讲"暇话儿"并不都是在教育后代，它又是百姓乐此不疲的民俗娱乐事项。一段顺口溜这样说："暇话儿、暇话儿，讲起来没把儿。东出一撒，西出一岔。三根羊毛，撵双毡袜。老头子穿八冬，老婆子又穿八夏！"可见"暇话儿"有的也挺生动有趣儿，情节奇异引人入胜，听讲"暇话儿"时候人们的气氛会轻松欢快起来。

　　旗族进关后，民族语言的转型带动了民族文化多侧面的更变。得中原文化风气之先的上层旗人，渐渐进入了琴棋书画等高端技艺的开阔地，尽享其中意趣。下层旗人们却没有那样的福分，他们心间还保留着对民族先世口承文化时代的牵挂和记忆，渴求能重新获得大量叙事文学作品来灌溉干涸的心田，能有新形式的艺术活动来填充乏味的精神空间。

　　于是乎，应运而生了跟满民族旧有文娱嗜好相接轨的"子弟书"、"八角鼓"等俗文学艺术的样式。子弟书和八角鼓这两种与八旗下层官兵关系密切的曲艺样式，其各自萌芽皆生成于乾隆时期，后来均得到迅速的滋生蔓延。而子弟书和八角鼓的作品，则一向带有旗族平民艺术家们的书面创作性质。

　　子弟书，全称为"八旗子弟书"或"清音子弟书"，有时也唤作"子弟段儿"，是一种鼓词①艺术，因首创于以满族为主体的八旗子弟中间而得

_____

　　① 子弟书演唱时以打击乐器鼓作为主要伴奏乐器，故可并入北方曲艺的"鼓词"艺术里；这一点也是将其与南方曲艺当中以弹拨乐器琵琶为主要伴奏乐器的"弹词"相互分别的地方。

名。① 据说这种艺术由清代八旗军旅中流行的神歌、俚曲衍成，最初多是出征将士们借现成曲调填词来表达怀乡思归情感的小制作，渐渐传回北京，为京城越来越多的满族底层文化人所钟爱和改造，长期坚持创作，打磨成熟，形成了以固定曲式配唱各种叙事作品的可供演出和欣赏的曲艺样式。子弟书在其草创阶段，被视为市井间巷间的俚俗"玩意儿"，正统文坛难施正眼，故早期作者多已佚名，即便到了清后期子弟书艺术盛行之际，一些创制者因习惯所致，仍不具名姓。

子弟书以演唱娱人，表演时一唱到底。作品以七言句式为基准，加衬字时亦可一句达十数字甚至更多字数，每两句须协韵，用字以当时京腔平仄读法为准入韵，每部作品只押北方通用"十三辙"中的一个韵。作品一般不太长，只有一两回，超过十回的作品只有偶见。所涉及题材广泛，除取材于《红楼梦》《三国演义》《水浒传》《西游记》《金瓶梅》等精彩片断以外，还有一些描绘旗族社会生活题材的段子。取材于小说名著的子弟书大多具备高超的艺术水准，描写身边八旗生活的多有语言动人、褒贬鲜明的特征。子弟书作品因大多出自颇有文化修养又怀才不遇的旗人文笔，遣词用韵不单讲究雅驯，也注重情趣，行文叙事大开大阖收放自如。

子弟书的创制活动，自清代中期至后期，绵延百数十年方息，究竟写出了多少种作品，已无确考。存世的子弟书曲目，据藏书家傅惜华《子弟书总目》载，有 446 种。②

在传统的汉文创作历来缺乏叙事诗歌的情况下，于清代百十年间大批量问世的子弟书作品，实有切实弥补正统文学书写中叙事诗明显不足的价值和意义。我国的汉族文学传统，历来要求"诗言志"，总是把诗歌严格限制为言志抒情的载体，而绝少用诗歌来叙述历史大事件或身边小故事。人们看到，汉语诗歌史上，《木兰辞》《孔雀东南飞》《卖炭翁》《长恨歌》等较罕见的一些作品，便是传统文学史册叙事诗仅存的例证。故文学史家郑振铎异常看重子弟书作为汉语韵文叙事作品，其能够填补历史空白的独特意义。当代国学大家启功对于子弟书也有很高的认定，他说："唐诗、宋词、元曲、

---

① 清人震钧《天咫偶闻》说："旧日鼓词，有所谓子弟书者，创始于八旗子弟。"

② 郭晓婷《清代子弟书研究历史及其思考》称："1994 年，北京市民族古籍整理规划小组整理《清蒙古车王府藏子弟书》，收子弟书 297 种，去掉其中 8 种快书，则有 289 种。2000 年张寿崇先生从北京图书馆、傅惜华、杜颖陶等人的私人藏本和海外藏本中收录了车王府未藏之子弟书 98 种，编成《子弟书珍品百种》。目前，大陆编集的共有 387 种。"

明传奇，在韵文方面，久已具有公认的评价，成为他们各自时代的一绝。有人谈起清代有哪一种作品可以与以上四种杰出的文艺相媲美？我的回答是'子弟书'。"① 可惜的是，今日的学界以及文学史家，对于子弟书仍无较多的深刻研究。

清中后期，子弟书艺术发展很快，渐显出东韵、西韵的流派分野，二者分别成熟于京师东、西两个城区，东韵风格沉雄阔大，慷慨激昂，以演述忠烈故事为主；西韵则多"尤缓而低，一韵纡萦良久"②，以表现爱情故事见长。后来，子弟书艺术由北京散布到关外盛京（清代陪都，即今沈阳）等处，欣赏者也越发扩大到了以旗人为主的各族市民阶层。

乾隆间率先投身子弟书写作的高手是罗松窗。这位"西韵"子弟书的开拓者及代表性作家，今尚有约 10 种作品存世。这里由他所创《出塞》中摘出几句，足见其凄清柔美的运笔风格："伤心千古断肠文，最是明妃出雁门。南国佳人飘雉尾，北番戎服嫁昭君。宫车掩泪空回首，猎马出关也断魂。今日还非胡地妾，昨宵已非汉宫人。风霜不管胭脂面，沙漠安知锦绣春。幸有聪明知大义，敢将颜色系终身。为救苍生离水火，甘教薄命葬烟尘。残香剩粉人一个，野地荒烟雁几群。自叹说到处沙场多白骨，又谁知今朝小妾弔英魂。尔等是侠气雄心真壮士，偏遇奴断肠流泪苦昭君！"③

衍至同治年间，在北京跟盛京两地集结了韩小窗、奕赓、喜晓峰、春树斋、缪东霖、二凌居士等人组成的子弟书作家群，遂把创作推入高潮。从当时一段题为《评昆论》的子弟书中，可以知道，在子弟书演唱的名艺人登场时，书场内能"坐过千人"，另外还有"多人出入如蜂拥"。④

韩小窗，是道光至光绪间在世的子弟书写作圣手，被公认是子弟书"东韵"流派最具成就的作家，而他的创作却兼而有着哀婉悲凉与昂扬雄浑的不同气象，写有《忆真妃》《芙蓉诔》《长坂坡》《周西坡》《白帝城》等逾 30 种作品，是目前所知留下作品最多的子弟书作者。

① 启功：《创造性的新诗子弟书》，《文史》1983 年 11 月第 23 期。
② 震钧：《天咫偶闻》，北京古籍出版社 1982 年版，第 175 页。
③ 罗松窗：《出塞》，张寿崇主编：《满族说唱文学子弟书珍本百种》，民族出版社 2000 年版，第 97 页。
④ 直到 20 世纪前期，这股"子弟书热"才退去，再后来，其曲调也濒于失传。存世的子弟书曲目，据傅惜华《子弟书总目》载，有 446 种。其中重要的作品，在 1994 年出版的《清蒙古车王府藏子弟书》中尚能读到。长久以来深受听众喜欢的一些子弟书段子，则被移植到晚近的京韵大鼓、东北大鼓、西河大鼓、二人转、山东琴书等曲种内继续演唱着。

　　长达 13 回多于 1300 行的《露泪缘》，是韩小窗最为人称道的长篇精制，作品取材于《红楼梦》，重新以诗的语言和形式，全面演示了宝黛之间的爱情故事，不仅忠实于原作，其中诸多重点情节又较原作有所推进有所细化，无论是在绘人、状物、抒情、叙事等方面，都展示了或风发恣肆或灵动隽永的表现功力。① 以下文字出现在第 10 回的结尾，感人至深地描画出宝玉恸哭黛玉时的真切情景：

　　　　这宝玉哎哟了一声跌在地，半晌还魂强挣扎。立刻要到潇湘馆，学一个宋玉招魂把怨气发。进院来哪里还像当日景，由不得百怨中来泪似麻。但只见竹梢滴露垂青泪，松影森阴映落霞。庭前空种相思豆，砌畔还留断肠花。老树无情飘落叶，幽林有根噪啼鸦。栏杆十二依然在，倚栏的人儿在那一答？进了门黛玉的灵柩中间放，白缎灵帏在两边搭。香焚玉炉燃素烛，案列金瓶插纸花。有几个零落的丫环将孝守，有几个龙钟老妇也披麻。那一种凄凉景况真难看，也顾不的烧香与奠茶。叫一声妹妹呀你往何处去？哭一声佳人啊叫我哪里抓！想来全是我误你，把一条小命儿枉糟蹋。我平生只看上了你人一个，任凭谁倾国倾城莫浪夸。细思量岂是人间种，你定是王母宫中萼绿华。我爱你骨格清奇无俗态，我喜你性情幽雅厌繁华。我羡你千伶百俐见事儿快，我慕你心高志大好把人压。我许你高节空心同竹韵，我重你暗香疏影似梅花。我叹你娇面如花花有魂，我赏你风神似玉玉无暇。我服你才高八斗行七步，我愧你五车学富手八叉。我听你绿窗人静棋声远，我懂你流水高山琴韵佳。我怜你椿凋萱谢无人靠，我疼你断梗飘蓬哪是家。我敬你冰清玉洁抬身份，我信你雅意深情暗浃洽。只因你似有似无含哑谜，我只得半吞半吐种情芽。并无有一言半语相挑逗，为的是天上仙人怎敢亵狎？指望着恩情美满成佳偶，只因那父母之命不敢争差。也只是命中造定无缘分，恨当初月老红丝不向一处拿。问紫娟姑娘的诗稿今何在？给与我焚香盥手细评跋。紫娟说姑娘自己焚化了，宝玉说可惜了一片好精华。雕龙绣虎成了灰烬，戛玉敲金作了泥沙。也只为知音不把钟期遇，因此上发愤摔

<hr>

　　① 有论者谈道："韩小窗……代表作《露泪缘》写《红楼梦》宝黛爱情悲剧，从凤姐设谋起到宝玉重游太虚幻境和询问紫娟止，共 13 回，分别对应北方的'十三辙'和从孟春、仲春、季春到孟冬、仲冬、季冬及'逢闰'13 个节令，结构极为精致。"陈祖荫：《子弟书与岔曲——北京地区的两种韵文》，《北京联合大学学报》2002 年第 2 期。

琴作了伯牙。苦自苦直到临终未见面，恨只恨满怀心事未能达。到今日万语千言你听见否？妹妹呀你在九泉之下还要你（详）察。从今后我也醒了那槐中梦，看破了无非那镜中花。不久的夜台见面重相聚，好合你地府成双胜似家。这段情直到地老天荒后，我的那怨种愁根永不拔。只哭得日暗星稀没了气象，云愁雨泣掩了光华。恰便是颊城一恸悲秦女，抵多少断肠三声过楚峡。①

在子弟书的撰写高潮当中，鹤侣，也是多位创作名家中特别惹眼的一位。

此人本名奕赓，出身于清宗室爱新觉罗氏，曾自署鹤侣、爱莲居士、墨香书屋主人、天下第一废物等。其父是庄襄亲王绵课，论起来，奕赓与咸丰皇帝应是同宗同辈。奕赓大约生在乾隆朝的末年，历经嘉庆、道光、咸丰朝，卒于同治年间，在世七十多年。据史籍记载，他年轻时候戴过头品顶戴，身份很是显赫。这倒不是他本人有什么了不起，只是得到了贵为亲王的父亲的荫庇。绵课道光二年（1822年）因参与主持修建的皇陵工程让皇上不满被降为郡王，并在四年后故去；至道光八年（1828年），皇陵地宫浸水，死人重新追究定罪，还株连了他们一家人。鹤侣（奕赓）的一品顶戴给革掉了。到了道光十一年（1831年），他才又得到三等侍卫的职务。但他的这个身份五年后再度被解除。以后，奕赓进入闲散宗室行列，生活变得衰败。到晚年，这位"天潢贵胄"甚至潦倒到"柴湿灶冷粟瓶空"的田地。

道光二十四年（1844年）之后，鹤侣（奕赓）长期居留盛京，跟子弟书作家喜晓峰、王西园、春树斋、韩小窗等有经常交往，也被吸引过去投入了子弟书创作。他的子弟书作品，现仍流传或可考的，有近20种。跟许多子弟书作家喜好翻改名著有所不同，他改编名著很少，而独辟蹊径、以犀利笔锋剖析和讽喻世弊的却居多。

《鹤侣自叹》《老侍卫论》《侍卫论》《少侍卫论》《女侍卫论》等，均直接来自他的亲身经历和见闻。这些作品，不但历数了因出身高贵而混迹于侍卫行列的各色"伪君子"的真面目，还描绘出一些侍卫年轻时虽风光无限而老去时却朝不虑夕的窘境。"非是我口齿无德言词唛险，我鹤侣氏也是其

---

① 韩小窗：《路林（露泪）缘》，北京市民族古籍整理出版规划小组辑校：《清蒙古车王府藏子弟书》，国际文化出版公司1994年版，第1549—1550页。

中过来人！"——他在唱词中，如此明确地坦述了个人的胸中块垒，凸显出面对种种不平现状所产生的真情实感。在《侍卫论》中，他以辛辣的笔锋嘲笑了宫廷侍卫们的丑陋灵魂：

> 有那胎里红出身豪门贵公子，靠祖父的余德荫及自身。全不想朝廷命官何等尊贵，全不想有何德能可愧于心。恁势利眼空步阔言谈狂妄，仗银钱买转了奴才敬若尊神。……惟有那真哭真笑的伪君子，假仁假义的正经小人，专会在人前行慷慨，又能在暗地里献殷勤。遇着那受装的雏儿急速下手，若遇见明透的亲朋就找计脱身。最可喜他能大能小能曲能长，能吃亏能舍脸能挣金银。也可怪无论是何等人材何等世业，只要他一有了乌布就变心。虽然是小小的权衡章京垒，他瞧着遮天盖地日月昏。最可羡是天公斡旋真个巧，怎么就把这一群济世的英雄都聚在大门！①

而在《鹤侣自叹》里，他又能够毫不掩饰地表露出自己当年也曾显赫一时，后来则潦落不堪的实情实境：

> 也曾佩剑鸣金阙，也曾执戟步宫花；也曾峨冠拟五等，也曾束带占清华；也曾黄金济贫士，也曾红粉赠娇娃；也曾设榻留佳客，也曾进樽酒不乏；也曾雄辩公卿宴，也曾白眼傲污邪；也曾高谈惊四座，也曾浩气啸烟霞………休提那丝联枫阶银潢派，休提那勋名盟府五侯家。这如今貂裘已敝黄金尽，只剩有凌霜傲骨冷牙槎。我怎肯多买胭脂将牡丹画，只我这栖老寒巢一枝斜。我虽不肯自抑襟怀生嗟叹，也未免午夜扪心恨无涯！②

从鹤侣有关宫廷侍卫题材的子弟书作品中，人们可以清晰地了解封建时代官场上的炎凉世态。

鹤侣有着"白眼傲淫邪"的性情，对社会的丑恶异常愤恨。在《齐人

---

① 鹤侣：《侍卫论》，北京市民族古籍整理出版规划小组辑校：《清蒙古车王府藏子弟书》，国际文化出版公司 1994 年版，第 206—207 页。

② 鹤侣：《鹤侣自叹》，北京市民族古籍整理出版规划小组辑校：《清蒙古车王府藏子弟书》（在此书内被收入《疯僧治病》内作为首回，误），国际文化出版公司 1994 年版，第 293—294 页。

有一妻一妾》《黔之驴》《借靴》中，他极尽表现世风日下的现实，将封建末世群小劣迹揭示得入木三分，从一些侧面展现了即将彻底崩溃的封建王朝无法医治的痼疾。例如《刘高手治病》，痛快淋漓地指斥那些所谓的"名医高手"把人命当儿戏的劣迹："几净窗明小院中，鹤侣氏新书一段又编成。非敢讥刺时医辈，借题写意识者休憎。论时医自我观来如狼虎，病者遭之似命星。他那知名医如名相关生死，他只晓趁我十年运且博虚名……"①

鹤侣创作的子弟书段子，在艺术风格上，也与罗松窗、韩小窗等惯于改编文学名著的子弟书写家较多追求辞藻雅驯不大相似，他好以口语径入唱词，往往取得独特佳妙的艺术效果。他又常用调侃戏谑的口吻来书写悲剧题材，这也为后来的满族作家探索类似的创作路数，提供了醒目的示范。除子弟书创作之外，鹤侣还著有《佳梦轩丛著》等作品，其诗文同样颇见讽刺锋芒。②

在现今能够见到的子弟书中，绝大部分都是汉语文创作。故而有两类作品格外受到注意。其一是"满汉合璧"子弟书，即一部作品同时用满、汉两种语言文字创作出来，彼此句句对应，又分别独立成篇，并按照满、汉诗歌不同规则来行文押韵。以孟姜女哭长城故事改编的子弟书《寻夫曲》（即《哭城》）就是这样的作品，它用表达内容相互一致的满、汉双语隔行交替书写，各自都是一部完整的可供演唱的段子。其二，则是所谓"满汉兼"的子弟书，代表作有《螃蟹段儿》《升官图》等，行文造句以满语词汇和汉语词汇配合使用，在一句唱词中，主语、谓语、宾语等成分分别选用满语词或汉语词，而每两句末尾该押韵时，则无论其词汇是哪种语言，都押着一个共同的韵脚。"满汉合璧"与"满汉兼"两种子弟书的存世，反映了满族文学

①　鹤侣：《刘高手治病》，张寿崇主编：《满族说唱文学子弟书珍本百种》，民族出版社2000年版，第329页。

②　鸦片战争中，朝廷派出的"靖逆将军"奕山和"扬威将军"奕经，在南方战场上干出了多项祸国殃民的勾当，鹤侣义愤填膺，就此写下了题为《奕山·奕经》的小品文："近年，英夷犯顺，命将出师，以奕山为靖逆将军，征广东；奕经为扬威将军，征浙江。山乃市井无赖，经又富贵膏粱，均不知兵为何物。于是，山至山东，大收贿赂，且翠玉甚夥，故有翡翠将军之号。经则酒色为事，妓不离营，故有琵琶将军之称——言其抱肉琵琶也。又曰'六子将军'，谓：收金子，要银子，养兔子，嫖婊子，请翎子，怕鬼子也。又有套《千家诗》二首，曰：'清明时节炮纷纷，文蔚、奕经吓断魂。借问逃兵何处去？渔人遥指麦香村。''月落乌啼炮满天，将军参赞对丑眠。姑苏城外王家巷，夜半姑娘上战船。'又，镇海城陷，裕谦殉节，提督余步云匹马而逃，有'裕谦投水死，步云一溜烟'之语。夫莠民之谣，原不足信，惟口碑载道，良可畏也。"

在发展进程中语言运用上一种有趣的现象。

子弟书艺术初起的时候，正是京师满族的语言由满语向汉语过渡的时期，满人们在家庭亲友中间还是习惯于讲世代承传的母语，而出外交际或料理公务时又有较多的场合需要改操汉语，于是他们"入则讲满，出则讲汉"，有一二百年，都是作为一个双语民族现身世间。具有双语掌控能力的京城旗族，在这个特别的文化发展过程当中，留下了不少有特别意义的历史性印记，被称为"满汉合璧"与"满汉兼"的两类子弟书曲艺唱本，便是其中具有价值的雪泥鸿爪。

"满汉合璧"子弟书，即一部作品同时用满、汉两种语言文字创作出来，彼此句句对应，又分别独立成篇，并按照满、汉诗歌不同规则来行文押韵。以孟姜女哭长城故事改编的子弟书《寻夫曲》（即《哭城》）就是这样的作品，它用表达内容相互一致的满、汉双语隔行交替书写，各自都是一部完整的可供演唱的段子。

《寻夫曲》是一部典型的"满汉合璧"子弟书，唱的是中原地区流传的"孟姜女哭长城"故事：

> ere gese gūnin usacuka arbun muru ai mohon bi
>
> 似这样断魂景况何时了
>
> ai mini tere hesebun gosihon i eigen marikini ya aniya
>
> 叹我那苦命的儿夫何日归
>
> bi inemene emhun beye tumen bade eigen be baihanakini
>
> 奴不免一身万里寻夫去
>
> uthai gūwa bade bucehe seme fayanggu oron aicibe inu emgi sasa
>
> 便死他乡也落得魂魄随①

这里，满文（此处引文为排版方便，改用拼音转写）和汉文各自完整地表意成文，又分别隔行对照书写，颇有几分像是语言教科书的样子；满文曲词在这儿大抵只是译文，并不会单独配乐演唱，实际上仅起到帮助那些听说汉语尚有一定障碍的满人理解汉文曲词的作用，也教只懂满文或只懂汉文的

---

① 无名氏：《满汉合璧寻夫曲》，张寿崇主编：《满族说唱文学子弟书珍本百种》，民族出版社2000年版，第51页。

听众对照曲本而各得其所。如若就这部用双语写作的"满汉合璧"子弟书各自一种民族语言来看，据认为，创作上也还都是相当考究的。[①]

对比这种以向满人普及汉语能力为基本目的的双语并行"满汉合璧"式的子弟书，继之而起的"满汉兼"子弟书，则带有较充分的语言文字的游戏性质：

　　　　tanggū es 光阴实可嘉
　　　　（百岁）
　　　　倒不如 ederi tederi 玩景华
　　　　（邂逅　相遇）
　　　　gašan i nure be tunggalaci 吃几盏
　　　　（逢着村酒）
　　　　bigan i ilha be sabufi 戴几枝花
　　　　（见了野花）[②]

这是从子弟书《螃蟹段》曲词中摘出的几句。这个作品，全篇都是把满、汉语词汇或词组掺杂起来连贯演唱（以上引文中的汉文词并不唱出来，只是在记录唱词时聊备一格，告诉人们这个满语词组是什么意思）。

这类所谓"满汉兼"的子弟书，在语言编排上继续沿着同一路数走下去，又出现了字面上看似"纯汉语"，而实际上依旧带有"满汉兼"意味的更特殊的语言游戏作品。其代表作是《升官图》，内容取自《金瓶梅》里潘金莲与西门庆幽会苟且的故事，其中虽难免少量粗俗句子，却利用把或满文或汉文官职名称嵌入汉语中间的巧妙驱遣，将满汉两种语言的词汇连缀得天衣无缝："西门庆调情把钱大史花，请潘金莲去裁那包衣达。王婆子他倒上门军躲出去，西门庆他色胆如天把司狱发。走到跟前伸炮手，将潘金莲的袖子一苏拉。满脸嘻嘻那们护军校，说趁着没人咱们乌真辍

---

　　① 马熙运曾就此指出："……满汉合璧《寻夫曲》，汉文用的是'灰堆'辙，念起来很顺口；满文用的是'发花'辙，句子长，音节多，乍念起来比较绕口。反复念几次，才能发现其中音节摇曳，合辙押韵。说明当时的满文作者在文学和音韵上，都已达到很高的境界。这是早期满汉合璧子弟书的突出特点。"马熙运：《清代子弟书中的满语与旗俗》，1996年吉林省白山市"满族与长白山"学术会议交流本，未刊刻。
　　② 无名氏：《拿螃蟹》（又名《螃蟹段》），北京市民族古籍整理出版规划小组辑校：《清蒙古车王府藏子弟书》，国际文化出版公司1994年版，第518页。

哈。这淫妇春心难按把协尉动，喀拉裆的毛那们扎兰尼达。心里觉得艾什拉蜜，那话头像画稿占音会凑达。说你这有情有意的一等子，我愿意一辈子给你当个郭什哈……"①这段曲词里的"门军"、"司狱"、"炮手"、"协尉（此处读音如狱）"、"护军校"、"一等子"等，皆为汉文官爵名，而"包衣达"（管领）、"苏拉"（闲散者）、"乌真辍哈"（汉军）、"扎兰尼达"（参领）、"艾什拉蜜"（帮助）、"郭什哈"（护卫），则是一些出自满语的身份及官职。熟谙双语的听众欣赏这样的唱段时，或从谐音或从意译的角度，能心领神会地感受编写者利用语音双谐来表达的幽默，不但嘲弄了西门庆潘金莲，也捎带着揶揄了当时官场的不正轨，由此而感受到别样的文化情趣。

石玉昆是清末集子弟书、评书表演艺人以及民间曲艺改革者于一身的人物。本章上节曾简要述及今日市面所售"石玉昆著"《三侠五义》小说之来历。当时的子弟书《评昆论》给过石玉昆以这样的盛评："高抬声价本超群，压倒江湖无业民。惊动公卿夸绝调，流传市井效眉颦。编来宋代包公案，成就当时石玉昆。是谁拜赠'先生'号？直比谈经绛帐人。"② 曲坛"先生"石玉昆登台之际，已届子弟书编演热潮渐呈降温大势（据分析，这种降温可能与该曲种一字三叹纡徐九转的复杂声腔既不便于寻常人们学习，并且有些疏离人们提升生活节奏的需要有关），石玉昆乃审时度势，从丰富演唱形式和调整伴奏乐器入手，把原来子弟书仅唱不说改为讲唱结合的方式，把以往伴奏主要用打击乐器鼓改成用弹拨乐器三弦来完成。他的大胆变革，不但兼收并蓄了当时南北方曲艺的优长，而且因表演时说唱并举，就更接近于旗族乃至广大市井欣赏者的愿望。像在他那儿由子弟书作品渐渐脱胎出来评书《龙图公案》（长篇小说《三侠五义》滥觞），之所以成为可能，也来源于他不拘成项、融通众长的艺术作为。

19 世纪末叶，子弟书的创制搬演，逐渐完成了差不多一个半世纪风风光光的艺术遨游，谢下幕帷。子弟书的许多脍炙人口的唱词唱段，还有某些音乐元素，被吸收到了随后兴起的若干北方曲种当中。

---

① 无名氏：《升官图》，北京市民族古籍整理出版规划小组辑校：《清蒙古车王府藏子弟书》，国际文化出版公司 1994 年版，第 122 页。

② 无名氏：《评昆论》，北京市民族古籍整理出版规划小组辑校：《清蒙古车王府藏子弟书》，国际文化出版公司 1994 年版，第 49 页。

八角鼓，是子弟书的姊妹艺术，同样也是产生于清中期八旗行伍的曲艺曲种。相传，乾隆年间清军征讨大小金川的战争中，曾由满族文人文小槎（又作宝小岔）创制了一种牌子曲形式的"岔曲"，在八旗军中流传开来，后经引入多种流行的满、汉民族传统曲牌，终于淬变为把不同曲牌组合起来的牌子曲演唱形式"八角鼓"。

八角鼓曲种由表演时一向使用满族乐器八角鼓①伴奏，故而得名。八角鼓演唱既可以单独演唱岔曲一种曲牌，也可以选择运用数唱、太平年、金钱莲花落、怯快书、流水板、叠断桥、四板腔、云苏调等几十种曲牌，而以岔曲为曲头和曲尾，组成"牌子曲"方式的套曲。凡单唱的岔曲，内容多为寄志抒情写景；而成本大套的牌子曲，则多以演唱故事为主。暮清时分，先后出现了八角鼓名艺人随缘乐（本名司瑞轩）、德寿山②，他们以市井平民的审美情趣为依托，改良表演形式，大量融进与下层生活有关的故事内容，使八角鼓艺术开辟了新天地，世称的"单弦"（或"单弦牌子曲"）即因此问世。

一些带着军歌性质的岔曲短制作，据信是八角鼓曲种当中保留的最为原始的作品，譬如《枕戈待旦》唱作："枕戈待旦，怒窥敌蛮，前敌射来响铃箭，擂鼓聚将把令传。/兵威将勇杀声喊，斩将夺旗一阵乱，喜闻鞭敲金镫响，三军齐唱凯歌还。"③征讨大小金川的八旗军就是唱着这一垒岔曲形式的军歌凯旋京城，博得乾隆皇上大悦，进而破例④许可旗族子弟们，在和平时期也可以相似的岔曲形式来自歌自娱。为了防止旗人子弟以演唱为业挣取酬金，也就必须在八旗制度的约制下兑现此项政策，皇家特发御旨，向些八旗子弟颁发"龙票"（印有龙纹图案的执照），允其在内部自组的"票房"内

---

①　有关八角鼓乐器，世间流传着各种大同小异的说法。今见国际互联网之"百度名片"中"八角鼓"条云："古时满族人用于自娱的一种拍击膜鸣乐器，因鼓身有八个角而得名，又称单鼓。鼓体扁小，鼓面呈八角形，代表当时清朝的八旗。鼓框用八块乌木、紫檀木、红木、花梨木和骨片拼粘而成；一说是八旗首领各献一块最好的木料嵌拼而成。七面框边内各嵌两至三枚小铜钹，一面嵌钉柱缀鼓穗，寓意五谷丰登。八角鼓明代中叶以后开始流传北京……"

②　二位皆系满人。到了清末，八旗管理制度渐现松弛，有几分胆识的八角鼓或子弟书艺人，也有毅然"下海"作艺的了。

③　无名氏：《枕戈待旦》，伊增埙编著：《北京八角鼓岔曲集古调今谭》，知识产权出版社 2004 年版，第 81 页。

④　清代八旗内部对旗族官兵尤其是像火器营、健锐营等机动作战部队，原本是有严格戒律的，其中即包括一概不许以（汉文）诗文标榜及联络交通，不许卖唱或登台演出，更不得在八旗驻扎的内城出现娱乐场所，等等。

编词演唱岔曲、八角鼓以自我娱乐。孰料此令既出，几不亚于"一夜春风"拂地，唤醒了八旗成员当中许多本具艺术潜质又长期为军旅戒律围困的心灵。八角鼓票房数量盘旋而增，历久不衰，到清末时节大小票房已遍布于京师内城。或高贵或平凡的八旗子弟在这种非盈利性的艺术交流中，标榜所谓"大爷高乐，耗财买脸，车马自备，茶饭不扰"① 的走票方式，他们"傲里夺尊，誉满九城"，得到了精神文化上的满足与享受。

岔曲曲词是一种新的文学样式，有点类似于旧文人熟悉的宋词词牌和元曲曲牌。岔曲俗称"六八句"，每支岔曲都由八个句子构成，而又分别从属六个乐句。每句既有字数规定又不严格限制，甚至可以按照规则插入句子，故较词与曲的形式要来得灵活。其曲词讲求"合辙"，可押之韵包括北方通用的"十三道大辙"和"两道小辙"。②

八角鼓写作编唱盛行的时间在清代中后阶段，但坚持的过程则较子弟书时间要长，直到20世纪全过程，乃至时下依然不绝如缕。③ 自前清至民国，以旗族为主的文人秀士们所创作的长短不一的八角鼓以及岔曲作品，当下保留存目者或云已有千几百篇。它们大体可分作景观描绘赞咏、日常生活故

---

① 伊增埙：《满族与八角鼓岔曲》，伊增埙编著：《北京八角鼓岔曲集古调今谭》，知识产权出版社2004年版，第15页。

② 大辙是指没有儿化的字，小辙是指已经儿化的字儿。在现实口语交流中大量使用儿化字儿，是满式汉语（京腔京韵）重要的特点之一。以往人们多认为子弟书只用大辙不用小辙，这大概是就基本规律说的，恐不尽然。一则《穷大奶奶逛万寿寺》的子弟书唱道"大爷该班儿，大奶奶得了闲儿，这一日是四月初一，很好的天儿，我何不到万寿寺喝上个野茶儿？大奶奶不释闲儿，找了块铺陈去补汗褟儿。慌忙就洗他的蓝布衫儿，连烤带晒闹了个潮干儿。温洗脸水是个破沙浅儿，温水的工夫抽上袋烟儿。大奶奶洗了个清水脸儿，省得城外扬土烟儿。换袜子麻了花儿，大奶奶本是两只汗脚巴丫儿。使劲一登差点两半儿，将将就就没有两开儿。蝴蝶梦的鞋绽了半边儿，眼看着蝴蝶儿飞上了天儿。他倒说新鞋没有那旧鞋跟脚，逛庙何用满帮子花儿！"而在八角鼓作品里，启用小辙儿化韵的情形却较为常见。例如《古来的好汉》："……言还未尽变了天儿，风雨大作无躲闪儿，霎时雷公到了面前儿，土包一见忙打千儿，说老爷子，别开玩儿，千万给侄儿们留点子脸儿。雷公听说也不答言儿，怀中掏出金刚钻儿，对准心窝只一下儿，'本儿'的一声打了个穿儿，哎哟一声我要嗝儿，众多的土包都唬迷了攒儿，磕头蹦地忙调侃儿，说急付流儿的滚进了鬼门关，从今以后再不装嘎儿。"再如《见一个小孩儿》："见一个小孩儿，十几岁手提花篮儿，上面盖定油瓶盖儿，坐在那火烧板凳那里玩儿。一枝花斜靠玉栏杆儿，抬头瞧见缺足雁儿，绕梁喧儿，二姑娘着意去看蚕儿。探花不满三十寿，龙虎风云万万年儿，街南来了个蓬头鬼儿，七星剑斩断，双龙皮破连儿。"

③ 1927年，又有一些北平（北京）八角鼓爱好者相约建立了"胜国遗音"票房，活动坚持到1965年。其间曾有逊清宗室溥心畬、溥叔明弟兄，于40年代创作了一系列极受欢迎的岔曲作品。所谓"野火烧不尽，春风吹又生"，时至"文革"结束，京城街巷里，再度出现了"集贤承韵"等子弟八角鼓票房，满、汉各族市民，还是像从前一样，自编自演自娱自乐于他们钟爱的八角鼓艺术。

事、世事感慨遣怀、节庆福寿吉颂、缀言游戏文笔几类。俗雅兼通、情趣盎然，是这些创作留给人们印象最深的地方。

> 皓月挂苍松，松青月色明。松风水月。月影青松，月映流泉松绕藤。白头翁举杯邀月在长松下。可喜松月趣无穷。松生幽谷月横空，月如明珠松化龙，松涛月夜浮云净，月上松梢更有情。老翁笑指松间月，堪喜松月一处逢。唰啦啦，月华影里松风起，惊得那，松鹤凤夜欲飞腾；乐陶陶，望月在松前把瑶琴弄，弹一曲，高山流水水月与青松，口赞道：秋月光辉明如镜，松枯不朽大夫名。霎时间。月转松梢移松影，松根月下护仙灵，喜孜孜，杯中映月欣吐月，醉醺醺，恍疑松动欲扶松，枕松卧享松间梦。梦越仙桥步月宫。醒来时，风轻水静月光松影依然在，猛回头，见松白青青月犹明。①

以上是一首描摹景物的《松月绕》，将咏月与赞松的主题彼此交织，笔触反复游弋于松、月二者之间，使之形象相互烘托，蕴意相互提升，既写出松的风尚也写出月的品格，无形中亦获得了文墨游戏间的美妙快感。

> 朔风儿扑面，凄冷难言。山林树木尽枯干，万物喜春皆怕寒。掩柴扉，闭茅庵。偎红炉，把炭添，赏雪饮酒梅花看。渔翁怕冷，懒动丝竿。耕种农夫，自在清闲。樵夫懒把哎哪山呀，哎哪山，山湾串。孤客独行村店赶，牧童归家手抱肩，渔舟冻在银河岸。但则见阴云密布遮满天，空中乱洒梨花瓣，这不就喜坏了踏雪寻梅的孟浩然。②

这是《朔风儿扑面》，语句朴实无华，从头起笔极写天寒地冻无可躲避的冷，终于在最尾一句，峰回路转，陡然披露"原来如此"的喜兴境界。

> 树叶儿多来多不多，我们那儿有个旗下太太甚是难说，提起她的脾气甚是溜河，闲暇没事又在街前站，瞧见吹鼓手的叫大哥。大哥大哥你

---

① 无名氏：《皓月挂苍松》（又名《松月绕》），伊增埙编著：《北京八角鼓岔曲集古调今谭》，知识产权出版社2004年版，第139页。

② 无名氏：《朔风扑面》，原收入何剑锋遗藏清末《只得堂抄本》，张卫东主编：《八角鼓讯》（非公开出版），2011年12月第18期。

家中坐，沏点儿香茶咱们俩喝。吹鼓手的说，我不认识你，你会认识我？太太说，你好眼拙，当初娶我的时候，不是您给打的锣？①

此类小品，饱蘸生活谐趣，横竖几笔，就把个爽朗大方还有点儿不够稳当的旗族妇人，活灵活现地推到人们跟前。

八角鼓词作，除有多种依据小说、戏剧改编的段子外，尚有《鸟枪诉功》《护军诉功》《南苑叹》《八旗叹》《夏景天》《怕的是》等多种，反映了清代"八旗生计"问题与各类社会现象，具有难得的史料价值。长岔②作品《八旗自叹》③，明显是出于旗族内里既了解实情又对事态恶性发展持有深深担忧的作者之手：

　　软弱无能，出在八旗大营。拨什户④的差事不甚公，他把那碓房⑤里面的哥儿们赚了个生疼。听见了关米笑盈盈，开了仓门就要使铜⑥，放银子，有余秤⑦。御马营⑧，来的冲，八步赶毡⑨玩得精。布库⑩营，真格的横，傻大黑粗手头子硬，爱交朋友又舍不得铜，狼吃狼喝假装愣，硬钉子一碰就收性。嘎布什先⑪不压众，扭腰飞腿似醋桶。鸟枪巴牙拉⑫像

---

　　①　无名氏：《树叶儿多》，伊增埙编著：《北京八角鼓岔曲集古调今谭》，知识产权出版社2004年版，第236页。

　　②　即字数较多的长篇岔曲。

　　③　无名氏：《八旗自叹》，伊增埙编著：《北京八角鼓岔曲集古调今谭》，知识产权出版社2004年版，第257—260页。

　　④　亦称拨什库，满语，意为督催者。汉译为领催，是低级军职，每佐领下5人，专司登记档案，支领俸饷诸务。从此条注释起，凡这首《八旗叹》之注释，皆征引自伊增埙注释原文（见张卫东主编内部刊物《八角鼓讯》2006年4月第34期）。

　　⑤　舂米的作坊。碓房里的哥儿们，指那些将世族或个人俸米抵押于碓房的旗人；他们在关米或困窘时向碓房借支周转，常因领催与碓房勾结被克扣。见（清）夏枝巢《旧京琐记·卷九·市肆》。

　　⑥　将俸米折为银两或铜钱。

　　⑦　是指放贷时在天平上作弊，赚取差额。

　　⑧　为皇家养马的兵，分别驻扎在圆明园西北等地。

　　⑨　摔跤搏斗中紧随对手之后的基本功，俗称："踩脚窝子"。

　　⑩　布库，满语，武夫。布库营即"善扑营"，属御前近卫（禁卫军中的廊卫）专习摔跤、射箭、骗马等技艺，供皇帝游玩宴乐时表演。

　　⑪　满语，意为矫健者、健将；嘎布什先依夸兰，汉译为先锋营。此处是后者的简化。先锋营守卫皇城，城内由正黄、镶黄、正白三旗轮值，城外由其他五旗轮值。

　　⑫　满语，汉译为护军营，该营守护紫禁城、圆明园，以鸟枪为主要武器的护军隶于火器营。

醉龙，终朝每日玩铁铳。马步箭，都是三等，听见放达混剺情①，嘎拉达②跟前胡进贡。黄带子，有龙性，四衩开气儿袍子根子硬，空戴乇蓝没有俸③；十三仓，去胡蒙，抓住花活混想铜，要打官司又抢不动，满破着闹撞了上关东。满洲人，爱闹性，茶馆酒肆假充横；蒙古人，物拉形④，见了羊肉没了命；汉军人，实在能，差事买卖两头挣⑤，摇铜鼓，粘糖不蹭，一个大钱俩的洋针卖了个冲，当厨子，吹号筒，卖闻药⑥，是理门用。乌克申马甲⑦更无能，坐槽儿会吃不会挣，他的钱粮不中用，去了暑班儿不剩铜，想要巴结又无能，印房⑧效力弄人情，满不通，汉不能，遇见来文急得横蹦，不会写字糊封筒。丫髻山，是步营；安分守己是堆儿兵⑨，偷狗吃是一能⑩，扫街垫道抬大桶，下稻地，剺稻梗；遇见窃案活要命，左不过，磕头碰地去弄人情。汲桶兵⑪，有奇能，老爷睡觉他会哄，七儿脑打报堆⑫，他们的差事没人懂；挑好汉，是六营⑬，守兵跕兵里挑马兵⑭，都是指官事，竟胡蒙，抓住土包要吃铜，破落人儿把他们敬，他们是又背又扛又走更。想拿贼，万不能，明火执仗闹哄哄，奸盗淫邪罪不轻，那守备顶戴都闹扔。内务府是梯子儿形，不得势的是幼丁⑮，得了势就把眉毛拧，八月里苏杭是去定，搬栅子⑯

---

①　放达，满语，意为开火。混剺情，随便说闲话。全句意为，听到开火的口令后还满不在乎地说闲话。

②　又作嘎拉达依、刚儿达，满语，翼长，军官名。营下设左右两翼，翼长为正三品。

③　乇蓝指蓝翎，旗营六品官员可得赐戴，但有世袭的，康熙后还可捐纳而得；这里指的正是后两种情况，所以无处支取实职的俸禄。

④　满语，前襟有油光谓物拉形。蒙古人嗜食羊肉，生活习惯往往在前襟上擦抹两手。

⑤　晚清以来因国库空虚，供给无力，有时俸饷尽先发给满蒙军人，拖欠汉军人。在此情况下，不再强调八旗军人不准从事农工商的禁令，默许汉军人暗中自谋生计。

⑥　锡盒避瘟散之类的药物，以鼻嗅之。

⑦　马甲兵，即骑兵，每佐领下20人。旗人成丁后，其出路主要是挑补马甲。

⑧　旗营中专司文书事务的办公室。

⑨　《天咫偶闻》载："京师街巷，皆有堆坊若干，堆总以官厅立一官司之。"堆坊又称堆子，司地方治安、查夜、清扫等，类似于后来的警察派出所。堆儿兵又名堆子兵，其差事苦，待遇低，一切低贱琐碎的事都要干。

⑩　满洲人忌食狗肉，堆子兵竟偷狗吃，可见其贫困至极和堕落无行。

⑪　清代的火警消防兵。

⑫　北京土语"归了包堆儿"。

⑬　即神机营、护军营、前锋营、健锐营、骁骑营、步军营，均属禁卫军中的兵卫。

⑭　从步甲、养育兵、匠役和闲散余丁中挑补马甲兵。

⑮　旗人男子16岁以下为幼丁。

⑯　拔营起寨。

粤海广东去挣铜。昂阿氏①，苦伶仃。白吃白喝养育兵②，那世袭佐领③
还可以，最可叹，苏拉哈番④穷了个苦情。

　　远在明代末年出现于满族社会的八旗制度，曾经在并非很短的历史过程
中发挥了令世间震惊的强有力的作用。然而，该制度自身潜伏着的巨大危
机，却是创制它的民族先人绝不可能预料得到的。两个半世纪的岁月烟尘，
几乎熬干了八旗制度的一切鲜活气力，旗族社会由军事到经济、由生计到心
神，皆非当年雄浑模样，留下来的只是四处疮痍、满眼颓丧。这篇《八旗
叹》，毫不留情地一一点到"八旗大营"社区以内种种之不堪形状，指斥了
寄生于八旗制固有弊端之上一干生命的胡作非为及"软弱无能"。作品笔法
粗粝也还略带刻薄，有着旗族"个中人"的愤懑酸楚跟无可奈何。曲词结尾
落在"苏拉哈番穷了个苦情"，点明"八旗生计"问题终是需要引起旗族上
下有识之士关注的核心，因为项项弊端都与之相关联。在寻常易见的众多吟
风赋月、祝祷福寿题材的八角鼓作品里，《八旗叹》的抢眼之处，在于它的
批判性。这种勇于向本民族根性顽疾开刀的精神，贯穿于满族文学古往今来
的各类创作，已形成了足堪珍视的传统。

　　与文学性较高而声腔变化偏少的子弟书相比，八角鼓艺术虽然没能留存
下来像子弟书那样多的好作品，却以其复杂多变的联套体说唱艺术形式，对
后来出现的北方曲艺曲种如单弦、聊城八角鼓以及民族戏曲曲种，如满族新
城戏等，产生了确凿的影响。

　　子弟书与八角鼓，从唱段上来讲它们是文学作品，从可以演唱娱人的角
度来讲它们又是带有综合性质的曲艺作品。其曲艺表演性对清代旗族人们的
艺术生活是个有效的填充，而其文学性，则对清代以降的满族文学基本走
势，产生着潜移默化的影响。清代后期至民国年间的北京满人，对子弟书和
八角鼓，几乎是无人不知无人不好，他们中间的文化人写些日常文字的时

---

　　①　满语，雨水。此处指守闸兵，旧京漕运水系发达，设有多处防洪排涝闸门，由都水局、司
津监等机构管理，派兵看守。因此职务与下雨天气密切相关，故谑称为雨水兵。
　　②　从 10 岁以上的幼丁中挑取的养育兵，支取正兵一半钱粮。京旗清末有养育兵二万九千余人。
　　③　满语牛录章京的汉译。有实习和非实习两种。佐领战时为领兵官，平时为行政官，在参领
之下，辖壮丁百余人。
　　④　无职无役的、编外的闲散旗人，又称"白身人"。

候，笔下也时不时地会流露出子弟书或者八角鼓的笔调和情趣。①

　　子弟书与八角鼓都属于文学史上的"俗文学"一类，但是如若把它一股脑儿打成不登大雅的另类"玩意儿"，却又难免错怪它。它的雅驯质素千样风采，时常要教名流手笔望尘莫及，让精英读者拍案称奇②；不过，它又实实属于全方位贴近平头百姓的"俗文学"，当年京城市井的贩夫走卒皆如醉如痴地"好这一口儿"，便是明证。不屑说，北京这座文化故都其上承下应的文化格调意趣，正是在不同时期、各个方向文化艺术洪波涓流反复聚汇的结果。

　　子弟书与八角鼓的岁月过去了，但就今天的"京味儿文化"而言，就当下构建中的包含"雅俗共赏"标准被重新起用后的中华文化大业而言，裨益于既得的每一段过往，都不宜淡忘。

---

　　① 生于清晚期的作家老舍，也是这类文化人当中的一个。胡絜青在《老舍剧作的说唱》中证实："老舍喜欢民间文艺、京戏和地方戏，不仅爱听爱看还爱写，有时高兴了还爱唱两句，甚至自编自演一段。"（胡絜青、舒乙：《散记老舍》，北京十月文艺出版社1986年版，第21页。）老舍登上文坛后的许多创作，都有本民族民间曲艺习养的鲜明留痕。1932年老舍在济南写过一首时政讽刺诗《救国难歌》，其中唱道："我也曾高捧活佛的大脚鸭，真咒真经一字不解真正瞎咕唧。我也曾尊孔崇经身修天下平，回也不愚，到底痨病三期将而立！我也曾烧香磕头给马克思，始终是不懂种种意识与经济。我也曾学着甘地水米不打牙，本来肚子就发空，绝食便更了不得！我也曾崇拜博士梅兰芳，《汾河湾》的确应当作国戏。"像这样，诗句以"我也曾"3个字来复踏起始，在这首诗中出现了11处之多，明显见得是借鉴了旧时满族曲艺常用的起句形式。用同样的两三个字反复起句咏唱，在子弟书中实多例证。譬如清代子弟书作家奕赓（鹤侣氏）所作的《鹤侣自叹》，开篇部分即是："吁乎今世命弗佳，半生遭际尽堪嗟。十年回首如春梦，数载韶光两鬓鸦。也曾佩剑鸣金阙，也曾执戟步宫花。也曾峨冠拟五等，也曾束带占清华。也曾黄金济贫士，也曾红粉赠娇娃。也曾设榻留佳客，也曾金樽酒不乏。也曾雄辩公卿宴，也曾白眼傲污邪。也曾高谈惊四座，也曾浩气啸烟霞。我也曾壮志频磨英雄剑，我岂肯一身无系似瓠瓜？……"其中便连用了13个"也曾"或"我也曾"来起句。老舍为了把白话诗写得更符合社会下层人们的欣赏习惯，有意识调动了民族民间说唱艺术的表现手段。这种用大众习惯接受的形式写出的诗，普通读者自然感到亲切。另外，民国年间北京旗族名士溥心畬、溥淑明，也都是创制岔曲作品的圣手。

　　② 郑振铎就曾经称赞岔曲曲词为"可怪的、漂亮的新诗体"。郑振铎：《中国俗文学史》，上海书店1981年版，第431页。

第九章　清民交割——弄潮歌畔闻叹惋

悲凉四布的光绪朝及恓惶短寿的宣统朝，是清代，也是漫长的中国封建过往几百个朝代当中最后两个朝代。尽管以光绪为首的帝党，与以慈禧为首的后党，也都有过各自参差的改良梦想，甚至于还都有所实施。但是犹如杯水车薪，一切都晚了，"大清朝"的气数殆尽，中国封建时代的气数殆尽，满洲统治者的历史性表演也同样是气数殆尽。

辛亥年一场政治大变革，彻底葬埋了清宫里面妇孺掌权者苟延残喘的图谋。资产阶级民主革命将中国一举送进了新的航道，历史由此改写。

中国久已渴求于社会变革与政治民主，有清一代如是，中国整个的封建过程也如是。当资产阶级革命党人登高一呼发动革命之时，来自旗族社会的一些有识之士，或倾力参与，或表现出极大的同情，社会特殊阶层中特殊人群这种挣脱八旗制度固有锁钥的精神与举动，得到了大众的关注。

辛亥革命一扫中华封建历史，功莫大焉，善莫大焉，深远的政治意义自不待详陈。然而，对于早就身处北京和全国各地的旗族族众来说，其不幸之处，则在于这场革命的发动者一味地偏重于借助"民族革命"的政治鼓吹与情绪撩拨。"驱除鞑虏，恢复中华"之类概不顾及二百多年来满汉之间相安共处事实的过激口号，要比脚踏实地的民主精神的普及宣传，在国民当中产生了更为实质性的影响。这种思想误导虽然极有利于清政的迅即崩坍，却明显地阻止了当时更多心向社会改革大局的旗人投身变革潮流；而且，这一思想误导因为日后也未能及时得到纠正，一任其在辛亥以后较长时期里继续发酵，大大伤及了满汉民族已经形成的情感；再推而察之，由于中国封建历史过程最终是在"民族革命"而非"民主革命"的思想召唤下结束的，中华广大民众头脑里早已根深蒂固的封建意识也就迟迟得不到认真清理，乃至于贻患后世，波及当下。

围绕着清朝和中华民国二者交割的历史岁月，即从清末到民初的那段时间，是旗族文化人思想走行上分化比较明显的时期，他们或在大时代的风浪中奋臂弄潮、贡献心智，或在政权易手前后护卫着旗族精神、文化以及同胞们生存、命运之底线，让一己之浮沉跟民族风雨同舟。

一

"专制毒害，思之真寒人心也"① ——这是辛亥前夕，身在清朝陪都盛京（即沈阳）的革命志士、满人张榕，在创建其举义团体"联合急进会"时，所发出的愤激之声。这其实也是无数饱受封建体制及八旗旧制蹂躏的旗人心中的呐喊。当时，东北各地的满洲代表人物何秀斋、宝昆、田亚斌、松毓、高崇民等许多人，也都以各自选择的形式投身革命。这些人中间，张、何、宝、田等还壮烈地牺牲于腐朽政权的屠刀下面。

暮清时节，在文学艺术界内毅然表达与清廷旧制决裂的满洲名人，则首先当推汪笑侬和英敛之。

汪笑侬（1858—1918），正黄旗满洲人，原名德克俊（一作德克金），又名僢，字润田，号仰天，别署竹天农人、伶隐。他生在北京城里的一户官宦之家，自幼聪明好学。22 岁时虽中了举人，却无意于儒生仕途②，一心想在京剧艺术上成就事业。③ 其父担心他被亲友们嘲笑为"不务正业"，便在

---

① 转引自赵展《辛亥革命中的满族志士》，《人民日报》1981 年 10 月 9 日。

② "朋友们劝他'上进'，他笑着回答说：'我不愿做书卷中的蠹鱼'。因此，他常被目为'性情乖僻'、'不务正业'。"周信芳：《敬爱的汪笑侬先生》，《中国戏剧》1957 年第 12 期。

③ 京剧是北京的传统表演艺术，比子弟书、八角鼓更讲排场，也跟满族的关系分外密切。乾隆五十五年（1790 年）"四大徽班"晋京而成为京剧缘起，其后百多年，正逢八旗族众空前热衷艺术，遂使京剧逐步形成、完善。清初直到康熙朝，因政局波动兵事起伏，京城娱乐业受限制。乾隆朝大局稳定下来，徽剧晋京并与京师此前流行的戏曲形式结合，八旗上下欣赏胃口被刺激起来。内廷创办了教习专业演员的太监戏学，培养旗籍子弟为业余演员的戏曲"外学"也应运而生。道光朝又有湖北的汉调晋京，使以"西皮""二黄"为主的声腔体系日益成熟。清代京剧艺术是在"双轨制"下发展的。一方面主要有着科班出身的专业艺人们的创作及商业演出，另一方面又有旗族业余艺术爱好者们非营利性的切磋琢磨与"票房"表演实践；二者随时沟通，使京剧自始至终追求雅俗共赏品位。"自道光年间起，京剧史上有'盛世'之称。""无论是穆宗载淳（同治皇帝），还是执掌实权的慈禧太后，以至德宗载湉（光绪皇帝），都是京剧的酷嗜者。"在这个京剧发展的黄金时段，京师四城常年设有票房组织，涌现出大量技艺超群的旗族票友，包括日后成为早期名伶的庆云甫、黄润甫、汪笑侬、德珺如、金秀山、龚云甫等。后辛亥革命结束清朝统治，为满族社会带来根本变迁。旗人挣脱制度捆绑，改行自食其力。先前颇有艺术修养的某些旗人票友，"下海"成为专业艺人。民国初年起，旗人摩肩接踵进入了剧界，中间堪称大家级的艺术家，就有金少山、程砚秋、奚啸伯、慈瑞全、金仲仁、双阔亭、瑞德宝、唐韵笙、文亮臣、杭子和、李万春、厉慧良、李玉茹、关肃霜等。这些满族艺术家，对京剧艺术发展发挥过重要作用。

他不情愿的情况下，花钱给他捐了个河南泰康的七品知县。谁知他上任未久，就因为主持正义、惩办邪恶，惹恼了当地豪绅，他们向太守行贿，将汪笑侬罢了官。傲骨铮铮的汪笑侬离别官场，只身来在天津，决意就此进入戏剧界，以唱戏为生。他敬慕京剧艺术造诣高深的名角儿汪桂芬，登门表达拜师学艺的想法，没料到汪桂芬不以为然，撂下一句"谈何容易"，便拒绝了他。从此，他给自己取了"汪笑侬"的艺名，意为曾遭汪桂芬讥笑，为的是知耻明志暗自努力，定要在剧界闯出局面。经不懈的磨砺，他的愿望终于实现，成了享誉梨园的京剧表演艺术家与剧作家。他在京剧舞台上专工老生，行腔抑扬吞吐，韵趣纵横，其腔调苍老遒劲，尤长于慷慨悲歌。梨园领袖谭鑫培，曾当面夸奖较他年轻十多岁的汪笑侬："菊仙气质甚粗，余亦日趋老境，来日之盟主实让于使君。君之学问为吾辈所不及；咬字之切，吐字之真，亦为吾所不及。"[1]

汪笑侬的面前，是个异常黑暗同时又热切盼望着大变革的社会。极富正义感和使命感的汪笑侬，既不以"下海"赚取金钱为目的，也不以拥有大艺术家的名气为满足，他有感于时代的召唤，立志通过自己的戏剧艺术，来推动民族的觉醒和民智的开发，促进社会的变革与进步。

从戊戌变法到辛亥革命，再到五四新文化运动，中国的文化艺术界经历了有史以来最为猛烈的新思潮洗礼，"诗界革命"、"小说界革命"、"新文体运动"相继出现，传统的戏剧界在此情境中也不甘人后，奋力前行，与社会的进步潮流共追求。满族出身的文学艺术家汪笑侬，正是中国现代戏剧改革的先驱者之一。

"大梦沉沉终不悟，千呼万唤总徒然。当头一棒喝难醒，解体八刀死胜眠。良弼几曾征傅说，惰民尽欲学陈抟。春雷震地谁先觉，惊起鳌龙直上天！"[2] 在当时的戏剧界，汪笑侬最为重视戏剧的启蒙教育作用，常常发挥自己的文学天赋，亲自编演一些很能打动人的作品，做富有成效的艺术宣传。据了解，他所创作和改编的戏剧作品，有三四十种。

1904 年，他在上海创办了《二十世纪大舞台》报，在发刊号的篇首，有其两首绝句诗："历史四千年，成败如目睹。同是戏中人，跳上舞台舞。"

---

① 周信芳：《敬爱的汪笑侬先生》，《中国戏剧》1957 年第 12 期。

② 汪笑侬：《大梦》（二首之一），阿英辑《竹天农人诗集》，收入《汪笑侬戏曲集》，中国戏曲出版社 1957 年版，第 306 页。

"隐操教化权，借作兴亡表。世界一戏场，犹嫌舞台小。"①

　　汪笑侬曾在政治上深受康有为、梁启超资产阶级改良主义的思想影响，对清末的腐败朝政十分反感。他先后创作了许多出借古讽今、具有鲜明进步倾向的剧作。《骂王朗》《骂安禄山》《骂毛延寿》《骂阎罗》等"骂戏"，在他的创作中是最为有名的，这些作品体现着对冥顽昏聩的封建统治者的强烈不满。而《喜封侯》《将相和》等剧目，则集中地表达了汪氏对开明政治的渴望和憧憬。

　　戊戌变法在清政府后党的镇压之下失败了，汪笑侬对谭嗣同赴刑时"我自横刀向天笑，去留肝胆两昆仑"的豪情无比敬重，发出"他自仰天长笑，我却长歌当哭"②的慨叹，随即编写上演了四场京剧《党人碑》，借鞭挞宋代奸佞蔡京、高俅、童贯之流的劣迹，来控诉镇压变法维新的势力。

　　1900 年八国联军入侵北京，清廷被迫签订《庚子条约》，更使汪笑侬悲痛欲绝。他创作而且演出了六场京剧《哭祖庙》，以三国时期刘禅投降后其子刘谌杀妻斩子殉于国家的故事，狠狠抨击当权者的卖国行径。他果敢地前往当时并非由中国当局控制的辽宁大连，声泪俱下地演出这出《哭祖庙》，剧中的一句台词"国破家亡，死了干净"，一时竟成了当地爱国观众议论时局的口头禅。

　　辛亥革命后袁世凯篡位复辟，倒行逆施，已近花甲的汪笑侬，又由昆曲原作改编上演了京剧《博浪锥》，借剧中人张良之口唱出："只恨我穷书生身微力小，空怀着报仇志昼夜心焦。望国民起义师速行天讨，如今还不见草泽英豪。休让那虎狼秦多行凶暴，只苦了众百姓受尽煎熬。我想把专制君一脚踢倒，我想把秦嬴政万剐千刀，我想把好乾坤重新构造，我想把秦苛政一律勾销。本是我祖国仇理当应报，恨不能学专诸刺杀王僚！"③

　　有《耕尘会剧话》一文，形容汪笑侬的演出说："檀板一响，凄凉幽郁，茫茫大千，几无托足之地。出愁暗恨，触绪纷来，低回咽呜，慷慨淋漓，将有心人一种深情和盘托出，借他人酒杯浇自己之块垒。笑侬殆以歌场

----

　　①　汪笑侬：《〈二十世纪大舞台〉题词（二首）》，阿英辑《竹天农人诗集》，见《汪笑侬戏曲集》，中国戏曲出版社 1957 年版，第 293 页。

　　②　转引自松军《汪笑侬》，关纪新编：《满族现代文学家艺术家传略》，辽宁人民出版社 1987 年版，第 6 页。

　　③　汪笑侬：《汪笑侬戏曲集（京剧）》，中国戏剧出版社 1957 年版，第 48 页。

为痛苦之地也！"①

　　汪笑侬在京剧老生行当的表演方面具备突出的造诣。他的唱功与道白，都有独到之处。在行腔上，以汪桂芬为宗，兼取孙菊仙、谭鑫培之长，形成了个人的流派。他的嗓音于高亢中显现深沉，唱腔设计奔放流畅。像《哭祖庙》中的刘谌唱段，他竟为自己的演唱编写了一段多达一百多句运笔精练，含义深邃的唱词，在京剧唱腔宝库中，也是独具魅力的。这里摘引的，是此一唱段的结尾部分：

　　　　想起了先皇祖令人悲叹，叹先皇，数十年，南征北战，东挡西杀，昼夜杀砍，马不停蹄，才得来这三分帝鼎，一隅的江山，他断送在眼前！我皇父太昏庸不听良谏，每日里在深宫苟且偷安。投降后何面目把臣民来见，九泉下见先皇有何话言！想当年让成都刘彰好惨，到如今吾皇父，焚符弃玺、反缚舆榇，率领着文武百官、军民人等、匍匐尘埃、投那邓艾，比刘彰更加可怜！莫不是我汉家气数已满，才知晓创业难守成更难。在祖庙哭得吾肝肠寸断，肝肠寸断！耳边响又听得金鼓喧天。料此刻吾父皇把邓艾来见，吾何忍见他堂堂天子跪倒在马前？恨不得乱臣贼子刀刀斩，从今后再不要凤子龙孙自命不凡。恶狠狠拔出了龙泉宝剑，俺本爵殉国死倒也心甘！②

　　汪笑侬的艺术实践表现在多方面。他对学习西方戏剧艺术，打造具有中国气派的现代话剧形式，亦颇有激情。他一生写出了十几个话剧剧本，其中较为有名的，包括《不平鸣》《恨海》《千古恨》《人道贼》《新茶花》《采花奇案》《问天》等。在中国话剧事业的现代奠基工程当中，汪笑侬也有一份功劳。

　　汪笑侬多才多艺③，不但是戏剧表演艺术家和戏剧作家，也是诗人、书法家和画家。他的诗歌作品有二百余首传世，而书、画作品却失传很多。

---

　　①　转引自周信芳《敬爱的汪笑侬先生》，《中国戏剧》1957年第12期。

　　②　汪笑侬：《汪笑侬戏曲集（京剧）》，中国戏剧出版社1957年版，第148—149页。

　　③　"笑侬先生学识渊博，才器过人，琴棋书画，无所不能，医卜星相，无所不晓。'西学'传入中国后，他还涉猎过'心理学''催眠术''法律''西洋史''商业史'等。老一辈的朋友们还听他谈讲过佛法和金石之学。经常喜欢吟诗作对，也善骈四俪六的八股文。此外，据我所知，他还写过不少的小说和小品。在天津的时候，他还写过一部《戏剧教科书》连载发表在天津《教育报》上。"周信芳：《敬爱的汪笑侬先生》，《中国戏剧》1957年第12期。

一首《自题肖像》诗，展现了他专注于艺术改良运动的终身追求："手挽颓风大改良，靡音曼调变洋洋。化身千万倘如愿，一处歌台一老汪。"①

汪笑侬后期的思想，由主张爱国、拥护改良而进步为赞同民主革命。他在写于 20 世纪初的诗作中，曾为民主大潮在国土上的涌起而倍感鼓舞："廿纪政权到处伸，上天非不与黄民。自由若背服从义，数遍中原尽主人！"②

这位深受大众爱戴的京剧艺术家、作家，晚年贫病交困。逝世于上海时，家中竟无钱料理后事。身后被世人称作"伶圣"的汪笑侬，随着时代的更迭，得到了中国戏剧界乃至文学界的普遍推许。

传统上，不论是在一般满人眼里，还是在满族文学家眼里，文学与艺术的界限都是颇为模糊的；他们不喜欢像后来创作界所接收的异国文学艺术划分标准那样，把文学写作跟曲艺、戏曲作品写作二者，做出细致的彼此不相往来的切割，他们甚至还以为曲艺、戏剧的写家本就应当是登台献艺的行家里手。这样的传统，潜在地左右了汪笑侬创演兼擅的艺术路数。满人历来极其喜好京戏这种随时搬演于大庭广众场合的雅俗共赏的艺术形式，到了清末民初这个亟须向国民做启蒙爱国思想宣传的当口儿，是艺术大师汪笑侬，将它派上了大用场。满族的艺术嗜好，是很方便与大众接受品味接轨的。这也已经成为并将继续成为满族文化的一个特点。

以下，再来谈谈英敛之。

英敛之（1867—1926），原名英华，字敛之，号安蹇，晚号万松野人。他的家族满洲老姓是赫舍里，"英"字本为行辈用字，到了他这一代，始将自己的行辈用字改为了自家姓氏。③

---

① 汪笑侬：《自题肖像》，朱眉叔、黄岩柏、董文成、卜维义选注：《满族文学精华》，辽沈书社 1993 年版，第 454 页。

② 同上书，第 455 页。

③ "据英达（英敛之的曾孙）讲，曾祖父本不姓英，满姓赫舍里，名英华，汉姓玉，又名玉英华。……康有为'公车上书'后，他写了一篇《论兴利必先除弊》的文章支持康有为的政见。但随后慈禧太后发动'戊戌政变'，光绪被囚，'六君子'喋血刑场，康有为、梁启超逃往海外。英敛之虽然没有上书，但因支持维新言论，也在被抓之列。为怕株连，他辗转逃到越南，一年后悄然回国。后来，慈禧太后为讨好洋人，大赦了一批维新变法的重要人物，其中就有英敛之。由于当时抓捕名单中并没写英敛之的姓，只写了他的名'英华'。当时慈禧太后说了句'把那个满人英华也赦免了吧。'英敛之从此之后就只能姓英了。由于担心'英华'这个名过于张狂，英敛之就借用古人'英华内敛'的寓意，为自己取名'敛之'。"张静、徐颖茜：《英氏家族的家学传承》，《晚报文萃》2007 年第 16 期。

　　英敛之出生于北京西郊蓝靛厂的外火器营①内的正红旗营房，因自幼聪敏过人而得"神童"之誉。少年时期家境贫寒，"每以拙于生计为忧"②，故依旗人旧径，戮力习武以求有所上进。后来，他察觉出自己选择的道路并不高明："此等伎俩，见遗于社会，无补于身家，遂弃之。弱冠后知耽文学，则又以泛滥百家，浏览稗史侈渊博……"③ 基本是靠着刻苦自学，他终于卓然成材。

　　青年时代，英敛之痛切有感于国家的内忧外患，尤对腐败的官场倍加憎恶，便转而痴迷于对西方思潮观念的研修，其"弱冠后，始得耶稣旧教之书而读之。读之既久且多，因多而疑、而问、而思、而辨，弗慊弗信，信岂苟然已哉！"④ 至 22 岁，他进入天主教徒行列——清末民初，是一批又一批旗族青年知识分子陷入心理迷惘继而走向精神求索的阶段，人们注意到，从英敛之始，其间一部分有诉求、有作为者，先后铤而成为西来宗教天主教、基督教的信徒。

　　身为天主教徒的英敛之，所关切的并不是虚空的教旨教义，而是使他忧心如焚的国事。他主张政体改良，拥护君主立宪。光绪二十一年（1895年），康有为等人"公车上书"，英敛之为之振奋，发表《论兴利必先除弊》以配合；后来"百日维新"于 1899 年惨遭失败，康有为等出逃，英敛之也不得不连夜撤往天津，乘船去往沪上。事有凑巧，他与康有为竟在船上相遇，彼此有一番畅谈，却不知对方是何人。此后，英敛之颠沛于广州、香港、云南、上海及越南等地有两年多时间。1901 年他再次回到天津时，逢教友柴天宠邀他发起办报，几经周折，翌年 6 月 17 日，这家在中国现代报章史上赫赫有名的《大公报》，终于问世。⑤ 创办之初的《大公报》除主笔由他人担任，报馆的总理、撰述、编辑等，均由英敛之兼任。他亲笔撰写的

---

　　①　火器营为驻防京师的八旗"外三营"之一，始建于清康熙三十年，以其将士专门操演使用鸟枪和子母炮等火器而得名。震钧《天咫偶闻》载："蓝靛厂，火器营驻此，街衢富庶，不下一大县。"

　　②　王芸生、曹谷冰：《英敛之时代的旧〈大公报〉》，《文史资料选辑》第 9 辑，中国文史出版社版，第 3 页。

　　③　英华：《也是集·自序》，转引自何炳然《〈大公报〉的创始人英敛之》，《炎黄春秋》2004 年第 5 期。

　　④　马相伯：《万松野人言善录·序》，转引自何炳然《〈大公报〉的创始人英敛之》，《炎黄春秋》2004 年第 5 期。

　　⑤　该报创办首日，发行量即超过 5000 份，据说，这使英敛之高兴得"夜不能寐"。

《大公报·序》，明确阐释了"开民风，牖民智；挹彼欧西学术，启我同胞聪明"的办报宗旨。有关"大公报"的题名寓意，英敛之解释为"忘己之为大，无私之谓公"。该报起初两年，步履至为坎坷，却还是在创办人英敛之的奔波斡旋、昼夜操持之下，筚路蓝缕地坚持下来，并且逐渐办出了大名声。与此同时，著名报人、政论作家兼诗人英敛之的名字，也陡然鹊起，为大众所熟知。英氏从创刊起大约 10 年时间，总揽了《大公报》言论和经营的全权。

《大公报》问世之时，全国"南北纵横，报馆仅有二十余家，南居二十，北得余数，四五家而已。"[1]《大公报》便是这"四五家"之一。在英敛之的引领下，这家办在清廷眼皮底下——天津的报纸，与梁启超主办在海外的《清议报》，以及南方若干标榜维新的报纸，声气与共，遥相呼应，向中华几千年陈腐落伍的社会体制及文化，发动了坚定猛烈的围攻。这批报纸多为像梁启超、英敛之这样力主改良立宪的思想家与报人掌控，与封建保守势力毫不妥协的气势为世间共知。《大公报》在其创刊后第五期，即登出英敛之手笔《论归政之利》[2]，公然要求慈禧归政于立志宪政改革的光绪帝，痛陈"归政则中外利、满汉利、民教利、新旧利、宫闱利、草野利、君子利，小人亦无不利"的道理，并痛斥慈禧亲党一伙儿是"祸国殃民"的"国贼"及"谄媚小人"。南方革命党人徐锡麟、秋瑾遭到屠杀，《大公报》亦愤怒声讨此"野蛮凶残行径"，达到了"野蛮已极，暗无天日"的程度。[3] 当时，天津是直隶总督袁世凯的地盘，这个在戊戌年间起过负面关键作用的袁某人因投靠后党扶摇直上，深为英敛之所不齿，英常常在自己的报上揭露袁世凯的丑陋龌龊，袁对他软硬兼施极尽打压，但终告无效。

中华古老的思想文化，在英敛之的时代，正值"三千年未有之大变局"，"诗界革命""小说界革命""新文体运动"相继发端，而《大公报》馆的掌门人英敛之，则实堪称领风气之先的一位"弄潮儿"。英氏本人来自京旗满洲，说得一口漂亮的京腔京韵，他深谙这种受欢迎的民众语体方言是何等的具有力量，决计把它搬上报端。因而，在中国近代大型报刊上，《大公报》

---

① 转引自林天宏《英敛之：傲骨为大公》，《中国青年报》2010 年 7 月 28 日。

② 《大公报》，1902 年 6 月 21 日。

③ 《当祸株连实为促国之命脉》，《大公报》，1907 年 7 月 30 日。

首开先例，推出"附件"版面，专门登载白话文章。① 这一举动，让该报的雅、俗两类读者都大感兴趣，还为底层平民与高端读者共同关切报上的"民生"热议，烘托起颇高人气。后来随着白话文专版的发展，英敛之更在其上自辟"敝帚千金"专栏，日撰白话短文三千字，多从现实生活一件小事或者人们口头的一个故事切入，生发阐说，以擘析事理，启人哲思。"据粗略统计，到1906年，《敝帚千金》已经出版10本，到1908年出版30本。"②

"以旧风格含新意境"③，是"诗界革命"先行者梁启超对中国诗歌变革的基本设想与殷切期冀，《大公报》奉为圭臬、身体力行。该报"1902至1911十年之中，发表的（诗歌）作品数量在五百首以上"④。另外，《大公报》创办之初的小说栏目，也紧紧围绕"挹彼欧西学术，启我同胞聪明"的意向，大量发表包括寓言、侦探题材在内的"泰西"翻译小说。⑤ 这些作品多包容有大量西方社会政治、经济、宗教、文化方面的内容表述，给长期闭锁于国门之内的读者以充分的新知识量。到英敛之主持《大公报》后期，华文原创小说也渐增。他们发出的小说作品，揭示不公正社会现实、批判官场黑暗政治、扫除愚昧迷信旧习、倡导开化生活态度等主题，均时有所见。至1909年，英敛之及《大公报》对于登载小说的体验与认识已经相当明确："社会教育之中尤以小说之功居多。论者谓一国善良之习惯，多由一代小说家造就之。无怪欧西人士，以小说一门为专门名家之学也。……其转移社会之力极大。"⑥

英敛之在思想上属于资产阶级的保皇立宪派。他具有独立不倚的个性，反对暴力革命的社会诉求，也跟其他同时代的维新势力保持一定距离。他迷恋西化，竭力宣传开启民智的新思维新文化，终究还是希望没落的旧有帝制改弦更张，立宪维新。通过他所主持的《大公报》以及其他一些主张立宪的

---

　　① "英敛之在《〈敝帚千金〉凡例》中曾自言：'中国华文之报附以官话一门者，实自《大公报》创其例。"转引自夏晓虹《晚清白话文运动的官方资源》，《北京社会科学》2010年第2期。

　　② 侯杰、辛太甲：《英敛之、〈大公报〉与中国近代社会文化变迁》，《天津社会科学》2003年第1期。

　　③ 梁启超：《饮冰室诗话》，《新民丛报》第29号，新民丛报社1903年版。

　　④ 郭道平：《"诗界革命"的新阵地——清末〈大公报〉诗歌研究》，《中国现代文学研究丛刊》2010年第3期。

　　⑤ 这跟英氏本人的文学趣味正相吻合，他在1905年2月10日日记中写道："予素最嗜阅西洋各种说部，以其思想新，章法妙，每出一种必购阅。"方豪编录《英敛之先生日记遗稿》，台北文海出版社1974年版，第974页。

　　⑥ 英敛之：《本报增刊小说广告》，《大公报》1909年2月17日。

改良派报纸的奋力促动，也迫于国内外局势的压力，清廷曾于 1906 年 9 月颁布仿行立宪的诏令，叫英敛之等人很为自己多年所致力终见曙光而振奋；可是清廷空有承诺，却迟迟没有实际行动，立宪之议到底未能兑现。当时英敛之所担心的，唯暴力革命会危及国家独立和大众生存，其精神站位，既受到宗教身份的局限，也和他的民族出身有关系。他不满于革命党人笼统"反满"的作为，指出"所谓排满者乃自排，所谓'革命者'乃'革汉命'也。"① 因而，到了辛亥年间国政易帜，他便黯然抽身，离开了他 10 年来为之殚精竭虑的《大公报》。② 他偕家人回到北京，隐居香山静宜园，一面研究宗教、经济、教育、文化和社会现实，一面从事他热心的慈善事业。辞世之前，他除了撰有《万松野人言善录》《蹇斋剩墨》《劝学罪言》等著述以外，又干了两件在中国教育史上颇可言说的大事，即创办了北京香山慈幼院的前身"慈幼局"，和辅仁大学的前身"公教大学"。

英敛之自传云："仆本一介武夫……"这个晚清八旗营房里走来的贫苦孩童，从习武开始，凭借自己的超人努力，挣开命运的枷锁，在未足 60 岁的生命空间，创造出如此璀璨的业绩。英敛之学融东西，德才双馨，为启民智救社会，献身现代报业及多重社会文化事业。他有很高的文学天赋，却不以文学名世，盖因其社会、政治、人文等成就过于引人注目。在文学方面，他主要是现身为倡导者、建设者与组织者，从而对中华民族现代的文化与文学建构提供了不可替代的贡献。虽说他是一个到今天还不大被认可的资产阶级保皇派，却没人能否认他为了苍生社稷曾经呕心沥血的事实。他能在烦冗的社会工作中，每日为《大公报》写一篇社论，外带每日还要写一篇白话杂文（《敝帚千金》），有人指出，这在历来的办报史上，也是很罕见的。

英敛之与汪笑侬，都是最先将毕生精力，与建设中华民族现代文化及文学伟业结合起来的满族人。诚若英敛之生前在北京西山石崖上题留下的四个大字一样——"水流云在"。

---

① 英敛之：《论革命军必不能达其目的于 20 世纪之支那》，《大公报》1906 年 6 月 5 日。

② 1912 年 2 月，《大公报》改印"中华民国"的年号，并刊登一则"告白"："本馆总理英敛之外出，凡赐信者俟归时再行答复。"这则"告白"连发了 12 天。斯时，民国初立，英敛之尤其不愿在袁世凯"临时大总统"治下继续办报。他把《大公报》的实际办报权力转交他人；至 1916 年，英敛之又将该报盘售给了王郅隆。后来，《大公报》历尽岁月洗礼，曾作为资产阶级民主派的喉舌，在现代进程中发挥重要作用，并以中国现代"百年老报"资格继续活跃于今日传媒界内。其当下之报社设在香港。

二

　　1901 年，英敛之创办了他那份有名的《大公报》。该报因主要面对上层知识分子，起初还是一种整体上以文言面目出现，而仅只辟出个别版面来刊载白话文章的报纸，并且报上白话文章的撰写，亦基本上都出自英氏一人之手。英敛之的京旗出身，跟他能够率先倡导及身先士卒地书写语体文，不无关系——得以辅证这一点的，是《大公报》创办的同时或随后，在英氏故里北京城，接二连三地出现了一大批专门登载白话文章的报纸。

　　根据相关研究者所做的资料统计，清末民初从 1901 年到 1912 年这 12 年期间，仅仅北京一地创办的白话报纸，就有二十几家。① 这批如同雨后春笋般问世的白话报纸，虽办报宗旨及服务对象等方面不尽一致，但贴近京城民众需求、顺乎白话读写风习，则是普遍的顾及和追求。旗族这一世居京城、每日里操着京腔大白话过活的文化群体，自"洋报"阅读活动乍一进入他们生活的时候，即理所当然地，要首先选取他们喜好的语体式阅读，而摒弃他们一向不大习惯的文言式阅读。

　　这些京城白话报纸的接踵创办，首要原因，还是须推当时西风东渐社会潮流的作用。19 世纪中后期，这个一向以"老大"自居的东方帝国，稀里糊涂地一头栽进了为外寇疯狂蚕食的半殖民地状态，沉睡日久的中国人被西方列强震耳欲聋的火炮猛然轰醒，开始或惊惶或冷静地重新审视世界，定位自我。痛定思痛，在若干思想先驱者的倡导下，接受人类新思潮的精神洗礼，呼唤广大同胞的现代人文意识尽快提升，遂成为分属于各种社会派别中间进步知识分子的自觉担当。效仿西方样式，在自己的国土上办"洋报"，在自己的国民中兴新学，借以播撒精神启蒙的种子，鼓吹社会改革理想，一时间被确认为爱国行为的集中体现。

　　当然，当时京城报业兴起的另一层原因也应当注意到，这就是资本主义娱乐文化因素的暗中渗透。即便是像北京这样旗族占居民较大比例的都市，人们的消遣娱乐方式也有了潜移默化的转移。在旧有的戏曲曲艺等娱乐形式

---

　　① 据于润琦《清末民初北京的报馆与早期京味小说的版本》（《中国现代文学研究丛刊》2004 年第 4 期）统计，此间在北京创办的白话报纸有 22 种；另据刘大先《清末民初的北京报纸与京旗小说的格局》（《满族研究》2008 年第 2 期）统计，其间北京创办白话报纸亦大约为 22 种。

尚未现出颓势之际，新兴的报刊传媒已经楔入公众精神生活领域，报刊上随时推出的新鲜灵活、入时多变的小说、杂文等类文艺作品，已经争取到了愈来愈多的受众欣赏者。

正是在这样一场几乎可以叫作"北京城近代报纸（彼时人们喜欢称之为'洋报'）创办运动"的过程里，旗族文化人也相当充分地显现了身手。

从迄今仍然可以查找到的文献来辨认，当年比较具有影响的《白话学报》《京话日报》《公益报》《京师公报》《官话政报》《京话官报》《正宗爱国报》《白话国民报》《进化报》《国华报》《国强报》等等，均与京师旗族确切有染，一批由此报业兴办活动中涌现出来的知名度颇高的报馆主持者、编辑者及撰稿者，例如文实权、彭翼仲、春治先、蔡友梅、文子龙、王冷佛、杨曼青、斌小村、乌泽声、穆儒丐、完绳世、徐剑胆诸位，亦足可指认出他们本人的旗人身份。那时候的报馆人手都不多，三五个报人"拳打脚踢"，就能支撑起一份报纸的刊稿跟发行，连编辑、记者身兼小说栏目常任撰稿人的情况也多有存在。久而久之，"报人小说家"这么一种特殊身份的文人便被历练出来。

清末民初旗族报人写小说的很多，时至今日，还能够当作这批小说家代表来谈论（抑或说还应当在梳理满族书面文学流变的时候提到）的，则主要是蔡友梅、王冷佛和穆儒丐三位。

本节拟将蔡、王二位先做论述，对穆儒丐则因其影响较此二人为高，而放在以下一节单述。

蔡友梅，京旗满洲人，所隶旗籍与生卒年皆难确考（只可从其作品里片言只语揣测出民国初年他应有四五十岁，大约1921年以前尚在世）。又名（或者是字）松龄，作品署名（即笔名）用过松友梅、损公、梅蒐、亦我等。1907年，他创办了《进化报》并自任社长，因在该报发表所撰中篇连载小说《小额》，声名鹊起于京华之白话文苑。民国初期他依旧任职报业，又发表了总题目为"新鲜滋味"的小说数十种。其所有作品命笔，一向扣着社会现实当中的民风社情展开，多以发掘并书写京城旗族市井生活与更广大范畴下层百姓生活中的善恶恩仇故事见长，语言上处处摽紧京腔京韵的口语调式，几无一处不见京旗所操"京片子"言谈的一应特征。

阅读蔡友梅，是不好完全用高标准小说艺术的尺度去衡量的。作者身处一个独特的时空点上，中国古典小说的从容写作此刻俱已戛然收尾，而现代意义上的小说艺术创作却还远未见到庐山尊容。尤其在于此前、此后的鉴赏则例，好像都不太适宜顺手拿来匡评这社会转型、文化摇曳、思潮倒轨时刻，出于新式传媒从业人笔端的带有社会写实性质的应时急就①之作。

我们品评蔡友梅以及后面的王冷佛、徐剑胆、穆儒丐，乃至于已经讨论过了的英敛之，均须照应到这一点：他们的第一身份是报人而非作家。报人（也就是今天所说的新闻工作者）的首要天职，是关注现实；作家的首要天职，才是追求艺术。诚然，文学作品跟新闻作品二者之间，没有一道截然的不可逾越的鸿沟，譬如今天在书面媒体上所能读到的"新闻特写"，跟在文学期刊上所能读到的"报告文学"（包含"传记文学"），相互的融通性就很明显。因而，可以在讨论文学的著述里面涉及报人们的文学创作，却又应当防止无区别地对他们使用一套批评标准。

像蔡友梅这样的报人小说家，是能从他的作品中，清晰地读出处于清末民初时代变迁下北京旗族新闻从业人的所见所闻、所思所虑的。

> 庚子以前，北京城的现象，除了黑暗，就是顽固，除了腐败，就是野蛮。千奇百怪，称得起甚么德行都有。老实角儿，是甘受其苦。能抓钱的道儿，反正没有光明正大的事情。顶可恶的三样儿，就是仓、库、局。要说这三样儿害处，诸位也都知道。如今说一个故事儿，就是库界的事情。这可是真事。②

《小额》小说起头的这段话，言简意赅，既交代了故事发生的时间地点，又挑明了所讲的是旗人（库界）的事；既声明了这个事件并非虚构，更把叙述者对事件的观察角度与道义立场，无保留地和盘托出。

这部小说讲的是一个四十多岁名为小额的京旗库兵，靠父子们在旗族里昧心放债而暴发。凭着财粗气横，聚啸街头，伤人祸众，致使身陷图圄，家人为救他屡遭周边宵小蒙骗。他出狱后又身患毒疮险些送命，受尽病痛折磨、恶友反目与庸医豪夺后，小额终乃良心复萌，金盆洗手，重做新人。

劝善戒恶，本是在许多民族的文学作品里一再得见的主题，在满族书面

---

① 当时的报人小说家，第一身份是报人，第二身份才是小说作者。他们每每要在报馆繁忙的新闻采编之余，挥笔急就出来连载小说每天固定字数的那部分，甚至有时他们还要同期为几家报馆续写不同内容的小说，故而作品难免会有粗糙甚至破绽之处。

② 松友梅著、刘一之标点注释：《小额》（注释本），世界图书出版公司 2011 年版，第 1 页。

文学史册上，它更是为作家们常写不倦，常写常新。满洲先民在其原初阶段，就建立了看中人生在世伦理根本的传统。清政权来至中原以后，民族上下互勉最力的，也总在于道德修身。旧时有说法，所谓满人顶好"面子"，其实"好面子"的民族习性未必算得上坏事，说到底它的核心还是要强调为人的刚正和纯朴，自爱与自尊。不过，自进关成为统治民族后，环境变了，地位也变了，满人坚持严格修身的难度无形中加大了许多倍。特别是到清代末、民国初这种历史蜕变的非常时期，"礼崩乐坏"与"王纲解纽"，诱导出空前严重的社会性心理危机，满人也难逃一劫。通过满族文学的过往篇什，我们业已读到过该民族作者较多的道义批判、良心救赎方面的作品，认识了这个比起他民族更加注重自我道德关怀的民族；那么，再参凭清末民初以至于随后一个相当长历史过程国民心理轨迹变异的趋势，读者会从满人作家那里读到更多的劝善戒恶主题作品，就不会教人感到奇怪了。

光绪三十四年（1908 年）《小额》结集出版时，蔡氏友人德少泉书前有"序"证实："友梅先生……尝与二三良友曰：'比年社会之怪现象，于斯极矣。魑魅魍魉，无奇不有。势日蹙而风俗日偷，国愈危而人心日坏，将何以与列强相颉颃哉？报社以辅助政府为天职，开通民智为宗旨。质诸兄，有何旋转之能力，定世逆之方针？捷径奚由？利器何具？'是时曼青诸先生俱在座，因慨然曰：'欲引人心之趋向，启教育之萌芽，破迷信之根株，跻进化之方域，莫小说若，莫小说若！'"① 可见蔡友梅们明确写小说的目的不是要一般地去说故事，而是要"辅助政府""开通民智"，从而做到"与列强相颉颃"。在这里，他和他的同道们利用小说干预现实、疏通民心的认识，比旗族传统的劝善戒恶理念，就又推进了一大步。

蔡友梅的小说叙事，不管是清末问世的《小额》（发表时署名"友梅松龄"亦即"松友梅"），还是民初发表的《非慈论》《曹二更》《搜救孤》《小蝎子》《库缎眼》《董新心》《忠孝全》《铁王三》（这一时期的以上作品均被列入"新鲜滋味"总题之下，署名"损公"）……一以贯之者，是作者对于世风之江河日下的痛恨及鞭笞，对良善人性的召唤与扶持，体现出来一位社会伦理守望者的执着探求。

而都是劝善戒恶，辛亥之前和之后蔡友梅作品的着力点又是不尽一样

———
① 德淘少泉：《小额·序二》，松友梅著、刘一之标点注释：《小额》（注释本），正文前页，世界图书出版公司 2011 年版。

的。《小额》反映了时至晚清最后岁月，作者仍在试图达成对旗族心理弊端的揭露，与对旗族内部道德下滑者的挽救。这项面对于旗族内里的努力，与蔡友梅等旗族报人尚为心系"大清"的政治改良派直接有关，他们幻想"大清"挽回颓势得以中兴，自然也就要竭力拯救濒危的旗族精神。后来，他所倾向的旧制"无可奈何花落去"，小说写作尽管依旧持守着往日劝善戒恶主题，创作心理上却比较复杂起来。

推翻帝制的革命给了后世的历史编纂人以足够开阔的认定空间，但蔡友梅们所关注到民国创立后的世风社情，与历史教科书上的介绍相对照，却是另一码事。是缘于平民知识分子对上层军阀政客野蛮践踏国民利益的天然憎恨，抑或是缘于已然被视作"遗老遗少"的旧旗人群体政治上情感上站位的潜在约制，"新鲜滋味"系列小说的写作，无论其内容是写前清还是写民初的事，几乎笔下的宽容度都较《小额》要窄，而批判的力度都较《小额》要强。①

《董新心》一篇很可窥得作者心曲。主人公董新心，是个成长于山东乡间追求进步理想的青年知识分子，"自从甲午庚子后，深明世界大势，颇研究新学。自己起的号叫'新心'，大致的意思，就是新其心不必新其貌的意思。"②他常力劝人们爱国，也愿意投身社会的参政改革浪潮，不过，由清末到民初，他目睹标榜革命的事件与标榜革命的人物无数，却每受欺骗，留下的唯有一道道精神伤痛，最后"饱尝世味，壮志全灰"，年纪轻轻地便隐居回乡不再问政了。原来，辛亥前后，中国的都市、乡村到处都打着"民主""共和"旗号招摇过市的败类，他们大多飞扬浮躁，竟把革命当成生意来做，每一番折腾尚无结果便暴露出贪婪无厌的真面目，就像一个家伙说给董新心听的："实对你说罢，我们从先口谈革命流血，那满是生意。你想我们全是光蛋流氓，处在那个时代，眼看着革命日起有功，不谈点革命流血？那是个

---

① 写"新鲜滋味"系列小说的时候，蔡友梅启用了"损公"笔名。他就此自我解嘲地说："……咱们不给人胡添彩；血口喷人，死了要下拔舌地狱的。本来吃这碗饭就没德行，再要缺德，那是罪上加罪。再说记者这门小说，别的不敢夸嘴，敢说干净俐罗，男女客观，虽然沉闷点，多少有点儿益处；除去爱损人是毛病，我既叫'损公'吃着碗损饭，不能不损；是损的那不够资格的人，决不损好人；好人我还提倡呢。"（《忠孝全》）

② 损公（松友梅）：《董新心》，于润琦主编：《清末民初小说书系·社会卷》，中国文联出版公司1997年版，第852页。

进身之阶，那不过是个投机的事业。真流血也得有血呀！有血也是凉的。"①
小说还写到有人告诉董新心：革命已然成熟，不久就要把满清推倒，就快享
幸福啦，作者就此用旁白口吻议论道："打起我也做这个梦。谁知道鹞鹰拿
鸽子——错瞧了，十年的功夫儿，连个幸福的影儿也没瞧见。"② 报人小说家
蔡友梅也像他的许多旗族同胞一样，经历了由瞩望清廷期待改良，到接受革
命寄希望于民国，再到满心期待化为一梦，甚而奋起揭发民国政坛种种顽恶
的心路历程。旧日他们便注重自身道德修养、关切世风变异走向，却毕竟是
生活在旗族范围以里，还不曾对世道大转轨、社会大翻覆年月的各阶层人心
浮沉，有着如此猛烈地感受。往大里讲，蔡友梅中年之后，恰恰赶上了政治
及伦理旧秩序訇然坍塌而却没人出来承担建设新秩序责任的乱世。有他这样
的报人小说家挺身而出，坚韧地利用写作，去向现实社会丑恶、凶残、伪
善、龌龊之类的人和事作斗争③，其行为价值总是应当被肯定的。

　　"新鲜滋味"系列小说对丑陋年代顽劣人心的揭露批判，是鲜活、具体
和多方面的：有对旗人家族二房媳妇为谋取长房位置而狠心投毒以图灭门的
描绘（《搜救孤》）；有对贪婪妇人串通娘家霸占夫婿产业反将男人气出家庭
的书写（《铁王三》）；有对行医世家师傅真诚传艺徒弟一旦学成便将师傅逼
死进而逼得师娘沿街乞食的记录（《曹二更》）；有对衙门杂役沆瀣一气跛扈
乡里夺人夺命的讲述（《小蝎子》）；有对嫌贫爱富毁约赖婚而后对方腾达又
立刻改换嘴脸巴结过来的勾画（《库缎眼》）；有对炎凉世态下头嫡亲之间儿
子对父亲以怨报德而自己走了背运又不得不向父亲屈膝悔罪的表现（《非慈
论》）……作家将世风扭曲时代由邪恶欲望引发的人间恩怨，统搁到同一把
人性鉴定的戥子上来比量，孰优孰劣孰是孰非，皆要问出个斤斤两两。今天
的读者，假若能耐心翻阅一下系列小说"新鲜滋味"，恐怕也少不了"别有
一番滋味在心头"，也会被引到一个甄辨善恶的特定角度，来重新体会报人
作家蔡友梅身处的那段光怪陆离的岁月。满人以及他们的作家，实在是太过
重视世间芸芸众生的善恶心胸。大清朝的瞬间倾覆，并没引起他们那样的痛
心疾首，而随之出现于眼前的大起大落大悲大喜的世态炎凉人生冷暖，却叫
他们心间万难平复。重读满族文学这一阶段（实际上还会延伸到后来的相当

---

　　① 损公（松友梅）：《董新心》，于润琦主编：《清末民初小说书系·社会卷》，中国文联出版
公司 1997 年版，第 894 页。
　　② 同上书，第 862 页。
　　③ 用《董新心》里有人批评主人公的话来说："可惜你就是不达时务犯死凿儿。"

时期）的文献史料，也许是要产生这样的感觉：清政权的瓦解，对于这个与其关系非常的民族来讲，远不像清末尤其是民初的世风大幅跌落，让他们觉得事态那么严重，严重得好似天塌地陷。

"新鲜滋味"系列里面的道德批判与道德关怀，有几点是值得注意的。

其一，是蔡友梅在不留情面针砭现状的同时，偶尔曾流露出一些旗人才有的怀旧情愫。《董新心》里写到教书先生："人是官的，肚子是私的。饿着肚子上堂，谁也没精神。……去年因为积欠教薪，学界代表面谒某次长，要求发薪。某次长还拿大题目责备人，说念书的当以热心教育为前提，不能竟注重金钱。这话叫饱汉不知饿汉饥。问问他一个月挣多少钱，人家当教习的，一个月挣多少钱；他不吃饭行不行；少给他一块，他答应不答应。都说专制时代不好，可是专制时代，当教习的，到了日子拿钱。如今倒是共和了，教薪倒没有准日子啦。究竟怎么个原理，可也不得而知。"[1]《忠孝全》里，又借着其中人物的口说出："现在何官无私，何水无鱼，有官就有私，有私就有弊，您没看见他们卖国的先生们哪，想一个法子就是几百万几十万，永远也没犯过事，见天这几十斤米，不为之过，这算应有尽有的权利……慢慢您瞧吧，比前清的弊端更大。"[2] 国体大政改制以来，旗族人等遇事总好跟先前的情况比对，这本是件挺自然的事儿，但读者会发现，他们习惯比对的，常常偏是些牵扯到世间风习与人品操守的话题。蔡友梅们爱做这般比对，不能否认有其怀旧的倾向性，同时也不能否认存在着些许道理，因为当时的世风确实极其败坏。不知从何时起，我们的文学批评不大讲求从现实出发，过多地靠危言压人，幸好蔡氏作家没有活到那样的时刻，不然打他一个"梦想复辟"，也未可知。小说《董新心》开篇诗词[3]，是从金朝遗

---

① 损公（松友梅）：《董新心》，于润琦主编：《清末民初小说书系·社会卷》，中国文联出版公司1997年版，第854—855页。老舍在他的中篇小说《我这一辈子》里面写道："你瞧，在大清国的时候，凡事都有个准谱儿：该穿蓝布大褂的就得穿蓝布大褂，有钱的也不行。这个，大概就应叫专制吧！一到民国来，宅门里可有了自由，只要有钱，你爱穿什么，吃什么，戴什么，都可以，没人敢管你。所以，为争自由，得拼命的搂钱；搂钱也自由，因为民国没有御史。你要是没在大宅门待过，大概你还不信我的话呢，你去看看好了。现在的一个小官比老年间的头品大员多享着点福……自然如今搂钱的也比从前自由的多。"

② 损公（松友梅）：《忠孝全》，于润琦主编：《清末民初小说书系·警世卷》，中国文联出版公司1997年版，第473页。

③ 清末民初的报人小说，大多沿袭民间说书的艺术程式，一上来先要诵吟一篇"定场诗"，而后再讲故事正文。这种定场诗与故事正文往往带有几分思想倾向上的彼此呼应。

民词人元好问一首《满江红》词作①稍加化改得来，化改后的词作是："一代豪华春去也，更无消息。空怅望，山川形胜，已非畴昔。王谢堂前双燕子，乌衣巷口曾相识。听夜深，落叶打寒窗，西风急。　思往事，愁如织；怀故国，空陈迹。但荒烟衰草，乱鸦斜日。玉树歌残秋露冷，离宫别馆寒寒蛩泣。到而今只有远山青，昆明碧。"② 通过蔡友梅的笔，原词"六代豪华"被改为"一代豪华"，"到如今只有蒋山青，秦淮碧"被改为"到而今只有远山青，昆明碧"……③

其二是作者的描写视野已经远远突破了北京旗族畛域。清朝解体民国建立，京旗社会圈子遂被打散，旗、民交道越发增多，蔡友梅等旗族报人服务社会的旧有局限亦为之一扫；何况，这时旗族自身道德走向对营建社会总体伦理观已不再构成重要作用，也使得作者将视线完全放开。"新鲜滋味"系列当中反映旗族和反映非旗族的内容大致对等，写辛亥前与辛亥后的都有，写都会故事与乡野故事的都有，写不同文化群体与政治阵营的也都有。从前写《小额》时体现出的温情脉脉在"新鲜滋味"里面锐减，连从前惯于挥洒的诙谐调侃也少了几分。这组小说明显增强了的倒是批判的锋芒，不单对传统社会中隐藏的人心险峻给予洞察揭穿（如《搜救孤》《铁王三》《小蝎子》），对时代"新潮"裹挟的沉渣浮泛也照样敢于迎头棒喝（如《非慈论》《董新心》《曹二更》）。《非慈论》里的儿子牛少谷，是个在革命风口浪尖上锤炼出来的"新派"人物，他个人风光无限的时候，因贫困落难的父母家人

---

① 元好问为金代遗民诗人，这首著名的《满江红·金陵怀古》词作写于元代初年，原文是："六代豪华，春去也，更无消息。空怅望，山川形胜，已非畴昔。王谢堂前双燕子，乌衣巷口曾相识。听夜深寂寞打孤城，春潮急。　思往事，愁如织；怀故国，空陈迹。但荒烟衰草，乱鸦斜日。玉树歌残秋露冷，胭脂井坏寒蛩泣。到如今只有蒋山青，秦淮碧。"

② 损公（松友梅）：《董新心》，于润琦主编：《清末民初小说书系·社会卷》，中国文联出版公司1997年版，第850页。

③ 张菊玲在《〈"驱逐鞑虏"之后——谈谈民国文坛三大满族小说家》中指出："改朝换代，本是中国历史上常见现象，每当在此种历史转折时期，也总会出现一些忠于故国、思念故土的作家、作品，史家往往予以肯定，尤其是对宋末元初、明末清初的遗民文学，在近百年兴起的《中国文学史》论著中，更以为是'爱国主义'文学，十分崇尚。整整一百年前，伟大的革命先行者孙中山先生喊出'驱逐鞑虏，恢复中华'的口号，发动了轰轰烈烈的革命，推翻了清王朝，结束了中国延续千年的封建帝制，20世纪的中国从此开始了战乱频仍、灾难深重而又发生翻天覆地的变化。由于时代不同和变革性质的差异，也因为有着对'异族'的复杂心理，在五四以来的新文学研究中，一反以往对于元末明初、明末清初遗民文学的一贯态度，对于清末民初经历历史巨变后，专写满族悲情生活的'遗民文学'，诸多学者几乎均是视而不见、避而不谈。即使现如今盛谈'重建文学史'、'重写文学史'的时候，也极少见有倡导者从少数民族文学角度加以论述的。"

已寻他多年，后来实在躲不过去，他不得不给父亲捎来一信，"开口是'父亲如见'（倒没写父亲大哥）。兰谷①看了这四个字，脸就白了，越往下瞧越不像话。这封信很长，也不能一一备述，内中的警句，是二十世纪新学理发明：无孝亲之必要，父母之于儿子，原系一时肉欲（好德行），现在人格平等，各宜自强，不宜有依赖性质云云。"② 把个既势利熏心又靠"时髦"歪理给自己壮胆儿的浑小子嘴脸一举戳穿。"新鲜滋味"里状尽了形形色色道德缺损的势利小人，作者仍不罢休，还归纳指出："大地球就是个势利地球，而家庭之势利尤甚。"③（《搜救孤》）不过，蔡友梅并不一概地否定世风，小说常在写出富人及暴发户们的薄情寡恩之际，对社会底层小人物的道义精神加以肯定。《库缎眼》将土财主大李五（绰号"库缎眼"）对待女婿家一再见风使舵的举止，与其内弟苗大（一个普通的农村剃头匠）始终有情有义的态度屡屡对比。瞧见库缎眼总是翻云覆雨的，"苗大说：'你瞧你这块德行，吃亏我没有快镜，要是拿快镜前后照你两下子直是立春到大暑，差半年的节气……'"④ 库缎眼虽富有，却要在一身正气的穷亲戚苗大跟前，丢尽颜面。"礼失求诸野"，蔡友梅这种在世道变异势利小人纷纷获取功利地位的年头，眼光向下寻求民族的道德残片，既是出于无奈，也暗里隐藏着他对大量旗族伦理坚守者此刻已沦落为苦寒之辈的感慨。民国初年旗族群体的整体贫困化，是蔡友梅小说有所避讳的内容，但有所避讳不等于他不重视这一与其自身相关的现状。《搜救孤》里写道："伯英原是某旗的副都统，本旗的人员因为伯英管旗还不十分犯饿，对待属下感情也不错，大家因为副堂得儿子，极力要好，送了一台大戏，是三庆班的箱底，外串票友名角儿。就说这台戏好几百银，这也是那个年月，旗下有粥，可以办的动。要搁在如今，旗下老爷们不必说粥，饮凉水都费事啦，还送戏哪，连要耗子的也送不起啦。再一说，副都统得儿子，也办不起满月了，碰巧许送了养生堂了。"⑤《忠孝全》

---

① 即小说中牛少谷的父亲。

② 损公（松友梅）：《非慈论》，于润琦主编：《清末民初小说书系·社会卷》，中国文联出版公司 1997 年版，第 875 页。

③ 损公（松友梅）：《搜救孤》，于润琦主编：《清末民初小说书系·社会卷》，中国文联出版公司 1997 年版，第 731 页。

④ 损公（松友梅）：《库缎眼》，于润琦主编：《清末民初小说书系·警世卷》，中国文联出版公司 1997 年版，第 519 页。

⑤ 损公（松友梅）：《搜救孤》，于润琦主编：《清末民初小说书系·警世卷》，中国文联出版公司 1997 年版，第 746—747 页。

也在讲当初宗室事情的当口儿，顺笔说一句："如今的黄带子，拉胶皮①的很多。"②　可见作者对旗族进入民国后的沧桑起落还是颇为上心的。

其三是民国建立后蔡友梅式的伦理言说，也不再止步于清末写《小额》时候的陈旧说教阶段，而是与时俱进地植入了若干新的思想因素。他不再一味地讲"劝善"和"救赎"，对某些下流人物肮脏心理勇于猛烈抨击。他放开手脚检讨包括旗族自身在内的文化旧传统，善即是善恶即是恶好即是好歹即是歹，没有姑息和偏袒。《曹二更》中博二太太指责她的丈夫："告诉你说，我可是满洲旗人，酸满洲的习气，我就不赞成。把高等的满洲旗人打个板儿高供——我说这话人家也绝不挑眼。像你这宗满洲旗人，你有什么能为？有什么本事？有什么学问？除去提笼架鸟下茶馆儿，造旱谣言，抽大烟喝烧酒，会赊猪头肉，玩笑耍骨头，排个八角鼓儿。就说在衙门当差，旗下有什么高超的公事？……验缺下仓放钱粮，压个兵缺，吃两包儿空头饷，完了，有什么警人的玩艺儿，你说我听听。"③　《董新心》写民国之初袁世凯（项城）复辟当皇上的闹剧里面，也裹着旗人败类的运作："告诉你一件新鲜事，我们筹安会④里，还有前清的天璜一派呢（羞死），并且他在前清时代，还做过大官。前清逊位，项城之力居多，他们不是不知道。况且他们既是贵族，又受恩深重，总然不能反对这件事，也应该韬光养晦，抱头一忍，不问时事，那才叫作有骨头有气节。他们不但不如此，而且赞成帝制，代表劝进。这些人总算下三无耻到家了罢！……现在这时代，一个人总得有六十五副面具（面具就是鬼脸儿），真得会七十三变（比孙大圣还多一变），那才成呢。"⑤从上述两处，已能体会到蔡友梅对清末民初的旗人是怎样的不客气。他把擅长透过政治作为透视人们心理优缺点的技法，经常运用到更广阔的社会观察中间，在不止一篇小说里面写到当时的"民选"活动，可惜的是从地

　　①　黄带子是指清代的宗室近支，因腰间系黄色的腰带而得名；拉胶皮是指靠在街头拉（胶皮轱辘的）洋车度日。

　　②　损公（松友梅）：《忠孝全》，于润琦主编：《清末民初小说书系·警世卷》，中国文联出版公司1997年版，第481页。

　　③　损公（松友梅）：《曹二更》，于润琦主编：《清末民初小说书系·警世卷》，中国文联出版公司1997年版，第634页。

　　④　这里引的是一个投机政客讲给董新心的话，所谓"筹安会"是当时帮助袁世凯复辟帝制的组织。

　　⑤　损公（松友梅）：《董新心》，于润琦主编：《清末民初小说书系·社会卷》，中国文联出版公司1997年版，第894页。

方到京城，没有一点儿民主传统的人们，再三再四地把"民选"衍成闹剧，人们自然地在"民选"中塞进自己的私心与祸心，便是闹剧屡演不衰的"底稿"。可以说，进入民国之后，得到时代启蒙思潮影响的蔡友梅，在通过所创小说引发民众精神自醒方面，是有诸多长进的。

　　至于蔡氏小说的艺术，也值得讲一讲。

　　京旗民俗图景的翔实刻画，与京味儿语言的地道表达，是以老舍为代表的京味儿文学创作的拿手戏，我们可以从蔡友梅的小说里面找到它的前样态。笔者在阅读蔡友梅、王冷佛作品时，常想到，当下有那么多的作家爱写清末民初的北京故事，假若他们都能读读蔡、王等人的作品，便不至于在一些市井民情的描写中出现偌多的纰漏。比如说关于旗人的姓名，《小额》等作品涉及极多——伊老者"姓伊，名叫伊拉罕"，而他"大儿子姓善（旗人指名为姓）名叫善金"。"伊拉罕"者显系满语命名，说明时至清末满洲旗人懂满语且习惯以满语起名字的还常见到（王冷佛《春阿氏》里的德勒额、阿洪阿是同样的佐证）；而满人的家族姓氏一般是不用外人知道的，故此外人也就容易把他们名字里的头一个字，（按照汉人的习惯）当成以至于说成是他们的姓氏，于是，一个有意思的民俗现象出现了，即世间都说旗人是"指名为姓""称名不举姓""一辈一个姓"，如果是伊拉罕当家的时期，外人就称其家庭为"老伊家"，到他儿子善金当家的时候，外人则称其家庭为老善家；这么着，在蔡友梅笔下的旗人，也便有了许多特异的姓氏：姓额的、姓倭的、姓扎的、姓祥的、姓明的、姓福的、姓恒的……这些"姓氏"汉族中多数都没有。再比如满人日常很讲礼貌，除了称呼对方用尊称"您"，称呼第三者也不能随意地读作"他"，而须把这个字读作 tan（阴平，怹），就像《小额》里面反复提示的："音'贪'，北京称尊长之声"。① 又比如清末民初的京城旗族因为讲礼貌，所以讲起话来尤忌"脏口儿""脏字儿"②，看看蔡友梅等人的小说，何曾找得着旗族人开口骂人的描写？就像其作品里

---

　　① 这个字在蔡友梅时期大概还没有准确的用字，随后，这个读"贪"音表示对第三人称尊重的字，被确定为"怹"。这个对第三方表示敬意的"怹"字，是北京话当初特有的一个字，是京城"满式汉语方言"里有价值的一个字。笔者以为如果今后加以恢复到现实应用当中，也是有意义的。

　　② 再没有当下球迷们在观赛时随随便便就能喊出来的所谓"京骂"——那是令所有有家教的老北京儿听一声就会心跳半天的"脏口儿"。那种话语非北京的特产，不知是何人竟把它命名为"京骂"。

写到的，对一个人就算讨厌透了，也不过说他两声"德行大啦""真亡道"或者是"瞧这块骨头""简直是个反叛儿"。当然，京城旗族人有个嗜好，是给别人起绰号，这些听起来并不过分难听的绰号，细琢磨，里头的意味儿可就大了。《小额》里头，"票子联""饿嗝冯""摆斜荣""花鞋德子""青皮连""假宗室小富"等等，都是些"不够资格"人物的绰号，把这些绰号跟他们各自在故事里做下的事儿一联系，读者就会觉得既贴切又可憎，还透着几分可乐。

　　　　那位说啦：你这个小说上，"小额"长"小额"短，怎么临完啦又称起"额少峰"、"额君"来了？诸位有所不知，从前小额为恶，所以称他为"小"额；现在小额能够改恶，并且能够不念旧恶，所为称他为"额少峰"、"额君"。虽然是小说，可是一贬一褒，也隐含着一点儿书法的意思。①

　　上面几句话出现在《小额》结尾，说明在旗人们的语言感觉之间，连个寻常的"小"字，也要匠心独运地派上大用场。胡适所云"旗人最会说话"，则于此又见一斑。清末民初蔡友梅那个时代，京旗作家将嘴边口语大白话的神采尽力复制到写作中间的欲望不可谓不强。而从前文言书写中的既有用字，全搬过来摹录语体文，也会碰到用字不凑手的情况。从蔡友梅、王冷佛、穆儒丐……直到老舍的早期创作，都可发现作者在尝试着选用某些平常不大用的字，来表达某些现成的口语意蕴。类似"咱们"被写成"喒们"、"那么"被写成"那们"的情形，在他们笔下都出现过。可以想见，京味儿文学开拓者们所下的功夫，有时真就得从某个读音是选取这个字儿好些还是选取那个字儿巧些的推敲起始。在蔡友梅作品里②，读者有时能读到一些挺有创意的叹词用字："你不知道吙！""今天我来的不算晚呦，皆因我差使刚当完啈，香头喊！"这里的几个叹词用字现在都不常见了，但读者读到这些句子，却还可以大概体会到当年说话人的发音、语气跟神情。看得出，京味儿语言连用字之定规，都有个大浪淘沙般的沉淀过程。

──────────

① 松友梅著、刘一之标点注释：《小额》（注释本），世界图书出版公司2011年版，第104页。
② 在王冷佛的作品里也同样有这样的情况。

接下来谈谈王冷佛。王冷佛,生卒年不详,本名王绮,又名王咏湘,北京内务府旗籍。清末时节在北京《公益报》做编辑,民国初期转为《爱国白话报》编辑。他最有名的作品是创作于光绪年间的长篇纪实小说《春阿氏》(署名"冷佛")。20世纪20年代,王冷佛去沈阳《大北新报》工作,复有《珍珠楼》等长篇小说出手。

《春阿氏》又名《春阿氏谋夫案》,是根据光绪年发生在北京内城镶黄旗驻防区域内一桩实有命案创编而成的小说。春阿氏年仅19岁,是旗人阿洪阿之女,嫁与本旗春英为妻,按照旗人以名代姓习惯被称为春阿氏。春阿氏是旧时代封建包办婚姻的牺牲者,原本已有婚约,待嫁与她青梅竹马的表弟玉吉,不料对方父母双折,家里便悍然毁约,改将她嫁给春英;婆家的人口复杂,大婆婆严苛,二婆婆刁钻,丈夫愚蛮,还有太婆婆与小叔小姑们,都须她伺候,每日不堪其苦。一晚玉吉前来不意为春英撞见乃一时性起砍倒春英。待婆家发现时玉吉逃逸,春阿氏自此一口咬定是自己失手杀了丈夫,至死决不改口。该案经官府审理,久拖不能定夺,后虽审定为永久监禁,春阿氏却病死狱中,玉吉殉情亦自缢而去。《春阿氏》是本事完结不久即告问世的长篇小说,构思不周及结构未工之处确有一些,但是,作品在面世一个世纪以来却不断有不少读者在读在议,不曾为岁月埋没,可见其价值之存在。

《春阿氏》本事及作品出现的时候,正是人类现代文明自西而东渐渐作用于中国的年代。尊重人的尊严,尊重人的纯真情感与个性选择,这些为封建正统一向不予正视的"歪理邪说",也开始在古国人心久已凝固的"死海"中,溅起道道涟漪。春阿氏事件恰逢其时,出现在人们的现实视野,不能不引起某些社会观察敏感者的暗自思忖。冷佛是体验到了这一点的作家,他在这部几乎被人们认作"探案小说"的叙事中,一再嵌入较为深入的思考。

　　瑞珊道:"告诉诸位说,我为这事用心很大。中国风俗习惯,男女之间,缚于圣贤遗训,除去夫妇之外,无论是如何至亲,男女亦不许有情爱。平居无事,则隔绝壅遏,不使相知——其实又隔绝不了。比如某家男人爱慕某家女子,或某家女子爱慕某家男子,则戚友非之,乡里以为不耻。春阿氏一案,就坏在此处了。玉吉因阿氏已嫁,心里的希望早已消灭,只盼阿氏出嫁,遇个得意的丈夫;谁想他所事非偶,所受种种苦楚，恰与玉吉心里素日心香盼祷的成个反面儿。你想玉吉心里那能忍受的住？满说玉吉为人那等朴厚，就是路见不平的人，也是难受呕！"①

　　乌珍笑着摇头道："……再者，天下的事情，若论法按律，就没有讲道德与不讲道德的解说。若对聂玉吉尊重人道主义，不忍按奸夫说拟，莫非春英之死就算是该死了吗？……"②

　　瑞珊和乌珍，分别是书中的私人侦探和办案官吏，二人都是在弄清事实之后陷入心理煎熬的人。在那个刚刚懂些人道主义与现代法律观念的岁月里，他们徘徊在情与理、情与法之间，是连自己也难以说服自己的。小说最终采取了叫春阿氏病死狱中的结局③，也就算是作者冷佛和他作品里瑞珊、乌珍等人物，既不失社会正义却又难以兼顾人道与司法原则的唯一说得过去的收场。一部清代末年留下的小说，就此也成了记录那一历史瞬间中国现代情与理、情与法各自破土发萌状况的备忘录。《春阿氏》一如同时期京旗报人小说浸满道德主义判断的文格，但是，它却因为拥有这层情、理、法思辨的轮廓，而较之其他创作的立意高出一等。

　　有论者以为《春阿氏》小说是控诉清末社会制度黑暗的作品。其实不然。冷佛笔下是将官方主要办案人员——京旗左翼正翼尉乌珍，按照正面人物来塑造的。此人理案秉公又富有人情味儿，头脑清晰查案透辟却又不露锋芒，是该案的特殊性与他非功利的性格，使他没能在办案大显身手之后名扬朝野，他也不在乎。作者甚至用乌珍自己的话替他一辩："可笑京城地方只知道新衙门好，旧衙门腐败；那知道事在人为，有我在提督一天，就叫这些官人实力办事。"④ 当时持有封建改良派立场的作者，是希望通过对乌珍的刻画，达到宣传现行体制内还有贤官干吏之存在的。

　　就艺术而言，《春阿氏》的特点与蔡友梅的《小额》等很是相像。在叙写晚清京旗生活样态方面，《春阿氏》的提供与《小额》足相弥补。譬如旗族以内彼此询问对方身份，对方便要像作品所写，回答"敝旗镶黄满"，或者"镶黄旗满洲"，而不会是按时下人们想象的，依照"满洲""镶黄旗"

---

① 冷佛：《春阿氏》，吉林文史出版社 1987 年版，第 265—266 页。
② 同上书，第 277 页。
③ 现实中的春阿氏如何终了，现已不得而知。
④ 冷佛：《春阿氏》，吉林文史出版社 1987 年版，第 284 页。

的顺序表述；当进一步询问："你是哪一个牛录的？"对方再回答："某某佐领下人"，意思就是"我是某某佐领主管牛录（即八旗基层编制）所管辖之人"。再如旗人好下茶馆的习性，小说也一再写到，甚至还有这路特别的茶馆，作家也有交代："因为当差日久，常来北衙门送案，所以跟茶馆中人都极熟识。这处茶馆也没旁人喝茶，左右是提督当差、营翼送案的官人，其余是监犯亲友来探监的人，或是衙门里头有外看取保的案子，都在茶馆里头说官事。"① 就又给旗人作家爱写茶馆儿故事的书写路子再添一例。② 在京腔京韵方言口语的驱遣跟拿捏上面，《春阿氏》似比《小额》等蔡作更形晓畅、圆润。

> 钰福唤连升道："嘿，二哥，你摸头不摸头？我在北小街有家亲戚，他也是镶黄的人，八成跟阿德氏是个老姑舅亲。我上那儿去一荡，倒可以卧卧底。回头的话，咱们在澡堂子见面。"连升摇手道："嘿，你不用瞎摸，这个文范氏的根儿底儿，都在我肚子里哪。久在街面上的话，不用细打听。"又回首叫德树堂道："嘿，黑德子，管保这个范氏你都知道，咱们这儿子他还要乱扑呢！可惜他啊，还是这溜儿的娃娃哪。"说着，哈哈大笑，又叫润喜道："嘿，小润，咱们公泰茶馆儿了嘿。"钰福道："嘿，二哥，你老是不容说话。竟调查范氏也是不行的。别管怎么说，这是春阿氏谋害亲夫哇。"连升又笑道："嘿，小钰子，不是二哥拍你，攒馅儿包子——你有点儿晚出屉。东城的男女混混儿，瞒不下哥哥我。这个文范氏也是个女混混儿。刚才一照面儿，我就亮他。嘿，老台，走着，走着，到公泰的时候我再细细地告诉你。"四人一面说笑，到了鼓楼东公泰茶社。③

四个八旗左翼的年轻捕快，受命侦办春阿氏一案，跃跃欲试，并且个个都有一套大显身手的计划，虽说只是边走边聊，每人一两句极合身份的言谈，却把他们共有的兴奋以及各自的性情全写出来。这《春阿氏》通盘写的

---

① 冷佛：《春阿氏》，吉林文史出版社1987年版，第107页。

② 京旗老少喜"泡"茶馆儿，京旗作家也从这种生活场景出发，渐趋形成了爱写茶馆儿内容、擅写茶馆儿题材的优势。蔡友梅写小额被官厅逮走，就是他在茶馆儿里扬扬自得听曲艺的时刻。《春阿氏》的不少情节均发生在茶馆儿。到后来，老舍索性就以"茶馆"为题目，写出了反映20世纪前半叶中国社会变迁的一出旷世剧作。

③ 冷佛：《春阿氏》，吉林文史出版社1987年版，第60页。

是旗族故事，创作上讲究的是启用一水儿的"京片子"声口，就连小说里不少的"俏皮话儿"（即歇后语），都是打旗族日常生活当中来的，你瞧："平白无故的，弄得我满身箭眼（意为遭人讥讽而遍体伤痕）"①"满是二两五挑护军——假不指着的劲儿（挑选上护军可得钱粮固然是好事儿，可挑上也只是每月很可怜地拿到二两五，所以又觉得指不上）"②"缩子老米——他差着廒哪（旗兵所发粮饷，得到缩子米即次米与得到精米相差太大，所以梭子米就不能跟精米放在一个廒库里，意为彼此相差许多）"③ ……

三

我国现代学术语境下的满族文学研究，原本起步就晚。而于浩繁的史料整理中注意到现代小说家穆儒丐其人，则更嫌晚了些。④

穆儒丐（1884—1961），出身于北京西山健锐营正蓝旗满洲，原名穆都哩，号辰公，字六田，所用笔名有儒丐或丐。穆氏一生著作极为丰富，包括长篇小说数种，以及外国文学译著、戏剧史、文艺评论、杂文等。不过最受当下学界重视的，还是长篇小说《北京》⑤。

《北京》讲述的，是一个辛亥革命刚刚过后北京和京旗变迁的故事。辛亥革命的重大意义，以及这场鼎革对满族造成的影响，拙著前面已有若干表述，恕此不缀。"谁愿意瞪着眼挨饿呢！可是，谁要咱们旗人呢！"⑥ ——满族现代作家老舍在其名剧《茶馆》中借旗人松二爷之口所做的如是慨叹，正

---

① 冷佛：《春阿氏》，吉林文史出版社1987年版，第3页。

② 同上书，第8页。

③ 同上书，第67页。

④ 1988年底笔者在日本访问，到京都大学座谈满族文学与老舍，在座研究生村田裕子问及中国是否有研究满族作家穆儒丐者，我据实相告：这位作家还没有进入我们的视野。村田小姐那时已做完一种关于穆儒丐的论文并随即持赠。回国后，笔者遂将此信息奉告业师张菊玲先生。对满族文学暨小说史造诣很深的张先生，后对穆氏予以较多关注。2003年，她在"北京：都市想象与文化记忆"国际会议上发表《香山健锐营与京城八大胡同——穆儒丐笔下民国初年北京旗人的悲情》论文，引起较大反响。后来，刘大先君又以他读穆儒丐作品的论文见赠。据此看，研讨穆儒丐的势头有望日益明朗和深入。

⑤ 沈阳《盛京时报》（此报当下尚可找到）1923年2月28日至9月20日，在其文艺副刊"神皋杂俎"上连载，署名"儒丐"。后来据说出版过这部小说的单行本，已难寻得。

⑥ 老舍：《茶馆》，《老舍文集》第11卷，人民文学出版社1987年版，第383页。

是众多下层旗人身处辛亥鼎革后民国社会的难言伤痛。① 不过，辛亥易帜之始作为全国旗族首要聚居地的京师，满人们的处境究竟怎样，亲眼目击者留下来的记载异常匮乏。这是不难想象的，民国初年社会变化极其剧烈，主流舆论又普遍认为满族的败落乃是历史"报应"，该社会群体此后的际遇遭逢，也就不劳过问了。②

儒丐所创《北京》小说的首要价值或许恰在此处。他在紧随辛亥的民国元年至民国五年，当过京城里的报社记者。他是北京土著满人，民族情感浓厚，虽有留学东瀛的经历和较高学养，却只是布衣一介，与被迫涌入贫民行列的大量旗族下层人物声气相通休戚与共，因此才做得到锲而不舍地跟踪寻访蹈入厄运的同胞生活真相。后来，他难以继续忍受面前一幕幕现实惨剧造成的心理戕害，虽仍置身报界，却将个人身份由记者移位为作家，"想用小说的体裁，把他于此五年中所见所闻，和心里所感想的事，详细地写出来。"③《北京》作品由是而产生。这部小说确是我们迄今能读到的用中文书写的、最为真切详备地收录有民国伊始京师旗族命运场景的纪实之作。

这部作品带有作者亲历性质。小说主人公青年伯雍（姓宁名和字伯雍），是北京香山健锐营旗兵之后，为了养家糊口，民国初年进城作了京师报馆的记者。他穿梭走动于城区各阶层，对包括政界、教育界、戏剧界、实业界、"慈善"界的种种龌龊不堪都有亲历亲见，对报馆左近南城八大胡同等处彼时大量逼旗人少女为娼的丑陋现实，也有深刻观察。如果说作者对其他社会界别的揭露还带有泛泛指斥社会黑暗的意向，那么，写到八大胡同（也包括更其可怖的"三、四等下处"）的诸多笔墨，则委实包蕴着控诉凶残世道对于旗族贫寒民众苦苦戕害的所指。从书中可以看到，当叙述到与故事相关的一些其他人物，如歆仁、凤兮、子久、白牡丹、庞师傅、荀凤鸣、朱科长、柳墨林、邓二奶奶、冯元甫、教养院长、田氏、青山和尚（褚维宗）等人，

---

① 老舍一直关切旗族下层同胞命运并做过大量描写，只是被迫长期隐去这类写作的民族标记（关于这一点，请参阅两种拙作——重庆出版社 1998 年版《老舍评传》或《满族研究》2006 年第 3 期上的《老舍民族心理刍说》）。另外辛亥年老舍尚属学童，亦不可能对这场历史变迁引发的民族现实做出即时观察和反映。

② 与此情形有所不同的是，当时居留北京的一些西方国家的社会学者以及记者，在他们的著述中对民国初年的北京旗族遭遇有过如实记录。但是这些作品均以英、法等文字写就，长期沉睡在那些国家的档案馆中，较难被中国的研究者发现。我们看到，法国汉学家保尔·巴迪卓有成绩的老舍研究，即较多地借助了这类史料。

③ 儒丐：《北京》（169），《盛京时报》民国十二年九月二十日。

作者并无心提及他们的民族身份，而一旦描写那些社会最底层严重地被侮辱和被损害者，却总要或直接或间接地点出这些人的旗族身份。

看看被迫从事"贱业"的桂花与秀卿吧。作品对少女桂花入八大胡同，有一番详细描写。"桂花母亲嫁的倒是一个旗下当差的……革命以后，桂花的父亲死了"，在孤女寡母无以度日之时，便有一黄氏上门来力主把桂花送进"窑子"。她对桂花母亲说："你也不想想，如今是什么时候，如今是民国了，你别想碴蹦硬正的当你那份穷旗人了！如今是笑贫不笑娼的时代！""外头的事，你知道什么，现在八大胡同，了不得了，热闹的挤也挤不动！"

> 桂花的娘说："咱们究竟是皇上家的世仆，当差根本人家。虽然受穷，廉耻不可不顾。"黄氏见说，把脸一沉，透着有点生气，咬一咬牙，指了桂花的娘一下，说："你呀你呀，可要把我呕死！我问你，锅里能煮廉耻吗，身上能穿廉耻吗？什么都是假的，饿是真的。如今没有别的法子，先得治饿……别想再当旗人了！"①

就这样，桂花成了一名雏妓。至于作为小说女主角来写的另一名妓女，秀卿，小说则是先大量讲述她的故事，刻画了她为养活母亲幼弟身陷风尘却心存高洁的品性，直到她病危临终前，伯雍去探望她，才向读者交代了她家中的老母亲"是旗下装扮"。回过头来，读者便会从秀卿那较桂花更具旗人女子性格同时也更具悲剧色彩的经历里面，觉察出儒丐期望用不同笔墨完成对民国甫肇社会对旗族下层倍加蹂躏情景状写的苦心。

与主要通过秀卿、桂花等青楼女子身世的反映相辅相成的书写，还有若干。小说开篇，讲述伯雍由西山乘洋车进城的一件小事："此时伯雍在车上问那车夫道：'你姓什么？'车夫道：'我姓德。'伯雍道：'你大概是个固赛尼亚拉玛②？'车夫说：'可不是！现在咱们不行了。我叫德三，当初在善扑营里吃一份饷，摔了几年跤。新街口一带，谁不知道跛脚德三？……如今只落得拉车了，惭愧得很！'伯雍说：'你家里都有什么人？'德三说：'有母亲，有妻子，孩子都小，不能挣钱。我今年四十多了，卖苦力气养活他们。'

---

① 儒丐：《北京》（22），《盛京时报》民国十二年三月二十四日。

② 固赛尼亚拉玛，满语"旗人"之意。此处伯雍口中一吐这个满语词，对方马上会意他也是旗人，于是回答"现在咱们不行了"，彼此亲近起来。——引者注。

伯雍说：'以汗赚钱，是世界头等好汉，有什么可耻？挣钱孝母，养活妻子，自要不辱没家门，什么职业都可以作。从前的事，也就不必想了。'德三说：'还敢想从前？想起从前，教人一日也不得活。好在我们一个当小兵的，无责可负。'"① 在当时的北京城里，男人拉车或者去当个街头巡警，女人卖身，这是当时凄惨莫名的旗族困苦家庭最常见的谋生方式。② 小说中对男人拉车的艰难只是一带而过，而对于八大胡同乃至"三、四等下处"人间魔窟的真切刻绘，却是一个主要着力点，也就不免叫人格外痛彻。

有一则较多被人引述的资料，来自于民国年间燕京大学社会学系编辑《社会学界》上面题为《北平一千二百贫户之研究》的文章："平内暗娼颇多，东北城一带尤甚。且操斯业者，类皆青年貌美，态度大方，其营业情形，约分二种，有以酬谢商行经理及青年浪子者，有供普通人士寻乐者。此项人口，以满族为多。至于四邻僻处，竟有以雏妓幼女，供人作泄机械，藉求些微之收入。"

另据现已很有限地译介过来的民国初期西方社会学家所撰西文资料证实：

　　　　不必去观看新闻栏目，任何人今天都可以看到出身高贵的满人在拉洋车，他们的妇女被人雇为女佣，最悲惨的是，他们的姑娘过着不名誉的生活，其目的只是为了自己的生存和家庭的生存，众所周知，北平城里至少有七千妓女，其中大部分是满族人。人们也知道，满族人家的妇女们化装或者蒙上头在夜里拉洋车。几乎每周都有人自杀，不是上吊就是投河。当地报纸上充斥着这样的新闻。

　　　　北京城的常住人口有一百二十万，其中三分之一是满人，现在这四十万人中只有很少人尚有生计，也只有很少人能够体面地谋生。……在北平的九千名警察中，至少有六千名是满人。……然而穷旗人的最流行的职业是拉洋车，这个城市里有三千辆洋车，每辆洋车两个人拉（一个

---

① 儒丐：《北京》（3），《盛京时报》民国十二年三月二日。
② 日后的老舍，通过他的《骆驼祥子》《月牙儿》《我这一辈子》等作品，反复记录了这种悲苦的情景。

白天拉，一个晚上拉），因此有六千洋车夫，但这卖苦力的活不能再养活第三个人……许多非常漂亮非常年轻的姑娘在妓院里卖身。天坛附近的天桥大多数的女艺人、说书人、算命打卦者都是满人。①

以上所引中西不同文献中这些触目惊心的文字，叙述事实均与《北京》描绘吻合，它们互为佐证。这其中，又属小说《北京》的描摹最直接，最鲜活，也最令人不堪卒读。

《北京》第九章还记下了这么一件闪现于"首善之区"街头的事例：几个悍汉威逼辱骂一位衣衫褴褛的老者，要挟老者必得立时偿还他们的高利贷，那詈语竟是："你别不言语呀，你当初借钱时说什么来着，恨不得管我叫祖宗，如今真个装起孙子来了！今天有钱还则罢了，如若没钱，我碎了你这老忘八蛋造的！你当是还在前清呢，大钱粮大米吃着，如今你们旗人不行了！还敢抬眼皮吗？你看你这赖样子，骂着都不出一口气！"② 旗人们在这般随时随处的挤兑辱骂声中，可想而知，心里的伤痛会更甚于肉体所受的折磨。

儒丐在写《北京》之前，已经较多接触到了外国现代文学，对于狄更斯、托尔斯泰等批判现实主义文学大家的写作风格体验尤深。他的作品没有低级趣味和自然主义的描写，却充盈着对大批落难同胞的同情和忧虑，充盈着不肯向邪恶世道低头让步的气概与精神。对这一点，是应当承认和肯定的。

从已有资料可以知道，清末时候，儒丐拥护君主立宪，曾在留学日本期间与恒钧、乌泽声、佩华、隆福、荣隆等资产阶级改良派，共同办过宣传其政治改良主张的舆论刊物《大同报》③。《北京》中讲到，"伯雍为人，并不是不喜改革，不过他所持的主张，是和平稳健的。他视改革人心、增长国民

① 以上两种对西方文献资料的引用，均转摘自 [法] 保尔·巴迪著、吴永平编译《小说家老舍》，长江文艺出版社 2005 年版，第 302—303 页。

② 儒丐：《北京》（101），《盛京时报》民国十二年六月二十七日。

③ 《大同报》1907 年 6 月 29 日（光绪三十三年五月十九日）创刊，东京大同报社编印，北京大同报社发行，共出七期。其主要撰稿人有恒钧、乌泽声、穆都哩、佩华、隆福和荣隆等。编辑所和事务所设在日本东京，发行所在北京公益报馆内。该报宗旨为："一、主张建立君主立宪政体；二、主张开国会以建设责任政府；三、主张满汉人民平等；四、主张统合满汉蒙回藏为一大国民。"穆都哩，是儒丐旅日读书期间所用名字，而他的本名则是穆六田。

道德，比胡乱革命要紧的多。所以革命军一起，他就很抱悲观。他以为今后的政局不但没个好结果，人的行为心术，从此更加堕落了。"① 这番话正是作者的夫子自道。可是，后来革命毕竟爆发了。他同众多旗人一样，深知"大清朝未必好"，也明白历史是不可以开倒车的；但是，却对民国一降临便给旗族广众带来莫大悲苦，报以深深的无奈和不满。

儒丐写作及发表这部作品，都是在民国的大环境下，他想控诉非正义的社会对旗族贫民的冷酷无情，文笔却是有所节制和收敛的。他没有把批判矛头指向民国这个国家新政体，而是把满腔忿懑，发泄到对于满口"自由、民主"辞藻，满腹男盗女娼勾当的政治投机家和暴发户的揭露上。这种揭露所构成的批判锋芒锐利泼辣，俯拾皆是。

　　你们不知道，我们这班子外号叫"议员俱乐部"吗？他们来到这里，无论是山南海北的人，我没听他们说过一句仁义道德为国为民的话，大概"收买"、"阴谋"、"利用"、"条件"这样的话，老也没离开过他们的嘴。②

　　北京的社会，也不许贫民清清白白的活着。非逼得你一点廉耻没有了，不能有饭吃。秀卿生在这样的社会里，已是不幸极了，她不下窑子，哪里还有挣饭吃的道儿呢！……她说我到窑子里了，我失了贞节了，你们一个一个的跟我瞎献殷勤作什么！钱也舍得花了，衣服首饰也舍得作了，甚至几千几万的要往出接吧。当我母子走到火坑边上，失足欲坠的时候，社会上怎没一个人援一援手呢！③

这两段话，一段出自秀卿的嘲笑，一段出自伯雍的愤慨，针对的都是权势者的虚假伪善。伯雍们，或者说儒丐们，是刚走脱八旗制度羁绊却又深陷到饥寒无告处境的下层旗族的代言人，社会位置限制了他们的思索，总想用"人心不古"来解释社会的丑陋和罪恶，一时还看不清社会弊端的总根源是什么，也就不可能找到彻底铲除此等社会弊端的济世良方。他们的悲哀因而

① 儒丐：《北京》(1)，《盛京时报》民国十二年二月二十八日。
② 儒丐：《北京》(51)，《盛京时报》民国十二年四月二十七日。
③ 儒丐：《北京》(85)，《盛京时报》民国十二年六月七日。

也是注定了的。当然，今天的我们较多地再去鉴评将近一百年前的作者，为什么他们存有思想局限性，便有点不近情理，恐怕也没有太多的必要。也许我们用心去体察作者儒丐当初写作品时的民族心理（也可以将其称为"民族局限性"吧），则是不无意义的。世界上的现存文学差不多都是有其民族属性的，所有具有民族心史性质的作品，都是值得后来者留意与尊重的。

满洲，是个迟至晚近的 17 世纪才现身于中国政治舞台的民族。"才自清明志自高，生于末世运偏消。"身处封建末世，满人在不到 300 年的时间里，达到过迅猛十分的爆发和令人炫目的辉煌，也有过无可奈何的潦倒乃至于一塌糊涂的败北，所谓"兴也勃焉，败也忽焉"。本来，从历史学、民族学和文化学的角度，满洲作为刚刚息影于人们视野的历史民族①，是有太多的教训可供近距离地观察和发掘，学界却一向不很用心，他们总是轻率地以"野蛮民族的强行进入势必遭受文化先进民族的报应"这样的粗略解释，一言蔽之。

"谁教赶上这国破家亡的末运呢！"② 这是小说人物在作品里一句沉闷的叹息。《北京》提供了一个如此难得的文本，我们姑且以它为标本，来剖析一下这个败得一塌糊涂的民族在落败当口的思想与作为，抑或可深一层体会到满民族在倾覆时刻展示的某些内质。

他们在运交华盖、四散求生的日子里，一个突出的感受是自尊心受到了莫大伤害。满族人从来就极讲究为人的尊严和体面，加之清朝奉行"首崇满洲"的政策，曾教满人高人一截，即便是下层旗兵受着"八旗生计"困苦的煎熬，在世人面前也总要首先顾全民族的荣誉感，坚持昂起头来做人。可是一旦走进民国初年的噩运，他们的尊严跟体面却面临重创，像德三那样的昔日惯跶能手拉了洋车已经感到无颜见人，如秀卿似的清白女子被逼无奈去八大胡同卖笑度日，其感受的人生耻辱就更是无以复加。当读到秀卿以一袭傲骨迎击浊世欺凌却至死不悔，笔者一时竟然联想到了黛玉、晴雯的结局，虽然这种联想多少有点儿牵强，每一位心存良知的读者，却不可能不为旗人

———————————

① 当然，今天满族依然存在，它作为中华人民共和国民族大家庭中的一员仍在现实中体现着自己的存在意义。但这里讲的不是"新生"后的满族。"满洲"民族或者就说清代的"旗族"吧，其历史却不能不说是在辛亥年间被人为断然地画了一个句号，以至于民国年间满族这个民族几近化为"乌有"，一方面它被讲解历史的人信意地用作一个耻辱的符号，另一方面在现实社会生活中间已经不大有人愿意在公众场合承认个人的满族身份。虽然在当时在官样文章上还写着"汉、满、蒙、回、藏……"却人人都知道那已经没有实际价值。

② 儒丐：《北京》（125），《盛京时报》民国十二年七月二十九日。

女儿这份用生命浇铸的人格自尊和刚烈禀赋而动容。古往今来的满族人最重
自尊，这在世间几成定评。建立在人生"缛节虚礼儿"上头的面子观固然没
有价值；而人生在世讲求以道德操守为基础的自尊自爱，则正是高尚人格的
外化。对此，灵魂卑微者是没法体会的。满族传统文化当中，很把伦理道德
放在醒目位置上，他们推崇淳朴与正直，标榜忠诚和利他，活得"要强"
"有骨气"常被视为人生第一追求，最叫人们瞧不上的则是"一肚子坏水"
或者"假模假式"的人。了解到满族这种价值观念，再看秀卿以性命来护持
自我尊严的选择，就容易理解了。秀卿如是，书中与她精神上引为同调的男
主人公伯雍亦如是，靠他的聪明、才分与学历，在社会上混出个模样本不很
难，可他反倒一再拒绝仕途和富贵的诱惑，以一个无权无势的穷书生身份，
执着于走正路，行义事，力挽苦命同胞于水火。

　　秀卿死后，为安置其母亲和弟弟，伯雍四处奔走，引出了另一个旗人贫
寒家庭的故事。旗族青年从权，先前做小买卖，却养不活一家老小，于是离
京投身"革命军"，枪林弹雨地打了些仗，"革命"告成，"新兴起来的阔人
多了"，他却还是行伍中的一般"兄弟"，便有些灰心，于是学着用攒下的
几个钱买下几名南地女子带回北京，送她们进窑子为自己挣钱，以此养活家
人。伯雍注意到，从权毕竟是个良心未泯的汉子，便开导他放弃"黑暗"的
营生。其实，从权自从干上这"有伤阴骘"的事情，便陷入挥之不去的心理
矛盾，只能靠抱怨社会来解心痛："就拿我说，也是堂堂一个汉子，除了当
兵，或者跑到口外去当胡子，仿佛世界上没有我的事作。但是我母亲寡妇失
业的，我兄弟尚小，我若不管他们，一点活路也没有了。所以我不当兵了，
也不敢去当胡子，怕是哪一天死了，叫我老母幼弟失所。一抹脸，把羞耻没
有了，拿人家皮肉，养活我的老小。论理这不是大丈夫所作的事情，可是在
民国却讲不得了。我见了许多没有道德的大官，和上流社会的人，我觉得我
所作的事情，比起他们所作的，似乎胜强百倍！比如我将来应当下地狱，我
以为我的罪过，也许不至于上刀山下油锅。"伯雍针对他的心理和处境，一
面说服他："我们无论作什么事，总要存着一点道德心"，"指着娼妓吃饭，
指着人肉发财，那是社会之蠹，人类的蟊贼！……那耻辱大了，便是以后发
了大财，五辈以后的儿孙，也洗不掉这污点。"① 一面也耐心地帮他设计日后
可行的谋生方式："伯雍把话说完，再看那从权时，已然泪眼滂沱，哭起来

---

　　① 儒丐：《北京》（158），《盛京时报》民国十二年九月七日。

了。半天，才抽涕着说：'先生，我听了您的话，愧的我无地自容了！……我们一定不能这样龌龊了，您今天……由地狱里把我拔出来。'"①

伯雍力挽苦同胞于水火，不只限于考虑他们的冻馁衣食，也同样关切他们在大事变临头时的心理异化，他希望同胞当中尚存伦理意识者能复归民族道德文化的轨道，这也体现满人无论在何种情况下，哪怕是天塌地陷人心失控之际，都不愿放弃作为人的道德操守及自尊形象的民族传统。劝善，是在许多满族作家笔下都能读到的一个主题，在此处又一次跟人们不期而遇。读者看到，已经失足陷入道德泥淖的从权，之所以还能在伯雍的劝说下幡然自拔，其心理基础不是别的，还是满人那份与生俱来的羞耻感和荣辱观。这份羞耻感与荣辱观，虽然也许会被局外人嘲笑得一钱不值，满人自己却要把它当成传家宝一样地珍藏。想一想，在我们的社会价值规范每逢大举翻覆之际，伦理意识常会被贬得轻如鸿毛，而不待尘埃落定，作为一种支撑社会的起码的人文需求，又总会听到对传统的美德与人性的急切呼唤。这几乎成了一个定律。

小说还写到，当此旗族最悲哀关头，满族知识分子并非只伯雍一人在为苦同胞们奔忙，西山脚下，德高望重的万松野人夫妇也在筹措主要为救护旗族贫寒少女的慈善机构。他们的机构迥别于伯雍见过的官办的监狱般的"教养院"，创办人是把全部心血跟爱心都倾注进去了。了解相关历史的人会知道，万松野人者，就是本书本章第一节介绍过的北京满族文化名人英敛之，他晚年离开《大公报》，与妻子淑仲（爱新觉罗氏）女士一起，在香山静宜园废墟上创建了"静宜女子学校"，该校"学生大多是香山附近的八旗闺秀"②；后来他还参与了"香山慈幼院"的创办。《北京》中间，伯雍安置秀卿遗属处处碰壁，正是在叩响了万松野人创办的慈善学校的大门后，才如愿以偿。儒丐在作品中对这位旗族长辈多有褒扬，不单看得出他与这位参与过民主政体舆论宣传的旗族名人之间毫无芥蒂，更说明在民族意识很强的儒丐眼里，要携力扶助贫苦同胞渡过难关，也只有万松野人这样的本民族优秀知识分子最可依靠。这恐怕又是他的民族心理使然。

《北京》当中凸显作者民族心理的地方还有不少。例如，旗人爱北京、恋北京、深为北京城遭受兵燹摧残而扼腕的京师土著意识，在写到西四牌楼

---

① 儒丐：《北京》（159），《盛京时报》民国十二年六月八日。

② 常华：《英氏家族的几位杰出人物》，载北京市政协文史资料委员会编《辛亥革命后的北京满族》，北京出版社 2002 年版，第 332 页。

遭焚毁、健锐营古迹被破坏等情节时，都抒发得相当激昂。有时，其文学书写也颇藏几分机巧，像写到青山大和尚从寺院里跑出来骗色的情节，不单通过一个出家多年的人乔装外出，谎称政府职员招摇于市娶妻安家，来印证邪年头里何等怪事都会浮现，还点明这个和尚做坏事的"适逢其时"："在前清时代，人人头上有条发辫，僧俗还辨得出来……民国以后，强制剪发，遍街都是秃头，这青山便奇想天开……"① 此种描写或许是有其事实依据的，却又委实带有几分时政寓言的意味，流露出的是作者出于特定民族心理而对现实的挪揄。稍加捉摸，连出家多年的大和尚都能公然践踏佛法与教规，做出最教世间惊诧的事情，整个社会的道德失范程度便毋庸追问了。

小说《北京》就其艺术水准来看，还谈不上是绝佳之作。它问世于中国现代文学草创阶段的 1923 年，无疑是现代文坛上最早出现的长篇创作之一，我们对它在艺术上的某些杂沓粗粝不难谅解。假如从满族文学历时性衍变的角度放眼，除了作品明确反映了满民族在辛亥过后真切状况及其心理走向，从而为该民族留存下来特殊且有价值的文学"备忘录"之外，小说所涉及的对满人习俗场景的状写②，作品叙述语言和人物言谈的京腔京韵③等，也都一脉相承、丝丝入扣地展示着清代直到现当代满族文学的品位和风采。

以往，满族文学史的研究者曾经感觉，从清季之雪芹、文康、石玉昆等，一跃而至 20 世纪 20 年代后期已降的老舍、王度庐、赵大年、叶广芩……其间好像总是有几节历史的"缺环"在那里隐藏着。自打儒丐以及蔡友梅、王冷佛等清末民初诸家被重新陆续发掘，这个民族所固有的文学史的

---

① 儒丐：《北京》（134），《盛京时报》民国十二年八月十日。

② 小说第十四章写伯雍回到西山家中："老人正低着头玩赏他心爱的菊花，忽听脚步响，回头一看，是伯雍，便道：'你回来了！'伯雍赶紧上前给请了一个安。他见老人如此精神，心里头喜欢极了。当下爷儿两个进到屋中，家人相见，自有一番忙乱。有泡茶的，有打洗脸水的。他母亲更是喜欢，原说是吃饭，如今见儿子回来，吩咐大儿媳妇：'不用作别的菜，回头买点羊肉，吃火锅吧！'（儒丐：《北京》（154），《盛京时报》民国十二年九月二日）伯雍的父亲便有些不悦：说：'他刚进门，一肚子火，也犯不上吃好的！'但是老太太不听，还是吃火锅了。"一副地地道道的饱蘸着旗族习俗的满人家庭图景，被活泼泼地勾勒出来。

③ 仅举作者用京语讲故事一例："有几位太太，很厉害的，他们近来组织了一个胭脂团，专门反对丈夫纳妾。不但对于自己丈夫不许有这样的事情，便是对于亲戚朋友家里的男子，也是横加干涉。较弱的妇人，管不了男子，他们能替打抱不平。所以近来他们的势力，一天比一天大。把那些老爷们管得笔管条直，不用说纳妾，便是听魏喜奎的戏，也得告谎假。设若查出来，真能罚跪半夜。所以这些老爷们，因为同病相怜，也组织了一个懦夫会，以资抵抗。那里是抵抗，不过自行解嘲便了。"（儒丐：《北京》70，《盛京时报》民国十二年五月二日）

脉络长链，也就比较地完整起来了。

　　满族小说家儒丐，大约是过度地感伤和失望于世居之地北京城的严重异化①，民国五年（1916 年），离开北京前去沈阳，在那里比较有名的《盛京时报》，担任该报艺文栏目《神皋杂俎》的主编，其后近 30 年时间，一直在东北地区从事文学及报业活动，为东北现代文学（甚至可以说中国新文学）② 的开拓做出了自己的奉献。他的作品接二连三地问世，体现了一位高产作家的创作态势，其备受读者关注的长篇小说，还有《香粉夜叉》③《徐生自传》④《梅兰芳》⑤《同命鸳鸯》《福昭创业记》⑥ 等；此外，儒丐尚撰有

---

　　① 在《北京》里面，作者痛楚地写道："现在和未来的北京，不必拿他当人的世界，是魔窟，是盗薮，是一所惨不忍闻见的地狱"，"北京完了，已过去的北京，我们看不见了，他几经摧残，他的灵魂早已没有了！"（儒丐：《北京》57，《盛京时报》民国十二年五月四日）

　　② 穆儒丐于该世纪前期到盛京从事文学写作，曾被学界认定是东北地区最早的现代文学创作活动。"中国现代长篇小说的开端是以张资平的《冲击期化石》和王统照的《一叶》的问世为标志的。这是被目前的全部新文学史著作所认定的结论。前者 1922 年 2 月由上海泰东书局出版，后者 1922 年 10 月作为'文学研究会丛书'之一由商务印书馆出版。然而，当我们翻检五四时期的东北文学作品，却惊奇地发现，早在 1919 年 11 月 18 日至 1920 年 4 月 21 日，穆儒丐创作的长篇小说《香粉夜叉》便连载于《盛京时报》。它比《冲击期化石》和《一叶》的出版时间，提早了大约两年。从这个单纯的意义上讲，东北现代长篇小说确实实应列居于新文学史的显赫位置。我们由此可以推断出一个新的文学史结论：《香粉夜叉》乃是中国现代文学史上第一部长篇小说。"张毓茂主编：《东北现代文学史论》，沈阳出版社 1996 年版，第 132 页。

　　③ 小说讲述的是青年男女魏静文、夏佩文从小相亲相爱，且魏家曾有大恩于夏家，但静文父母亡故后，夏氏全家包括佩文，均在物欲横流的社会引导下，另谋高枝，静文被逼做了匪人结果被凶恶的军阀所杀。

　　④ 这是一部清代末年中国政府官派留学生赴日求学题材的作品。作者本人早年即有此种经历，故这部小说可被视为穆儒丐的自传体作品。小说主人公徐生是一位心系祖国追求进步的改良派学生，在他和一些同样来自国内的旗族学生眼里，在日留学的"革命"党人青年们是些不爱读书专喊"排满"口号的人，彼此矛盾颇深。后来，徐生学成归国，正欲对国家社稷有所报效之际，武昌起义爆发了，"清朝的运命已然告终了，所有及第的新贵，也就无所托足。"

　　⑤ 此作是以当时梨园名伶梅兰芳成长为线索的长篇小说。因涉及社会黑幕下的某些往事，尽管作者运笔相当收敛，1915 年问世之初却只在北京报端刊出开头便被叫停；至四年后作者离开北京，始得以全貌面世。有许烈公者为小说出版所作"序"云："辰公之为兰芳作外史，亦有愤于社会之不良，金钱之万恶，构成一种醒醒不堪之风，而使优洁清白者受毕世难洗之羞耻，且小则有背人道，大则有丧礼教，故借种官野史之直笔，写社会之真状，盖欲警戒群愚，扫灭万恶，其心苦，其志正，诚幽室之禅灯，迷途之宝筏也。"

　　⑥ "这部章回体历史演义小说，从清太祖努尔哈赤十三副铠甲起兵写起，到吴三桂卖关引清兵入京止笔，历经了明清战争中的历次大、小战役，生动地记述了努尔哈赤、皇太极父子艰难创立大清王朝的历史过程，也写出了明朝末季的腐败，熔历史研究与文学创作于一炉。"——这是 1986 年吉林文史出版社新版《福昭创业记》"内容提要"里的一段话。

京剧史研究著作《伶史》，以及大量的杂文、剧评。

小说《同命鸳鸯》，写的是清末民初发生在京旗"外三营"之一、西山健锐营里的一个情感悲剧。因为此悲剧孕育于旗族命运跌宕的特殊阶段，所表现之社会侧面又恰可与《北京》相参照，所以笔者以为，还是在这里略加讨论为宜。健锐营，是作家儒丐自幼生长的旗族营区，所以他特别关切那儿生存的旗族人们辛亥变迁后的遭遇。从小说结尾写到"后来一般小儿女"将主人公合葬处"改呼为鸳鸯塚"来看，作品题材大约出自实事。其故事梗概是：清末养育兵景福，与营房内的男青年荫德、女孩子琴姑三人，本是青梅竹马的伙伴，日后两个男的成年了，均暗恋后者。景与荫由于家境不好同去读军校，毕业时赶上民国创立，被编入军阀队伍。他俩分别提出让家里去向琴姑提亲，荫德父母嫌琴家贫寒没有去，景福则如愿娶了琴姑。出于嫉妒，时任连长的荫德派排长景福去蒙古库仑地方执行危险的侦察任务。整场战事失利后，荫德先行返乡并称景福战死，提出要娶其"遗孀"琴姑，琴姑百般无奈，在为婆家长辈送终后允其要求，却在迎娶轿中自刎而死，荫德因而失疯；待九死一生的景福回至故乡，已一切皆迟，便到琴姑坟前以死殉情。

这部小说有几处是尤其应该受到注意的。首先是它当被视为小说《北京》姊妹篇，《北京》表现的是辛亥后北京四九城内旗族的命运，《同命鸳鸯》则写了同一过程京郊"外三营"①旗人们的生活与精神状况。透过这两部作品，以及作者的另一部小说《徐生自传》，人们发现，儒丐笔下对于清末而至民初旗族境遇大变动的文学反映，竟已自成系列。在可以肯定儒丐乃是一位表现本民族此次历史变故有心人的时候，可能有人会问，既然清末民初北京旗族报人之中有过不少小说作者，怎么日后读者却只是发现儒丐一人在专意描述旗族社会的这一命运变化？笔者以为答案在这里：除去儒丐较之他人更其具备秉笔书写本民族历史命运的文学胆气而外，他的直接反映民国初期京旗遭遇的几部小说，都没有发表在这些故事的发生地北京，而是发表到他下一个工作地沈阳之报端。当时的北京，即便是旗人经办的报纸，也绝无发表这类作品的空间，那里的报纸以及各种舆论范畴，都已尽被反对满人诟病旗族的声浪吞没。就像本章第二节所述，蔡友梅等虽说也有表现京旗等

---

①　即健锐营（驻扎在北京西郊香山脚下）、火器营（驻扎在北京西郊蓝靛厂一带）和圆明园营，均为清代京畿地区重要的军事部队驻扎区域。特别是前两支部队，曾是清中期八旗军伍当中最具战斗力者。

关内旗族境遇的心理，却只能是在小说的有关刻画处，多多少少地排遣几句牢骚而已。其实人所共知，民族文学向来就是不同民族心理意识的折射物，人们或许只待未来得以彻底化解历史上恩恩怨怨所构造的一己精神藩篱之时，才能完全读懂并理解了其他民族的文学心音。其次，《同命鸳鸯》表面上是个凄婉的具有类似"时髦"叙事的三角情感关系，作者着意讲述的却不在这"三角关系"的错综曲折，而是详描尽勒了造成这一悲情故事的旗营残景。小说几度勾画健锐营之气象，一蟹不如一蟹，清末已见凋敝的旗营族众生计捉襟见肘，沦落到作品最后营房间疮痍满目、废墟片片，已然教人不能卒读，而小说里旗族三青年情感纠葛，却原来始终是在这片土地上发生、受这一情景左右的。作品成功地将时代的、民族的悲剧与主人公们人生悲剧叠印到一处，使之相得生发。再有，作者同样赋予小说扬善惩恶的创作主旨，像《北京》一样，不单写出旗人道德恪守者（如景福、琴姑）的顽强坚韧，更写出其同胞中心神恍惚者（如荫德）在世风变异时刻心理下滑的后果。景福和琴姑死后，旗族乡亲为二人立了"义夫节妇"的墓碑，实则"义夫节妇"的旧式评价早已不能形容他们的作为，他们于乱世烟尘当中不为欲念诱惑护卫真挚情爱的抗争举动，达到了跨越时空的价值高度。另外，这部小说的心理描写也是成功的。其中对景福、琴姑、荫德，皆有较大篇幅的心理摹绘，致使这三个儿时好友最后走向截然不同的道路，均获得了相关情理支撑。荫德在作品中虽属"恶人"，儒丐却没有将他写成怙恶不悛之徒——他也跟景福同样真诚地恋爱着琴姑，并且不知道琴姑不很喜欢他，他相信母亲已去琴姑家提成这门亲的谎言，发现景福捷足娶走琴姑便很自然地生出妒心，却又能在景、琴成婚后依旧坚持不婚而笃恋着身为少妇的琴姑……他在景福失踪后，竭力追求已经婚嫁的琴姑，则半是狭隘的复仇心理作祟，半是纯粹的情感依恋使然。当琴姑未吐口答应嫁他时，他的神经就快要绷断了，琴姑一死他便即刻陷入万劫不复的精神失常。可见儒丐笔下的荫德，并非一个良知丧尽的人物。由此，读者又认识了特殊时代灵魂蒙受特殊煎熬的旗族典型人物"这一个"。透过《同命鸳鸯》的这类叙事，我们也不能不为作家儒丐捕捉旗族人物心态之技能而感慨一二。

作家儒丐，他离开北京到沈阳所长期供职的《盛京时报》，是一家有日系背景的报纸。儒丐本人又因所著长篇小说《福昭创业记》曾获伪"满洲国"的"民生部大臣文学赏"，而与伪满傀儡政权产生了摘不清的疑问，这位文学家的"政治历史",因而酿就严重嫌疑。但有一点似乎又是可以认定的,儒丐其人并未在伪"满洲国"垮台后或者中华人民共和国建立后,被作为"汉奸"惩处。20 世纪 40 年代后期直至他辞世之间的相关资料迄感缺乏,而当下已获得的较重要的资料,则来自《北京文史研究馆馆员传略》一书:

宁 裕 之（1984—1961）

宁裕之,原名穆六田,满族,北京人。日本早稻田大学政治经济系毕业。曾任北京《国华报》文艺编辑、沈阳法政专门学校讲师、北京市政府秘书、沈阳《盛京时报》文艺编辑等。擅长写作,精通日文。著有《福昭创业记》《哀史》《春琴钞》等。1953 年被聘为北京文史研究馆馆员。1961 年 2 月 15 日逝世。①

儒丐晚年是在新中国一波又一波政治运动下面度过的,他能免于这些运动的轮番冲击,至少可以证实他不曾有过"汉奸"行为,也没有被定性成什么"分子"。这在我们讨论儒丐及其创作的时候,不能不关心。②

当然,即便他后来被定成了什么也罢,我们对他所写的《北京》等作品,其实也还是该当从作品的文本出发,去实事求是地加以分析。

在中国现代文学创作当中,"京味儿文学"早已成为重要的文学流派与样式之一。关于京味儿文学,学界业已得到的共识是,它虽然以京味儿语言为重要标志,其内涵却远非语言一项可以代表,只有以京味儿语言为外在特征,密切而且充分地融入了北京这座城池所世代形成的人文地理、民风世俗、情感性格、神情做派的作品,才能称得上京味儿文学。提起京味儿文学,人们往往都将现代文学巨子老舍视为这一文学流派样式的"鼻祖"。这样的认识既有道理,又不十分准确。因为老舍的文学并不是无源之水和无本之木,并不是在文学史册上面突兀显现的"独秀峰"。较早之前,研究者尝试着将古今著名的满族文学家,想象成一道固有水流穿越不同时空所留下的

---

① 戴逸主编:《北京文史研究馆馆员传略》,北京市文史研究馆 2002 年编印,第 58 页,非正式发行。

② 据说晚年的儒丐（宁裕之）生活在共和国首都北京西城区的一条小胡同里,日子偏于拮据,幸而有一手旧时练就的曲艺专长,常写些岔曲、鼓词,以期自娱自乐。

关联景观，并且切实发现了纳兰性德、曹雪芹、文康、老舍，他们彼此之间的确存在着文化血缘上的"DNA"重合。但是，那些由始至终该民族文学长链当中不易被人们找到的环节，却被历史的尘埃覆盖着、隐埋着，亦不知凡几！满族书面文学的研究就像考古工作者一般，今年在这边发掘出几块典型的"瓷片儿"，明年又在那里探查到一片具有代表性的"古城垣"，如此这般，才逐渐地，逐渐地，寻觅到并勾勒出满族书面文学的总体脉络。其间，在把清代满族作家创作的总体链条大致恢复起来以后，却还是没能将清代晚期文康等人的文学书写，跟陡然跳跃至几十年之后的现代作家老舍，他们之间的赓续关联，明明白白地寻找出来。这部民族文学史是否在此存在着"缺环"？又是一些什么样的"缺环"呢？……而正是到了发现蔡友梅、王冷佛、穆儒丐等清末民初的报人小说家的时候，研究者才得到某种满足感和学术释然。清末民初旗族报人小说家的写作，参差不齐，即如成就最高者穆儒丐，历史价值也远跟不上曹雪芹与老舍。但是，得以将满族文学流变的整条链环各就各位拼接起来，或许就满族文学学术研究来说，其意义也不会低于重新发现了一位大家。

蔡友梅、王冷佛、穆儒丐等清末民初旗族报人小说家，是被最后拼接到满族书面文学长链上的几个环扣。① 就单向承接路线来判断，现代京味儿文学大师老舍未必系统读到过清末民初旗族报人小说家们的作品，然而，假如要说老舍统统不曾读到过这批作家的创作，也没有受过他们的影响，则是难以令人置信的。退一步讲，老舍众多作品里面蕴含的"母题"、情绪、语句乃至于言说方式，都与蔡友梅等清末民初旗族报人小说家的文学叙事如出一辙，仅这些，起码也能认定他们是从一套极其近似的民族文化生态系统模塑出来的。而由时间上论，蔡友梅、王冷佛、穆儒丐们在先，老舍在后，谁居上水谁居下游，谁为尝试"吃蟹"人谁又是"海纳百川"集大成者，也是不需要做更多讨论的。

---

① 这类被最后发现的，有价值的和不该遗忘的环扣，还有拙著后面要谈到的作家王度庐。

第十章　民国情状——忧患启蒙伴救亡

因为前章已经把"清末民初"作为一个历史阶段加以阐释，这一章也就当然地须将民国之初的满族文学内容避开。

之于满族来言，截至 1949 年中华人民共和国诞生前的中华民国全进程，有一项社会情状一直没有得到缓解，那就是在民国之先曾经统治过这个国家的满洲民族，所受到的广泛、严重的舆论排斥。

在民国时段的满族文学史册上，依旧出现了若干本民族的文学创作者，他们当中仍不乏优秀的作家甚至是异常卓越的作家。可是，一个见怪不怪的现象亦同时出现——除在极少数情况下，满族作家一律都在他们的作品是否写的是自己民族题材的问题上，三缄其口。就古今中外的民族文学创作活动来考察，这不能说是个正常的现象。

社会在固守"排满"情绪之际，也渐渐地将这个民族忘掉。满族之外的民众不会再有人问，那个刚刚遁出人们视野的前朝统治民族，如何会迅速地风流云散。满族的文化以及文学，好似在瞬息之间便戛然终止。

中国历史上委实有过某些这类例子：有着较大作为的族群，顷刻间即逝去得杳无踪影。

多年前，笔者有幸趋前拜访一位世纪老人，那是一位颇有政治资历、文化感触，对民族问题素具洞察擘析力量的老人。他说，满族实在是中国历史上一个优秀民族，令人感慨之处，恰在它为了追求光明进步，不惜放弃自己一切根据地，没有丝毫自外于中国的念头，也正是因为追求光明，终至献身，有点像飞蛾扑火……

老人的话语如醍醐灌顶，常常诱发笔者沉思。一个后进的小民族，浑然忘却生命底线，非要做那么大的一番事业不可，结果激发了历史的强烈反弹，终不能不说是宿命一劫。

话说远了。还是回头来谈民国年间满族的文学。可能需要再强调一遍的是：人们不该以任何理由，去厚非与挑剔在那个特别的时代，满族作家们怎么没有明明白白、堂堂正正地写满族。

20 世纪上半叶，中国社会空前动荡。清帝逊位、民国创建只是一系列大事变的开端。国内阶级矛盾的激化铺张，造成国共两党的分别诞出与多年的相互角力，直至中华人民共和国的出现。犹不仅此，在思想文化领域尚有五四运动的狂飙席卷，在国际关系上又有反抗日本法西斯入侵的多年抗战⋯⋯

现代中国 30 年间（1919—1949）的文学收获，成了中华民族日后一笔非常厚重的精神遗产。中国作家在此非常时期，以忧患叙事起步，熔思想启蒙与民族救亡于一炉，担苍生命运和国家存亡于肩头，身行使命，笔走龙蛇，完成了诸多寻常日月难得一见的史诗性作品。在中国现代文学创作偌多新特点当中，中华多民族的交相书写，呈现出百川归海之势，也是不容忽视的重要一点。虽然满族文学在族别书写方面遇到了上述问题，事实上满族作家们的创作活动却并未沉寂。当 20 世纪后来国家的民族政策环境有所改善以后，许多为现代文学事业贡献良多的满族作家其民族身份纷纷浮出水面，恢复族籍，认祖归宗，人们才又在新的社会条件下，重新估价满族的现代文学总体业绩。

一

作家老舍，是满族现代文学的杰出代表。

老舍（1899—1966），正红旗满洲出身，舒姓①，本名庆春，字舍予，一生创作所使用的主要笔名皆为老舍。他诞生在清末的"多事之秋"戊戌

---

① 老舍本人生前未谈到过他的满族原有姓氏是什么。满族先民的姓氏约有六百余个。像汉族人的多用姓氏张、王、李、刘、陈等一样，满族也有几个传统的姓氏使用的人特别多，这就是所谓的"满族八大姓"。这八大姓氏是哪八个，无绝对定论，一种说法，是指瓜尔佳、钮祜禄、舒穆禄、董鄂、马佳、纳剌、索绰罗和伊尔根觉罗。到了清代最后阶段，原来用汉字记录满语多音节完全译音式的满人姓氏，多简化为用一个汉字来替代，比如，前面谈及的"八大姓"便大致被改用汉字关、郎、舒、董、马、那、索、赵。也许是因为排在这中间第 3 位的舒姓，恰好就是老舍一家这时业已冠用的汉字姓氏"舒"，便产生了这个家族的满族旧姓是舒穆禄氏的猜测。这种猜测也还难以得到确证。从满族姓氏演化规律来说，既有原来冠用同一种满姓的人们改用了几种汉字姓的情形（例如各地各家族的舒穆禄氏，后来分别改用了汉字舒、徐、米、宿、孙、郑、萧、万等为姓），还存在后来虽改用同一汉字姓的满人却来自不同满族姓氏的情形；在后一种情形中，也包括了这个后来改为单个汉字的"舒"姓：不仅从前"八大姓"之一的舒穆禄氏中间的一部分人改姓了舒，另有一个不大不小的氏族舒舒觉罗氏，也有一部分人改姓了舒，甚至，还有一个很小的氏族舒佳氏同样改姓了舒。可见，老舍家的旧时满姓，尚有舒穆禄氏、舒舒觉罗氏、舒佳氏等不少于 3 种可能性。因为舒穆禄氏从前是个大姓氏，所以他家出自其中的可能性，要更大一些。

年，辞世于举世震惊的中国"文化大革命"初起之乱世，生于忧患而死于忧患。他是最受国内外读者热爱的 20 世纪中国作家之一，是久久地为广大人民所怀念的中华文化巨子。

老舍父亲是清代末年京师八旗行伍中的下层士兵，母亲是来自正黄旗的寒门女儿，他家属于无数长期被"八旗生计"窘境困扰着的家庭当中的一个。尤令其家庭雪上加霜的是，婴儿老舍刚满一岁半，父亲就在庚子年抗击八国联军入侵北京的战斗中牺牲了。父亲的尽职殉国，以及母亲在万难之中靠艰辛劳作才将他们兄弟姐妹拉扯长大，是这位后来成了文学家的苦孩子一生无法淡忘的事。母亲曾经多次给成长中的儿女讲述他们的父亲阵亡的故事，老舍年纪很小便懂得了什么是爱国和应当怎样仇恨侵略。他始终把"爱咱们的国"，当成人生的头等要务。

借助旗人慈善家的帮扶，童年老舍进了学堂。未足 19 岁，他毕业于师范学校。青年时期的老舍一心想为大众"做事情"，却反复见识着身边社会的混乱、肮脏与黑暗，包括旗族同胞在内的城市底层人们受侮辱受损害的场景，给他留下了不能磨灭的印象。在他进入社会不久，北京城里爆发了"五四"运动。他受到了教育，更加懂得了"天下兴亡，匹夫有责"的道理，也激发了想要写作的欲望，有了非把封建社会和帝国主义给自己的苦汁子吐出来不可的念头。

1924 年，经引荐，老舍只身前往英国伦敦大学东方学院任中文教师，在那里连续工作 5 年。为学英文，他大量阅读狄更斯等名家作品，触动了也要"写着玩玩"的念头。老舍来自东方故都北京的旗族文化土壤，本民族酷嗜艺术的传统，早就在他的心间埋下了寻求发芽的种子。无须更多的战前操练，长篇小说《老张的哲学》和《赵子曰》即已相继出手。两部作品，都以作者熟悉的北京生活为题材。前者描写了身兼商人、教员和军人的市侩老张，为满足金钱占有欲，活活拆散两对热恋青年的故事；后者则勾勒北京城大学生众生相，其中既有整日胡混者，又有为非作歹者，也有立志上进舍身济世者。国内《小说月报》接连登出了《老张的哲学》和《赵子曰》，远在英伦的老舍也得到了国内文坛的赞评。茅盾读过老舍早期创作，曾指出："在老舍先生嬉笑唾骂的笔墨后边，我感到了他对于生活的态度的严肃，他的正义感和温暖的心，以及对于祖国的挚爱和热望。"① 此时的老舍初涉写作，技巧上颇欠讲究，加之创作

---

① 茅盾：《光辉工作二十年的老舍先生》，《抗战文艺》第 9 卷，1944 年第 3、4 期。

起因尚带有旧时旗人"玩儿票"性质，导致写作不够严谨，小说情节铺排缺乏控制，笔墨放任恣肆，插科打诨过度，有些"幽默冲淡了正义感"的毛病。这实际上都跟年轻的旗人作者一任自己的艺术天资奔泻而出有点儿关系。即便如此，作者在创作起步阶段表现出的某些特点，譬如善于运用俗白而富有生活情趣的北京地方语言写作，敏于描绘北京的风光、习俗及人物个性，敢于以喜剧风格来演示悲剧故事，等等，都教文坛感受到了艺术新气息。这些特点的形成，俱与老舍自幼濡染的满族文化分不开。近 300 年来满洲旗人屯居京城，他们在由满族母语改操汉语之后，培养起了对北京话切磋玩味的独特情趣，从曹雪芹到文康，都是这种语言造诣的典范体现者。历史延续到 20 世纪，挑中了京城旗族的后来人老舍，把他锤炼成这一既定传统的现代继承光大者；而长久以来，八旗下层官兵为艰辛生计所折磨，也使他们逐渐养成了在悲苦境遇之下讨取生活乐趣的习性，为生成老舍笔下"泪中含笑"的民族审美趋向，备下了社会与文化前提。

《二马》，是老舍在英国教书期间脱手的最后一部长篇，讲述了来自文明古邦的中国人马氏父子，在英国这个 20 世纪早期最强盛的资本主义国度中饶有意味的生活经历。《二马》是老舍走向成熟与成功的标志，他将出身于不同国家、不同社会文化氛围的中国人和英国人的性格，做了精彩的比照，不但对东方封建主义思想观念的颠顸可悲，予以深刻揭露，也对西方人持有的顽固的种族偏见，进行了无情嘲弄，而对中、英两国各自民族精神中的优长，则评价十分客观。这部小说，把此前作品中初见端倪的反思民族文化的题旨，引向了较深层面。作家老舍由此举起了现代思想启蒙的文学旗帜，在其后长时间，坚持利用"文化小说"从事"批判国民性"的工作。老舍在《二马》中写道："民族要是老了，人人生下来就是'出窝儿老'。出窝老是生下来便眼花耳聋痰喘咳嗽的！一国要是有这么四万万个出窝老，这个国家便越来越老，直到老得爬也爬不动，便一声不吭的呜乎哀哉了！"[1] 堪称振聋发聩之见。

中国"五四"新文化运动出现以后，先是短篇小说和新诗占领了文学的前沿，报告了新文学的破晓，而长篇小说体裁则是迟至 20 年代后期，才逐渐显露出创作实力。老舍的上述三部作品，一向被列入"五四"之后首批涌

---

① 老舍：《二马》，《老舍文集》第 1 卷，人民文学出版社 1980 年版，第 438 页。

现的优秀长篇小说实绩之内。老舍能达到这一历史定位，借助了本民族文学传统的强力助推，清中期以后，在中国长篇小说创作领域，连续出现过满洲旗人曹雪芹的《红楼梦》、文康的《儿女英雄传》、云槎外史（西林春，亦即顾太清）的《红楼梦影》等作品，均可视为满族近现代长篇白话小说的引路之作。即在老舍出生前后，京旗满洲报人小说家，如蔡友梅、王冷佛和穆儒丐等，也有过一些不俗的表现，同样会对老舍这一代旗人青年产生影响。老舍沿着民族文学的既有道路前行，又将新世纪崭新的思想观念和社会生活，辐射到同一体裁的创作活动中，诚属一种顺理成章和继往开来的作为。

　　1929 年，老舍别欧洲而东归。途中在新加坡逗留 5 个月，边工作边动笔写第四部长篇《小坡的生日》。这是一部幻想色彩浓重的小说，描绘生长在新加坡的华侨儿童小坡，和来自不同国家的移民子弟，在现实中相互友爱、在梦境里共同抗敌的有趣故事。作者袒露了向往世间各民族跨越社会和文化藩篱，彼此敬重、和谐的心迹，也呼唤着被压迫民族联合抗争共同迎接新时代。作为一位少数民族出身的作家，老舍超前进步的民族观，在作品里面得到了展示。

　　1930 年初，老舍回到无比思念着的祖国，却随即陷入对现实的忧思愤懑当中。国内第一次革命战争归于失败，军阀割据愈演愈烈，他所特别关切的京城满族同胞和各族百姓，生活凄惨之至。不久，老舍到济南齐鲁大学任文学教授，围绕济南"五·三"惨案，写出长篇小说《大明湖》。该书未出版，书稿即在上海"一·二八"事件中，被日本侵略军轰炸引燃的烈火所焚毁。1932 年，心情极坏的作家，面对江河日下的国事，又愤然写出了长篇小说《猫城记》。这是一部寓言体文化讽刺小说。地球人"我"，乘飞机到火星探险，不料飞机失事，只剩"我"一人活着。在火星的"猫人"国家，"我"观察到猫国病入膏肓的文化百态及社会情状，目睹了猫国在"矮人"国军队入侵下的亡国灭种。作者牢牢扭住文化褒贬的主线，凸现了"文明"危机在国家与民族毁灭之际的深刻影响，发出社会堕落势必导致国家灭亡的警告。小说以猫国讽喻当时的中国，借猫人唯一清醒者小蝎的话说："糊涂是我们的要命伤……经济，政治，教育，军事等等足以亡国，但是大家糊涂足以亡种。"① 作品充斥悲观情绪，作家意欲表达的挽救式微文化和衰弱国家

---

　　① 老舍：《猫城记》，《老舍文集》第 7 卷，人民文学出版社 1984 年版，第 453 页。

的心愿，很容易被读者体察。《猫城记》是老舍式现代文化启蒙主义创作的代表作之一。中国现代文坛自鲁迅之后，像老舍这样激烈而又硬韧地批判国民劣根性的作家，实属罕见。这部小说也有明显缺陷，老舍向来以对文化的审视见长，却钝于政治思考，《猫城记》把一切社会演变都归结为文化使然，结果就难免要步入"文化决定论"认识误区；小说有几处涉及政党政治的地方，叫人感到扑朔迷离，暴露出作者政治态度的幼稚和不足取。辛亥革命后，包括老舍在内的满族知识分子，囿于社会政治对满族的笼统排斥，对各类政党政治均采取消极回避态度，他们"总是以独立不倚……相勉"，也染上了"孤芳自赏，轻视政治"的弊病。写作《猫城记》时，作者因过于苦闷，偏离了自己已获得的成功经验，放弃了幽默平和的写人叙事风格及绘写人物形象的技巧，把小说写成了一味议论和骂世的作品。尽管小说有失误，它仍在老舍写作中间占有突出位置，为作家后来渐渐形成幻灭性社会文化悲剧的创作范式，提供了有益经验。

　　老舍冷静思考着《猫城记》的得失，对其后的创作风格、题材做了自觉选择。幽默是他从满族民间文化中获取的艺术天性，初期作品将幽默风格下意识地发挥到了失控地步，固然需要检讨，但是，像《猫城记》那样执意远离幽默，势必掩盖个人的写作优势，也必导致艺术的失利。他决计返归幽默，并且提醒自我把幽默看住了。老舍又认识到："这回还得求助于北平。北平是我的老家，一想起这两个字就立刻有几百尺'故都景象'在心中开映。"① 只有以北平为题材背景，他才能最大限度地挖掘和展出生活积累。1934 年，他依据上述选择，完成了长篇小说《离婚》。作品通过对民国前期北平城某财务所几个小科员家庭故事的叙述，展现了市民阶层"日常生活哲学"的精细与酸腐，以及其间种种灰色人生的无奈和熬煎，也鞭挞了社会政治的黑暗、官僚机构的败坏。北平中下层封建保守的市民文化，是《离婚》针砭的对象。这部作品在艺术上获得了全面成功。小说处处洋溢幽默气氛，却没有一笔无谓的招笑，作者围绕批判市民社会苟且人生的题旨，放眼现实中各种关联本质的事件、矛盾，开凿内在的喜剧因素。《离婚》用大量幽默笔调写出来令人寻味的人生结局，幽默未了即悲从中来，强化了作品的感染力。这种独独属于老舍的笑中含泪、泪里带笑的喜悲剧艺术风格，就此基本确立。

---

① 老舍：《我怎样写〈离婚〉》，老舍：《老舍生活与创作自述》，人民文学出版社 1982 年版，第 30 页。

《牛天赐传》是继《离婚》之后发表的另一部长篇，讲述"没有准家准姓准名"的路边弃婴，被牛氏家庭收养长大，一步步地受到家庭、社会精神熏陶，终于模塑出来典型"国人"性格的过程。作品在贯彻省视市民社会陈旧文化心态的主题方面，在以幽默格调写灰色人生故事方面，都可看作《离婚》的姊妹篇。"天赐平地被条大蛇背了走。"① 这是《牛天赐传》结尾，叙述作品主人公乘火车去北平时，一句意味深长的话。纵观老舍的母亲民族——满族文化的变迁史，何尝不是"被条大蛇背了走"的过程。作品中有若干描写，是暗示天赐身上带有满族性格特点的。也许不必定要将牛天赐人物本身从血统上鉴定出是否旗人，承认其性格中原有相当的满族文化因子已经够了。有趣的是，我们由小说中的种种迹象能够推断出，作品除显现了检视中国传统文化教养弊端的创作意图外，作家老舍还在默默进行又一项操作，即对满族历史文化加以反思。《牛天赐传》构思，在老舍写作生涯中，首次营造起一种可能，即以一个孩子——牛天赐——成长的经历，拟写一个民族——满族——历史文化衍进的教训。入关后的满族人，亦步亦趋跌进中原传统文化窠臼，这和婴儿天赐来到牛宅，继而逐步蹈入传统文化轨道，不是具有着极多相似之处吗。虽然满族接受中原文化，远比孩提牛天赐接受家庭、社会教育的过程复杂，但是，中原传统文化传授给满族的，与传授给牛天赐的，却是些差不多的内容。满族要由往昔浑朴天然的原始文化精神中脱胎换骨，步入"熟透了"的精深文化状态，自己或许不够甘心，这也很像是《牛天赐传》中小天赐，每见识村野人家纯真自然的生存情状，便免不了流连再三。"青山遮不住，毕竟江流去"，满族人的精神与性情，到头来，也如同小天赐一样，被中原文化自表及里地冲刷涤荡了一遍；本民族原有的精神特质，虽仍有所固守，终归已经锐减，而且也多是与中原文化做了某种对流后的产物。有人记得笔者对文学经典《红楼梦》所做分析吗，老舍之《牛天赐传》与雪芹之《红楼梦》，在创作意旨上头，怕是真有些同质性呢。②

20 世纪 30 年代，老舍"由靠背戏改唱短打"③，一段时间放弃长篇写作，改作中短篇小说。1934 年他离开济南乔居青岛，先在山东大学任教，后

---

① 老舍：《牛天赐传》，《老舍文集》第 2 卷，人民文学出版社 1981 年版，第 545 页。

② 本书体例所限，此处不可能对《牛天赐传》一书擘开细致地加以分析，对笔者这种意见有兴趣的话，请参阅拙著《老舍评传》（重庆出版社 1998 年第一版，2001 年第二版；台湾商务印书馆 1999 年版）的相关章节。

③ 老舍：《赶集·序》，《老舍文集》第 8 卷，人民文学出版社 1985 年版，第 3 页。

改为专门写作。他一生中写下的中短篇小说，大部分都创作于济南和青岛。这些作品题材开阔，描绘下层市民生活境遇为数最多，从他数十篇中短篇小说中，络绎走来的，有车夫、巡警、商人、教员、花匠、石匠、拳师、男女学生、小职员、大学教授、科技专家、中小官僚、社会闲杂人员、暗娼、溃兵、卖卜者、艺人、青年革命者、小地主、乡间悍妇、洋奴等形形色色人物。作者有意要把他所注意到的世相百态，一一提请读者观摩。

　　扫视古国"老"民族的精神蜕变，是这些小说的首要主题。30 年代前中期，是中国从既有混乱走向更大混乱、世道彻底丧失运作章法的阶段。老舍对世风的恶化很是痛心，以多重视角描绘国民精神溃疡面的持续蔓延，以及人们道德心理的递嬗。《五七》《柳家大院》《且说屋里》《哀启》等作品，叙写部分国人，要么假洋人势力欺侮同胞，要么张皇避让外寇锋芒，连起码的爱国心也谈不上。《抱孙》与《眼镜》勾勒出中国人在 20 世纪科技大行之际，盲目排斥科学的可悲面貌。《新时代的旧悲剧》《阳光》《善人》《牺牲》，对伪善的"道德家"和"学问家"做出无情揭露。《柳屯的》浓缩一个乡村女恶霸的发迹和败落史，主人公变换两副道德面孔的伎俩，被刻画得入木三分。《大悲寺外》，以对比方式写出伦理精神的对立和错位，故事里一方是仁爱宽厚、勤谨敬业的黄学监，另一方是害死学监继而又诅咒学监亡灵的坏小子丁庚，老舍写道："伟大与藐小的相触，结果总是伟大的失败，好似不如此不足以成其伟大。"① 这是作者对社会道德下滑善良心性遭到打击的低声叹息。《黑白李》中也有两个处在文化对应位置上的形象，是一母所生、长相酷似的哥哥黑李和弟弟白李，二者皆非负面角色，"黑李要是'古人'，白李是现代的"②，哥哥恪守"君子风"，为救弟弟慨然赴死，弟弟是敢说敢为的时代青年，看不起哥哥旧派作风，却又得益于哥哥掩护才保存性命，继续从事"砸地狱门"的事业。写此作品时，老舍对革命者的理想和活动方式，缺乏近距离感知，对传统文化德行和新型文化精神的捕捉却堪称精到。老舍还关切每项古国传统的式微及传统持有者的心理变异，《新韩穆烈德》和《老字号》表现了中国传统手工业和商业经营方式面临的灭顶灾难，前者写在外国经济侵略挤压之下，民族工商业凋敝，纯朴习尚随之脱落；后者刻画发生在民族商业内部竞争擂台上的恶战，固守诚信经商作风的"老手，老

---

① 　老舍：《大悲寺外》，《老舍文集》第 8 卷，人民文学出版社 1985 年版，第 32 页。
② 　老舍：《黑白李》，《老舍文集》第 8 卷，人民文学出版社 1985 年版，第 104 页。

字号，老规矩"，经过较量，惨败在唯利是图、坑害顾客的"新派"商家脚下，推出来对道德判断和历史判断彼此悖反的思考。《断魂枪》，最是老舍短篇小说的扛鼎之作，它以简约深致的格调，摄录了武艺超群的国术大师沙子龙，在经历声名显赫的前半生之后，毅然决然，让自己以及一身绝代武功淡出江湖、淡出历史的感伤故事，造成这一现实的，是现代火枪火炮新式武器占有了战争的胜负决定权，国术大师空怀"五虎断魂枪"绝技，"他的世界已被狂风吹了走"①，他也就只能充当甘为传统美质文化殉道的末路英豪。

对穷苦市民命运的摹写，是老舍中短篇小说的又一个醒目主题。老舍是出身于都市底层，一辈子牵念于贫寒人群生存的作家，他熟知城市"苦人们"终年拼死挣扎的惨状，深感有义务为他们伸张道义，把他们对黑暗世界的控诉，用文学形式宣泄出来。《微神》是以爱情故事为依托反映苦难人生的短篇，一对男女青年怀有的真挚恋情，被迎头出现的贫困处境彻底毁灭，纯洁少女被侮辱、戕杀，只因为她的家境败落，因为她穷。中篇《月牙儿》，是以都市暗娼生涯为题材的文学名篇，女主人公年幼丧父，母亲无计可想，走向世间留给她的唯一出路：卖淫，自尊的女儿要自谋生计，以逃脱与母亲一样的命运，几年下来，她百般挣扎，还是毫无活路，饿到极点，求生本能叫她再也不必"为谁负着什么道德责任"，她也让自己的肉体"上了市"②，她痛彻地看到，世上"女人的职业是世袭的，是专门的!"③"什么母女不母女，什么体面不体面，钱是无情的。"④另一部中篇力作《我这一辈子》，表现了城市底层巡警的苦难生涯，"我"，是一个读过书、学过手艺，而后因婚变才改了行的街头警察，一生坦诚、勤恳，受了许多冤枉、折磨，换回来的，是"收不住脚"地"走下坡路"，才50岁，已走到了绝路，这才"明白过来，原来差事不是给本事预备着的。"⑤城市贫民为了逃避厄运，愈奋愈陷、愈陷愈惨的生存规律，被表现得淋漓完整。

老舍认为，中短篇小说，"是后起的文艺，最需要技巧"⑥，故在这方面倾注了大量心血。《微神》使用了朦胧诗般的意境设置，写失恋男青年为了

---

① 老舍：《断魂枪》，《老舍文集》第 8 卷，人民文学出版社 1985 年版，第 332 页。
② 老舍：《月牙儿》，《老舍文集》第 8 卷，人民文学出版社 1985 年版，第 283 页。
③ 同上书，第 286 页。
④ 同上书，第 287 页。
⑤ 老舍：《我这一辈子》，《老舍文集》第 9 卷，人民文学出版社 1986 年版，第 82 页。
⑥ 老舍：《我怎样写短篇小说》，载《老舍生活与创作自述》，人民文学出版社 1982 年版，第 34 页。

索求故去的心上人，导致一场梦境中的戚戚寻觅，梦境布满了顽艳、奇诡的气氛，既似自然景物又似心底折射影像的幻觉图画，交替隐现，叫读者得以体会人鬼两隔的残酷。《月牙儿》像一首回肠九转的叙事长诗，作者的笔追踪女主人公的心路历程，借鉴诗歌艺术的多种手段，将柔美的抒情、哀婉的意境、洗练的语句、短峭的章节乃至奇特的象征，齐熔一炉，教悲剧故事如泣如歌，催人泪下。《我这一辈子》则把白描手法，运用到了炉火纯青的地步，所有的话语因出自于笑傲浊世的老年巡警之口，既不乏调侃诙谐，又被镀上层层冷色，让人体会复杂艰涩的人生幽微。《断魂枪》构造作品，巧妙运用了"时空余地"，故事小而又小，所倚重的社会、历史和文化背景却异常阔大雄厚，取得了言简意赅、大气包举的效果。

1936 年，老舍写作生涯届满 10 年，他如愿以偿辞去教职，成为"职业写家"。仿佛为了全面展示此刻积蓄的艺术创作势能，他向世间奉献了长篇小说《骆驼祥子》。此前，一位友人与他闲谈，讲起在北平时用过一个车夫，那人买了车子，又卖掉，三起三落，到末了还是受穷。老舍当即点燃灵感，表示"这颇可以写一篇小说。"① 北平和车夫，他从来就了如指掌。"我生在北平，那里的人、事、风景、味道，和卖酸梅汤、杏仁茶的吆喝声，我全熟悉。一闭眼我的北平就完整的，像一张色彩鲜明的图画浮立在我的心中。我敢放胆的描画他。它是一条清溪，我每一探手，就摸上条活泼泼的鱼儿来。"② 至于人力车夫，在作家早年的亲友和邻里间多得很，他已"积了十几年对洋车夫的观察"，了解他们的命运，还窥得见他们的心路。为写这部书，老舍做了许多素材准备，向生活在北平的朋友、同窗、社会学家和方言学家讨教，向拉过洋车的哥哥、表哥讨教。待到《骆驼祥子》全稿杀青，作家表示："这是一本最使我自己满意的作品。"③ 小说真实展现了都市人力车夫的惨淡人生。祥子，是个从乡间来到北平城里挣饭吃的青年，他向人力车厂租车拉活儿，指望着靠卖力气先糊口再发家。他身体棒，心气足，干活实

① 老舍：《我怎样写〈骆驼祥子〉》，载《老舍生活与创作自述》，人民文学出版社 1982 年版，第 45 页。

② 老舍：《三年写作自述》，载《老舍生活与创作自述》，人民文学出版社 1982 年版，第 62 页。

③ 老舍：《我怎样写〈骆驼祥子〉》，载《老舍生活与创作自述》，人民文学出版社 1982 年版，第 47 页。

在，苦拼三年，攒钱买了属于自己的新车。几天后，军阀部队的乱兵抢去了车，还把他抓了差。他趁夜深逃回，从头做起，继续苦苦拉车、攒钱，又能买得起车的时候，钱却被假公济私的侦探全诓走了。祥子落入车厂主刘四之女虎妞的圈套，被迫娶了这个比他大出十五六岁的老姑娘。虎妞出钱，祥子又买了车，不久虎妞难产而死，料理后事，祥子再度卖掉车子。接二连三的厄运夹击和坎坷折磨，把祥子拖垮了，他丧失了健壮的身体，也迷失了要强的精神，从出人头地的"高等车夫"，沦为"下三烂"的街头流民。初入城市的祥子，认定"拉车是件更容易挣钱的事"①，他以为依赖个人诚实劳动，必能由穷至富，反复遭遇社会捉弄之后，他辨不清原因何在，总是凄苦、懵懂地发问："凭什么？"② "我招谁惹谁了？!"③ 他顽强地从灾难中自拔，却总是陷入更深的灾难，根源就在于他这样的城市底层小人物，本来就处在不公正社会的无情损伤范围。围绕祥子，作品里还写了老年车夫、小福子等城市贫民的凄凉遭遇，相互交织地证实了，生存在底层的"苦人们"，无论男女老少，无论怎样要强奋斗，终逃不出贫困和死亡巨网的笼罩。老舍以严格的现实主义创作态度，真切地刻画了城市下层贫民在不公正社会中的恒定的极度窘迫。在旧时代，人力车夫等城市贫民多为个体劳动者，劳动方式决定了他们每个人，只能带着小生产者的狭窄心胸处世谋生，遇到灾祸也难以得到外界支持与援助，祥子看不到这一层，他盲目的个人奋斗势必导致一败涂地，而仅有的思想能力，只会教他最终服服帖帖地"认了命"。作品不但讲述了个体车夫的惨烈奋斗史，其中还包含着一部祥子的心灵史。主人公精神世界连续出现的困惑、痛彻、麻木、疲惫、崩溃……被一一记录得十分清晰。开始时的祥子，身与心都很健康。第一次丢了车，他从乱兵营盘逃脱，顺手牵回本不属于他的三匹骆驼，洁净的心开始玷污。虎妞软硬兼施诱他成奸，"把他从乡下带来的那点儿清凉劲儿毁尽了"④，淳厚道德观随之蚀落。虎妞哄骗他结婚，使他失去了自由人地位和健壮体魄，精神一蹶不振。虎妞死了，他被夏太太引诱染了病，加上真心暗恋着的小福子默默死去，都使他的生命里再也望不到一丝光亮。他放任地作践自己，堕落到损人利己，出卖人命换取金钱。小说开篇时的祥子与结束时的祥子，判若两人，作品像一部

---

① 老舍：《骆驼祥子》，《老舍文集》第 3 卷，人民文学出版社 1982 年版，第 6 页。
② 同上书，第 25 页。
③ 同上书，第 101 页。
④ 同上书，第 54 页。

灵魂扫描仪，做出祥子全套的心理疾患发生、衍变记录，最后的精神上不可就药的祥子，完全是被所处社会推搡、挤压着，才走向了灵魂的总崩溃。祥子悲剧是双重的，第一重是外在的，他在跟贫困作战中败得很惨；第二重是内在的，在跟心灵深处滋生蔓延的卑微丑陋品质作战，他败得更惨，尤其是这第二重悲剧，叫他的人性瓦解殆尽。① 老舍写《骆驼祥子》，切入点是城

① 了解京旗历史文化的人们，都会大致了解，祥子尽管"来自乡间"，却带着旗人青年的性格特征。祥子出身于满族，可由以下事项得到支持：一、祥子的名字；由在作品里一出现，"他就是'祥子'，仿佛根本就没有个姓"，而且，"有姓无姓，他自己也并不在乎"。这种情况在汉人中很少见也很难思议，而从清代中后期直到民国早期，在陆续改用汉字姓的旗人中间，却是司空见惯的。先前满洲人各自的满语姓氏就不轻易示人，常常只有家族内部的人才知道，满姓改作汉字姓之后，许多人家仍保持对外示名不示姓。那时北京市井风俗，对旗人男性常以其两个字名字的前一个字作为代称，对方年轻或者身份较低，则称之为"×（即两字名的前一个字）子"，而对方年长或者身份较高则称之为"×爷"。二、祥子的语言；他不好说话，但每一开口却总是一口"京片子"，而不是京外或者京郊农民的言谈和腔调，这证实他在语言文化的归属上属故都内的老住户本具有一致性。三、是祥子喜洁好义讲礼貌的性格；堕落前他特别的好干净，不管是在车厂子还是到宅门儿里，总是眼勤手勤地主动打扫各处，"而忘了车夫并不兼管打杂"，这种"洁癖"式的穷人在任何地方的农民中都不易见到，而在旗族中却多得见。祥子起先待人处世古道侠肠，肯于掏钱给冻馁将死的老车夫祖孙买包子，撞坏了曹先生的车立即想到该赔人家，都体现比常见的小农或者小市民更近于古典的精神特点。还有，初来城里，他"最忌讳随便骂街"，这也不是农民的特点，只有传统的旗人才顶不习惯张口就骂人。四、是祥子的茕茕孑立的处境；他一直"就没有知己的朋友，所以才有苦无处去诉"。在民国初年的故都生活中，恐怕也只有旗人才这般遭冷遇。然而，一个突出的障碍在于，祥子18岁以前不是城里人，他"生长在乡间"，这似乎又难以解释他何以可能是旗人。其实，有清一代的京旗满族并不都驻扎在京师城里，在城外乡间驻扎的，还有"外三营"——火器营、健锐营、圆明园。其中的健锐营，就驻扎在京西香山脚下。外三营的旗兵及其家小因世居郊外，与城内市井习气阻断，直至清末民初仍较少受荒嬉惰之风的侵蚀，保持了纯朴、倔强和勇武的性格。清廷垮台后，外三营的许多旗人就地改事农耕，他们缺少稼穑技能，加上军阀混战引起摧残，不少人只好丢掉土地投奔城里。祥子"失去了父母（他们会不会是死于战乱？——引者）与几亩薄田，十八岁的时候便跑到城里来"，与这一历史现象正相吻合。这种分析如果成立，那么获得相互证实的还有两点：其一，祥子自小在京西旗人居住地长大，才对该方向上的地名及走行路线特别熟悉，为从被掳去的地方跑回城，"一闭眼，他就有了个地图"。其二，他虽生长在乡间，对在那里居留并从事农业却不感兴趣；他把古城北平当成"他的唯一的朋友"；进城后被抓到远郊，仍"渴想"着这座"没有父母兄弟，没有本家亲戚"的故都，认定"全个城都是他的家"。每逢在城里困厄到了极点，也总是提醒自己："再分能在北平，还是在北平！"以至"他不能走，他愿死在这儿。"可见祥子从心理和文化上讲是绝对属于这座古城的。他如不是旗人，是难有这份归属感的。关于祥子极可能是满人的文献支持是很多的，文史专家邓云乡证实："北洋军阀混战时，由农村流浪到北京城的人很多，拉洋车谋生只是其中一部分，更多的则是沦为城市贫民，这里面清代的旧旗人占大多数。因为清代八旗子弟，即不能种田、经商，不能随便离京四十里定居，只能做官、当兵。如果家境贫寒，无官可做，无兵可当的，为了谋生，便入了一个行业，就是当车把式赶轿车，这在清末的小说中都描写过。辛亥后，又没了钱粮，骡拉轿车也少了，这些人便只好去拉洋车。"邓云乡：《燕京乡土记》，上海文化出版社1985年版，第340页。

市贫民的生计，落脚点，则是下层市民的心灵归宿。他的同时期创作中的两大主题——关注民族心理蜕变和关注都市贫民命运，在这部小说里得到紧密绞结。《骆驼祥子》的人物塑造令人赞叹，"闷葫芦罐"式的祥子，不擅言谈，整个人性扭曲过程都是凭借着作者出色的行为和心理描绘来完成。虎妞，是又一个让读者过目不忘的形象，作者通过个性化的语言，使这位既害苦了祥子，自己同样是社会受害者的市俗女性，形立神随，活现纸上。小说体现了作者对北京口语无条件的信任感和异乎寻常的驾驭能力，周作人在《骆驼祥子》日文版序言中曾指出："至老舍出，更加重北京话的分子，故其著作正可与《红楼》《儿女》相比，其情形正同，非是偶然也。"①

《骆驼祥子》是集老舍多项艺术优势于一身的作品，也是使老舍最终确定创作道路和艺术风格的代表作。20 世纪 30 代的中国文学界借此重新发现老舍，老舍也因而奠定了中国新文学最优秀作家之一的位置。《骆驼祥子》这部现代庶民文学永不退色的经典之作，与茅盾的《子夜》和巴金的《家》鼎足而三，共同托起了中国现代小说艺术殿堂的巍峨拱顶。

1937 年七·七卢沟桥事变爆发，中华全民抗战开始。老舍怀着一生坚持的强烈爱国情感，痛下决心，辞别妻小，只身前往武汉，投入文艺界抗日洪流。1938 年"中华全国文艺界抗敌协会"成立，老舍被集结其中的左、中、右各派文艺家们共同认可，推选为该团体的总负责人——总务部主任（最初叫做总务组长）。先在武汉，后又转到重庆，"文协"组织在艰难困苦中顽强坚持了 7 年，直至抗日战争彻底胜利。老舍也以他爱国作家的身份，在"文协"总务主任的位置上连选连任。他以一腔热诚踏实工作，最大限度地团结着各路文艺家，共同致力于抗战文艺活动。

在领导"文协"工作同时，老舍以笔为枪，投入战斗，年年月月毫不止歇地写作。抗战期间，他完成了长篇小说《火葬》和《四世同堂》第一部《偷生》、第二部《惶惑》，中短篇小说集《东海巴山集》《火车集》和《贫血集》，长诗集《剑北篇》，话剧《残雾》《张自忠》《面子问题》《大地龙蛇》《谁先到了重庆》《归去来兮》《国家至上》《王老虎》和《桃李春风》（其中三部与别人合作），还有包括鼓词、京戏、散文、歌词、相声、回忆录

① 周作人：《〈骆驼祥子〉日译本序》，周作人著、钟叔河编订：《知堂序跋》，中国人民大学出版社 2004 年版，第 392 页。

等体裁在内的许多作品。本来，老舍是以写小说见长的，在动员全民抗战的特别时期，他感到戏剧和曲艺等艺术对于鼓舞大众更有作用，便改弦更张戮力为之，并且建树良多。

连年的劳累毁坏了他的身体。他却从无怨言、从不松懈。为了民族的解放，为了文学的发展，他愿舍弃一切。由此感动了所有朋友，1944 年，重庆各界为他庆贺 45 岁生日暨创作活动 20 周年，数十位知名人士到会，郭沫若在赠给老舍的祝诗中写道："二十年文章入冠，我们献给你一项月桂之冠。"[①] 老舍因大家赞扬而受到激励，他泣不成声地作答："……回想这二十年是不容易的事，但是也像拉二十年洋车，抬二十年滑竿那样不容易。二十年写这点东西实是不多，我一定依照大家的愿望，当有一口气的时候一直写下去。"[②] 一位如此重要的文坛领袖，能在这样重要的会上，将自己比作都市街头挥汗如雨勉力劳动的洋车夫，亦可见他平素的心地与心迹。

1944 年至 1948 年，作家创作了一生中规模最为宏大的长篇小说《四世同堂》。作品由《惶惑》《偷生》《饥荒》三部曲组成，凡 100 节近 100 万字，以抗日战争为背景，叙述了由北平陷落到日本投降 8 年间，发生在这座历史名城中一条叫作"小羊圈"的小胡同中一系列令人感伤、激愤的故事。牢记民族被征服的惨痛历史，反思被征服状态下的国民心理弱势，是这部大作品彼此相依的双重主题。在高悬敌寇"太阳旗"的北平城，"亡国奴"们含悲忍痛地过活，无辜市民没有一家能幸免于大大小小的灾难，死亡成了他们的"近邻"。耻辱感折磨着众多有爱国心肠的市民，消极避祸、息事宁人的做人态度，又使一些人遁入"好死不如赖活着"的苟且状态，"北平人倒有百分之九十九是不抵抗的"[③]。老舍由北平城和北平人的文化性格出发，用大量细腻描述，推出自己的忧虑："这个文化也许很不错，但是他有显然的缺陷，就是，他很容易受暴徒的蹂躏，以至于灭亡。会引来灭亡的，不论是什么东西或道理，总是该及时矫正的。北平已经亡了，矫正是否来得及呢？"[④]《四世同堂》架构恢弘，布局匀称，聚散适度，气骨凝重，是一幅超大规模的艺术画卷，上百号或主要或次要的人物形象，均被镂绘得真切生

---

①　郭沫若：《文章入冠》，《抗战文艺》第 9 卷，第 3、4 期，1944 年 9 月出版。
②　老舍在纪念老舍创作活动 20 周年会议上的答词，转引自张桂兴《老舍年谱》（修订本），上海文艺出版社 2005 年版，第 459 页。
③　老舍：《四世同堂》，《老舍文集》第 4 卷，人民文学出版社 1983 年版，第 171 页。
④　同上书，第 318 页。

动。老舍曾将这部小说，看作自己"从事抗战文艺的一个较大的纪念品"①。

抗日战争胜利后，老舍到美国讲学并写作。他又创作完成了长篇小说《鼓书艺人》，写的是曲艺艺人方宝庆一家，在抗战期间漂泊南下，在陪都重庆卖艺度日的遭遇。②《鼓书艺人》的主要价值，在于它像一方路标，指示了作家在创作思想上的转轨方向。小说异常明确地抨击黑暗政治，鼓吹民主精神，讴赞进步战士，都反映了作家在受到左翼文学原则影响之后，写作中出现的新特点。

1949年之前的老舍创作，已是全方位弥足珍贵地体现出一位满族作家，对于本民族文学传统的发扬光大。

——京旗下层的出身给他以决定性的人文模塑，父亲的坚贞爱国与母亲的善良刚强，都是为世代满人所推崇的性格，老舍一生，以及他的作品，都葆有此种纯正的生命底色；

——早在清前期满洲人就与北京这座城市建立了血肉关联，老舍作品浓重的北京"土著"情结，以及他对故都底层同胞们惨淡生存境况永不离弃的书写，则是他开创"京味儿文学"流派样式的本源起点；

——老舍的早年成长过程几近贫寒到一无所有，然而，满族文化和文学积淀的异常阔绰却给这个后来蜕变为一代文豪的穷孩子以根本性的人生补偿，老舍之为老舍的一系列前期艺术积累，不但来自天赋，更多地是来自他对满族文化沃壤的充分汲取，老舍在中国文学竞技场上展示的"十八般绝技"，回到满族文学及文化传统当中，抑或并不都算是"奇特无朋"的东西；

——"京味儿语言"即北京方言，与老舍隶属的民族有着颇深的渊源关系，老舍则青出于蓝而胜于蓝，将这种中国近现代语言版图上最具文化播散力与渗透力，最教八方民众为之着迷倾倒的方言形态，把玩和驱遣到了出神入化的地步；

——清代以降的满族书面文学业已形成了自己一些特别的文化调式，比如幽默诙谐的风格、寓悲剧故事于喜剧书写的形式，再比如雅俗共赏的写作诉求、明白晓畅的叙事姿态，又比如善于学习借鉴的开放性文化襟怀、勇于

①　老舍：《八方风雨》，《老舍文集》第14卷，人民文学出版社1989年版，第309页。
②　小说的故事原型，脱胎于抗战时期老舍本人与逃亡到大后方重庆的北平满族艺人富少舫（艺名"山药蛋"）一家的友情关系。

探索试验不计成败得失的艺术胆气，等等，都可以在老舍的创作活动中找出生动的例证；

——尤其是清代满族文学还留下了一个不容轻视的传统，就是作家们着力反思检讨身边的事物、事件和历史，《红楼梦》是中间最惹眼的作品，一些优秀诗人的笔头也有这类体现，到了老舍，这项满族文学的好传统，竟被引向了质的飞跃，清朝垮台发生在他的少年时期，旗族命运的沧桑更替以及连带着的许多社会话题、文化话题也都摆在近前，20世纪现代文明的迅猛洗礼更让老舍这样聪慧敏感的知识新人换了头脑，通过积极的文学实践，他把自己锤炼为紧步鲁迅足迹的中国现代最杰出的启蒙主义文学巨匠，并以他的作品为现代中国民族精神文化构建，作出了无可替代的重大奉献。

由清末到民国满族地覆天翻的地位易变，对于文化人与文学家的老舍其前期民族心理的形成及走势，构成潜在而且具有某些决定性的制约。他的众多的京旗同胞，被民国时代冷酷的民族歧视所挤压，不得不大批大批地隐瞒起自己的民族身份。老舍也没有办法不采取从众的人生选项，做人则要小心翼翼地遮蔽起自我的民族意识，为文则要尽可能将笔下的主题、题材、人物等的民族属性精心"隐去"。照老舍后来的话说："那时，我须把一点点思想，像变戏法的设法隐藏起来，以免被传到衙门，挨四十大板。"[1]

二

辽阔的东北地区，是满族的故乡，也是中国现代史上一片灾难深重的土地。早在20世纪初，沙俄与日本两国的侵略军，即为争夺在中国领土上的经济权益相互交战。自1931年起，日本军国主义者更是以武力强行占有白山黑水之间的大好河山，东北地区的满、汉各族同胞，又经历了长达14年凄惨万状的亡国奴生活。逢此国难乡仇当头之际，一批受到国内外进步文学感召的满族青年作家挺身而起，脱颖文坛，毅然决然地开始了为祖国为民族的庄严写作。这批满族青年的写作活动，为本民族的文学发展增添了新的价值与特征。

端木蕻良、舒群、李辉英、马加、关沫南、金剑啸、田贲等，是这些青年作家中间的优秀代表。

---

① 舒济：《回忆我的父亲老舍》，《新文学史料》1978 年第 1 辑。

端木蕻良（1912—1996），本名曹汉文，更名曹京平，笔名端木蕻良。辽宁省昌图县鸳鹭树乡人。其故乡地处辽宁北部科尔沁草原南端，是个满、蒙、汉多民族杂居的区域。他出身于一个根柢厚实的大地主家庭，父系原为汉人，六世祖辈由冀东逃难来到东北，家族迅猛发迹，与地方权势相互勾连，曾出任过当地官吏。端木蕻良的父亲，是个骄横果为、眼界开阔的人，因思想激进，从新如流，被逐出家族主体，成为一个倾向资产阶级思潮的"不在地主"；母亲姓黄，其先人乃是康熙朝平定三藩后由"小云南"遣回东北故园的满洲人，到了端木蕻良外祖父的时候，已经沦为曹家佃户，她本人由于聪明貌美，遂被端木蕻良父亲强抢霸为偏房。端木蕻良自幼反感父系作为，极为同情母亲的遭遇①；直至晚年，他仍一再说明自己幼时在家中的情感，从来就依向母亲一方②。

端木蕻良先天具备敏慧而且忧郁的心性，童年时即酷爱文学，浏览过不少奇异的书籍，还曾偷着读了家中的藏书《红楼梦》，渐有"神童之称"；往天津南开中学读书期间，他更是广泛涉猎进步作品，受到了鲁迅与托尔斯泰等中外文学名家的影响，进而开启了早熟的创作生涯。1932年读北平清华大学时，他已加入北平左翼作家联盟。

相对于有清一代大量涌现的满族文学家多出自京城或关内驻防区域，民国年间从东北地区走出来的满族作家则有所不同。③清朝定鼎中原之际，因自身兵力不足之患，敕令东北故乡的旗人倾巢而出，白山黑水间几近于赤地千里。清初，广大的东北地区被定为不得随意进入的封禁区域。至清中期以后，因"八旗生计"困扰，朝廷方将部分旗兵及家眷迁回东北屯垦戍边，该地区才又少量地逐渐恢复了满族人烟；清朝后期，一些汉族等民族人口陆续

---

①　在《大地的海·后记》中，作者写道："这明确的暗示，就写在我的血液里，我的美丽而纯良的母亲被掠夺的身世——一个大县城里的第一个大地主的金花少爷用怎样苛刻的方法掠夺一个佃农的女儿——这种流动在血液里的先天的憎、爱，是不容易在我的彻骨的忧郁里脱落下去吧！而父系的这一族，搜索一切的智慧、迫害、镇压，来向母系的那族去施舍这种冤仇，也凝固在我儿时的眼里，永远不会洗掉。"《端木蕻良文集》第2卷，北京出版社1999年版，第207页。

②　笔者亦亲耳听到端木老谈起，他之愿意选择满族为自己的民族身份，跟历来与母系站在一起有极大关系。

③　清代满族文学史上有名的作家和诗人，只有极少数（例如中期的诗人马长海，以及晚期的盛京子弟书作者们）写作于东北地区，他们又并非土生土长的东北满人，多是与京旗文化有深入关联而后返回或迁徙到东北的。

进入东北满族畛域，与满族结合，通行满族习俗，清廷遂放宽政策，实行了承认其满洲身份的办法。然细加观察，从清代到民国之初的东北满族，其文化类型仍保持着大野乡土间充分的自然形态和浑朴质地，他们的精神与文化还远不似京旗那么精致与讲究。截止到终清时节，东北满族的书面文学创作活动，也只在盛京等极个别的地方少许展现，整个东北地区基本上还属于看不到书面写作的"蛮荒之地"。一般地讲，东北地区的作家文学，是到了 20 世纪初期才慢慢形成了初具规模的小气候。出现此等小气候的直接原因，是清政消解后关内外文化的交流增加，以及现代文化启蒙思想通过各种途径，对东北青年文化阶层的精神渗透。譬如端木蕻良，其成为作家，就与他父亲思想开通并送他到天津读书不无关系。

　　1933 年，只 21 岁的端木蕻良，因参与左翼文化活动受到追查而辍学，于是耗去三四个月工夫，一举完成了 32 万言长篇小说《科尔沁旗草原》的写作。[1] 这部洋溢着作者青春才华的文学制作，以纵横交接的情节营造和神奇酣畅的艺术风格，痛陈了鸳鹭湖畔大地主丁府的发迹史，以及这个家庭在"九·一八"事变临近背景下盛极致衰的演化趋势，反映了东北农村封建地主阶级的腐败和广大人民的苦难，透视出日本帝国主义军事入侵与经济胁迫下中国农村经济秩序的破坏，表达了东北地区民众的抗日激情。小说着力描绘了既为表兄弟、又分别出身于对立阶级的两个青年男子——富家子弟丁宁和丁府雇工大山，他们两个家庭之间的情感纠葛与矛盾冲突。有着"新一代青年共同的血液"[2] 却又受到家族利害制约的丁宁，本欲在家乡做成一番事业，却几经心灵煎熬而只能出走远去；具有北方农民勇猛彪悍性情的大山，

---

　　① 作者这样谈到他的长篇处女作《科尔沁旗草原》创作情形："记得那时文思像喷泉一样，下笔非常之快，几乎停不下来。"（端木蕻良：《我怎样走上文学道路》，载《化为桃林》，上海古籍出版社 2002 年版，第 3 页）谁知，因当时国家尚将抗日舆论视作"碍语"等原因，作品竟拖到 1939 年才获正式出版。美籍中国现代文学研究专家夏志清就此写道："1933 年时，端木才 21 岁。没有任何小说家，在 21 岁时完成像《科尔沁旗草原》这样复杂、这样长的小说。唯一雄心不相上下的是小说家茅盾，开始他的三部曲《蚀》时是 29 岁，当时早已是老资格的编辑和文学批评家。可是端木不能很幸运地在 1939 年之前将小说出版"，"假如出版商真能看出它的价值，《科尔沁旗草原》可能在 1934 年出版，而与早一年出版的主要小说——茅盾的《子夜》，老舍的《猫城记》，以及巴金的《家》——直接争取批评家和一般读者的赏识。有眼光的批评家可能为之喝彩，认为这是比那三本更好的作品，理由是它具有引人兴趣的叙述，形式和技巧的革新，以及民族衰颓和更新的双重视境。"（夏志清：《端木蕻良的〈科尔沁旗草原〉》，载《夏志清文学评论集》，台湾传记文学出版社 1987 年版，第 155 页。）

　　② 端木蕻良：《〈科尔沁旗草原〉初版后记》，《端木蕻良文集》第 1 卷，北京出版社 1998 年版，第 415 页。

与丁府进行种种抗争，于"九一八"事变后，急速投奔抗日义勇军，走向雪洗国耻的前方。

这部长篇一经出手，便以其浓烈的朔方文化质地和乡土朴野色调，博得文坛的重视。郑振铎在阅审书稿时，即热情评价它"将是中国十几年来最长的一部小说；且在质上极好"，"出版后，预计必可惊动一世耳目"①。黄伯昂（巴人）也对小说的语言推许有加，指出："由于它，中国的新文学，将如元曲之于中国过去文学那样，确定了方言给予文学的新生命。"②

《科尔沁旗草原》在同时期的中国文学创作中，卓尔不群，不单有着囊括宏大叙事的史诗性艺术品质，且于国内现代文坛上较早地张扬起白山黑水般的雄浑文风。作品牢牢抓住中国农村经济结构的中心因素是土地占有这一关键环节，凸显出青年作家领受时代进步思想洗礼，试图运用唯物史观来认识和表现社会矛盾，所达到的精神高度。"这里，最崇高的财富，是土地。土地可以支配一切。官吏也要向土地飞眼的，因为土地是征收的财源。于是，土地的握有者，便作了这社会的重心……有许多制度，罪恶，不成文法，是由他们制定的、发明的、强迫推行的。"③

《科尔沁旗草原》的主题是多元的，艺术手段是多层面的，对围绕土地占有而出现的近景国内阶级纠葛和远景中日民族纷争，有着生动的艺术诠释，对东北民族的精神脉动同样富于慷慨泼墨般地大笔渲染。

作品带有家族叙事的性质，书中的丁府故事，斑斑驳驳地透视出作者自己家族的影子，相当多地取材于曹家的原型。小说的起头三章，特地交代了丁家先人从关内逃荒来到东北，仅凭借某些在当地颇能攫取民心的萨满教"仙术"，便捷足而占先机，之后紧逼兼并、血腥膨胀，疾步走上一条通向豪绅地主目标的路。在作者竭力披露丁府先人残酷聚敛、瞬间暴富的笔墨当中，细加辨别，却也确实暗含着一二分不易为人觉察的自豪——这种自豪，实际上是勾连着下文所要谈及的书中对于阳刚进取精神的认可及膜拜，它略微显出与作品之政治批判思路不很吻合，却悄然对准了小说关于民族精神气

---

① 郑振铎：《1934年12月18日致端木蕻良信》，见《鲁迅研究资料》1080年第5辑内《端木蕻良致鲁迅》。

② 黄伯昂：《直立起来的〈科尔沁旗草原〉》，《望—文学集林》1938年第2集。

③ 端木蕻良：《科尔沁旗草原·初版后记》，《端木蕻良文集》第1卷，北京出版社1998年版，第409页。

质的拷问。丁宁是豪门丁府的继承人，却又颇像是个豪横世家的"逆子"，即便是他想要站在家族的立场上办几件事，也总是患得患失，犹疑彷徨，跟有着坚如磐石心性的大山对垒，他不能不落败。

丁家当年在蛮荒的科尔沁草原暴发，时也运也。满洲人先前在建立中央帝国之际，本身经济形态比较错综，其中较为先进的部落业已进入农耕经济，后进的部落则依旧维系着渔猎采集生活；而当全民族入关之后，虽深陷农耕社会的重重包围，始终贯彻的八旗制度，却又把这个民族死死地捆绑到远离农耕轨道的另类战车上，二三百年下来，满族就整个民族而言，实在是还不大明白土地—农耕—财富之间的深刻关系。

而据相关文献证实，时至清末，广袤的东北大地从平原到山岭，人烟稀少，绝大多数地方还都被一望无际的黑森林与水草地所覆盖。那些黑森林与水草地保留着原始自然形态，它既是从肃慎到满洲该民族历来坚持渔猎采集生产方式的留存，也是清廷执政前期与中期阻挡关内人口向东北"龙封"禁地流动的结果。不过，降至清代晚期，中央政权自顾不暇、捉襟见肘之处极多，禁止随便进入东北的宿令也就形同虚有，渐渐弛废。这期间，关内数省天灾人祸激增，也诱发了大批人口为求存活而勇"闯"关东的洪流。这些闯关东的人口均来自农耕民族，他们来到东北大地的所有纵深地带，都必然地会用农耕民的传统思维与做法对待自然，从而让古来存在的生态面目改观。《科尔沁旗草原》的故事，正是无数关内农耕民"闯关东"故事中的一个。丁府前辈来至科尔沁草原开疆拓土、跑马占荒，他们的这一做法，与满洲先民历史上有过的开疆拓土、跑马占荒有着显著区别，即他们要想迅速实现的是一步跨进成为豪强地主的梦想，要想教所有土地都迅速打出粮食进而饱敛财富。由此思之，端木蕻良的丁府发迹叙事所能体现的，或者已然不仅仅是某一户地主豪绅的发家过程，它已触摸到了东北地区经济形态和自然形态在近代历史上的大转型。正是在这一转型过程，东北地区的乡土满族也悉数完成了依附于农耕民族价值观念的蜕变。

青年作家端木蕻良是敏于发现的。丁府骤然暴发，成了辽阔肥沃的黑土地获取者，同时也暗暗地在向自身的血脉跟精神当中植入一种有别于原先中原民族的异质因子。书里描写，当丁老先生（丁半仙）将一个土生土长的满族姑娘迎娶进门以后，其家族门风亦出现潜在变异，那朔方民族强悍朴野的阳刚性情返过头来，又为这个家庭补充上诸多有益于他们竞争存活的血液，才叫丁家这个满汉结合的家庭接连创造爆发的"神话"。小说较多描绘丁家初到关东生僻处所，便积极引进礼拜满族原始宗教萨满教的"跳神"活动，同样是在表达该家族亟待落地生根于科尔沁旗草原之时，愿意把自身重塑成为关东"野性"的、具有不再枯竭的创造力量的人群，那样的主观抉择。

大山是作者着力刻画的一条关东汉子，他生来便是个"肥大的婴孩"，20 岁上，已经磨炼成独往独来荒原之上，开荒打草、纵马狩猎无所不能的人，他不单单是个能干的农夫，倒像是更为出色地继承了当年游猎民族的全副生存技能，甚至于连他的外表——"一副凹凸的胸像……古铜色的皮肤，一副鹰隼，黑绒镶的大眼，画眉炭于画的眉毛，铁腱，栗子肉""头发从额头上披散下来，狮子的钢铁的鬃毛，像要浸出血液来似的在抖动"①　——也都透出满族初民充满雄性活力的形象轮廓。读者如若放眼《科尔沁旗草原》全文便会发现，作者只是在丁家高祖丁老先生娶当地女人为妻时，以曲笔证实过所娶之妻系出满人："她怎么不会裹脚呢，她是小九尾狐狸变的，她怎梳方头呢，她的底襟没衩呀……"②　但写到大山父系即丁宁母系，却不曾运用这等暗示，因为，凡是读过这本小说的人都会由大山的形象特征和所作所为，分明看出关东地方土著民族的气质风范。端木蕻良是要比照着自己母系民族满人的气质形象来写大山，这一点恐怕是毋庸置疑的。大山的表兄弟丁宁所出身的丁府与他自己所出身的黄家，在书里既是姑舅亲戚却也同时是阶级对立的天敌，他出于为亲姑姑当年被丁家抢亲而复仇，同时也是为了和自家一样命运凄苦的佃户雇农们的利益，大义灭亲，带领乡亲们决意实施"推地"（即退佃），跟以丁宁为代表的东家势力进行不妥协的斗争。值得读者注意的，并不在于大山这个自发的农民领袖其斗争水准高下与否，倒是他那股倔强刚毅、桀骜不驯的气概，给世间留下了不灭的印象。他的身上有永不枯竭的斗志与力量，当贫困农人们活不下去的时候，他会带领大家跟为富不仁的地主斗；当亡国灭种危险出现的时刻，他奋不顾身的身影又出现在抗日义勇军的人潮之中。在年轻作家端木蕻良的心目中，在上下一二百年科尔沁旗草原上的故事当中，唯有大山，方能体现一种"向东方的启明星看着"的富有光明前景的精神。③

---

①　端木蕻良：《科尔沁旗草原》，《端木蕻良文集》第 1 卷，北京出版社 1998 年版，第 85、408 页。

②　同上书，第 17 页。

③　小说脱稿之后数年，端木蕻良说："大山还是一个未完成的性格……"（《科尔沁旗草原·初版后记》，《端木蕻良文集》第 1 卷，北京出版社 1998 年版，第 414 页）说明作家的思想在行进，他不满足于大山勇于斗争的性格停顿于《科尔沁旗草原》的作为。

大山形象，虽体现了《科尔沁旗草原》一书的精神追求，艺术上却并不是此书里面写得最成功的人物，比较于他在作品情节中的时隐时现以及不能不承认的大山其人在性格塑造方面的单向化（文艺批评上有时将这类人物称为"扁平人物"），小说的第一主人公丁宁，则展示了性格多层面（此类人物又被文艺批评叫作"圆形人物"）和现实中人血肉丰沛的特征。就血缘关系来说，丁宁体内兼容豪绅丁府与贫户黄家的双重遗传，就精神立场来看，他因为离乡到中原地区求学许久，西方现代社会改良思想及民粹主义思想因子，已经在其头脑里滋生，尤其是像俄国作家托尔斯泰《复活》等作品宣扬的人性、人道与"道德自我完善"精神，对他的心理和言行都产生了莫大的影响；他怀抱着改变故乡社会现实、救赎苦难乡众的理想与激情回到草原，在父亲亡故自己主理家政的情况下急于兑现美好的理念性愿景，结果呢，却是事与愿违每每碰壁。他的抱负，他的追求，他的心态，乃至于他的苦闷和无助，都被小说言说得贴切具象，对于这样一个有着"新一代青年共同的血液"却也陷进历史深深泥淖的科尔沁草原上的"堂·吉诃德"，读者与作者也只能是同样地抚卷一叹。

丁宁失败的原因是多重的，作家端木蕻良记录下来他的一应思想及活动，以备人们去追索答案。而丁宁最终怅然离去前的一番精神怀想，似又可以见出从丁宁到端木蕻良的某项思维印记：

　　而那些只在家里传说的神话里才能听到的，那些只在由鸳鸯湖进城来的佃农的口里才传来的一些草味的洪荒的野犷的其实是温柔的野话，使他梦幻的心又怦怦地跳动了。他有过他现在也还不相信的奇想，有过就现在也不相信的为了没有到过那个地方的悲哀。

　　从那时起，顶天立地的科尔沁旗草原哪，比古代还原始，比红印第安人还健全、信实的大人群哪——这声音深深地种植在他儿时的灵魂里。而这声音一天比一天的长，一天比一天的在眼眶中具体、确实，愈认为确切不移。而甚至他在南国的青春的友朋里，把一切长白山的白，黑龙江的黑，都拟之于人类所推崇赞叹的伟大的形容词了。而人们也吻合着他声音荡动的微波而相信着而感喟着了。

　　是的，这一块草原，才是中国所唯一储藏的原始的力呀。这一个火花，才是黄色民族唯一的火花……有谁会不这样承认呢？有谁会想到这不是真实呢？①

此番对白山黑水蛮荒旷野人文精魂的断想，是捕捉到了以满族为代表的关东初民原始、自由、狂放、进取的根性元素。这一根性元素的短缺，确也存在于丁宁不彻底的社会改良实验之内。

包孕于大自然其间强大的、奔放不羁顶天立地的创造力，是年轻作家端木蕻良所敏感而深刻地体验到，并且力图通过其处女作所纵情张扬和极力托举的。在 20 世纪 30 年代祖国东北民不聊生、国土受到强虏铁骑践踏之日，青年知识分子端木蕻良的心头，抱定着的，正是这样一种健与力的瞩望。②纵览《科尔沁旗草原》，可以说，不啻是一部礼赞东北土地上阳刚精魂的大书。

端木蕻良，是一位生前由本人确切认定的满族作家。但是，可以这样认为，他又有别于一般意义上的满族作家，他的体内流淌着来自两个民族的血液，精神上也同样汲取于两个民族的文化习养。而尤其是他在一个历来强调父系为本的人文国度中间，如此的信赖与倚重母系以及母系精神文化，则不敢不说是一项特别的襟怀见地。

满族的族别文学，在端木蕻良问世的历史阶段，存有一个需要为世间觉察的文化结点。洵如本书读者已经看到的，以前由笔者所介绍到的满族文学家们，一直到民国初期的穆儒丐乃至老舍，差不多清一色地，是出身和成长于相对集中的旗族社区，他们的思想文化起步（后来的情形另当别论），都带有满族自身文化的规定性。可是，端木蕻良与他同时期以及随后的某些满族作家便不同了，他们或者本人就有了不单一的血统交注，或者有了自幼就

---

① 端木蕻良：《科尔沁旗草原》，《端木蕻良文集》第 1 卷，北京出版社 1998 年版，第 365—366 页。

② 端木蕻良的这一理念，与满族作家老舍的思考颇可比拟。抗战时期老舍写《四世同堂》，透过众多人物的所作所为，将中国人的精神文化鲜明地区分为不同类型。旧有的文人文化，在老舍看来，优劣参差，良莠互见，已到了必须严格辨别和扬弃的时候。钱默吟、祁瑞宣坚持的操守与骨气，固然是应当提倡的，但是，大敌当前，一定得将独善其身的方式加以能动改造，使之嬗变为服从民族大义的新风骨、新姿态；文化人应当勇于告别书斋生活，将拒不附逆熔铸到血火抗争中，才能迎来中华新文化人至美至义的前程。为了让过于成熟的文人文化重新塑造起刚劲的性格，老舍提出"我们须暂时都变成猎人，敢冒险，敢放枪"的改造途径，他借书中钱默吟的话语，说出来："诗人与猎户合并一处，我们才会产生一种新的文化，它既爱好和平，而在必要的时候又会英勇刚毅，肯为和平与真理去牺牲。"

要受到的两个以上民族的精神文化熏陶。对于此类满族作家，研究者的观察解析，自然需要更加用心和输力。我们在研究满族书面文学的时候，历来不曾否认与抹杀汉族文化和汉族文学对它的影响，因为满族自从"借"用汉语汉字写作，这样的影响便不言而喻。笔者在许多情况下没有一一详谈汉族文化的影响与作用，并非疏忽，只是由于这部拙著首先得去关注各个时期满族作家们都有一些什么样的新的个性化提供。实际上，汉族文化的稳定"在场"，乃是由清初起始的满族书面文学必须随时承认的客观事实。

我们对满族作家的认识又是因人而异的。康熙年间的纳兰性德，远祖为蒙古血统，乾隆朝的曹雪芹，先天的生理赓续又发自汉族，可是，他们从社会存在到民族心理，再到文化认同，皆已高度满洲化，且作品当中体现的审美趋向也都宣示出满族固有特征，因此，他们多代以前旧有的族裔记载便不再被人重视。民国年间的老舍是又一种典型：他截至 20 世纪 40 年代末的大量作品，均未点明题材跟人物的满族性质，可是日后当社会上民族歧视空气面临清扫之机，其前期作品的民族文学属性就不再是一个难以解释的问题。来至端木蕻良，现象似乎更加有趣一些，他的早期创作已透露自己具有双重血统，晚年又明白无误地把自己归入满族作家的群体，说明了他在身份抉择上面的主观选项。其实，端木蕻良只是较早出现在民族文学评论界面前的一位跨血统跨文化作家，伴随 20 世纪到 21 世纪中国社会人文板块烈度空前地漂移互动，一位作家背负两个以至于多个民族背景的例子已不鲜见。凡遇此类情形，充分尊重作家个人的态度，是人们愿意接受的不二方案。自然，接受了作家的个人选择，身为研究者，也该思索一下作家选择之所以然。

从端木蕻良的写作现象来看，他在民族身份的站位选择方面是有过一番考量的。他出生于中华民国诞生的第二年，父亲又是拥护辛亥革命的激进派，他幼年所受教育多是对清朝黑暗与满族腐朽的强调（在他的作品里也有相应表达）；不过，从他渐趋生成的个人积累中，又切实看到了母系家族、民族及其文化精神当中的许多优长。特别是日后走出家庭体验大社会和检读大历史的阅历，有助于他持续地去比较不同民族的性情差异与文化得失，最终，这位似可列入中国现代文化名人的著名作家，在其晚年，得以将自己的族籍身份，做了最后的确指。

围绕《科尔沁旗草原》以及端木蕻良的相关书写，人们假使以"满族"为"关键词"，还有可能得到以下一份不无意味的时间表：①1933 年创作《科尔沁旗草原》小说，作者意识到"满族"大到在东北大地上，小到在自己的血脉中，都不是可有可无的消极符号，可是要在这部许多人都会猜出它颇为类似作者之自传体作品的情况下，贸然写明大山一家跟丁宁母亲均为满族人，则不得不考虑到会有不便。当时举国上下"排满"情绪毫无松动，那么写只能引起社会性的非议与不快。于是，作者舍去有关黄家是满人的明确交代，改用隐晦而又不失巧妙的方式，讲述丁府先辈创业之际即娶回家了"不会裹脚"和"梳方头"的女人。这在作者来讲显非一处"闲笔"，却不大容易触发社会敏感神经。②1937 年，作者在为《科尔沁旗草原》写作其"初版后记"时，讲到东北的民众，讲到大山，进而发出感慨："那蕴含着人类的最强悍的反抗的精神哪，那凯撒一样强壮的，那长白山的白桦一样粗大的，那伟大的宝藏啊，那不该使人惊叹吗？不该使人想到这力量如能精密地编织到社会的修筑里去，那不会建树出人类最伟大的奇迹吗？"① 但是，依然没有只字提到掩藏在这些内容与感慨背后的那个"关键词"。③1938 年，端木蕻良在《大地的海·后记》中，饱蘸忧患地忆起外祖父和他的家族，忆起"美丽而纯良的母亲被（父亲）掠夺的身世"②，忆起"跟着生的苦辛，我的生命，是降落在伟大的关东草原上"③，他更深情歌吟与己血脉相通的人们："冰雪的严寒使他们保有了和从前一般出色的粗犷，复仇的火焰在大地的心中跳跃。长白山的儿子，原不是那么容易去势的，为了生，他们知道怎样去死。"④ 不过，其中还是见不到那个我们想要寻觅的"关键词"。④1940 年，一部向读者坦诚揭示《科尔沁旗草原》故事原型种种谜底的长文《科尔沁前史——开蒙记》问世，端木蕻良和盘托出、一一历数了从东北地区满族历史演进到近代社会政治经济变迁，从科尔沁旗草原上的作者父系先人、汉族逃荒者曹姓家族的发迹，再到他的母系先人、土著民黄氏家庭上溯两代几乎每个人的命运（从中能读出他们各自的满人性格）。文中甚至写到自己的大舅，因病"一直没有好，后来就被判定是邪魔侵身，说是'大神捉了他作弟子'……到后来他拧不过，就只有答应下来，作了大神"⑤。显然，这

---

①　端木蕻良：《科尔沁旗草原·初版后记》，《端木蕻良文集》第 1 卷，北京出版社 1998 年版，第 412 页。

②　端木蕻良：《大地的海·后记》，《端木蕻良文集》第 2 卷，北京出版社 1999 年版，第 207 页。

③　同上书，第 206 页。

④　同上书，第 208 页。

⑤　端木蕻良：《科尔沁前史——开蒙记》，《端木蕻良文集》第 1 卷，北京出版社 1998 年版，第 522 页。

是一个满人变为民间宗教萨满教之神职人员"萨满"的过程，在旧时满族乡村并不罕见。即便说到这样地步，关于母系乃是满族这最后一层谜底，虽已呼之欲出，作者却照旧是不动声色。⑤又过了 40 年，进入晚年的端木蕻良，在 1980 年《科尔沁旗草原·重版后记》里，感喟着"十年浩劫"的远去，重提当初这部长篇处女作险些被日军"八·一三"炮火吞噬的往事，仍然不愿多说什么。⑥终于，再过了 4 年，老作家在《科尔沁旗草原·一九八四年后记》里面，倾吐出一个憋在心里半个世纪的事实："……我在香港时，曾写过一篇文章，题为《科尔沁前史》，这里面也和《科尔沁旗草原》一样有些部分是我的家史，比如我母亲是被抢婚等，但因为不是写记叙文，如我外祖家是从云南发到东北去的满人，就没有谈到，只是在描写'跳大神'这方面做了一些渲染"① ——稍微了解一些中国满族存在情境的人们都会想到，20 世纪 80 年代起初几年，正是这个民族在国家民族政策的感召下，全面步入新生状态的阶段。同样也是在这段时间，国内多民族文学空前伸展，包括满族在内的数十个民族的文学竞相繁荣。有生以来就自愿将一己情感站位倾向于母系的端木蕻良，第一次获得了民族身份的自我满足。② 自此，端木蕻良乃是满族现代作家的概念，逐渐成为社会之共识。查考作家端木蕻良民族身份自识的曲折过程，不但可以体会满族文学流变的某些独特轨迹，也会使人们了解，多民族文学发展道路上的若干异数变幻，其实，是能够把它当作一种社会文化与社会关系"晴雨表"来读的。

端木蕻良于小说创作上是长篇、短篇功力俱佳的作者。《科尔沁旗草原》未能在创作完毕后及时出版面世，他并不气馁，其他作品仍接踵诞生。20 世纪 30 年代和 40 年代，作家远离故乡，流离失所，情感上亦受到创伤③，却激励自己顽强写作，依然收获了一个令人羡慕的丰产期。其间主要代表作，有长篇小说《大地的海》《新都花絮》《大江》《大时代》《上海潮》，以及中短篇小说《鹭鸶湖的忧郁》《爷爷为什么不吃高粱米》《遥远的风砂》《浑

---

① 　端木蕻良：《科尔沁旗草原·一九八四年后记》，《端木蕻良文集》第 1 卷，北京出版社 1998 年版，第 480 页。

② 　人们注意到，中国作家协会主办的《民族文学》杂志，1985 年第 7 期封 3，刊有题为"满族老作家端木蕻良在创作《曹雪芹》之余偶得一首诗词"的大幅照片。

③ 　端木蕻良 1938 年在武汉与东北籍著名女作家萧红结婚，二人情真意笃；1942 年初，萧红却病逝于香港。

河的急流》《初吻》《风陵渡》《红灯》《红夜》《雕鹗堡》《找房子》《饥饿》等。这十几年间他的小说创作大致可以分为民族救亡题材与都市人生题材两类，耐人寻味的风俗文化型书写，被认定是他艺术上的醒目风格。

端木蕻良好像生来就是状写关东地域大自然的天才，他的多部作品，不仅描绘出朔方景物的客观气象，更烘托出了它的内在神魄。且看《大地的海》之开篇：

假若世界上要有荒凉而辽阔的地方，那么，这个地方，要不是那顶顶荒凉、顶顶辽阔的地方，但至少也是其中最出色的一个。

这是多么空阔、多么辽远、多么幽奥渺远啊！多么敞快得怕人，多么平铺直叙、多么宽阔无边呀！比一床白素的被单还要朴素得令人难过的大片草原啊！夜的鬼魅从这草原上飞过也要感到孤单难忍的。

多么寂寞啊！比沙漠还要幽静，比沙漠还要简单。一支晨风，如它高兴，准可从这一端吹到地平线的尽头，不会在途中碰见一星儿的挫折的。倘若真的，在半途中，竟而遭遇了小小的不幸，碰见一块翘然的突出物，挡住了它的去路，那准是一块被犁头掀起的淌着黑色的血液的混凝的泥土。①

即便只限用一句话，作家也能把它的东北大平原的雄奇景色，勾画得壮观而真切：

是谁在地平线上切了一刀，划然的，上边青蓝，下边浅绿。②

1937 年发表的《大地的海》与 1939 年写就的《大江》，向为文坛视为《科尔沁旗草原》的姊妹篇。在呼唤广大同胞救亡抗战的主题上，它们确实接续了《科尔沁旗草原》的昂扬姿态，只是这随后的两部作品，较前作而言显得题材较为单薄，题旨有些浮泛。另外，先前的《科尔沁旗草原》虽有一味信赖关东方言土语而教南方读者略感费解的弊端，总体去看却也不失为一种地方以及民族气息十足的佳制。而《大地的海》，一方面采取方言铺叙随

---

① 端木蕻良：《大地的海》，《端木蕻良文集》第 2 卷，北京出版社 1999 年版，第 1 页。
② 端木蕻良：《科尔沁旗草原》，《端木蕻良文集》第 1 卷，北京出版社 1998 年版，第 84 页。

时加用括号来解释语义以助南方读者阅读，另一方面，作品也相当多地有意丢弃地方性语言，而改操当时尚属时兴的语言样式。可惜的是，这种时兴的语言带着点儿"俄式"或者"欧化"的成分，不免叫人遗憾。[①] 语言运用的这种异化痕迹，推而言之，也透露出年轻作家原本持有的地方性民族性向着文坛主流价值的归依。20 世纪 30 年代渐趋长成的中国左翼写作，是存在其特有共性与定数的。从语言风格到题材、题义等方面的一体化迹象，不单在端木蕻良，也在其他东北籍满族作家那里，不单在 30 年代左翼书写，也在随后相当时日的政治化文学叙事当中，还会不断地强势铺展。

端木蕻良是有幸得到文化巨擘鲁迅提携和扶助的青年作者，在他早期创作中，直接引起鲁迅关注的，是后来收入短篇小说集《憎恨》（1937 年）中的一篇《鴜鷺湖的忧郁》。作品饱浸苍凉哀婉，描述了苦难岁月中的一个小故事。月夜里，少年玛瑙跟青年来宝一道，被迫为地主看守豆地，却两次被盗青的声响惊醒。第一回，被来宝捉打的"贼"，恰是玛瑙那贫病交困的老父亲；而第二回的情形更令玛瑙痛心，一个女人以肉体换得来宝的许可，让她那弱小的女儿偷割豆秸……作品以情景并张的艺术感染力，烘托出强烈的悲剧基调，令读者阅罢欷歔不已。

三

本节，拟大要介绍民国期间涌现于关外黑土地上的其他诸位满族作家。

舒群（1913—1989），原名李书堂，曾用名李春阳等。世居山东青州，为该地驻防旗人后代。清代解体后，当地满人举步维艰，他隶属镶黄旗的父亲和出身正黄旗的母亲，便决计逃奔白山黑水的东北故土，经一番艰辛，这对满族年轻夫妻居然实现了愿望。舒群本人出生在松花江畔的哈尔滨。读初中时，他即投身中共外围组织反帝大同盟活动，并接触进步文学，尤以信意追随左翼作家蒋光慈创作道路为意愿。中学期间曾在苏联人办的中东铁路学校读过书。后又读了半年哈尔滨商船学校，因贫困辍学。"九一八"事变后仅三天，他便参加到抗日义勇军的行列。1931 年，由中共地下党主办的

---

① 例如在《大地的海》里，时常看到这样的句子："而现在他单是顺从一种筋肉的习惯，挥发着他原始的野性在对着他用父亲的慈爱所培植出来的青苗，不着一点体恤的让生动的大锄，从上面残酷的横扫过去，这是何等一种爱悦的讨伐！"《端木蕻良文集》第 2 卷，北京出版社 1999 年版，第 104 页。

《哈尔滨新报》面世，舒群以"黑人"笔名在副刊上发表诗文。1932 年，他加入第三国际组织的工作，成为中共党员，并出任洮南情报站站长。同时期，与塞克、罗烽、金剑啸、萧军、萧红、白朗等青年作家协力开拓北方的左翼文艺局面。1934 年哈尔滨陷入白色恐怖，他被迫转移到青岛，又被当地国民党特务逮捕。在狱里，他写出小说《没有祖国的孩子》初稿。次年获释后，辗转到上海，参加中国左翼作家联盟，又创作出一批有影响的中短篇小说。1937 年，舒群来到西北抗日根据地，曾在八路军总部为朱德总司令担任秘书。1938 年和 1939 年，复往南方开展抗战文艺工作，1940 年回延安，担任《解放日报》四版主编和鲁迅艺术学院文学系主任。1945 年抗战胜利后奉命急赴东北地区，出任过东北电影制片厂厂长、东北文协副主席等职。

　　《没有祖国的孩子》是舒群早期代表作，1936 年在《文学》杂志刊载，当即引起左翼文坛极佳反响，年轻的北方作家舒群也因而一举成名。周立波《一九三六年小说创作回顾——丰饶的一年间》，认为它"在艺术的成就上和反映时代的深度和广度上，都超越了我们的文学的一般的水准。凭着这些新的力量的活动，一九三六年造成了文学上的新的时代"。①

　　这个短篇描写的是，高丽少年果里，在从事反抗斗争的父亲被日寇杀害后，流落来中国东北，与中国孩子果瓦列夫、苏联孩子果里沙，由彼此隔膜到建立起纯真友谊的故事。果里离别祖国，变成中国土地上的放牛娃，他生性倔强不畏穷苦，却最怕听人说起他的祖国已经灭亡，和"在世界上，已经没有了高丽这国家"②。苏联男孩儿果里沙起初看不起这"没有祖国"的高丽少年，更不理解他的民族情感，是在"我"（即中国孩子果瓦列夫）的影响下，才逐渐跟果里建立友谊。具有国际主义思想情感的苏联女教师苏多瓦接收果里入学，使他领受到了与苏、中孩子们一样的读书生活。但好景不长，日本侵占了东北全境，这所由苏联人办的学校整体撤回本土，"我"与果里不愿再生存在外寇魔掌之中，双双向关内逃亡。不想海船刚靠岸，又遇日本军人搜捕，为了不牵连中国伙伴儿，果里说出了小说当中最后那句掷地

---

　　① 周立波：《一九三六年小说创作回顾——丰饶的一年间》，《光明》（上海）1936 年 12 月第 2 卷第 2 号。此外，周扬也在《现阶段的文学》一文（《光明》第 1 卷第 2 号，1936 年 6 月）中提到："失去了土地，没有祖国的人们，这种种的主题，在目前有着特别重要的意义。最近露面的新进作家舒群，就是以他的健康而又朴素的风格，描写了很多被人注意的亡国孩子的故事，和正在被侵略中的为我们所遗忘了蒙古同胞的生活和挣扎，而收到成功的新鲜效果，成为我们的一个重要的期待。"

　　② 舒群：《没有祖国的孩子》，王省新编：《舒群代表作》，华夏出版社 1998 年版，第 5 页。

有声的话："我是高丽人，他不是的。"①

　　这篇小说篇幅短小，只有万把字，却包含丰厚的提供。"没有祖国的孩子"，作品题目，首先是准确定位了高丽男孩儿果里特别的身份与处境；日本侵犯朝鲜由来既久，自 16 世纪末起几成传统，在日本野蛮的入侵与统辖下，高丽国民一直承受着"亡国灭种"的危险，小说中果里流亡异国，尤以亡国为耻，正是其民族情感的自然流泻。小说写出了主权他落、国土沦丧给一国民众（哪怕是未成年的孩童）心理造成的重创。不过，有侵略就有反抗，朝鲜人民的抗日斗争同样具有传统。果里父亲就是惨死于敌人枪下的抗日志士，小小年纪的果里一样仇恨日军，也有过将刀子愤然"插进'魔鬼'的胸口"② 之壮举。这是小说诉诸读者的第一层用意。

　　再深一层，则是"我"与"我"的东北家园、东北同胞，就在故事发生的当口，也跌进了与高丽国民同等的厄运。"九一八"事变使日军对东北全境占领既成事实，"我"只能步果里足迹也变为一个"没有祖国的孩子"，果里先前的惨痛遭遇也肯定要在"我"及广大东北同胞的今后重演，它注定是一场更大的悲剧。作者虽未展开对"九一八"之后东北人民悲惨生活的具体描述，读者却已从果里的生存现状预测到了一切。国家残破下面的国民，从来就是没有任何权益可言的，小小的果里早已是一面镜子。

　　而更深一层的小说意蕴，则是读者们未必皆都能品读出来的，那就是作者舒群身为一个具有满族血统的中国人，对于在祖国东北地方上演的伪"满洲国"政治丑剧的由衷愤恨。中国东北地区，近代以来被约定俗成地称作"满洲"地区，但它从来就是中国领土的一部分，自明清以降，满洲族裔更是别无二话地将自己与本民族祖祖辈辈生息其间的白山黑水，都认作中华不可分离的一部分。青年舒群，正是带着这样的立场和感情来看问题和写小说的。《没有祖国的孩子》里面有一段笔致深刻的话语：

　　　　"不像你们中国人还有国……"
　　　　我记住了这句话。兵营的军号响着，望着祖国的旗慢慢地升到旗杆的顶点。无意中，自己觉得好像什么光荣似的。
　　　　但是，不过几天，祖国的旗从旗杆的顶点匆忙地落下来；再升起来

---

① 舒群：《没有祖国的孩子》，王省新编：《舒群代表作》，华夏出版社 1998 年版，第 21 页。
② 同上书，第 18 页。

的，是另样的旗帜了，那是属于另一个国家的——正是九月十八日后的第八十九天。①

了解中国现代史的人都知道，日本军国主义者为达到疯狂侵华长期占有的罪恶目的，确曾依靠拉拢一小撮满族败类，在东北地区拼凑了傀儡政权——伪"满洲国"。然而那个挂着"满洲"名字的所谓"国家"，历来就遭受到包括绝大多数满族同胞在内的中国人民的一致唾弃。在伪满政权下艰难度日的满族民众，不可能得到所谓"满洲国"丝毫的"恩惠"，相反，也要同汉族等各民族民众一样过着屈辱无告的日子。② 自伪满政权扯起那面肮脏可耻的旗帜起，具有反帝爱国光荣传统的满民族为数众多的志士仁人，与各兄弟民族携手，跟民族败类们展开了不共戴天的斗争，其间可歌可泣的事迹实可用"不胜枚举"来言说。满族出身的青年作家舒群，本人就是极有骨气的中国人，他以自己的小说更以自己的行动，表达了绝不愿做"没有祖国的孩子"的坚强决心。③ 当伪满政权临头的时候，作者笔下的"我"坚定地喊出"回祖国去"的心声，并涉险偷渡去往关内，乃是体现出满族作家舒群与他众多同胞再鲜明不过的族心向背。青年作家舒群是个满族人，也是个最懂得"祖国"两字重量的中国人。

《没有祖国的孩子》所能告诉读者的，还有一些。作品主人公们就读的苏联人办的"东铁学校"，是以中东铁路学校为原型的。中东铁路，原为沙俄时代在中国东北实行军事扩张经济渗透的产物，十月革命后由苏维埃当局继承。到"九·一八"事变后，日军将苏联在中国东北的势力（包括东铁学校）逐出当地。而这篇小说恰好勾勒出俄苏所属中东铁路下设学校的结束场景。女教师苏多瓦是心向苏联政权的新型人物，她接收果里读书，堪称无产阶级国际主义的作为④，但她的学生们并不都有这种意识。男孩子果里沙就曾表现出国际间民族关系中"强势民族"高傲的心理定势，他瞧不起亡国民族的穷孩子，持居高临下眼光看待果里，以为受侵略和奴役的民族必是懦

---

① 舒群：《没有祖国的孩子》，王省新编：《舒群代表作》，华夏出版社 1998 年版，第 12 页。

② 据在伪满政权下生活过的老人回忆，普通满人与普通汉人当时一律被视为下等，是连偷偷吃一顿白米饭，也要查出来按"国事犯"惩处的。

③ 就像《没有祖国的孩子》所表达的伪满政权下满、汉等民族不甘心做"没有祖国的孩子"一样，舒群前期作品里，还有《沙漠的火花》《蒙古之夜》等描写内蒙古地区蒙古族人民反抗日本侵略、奴役的小说，亦显然是为在伪"蒙疆自治"政权下生存的蒙古族爱国同胞秉笔直史。

④ 以往对此作品讲评，把三个异国孩童的友情也说成是国际主义举动，是不准确的。

弱使然。倒是作品里的"我"这个中国孩子，因与果里处境相近，才慢慢说服了果里沙。世上人们从来就处在不一样的民族位置上，小说写出了这一点，接触、理解、友爱和尊重，是不同民族间最重要的东西。难得的是年仅21岁的舒群写出来了如此意味深长的故事，这怕是也跟他自己的民族身份相关联罢。满洲民族有过自身由弱势到强势，再沦为弱势的曲折经历，所以也能在不同民族的言行里体察到更多一些的内容。

《没有祖国的孩子》写得真情意切、笔法细密。舒群自进入文坛伊始就凸显出来的谋篇考究、意蕴隽永的创作风格，不但在《没有祖国的孩子》中有清楚的展示，又体现在随后面世的中篇小说《老兵》（1936年）和《秘密的故事》（1940年）中，以至逐步形成为他的个人艺术特征。《老兵》刻画了一位混迹于旧军队多年的年轻"老兵"，平时玩世不恭，国难临头须与侵略者直接对垒时，却能够幡然振奋殊死搏杀，最终致残。《秘密的故事》则是一篇悬念重重、传奇色彩浓烈的作品，女主人公青子是抗日义勇军的一员，她一再超越常人固有的儿女之情，不惜毁家献身，做出不少令人一时无法思议的举动，而她的心思只是追求杀敌报国与民族解放。

李辉英（1911—1991），原名李莲萃，用过的笔名有西村、东篱等，吉林永吉人，出生在满族大地主家族。1931年在上海读书时，为"九一八"事变后故乡沦陷的消息所震动，遂执笔为文。

第一个作品为短篇小说《最后一课》，是"依凭想象描绘的一个反日的故事"，这篇在中国现代文坛上率先面世的以东北地区反日斗争为题材的创作，张扬了面对敌寇侵略与蹂躏，同胞们必须以牙还牙的思想。小说于1932年1月发表在"左联"刊物《北斗》上，体现出中国现代文学由此所担负起的救亡使命，对其后多年风起云涌的中华抗敌文艺的出现，有良好的示范作用。1932年，他加入左翼作家联盟，继续马不停蹄地投入抗战作品的书写，同年即发表了长篇小说《万宝山》。作品取材于1931年夏季吉林地区农民反抗日本侵略的"万宝山事件"，有着纪实性的特点，寄托着年青作家的高昂爱国情感。小说描写的是，伊通河畔万宝山地方，汉奸恶棍郝永德在日本中川警部的唆使下，要强租"官荒屯"而转手给流亡到此的高丽移民耕种，遭到当地农民马宝山与青年学生李竞平等人的坚决反对，马、李等人揭竿而起组织了自卫队，在高丽移民中反日成员金家父子的策应下，展开了"东方被压迫民族反抗帝国主义的一幕革命斗争"。由于刚登上文坛未久的作者在写作时远离故土，对实际发生的事件还缺乏详尽的了解，《万宝山》在艺术上显得比较粗糙，对于人物形象的把握也有失准确。然而，这部长篇制作却因其能够最早涉足东北人民反抗日本侵略者政治奴役与经济掠夺的现实题材，而在中国现代文学史上占有异常醒目的位置。而让年轻作者最感欣慰的是，他已经"使用文学这锐利的武器冲向了敌人"。当清醒地认识到《万宝山》作品尚有若干不足以后，李辉英于 1932 年夏季，为亲身感受和有效搜集在日本侵略与控制底下的东北人民生存实况，曾秘密潜回东三省，遍访各大城市及农村，为自己的写作积累第一手素材。此后，作者依此次返回故乡所得到的社会生活真实感，又接连创作了表现抗日斗争的短篇小说集《丰年》（1933 年）、《人间集》（1935 年）、《山河集》（1937 年）等。"七七"事变后，中华全民抗战爆发，李辉英更是身体力行，不间断地坚持抗日作品的书写，还不辞劳苦地辗转奔波于中原各省，面向民众做抗敌救亡宣传，成为人们熟知的极具爱国情愫的知名作家。1945 年和 1948 年，李辉英又有两部长篇小说力作《松花江上》和《雾都》先后出版。《松花江上》生动地刻画了"抗日义勇军"在东北大地上开展的正义事业以及这一事业对民众精神面貌的能动影响，作者后来就这部书的创作动机写道："亲爱的朋友们，你简直不知每当我听到青年男女唱起流亡三部曲（包括《松花江上》这第一部曲在内）时，我的心情会激动什么地步，而那种热血沸腾的情形，真不知如何处置自己才是呢。当自己也是流亡三部曲歌唱者中的一员时，你一看见我唱得珠泪滂沱的样子，也就不难理解一个亡国奴的心情如何的悲伤，如何的痛陈，又如何的愤慨了！"①《雾都》写作于抗战胜利之后，作家自这部书起，对其笔下的抗战文学叙事注入了较多民族文化反思的因素，《雾都》即以抗战时期"陪都"重庆上流社会形形色色生活场面为素材，富有表现力地探寻了民族危机的某些潜在动因。

满族作家李辉英，以一己生命的主要精力，反复进行着他的抗日叙事，其作品不仅彻底揭露了侵略者的野蛮暴行，也表达了对伪"满洲国"以及各类汉奸势力的鄙夷与仇视，更教读者深深感知了他热爱祖国忠于大众的一腔激情。据认为，他是中国现代文坛上写作抗战斗争题材最多的一人，"他先

---

① 李辉英：《港版〈松花江上〉后记》，马蹄疾编：《李辉英研究资料》，春风文艺出版社 1988 年版，第 136—137 页。

后出版了抗战题材的长篇小说 7 部，短篇小说和报告文学集 9 部，散文集 3 部"①。李辉英的此项光荣，不言而喻，理应记入中国现代文学发展的史册，记入满族现代文学发展的史册。

　　马加（1910—2004），原名白永丰，曾用名白晓光，辽宁新民人。祖上原为山东人氏，十世祖于明末前后迁徙来至辽河流域，加入到当时在东北诞生的新兴的满洲共同体，先人还有过开荒占山的经历。据家族老人回忆，清代他家隶属于皇家内务府，是清太宗皇太极之昭陵的守陵户，后来搬迁到专为皇家打制弓箭的新民县弓匠堡子村，到其父亲一代，已然成为一介民间医生。

　　马加在故乡读中学时，清晰记得目睹过日本浪人四处横行胡作非为的情景，少小的胸中埋下了反抗外辱挣脱奴役的种子。1928 年他入沈阳东北大学预科，结识的两位好友，都是从事秘密革命活动的共青团员，他们彼此携手，研习普罗文学，尝试进步创作，同年，马加发表了诗歌处女作《秋之歌》。他那时也跟舒群一样，是左翼作家蒋光慈的积极追随者，甚至于把自己的名字也改为"白晓光"，以表达要像蒋光慈那样生活和写作的意志。"九·一八事变"后，马加与许多爱国青年一道，流亡到北平，在生存极度艰难的情况下，读到一些马克思主义经典著作，毅然选择了自己毕生的政治道路。他于 1933 年创作于北平的表现抗日呼声的政治抒情诗《火祭》，高声呐喊出："瞧吧，这风的威，电的火，烽火的狂焰，世界上有一支新型的势力随着杀声推展！"该诗作刊登在北平"左联"刊物《文艺月报》上，被《文艺年鉴》载文评价为这一年最好的诗作。1935 年，他加入了"左联"。之后，他因在关内生计无着，回东北家乡两年时间，亲身体验了故园同胞在铁蹄下痛苦熬煎的滋味，为自己日后充满时代激情的写作铺垫了厚实的基础。

　　从 1935 年到 1938 年，马加创作的长、中、短篇小说以及诗歌杂文，就有八九十万字，其中不乏像长篇小说《寒夜火种》和长诗《故都进行曲》一类的同期代表作。1937 年"七七"事变后，他离别北平进入西北抗日根据地，次年前去延安，先后在陕北公学、中央党校学习，参加八路军随军文工团，深入到晋察冀根据地工作，又写出了《过甸子梁》《减租》《宿营》

---

① 　蔡宗隽、吕宗正：《李辉英和他的抗战文学创作》，《社会科学战线》1995 年第 5 期。

等短篇小说。1945 年延安《解放日报》连载他的长篇小说《滹沱河流域》，颇带战斗气息地勾画出华北抗日前线的广阔战斗场景。作品反映抗战时期这个地区人民在与日本侵略者做斗争的同时，开展减租减息活动和对封建思想的批判，写出了农村各阶层人物的不同心态，展示出斗争的曲折性和复杂性。这部小说，是马加创作逐渐形成个性化语言及艺术特征的过渡型作品。

至抗日战争胜利后，他奉中共组织派遣，再次返回东北故乡。于 1947 年底，到佳木斯市附近农村参加土地改革运动。随后，他发表了反映土改斗争的中篇小说《江山村十日》，引起轰动。作品以原名高家村而后更名为"江山村"的一个普通乡屯，在 10 天内的巨变为故事主脉，真切生动地记录下来贫苦农民翻身后对长久地由"老百姓坐江山"的热望。朴实感人的情节铺展与驾驭自如的东北语言格调，在作品中得到相当和谐的结合。作家对于东北农村下层群众生计、习性、举止、言谈自幼便有的贴切把握，极大程度地提升了他的此次创作基点。小说是在真人真事的基础上加工而成，颇有几分报告文学的模样，虽然艺术的典型化略感不足，有些过多拘泥于原有生活素材的框制，但内容充实丰满，生活气息浓郁醇畅，被公认为是与周立波《暴风骤雨》、丁玲《太阳照在桑干河上》同等的反映 20 世纪 40 年代后期中国土地改革的优秀之作，同时也是人民解放战争时期东北解放区文学创作的宝贵收获。

在中国现代文学史册上，马加历来是被作为左翼作家与革命作家来言说的。不过，有人注意到，早在 1935 年，青年马加即写出过这样的温热话语："在那白山黑水之间，埋藏着先人的坟墓。""过去曾有过一个时期，代表着关东城的兴旺。几千个愚昧的生命从黑暗中发现了光明，他们强悍的，勇敢的，勤劳的，时刻不停地开垦着关东的土地。""孩子，你是我们祖先遗留下来的血统……你应该效法我们的祖先，崇拜我们的祖先，重唱起我们祖先唱过的歌曲，在那歌曲中你可以发现最真挚的感情，最纯洁的光辉。"①

马加，由此可见，也是一位从根本上讲，既具备满族特有情感基点又具备中华民族共性精神维度的作家。

关沫南 （1919—2003），原名关东彦，吉林永吉出生的满族人。童年曾

---

① 马加：《我们的祖先》，见《马加文集（一）·短篇小说集》，春风文艺出版社 1986 年版，第 73、76、79 页。

随在东北军中任下级军官的父亲辗转各地，"九一八事变"前夕定居哈尔滨。上中学时酷爱读书，感到自己是"发现了一个新世界，就是文学"①，他在高年级学生唐景和（即后来成为左翼作家的林珏）的支持下，探索文学写作，1934 年，便在《哈尔滨公报》上发表了自己的处女作散文《呼兰旅游漫记》。

从 1933 年伪满政权建立以后，东北地区的政治局面异常严峻，具有爱国抗日思想的青年和学生，时常遭到敌寇的逮捕镇压，甚至是枪杀，原本有着唯美主义文学幻梦的关沫南，毅然摞下了旧日的浪漫憧憬，踏上一条直面人生、揭示社会的创作之路。1934 年以来，哈尔滨原本富有生气的左翼文艺形势惨遭破坏，继萧军、萧红、舒群等作家南去之后，爱国的青年作家金剑啸又英勇就义，"北满"文坛上颇显萧条沉寂气氛。1937 年，关沫南受女革命者陈紫的影响，参加了秘密的马克思主义学习小组，同时也认真地阅读了鲁迅作品，精神及创作都有了质的飞跃。1938 年夏季，关沫南出版自己第一个小说集《蹉跎》，起到了提振"北满"文学气氛的作用。小说集里的关沫南作品，深受鲁迅小说苍劲笔法的影响，集中表达了反对读经复古和体恤贫苦知识分子命运的两大主题。年轻的作家关沫南，从此亮明了自己专注于左翼文学活动的人生选择，在充斥着白色恐怖的沦陷区，面对着强盗们滴血的刀锋坚持艰险备尝的文化斗争，并成为了从事这一严峻斗争的标志性人物。

20 世纪 30 年代末至 40 年代初，关沫南的小说创作有一个高潮出现，他接连发表了二三十个短篇，三部中篇和两部长篇。这些作品有一个相当突出的特征，既敢于在敌伪当局的层层控制下面，或直接或委婉地表达反抗异族侵略的主张。其中短篇小说《堕车》《船上的故事》《某日某夜》，均对现实环境中的民族矛盾、阶级矛盾做出大胆刻画。1941 年，他的长篇小说《落雾时节》和《沙地之秋》在哈尔滨的两家报纸上分别连载。前一部作品以作家若干亲属的经历为素材，描绘了一个满族旧式家族在日伪统治下出现败落与分化，以及家族中的热血青年踏上革命之路的过程；后一部小说则反映了沦陷区青年们冲破精神苦闷投身反日文化活动的现实。这两部展现着关沫南鲜明思想倾向和艺术才华的作品都还未能载毕，年仅 22 岁的作者，便因所谓"哈尔滨左翼文学事件"，遭到日伪警方的逮捕，并从此系狱三年之久。

在不断迁移的牢房生活中，关沫南与许多同陷囹圄的抗联将士结识，

---

① 　关沫南：《忆作家林珏》，载《春绿北疆》，春风文艺出版社 1983 年版，第 108 页。

"和他们并肩同坐在一个狱室里，睡在同一块地板上，终日听他们讲那可歌可泣的事迹"①，感受着抗联英雄们在常人难以承受的条件下面，所从事的艰苦卓绝、义薄云天的斗争情况。关沫南暗下决心，定要在重获自由的时候，为这些伟大的同胞作传。因敌人终未拿到关沫南与共产党组织有关的证据，1944年将他假释。

1949年2月，关沫南发表了表现抗日联军中满族出身的著名将领陈翰章事迹的纪实体小说《陈翰章》，并以此为起点，开始了他后来长期从事的抗联题材文学创作。

金剑啸（1910—1936），原名金承栽，又名梦尘，号培之，笔名巴来、健硕。沈阳正黄旗满洲后人，出生于刻字工人家庭。在他两岁时举家迁居哈尔滨。他自幼多才多艺，能写善画且爱好戏剧和音乐。1927年，在医科专门学校读书的他，即在当地的《晨光报》上发表些表示个人理想追求的诗文作品，为该报编辑、地下革命者陈凝秋（笔名塞克）所关注。于是，后者把他引上革命道路。1929年他前往上海，两年后加入中共组织，并毕业于由左联创办的上海艺术大学。1931年"九一八事变"前，他被派回哈尔滨，与作家罗烽等共同担负起领导"北满"地区革命文艺运动的责任。1933年他创建了抗日文艺团体"星星剧社"，舒群、萧军、萧红、罗烽、白朗等日后在中国文坛上叱咤风云的东北籍青年作家，都是该剧社的骨干分子。1935年他还参与了中共外围组织"哈尔滨口琴社"的工作。

金剑啸是一位在20世纪30年代前中期"北满"文坛上发挥过重要组织作用的左翼诗人和剧作家，生前留下的作品，包括八部独幕剧、两部叙事长诗、五篇小说以及若干杂文散文，还有一些油画、水彩画和素描。其代表作，包括长诗《兴安岭的风雪》、短篇小说《云姑的母亲》和独幕话剧《咖啡馆》等。《兴安岭的风雪》为中国现代文学中第一部刻画东北抗日联军斗争场面的叙事作品，以澎湃激昂的诗情，礼赞了32位抗联战士与日寇浴血搏杀以至于其中14人英勇捐躯的壮举。以下便是其"序诗"：

在天上落着雪花的时候，/我遇到一种/娓娓动听的歌声：/歌声里

---

① 关沫南：《我怎样写抗联小说》，《在创作道路上探索》，北方文艺出版社1986年版，第228页。

有着血、热和爱。/在空中飘动着太阳的彩带。//记得有这么一个时代，/破烂低压着热和爱。/伟大的，愤怒的潮，/掀动了血色的海。//我记下这声音，/为了这个时代。/赠给她，/或者为了将来。//将来，将来……/待到了/热和爱的时候，/这歌声也许不再来。①

　　金剑啸在日伪当局严密掌控社会形势、斗争局面超常严酷的时刻，想着自己热爱的大地和人民，发出坚定的誓言："我是不能也不甘心放弃满洲（指东北）的……我要创造第二次事变，用我沸腾的血浪，把那些强盗们卷回老家去！"②

　　而金剑啸本人，也正是因为始终不渝地顽强推进抗日文艺活动，于1936年惨遭日伪当局抓捕，并被野蛮杀害的。年轻的烈士牺牲时，仅仅26岁。

　　田贲（1913—1946），是又一位为中华民族的抗日斗争奉献了青春与生命的作家。他的原名是花禧禄（又作花喜露），字灵莎，曾用笔名田贲、黑田贲夫、山川草草、王瞻。籍贯辽宁盖州，为正红旗满洲后裔，少时有满语名字伊拉里华色，父亲是清末的八旗兵丁，在田贲出生时家境相当贫寒。

　　"九一八"事变后，田贲在沈阳的省立第三师范学校就读。他对日本强盗怀有刻骨的义愤。他主编校刊《青年心声》，启用笔名花蒂儿发表文章，以委婉却不失明晰的方式，控诉国民政府一意退让、卖国投降的劣迹，鼓动所有具备民族情感的师生站出来抗日救亡。1934年，他从师范学校毕业，到故乡学校任教员。他利用课上课下，给学生讲屈原、文天祥、岳飞的历史故事，激发大家的民族气节。后来，他又在校园里组织了"L.S（鲁迅）文学研究社"，还以"星火同人"的名义秘密结社，开展抗日活动。至1938年，他与中共地下组织有了联系，1941年则被派到沈阳，以小职员的身份为掩护，从事搜集敌人军工情报的工作。

　　田贲从读书期间到任教之际，再到重回沈阳，一直没有放下他战斗的笔墨。他渴望能用自己文艺创作的一技之长，去影响社会各阶层，去影响农民、樵夫、老妇与壮汉，都焕发出反抗日本侵略者的精神。他所留下的作

----

　　① 巴来（金剑啸）：《兴安岭的风雪》，巴来等著：《兴安岭的风雪》，联华书局1937年版，第51页。

　　② 董兴泉：《金剑啸》，转引自关纪新《满族现代文学家艺术家传略》，辽宁人民出版社1987年版，第146页。

品，包括小说《幽静的山谷》《荒城故事》《二人行》《凌云街的惊异》，长诗《孙二祖宗上西天》《到前面去》，新诗《日子》《咱是一块钱》《我们是丰厚》、散文诗《塔·城·一切建筑》，以及大量的文艺评论。

1944 年 4 月，田贲涉嫌被逮捕。他在日伪铁窗内，被折磨得昏死十多次，仍坚贞不屈，不肯吐露有关革命组织的只言片语。直到 1945 年"八一五"抗战胜利之后，被监狱生活折磨得不成样子的田贲，才在难友的搀扶下，走出牢房。然而他的重病却没有得到有效救治，次年夏季便辞别了人世，时年也只 33 岁。

这里引述的，是抗日志士、满族作家田贲写作于铁窗酷刑下面的一首诗：

　　　　慷慨赴囚房，铁肩担大刑。愿将新骨肉，烈烈试贞情。①

诗人丁耶（1922—2001），本名黄东藩，曾用名黄淼，出生于辽宁岫岩。1935 年夏，刚刚 13 岁的他，在家乡与日本孩子打架闯下祸事，于是只身逃跑，历尽颠沛到了北平，次年进入东北中山中学。"七·七"事变后北平沦陷，他随学校远下四川自贡，继续读书。其处女作诗歌《母亲》，抒发了怀乡思亲的情感，发表在学校壁报上。此后他的诗情一发而不可收，无论是在重庆书店当店员，还是进入四川白沙大学或中央大学读书，他都没有离开心爱的诗歌，并陆续发表了《忆古城》《童年的挽歌》《风暴的去向》等洋溢着时代精神和民族激情的佳作。诗稿《童年的挽歌》曾经作家碧野之手转交到文学名家冯雪峰处，冯阅罢写了足足三页纸的意见，对于年轻诗人丁耶诗风的淬变，有实质性的帮助。表现故乡故事和自身经历的叙事长诗，是他着力进取的创作形式，1943 年他利用投考大学一度落第的时间，开始动笔写他最重要的一部叙事长诗《外祖父的天下》。写作时他认真研究、有意借鉴了中外文学中涅格拉索夫、莱蒙托夫、普希金、拜伦、荷马、但丁、白居易、艾青、田间多人的创作经验。

《外祖父的天下》，以传神的笔触，描摹一个关东满族封建家族的兴衰荣辱，透视出作者洞观历史殷鉴的哲思。这首长 1300 余行的叙事作品，被诗

① 董兴泉：《田贲》，转引自关纪新《满族现代文学家艺术家传略》，辽宁人民出版社 1987 年版，第 154 页。

人精心地赋予了诗史和史诗的性质。它以高度概括、凝练的诗性言说，演绎了诗人外祖父家族兴而衰、衰而兴乃至再度兴而衰的反复变迁，凸现出由近代到现代一个关东县城里的满族家庭在历史规律操纵下不断异化的现象，从历史、民族、精神、文化的多个侧面，发掘了其内在的典型意义与社会教训。外祖父蔡玉山的先人，原是家道殷实的镶蓝旗贵宦，财产却"都让吸鸦片的祖父化成云雾散去"，他父亲去世时，连老屋都典掉了，但年轻的一贫如洗的外祖父，发誓要重振家业，他赤手空拳起家，为了挣钱，承受世人凌辱，吃了无其数常人想象不到的苦头，只身运送死人到千里之遥，还贩卖私盐蹲过大牢，直至"学会混社会"结交黑白两道……经过十几年发愤苦作，梦想步步兑现，终在 35 岁上，成为拥有大片山林田园、"一句话可以左右乡里"的地主豪绅。他是靠个人奋斗出来的，忘不掉来路的艰辛，虽大富大贵，照旧是见街上有绳头、马掌钉也要敛回家去。有了儿子之后，他用最好条件加以培养，儿子倒也争气，成年后在关内当了官，在北平拥有豪宅、子女及成群的佣人。外祖父兴冲冲地去看望，却见他们生活奢靡，儿子还吸上了鸦片烟。外祖父受到极大打击，回到日寇占领下的故乡，一蹶不振，连续14 年把自己关在家中。直至抗战胜利，85 岁高龄的他，载喜载忧，从门缝里露出脸来看世界，却因为来到他的"天下"的是他诅咒过的"老共"，而一病不起，告别人世……

　　长诗主人公蔡玉山有别于教科书条文标示的个性化人生，有着挖不尽的人文意蕴。"历览前贤国与家，成由勤俭败由奢。"这是唐代诗人李商隐总结世间无数衰兴败成殷鉴所留下的警句，人们说来都明白，却又极易被它的铁定规律捉拿跟戏耍。诗中，其前人从豪华跌入赤贫的鲜活现实，让蔡玉山懂了什么叫富有，什么叫败落，什么叫苦斗，什么叫成功，更注意到成功后的艰辛守成。他创造了仅用十几年便疾步致富的人间神话，致富后自身也很检点，却疏忽于对独生子的严教，下一代重新跌回历史泥淖，转瞬已见端倪。蔡玉山拼掉自己的青壮年精力，就是要全力冲破通常人家潦倒即入穷途的惯例，却不曾料到，新一轮的富贵家运来也匆匆、去也匆匆。满族诗人丁耶驻足思考这个在一切民族历史上皆不算小的社会课题，站在满族后代、阶级"逆子"的位置上，以不乏冷峻却又时见温热的叙说，忆写出"外祖父的天下"倏忽开辟与骤见逝去的演变。诗中诸多细节，例如主人公当年与母亲的生离死别，骗婚时假借先人身份说事儿的狡黠，婚后自尊受伤害而悍然打折新妇胳膊，年迈发家后与"我"（外孙子）一同喜悦地种菜收菜……均将

"外祖父"这个人物塑造得有血有肉。长诗后面描述了他晚年偏赶上了日伪政权临头,"人城变成了鬼城",他已无力"济世",只能"把战争,把世界都关在门外",随时"准备着最后的归宿"。他还属于具有爱国心肠的老人,长诗结尾谈到他的死:

> 母亲从故乡来信,/这样诉说着外祖父的死/"临终时/他很想看看你,/说你很有骨气,/被家庭打大的,/打走的,/打远的,/而且能在外边老不回来"……①

老人没有看错人。他的"被家庭打大的,打走的,打远的"外孙,后来成为用长诗为他作传的后人。

丁耶是在民国年间极罕见的明言书写满族的作家。《外祖父的天下》里面深入的文化自省意识,以及鲜明的抗日反蒋倾向,使他不合时宜的满族叙事变得比较容易为社会接受。抗战结束后,丁耶把《外祖父的天下》诗稿投到当时进步文坛重要刊物《中国作家》,编委们对这部诗作的评价分歧较大,定夺不下,"最后老舍先生说,这首诗虽然不那么成熟,但感情真挚,反映了东北满人生活的特点,生活气息浓"②,遂使编委们被说服,该诗就此获得发表。

20 世纪 30 至 40 年代,祖国东北的黑土地上,成长起来了多位满族青年作家。他们秉承自己所珍视的民族节操,用心血用生命,谱写出轰鸣于白山黑水、响彻到神州大地的爱国交响,不仅他们的诗文创作业已化为了中国现代文学宝库中的无价珍宝,他们身上与笔下腾跃着的精神理念,也为自己所代表着的那个民族争得了荣光。

中国的现代文学发展时期,是中华各个不同族群文学前所未见地出现向心汇流新特征的过程,各族群先前拥有的相对分割的文化及文学板块,在人类现代文明初步照射下,有了彼此沟通的可能与结果;即便是像满族这样原本与汉民族交流较多的少数民族,此阶段的彼此互动也有明显提速。

---

① 丁耶:《外祖父的天下》,正风出版社公司,民国三十七(1942)年版。

② 肇乐群:《丁耶》,载引自关纪新《满族现代文学家艺术家传略》,辽宁人民出版社 1987 年版,第 250 页。

　　清代，是以汉族为骨干的聚集国内多重民族成分的中华民族，最终得以成型面世的历史阶段。清晚期列强妄图瓜分中国的严酷事实，考验了中华的凝聚力量，进入 20 世纪前半叶即民国时期，内忧不曾减缓，外患急速加剧，摆在国内各族群面前的首要问题乃是中华的存亡兴废，"救亡图存"成了中华民族面向世界发出的最后吼声，也成了包括满族在内的各族群作家笔下空前一致的主题。可以告慰于祖国母亲并且也可以告慰于本民族先人的是，满族贡献出来了自己齐刷刷的一批优秀作家，在以文学作品为评判依据的大时代考场上，他们提交了优异的答卷。

<h1 style="text-align:center">四</h1>

　　这一节，让我们把视线重新移回京旗作家身上。

　　在 20 世纪的中国文学领域里，王度庐的名字，时而彰显，时而淡出，最终又为人们不无惊喜地重新发现，本身就像是一场民族文化的悲喜剧。

　　该世纪后半期，作为此前武侠小说重要作家的王度庐逸出人们的视野，文坛内外几十年间无人述及。① 他的言情小说、侦探小说以及杂文小品文等，也随之被淡忘。其实，王度庐的所谓言情小说，假如被称作社会题材小说也许更为恰当，因为其中的言情成分并未压倒对社会现实的反映跟思索，况且其言情内容就写作水准来看，也远未达到他叙写社会生存等事项时那么得心应手，深刻逼真。

　　近些年，人们的文学史观念有了变迁和进步，一味地将左翼叙事及革命叙事称为"纯文学"，把其他创作一律打入另册的办法，遭到了置疑。昔日许多武侠、言情、侦探等门类的创作，以"通俗文学"为归档路径，重新得到学界重视。②

　　其实，向多年间既定文学史格局发出置疑者，犹不仅只"通俗文学"一路，随着近几年学界关于确立中华多民族文学史观讨论渐次深入，各个兄弟

---

　　① 王度庐的创作生涯截止于 1949 年，此后直到 1977 年辞世，身份是中学教员，而不再写作。笔者亦曾是度庐师任教中学的学生，偶有学生捕风捉影听说王师曾是一位作家并向他探询此事，王师皆答以"当年借此糊口度日罢了"。这儿说其创作逸出人们视野几十年，当然也得益于其旧日之武侠作品虽被禁毁却未遭批判，这也许算是这类作家的幸运。

　　② 特别是以苏州大学范伯群教授为首的一些胆识兼具的学人，在世纪之初郑重推出了学术巨制《中国近现代通俗文学史》，更将这样一种"通俗文学"必须进入中国文学史整体框架的要求，变得势在必行。

民族的文学亟待进入中华文学通史殿堂的欲望，也化为了新一轮的强烈呼声。

笔者无心在此过多地切磋文学史观的重建问题，之所以议论到这里，仅仅是因为目下关切的王度庐，他恰好具有"通俗文学"作家与"民族文学"作家的双重身份。

对于王度庐，通俗文学研究领域比起民族文学研究领域的关注，不单要早而且也多。① 国内的满族书面文学研究，面对的作家作品颇为浩繁，研究者却势单力孤，以至于像王度庐这样的重要作家，研究也相对滞后。

现仅从满族文学的角度，来谈谈笔者眼中的京旗作家王度庐。

王度庐②生于 1909 年。此刻清王朝已逼近寿限。他家属于京师穷苦旗人，父亲过世极早，以其寡母为支撑的一家数口，可以想见，是经历了何等凄楚挣扎，才勉强地活下来。③

进入民国，北京满人深陷厄运。王家的生存情景，是京旗家庭普遍倒运的缩影。因家贫，少年王度庐未能受到较多的学校教育，12 岁入店铺学徒，被辞退；又给军人当差，再遭解雇。

王度庐对自幼及长贫寒生涯的记忆是强烈的。1930 年，他为《小小日报》撰文说："'世间无如吃饭难'……挨饿者，饿毙者，每年不知要有多少；甚至于一个有饭吃的人，他宁肯把一碗饭给他豢养的猫狗吃，也不肯给一个挨饿的人。总之，人类中所以有'富家一次宴，穷家半年粮'、'厨中有剩肉，路有饿死骨'的现象，完全是侵夺问题。凡是挨饿者、饿死者，固然他们或者另有造因，但是究其实，还是他们的天赋吃饭权，已然被旁人抢

---

① 满族文学研究领域对王度庐的研读，迄今所见，只有张菊玲教授《"驱逐鞑虏"之后——谈谈民国文坛三大满族小说家》（《中国现代文学研究丛刊》2009 年第 1 期）和刘大先博士《写在武侠的边上——论王度庐"鹤—铁"系列小说》（《民族文学研究》2005 年第 4 期）两篇论文，以及关纪新《老舍与满族文化》一书中的零散议论；至于王度庐研究在通俗文学研究领域内，不仅早已出现了大陆张赣生先生、台湾叶洪生先生等人的相关论述，已有《中国近现代通俗文学史》中专门章节的评介，而且出版了徐斯年教授的学术专著《王度庐评传》（苏州大学出版社 2005 年版）。

② 作家王度庐在自己的绝大多数创作中均署王度庐本名，此外尚有笔名柳今、霄羽、鲁云、绿芜等。

③ 徐斯年《王度庐评传》载："王霄羽九岁那年，姐弟三人相继患上传染病，他昏迷数日后醒来，只见房里完全变样：地上的桌子和炕上的被柜全没有了，器具什物也所剩无几。家徒四壁，慈母啜泣——为了给孩子们治病，他把一切可以变卖的东西都变卖掉了。"徐斯年：《王度庐评传》，苏州大学出版社 2005 年版，第 5 页。

夺去了，饭是能使人争夺的东西，饭能驱使人作种种罪恶，饭之重要如此"①。21 岁的作者甚至感叹："柴、米、油、盐、酱、醋、茶，简直不啻是人生七害啊！"②

我们关注到作者谈到世间吃饭难时的一处用语："固然他们或者另有造因"，显然作者有未尽之意或难言之隐，身为旗人青年他会晓得，自家处境跟旗族遭遇关联着，北京城的旗人当时多陷于冻馁困扰，他们的落难"另有造因"，是作者没法不意识到，也没法挑明了讲的。王度庐来自穷苦百姓某一特定人群，他对人类疾苦的人文关怀，来自于切身感受，来自于族群记忆，并已上升到了"普世价值"的制高点。

在王氏《风尘四杰》《粉墨婵娟》《古城新月》《绮市芳菲》《海上虹霞》《燕市侠伶》《落絮飘香》等作品当中，对于都市底层贫民生活情状的真实勾勒，比比皆是。一个作家经常写到的，除了是他看重的题材与内容之外，势必会跟他生平印象最深的事物息息相关。

民国年间京旗出身的有成就的作家，例如由前而后的穆儒丐、老舍、王度庐等，无一不是描绘旧京底层苦难的强手。写作品时，他们已不是这种苦难的直接感受者，却都要坚持写这一现实。他们互相不相识，这不会是偶然的巧合。自辛亥鼎革到民国终了，京城旗族要想公开说明自己的生存苦楚，都是不可想象的。对这一点今天的人们不大容易体会到了。

大胆一点儿说，苦旗人出身，起码成就了半个王度庐。

忠君护国，原是世代旗人的生存准则。清代有君权的时候，他们难把"爱国"和"忠君"相区别。清初以来，八旗将士浴血作战，把每一成功都视作国家荣誉、君主荣誉和自身荣誉。将士们不大会辨别为国开疆与驱民战火两者的不同，只知道每寸国土都是先人和自己以鲜血换来的。直到清末民初，多数人才算醒来，意识到，所谓"大清国""皇权"和"八旗制"，都"未必好"③。挣脱了封建制度的满族民众不再尊崇皇权，却没有丢弃对国家的挚爱。④ 20 世纪上半叶，是中国外患最为堪忧的时期。有良知的满人们在败类溥仪去当日寇"儿皇帝"的时候，不再"忠君"，他们振臂而起，将爱

---

① 柳今：《吃饭问题》，载《小小日报》1930 年 9 月 4 日。
② 柳今：《柴、米、油、盐、酱、醋、茶》，《小小日报》1930 年 9 月 28 日。
③ 见老舍所作话剧《茶馆》中，那位政治上有些浑浑噩噩的旗人松二爷的台词。
④ 话剧《茶馆》中常四爷，是老舍笔下旗族平民在这方面的代表。

国护国传统发扬开来。

　　王度庐也是这类旗族儿男中的一员，国难临头，他发表杂文，状写中华被侵略的伤痛，喊出坚决抗击外辱、高扬爱国精神的声音。在《团圆月照破碎国家》一文里，作者说："月亮……照到东北，则见长白山虎狼群踞，沈阳城无数同胞，屈伏在异族铁蹄之下！再照到其他等处，不过一些激昂慷慨的国人，与按剑欲斗的志士；或者便是烟笼春城，亡国运促，而管弦楼台，依旧彻夜欢娱！它，寒淡的光明，照到我们凄沉的神州，尤其是那故乡破碎，历险逃难进关的东北同胞。咳！我不知他们，将要愁肠几转！"① 他尖锐指出："中国的政治也是这样，外侮乍一临头的时候，大家还有些热气，后来外侮日甚，国耻日多，人民反倒成了麻木不仁，不关痛痒，或者这也是抵抗力太多了的缘故罢。"② 他以至于大声疾呼："我们要是好汉子，找那欺负我国的，不拿人类待我国的，侵略我国的，那帝国主义的列强去奋斗，那才算得真好汉，大英雄"③。我们看到，从小就"多愁多病"④ 王度庐，言及国耻国运，便是一个热血奔涌的青年。

　　满族在历史上异常看重伦理道德。清廷退位后，封建社会的制衡关系被摧毁，又有五四新思潮的兴起，旧时代的伦理观念被彻底否定，而新的伦理文化却迟迟建设不起来。于是整个社会的道德水准江河日下，精神颓风日甚一日。而久已习惯于道德秩序和伦理卡位的旗族民众，尤其是他们当中的许多知识分子，显示出对这种局面的极度反感和忧虑。从穆儒丐和老舍的作品里，很容易读出这一点。而旗人青年王度庐，也表达了激烈抨击社会道德下滑、主张对中华传统道德观进行积极传承与变革从而建立新型民族伦理体系的态度。他创作前期的杂文《道德》《伦理与中国》等，表达了接近于"新儒学"的精神选择。他认为："人类要打算谋求共同生活，非有道德从中维护不可。"⑤ 他针对当时社会上伪善者纷纷出笼欺世盗名的现象，谈道："一个极没道德极没人格的人，他也会装忠扮孝，并且他还会利用伦理来造成欺骗、残忍，这种人我们应该急速把他打倒、铲除，揭穿他的人面兽心。"⑥ 青

---

① 见《小小日报》1930 年 10 月 29 日。
② 柳今：《抵抗力》，《小小日报》1930 年 7 月 24 日。
③ 柳今：《惹气》，《小小日报》1930 年 8 月 30 日。
④ 柳今：《病》，《小小日报》1930 年 6 月 6 日。
⑤ 柳今：《道德》，《小小日报》1930 年 4 月 15 日。
⑥ 柳今：《伦理与中国》，《小小日报》1930 年 4 月 22 日。

岛创作期间，他的写作体裁转向长篇小说，不管是古代题材还是现实题材，仍始终不渝地通过艺术形象，来传递对于民族良善品行和正义精神的张扬。在他一生的创作中，"善"，是个一以贯之的主题。

今天，我们回首 20 世纪中国文学，会发现一个问题，这是一个阶级叙事与革命叙事充溢其间的过程，而独独没能给颂扬中华传统美德的主题留下太多的空间。"斗争哲学"引导出来的作品，火药味十足却人性描绘缺位。艺术要求"真、善、美"，而过去一个世纪我们的文学却乏"善"可陈——这么说多少有些不够宽容和厚道。然而，放眼 21 世纪之初的当下，全民性的道德迷失已经到了非常严重的程度，在这里，或许我们的前 100 年的文学也该当有几分反思。

侠义救世的思维，在中国先秦的思想库当中就能读到，它在汉族古代缘起很早。满族入关之后，把本民族长期存在的执义尚武追求与中原日渐衰落的"侠义"习尚结合起来，形成自身新的"游侠"传统。据资深满学家金启孮教授证实："清初以至清末，京旗满族下层社会中有一种逞强好胜的游侠……关于这种人的记载绝少。一是他们只凌强而不欺弱，一般人对他们没有什么恶感。二是他们多在八旗人居住的内城活动，很少去外城，在他们身上没有什么民族矛盾的辫子可抓。三是他们偶然触犯了有权有势的人，但没有'大逆不道'的证据，也不值得记入《实录》或者《事例》，因此多默默无闻。"[1] 不过，满人的尚"侠"之风，在满族作家的作品中间还是相当多的。例如清中期和邦额的短篇文言小说《三官保》（收入小说集《夜谭随录》）、清晚期文康的长篇白话小说《儿女英雄传》（又名《侠女奇缘》）、清晚期石玉昆的长篇评话小说《三侠五义》、清末民初徐剑胆的短篇小说《妓中侠》[2] 等，都留下了这个民族好侠、尚侠、慕侠、效侠的心理印记。[3] 连老舍，在其写作生涯的某个阶段，也曾想要写一部武侠题材的长篇作品[4]，可见他这样一位"新文学"史册上认可的满族作家，也对武侠题材情有独

---

① 　金启孮：《北京城区的满族》，辽宁民族出版社 1998 年版，第 8 页。

② 　徐剑胆，本名徐济，笔名剑胆，清末民初北京旗族报人小说家，发表有《妓中侠》《王来保》《阔太监》等短篇小说多种。

③ 　就连《红楼梦》中柳湘莲怒惩薛蟠，也可以看作这类例证。

④ 　后来这一设想未能付诸实施，只留下了一个异常精美的短篇作为该计划的"证明"，那就是《断魂枪》。

钟；而总揽老舍的作品，虽然没有真正出现直接写"武侠"的作品，却可读到他的诸多作品在社会生活当中具有现代"侠士"风格的人物在行动①。

民国年间的满族文化人，道德主义倾向凸出，在政治上也经常选择无党无派与独立不倚，使他们在对待社会矛盾与斗争上，只能去走传统样式的单打独斗即义侠道路。实在地说，在丧失社会公正的历史局面下，下层百姓企盼的"救星"无非两种，一是"清官"，二是"侠客"，在连清官也找不到的时候，人们则不能不寄希望于除暴安良的侠客们出现。

由此看来，满族作家王度庐在中国现代文坛上以武侠小说大家著称，是挺自然的一件事。

然而，王度庐写武侠却有些耐人寻味。他的多数武侠小说，其中的侠客们不是以救民于水火为特征，而是以个人之情感释放为追寻。他们奋斗的目标经常并不体现在为了社会正义一端。这似乎跟中国武侠叙事传统以及满人的尚侠习尚都有些距离。笔者以为，这恰好正是王度庐既继承又变通旧式武侠创作路数的地方。王氏笔下之此类作品，侠乃情侠，情乃侠情，一方面不再赋予侠客以包打天下的使命，同时特别的要写出侠客们的儿女心肠，把侠客复归到普通人的情感层面上来塑造。满族是个不单尚武而且也讲究情感融通的民族，他们的文学也涉及这个题目。如果我们认可《红楼梦》中柳湘莲颇有几分侠气，那么，写出他在对尤三姐的情感先热后冷最终铸成大错，则体现了作者对侠客们的规箴；《儿女英雄传》的开篇词作，则明确亮出了该民族"最是儿女又英雄，才是人间龙凤"的价值取向。如果说王度庐在这里也有受到民族传统观念影响的一面，当无大错。

毕竟王度庐是一位 20 世纪前期方才涉足小说创作的作家，可以肯定地说，受西方现代文艺思潮的浸润砥砺，在他那里也是不言而喻的。他的作品，强调天赋人生之"爱"的权利，极写旧时代男女义侠们的情感追求以及这种追求无法实现的人生悲怆。在这里，社会与个性的矛盾，情感与义理的冲突，都刻绘得淋漓尽致。

有趣的是，不大写古代侠客除暴安良母题的王度庐，却在他的现实题材创作中，一而再、再而三地书写具有除暴安良侠义精神的人物。《古城新月》《风尘四杰》《燕市侠伶》《粉墨婵娟》等，都属于这一类。

---

① 凡是赶上人生的非常时期或者社会的危急关头，老舍往往高声呼唤人们，去学作浑身侠肝义胆、愤然舍己济世的李景纯、大鹰、丁二、黑李、钱默吟、祁瑞全们……

他在报社就专等着，等那"贾大哥儿"找他来，最好是连那"贾大人"也来，或是大名片，或是大名片的儿子，一律准备着应付——就这样，方梦渔抱着一种仿佛侠士似的勇敢的心情。①

此系《粉墨婵娟》中对古道热肠的记者方梦渔的叙写，他最终为拯救被黑暗世道戕害的女伶而中弹身亡，并至死未悔。《风尘四杰》的"四杰"，都是北平底层卑微的小人物且个个都存有些人格缺陷，关键时刻他们却都能拍案而起挺身而出，做出很侠义的举动。《古城新月》里面的柏骏青、祁丽雪、刘醉生，各自的身份、处境、观念颇多不同，但是，在通力救助贫女白月梅逃出苦海上头，则全都没有二心并起了作用。与老舍类似，王度庐在面对丧失公正的社会逼迫之际，也总是率先祭起侠士救世的旗帜。满人们的饱含古典主义精神的治世药方，亦可敬，亦可悲。

旗族在独到的历史走行中，的确形成了不少特殊的意念。

清代满族文学的大半数作家均出在北京，他们饱蘸情感地写北京，并开辟了京味儿文学的先河。假如说当代不少别民族的作家也参与了京味儿文学创作并且着重是在写作风格上模拟"京味儿"的话，满族作家可是从一开头就使此种文学拥有了相当充分的感情根基。老舍在散文《想北平》里写道："我真爱北平，这个爱几乎是说而说不出的……我所爱的北平不是枝枝节节的一些什么，而是整个儿与我的心灵相粘合的一段历史……真愿成为诗人，把一切好听好看的字都浸在自己的心血里，像杜鹃似的啼出北平的俊伟。"② 这种"杜鹃啼血"般的恋京情结，在旗人作家王度庐身上也展示出来。

1911 年辛亥革命有"驱逐鞑虏，恢复中华"的宣传。事实是，在这座城市里早已落地生根的都市化旗人们，已经没有可能再像元朝落败后的蒙古人那样返回关外故土。即使存有这样的迁徙条件，京城里的众多旗人们也割舍不掉与这座城市的那份情缘。1928 年，民国政府颁发政令，定南京为首都，改北京为"北平特别市"，这让以旧日旗族为代表的"老北京儿"们大

① 王度庐：《粉墨婵娟》，群众出版社 2001 年版，第 127 页。
② 老舍：《想北平》，《老舍文集》第 14 卷，人民文学出版社 1989 年版，第 62 页。

感失落，他们由"首善之区"的居民跌落成了"故都遗民"。王度庐以"柳今"笔名发表在 1930 年 5 月 7 日《小小日报》上的杂文《恢复北京》说道："北京的老哥儿们（谈北京自然要说纯粹北京话）自从迁都以后，享乐太'平'以后，全都有些感觉得不受用，就仿佛丢了下半截似的，茶不思，饭不想（窝头都快不想吃了），连买卖都不愿做了。""我是在北京生长起来的，自然也不愿做这个'亡京奴'；不过我最希望在北京未恢复以前，大家就振起精神来，建设它，布置它，改良它，否则就是把天堂挪到北京，大家仍旧是没有饭吃。"作者不愿成为"亡京奴"，不能不说是满人恋京情结的证实，只是他身为有志青年，更愿意规劝同胞们，振作精神建设好这座"废都"，特别是要教这座城市里面的穷苦人们（其中不少是他的旗族同胞）衣食有着。

他后来在青岛写小说，包括武侠题材与现实题材，故事绝大多数都发生在北京（北平），极少数故事即使发生在大西北或者青岛等地，差不多北京（北平）也还是那故事的策源地。正如有论者所说："凡是度庐先生以北京（北平）为背景或主要以北京为背景的作品，其地名绝大多数也都是真实的。"① 这说明作家对北京城感情之深透与了解之周密。

满族传统在对世间两性的看法上面，从来就有尊重女性的特点，如若将之称作"尊女观念"，也未尝不可。究其由来，起码有这样几点是可以注意的：一是该民族的母系氏族社会记忆清晰，在异常繁复的萨满教文化传承中间，女性的氏族祖先神以及女性的萨满（神职人员）形象，非常之多，因而其世代族裔便对女性葆有着一定的敬畏感；二是满族先民长期以采集渔猎为传统经济支撑，男性多从事渔猎，女性多从事采集，而采集虽时常不及渔猎收获丰盈，却在一切天候下较后者之收益更加稳妥保险，男女社会分工的结局没有让男性有绝对小视女性的理由；三是入关前满族先人没经历太多的封建过程，更没有遭受到"男尊女卑"封建道德的精神摧残；四呢，是清朝旗族少女，从理论上来讲人人都有一朝"选秀入宫"的机会和可能，所以常被高看一眼，她们从小就亮着大脚满街疯跑，回到家里也都有任凭其指手画脚的"姑奶奶"身份。

《红楼梦》里的两性观——"女儿是水做的骨肉，男儿是泥做的骨肉"，张扬了抑男褒女的反文化潮流态度，也曾使不少读者感到新奇和诧异。曹雪

---

① 徐斯年：《王度庐评传》，苏州大学出版社 2005 年版，第 146 页。

芹承袭了有异于中原汉族的性别理念，认为女性非但不低男人一等，不该做男人的性奴隶，甚至还要比男人们更高洁一些。

玉娇龙与祁丽雪，一者出身于清季豪门，一者来自民国上流，二者虽然都未能具备完美的人格，却均在表达与显示女性的社会权利方面，有着非同凡响的态度，给人耳目一新的感受。作家将自己民族传统观念当中的有益成分与时代的进步的价值观念相接轨，不仅使笔下的这类形象，甚至也教他的创作闪射光华。

满族这个历史上创造过辉煌的族群，究其内里，则包孕着颇多的悲剧。他们的入关定鼎是政治上的成功，却无可奈何地引发了传统文化的大翻覆；八旗制度系当初取得诸多胜利以及随后巩固政权的基本保证，其制度自身却造成了后来"八旗生计"的难题，严重伤及下层旗族的存活；八旗制度把世代旗族死死地捆绑在驻防区域，旗人不仅不能从事各种当兵以外的职业，未获批准连驻防地都不得擅离；而辛亥革命把这个民族从封建桎梏下解放了，却因民族歧视的风行，广大旗族民众又被推向了从精神到生活的双重深渊……

久而久之，满人养成了一样特别的性情——他们看去好似活得相当洒脱，内心却充盈着悲怆与忧患。

满族的文学也是如此，本质上的悲剧居多。就拿小说来说，从曹雪芹的《红楼梦》到和邦额的《夜谭随录》，从冷佛的《春阿氏》到儒丐的《北京》《同命鸳鸯》，以及老舍的《离婚》《骆驼祥子》《月牙儿》《我这一辈子》《茶馆》等，悲凉之风遍布其上。

王度庐也以他的悲剧写作，接续着这样的民族文化传统。在他那里，武侠小说，社会小说，言情小说，多为悲剧。尤其是他的武侠题材，很少有像其他作家作品那样的完满结局，而大多是以凄凉的笔墨收尾，以至于他因此而被称为"悲剧侠情"派的圭臬。

悲剧书写，不仅是对于客观现实的认识，有时它甚而就是一种感触世界的心态。

王度庐笔下的情侠们，利刃在握，功夫了得，却总是不能左右命运，难以兑现个人的情感诉求，他们的感情与"道义"之间往往横亘着一道不可逾越的"天河"；写到现实题材，王氏也经常让情节在曲曲折折的延伸之后，显露出事物发展终极的失落。《古城新月》里的白月梅终于逃出苦海，实在是作者难得的网开一面，而作品核心人物柏骏青虽说帮扶白月梅小获成效，自己却不得不在几番挣扎后，落花流水地回归他的封建家庭，向人生宿命缴械投降；柏骏青一度的"恋人"祁丽雪，在冲破旧式精神牢笼方面也是有胆有识的青年，其结局一点儿也不比柏骏青稍好。在这儿，我们多少见出一些王度庐跟老舍的区别。老舍写祥子等底层社会的苦人儿，有一种彻底的痛苦决绝，总以"悬崖撒手"的故事处理，去表述他极度的悲愤。而王度庐有时还是愿意激励苦人们斗争一番，这大约与他较老舍年少 10 岁，对庶民的"斗争"现实有些别样的体验有点关系；也许还是跟这 10 岁的年龄差距有关，王度庐更多地关注着不同时代青年们（从李慕白、玉娇龙，到柏骏青、祁丽雪）的个人感情生活，但是，他在这一领域的悲观，几乎也达到了"极度"。

满族作家，每每愿意在创作当中，铸入些包括历史反思在内的人文思考，作家王度庐亦然。他曾写过一篇杂文《眼光》，谈道："……我如今所说却是人类处世接物应具的，审查事体预料将来的眼光；眼光长，看得远，自然非具有奇才卓识不可，然而短眼光，我们却不能没有，要是只看一时，不问将来，那末你笑声未已，哭声就要紧紧随至了。前清的人，如今所以多半受罪，也就是因为没有眼光的缘故。那时皇朝一统，国泰民安，声色相竞，如今一朝事败，只落得死亡流离；北京的人，早先在首都时代，不知多兴些实业，增些生产……这全是眼光太短小，只看一时，却不知人世的变幻无常，淘汰的力量很大啊！现代的社会，时间性极速，变幻极奇极快，要设下准确的眼光，实不容易；但是我们就着不投机，不落伍，有充实的准备，相当的预防去看，是绝对不错的。"[1] 这段文字，其检讨旗族历史的用意是多么鲜明，对清代先人们的评判又是何其中肯！在另一篇文章中，他的针砭犀利起来："到如今，大清国歇业，溥掌柜回老家——忍着走了——政府又一迁移，机关又一裁拼；只好穷愁坐困，口口声声只怨迁都害人，其实我的大老爷！您早先在打小算盘的时候，打一下大算盘，也不致如此呀！"[2] 在民国年间满人作家自我反省民族历史教训的作品当中，王度庐的以上表述，委实是该当被人们时常关注和细细咀嚼的。

---

① 柳今：《眼光》，《小小日报》1930 年 8 月 9 日。
② 柳今：《小算盘》，《小小日报》1930 年 5 月 20 日。

　　将王度庐像其他多位满族作家一样，认定为"京味儿文学"作家，是没有问题的。他早期写的杂文，虽多少带点儿时兴的"杂文腔儿"，京味儿的一应表情达意，都是顶够格儿的。青岛写作时期，作品对象不再仅仅是北平读者，可以看出他有意顾及各方受众的阅读，"京味儿"的收放有了些适度的控制。

　　然而每写北平故事，他的京味儿语言便俗白纯厚，清脆诱人。尤其是写到旧京下层社会的言谈声口，堪称地道：

　　　　巡长……随问小高说："你姓什么？"小高瞪着两只凶眼睛说："我姓高呀！"巡长又问："丢的那姑娘姓什么？"小高说："姓白，是我干妈家里的！"巡长把小高推了一把，说："你去！把白家的人叫来，就是打官司你也告不着！"小高说："凭什么我告不着呀？白家的事都归我管，我干爹是饭桶，他怕见官，我干妈干妹妹她们都是娘儿们！"巡长说："你别在这儿混搅！段上早明白你们家的事，你要再混搅，我可就带你一个人上局子了，上回你那案还没完呢！"……小高急得跺脚道："凭什么完呀？十四五岁的大姑娘都叫他拐跑了，完？"巡长道："走！你们到局子说去！"小高仍然摇晃着胳膊说："局子去就局子去，反正我他妈的今儿个跟他泡上啦！"①

　　这是《古城新月》中地痞小高与警察巡长的对话。

　　他的小说，经常描绘北平的世相百态，一旦涉及故都人事和景象风俗，他的笔触就会变得异常灵动传神。下面是《粉墨婵娟》开头，对春节"厂甸"热闹气氛的状写：

　　　　这里果然变了样，不知从哪里来了许多小贩，有的卖凉糕，有的卖带汤加糖的煮豌豆，还有除了"老北平"别处的人全都喝不惯的那种酸味的"豆汁粥"，更有"应节"的新玩具风筝——五尺多高的沙燕、鲶鱼、蜈蚣、鹞子、哪吒闹海，都是用纸和竹做的，全都十分精美，挂满了墙。更有抖起来"嗡嗡"响的空竹，还有纸和秫秸做的，上面嵌着小锣小鼓的风车。"大糖葫芦"，即糖山楂，又名曰"糖球"，每枝都是一

---

① 王度庐：《古城新月》，群众出版社 2001 年版，第 286 页。

大串，比人还高。平时连花草也没有的"海王村公园"里，现已搭设起许多家茶馆。①

京味儿文学是与各门类的故都文化相依相生的。京旗作家们自己就常常是北京戏曲曲艺的狂热爱好者，也都特别喜欢去写梨园行、鼓书界的故事，也会在创作中融进诸多的京戏或者鼓书、评书的艺术因素。儒丐、老舍、王度庐，概莫能外。

王度庐无疑是位"超级"戏迷，假如我们还不能证明他跟梨园行没有更加深入关系的话。据徐斯年《王度庐评传》统计，仅王氏笔下《落絮飘香》等七部作品涉及的京剧剧目，就多达92部，简直是令人难以置信的数字。他的小说，写到京剧题材，没有一笔不是言之凿凿，不是内行话语的；他的作品里常常信笔拈来几句戏文，都能丝丝入扣地配合到情节的铺衍。满族文学家和满族文化人与京剧这门国粹艺术的不解之缘，由王度庐身上足见一斑。②

"我看《西游记》，并不是炼什么金丹（连白面也不敢炼啊）；更不敢研究什么房中术（房捐还给不起呢）；不过是看看猪八戒呆头呆脑的，孙悟空猴手猴脚的，很可发笑罢了。"③ ——这是王度庐在议论古典小说《西游记》杂文里说的话，括号当中的句子本与文章议题无干，可是，却全是那年月人们常讲的话，作者随手选择了这种评书艺术"跳进跳出"的闪击叙述方式，颇能收到吸引读者阅读兴致并且也刺讽了时弊的双重效果。

满人们的幽默调侃性情，世所闻名。王度庐作品时常蹦出点儿贴近于生活哲理的冷幽默："他还想要个美貌的太太，他眼中的女性美不是浓眉大眼的'粗线美'，不是高鼻凹目那种'西方美'，他要东方的古典美，可也别像林黛玉，那得陪着个药房……"④ 而幽默的高层次，则是自嘲，一个人勇于自嘲，不单显示了自我审视的信心，也能体现他的智慧与修养。王度庐为《小小日报》"谈天"专栏写杂文，取了个"柳今"的笔名。他不无"郑重"地解释："我自从署了这花柳毒症的'柳'，今天没饭吃的'今'，刨出我一般老朋友，其余谁也不知这柳今就是孤王我；人不知，鬼不觉，就是去做骗

---

① 王度庐：《粉墨婵娟》，群众出版社2001年版，第5页。
② 建议哪位年轻学人，不妨以《王度庐与京剧》为题做一篇论文，定是很有价值的。
③ 柳今：《西游记》，《小小日报》1930年7月21日。
④ 王度庐：《粉墨婵娟》，群众出版社2001年版，第7页。

子，也是方便的啊。"①

　　满人在文学上历来不喜好一味地高雅乃至于艰涩。他们从清初跨上文坛，就崇尚着艺术的天然、淳朴、通俗、晓畅的风格以及口语化的生动表达。他们的文学后来即便是走向了高雅的领地，也照旧体现着大雅大俗、雅俗共赏的路子。从曹雪芹、文康、松友梅、冷佛、儒丐等人，直到老舍，无不如此。王度庐也不例外。不过有意思的是，这些人里却只有王度庐一人被文坛正式冠以"通俗文学作家"的名义，究其原因，也就是因为他在二十世纪三四十年代那个文学被特别分类的过程当中，写了武侠。

　　我们暂且换个角度来看问题。老舍，在中国现代文学分野中一向被收入跟"通俗文学"互异的"纯文学"档册，想一想，似乎多少还有点儿"冤枉"，好像他的作品不够通俗似的。这看上去多少有些个"岂有此理"。原因在这儿：20世纪以左翼文学、革命文学为信条的阶级斗争叙事，常将别样倾向的文学打入"另类"。长时期被叫作"鸳鸯蝴蝶派"，后来又觉得显然不妥而被称为"通俗文学"的创作，虽评价日渐上升，却迄今未能被认定其具有"登堂入室"之正宗身份。其实，通俗文学又何罪之有呢？须知中国大众当中的许多人是连通俗文学也还读不懂的。我们承认，"革命叙事""阶级叙事"确实在许多历史过程里写出了中国社会的变迁规律，难道"通俗文学"之中的社会题材、武侠题材、言情题材、侦探题材，在弘扬歌赞中华民族正义、良善、美好的传统方面，那不是也有其独到的积极贡献吗？

　　王度庐因为写过一些颇为优秀的武侠小说、社会小说和言情小说，便被归入有别于左翼文学革命叙事的"另类"档案，以至于1949年以后彻底告别他曾经付出多年心血与情感的写作生涯，甚至无缘回望一下他那即便称不上"著作等身"也可以称作"著作等期"的大量好作品，这在笔者看来，也不能不算作一项时代的舛讹了。

---

　　①　柳今：《署名》，《小小日报》1930年5月13日。

第十一章　共和初阈——百部并腔绝唱寡

这一章所囊括的时段最是短暂，公元 1949 年至 1966 年，即人们今天仍时而提及的中华人民共和国创建伊始的"十七年"。

人民共和国新型政权对于中华民国旧有政体的取代，是叫国民精神为之一振的大事情。旧中国社会污秽、阴暗与严重的不公正，早已为广大人民所厌弃。新体制创建未久，便令社会风习焕然一新，也极受大众欢迎。特别是帝国主义和国内剥削阶级在大陆之被铲除，更属于一切获得翻身解放的劳苦大众、知识分子亘古未遇的根本性的大吉祥与大幸运。

不过，"十七年"里执政党意识形态也委实出现了大小失误，被人们呼作"新中国"的国度在所有制改革完成以后，竟然大规模走向更其激烈错综的"阶级斗争"乱局，甚至雪上加霜，把国家径直导向了"文化大革命"的深渊。

"十七年"间，中国大陆的文艺是由人们尚可理解的红色叙事，发展到令世间惶恐的"深红"色叙事的过程。它从一开头便独尚一尊地维护着文艺必须"为工农兵服务"、必须"为无产阶级政治服务"的刚性原则，对所谓"封、资、修"的选题以及一切有悖于"两为"精神的作品倾向，采取了不予宽容的态度。同时，没来由却又无休止开展种种"批判斗争"，将一些优秀作家粗鲁地"革出教门"，剥夺写作权，也迫使更多的作家"噤若寒蝉"般地放弃了自己的创作生涯。

而从另一个领域来看，"十七年"间，中华人民共和国的民族政策比较过往所有社会处理民族关系的方式，却是不容小视的质的飞跃。提倡国内各民族一律平等，催生各民族进步与繁荣，是让中华一切族群由衷感到鼓舞的政治信条。中国多民族的文学艺术，缘于此种形势，凸现了前所未见的群帆争进态势。一些历史上没有多少书面文学积累的少数民族，登堂入室，展示自我的文学能量，并由是而拥有了文学史册的骄人纪录。然而，这一佳好局面也似乎挟带着某项切实的不足，即"翻身农奴把歌唱"从起步直到差不多"十七年"之终了，一直就是各民族文学书写的不二主题。"翻身做主"的幸福感固然值得讴歌与铭记，但因此而普遍疏忽或远离了对不同民族历史文化的特殊性表达，则不能不说是当时少数民族文坛颇大的遗憾。

"十七年"间的满族文学，清晰地带有上述历史的制约痕迹。业已显示出创作实力的满族知名作家们，也走出了不尽相同的道路。年过半百的老舍，在一如既往地挥汗劳作，其结局却最为不幸；端木蕻良从前虽有左翼身份，此刻却因被莫名其妙地归入"不受信任"名单，便跟许多现代著名作家一样，取低调应世乃至俨然"冬眠"的姿态①；舒群和丁耶，还有散文家黄裳，以及诗人胡昭，先后因政治"罪案"被打入"另册"，长时间地褫夺了写作权利；李辉英出走香港，后以主要精力充当大学教授并研修学术，写作现代文学史；马加、关沫南、颜一烟、胡可等，出任文学艺术界公职，仍有一定量的作品问世；至于穆儒丐，至于王度庐……则彻底地丢下了文学创作的那管笔。

抑或是因为"十七年"间满族的少数民族地位还未得到整个社会恰如其分的承认，在当时国内大力推进少数民族文学发展的"运动"当中，满族只是应景似地偶然被提到②，其族别文学进展并未得到真正关注和激励，该民族里面涌现出的新的重量级作家也不是太多。

———

每一位作家，都有他所熟悉的社会生活侧面，都有他所擅长的写作方式。满族作家中间有几位，原本就比较熟知革命历史，也具有该领域的写作

---

① 李鸿然《中国当代少数民族文学史论》谈道："……胡风曾赞扬过满族作家端木蕻良的短篇小说《鹭鸶湖的忧郁》，于是端木蕻良也被隔离审查。尽管端木和胡风早有芥蒂，审查并没有找到他与胡风的瓜葛，但是端木蕻良所在的单位北京市文学艺术界联合会还是揪出了一个'王亚平—端木蕻良反党小集团'。……这位 20 世纪 30 年代便以《科尔沁旗草原》名噪海内外文坛的少数民族作家，肃反后担心再罹落网，二十多年间以种花养草、临帖练字为务，直到粉碎'四人帮'以后才重新开始创作。"李鸿然：《中国当代少数民族文学史论》，云南教育出版社 2004 年版，第 20 页。

② 1960 年，在中国作家协会第三次理事会扩大会议上，分工负责民族文学工作的老舍，作了《关于少数民族文学工作的报告》，报告中，在全面而详尽地介绍各民族文学创作队伍的时候，仅有一句最为简洁的短语提到满族："满族：作家有胡可、关沫南与老舍等。"

优势。"十七年"间，他们在这方面展示了天赋实力，取得了诸多收获，对此，社会是肃然起敬和欣然领受的。

中篇小说《开不败的花朵》，脱稿于中华人民共和国诞生礼炮刚刚响过的时刻，是满族作家马加向新型国家献上的礼物。作品写的是抗战胜利后从延安派往东北的干部团，途径东科尔沁中旗草原，陡然遭遇一支强过我方的敌人武装，凭着坚定信念和灵活战术，化险为夷、赢取胜利的故事。作家以深深的感情、朴素的文字，塑造了为解救战友们壮烈献身的副团长王耀东，以及曹团长、赵班长、战士杨得青、蒙古族老人那申乌吉等栩栩如生的人物。小说脱胎于作者亲身经历，但他没有急于将它诉诸文字，经过足够的沉淀与构思，终于得到了这篇充实隽永的小说佳作。王耀东年轻时候在东北军"北大营"当过排长，"九·一八"后认清国民政府的不抵抗面目，愤然投身义勇军，后来转为八路军，他离开东北大地已有十几年光景，此次怀抱着解放故乡百姓的强烈意愿回来，不想却在第一次战斗中便光荣牺牲。"我记得当时的情形，他接受了党的任务，从容地离开了沙坨子，几十分钟以后，他英勇的在敌人面前牺牲了。"①——马加在他《开不败的花朵·后记》里这样写道。是在提纯出来烈士的光辉精神，就如同一望无垠的大草原上"开不败的花朵"般平凡坚强、素朴壮美的品质，与决意将王耀东烈士的理想追求，跟故事发生地西拉木伦河畔蒙古族英雄嘎达梅林为同胞而捐躯的斗争身影相叠加着来表现，作家才提笔书写。小说另一关键，在于"民族政策是这篇小说的副主题"，少数民族出身的作家，最能体会到"在中国，我们看到有两种对待少数民族的政策"②，作品描绘了延安来的干部们力戒"大汉族主义"倾向，以满腔心血去做蒙古族民众工作，并与后者建立起共同对敌的患难情谊。有了这样一些因素的注入，再加上作家传神动情的东北类型语言风格，这篇小说在共和国文学的最初叶面上脱颖而出，便是不难想象的了。

在共和国首期文学创作中间产生较大影响的，还有女作家颜一烟的电影文学剧本《中华女儿》（原名《八女投江》）。③

---

① 马加：《开不败的花朵·后记》，《开不败的花朵》，新华书店 1950 年版，第 100 页。

② 同上书，第 102 页。

③ 《中华女儿》文学剧本写成后，当即由满族知名导演凌子风拍成故事影片，于 1950 年获捷克斯洛伐克"卡罗维发利第五届国际电影节"的"自由斗争奖"，是中华人民共和国建立后第一部获得国际电影节奖励的影片，该片还在 1957 年获国家文化部"1949—1955 年优秀影片奖"。

颜一烟（1912—1997），出身于北京正黄旗满洲叶赫颜札氏的贵族家庭，因舅舅参加过同盟会，祖母便把反感转嫁到幼小的她身上，她才满7岁生母又弃世，继母时常虐待她，故小小年纪便只能离家求学，吃过较平常人家孩子更多的苦。读中学时创作了第一个话剧《黄花岗》。1934年因参与革命活动被追捕，乃漂洋过海赴日本早稻田大学文学部读书。谁知此时就任伪"满洲国"驻日代表的父亲在东京找来，威逼她放弃中国国籍，改为伪满"国籍"，她表示了至死也不卖国降敌的坚定意志。中华全民抗战爆发，她断然舍弃还有几个月就能拿到的早稻田大学毕业文凭，回归祖国，先后在上海、开封、武汉，与洪琛、金山、田方等一道从事抗敌文艺宣传，1938年进延安，在抗大、鲁艺学习和工作，其间加入中共，却又因出身问题反复遭到怀疑，深陷"抢救运动"审查。1945年奉命奔赴光复后的东北地区工作。抗战八年直至解放战争时期，她是高产作家，写出了话剧《祝出征》《九·一八以来》《飞将军》《渡黄河》《保卫大武汉》《窑黑子》《秋瑾》《东北人民大翻身》，秧歌剧《农家乐》《血泪仇》，以及短篇小说集《保江山》和中篇小说《活路》等。而电影文学剧本《中华女儿》，则是为她带来重大影响的作品。

东北抗日联军在白山黑水间的反侵略斗争，堪称中国抗战时期最为艰苦卓绝的斗争历史。杨靖宇、赵一曼、八女投江……他们的事迹说明着当时斗争极其残酷的性质，以及中华民族在大灾难大考验时刻视死如归一往无前的勇气与力量。"八女投江"的故事是真实的，1936年，牡丹江流域抗联斗争进入白热化，我方一支队伍战斗到最后仅余八位女兵，后边有大股日寇围追，面前是汹涌江水，为保持民族气节，八个人手挽手地凛然投江壮烈就义。颜一烟为反映这一历史题材，踏访到黑龙江省十数个地方上百位抗联老战士，还在隆冬季节亲身进入深山老林体验当年抗联将士承受的饥寒。她以一个叫胡秀芝的农户女子为描写核心，叙述了她从丈夫被日军杀害、自愿参加抗联起，到逐步成熟，与战友们多次并肩战斗，直至最终和其他七个女战士一同慷慨赴死的动人故事。剧本的写作总体上看是成功的，尽管其中尚有一些刻画粗糙的地方，留下了女作家初涉电影创作范畴免不了会有的稚嫩笔触，却能将抗联女战士为民族解放大无畏战斗的不屈形象，深深地镌刻进读者与观众的脑际。颜一烟的这一创作，也使国外观众切近感受了中华女儿在民族解放战争中不可磨灭的贡献，为至高无上的爱国者们舍生忘死救卫祖国的精神，矗立起了艺术的丰碑。

　　1958 年，颜一烟又发表了儿童文学作品——中篇小说《小马倌和大皮靴叔叔》，也是一部抗联题材的制作。这本荣获了全国儿童文学评奖一等奖的小说，是作品问世后若干年里国内少儿读者们饶有兴致、人人必读的"课外书"。小说主人公小江，是被日寇害成孤儿的小马倌儿，在抗联队伍中，他才重新找到了家庭的温暖。他的聪明、倔强的性情让官兵们喜爱，他善于捕捉林间野物的本事，又为艰苦生存下的部队解决了食物短缺的难题。但是，他那天生的野性也每与部队纪律发生冲突，是指导员"大皮靴叔叔"关心爱护他，循循善诱地，把他由一个顽皮的丝毫没有组织观念的孩子，培养为素质优异的青年团员。作品对小马倌的塑造，处处体现着一个乡野少年的心理特征及思想印痕，少儿读者爱读这本书，也把不断进步的小马倌当成了自己成长的榜样。

　　在共和国初建的"十七年"里，坚持书写抗联斗争作品的另一位知名的满族作家，是关沫南。这位在日伪牢房里与抗联将士结下深厚友情的作家，反复兑现着要用毕生努力来张扬抗联革命精神的初衷。1959 年，他出版了小说集《险境》，收入《险境》《一面坡》《冰上》《李炮》《在镜泊湖边》等写抗日联军斗争题材的短篇小说。书中每篇作品皆较短，却都以感人至深的文笔，记述下来一段东北抗联将士带领各族民众前仆后继对敌作战的经典片段。其中，有视死如归而感动伪军转过枪口去一致对敌的交通员，有机敏顽强以生命去开拓斗争局面的孤胆英雄，有受狱中共产党员影响毅然投入战斗甘愿牺牲自我保护抗联战士的朝鲜族无名女性，有为掩护抗联伤兵不惜与日军同归于尽的猎户夫妇……最让读者不忍释卷的《在镜泊湖边》，则勾勒出抗联第一路军第二师师长陈翰章及其以下官兵个个不屈不挠人人血溅沙场的英烈群像。小说一而再、再而三地展开东北抗日联军在最艰苦的岁月里年轻生命随时陨去的难忘画面，让人们为他们崇高的民族气节感奋不已。作品最后，描绘了年仅 29 岁的抗战名将陈翰章及身边战友诀别人生的忘我气概：

　　　　陈翰章已感到最后的时刻要到了，他望着大雪覆盖着的原野，在考虑如何给敌人以致命的打击，他毫不畏惧地等待着暴风雨般的激战的来临。他让剩在自己身边的十七个游击队员排列起来，他不像平时那样讲更多的话，从战士们的身边走过时，他只是问他们："有战死的决心吗？宁死也不当亡国奴吗？"

　　战士们士气旺盛地回答他："死也不当亡国奴！"

　　他笑了，但他也被感动得眼圈上含着泪。他说："你们是党的好儿女，党和人民不会忘记你们！"①

　　20世纪五六十年代，许多激昂上进的中国人，都愿意重复这样一句话："以革命的名义想想过去，忘记了过去，就意味着背叛。"古往今来，中华民族为了生存，为了理想，慨然奉献过多少优秀儿女的宝贵生命。从这一点考虑，是应当感谢像马加、颜一烟、关沫南这样的作家，他们的作品教中国人的今生与后世，不至感染历史的健忘症。

　　今天，人们已经了解，在外敌进犯、血雨腥风的年代，抗日将士中间，曾经有过许多满族志士仁人的身影，连像陈翰章、李兆麟、佟麟阁、邓铁梅、白乙化、黄显声、万毅等声震遐迩的抗日名将，也都是满族人氏。《在镜泊湖边》中，作者曲笔交代着陈翰章并非行伍出身，曾经做过教师与报人的来历，却没有点明他的民族身份。② 有个相当长的时期，一小撮满人败类可耻行径所衍成的"伪满"恶名，压得整个满族喘不过气来，即便是表现满族爱国者斗争的作品，作者也常常要违心地将他们的民族身份隐去。今天看来，那大约不是实事求是面对历史的态度。

　　共和国诞生前夕，解放军队伍中的文学创作也渐趋成熟。胡可（1921—），就是在当时崭露头角的一位满族出身的军旅剧作家。他出生于山东青州，先辈是驻防当地的正蓝旗满洲人。他16岁时到北平报考高中，赶上了抗日战争的爆发，便投笔从戎，到北平郊区参加了游击队，后又转往晋察冀根据地，从事军中文艺宣传工作。靠着不懈的摸索尝试，其个人逐步形成了话剧写作的专长，战争年代曾写出过儿童剧《清明节》、多幕话剧《戎冠秀》、独幕话剧《枪》和《喜相逢》。1949年，他对原来由胡可、胡朋、謌焚、胡海珠、轻影集体创作的《生铁炼成钢》剧本，加工改编，定稿为多幕话剧《战斗里成长》。有论者指出："这个剧本的写作标志着胡可新的创作历程的开始，摆脱了宣传剧的方法（这在革命战争时期是十分需要的），

---

① 关沫南：《在镜泊湖边》，载《险境》，工人出版社1959年版，第80—81页。

② 1988年笔者采访作家关沫南时，他说他对陈翰章系满族人是知晓的。

走向剧本艺术的创作的道路。"①

《战斗里成长》以一个北方农民家庭悲欢离合的故事，集中反映了中国苦难深重的下层农民，在战争年代投身八路军，在艰苦磨炼之下，迅速将自己打造为具备先进阶级集体英雄主义精神的革命军人，这样一条既普遍又典型的成长道路。主人公赵石头幼小的时候，因家中几亩薄田被地主恶霸夺去，爷爷赵老忠含恨服毒而死，父亲赵铁柱愤怒地点燃了仇人的宅院后，远走他乡，他与母亲颠沛流离，相依为命，度过了 10 年凄苦万般的日子；刚满 15 岁，他就参加了八路军，作战勇猛，曾经负伤，后来来到新的部队，做了营长赵钢的通讯员。赵钢其实就是原来的赵铁柱，是石头的父亲，但父子离别多年，双方均不知情；在接下来的战斗中，石头为报自家私仇，未经上级批准，犯了自由冲动的错误，在包括营长在内的上级组织和战友们的帮助下，他才幡然改过，把自己自觉锤炼成合格的革命战士。在一次战斗胜利后，石头见到了母亲，并跟父亲彼此相认，饱经苦难的一家人就此破镜重圆。

剧作家看准了中国现代史上一大任务是教育农民。下层农民在饱受地主阶级欺凌奴役之际，虽有高昂的反抗斗志，却因世代小农经济的个体性经营习惯，往往看不到在正确思想指引下组织起来共同斗争的必要与前景。剧作《战斗里成长》准确地描绘了青年农民赵石头从只有朴素阶级意识、一心要为家庭报仇、忽视八路军是有组织纪律性的队伍，到一步步地在"战斗里成长"，终于造就成为彻底弄懂必须依赖集体英雄主义力量，才能在解放全中国的进程里解救自己一家一户。赵石头的性格是可爱的与可信的，他的富有层次的思想攀升过程，同样是可爱的与可信的，剧中通过赵石头个人的成长经历，诉说着无产阶级革命武装力量整体强大的奥秘。这是剧作家胡可在共和国创立之始，以其鲜活的创作所完成的艺术提供。话剧《战斗里成长》亦由此成为剧作家胡可一生中偌多作品里最为人们认可的创作。

人民共和国初期 17 年的文学路线，是毛泽东《在延安文艺座谈会上的讲话》精神在新形势下的严肃贯彻。② 共和国的大环境，要求文学艺术创作

---

① 侯金镜：《老战友畅谈〈战斗里成长〉》，《中国戏剧》1962 年第 6 期。
② 中国当代文学史家洪子诚指出："以延安文学作为主要构成的左翼文学，进入 50 年代，成为唯一的文学事实。"洪子诚：《中国当代文学史》，北京大学出版社 1999 年版。

必须突出体现"二为"方针,文艺创作者们也多认真地朝着这个方向努力,结果呢,是将文学艺术的开拓之路,限定到了极为狭窄和封闭的小天地里——这当然是经过许多年不断实践、不断受困而得出的结论。

在 20 世纪 50 年代新型国体刚刚诞生的时候,文艺界上下出于对最高领袖无条件的盲目遵从,无论是否能够理通思想,也都必须在口头上与行动上采取对"二为"方针的认同姿态。人们注意到,像巴金和老舍那样极有地位的文学巨匠,当时竟然也要埋头去写他们从前完全不熟悉的抗美援朝战争中志愿军指战员的故事,就是举国文艺走上一条狭窄路线的突出例证。

毛泽东的文艺政策还有一个重要方面,即包括作家们在内的所有知识分子,无时无刻不需要改造自己的头脑,必须"活到老、学到老、改造到老",以求向彻底革命的工、农、兵的立场靠拢。于是作家们不管年龄多老,履历多硬,身份多么显要,都得在"革命实践"当中"夹起尾巴做人"。这也是那时一部分老作家不再愿意拿笔、一些年轻人不再愿意去当作家的原因。

"十七年"间的作家,是一群被束缚于有限空间的"舞者"。

就民族文化多样性的存在要义来说,满族文学在此推进过程中,除了像老舍这样的个别作家的部分作品而外,整体上,并没有展示出自我民族的个性化艺术价值与书写轨迹。

在"十七年"中各项创作活动中,作家笔下写的是什么题材,变成了评判其成败得失的首要环节。有些题材,例如表现旧中国小知识分子精神生活的,不管怎么写也是不对的;而假如选择的是表现工、农、兵火热斗争生活的写作内容,写成什么样子也不至于引来政治上面的指责。这也就是革命历史题材,始终是"十七年"里作家们最上心选择的题材之重要原因。

我们并不是认为写革命历史题材有什么不对或者不好,革命史上众多可歌可泣的事件与人物,需要后世倍加珍视和牢记。这里所要指出的,仅仅在于,把整个时代的文艺家的创作视线统统归拢至同一个题材方向,毕竟于文艺的健全发展,是不利的事情。

当人们在共和国初建之时为《中华女儿》《小马倌和大皮靴叔叔》《战斗里成长》等作品的问世大声喝彩的时候,何曾料想,"17 年"间的许多作品,也就如此这般蹉着上述作品的路子接踵而至。君不见,影片《红色娘子军》与《中华儿女》《战斗里成长》,小说《小兵张嘎》与《小马倌和大皮靴叔叔》,都多像一个家族里的孪生兄弟——这句话或许说得有点儿不够厚道，毕竟《红色娘子军》和《小兵张嘎》都是"17 年"的经典制作，它们的水准并不亚于甚至已然超出于先于它们问世的几部成功之作；那么，笔者便要再追问一下："17 年"里就艺术来看远不如《中华儿女》《战斗里成长》《小马倌和大皮靴叔叔》的仿制作品，又不知凡几，却所为何来？

被挤向窄窄创作道路的作者们，是难以承担不断仿制他人"成功"作品的全部责任的。革命历史题材上面的"百部并腔"创作现象，跟当时文艺方针上的偏仄导向，脱不开内在之干系。

1950 年，在中国东方近邻的国土上，爆发了一场旷日持久的有浓重国际背景的战争。中国人民志愿军奉命赴朝参战。关于抗美援朝战争的意义，此处或许毋庸赘述。不过，有一点，大概是人们一向不很用心思忖的，那就是，这场战争乃是吸引了最众多的中国文艺家到炮火连天最前线上去的战争。除去为了向心中"最可爱的人"表示致敬之外，不应忘记，这场战争刚好就爆发在中国文艺界于共和国建立伊始全面受到《在延安文艺座谈会上的讲话》严格"洗礼"之后。此刻，"文艺为工农兵服务"的最佳体现，当然非身临前线与我军将士存亡与共莫属。

这里，有必要将当时亲临朝鲜前线的满族作家名单介绍一下，他们是：老舍、舒群、马加、胡可、胡昭、寒风、路地、赵大年……这些人在朝的身份不同，各人固有资历有别，年龄也差异较大。他们大多留下了亲身前往战场的有纪念价值的作品，例如长篇小说《无名高地有了名》（老舍著）、《第三战役》（舒群著）、《在祖国的东方》（马加著）、《东线》（寒风著），多幕话剧《战线南移》（胡可著），等等。无论先前对战争和部队生活的熟悉程度怎样，他们都用自己的行动完成了"文艺为工农兵服务"的任务。然而，任务完成得质量又如何呢？可以肯定地说，都远未达到个人的写作高水准。

1953 年 10 月，老舍参加中国人民第 3 届赴朝慰问总团，担任副总团长，到了朝鲜战场。两个月后，慰问任务结束，老舍专门向慰问团总团长贺龙提出请求，获准留在当地的志愿军部队，继续体验生活，直到次年 4 月。1955 年初，他发表了根据这次战场体验而创作的长篇纪实小说《无名高地有了名》。作品以基本忠实于事件原貌的笔墨，对促成朝鲜停战谈判起到重要作用的"老秃山"战役，志愿军将士们由战前演练到取得战斗胜利做了全景描写。这是老舍自共和国建立以来一直期待着的对工农兵英雄人物的一次直接表现。他明知道，"五个来月的时间不够充分了解部队生活的。我写不出人物来"①，却还是倔强地写了。后果当然可想而知：小说除了如实体现了战役的来龙去脉，大致勾勒出了志愿军英雄群像的轮廓，在指战员个人的塑造上，文笔相当乏力。早已写惯了传统社会的人物及现象，作家第一次要全方位展示军旅人物，心有余而力不足，是当然的。战争和军人，历来不是老舍的创作领地。抗战时期的他写过战争题材长篇小说《火葬》，就写得不理想，《无名高地有了名》的艺术，还不及《火葬》的水平。也许，这部长篇的价值，就仅体现在它可以"立此存照"，证明老舍并不是不愿意写工农兵。

老舍是 1949 年底从海外归来的。回来不久，就参加了文艺界的学习。年逾半百的名作家遇到了大难题。此前，他虽说擅长写都市下层群众的命运，却完全不熟悉工农兵的生活，更不大懂得如何处理文艺和无产阶级政治的彼此关系，要他尽快做到以"两个服务"的原则，来统制自己的文学创作活动，绝非易事。何况，他以往的大量创作，多是继承着鲁迅的思想启蒙主旨，是批判民族和国民的精神劣根性的，眼下的情况彻底地变化了，作为民族和国家公民重要组成部分的工农兵，不再需要由知识分子批评和指点，无须向知识分子学习什么，恰恰相反，后者倒是该向前者全面靠拢和无条件地学习了，这，也叫老舍一时感到无所适从。

老舍不愿意在自己的创作盛年就此退出文学领域。感受到时代和社会种种本质性的变迁，他必须给自己和自己的写作重新定位。1952 年 5 月 21 日，他在《人民日报》上，发表了《毛主席给了我新的文艺生命》一文，公开表达了自己在一番困惑、寻觅之后的新选择。他检讨自己，虽然有着二十九年的写作经历，却基本上是以小市民和一部分知识分子为读者对象，以"小资产阶级的正义感"和趣味性来写东西，没有用作品为人们指出革命的出路，甚至在文艺与政治斗争当中"画上了一条线"；他说，读到了毛泽东《在延安文艺座谈会上的讲话》的时候，才第一次明确了"文艺是为谁服务的，和怎样去服务"的道理，同时，他自己也"发了愁。……是继续搞文艺呢，还是放弃它呢?"他觉得许多年来，个人的思想、生活、作品都始终在小资产阶级里绕圈圈，对于工农兵"缺乏接近，缺乏了解，缺乏研究，缺乏

---

① 老舍：《无名高地有了名·后记》，《老舍文集》第 7 卷，人民文学出版社 1987 年版，第 177 页。

知心朋友，不善于描写他们。"坦诚地谈了自己的苦恼，他又表示，"假如我不进步，还以老作家自居，连毛主席的话也不肯听，就是自暴自弃！"其结论是："解放前我写过的东西，只能当作语文练习；今后我所写的东西，我希望，能成为学习了毛主席《在延安文艺座谈会上的讲话》以后的习作。只有这样，我才不会教'老作家'的包袱阻挡住我的进步，才能虚心地接受批评，才能得到文艺的新生命。"

今天，当我们重新品读老舍这一发表在创作转折关头的"检讨"和"宣言"，可以体验这位优秀作家彼时所陷入的历史长思。他太需要珍惜和继续自己的文艺生命了，即便从头做起也在所不惜。诚如有的研究者所指出的，老舍的这篇重要文章，并不一定所有的言辞均发自内心。因为历史，并没有给每一个人提供适合于他的全部正当活动余地。

二

共和国创建之初，文艺创作上虽说设下一些清规戒律，但作家们总的来说，是在抖擞精神歌颂朝气，歌颂生活，歌颂阳光。试看此处采录的几首满族诗人彼时作品：

> 汽车发动机响了，/像婴儿出世/第一声啼叫：/这宏亮的声音/"好一个强壮的生命！"//马达一声声，/震动着我们的肺腑；/这不是马达，/这是我们另一颗心哪/在跳动！//像母亲/孕育着婴儿，/我们用心血哺乳你的呀，/经过十月怀胎……//看哪，我们的孩子，/他，从传送带上走下来了，/用自己巨大的轮子/向前滚动！//我们的宝贝！/我们的千里驹！/快快出发吧！不要有一分一秒的耽搁哟！/因为在你的身后，/马上有千万个胞弟/诞生……
>
> ——丁耶《第一辆汽车的诞生》①（1956）

火车正通过一座江桥，/车窗外一片白浪滔滔……//一个孩子几步扑到窗边，/拍打着车窗兴奋地叫喊：/"这么多的水、水、水……/妈妈！这条河多大，多美！"//妈妈说："这不是河，是大江，/它奔腾翻卷，几千里长。//巍巍的山峰，闪闪的江河，/雄伟英健，我们的祖国。

---

① 丁耶：《第一辆汽车的诞生》，《长春》1956年8月创刊号。

//孩子，祖国的一切都属于你，/愿你的青春使它更美丽！//沿天下去跑吧，快长大起来，/从黑龙江一直到南海！"//火车轰隆隆发出巨响，/孩子的心早已飞向远方。

——胡昭《大江》①（1954）

软缎，北京的软缎，/柔如丝，鲜绿如草原，/巧绣奇葩，胜似天上织女星，/纺织工人，是我们的活神仙。//自古阿妈疼儿女，/千针万线，给我缝件"特尔力克"② 穿，/假如，再有人说草原离北京很远、很远，/那就请他朝我的身上看看……

——戈非《软缎》③（1956）

夜啊，银色的夜，/深山里刮起漫天的飞雪，/钻塔里的灯光啊，/像一片稀薄的浮云遮月。//姑娘们给妈妈写贺年信，/围在灯光下仿佛一群采蜜的蝴蝶，/姑娘们只觉得心中喜悦，/不觉帐篷上边已覆盖一层厚雪……//"妈妈，往年您都接财神，/不知今晚您在家接没接？/我们在深山里可接到了，/用苏联新机器又打开一座宝穴。//我们找到黑色的金疙瘩，/能供祖国炼一百多年的钢铁，/当您吃守岁饺子的时候，/我们正拍电向毛主席报捷。//当家乡燃起狂欢的爆竹，/妈妈，您可想到祖国的边界？/女儿的心在伴着钻机歌唱，/它和家乡的爆竹合着一个拍节……"

——中流《除夕夜歌》④（1957）

诗人们当时的歌吟，是发自内心的。然而，这种颂歌飞扬的文艺局面，无论是就全国而言还是就满族而言，都未能维持许久。真诚歌唱新体制、新建设与新生活的歌者，居然稍有不慎，便遭批评与追究；极"左"思潮的劲风愈演愈烈，已经预示着一些良善、单纯的文艺家，将步入命运的陷阱。

百部并腔，千军就范，形成了"17年"间中国大陆文艺的标准图像。不单在书写革命历史与革命战争题材上，有一番文学创作千军万马拥上

---

① 胡昭：《大江》，胡昭：《小白桦树》，作家出版社1957年版，第48—49页。
② 原诗注释："特尔力克"，蒙古民族服装。
③ 戈非：《软缎》，《戈非、周雨明、纪征民、火华诗选》，内蒙古人民出版社1987年版，第1页。
④ 中流：《除夕夜歌》，中流：《松花江短笛》，新文艺出版社1958年版，第60—61页。

独木桥的倾向，在书写现实生活的创作里，表现路数也同样严格体现出一定之规。凡遵循一定之规者才是"好作品"，逾越雷池的，便会遭受批评和围攻。那时凡是还希望自己能写出些作品的文艺家，都已放弃了做更多的独立思考，他们尽量勉励自己走"正道"。

20世纪30年代曾以《没有祖国的孩子》震动左翼文坛，随后又在延安鲁艺任过文学系主任并且亲耳聆听毛泽东《在延安文艺座谈会上的讲话》的满族作家舒群，共和国创建之初曾担任中国作家协会秘书长和中国文联副秘书长。为恢复中止多年的文学创作，经本人要求，1953年他获准到基层厂矿体验生活，出任鞍山大型轧钢厂工地党委副书记。根据自己积累的素材，4年之后，他写出了反映共和国大型工业建设艰难启动历史图景的长篇小说《这一代人》。这是1949年后文学界涉足新兴国家体制下工业建设题材的首部长篇作品，问世本身即证实已入不惑之年的作家，勇于向颇有难度的崭新创作领域探求的心志。

舒群是能够体会"文艺为无产阶级政治服务"的作家。不过，长篇作品应当如何展现共产党领导下的新兴工业起飞，以及在这一史无前例过程中各种社会力量的基本形象，则是不能叫作家掉以轻心的命题。按照那时的文学"口径"，不管写什么题材，都必须写出中国共产党的坚强领导，写出先进阶级对于反动阶级的战斗和胜利，写出革命道路的艰难曲折与胜利后的万丈豪情。舒群了解书写手中题材的"指导值"与"允许值"，看得出，他对所写题材的把握是费过苦心的。在社会主义工业建设的起步时期，执政党的领导作用，产业工人与工程技术人员的错综关系等，都是企业发展中的重大问题，有待作家去认真描写。

《这一代人》以一个旧中国本厂出身的女性童工为叙事核心，讲述了她在共和国建立后，于工学院毕业，作为一代新型知识分子和技术人员，回到既熟悉又陌生的企业工地，仅一个多月时间里所发生的不很复杂的故事。这一整体情节设计，令作品避开了对工业企业各种力量纠葛互动关系更深层次的刻画必要，它因作家在短时间内不可能对相关生活素材全盘掌控所造成，也是舒群不大情愿向这一题材内注入过重"阶级斗争"叙事内容的创作心理使然。女主人公李蕙良，其一身兼有工人阶级来历、知识分子地位、共产党员身份，实际上正是出于作品想让她既体现党的意志与先进人物的思想作为，又希望她能够沟通工人与知识分子、工程技术人员思维情感的需求。小说为了刻画"负面"因素的存在，特地写到具有资产阶级知识分子思想残余的工段主任黄祖安，不过也只是披露他有生活高标准倾向，工作缺少责任心却讲究"按酬出劳"，业余时间干私活儿，还把妻子称作"太太"，而且太太不工作，把精力"几乎都花在洗澡上"……当然，这样的旧知识分子本质不很恶劣，在工地出现"返工"事故，领导和同志们热情帮助一通之下，"改造"过来也不太难。通观小说《这一代人》，作家舒群期盼共和国工业战线不要用过多精力纠缠于"与人奋斗"而该全力发展生产力的热切心肠，是显而易见的。作品后面，寓意深广地写了工人"老水鬼"与工地郑总工程师在一张板凳上的邂逅：

> 在大家视线的包围里，总工程师有些惶惑起来。他踌躇了一下，走到前面去，同老水鬼坐了一条长凳。这一下，老水鬼可不知道怎么好了。他过去对工程师有意见，看总工程师也不顺眼，说他属于"资产阶级"。现在，总工程师居然和他坐在一条长凳上，好像跟他做了一对老伙伴。而且，总工程师怕碰了他似的畏首畏尾地坐在凳头，于是他赶快给总工程师让了让座位。这时候，他觉得他对总工程师有了一片敬重的心情。这心情，在他过去，是从来没有过的。[1]

《这一代人》不失为20世纪50年代中期书写工业题材的较好作品。小说后来没有引来批评界的太多关切，肯定和否定的评价都很少。那是因为作家舒群在书稿脱手前，即已在1955年"肃反"运动中被毫无道理地打入文艺界"反党"集团。两年后他被甄别平反，三年后《这一代人》在《收获》杂志获得发表，但是，也就在《收获》发表《这一代人》同一年，舒群再度被定成"反党分子"。随后，则是间隔不久的再度"平反"，和间隔不久的第三度被打翻……他身上背负的沉重政治"案件"，直到"文化大革命"结束，才算永久甩掉。《这一代人》的未被重视对他来讲已经不是大事，早于《这一代人》写出的长篇《第三战役》，连手稿都被人在"查抄"过程里无端地弄丢了，更重要的是，1978年沉冤终得昭雪之时，舒群已经是66岁的老人了。

　　黄裳（1919—　），原名容鼎昌，山东青州驻防旗人后代，出生在河北井

---

[1]　舒群：《这一代人》，春风文艺出版社1982年版，第329—330页。

陉矿区。1939 年读大学时开始写散文，一生主要的文学领域也是散文。共和国建立前，他已发表了《锦帆集》等两部散文集与长篇通讯特写《关于美国兵》，分别记录了辗转漂泊的读书生活，以及"二战"末期在美军里充当译员的见闻。1949 年后，他曾供职于《文汇报》和解放军文化部，撰写了电影文学《林冲》和散文集《新北京》。以下几段脍炙人口的文字，出自《新北京》当中《老舍在北京》① 一文，形神毕肖地勾勒出北京籍老作家老舍，刚刚从西方回归祖国重临故土那欢畅的心情和积极的作为：

> 他在美国得了腿病，严重得路都走不动，一天到晚总是蹲在北京饭店的楼上。他说："我真喜欢吃点烧饼果子，可是，出了饭店，走到东单（普通人三分钟的路程）我就得走上半天，还得歇四五回！唉！"
> …………
>
> 要说通俗文学，老舍可是个全才。大鼓、相声，样样都来得。而且写的都入味，不像普通作家写得那么生疏。他写出来的东西，都能上口，都能流传。他接了不少订货，也已经赶出来不少成品了。
>
> 在吉祥，一天晚上，相声演员侯宝林当众宣布，他们全北京的相声同业，前天下午到北京饭店去访问一个刚回北京来的"老朋友"，向他讨教了不少关于改造相声的问题，还请他动手先来几段新的。
>
> 关于鼓词，他很严肃地说，他理想中的新鼓词，是能充分利用口语，像史诗一样的，描写伟大的时代过程的长篇。他说对这一份工作，是有极大的兴趣，也有最大的野心的。不过这是一份沉重的工作，他很谦虚地说他要努力地去试试看。
>
> 那天吃饭，他端起杯子来，向对面的吴晗副市长干了一杯，提起了嗓门，当场表演了两句大鼓，"第一位民选的市长，他叫吴晗！"字正腔圆，获得了满屋子的喝彩声。他向市长致谢给他调查北京大杂院的方便。

可惜的是，这位共和国建立之际刚 30 岁的黄裳，不久，就误入"雷区"。1950 年他发表了一篇千余字的短文《杂文复兴》②，提出了"批评性杂

---

① 黄裳：《老舍在北京》，载《新北京》，上海出版公司 1950 年版，第 13—17 页。
② 黄裳：《杂文复兴》，《文汇报》1950 年 4 月 4 日。

文并未过时"的观点，引得文艺理论界轩然波起，并终于在 1957 年的大规模"反右斗争"中，铸成了个人之灭顶祸端。

《杂文复兴》中说：

> 这一种文体的运用，在过去国民党反动派统治之下是曾经有过极辉煌的成果的，也是尽了它的战斗的最大的任务的。解放以后，大家都在怀疑：是不是杂文的时代已经过去了？问题似乎并未得到结论，然而事实则是杂文的沉默。
>
> ……杂文的特质之一是讽刺，这中间也包含了冷嘲。对站在同一战线上的战友的批评，那就不会是冷嘲。或者可以用"热讽"这个成语来说明吧，这应该是含着浓烈的热情的讥讽，目的是想纠正过失、改善工作的现状，这和对敌人的无情的打击是有着根本上的差异的。
>
> ……如果要复兴杂文，就必须要站稳了立场，抓住了论点的积极性与建设性，不要流于"淡话"，人民大众是不要听"淡话"的了。

黄裳的这些观点，设若出自当下，非但没有任何谬误可言，恐怕还是讲得极其不充分的。

——至 1957 年那场主要发生在知识界与文艺界的政治斗争到来，仅满族作家圈儿内，即有启功、黄裳、丁耶、胡昭、何迟、寒风等，或被一举"清除"，或被严重牵扯。在这些优秀文学家宝贵的生命中间，皆有 20 年之久的创作空白。

有一点，也许需要知会一下当时未在大陆的朋友以及没有经历过"文化大革命"的中青年们，在共和国史册上，凡被无端扣上"某某分子"帽子却未获"平反"的人，是绝对被剥夺写作权利的。

此处再补充几个"17 年"发生在满族作者身上的文学写作事例。

新中国成立之际写出过优秀剧作《战斗里成长》的部队作家胡可，"17年"间发表的最为轰动的作品，要数多幕话剧《槐树庄》（曾拍摄成同名故事影片）。作品问世于新中国成立 10 周年前夕，是文艺界的"献礼"制作之一。话剧以高昂的热情，大刀阔斧地显示了中国北方一个普通村屯——槐树庄，由 1947 年土地改革，到 1949 年以后合作化、反右运动，再到公社化，十多年时间，各种影响到农村社会变迁及农民精神步履的大事件，试图展现中国农村挣脱地主阶级压迫，向社会主义、共产主义理想迈进"一步一层天"的进程。实事求是地讲，这是一部即便在今日来看，也应当承认是良莠互见的作品。一方面，它因应于那个时期经济体制与思想路线上的左倾速率，把农村所有制不间歇地向高级阶段过渡和"社会主义制度下阶级斗争的存在"，都诠释为历史必然，这是显见的大失误；另一方面，剧作家又以了解现代农民性情心理的丰厚积累，异常生动地刻画了主人公郭大娘农村模范党员的感人形象。① 郭大娘形象的感人之处，并不在于她面对阶级斗争冲锋陷阵的凛然，而在于她是个心怀坦荡、大公无私、宽厚仁爱的农村带头人；槐树庄的老农民最瞧得上她的地方，正是她"劳动一点儿都不少干，工分一点儿也不多拿"。也许就因为作品对郭大娘性格中真、善、美成分的成功发掘，当年观看过《槐树庄》话剧或影片的观众，才不大情愿将这部作品不分三七二十一地归入"十七年"里刻意鼓吹"左"倾主题的一类。当然，转回头来讲，《槐树庄》毕竟是用"十七年"的左倾思维来串接历史的作品，其客观艺术评判，已经无法用"瑕不掩瑜"来辩解。这不能不说是"十七年"荒谬文艺道路，对于一位满族优秀作家的戕害。

　　另一个事例是相反的，却也来自部队的满族作家。马云鹏（1931—2008），1956 年 25 岁的时候，凭着对身边生龙活虎的战士生活的观察，创作了故事影片《列兵邓志高》文学脚本。影片讲述了刚从农村入伍的小战士邓志高，不习惯部队有那么多的纪律要求，因接连犯小错误而造成了许多笑柄，后经帮助教育才变为一个好兵。该电影公映后，受到社会的普遍欢迎。可是，不期然地也诱发了一些批评，认为作者用诙谐幽默的笔法去反映人民解放军的生活实在不够严肃。这类批评的声音时断时续，谁料，1966 年"文化大革命"一开始，《列兵邓志高》竟被当作"毒草"影片，遭到江青点名批判，其"罪名"则是《列兵邓志高》系书写"中间人物"的黑样板，作家马云鹏也成了"文艺黑线上的人物"。这样的事例，今天讲起确乎蹊跷，其实，也是"二为"方针指引文艺创作活动的必然性结果。

　　"十七年"是所谓大力培养工农创作队伍的时期。来自工矿、农村第一线的作者，比出身旧知识分子的作家，受到了多一份注意与关怀。满族这一阶段也出现了来自工农业领域较有作为的作家。

----

　　① 胡可在解放战争时期即创作过反映"子弟兵母亲"的话剧《戎冠秀》，《槐树庄》中的郭大娘，又让她名字叫"郭荣秀"，说明在作者心里他们该是一脉相承的人物。

　　李云德（1929—　）是当时鞍钢基层文学创作的佼佼者。50 年代初他由部队转业来钢铁战线，蒸蒸日上的建设场景使他提笔写作的愿望火上浇油，乃踏上书写工业生活的路，不久便出版了《生活的第一课》与《林中火光》两部小说集。60 年代初，描写地质勘探题材的中篇小说《鹰之歌》问世，催化了其创作成熟。真正为李云德赢得一定声誉的，是三卷本长篇小说《沸腾的群山》（分别出版于 1965、1973、1976 年），它试图全景呈现社会主义建设初期的工矿生活，歌颂工人群众在中国共产党领导下的斗争经历和力量展示。作品虽凭借作家深厚生活积累和反复艺术打磨，而成为当时工业题材创作一项突出成果，却毕竟因为受到以阶级斗争、路线斗争为指针的文艺思想的严重束缚，远未达到应当达到的水准。

　　李惠文（1931—1996），则是出现于 1950 年代末擅长宣叙乡间故事的作家。他的家乡山海关外辽西走廊，是满、汉民族大众文艺的沃土，其祖父就是当地的民间艺人，李惠文从刚写作品就给人们以"讲故事能手"印象。早期的小说，篇篇短小，又无不充溢着关东村野生活的风情趣味。不过，他的作品生活气息再浓，也总是脱不开某项异常鲜明的思想主题，例如其中比较有名的几篇，《三人下棋》说的是"谦虚使人进步，骄傲使人落后"，《没有故事性的故事》说的是"没有调查就没有发言权"，《八嫂》说的是"公而忘私"……这种一步不离政治框架笼罩的写作方式，生生制约了作者才情的自由发挥，终教"17 年"间的李惠文未能衍成大器。

三

　　"十七年"间，真正敢于以自己的创作活动向文艺界清规戒律发起衅战的满族作家，还属老舍。

　　20 世纪 50 年代初，他表示过要照《在延安文艺座谈会上的讲话》指引的道路走，还写过歌颂共和国带来时代变迁的话剧《方珍珠》《龙须沟》（后者直接为他赢得了北京市人民政府颁发"人民艺术家"奖状的荣誉），他又为不曾亲笔写写工农兵而不安，乃至有了去朝鲜战场半年不回家而拿出长篇小说《无名高地有了名》的举动。

　　写过了兵，老舍意犹未尽，还想写工人。1955 年，他走访首都建筑工人，又写出话剧《青年突击队》，旨在歌颂一代青年工人建设社会主义的冲天干劲，艺术上却的确是老舍笔下"最失败的戏"。作者后来说："在《青年突击队》里，人物所说的差不多都是我临时在工地上借来的，我并没给他们批过'八字儿'。那些话只是话，没有生命的话，没有性格的话。以这种话拼凑成的话剧大概是'话锯'——话是由干木头上锯下来的，而后用以锯听众的耳朵！"①

　　《无名高地有了名》和《青年突击队》的失败，使老舍感到挫折。以作品为工农兵服务，在老舍这里，远非翻掌那么容易。之后，他有很长一段时间，不再说要写工农兵的事情。

　　老舍期待中断了的艺术探索，能够有所接续。刚好在这时，他得知了公安部门破获大骗子李万铭案件。这激发了老舍想要写一写讽刺剧的欲望。写讽刺性作品，老舍本是行家，抗战时期他发表过《残雾》和《面子问题》等起点不低的讽刺剧。然而，在社会主义体制下，是否还应保留讽刺剧的一席之地，倒成了问题。当时，反映现实的讽刺剧寥寥无几。难道讽刺剧真的在中国完成了历史使命？老舍愿借李万铭诈骗案题材，试试现有形势下讽刺剧的写作路径。1956 年，话剧《西望长安》诞生。剧本里的骗子名叫栗晚成，是个伪造履历、骗取官职地位的能手，他周围的有些干部，则多因麻痹轻信，而无形中成了扶助他攫得功名利益的阶梯；后来，是警惕性高的干部群众，察觉了他行骗的蛛丝马迹，才由公安机关侦破该案。老舍慎重地注意到，避开俄国作家果戈理写《钦差大臣》的方式，不把栗晚成周围的干部写成该当嘲弄的愚人、坏人，防止造成由此而怀疑新的社会制度的弊端。当写到栗晚成周围受骗的干部们，老舍的笔显得过于缩手缩脚，不肯超越出"我们的干部基本上是好的，只在某些地方有缺点，犯些错误"②的尺度，执意不去涉及这些人犯错误的深层原因，不让这些人物形象也站到被讽刺的位置，从而压抑了作品讽刺风格的展开。处在文艺界"左"风日盛的时候，他的处理方式是唯一可行的。《西望长安》问世这年，老舍谈道，"到现在为止，作家们所发表过的各种讽刺作品，缺点不在他们讽刺得太过火，而在讽刺得不够深刻，不够大胆。这个缺点的由来，一方面是因为作家们观察得不够深刻，不够广泛，写作技巧也还欠熟练；另一方面也是因为社会上阻力太大，一篇文章出来就遭到多少多少责难；于是，他们就望而生畏，不敢畅所

---

　　① 老舍：《戏剧语言——在话剧、歌剧创作座谈会上的发言》，《老舍文集》第 16 卷，人民文学出版社 1991 年版，第 76 页。

　　② 老舍：《有关〈西望长安〉的两封信》，《老舍文集》第 16 卷，人民文学出版社 1991 年版，第 395 页。

欲言了。事实上，我们社会里的该讽刺的人与事的毛病要比作家们所揭发过的还更多更不好。"① 在文坛内外难容讽刺的时刻，老舍坚定而又不失稳健地写出了《西望长安》，不管怎样，也是该教我们尊重的。自然，老舍的身份也帮了他的忙，像黄裳因写《杂文复兴》遭咎的事件，就发生在差不多的时间。

1957 年，老舍在艺术上做了一个大动作——创作了三幕话剧《茶馆》。这部被 20 世纪后半叶中外艺术界视为共和国话剧艺术最高成就的名作，究其开头的创作动因，也是想要配合时事政治，为宣传共和国第一部宪法而造声势的。但是，经作家几番思索、修改，定稿剧本离开始时的构思和框架，成了以旧时代三个历史过程，演绎中国现代史总体画面的艺术巨制。它与老舍此前、此后许多作品，在创作模式上殊异，是对于"社会—时政"型创作范式的决然超越，显示了作家在"历史—文化"型创作范式上所具备的超常艺术潜能。《茶馆》在老舍文学生涯中，挺立起又一座巍峨的高峰，属于雄视一代的杰出作品。但是，它偏偏生不逢时，问世当时及以后的几年里，演出一再遭到了封杀。

不得已，对都市底层贫民翻身解放感同身受的老舍，又将笔触转而对准了颂扬新北京的社会生活，重回到"社会—时政"型创作范式。话剧《红大院》《女店员》《全家福》等接连诞生，其中最要不得的《红大院》，是地地道道的"大跃进"产物，作家本人，简直是为全民"大跃进"癫狂气氛裹挟着完成了这次写作。《女店员》和《全家福》还是以"大跃进"为时代依托，却不再专门朝着讴歌时尚狂潮使拙劲了。尤其是《女店员》，着意营造靠近大众欣赏趣味的轻喜剧风格，描绘首都街巷一批中青年无业女性，冲破社会偏见，参加商业服务工作，创办"妇女商店"的事迹，剧本深藏着作者关怀城市平民女性命运的纯真情感，艺术上京味儿十足，还借鉴了曲艺、电影的表现手段，带出较为浑朴清新的舞台效果，闪现出传统京旗文学写作的某些特点。

老舍到底不是擅长歌颂的作家，在写作上述作品的同时，他试着把笔墨移向某些同现实题材距离较远的方向。50 年代后期到 60 年代初，他还陆续发表了改编京剧《十五贯》（1956）和《杨家将》（1956），儿童歌剧《青蛙骑手》（1960），改编歌剧《拉郎配》，童话剧《宝船》（1960），话剧《神

---

① 老舍：《谈讽刺》，《老舍文集》第 16 卷，人民文学出版社 1991 年版，第 402 页。

拳》（1961），改编话剧《荷珠配》（1961）。这些作品全都不是写现实的。他对现实题材的歌颂型创作，已经厌倦。他在暗自准备一次重要的创作活动。

　　……1961年年底的一天，老舍铺开一摞印有"中国作家协会"字标的稿纸，首先，郑重地向上边写了4个大字："正红旗下"——这是他已然酝酿了大半生，要抖擞实力、潇洒道来的那部家传体长篇小说的新题目。老舍出身于清末京师的正红旗满洲，所谓"正红旗下"，也就是"在八旗之一正红旗辖制之下的旗人们"的意思。这一回，由题目开始，他都想要教小说毫不含糊地显示出满族文学的奇姿异彩。

　　老舍当时敢于把"正红旗下"当作大部头作品题目，并非盲动。他明白，文坛上空的政治气压走高还是走低，将准确地左右所有作家作品的前途。摆在面前将要写的，乃是一部地地道道表现旧时代、旧题材的小说，若在文艺政策的风向标指向极"左"的时候，这类作品自然绝对是"不许出生"的。他赶上了一个机会。两年前的"大跃进"危及了中国的社会发展，为了纠偏，中国共产党的治国政策作出调整，除政治、经济上有所变化，在文艺领域也推出了较此前宽松得多的氛围。叫人听着陌生了的"百花齐放，百家争鸣"的口号，又被提起，被弄得灰头土脸儿的知识分子们开始"摘帽子""卸包袱"，本来没有问题却偏偏遭到批判和禁演的作品，又被允许拿出来欣赏。这使文艺界感到快慰，人们把这一时期唤作"小阳春"。老舍的写满族的《正红旗下》，就是在这"小阳春"节气里命笔的。

　　1962年一整年，老舍没有发表任何稍大的作品。知情的人们，都在翘首等待着他的长篇新作。孰料，"小阳春"来之迟迟，去之匆匆。1962年下半年，"理论权威"康生等人，炮制了"《刘志丹》'反党小说'案"。一时间，长篇小说创作，成了作家们谈虎色变的事情。老舍的《正红旗下》，本来就有"怀旧"之嫌，再被无端罗织更吓人的"罪名"，不难想象。老舍不得不暂且搁笔。然而，糟糕局面其后愈演愈烈，随后，文艺领域极"左"权势者卷土重来，掀起所谓文艺作家都要"大写十三年"（即只准写新中国成立以来的"新人新事"）的大浪头，"双百"方针没人再提，一道道禁令，把创作者的手脚紧紧地捆起来。老舍已是万般无奈，他把《正红旗下》这一浸透大半生心血构思和筹措的小说创作活动，彻底撂下。被锁入抽屉再也不向人们说及的《正红旗下》，已写完的开篇部分，计164页，共11章，约8万字。至 1966 年"文革"骤起老舍蹈湖自尽，《正红旗下》再未续写一句一字。

三幕话剧《茶馆》与远未完成的长篇小说《正红旗下》，是后半生的老舍，对满族文学史册呈上的无价瑰宝。

《茶馆》作者调动了对旧中国半个多世纪社会生活的绵密观察与雄厚积累，利用"一个大茶馆就是一个小社会"的构思机巧，将每个时代三教九流各色人等，招来挥去，高度抽象而又形神饱满地演示了三个历史关键时期的国情大要，完整呈现出旧中国令人诅咒的糜烂情状和病态现实。作家以宏大气魄、如椽手笔，纵横捭阖地扫描出往昔时代社会蜕变的全息图像，一针见血地捕捉历史的潜在本质。作者借助于茶馆在浓缩社会生活焦点方面的独特价值，把这样一个不可多得的人生舞台，艺术地叠映到话剧舞台之内，让它轻松自若地承载起重现历史大图像的内容负荷，其创意谋划，可谓拔凡脱俗、空山足至。旧时代的社会矛盾，在《茶馆》舞台上纤毫尽现。而该时代的"政治消息"，诚如老舍所说明和把握的，只是让它得到一种比较含蓄的"侧面透露"。剧中所有怪异荒唐的社会现实，无不赖旧时代的制度弊端而存在，只因有暗无天日的政治制度作祟，才会产生窒息绝大多数人生存自由的社会氛围，这是《茶馆》观众不言而自明的道理。老舍写《茶馆》，尊重观众的思想辨识能力，放逐令人生厌的政治说教，专靠由活生生的艺术形象"侧面透露"出来的"政治消息"启发人，反而把所要阐发的社会见解，轻而易举地送入了观众的心田。

老舍用他烂熟于心、了若指掌的社会文化变迁，来折射和烘托社会政治变迁的幽微。社会上形形色色的文化世相，可以将暗含其中的政治信息，传导到人们眼前。通过某个特定时代的文化世相来认识和探寻该时代的政治趋势，是艺术作品反映社会现实的可行途径。《茶馆》体现了选择这条创作道路所能获取的艺术优势。病态的社会，畸形的文化，怪异的人生……组成了《茶馆》光怪陆离的时代画幅。作者的笔，好似医生手上的探针，每挑破腐朽社会的一块疮痂，都教人们看到一股污浊的脓血即刻涌出，社会由表及里的溃疡已发展到了这般触目惊心的地步，用大变革的手段来使它脱胎换骨，是最合情理的要求。

常四爷在这出戏中是备受人们同情的形象，这跟他特定的身份、经历——由旧京旗族营垒中走出来的自食其力者——有相当的关系。老舍毕生写了不知多少带有满人性格特征的人物形象，可是，直到年近花甲（写《茶馆》这一年，作者已经 57 周岁），他才破天荒头一回如此明明白白、理直气壮地写一个正派、淳朴、刚直、勤恳的满人。老舍并不是毫不顾及社会的接受程度，不是想要一举改变世间对旗族的全部既成看法，在《茶馆》里，他如实记录了清末某些老派旗人，像第一幕里有的茶客那样，仅从自身利益出发，咒骂诋毁变法维新运动的守旧言行，也描绘了旗人中存在着像松二爷那样，虽说不乏善良本性却又毫无生存技能的"多余之人"。作者刻画常四爷形象的用意在于，一要写出旗人下层也有一批忠肝义胆的爱国者，二要写出旗族文化精神中也存在极有价值的东西，三要反映出从清末过来的满族人，并不都是坐吃等死的"窝囊废"。常四爷的艺术形象，忠实体现了直至晚清八旗将士的多数人仍坚守不移的爱国情操。感觉到国不国民不民的惨淡现状，他能毫无遮拦地冲口喊出"我看哪，大清国要完"①这样沉甸甸的心底忧虑。侦探以他说了这句话为由，要逮捕他，他据实相告："我爱大清国，怕它完了！"②还是没用，到底被抓去坐了一年多的牢。出狱后，赶上义和团运动兴起，为护卫国权，他当上了义和团民，跟洋人刀枪相向地打了几仗。后来，大清国到底亡了，他也并不意外，认准了这是历史的惩罚："该亡！我是旗人，可是我得说句公道话！"③他一生保持满族人耿介、倔强的脾气，不向恶人低头，也不向命运让步，在清廷垮台后长时间社会上到处排斥满人的形势下（就像松二爷说的："谁愿意瞪着眼挨饿呢！可是，谁又要咱们旗人呢！"④），哪怕是靠担筐贩菜、挎篮兜售花生米，照样活得腰板挺直。像常四爷这样的硬汉子，是否就能获得较好的命运呢，不，他依然摆脱不了邪恶年代为他预备的人生悲剧。七十多了，他还是一贫如洗，这才弄清楚："我爱咱们的国呀，可是谁爱我呢？"⑤常四爷，一个多么希望依靠不懈的奋斗来换取国家和个人美好前途的中国人，他的悲剧并不来自于性格上的疏懒怯懦，而是来自他的落伍了的观念，从属于旧时代的（也是从属于他满族传统的）人生观导引着他，总以为凭着一股凛然正气和绝不服输的个人奋斗精神，就可以在铺天盖地的社会阴霾间闯开一条生路，这样天真的想法，是不

① 老舍：《茶馆》，《老舍文集》第 11 卷，人民文学出版社 1987 年版，第 369 页。
② 同上书，第 372 页。
③ 同上书，第 384 页。
④ 同上书，第 373 页。
⑤ 同上书，第 421 页。

可能实现的，黑暗社会永远张着血盆大口，毫不怜惜地吞噬着贫寒的、个体的市民小人物，即使你再豪横和不肯屈服也罢。常四爷的失败，除了社会的责任占了极重要的分量之外，也缘于他自己所持的人生哲学已然不合时宜。

　　让满族作家老舍的民族心理备受折磨的问题，大概莫过于自己的民族，被普遍地看成是个缺乏爱国精神，不乏卖国记录的民族。事实上，满民族从来就不曾将自己置身于中国以及中华民族之外，"我是旗人，但旗人也是中国人"① 的观念，在他们那里，历来都是从精神到言行的基本准绳。

　　　　盼哪，盼哪！只盼谁都讲理，谁也不欺侮谁！可是，眼看着老朋友们一个个的不是饿死，就是叫人杀了，我呀就是有眼泪也流不出来喽！松二爷，我的朋友，饿死啦，连棺材还是我给他化缘化来的！他还有我这么个朋友，给他化了一口四块板的棺材；我自己呢？我爱我们的国呀，可是谁爱我呢？看，遇见出殡的，我就捡几张纸钱。没有寿衣，没有棺材，我只好给自己预备下点纸钱吧，哈哈，哈哈！②

　　这一番酸楚无比的话语，出于一位黑暗世道下面行将惨死的老旗人常四爷之口，字字句句蘸着血泪。它是旧中国满族民众凄苦之至的告白，更是满族文学巨匠老舍为自己那些亲近而又无助的同胞们，所留下的最切肤的体认和最真诚的代言！人之将死，其言也真，一个民族原本具备着与史俱来的爱国情愫，到头来，却要它的每一个成员背负起"卖国"的弥天罪责，实为扬四海之波也洗不清的大冤屈。常四爷在告别人生前夕已是万念俱灰，所耿耿于怀者独独是这样的一桩大事——"我爱我们的国呀，可是谁爱我呢？"这实实就是满人们带着自我临终关怀性质的"天问"。③

　　《茶馆》的艺术不落窠臼。它冲开了既有话剧作品大多属于叙事剧、另外的基本上是心理剧的"老套子"，敢以一种令观众感觉全新的方式面世。戏中没有统制全盘的矛盾冲突，没有纵贯始终的情节链条，而专门依赖于看似散在的小人物遭遇、小单元故事，四下铺展，彼此联缀，汇集出来足以反

---

①　老舍：《茶馆》，《老舍文集》第 11 卷，人民文学出版社 1987 年版，第 384 页。

②　同上书，第 421 页。

③　老舍的人生挚友、大文豪巴金，在他悼念老舍的短章中写道："我想起他的那句'遗言'：'我爱咱们的国呀，可是谁来爱我呀？'我会紧紧捏住他的手，对他说：'我们都爱你，没有人会忘记你，你要在中国人民中间永远地活下去！'"由是，亦足见这句话实在是老舍一生中最有分量的话语。

映三个历史时代的总体画卷。除了结构上的不同凡响之外,《茶馆》在风格样式上面的特异之处,也是令人惊讶的。作者笔下的三个历史时代,是一式的暗淡绝望、遭人诅咒,有正常辨别力的观众目睹那样的时代面貌,决不会产生任何好感,那纯粹是专门制造社会悲剧的时代。不过,人们或许不曾认真想到过:作家要用文艺作品来状绘这类黑暗社会,是不是只能选取悲剧的艺术样式?老舍出人意料地做出他特立独行的抉择:让这一创作从总体上摈弃悲剧样式,启用喜剧样式。邪恶势力的可憎,与被欺侮者的可悲,均来自时代整体的荒唐悖谬。老舍紧紧扭住旧时代的荒谬特质不撒手,让正义、快感、酣畅淋漓的笑,化作支支投枪和匕首,戳穿旧制度旧文化的虚弱本性,给受众以难得的欣赏满足。黑暗社会是罪恶渊薮,当它命中注定地走到了行将就木的时刻,却总是无可如何的暴露出许多带本质规定性的滑稽、失重现象,这些,也正是历史老人眼中不可多得的喜剧场景;铲除在历史肌体上苟存的荒唐、怪诞,恰恰是左右社会发展的历史辩证法的必然胜利,理解了这一点,怎能不大快人心?洞彻历史变迁的文艺家,面对旧事物的衰亡,新事物的喷薄,当然应当开怀、应当狂笑,并且在开怀与狂笑的气氛里,纵情摹绘出整个旧时代土崩瓦解的窘态。写过众多诅咒旧现实、同情苦人儿故事的老舍,终于在写到话剧《茶馆》的时候,这般明朗地把握了时代更迭、社会嬗替的历史规律,他的那支以幽默著称的个性艺术之笔,才找到如此从容挥洒的佳妙感觉,写出来这样世所罕见的大气派喜剧作品。

在传统的中国文学观念里,严肃、悲怆的艺术风格,总是高居纯文学的上乘位置;喜剧呢,不能说是没有一席地盘吧,可往往还是要被笼而统之地派做饭后茶余的"消遣"之用。满族作家老舍,有过另外一重民族文化的浸润,他自幼饱尝忧患,却又性近幽默,喜欢用一视同仁的好笑的眼光看待人生,自踏上文学创作的漫漫长旅以来,幽默始终是他乐于保持和频频启用的风格特征。在清代满族文学的史册中间,旗人前辈文艺家们曾以幽默调侃的心态,写出过不少讽喻时弊、鞭挞丑陋的好作品。可惜,他们特别的创作追求,因间隔着不同民族欣赏习惯和审美眼光上的差别,还没有真正获得中原正统文坛的普遍认可。各民族文学的拓进之途,从来就不会是一模一样,这是大千世界里正常得不能再正常了的事情。也正因为有诸民族间艺术风格的差别,彼此的文化交流活动才会呈现出人们意想不到的价值空间,在不同民族文化艺术的交叉、碰撞之际,才会让人们产生新鲜、惊喜、愉悦、扩充的心理感受。

剧作的语言艺术，是体现作品民族气派的又一个重要支点。《茶馆》的台词，大雅大俗，雅俗共赏，不但满载着古都北京街巷语境中的"精气神儿"，具备市井口语的灵动、脆生劲儿，也带有古今诗歌作品的含蓄气质。剧中的人物，张嘴说话的有几十个，每个人的谈吐，全都是性格化的心音，专靠着他们各自的声口，以及与之相对应的动作，就可以将有着不同身份和情感的人物，从人群中间分别辨出。语言的幽默调式，在《茶馆》里尤为突出。这种幽默，也是民族式的和老北京式的。

话剧《茶馆》集中展示了老舍的多重艺术才力，在国内戏剧创作领域，达到了同时代的最高水准。它是作者将满族艺术经验、中华艺术经验和世界艺术经验融会贯通的出色尝试，是严格遵循现实主义原则的，也是在艺术上敢为天下先的。

《正红旗下》是又一部堪称典范的满族文学作品。

有一种猜测，长篇小说《正红旗下》如果能够按原计划写完，应当是几十万字甚至近百万字的大部头作品。这部本来足以传世的大书，只写成了开头就戛然而止，被说成是"千古遗恨"①，实不为过。

尽管《正红旗下》远没写完，但是，这写出来的开篇部分，情节上已表现了相对的完整性，老舍晚年思想和艺术的夺目光华更是熠熠可见。一般文学作品残卷，只能给后人作研究资料，而这部作品的短短开头，无论从研究者还是欣赏者的角度去看，都有极高价值。它是满族文库中璀璨瑰丽的奇珍异宝，也是中国少数民族文学发展史上挺拔秀实的丰碑。

《正红旗下》宛如一道描绘19世纪末北京满人社会生活的艺术画廊，具有强烈的历史表现力，作者于民俗世相的精雕细刻间，映衬出时代嬗交关头旗族以至于整个中国社会的风云走势。

作品第一章，由"我"——贫苦旗兵家的"老儿子"在戊戌年底的降生起笔，引发了与"我"的降生有瓜葛的姑母和大姐婆婆的争吵，进而自然带出各色满人在世纪末的不同活法这个饶有趣味的话题。第二、三、四章，围绕"我"的"洗三"仪式的艰难筹措和顺利实施，深一层叙写了旗人们的经济位置和文化养成，展现了两类人物：一类是寄生于八旗制度之内的大姐公公家和舅舅、姑母等人，他们得过且过，寅吃卯粮，对变法维新充满恐

---

① 冰心：《读老舍遗作〈正红旗下〉》，《民族团结》1979年第3期。

惧；另一类人则是想要从八旗制度中挣脱出来的福海二哥等人，他们已经富有主见地走上了自食其力的人生道路。第五、六章，讲述过春节和给"我"做满月的情形，披露穷旗人和汉族、回族下层市民间的友情，还带出来富人定禄大爷亲临"我"家造访的意外场景。从第六到第十一章，小说由徐缓从容的市井生活描写，逐渐转化向社会斗争场景的推出，以肉铺王掌柜之子王十成的出现，烘托出当时遍及城乡的反抗外辱的义和团大事件，以多老大与美国牛牧师的勾结为线索，演绎出地位互异的旗人面对国耻迥然不同的反应。小说结止在定禄大爷邀牛牧师吃饭的故事发展中途，情节正待掀起一个波澜……

历史学家写历史，文学家也写历史。彼此的不同点起码有二：一是历史学家须秉笔记录真实发生过的事件，文学家则可以在历史的整体真实之上编写更具典型性的故事；二是历史学家可以对历史无遮拦地阐发议论，而文学家则往往得将自己对历史的解读巧妙地包容到作品的情节内里。老舍写《正红旗下》，何尝不是要表达对满族那段特殊历史遭逢的思考，可是，大作家毕竟是大作家，他举重若轻，竟能在娓娓道来的民俗世相之类的琐事中间，就把一些偌大的历史课题给回答了。

在故事发生的清代末年，对满族社会来说，最严重的事情之一即是"八旗生计"问题。八旗制度，曾有力地推动了清政权的定鼎与巩固，而越到后来，制度本身给满族社会带来的弊端就越是明显地呈现出来。老舍的笔，是从当时北京城里各类旗人住户门垛子上的"鸡爪子"符号来切入这个大问题的。因为有"铁杆庄稼"式的定期发放的钱粮作保证，在旗人社会里"赊欠已成了一种制度。卖烧饼的、卖炭的、倒水的都在我们的，和许多人家的门上画上白道道，五道儿一组，颇像鸡爪子。我们先吃先用，钱粮到手，按照鸡爪子多少还钱"①，这清楚地表明，穷苦而又本分的旗兵们，因为命中注定一辈子只能当兵保国家，所以，他们中的大多数，家道再惨，也没有别的办法可想，没有别的生路可寻，只能凭着享有"铁杆庄稼"这一点儿特权，拆东墙补西墙地度日。

"赊欠已成了一种制度"，却又不是单单对穷旗人们来说的，当时那些军衔较高、钱粮颇丰的旗人家，居然也在靠赊欠过日子，比如一家仅四口人其中就有一名佐领、一名骁骑校的"大姐公公家"，门垛子上的"鸡爪子"图

---

① 老舍：《正红旗下》，《老舍文集》第 7 卷，人民文学出版社 1987 年版，第 200 页。

案竟然最丰富，这就不能不耐人寻味了。小说里的"大姐婆婆"，是子爵之女、佐领之妻、骁骑校之母，她的几十套服饰循环出入当铺，当此赎彼，倾其所有吃喝玩乐，折腾光了，就以子爵女儿、佐领太太的身份去赊，为了过个花天酒地的"肥年"，敢把房契也押了出去。这家人的逻辑是：家有铁杆庄稼，欠了日子欠不了钱，"不赊东西，白作旗人！"敢于大着胆子赊欠许多的账，在他们简直是个荣耀，这类人的精神世界也就可想而知了。

赊欠在旗人生活中愈演愈烈，还有个缘故，是因为他们无论贫富，既活着，就远不能仅以维持生命为满足，他们得活得像样，活得讲究，这就需要许多额外的花销。小说写道：旗人生活几乎全部艺术化了，像"我"这么个穷旗兵的儿子，"洗三"以及"办满月"都须花大力气应酬一番，在这种"艺术的表演竞赛大会"上，一切须合乎礼数，"必须知道谁是二姥姥的姑舅妹妹的干儿子的表姐，好来与谁的小姨子的公公的盟兄弟的寡嫂，作极细致的分析比较，使他们的位置各得其所，心服口服"。① 至于阔绰些的旗人，便更是把自己的生活艺术化到无以复加的地步，除了成天沉溺在唱戏、养蛐蛐和"满天飞元宝"（书中说到"大姐夫"养了一群极珍贵的鸽子，"每只鸽子都值那么一二两银子"）上面，还要效法汉人的样儿，于人名之外，都起上个"十分风雅"的号。把生命的过程向艺术的层次推进，本来是人类文明不断提升的必然要求，但是，像当时北京旗人这般，在人们自身不求进取的情况下去拥抱一种畸形的文化艺术，民族的前景可就不大妙了。作者的力笔，饱蘸沉思，写下了富有哲理的反省：

> 二百多年积下的历史尘垢，使一般的旗人既忘了自谴，也忘了自励。我们创造了一种独具风格的生活方式：有钱的真讲究，没钱的穷讲究。生命就沉浮在有讲究的一汪死水里。②

老舍热爱自己民族，他敢于拿本民族的历史疮疤给人看，正是作家对民族的往昔痛切检讨的证明。

与作家同样关切满民族历史走向的读者，从这位满族文学大师的笔下，看到了一个由旧基地中走出来的新人形象——福海二哥，他是作者着意推出

---

① 老舍：《正红旗下》，《老舍文集》第 7 卷，人民文学出版社 1987 年版，第 199 页。
② 同上书，第 196 页。

的可爱的新型劳动者。福海二哥是跟一般旗人水乳交融的普通旗兵，是所谓"熟透了的旗人""没忘记二百多年来的骑马射箭的锻炼，又吸收了汉族、蒙古族和回族的文化。论学习，他文武双全；论文化，他是'满汉全席'。"而作者进一步告诉我们，"惊人之笔在这里：他是个油漆匠！"① 这位出身于亮蓝顶子参领之家的"八旗子弟"，不怕满族社区他人的讥诮和鄙视，拜师学了一手油漆彩画的好技艺。"当二哥作活儿的时候，他似乎忘了他是参领的儿子，吃着钱粮的旗兵。他的工作服，他的认真的态度，和对师兄师弟的亲热，都叫他变成另一个人……一个顺治与康熙所想象不到的旗人。"② 在作品所描写的那个时代，面临内外窘困的"大清"皇朝，已经真个像是"残灯末庙"了，生计问题无可如何的在折磨着每个仅靠皇粮过活的贫困旗兵家庭，甚至连地位稍高的满族官宦们也坐吃山空了。即便如此，京城里的老派旗人，能够审时度势，在世代铁定的八旗制度之外，再为自己重新设计一条生路的，却着实不多。老舍正是在充分展示了这座旧营垒中许多浑浑噩噩形象之后，才满怀兴奋地谈起了福海二哥的独到之处——"是的，历史发展到一定的阶段，总会有人，像二哥，多看出一两步棋的。"③ 自食其力，在今天的人们说来是个多么自然而又令人服膺的观念，然而别忘了，即使是在清末那种"日落西山的残景里"，当兵的要背着上司而偷着学点手艺为自个儿谋生，也是件很要胆识的事情。一个民族，在大家都已习惯了的生活轨道之外，另由个别人来辟出走向新生的蹊径，从来也不容易。从《正红旗下》故事发生到今天，满族的社会地位已有质的超越，如果说这个民族是在靠劳动、靠创造的路途上终于找到了自身新的命运依托，那么，像福海二哥那样的满人，无疑，该算是摸索这条民族新生之路的先行者了。

　　《正红旗下》的写作宗旨，并不是要专门探讨满族如何在"八旗生计"问题困惑下找寻出路。作者在生活化的场景中反映社会现实，触及面还相当宽广。

　　下层旗人的生活艰辛，在小说里写得很真实。"我"的父亲是负有保卫皇城责任的旗兵，全家仗着他三两银子的月饷过活，因母亲勤俭操持才勉强支撑下来。所领银饷分量总是不足，还了欠债所剩无几，只好再赊。他们每天要以

---

① 老舍：《正红旗下》，《老舍文集》第 7 卷，人民文学出版社 1987 年版，第 207、208 页。

② 同上书，第 211 页。

③ 同上书，第 210 页。

喝豆汁维持生存，连在"良辰吉日"添了个独子，也要被危机阴影围困着。一个皇城护兵，一家只有四口人尚且如是，更多地位更低、补不上兵缺、或者人口负担更重的旗人家庭，又该怎样的凄苦呢。与穷旗人形成鲜明对照的，是旗人富豪定禄的生活。"自幼儿，他就拿金银锞子与玛瑙翡翠作玩具"①，他珠光宝气地来"我"家，从身上随便一摸，便是一份二两银票（能买一桌高级酒席）的贺礼。旗人社会的贫富两极分化，触目即见，这说明，在私有制社会里，统治者所隶属的民族，其内部也是有明确的阶级之分的。

小说以"我"的降生牵引出"八旗生计"的主线，也同时扫描出"良辰吉日"街头的幕幕惨景："在这儿或那儿，也有饿死的、冻死的，和被杀死的"②，说到除夕夜的花炮声，又收录下当时压倒一切的债主叩门声及穷苦人无奈了却残生的镜头。尤其震撼人心的，是在写"我"饥啼时抒发的串串浮想，似一部表现悲怆主题的交响音画，让读者在广袤的祖国大地上，感受到整个中华的凄楚哀伤，体会那该当千诅万咒的不平世道。

作品用探测时代脉搏之笔，描述了民族败类与帝国主义者的肮脏交易。精神崩溃的旗人多老大，欲壑难填，改奉上帝，想依仗洋人势力捞特权。美国人牛牧师是个不学无术的家伙，来中国冒险并且发迹，"每三天就过一次圣诞节"③。他唆使多老大捣乱，为的是制造教案，赢取暴利。这伙侵略者以枪炮为后盾，蜂拥而至，无空不钻，使中国金银外流，久无宁日。京城里的肉铺王掌柜和他在山东乡下的儿子十成，都遭到了这种外患的无端滋扰，他们由不同的方向被逼上了一致的反抗道路。

作者把一腔激情寄予各族人民。清廷对不同民族分而治之，阻挠旗人和别族的接近。但在满族人民眼睛里，人，是按社会贫富地位划分的，"谁也挡不住人民互相友好。"④ 小说中的"我"，"一辈子忘不了"在洗三和满月时受到过回、汉民族朋友的祝福。作品不无深意地介绍了汉人王掌柜从讨厌旗人到通过交往而理解了满族群众，并且彼此建立了友谊的过程。老舍一向倡导民族间的真诚合作，这在他的剧作《国家至上》《大地龙蛇》和《青蛙骑手》里面，都有过清晰的表达，《正红旗下》教这种精神更加升华。书中有位下层旗人多老二，他爱本民族，更爱大中华，以正义之舌怒斥为虎作伥

---

① 老舍：《正红旗下》，《老舍文集》第 7 卷，人民文学出版社 1987 年版，第 246 页。
② 同上书，第 182—183 页。
③ 同上书，第 266 页。
④ 同上书，第 231 页。

的败类哥哥，其情其景感人肺腑。福海二哥，更是坚持友爱着各族群众，为搭救蒙难的汉族朋友，四处奔波，他对朝廷离心离德，与义和团民王十成——要"叫皇上也得低头"①的一个汉族青年农民——交上了心碰心的朋友，还想要互认师兄弟；身为旗人，他同情造反，思想很矛盾，但到底在是非面前态度很明朗，他对十成掏了心里话："我也恨欺侮咱们的洋人！可是，我是旗兵……不能自主！不过万一有那么一天，两军阵前，你我走对了面，我决不会开枪打你！我呀，十成，把差事丢了，还能挣饭吃，我是油漆匠！"②小说《正红旗下》对清末旗、民之间民族关系的形象体现，真实可信。许多读者过去并不了解这些，总以为清代的满族人，都是一式的面目可憎、精神堕落，读了作品，他们才对当时的实有情况获得了全新的感受。连老舍多年的朋友、女作家冰心，也是在读了《正红旗下》之后，才深有感触地谈及："我自己小的时候，辛亥革命以前，因为痛恨清皇朝政府的无能、丧权辱国，作为汉族一分子，又没有接触过任何一个'旗人'，因此我对于旗人，不论是贵族还是平民，是统治阶级还是被统治阶级，是一律怀有反感的"③，她对这部小说中反映下层满人与兄弟民族群众相亲相爱的许多情节，印象深刻，并且认为，读了老舍的描述，对人们重新加强理解"使中华人民共和国成为各民族友爱合作的大家庭"，具有积极意义。

《正红旗下》是旧时代的真实写照，它像一部生动异常的历史教科书，"由心儿里"剖视了清皇朝赖为基础的八旗社会，指出清政权已然是落花流水不可收拾，当时满民族的社会分化及精神危机，也已发展到了难以调整、必须重作大幅度变革的程度，而人民要冲出历史桎梏，民族要通过奋斗而赢得新生，更属于历史之必然。

老舍不仅给《正红旗下》构造了清末旗族社会的特定历史框架，又向这一框架中填充了丰富多彩的民俗内容。读起这部小说，人们就如同置身其间，在游历着一场19世纪末叶北京旗人生活风情的博览会，得到多项的文化认识价值。

人们常说，京城里头满人们的规矩特别。究竟怎么个特别法儿？只要读读书中的两处描写，就可感知一斑了：

---

① 老舍：《正红旗下》，《老舍文集》第7卷，人民文学出版社1987年版，第269页。
② 同上书，第258页。
③ 冰心：《读老舍遗作〈正红旗下〉》，《民族团结》1979年第3期。

是呀，看看大姐吧！她在长辈面前，一站就是几个钟头，而且笑容始终不懈地摆在脸上。同时，她要眼观四路，看着每个茶碗，随时补充热茶；看着水烟袋与旱烟袋，及时地过去装烟，吹火纸捻儿。她的双手递送烟袋的姿态够多么美丽得体，她的嘴唇微动，一下儿就把火纸吹燃，有多么轻巧美观。这些，都得到老太太们（不包括她的婆婆）的赞叹，而谁也没注意她的腿经常浮肿着。①

母亲认为把大姑子伺候舒服了，不论自己吃多大的苦，也比把大姑子招翻了强得多。姑母闹起脾气来是变化万端，神鬼难测的。假如她本是因茶凉而闹起来，闹着闹着就也许成为茶烫坏了她的舌头，而且把我们的全家，包括着大黄狗，都牵扯在内，都有意要烫她的嘴，使她没法吃东西，饿死！这个蓄意谋杀的案件至少要闹三四天！②

满族入关后，既把自己先前的许多习俗保持下来，又向汉族学得了不少新的生活规范。就说上述两样规矩吧，小媳妇儿在婆家要处处守家法，累死累活，也得等熬成了婆婆才有地位。这显然与满人后来引进汉族传统的封建宗法观念有关系；而满人家里姑奶奶的地位特殊地高，以至像小说里"姑母"守寡后不但可以白住弟弟家的房子，还可以称王称霸到这般地步，这倒是满族历史上一直尊敬族中已婚女性的传统造成的。在一个民族的民俗里面，自己的老规矩依然恪守，外来的新规矩又被不断加进来、摞上去，生活在这样的民族中间，能不累死人才怪呢。这些，自然属于满族的民俗百科，当然，也可以被视作作者所说"二百多年积下的历史尘垢"。

有清一代满族人生活在北京，他们把自己的生活情趣提高了许多，不仅上流旗人受了艺术熏陶，下层旗人也因为除了当兵站岗别无事情可做，而平添了不少文化嗜好。小说里的满人，多有着这样的特点，即使如福海二哥这样的正经人，也照例"会唱几句……汪派的《文昭关》，会看点风水，会批八字儿。他知道怎么养鸽子，养鸟，养骡子与金鱼。"③ 人们尽可批评当时的旗人真本事不大而杂能耐不少，但是，读了这本小说，也许可以体会出，那

① 老舍：《正红旗下》，《老舍文集》第 7 卷，人民文学出版社 1987 年版，第 197 页。
② 同上书，第 201 页。
③ 同上书，第 207—208 页。

些命里注定要一辈子被紧箍在八旗制度底下的满族人，他们的生存本身就是个大悲剧，在悲剧中为生命找寻一点点儿可怜的小情趣，总还可以算是正当的人生本能吧。热爱生活，毕竟不是坏事情。

凡事常常利弊兼收。京城满人把整个生活艺术化，也给今天的社会留下了一些有益的东西。譬如说到北京话，它已经在当代中国成为普遍推广的普通话的语音基础，说明其在语音学方面的价值很大。须知，清代的京城满族人在普遍改操汉语之后，确实对北京语音的最终形成，做出了突出贡献。这一点，已为语言学家们所证实。读了《正红旗下》，也就不难理解，这些日常"连笑声的高低，与请安的深浅，都要恰到好处，有板眼，有分寸"的旗人，是自然不会放松对于语言（尤其是语音）的艺术性修炼的。写福海二哥的时候，老舍说："至于北京话呀，他说得是那么漂亮，以至使人认为他是这种高贵语言的创造者。即使这与历史不大相合，至少他也应该分享'京腔'创作者的一份儿荣誉。是的，他的前辈们不但把一些满文词儿收纳在汉语之中，而且创造了一种清脆快当的腔调；到了他这一辈，这腔调有时过于清脆快当，以至有时候使外乡人听不大清楚。"这里，不妨再援引一小段作品，具体欣赏一下出于福海二哥之口的北京话，该有多么流畅、舒巧、动听和够味儿：

> "是！"二哥急忙答应，他知道母亲要说什么。"您放心，全交给我啦！明天洗三，七姥姥八姨的总得来十口八口儿的，这儿二妹妹管装烟倒茶，我跟小六儿……当厨子，两杯水酒，一碟炒蚕豆，然后羊肉酸菜热汤儿面，有味儿没味儿，吃个热乎劲儿。好不好？您哪！"①

《正红旗下》是少有的满族民俗小说，字里行间，无不体现着一个时代的满族风习、语言、心理、气质。旗族各色人等日常的言谈、举止、礼节、嗜好、装扮，样样记录得中规中矩，连不同辈分的人们之间如何请安、过小年如何祭灶、青年考补兵缺时如何雇他人作"枪手"等，都有惟妙惟肖的介绍。满族在清末的语言，还处在由满语向汉语过渡的后期，用着汉语，又保留较多的满语词汇，如称呼"妈妈"为"奶奶"，叫"去"为"克"，以及"牛录""栅栏"等，也都留存了满人习惯用语的原汁原味儿。

此外，这部作品，在艺术处理上，亦颇多可圈可点之处。作者一向不大

---

① 老舍：《正红旗下》，《老舍文集》第7卷，人民文学出版社1987年版，第216页。

喜欢依据离奇突变的情节和层层叠加的悬念来推进故事，他坚持认为："小说的成败，是以人物为准，不仗着事实。世事万千，都转瞬即逝，一时新颖，不久即归陈腐，只有人物足垂不朽。"（《人物的描写》）《正红旗下》出场人物个个活生生，有的只三五言、一二事，便让人过目不忘。定禄设宴，写作陪的满族翰林的心理："他直看着牛牧师的腿，要证实鬼子的腿，像有些人说的那样，确是直的。假如他们都是直腿，一倒下就起不来，那就好办了——只须长竹竿捅他们的膝盖，弄倒他们，就可以像捉仰卧的甲虫那样，从从容容捉活的就是了。"① 这个过场人物，仅几笔，就被牢牢地胶粘到社会图画中他专有的位置上，告诉人们，"有知识"的上层旗人闭目塞听自大自误，发展得有多严重。

《正红旗下》的语言，以注重口语化见长。清代满族作家文学已形成了远文言、近口语的传统，老舍在写作这部满族特色浓郁的长篇时，更体现了他青出于蓝而胜于蓝的口语化艺术水平。他毕生孜孜探寻语言运用的高妙境界，本来，他调动北京方言土语的本领出神入化，但是，当他发觉一味地以地方话写作，会给外埠读者带来较大的阅读障碍，就开始努力摒弃叫人容易产生疑问的方言僻字，创造出符合广大读者口语习惯的以北京语音为基础的普通话语言风格。《正红旗下》是这种风格的集中表达，其中的嬉笑怒骂各类言谈，均自然畅达，哪怕写下层家庭生活，也力戒陋词土语冒头，而优先选用富于表现力的大白话。这种看似平易实则深奥的格调，出自驾驭语言的高超造诣。清代满族文学评论家裕瑞评曹雪芹时讲过："俗亵之言，一经雪芹取择，所收纳者，烹炼点化，便为雅韵，究其手笔俊耳。"把这样的赞誉转赠给老舍，是刚好合适的。老舍作品写得那么通俗，看似不费吹灰之力，实则不然。如他自己所说，须用心反复改，有时一千多字要写两三天。他不仅讲字义，常把字音的平仄也要调配得当，以便朗读时获得快感。这要耗费多大的心血！《正红旗下》里边，姑母假模假式地说，早该把家中的难处对她提，"父亲只搭讪着嘻嘻了一阵。心里说：好家伙，用你的银子做满月，我的老儿子会叫你骂化了！"② 这"骂化了"三个字，俏皮又实在，把父亲对独子的疼爱和对姑母的褒贬和盘托出，读起来叮咚带着响儿。

老舍式的幽默又在这部作品中以新的面貌与世人见面。他的善意戏谑，

---

① 老舍：《正红旗下》，《老舍文集》第 7 卷，人民文学出版社 1987 年版，第 304 页。
② 同上书，第 241 页。

妙趣盎然，白姥姥给"我"作洗三，"拾起一根葱打了我三下，口中念念有词：'一打聪明，二打伶俐！'这到后来也应验了，我有时的确和大葱一样聪明。"① 白姥姥是取"葱"之谐音，而"我"调皮，偏取字义，使人捧腹，也流露了作者对旧时劳动群众盲目讨取吉兆的微讽。写"大姐夫"的附庸风雅，说他"别出心裁地自称多甫，并且在自嘲的时候，也自称豆腐。多甫也罢，豆腐也罢，总比没有号好得多。若是人家拱手相问：您台甫？而回答不出，岂不比豆腐更糟糕么？"② 这是挖苦无聊之徒，揶揄分量加重不少。至于对付人间丑类，幽默嘲弄近乎绝情，书中多老大打比方："牧师专收有罪的人，正好像买破烂儿的专收碎铜烂铁。"市井无赖的比喻就这么蹩脚，可是也真熨帖，洋牧师收买中国的民族败类，和买破烂儿的真就酷似得很呢。

《正红旗下》的思想、艺术和社会认识价值，是异常厚重的。这部未完成的作品，充分显示了老舍晚年文学功力的炉火纯青。它，是老舍艺术和满族新文学的——绝唱。

哦，"17 年"间，就满族文学的"族性"书写而言，亏得还有老舍。

---

① 老舍：《正红旗下》，《老舍文集》第 7 卷，人民文学出版社 1987 年版，第 226 页。
② 同上书，第 213 页。

第十二章　世纪途次——为霞满天纵歌吟(上)

　　1966 年夏至 1976 年秋，"史无前例"的"无产阶级文化大革命"笼罩中国大陆。一场浩劫摧残着共和国的政治、经济、文化以及人们的心灵乃至生命，文学艺术界更是覆巢之下几无完卵的重灾区。

　　正本清源、梳理民心的工作，是自 1978 年 12 月中共十一届三中全会开始的。一切领域的重新复苏，均须从艰难肃清极"左"思潮的毒害覆盖做起。

　　1979 年 10 月，在"中华全国文学艺术界第四届代表大会"上，收回了为害多年的"文艺为政治服务"的错误方针。文艺创作自此渐趋松绑。

　　20 世纪结尾 20 年，曾被文艺界称作自己的"新时期"。"新时期"不仅对于中国文艺的勃然复兴具有重大意义，也是因"文革"而遭受重创的少数民族文学创作重新完成"热启动"的过程。这一回，满族文学的扶摇腾飞，做到了与各个兄弟民族文学的同步攀升。

　　"文革"浩劫收场未久，资深女诗人柯岩（1929— ）即深情写出《周总理，你在哪里》诗作，这是一篇唱出大众心声、传遍神州大地的佳作，显示了满族歌者的心灵咏叹与全国大众脉息律动共生共振的历史场景。也是在"文化大革命"刚刚结束，中国作家协会举办了首届（即 1978 年）"全国优秀短篇小说评奖"活动，有 25 位作家的作品榜上有名，其中包括满族青年作家关庚寅（1950— ）的短篇小说《"不称心"的姐夫》。作品堪称是在举国上下愤怒历数"文革"罪恶过程中"伤痕文学"洪波上一朵夺目的浪花，小说文本虽尚欠厚重，却具有满族文学界迅速跟进时代变迁与文学推展的象征意味。

　　从 20 世纪末到 21 世纪初，在中华多民族文学竞相繁荣的全景视野内，具备优良而厚重文化传统的满民族之文学家们，当仁不让地、豪迈地书写着自我，成就着自我，取得一系列令世间目不暇接的成功。乐观些说，满族作家们这一阶段方方面面的新成绩，是足可以耗去多册书籍的版面来分析与总结的。

满族有充分文学积淀，然而从古到今，却从未同时拥有过像这二三十年的历史横断面上，如此众多的诗人和作家。据中国作家协会收入 1949 年至 2009 年加入中国作家协会全体会员词条的《中国作协会员辞典》统计，历来加入其间的满族作家总计 202 人。这个数字，要按本民族人口比例来衡量，在中国绝对列在前排。而各个省、直辖市和自治区作家协会的满族会员，还有无意谋取作家协会会员名分的满族文学作者，则是数不胜数。记得此前十几年，笔者在某些文章里或场合下，还可以如数家珍地罗列出满族知名作家的名单和阵容。眼下，连做这样一件事都很困难了。夸张些讲，今日之满族诗人与作家，已如繁星点点布满长空。

文坛上的满族书写者，自身民族意识有了充分提振。在过往的大半个世纪里，相当多的满人在社会交往中不愿轻易泄露自己的族籍身份，在文学创作时同样如此。最近二三十年，随着国家民族文化政策的开放，随着中华民族整体包容精神的大幅度拓展，满族被旧时历史污名化的非正常现象，已经和正在得到本质性扭转，满民族的历史和现实地位正在为社会重新认识，满族的民族心理越来越明朗舒畅地表露出来。中国满族在近几次人口普查中，以合法途径恢复原有民族成分的数字与速率，都是出人意料的；与此同步，在文学创作领域，因有名家端木蕻良、舒群、马加、丁耶、朱春雨、理由等人示范于前，满族作家将原本深藏着的民族心理凸显出来明示于世间者，不绝如缕。①

所谓各个民族的文学，是以其含纳和表现着不同的民族特质为彼此之区别标志的。没有民族特质，便没有民族文学。民族特质，既是民族文学赖以存在的条件，又是民族文学得以辨识的胎记。民族特质赋予各个不同民族的文学以质的规定性。唯因如此，各民族作家才把在作品中含纳和表现本民族特质，认作自己的天职。满族的作家们在多民族文学发展的现阶段，越发深

①　在国内某些情况下，将自身标示为少数民族成分，委实在一定的情境下会得到一点儿"政策性"照顾，然此情况却不曾在满族作家们那里出现，满族由于作家多作品也多，他们不论是在个人身份认定还是作品价值认定上，都没有因此而增加任何利益空间。笔者所知，满族作家们常在一些"评比"活动中戏言："请用汉族作家的标准严格要求我们。"

刻地体会到这一点，并尽其努力地向着这一方向发展自己。

关于满族作家的创作题材，笔者一向的看法是，既要看到长期以来满、汉人民杂处情况比较普遍，在表现他们相互贴近社会生活时不易注明其写作对象族籍的一面，更要看到这种情况存在与民族关系上一段不正常的历史直接有关。即使是共和国初期"十七年"国家的民族政策也没有在满族问题上得到很好贯彻，老舍《正红旗下》书写活动的夭折即是证据。只有在近30年来，文艺政策松绑了，民族政策也比较稳妥地得以落实，满族及其作家深深隐埋着的向隅之感才为之一扫，直言描写满族题材和满人命运的作品才如同雨后春笋般地出现。

完全可以断定，在当前和今后的满族文学创作中，作家们将会更自然更自由地绘制自己民族的生活画卷，以飨满族同胞与国内外各民族的读者；当然，同样可以断定，满族作家文学今天及日后仍然不会把状写满族题材作为自己的唯一使命，它还是要继续走极开阔的路。这才是满族文学由来铸就的特殊风度。

一

劫后余生的满族资深作家，是满族文学历经"文化大革命"漫长的隆冬寒夜所保留下来的颗颗火种。"新时期"一经到来，壮心不已的他们，纷纷抖擞精神，慨然提起自己多年不摸的笔。

首先令世人刮目看待的，是老作家舒群。他反映现实的短篇小说《少年chén女》，1981年发表在《人民文学》杂志上，当年即勇夺"全国优秀短篇小说奖"。那一年，他已逼近古稀之龄，能在中青年作家强手林立的局面下突破重围获得大奖，引来文坛上下一片热赞。作品如实地反映了"文革"劫难刚一结束时刻社会上两代人的境遇与心理，从冤案中才获平反的老干部"我"，关切的是经过十年之久的大灾难后，国内各阶层是否能够重新振作投入火热的新生活；而年轻一代中间，则确有如小说所写的李晨那样心灵遭受摧残，难以从噩梦中走出的少女。中学生李晨虽不惧怕苦日子的磨难，却因整个国家回归光明自己家庭的厄运尚未终止，蒙受着巨大的心理压力，异常敏感的神经甚至要把她送上绝路。小说准确捕捉少女李晨处在人生十字路口的游移徘徊，用一个"少年chén女"的"chén"音，喻指这样的少年假使得不到社会的积极帮扶引导，结果可能是走向"沉"沦，也可能是走向"陈"旧，还可能是走向"尘"埃；而如果社会向她们伸出热情的手，她们便将依凭自己极大的可塑性，走向早"晨"，走向热"忱"……作家舒群青年时代写作《没有祖国的孩子》、中年阶段写作《这一代人》，晚年时期又写出《少年 chén 女》，他一生最成功的作品都是围绕中国的青少年现实来命笔的，其时代使命感和社会责任心，贯穿一生，老而弥坚。《少年 chén 女》不单维持了作者擅长小说谋篇的优势，以层层好似闲笔的书写，最后托举出一个醒目的思想主题，而且，还创造出了一种载叙载议，一议三叹的独特的叙事语言，对于体现老干部"我"有眼光、有胆识，并且还有一片苦苦规箴于年轻朋友的温热心肠，恰切吻合。舒群晚年勤奋耕耘，为自己迎来了一个空前的创作高产期，其间，他写有中、短篇小说《乡思》《金缕曲》《醒》《美女陈情》《合欢篇》《无神的祈祷》等，此外，他还根据回忆写出系列纪实文学《毛泽东故事》，并且撰写完成了数十万字的学术文献《中国话本书目》。

女作家颜一烟在 1981 年 69 岁这一年，推出了自传体长篇小说《盐丁儿》。她依托切身经历，娓娓道来小说中女主人公"我"——鄂丁，一个出生在民国初年满洲贵族家庭的"小格格"，遭受母亲辞世后家庭的排斥，倚仗满族女孩儿天生的硬韧倔强，离家出走，在善良人们的帮助下，自立生存，顽强读书，青年时代负笈东渡扶桑名校求学，面对在日担当所谓"满洲国"驻日代表的汉奸父亲的威逼利诱，毫不妥协，当中国的全民抗战炮声响起，断然放弃短时间就会到手的早稻田大学毕业文凭，投身祖国的抗日洪流，在血与火的严峻考验中，将自己锻炼成为一名坚强的革命战士。颜一烟用她的文学手段，重新梳理个人一生的艰辛步履，也通过满族没落望族一分子冲破命运锁钥迎来新的人生的动人故事，反省了历史民族超越旧我革新旧我的可能与必然。《盐丁儿》一书，堪称满族新兴力量正气如虹的追求篇，一个民族只有果敢地离却旧式营垒，不屈不挠地追赶光明，才能永久立于民族之林。《盐丁儿》出版之后，社会各界反响热烈，一些小读者更是表达了要向作品主人公看齐的意愿。一位中学生就此写道："且不论那封建的不平等给作者带来的自小的反抗意识，也不说那为了学习而当旁听生，为了自己的爱好而不怕任何阻力的坚强意志。单只讲主人公为了能上学，忍饥挨饿，每天早出晚归，来回走三十里地，日复一日，坚持了三年的精神就使我大大的折服了。""如果试问我是否有这种精神，我将惭愧的低下头……"[①] 1995年，由颜一烟改编自同名小说的电视连续剧《盐丁儿》拍摄完成，播映之后，电视台收到的赞扬信雪片般地飞来。

1983 年与 1990 年，马加先后出版了两部晚年撰就的心血之作——长篇小说《北国风云录》（30 万字，发表时作者 73 岁）和《血映关山——神州烽火录》（24 万字，发表时作者 80 周岁），人们对他"老骥伏枥，志在千里"的创作举动讶异非常，也把"烈士暮年，壮心不已"的盛赞，转赠给这位文坛宿将。两部小说具姊妹篇性质，相互的历史以及人物、事件之发展都是连贯的，同时也带有涵盖作家前半生足迹脉络的自传体纪实文学特征。其中心人物，是生在辽西浑河河套满、汉民族杂居地区新民县的周云。作者描述了他由"九一八"事变前到抗战胜利后的曲折经历，以及同时期从家乡到关内外国土上内忧外患频仍、斗争之火燎原的壮阔场景。马加是长于描绘革命历史的作家，晚年的他，希望能把个人早年经受的历史真实，升华到文学层面，回赠给社会。为此，老作家几乎是努力行走在"信史表述"与"艺术创作"二者间"公约数"所规定着的那条线上。两部书中，对中国现代一系列重大历史事件，诸如"九一八"日军攻击沈阳北大营、东北沦亡后学生们大批流亡关内、东北抗日义勇军的抗敌斗争、"一二·九"爱国学生运动、周恩来与张学良在延安桥儿沟天主教堂秘密会见、"七七"卢沟桥事变及 29 军浴血抗敌、众多爱国青年投奔延安、延安"抢救运动"、平西平北地区对日鏖战……皆有或正面或侧面的力笔勾勒。

对于"九一八"日军攻击北大营，小说用了三章文字予以多角度叙说，其中前、后两章，分别描写东北大学学生们和东北军留守沈阳最高指挥者们在事件前后的态度，而中间一章，则是事变叙事核心，正面且近距离地凸写了北大营中爱国的基层官兵面对骤然降临的巨大事变，他们的激烈情绪，及被迫束手撤退所酿成的极严重后果。描写北大营官兵在"九一八"当夜反应的一章，不仅因历来作家笔下所无而值得珍视，该章又类似一篇优秀的短篇

---

①　孙燕（首都师范大学附中学生）：《闪光的征程——读〈盐丁儿〉有感》，刘庆俄编《大海的女儿——颜一烟的生平和创作》，中国和平出版社 1994 年版，第 146—147 页。

小说，可以用来独立地阅读和品味。此外，为作家们一向笔下所无而值得珍视的，还有书里对延安"抢救运动"的叙述。读者不会忘记，它是出自延安岁月"过来人"的笔端，尽管能感觉到作者运笔不失审慎，却又分明地能够读出书中对这场党史上无端兴起的极左政治风暴的抵制与厌恶。马加在晚年如此巨笔直击他人绝少触动的历史雷区，实实地教读者平添敬畏之心。

20世纪80年代，是老作家马加认祖归宗返回满族的时期。《北国风云录》和《血映关山——神州烽火录》虽说不是专门书写满族题材的作品，作者却将他的民族感情分明写进书内。小说每每信笔涉及满族的民间习俗、信仰与文化，"七公牛录"中"牛录"地名的由来，周云家里贴的"挂签"和婴儿睡觉的"摇车"，乡间祭祀要"用烧酒灌猪耳朵领声"，还有一些院落里竖着"索罗杆"，祛病禳灾时候跳"大神"，无不清晰展示了满乡气象。周云家乡黄花岗子的财主和农户，也都有些依稀可辨的满人特点。就说豪绅地主王志兴吧，此人在作者笔下显非险恶之人，作家一再强调："王志兴自幼是个胎里红秧子，五谷不分，四六不懂，连麦子和草都分不出来，他不会做工，不会种田，不会经商，七十二行，他哪一行也不在行。论气力没气力，论才能没才能。"①瞧，这路大地主也是人们在一般作品中较少遇到的，倒颇像旧日满族大家族中的孽子，尤其是"胎里红秧子"这句褒贬，几乎是有清一代人们时时用以赞美和贬斥满洲名门子弟的话语。

马加出身满族，本人曾是爱国青年，他憎恨一度出现于东北大地的伪"满洲国"，愿意站出来证实那个可耻政权与满族毫无关系。书里写到"牛录章京"②满人杜承恩，他说过的一番话："现在是'满洲国'了，'宣统'回了朝，不管旗人民人，钱粮亩捐一样掏，只有日本人的开拓团，才能另眼看待。"③当年也罢当前也罢，世间总有些人习惯地将汉奸傀儡"满洲国"伪政权，去与有着爱国传统的满民族混为一谈，满族人民对此不能忍受。作家马加叫他作品中的人物说了上边几句话，看似无意，却融入了对世人误解

————————

① 马加：《北国风云录》，中国青年出版社1983年版，第24页。
② 清代官爵名。后金天聪八年（1634年）定八旗爵名，改原称的备御为牛录章京。清顺治四年（1647年）改称拜他喇布勒哈番。乾隆元年（1736年）定拜他喇布勒哈番的汉文为骑都尉。另外，天聪八年（1634年）又改各旗基层单位之长的牛录额真为牛录章京，作为官名。而小说《血映关山》中的杜承恩已是屯长身份，只是在满族聚居地，人们还习惯地称他"牛录章京"。
③ 马加：《血映关山——神州烽火录》，中国青年出版社1990年版，第162页。

历史的矫正。

两部小说中最亮眼的人物塑造属于沈风。这个与周云同乡的满族青年，热血满腔，文武兼备，他是穷苦出身的大学生，又是"九一八"事变时北大营里的东北军连长，他是"一二·九"学生运动的领袖，又是震惊国内外的中华民族解放先锋队的发起者与领导人，他是中共党员，是周恩来和张学良的朋友，又是华北战场上叱咤风云的年轻将领，这位不可多得的民族英杰，不幸牺牲在平北地区的抗日沙场……小说异常感人地描绘了沈风大半生的奋斗史，以及他那圣洁无瑕的情感史。作品有一段沈风到平北满族乡间开展游击战时候的情节描述：

　　　　沈风抢下柳大娘手里的斧子，坐在苞米秸子上，边替柳大娘劈着劈柴，边笑着说：
　　　　"我在老家七公牛录的时候，常常帮助我姥姥干庄稼活。"
　　　　柳大娘吃惊地问道："你们是归八旗管的牛录么？"
　　　　沈风说："前清时候，我们的七公牛录为一甲喇，五甲喇归旗主，统统归努尔哈赤八旗管辖。"
　　　　"这么说，你也是旗人了？"
　　　　"我们是属于正白旗。"
　　　　柳大娘讲起自己的身世，她的先人也是旗人，由于跑马占山，从京西来到了云蒙山，在皇陵当过差，过着贫寒日子。她和沈风谈得非常亲热，她用满语问起沈风的母亲。
　　　　"你的讷讷（母亲）呢？"
　　　　"我的讷讷早已去世了。"①

偶然邂逅的关内外两代满人，这样相见相认了。沈风从此后便跟柳大娘特别亲，一见面总是"讷讷"长"讷讷"短的。其实沈风在辽宁故乡，还有一位把他从小带大的姥姥，他特别思念姥姥，但是甘愿以天下为己任，要想解救中华出苦海的他，不能不强迫自己把一己亲情放在一边。

阅读这部小说，人们也许未曾想到，作品中的沈风，实际上在生活中确有其人原型，他就是马加青年时代的挚友、来自辽宁满族的抗日名将——白

① 马加：《血映关山——神州烽火录》，中国青年出版社1990年版，第261页。

乙化①。小说里的沈风，与中国现代史上的白乙化，无论是年龄、相貌、性格、经历与才干，相像至极。马加对沈风的倾情刻画，也是他对同胞挚友和抗战英烈白乙化，终于献上的心香一瓣。

　　鉴于马加一生为人民为民族笔耕不辍、功绩斐然②，2000 年，辽宁省政府做出特别决定，授予马加以"人民作家"荣誉称号。共和国档案中，被首都及省一级政府授予"人民艺术家"或"人民作家"至高荣誉以表彰其文学成就者，只有两个人，他们都是满族人——来自北京的老舍，与来自辽宁的马加。

　　"文化大革命"结束后，老作家端木蕻良长期承受的诬陷不实之词均被推翻，当时他已是疾病缠身，却凭着矢志不渝的文学诉求与宝刀不老的艺术

---

　　① 　白乙化（1911—1941），字野鹤，辽宁辽阳满族，自幼丧母，由亲友资助，13 岁入中学读书，因带头抵制日货被开除。1929 年考入中国大学，半工半读维持学业。1930 年加入中国共产党。1931 年回辽阳，以小学教员身份为掩护，秘密从事革命活动。他有赋诗、绘画等多种专长。游历时写过《浪淘沙·登福明山》一首："流水一天秋，明福山头，荒丘古刹吊公侯。碧血苍苔遗旧恨，战马啾啾。零落眼中收，壮志难酬，抛杯按剑看骷髅。扑面风尘山河幻，旧恨新仇。"白乙化曾与抗日志士突袭辽阳警察局，夺走枪支，举起"抗日救国军"旗帜，又在辽阳山区、沟帮子火车站和凌源镇等地，一再痛击日寇，其绰号"平东洋"威震辽南、辽西。1933 年，白乙化返回中国大学学习，继续救亡活动。1935 年毕业留校，站在"一二·九"爱国反帝斗争最前列。次年初，白乙化等创建中华民族解放先锋队，任总队长，带领民先队员们开展军事夏令营活动。1937 年全面抗战爆发。白乙化以抗日民先总队为依托，被爱国将领马占山委任为东北挺进军别动队队长。1938 年春，白乙化等率队渡过黄河奔赴抗日前线。当年秋，白乙化以总队近千人协同 359 旅，取得毁敌各种汽车 40 余辆的胜利。1939 年春，白乙化部编入平西根据地冀热察军区，后编入华北人民抗日联军，任副司令员，取得青白口毙伤日伪 70 余人的胜利。6 月，白乙化再次率部，在娄儿岭与日寇竹野太郎统领的大岛大队鏖战两昼夜，大岛大队 300 余人大部被歼，击毙中队长奥村，迫使竹野太郎等剖腹自杀，书写了平西战史上一举歼敌一个中队的辉煌战绩。白乙化又一美称"小白龙"，令敌闻风丧胆。同年底，组成八部军晋察冀军区步兵第十团，白乙化任团长。1940 年 4 月，白乙化率十团开辟平西根据地。5 月 20 日，亲率一营和团直机关挥师北上，突破封锁线，在沙塘沟击溃伪军 300 余人。6 月 1日，十团南下怀柔，东取密云，北战古北口，西进延庆，立足于以云蒙山为中心的广大地区。1941年 2 月 4 日，他接到赴军分区任副司令员的命令，偏逢日军又来进犯。白乙化在降蓬山上指挥战斗，不幸中弹牺牲，时年 30 岁。抗日军民闻听噩耗悲痛欲绝，在密云石城召开 6000 余人声势浩大的追悼会。抗日民主政府还一度将密云县西部改为"乙化县"。1944 年 5 月，在丰滦密联合县主持下，在白乙化牺牲地立下纪念碑，上面镌刻"民族英雄"碑铭。20 世纪 80 年代，在波光粼粼的密云水库伟岸的山石上，竖立起白乙化烈士的塑像，并建立了白乙化纪念馆。每年清明节，群众络绎不绝地来到此地，向民族先烈肃穆致哀。

　　② 　《辽宁省人民政府关于授予马加同志人民作家荣誉称号的决定》（2000 年 2 月 14 日）中间提到："'文革'以后，他又写了《北国风云录》《雪映关山》两部姊妹篇长篇小说，获得了中国首届满族文学奖、东北文学奖和辽宁省政府优秀作品一等奖。"

功力,迅速披挂上阵。1980 年,他发表获得政治解脱后的第一部长篇小说
——《曹雪芹(上卷)》,1985 年,又与他的夫人、助手钟耀群合作,完成
了《曹雪芹(中卷)》。端木蕻良称得起是作家里面毫不夸张的红学家,他
自小熟读《红楼梦》,不但写过改编该书的剧作,还撰写过多种高水准的论
文。写小说《曹雪芹》,是他几十年的夙愿。然而,一旦触摸这个题材,难
度是可想而知的,不但因为所有的《红楼梦》读者都有自己心目中难以撼动
的曹雪芹,更因为作品必须确切无误地涉及清代康、雍、乾三朝有形无形的
各类文化现象,还要写出来为什么在那样的时代及其文化下面,才会产生出
文化巨子曹雪芹与他的旷世之作。这一文学选题,达到了创作命题中最令人
生畏的难度值。历史在中国文学这一过程选择了端木蕻良,端木蕻良也为此
拼尽了他的生命,奉献出了晚年所能达到的最高艺术成就。然而,这项创作
让人无法释怀的重大遗憾是,端木蕻良如同他的笔下主人公一样,书未尽成
而心血熬干,《曹雪芹(下卷)》尚未写出,为了文学也为了小说《曹雪芹》
上下求索的老作家,即长别人世。满族文学历史册页间,继雪芹与《红楼
梦》、老舍与《正红旗下》之后,人们于此看到了杰作腹稿与其作者同归于
尽的第三例。

小说上、中两卷,从老皇帝康熙晏驾畅春园、四阿哥允禛夺嫡成功开
篇,以雍正朝起初几年内,在少年曹雪芹身边及外界所发生的林林总总故
事为线索,多侧面展现了宫廷、王府、宦邸、都市、农村的现实,勾勒出
新、老朝代更迭引发的政局变迁与权力再分配的大势。雪芹出生的江宁曹
府,享有前朝四次接驾的极端荣幸,也由此铸成了亏欠巨额国帑的事态,
老皇帝殡天带走了他对曹府的全部体恤庇护,而新君临朝时,曹府能干的
当家人曹寅、曹颙(雪芹的祖父与生父)俱已亡故,唯余才力平平的曹頫
(雪芹继父)来支应父兄留下的要职——江宁织造。雍正帝乃敏感、刚愎
性格,随着立足渐稳,他不动声色地翦灭了先前的政敌允禩、允禟和功臣
隆科多、年羹尧,还褫夺了夺嫡败北者允禵及其膀臂纳尔苏郡王的实权。
对于荣枯与共的苏州织造李煦、杭州制造孙文成和江宁织造曹頫三家,他
也选取了个个摧垮的酷政。在他看来,"曹頫是纳尔苏小舅子,和允禵一
鼻孔出气是不用说了,和允禩、允禟的关系,也绝非一般……"而更进一
步,"雍正思前想后,决心把这批从龙入关的世袭奴才去掉,换上自己的
心腹。江南士子,经过曹寅的诗酒联欢,大都诚意归心。曹頫在士大夫眼

中，虽无足轻重，他对皇家细事，却知之极详。留此后账，不如早去早了。"① 就大要的历史诠释来说，作家并未赋予曹雪芹故事以完全别出心裁的杜撰，作品却在已有红学研究的基础上，对历史总体脉络给以纯文学艺术性的血肉填充与细密编织。

小说上卷前 6 章，4 万多字的篇幅已用毕，占姐儿（后被命名"曹霑"）这一主人公形象却还没露面，不过，读者得以窥见的远至朝政更替近到曹府今昔，还包括藏匿于京师四九城"鬼市"、花市、茶肆间的明情暗节……确实说得上丰沛淋漓。而写到占姐儿的出场，亦颇得匠心：曹府老少为寻他早就慌作一团，他却是独自一人钻进藏书楼找闲书看去了。一笔细节，便将占姐儿的性情、趣味和他在府邸里的特殊位置，交代得一清二楚。端木蕻良饶有一手描画贵宦家族日常行止的工笔技艺，多处写到曹府与纳尔苏府内主仆间的大小动作，无不令人暗自赞叹：好一似雪芹墨迹。小说中惊心动魄的情节安排也不少，例如一只康熙帝弥留时因隆科多当面矫诏而愤然摔碎的玉如意，后来成了德妃皇太后临终试图交给十四阿哥的"护身符"，其情节演绎颇为怵目；还有，写曹府太小姐李芸为救侄孙女钥儿，决计一死，她趁夜里随强人而去的悲惨事件，尤其不同凡响。那李芸因倾慕姐夫曹寅，终身未嫁，寄居在曹寅生前所住府内之扫花别院，她是府邸老少唯一长存忧患意念的人，李煦府被查抄后，她心间记挂着姐夫曹寅留下的一句沉重的谶言——"树倒猢狲散"，却又无处表诉，即使讲给侄孙占姐儿，对方也是懵懵懂懂。当强人入府抢劫钥儿大祸临头的时刻，她慨然抚琴，奏出一曲摄人魂魄的《广陵散》，直到把琴弦拨断，以此举将强人引到自己身旁，也以此举表达了对曹寅旧词的理解——"烛影衣痕香未尽，树倒猢狲语，犹闻诉。琴迸断，泪续谱。"小说于此处这样形容李芸抚琴：

> 这琴音，像水沫迸飞，像珠落玉盘，随之又像万松呼啸，撼天动地；忽而又似琴弦俱裂，声息皆无；可是，接着又像风卷狂涛，飞鸿展翅，寒蛩宵鸣，落叶临风……变化莫测，动人心魄。仿佛云也为之窥窗，月也要为之坠泪似的……②

---

① 端木蕻良、钟耀群：《曹雪芹（中卷）》，北京出版社 1985 年版，第 1000 页。
② 同上书，第 687 页。

《曹雪芹》的中卷，以雍正降旨拿办曹頫为结尾，赫赫炎炎已历百年的皇室包衣曹家，只有到下卷的铺叙里面，才会一步紧似一步地跌至"白茫茫一片大地真干净"的绝境，花团锦簇包围着的小爷曹霑，才会沦为穷困潦倒的写家"雪芹"，到"满径蓬蒿老不华"的北京西山脚下黄叶村里，虽"举家食粥酒常赊"却一心发愤著书，完成他"醉余奋扫如椽笔，写出胸中块垒时"的文学诉求。

本来，文坛内外尽可以巴望的是，《曹雪芹（下卷）》，在已经完成的上卷、中卷扎实铺垫、道道设伏之上，会有一番最让世人拍案击赏的精彩结局……

细览小说，《曹雪芹》作品业经发表的一应笔墨，已然不止是为了揭橥雪芹何以要写《红楼梦》，我们把它想象成为端木蕻良意欲描摹出一部以文学家曹雪芹为叙事核心的清季的时代艺术长卷，也当不是过分揣测。

1957 年曾经罹难于"反右"斗争的满族作家们，凡忍辱熬到文学"新时期"者，均赢得了晚年艺术上的璀璨释放。

文学教授启功，是一位 20 世纪中国不可多得的"国宝"级大学问家。四书五经、二十四史、绘画书法、文物鉴赏，以及古文字学、古汉语、古典文学、文献学、哲学、宗教，他无不通透。因其书法成就过于突出，才有许多人只认为他是 20 世纪最杰出的书法家。

启功之文学造诣，多体现于他日常随意拈来的诗词书写中。且看展示启功真性情的自嘲诗《自撰墓志铭》：

> 中学生，副教授。博不精，专不透。名虽扬，实不够。高不成，低不就。瘫趋左，派曾右。面微圆，皮欠厚。妻已亡，并无后。丧犹新，病照旧。六十六，非不寿。八宝山，渐相凑。计平生，谥曰陋。身与名，一齐臭。①

多少人读过此诗感触万千。试想，汉族出身的国学大师级人物，是没有人肯如此这般描摹自身的。满人的幽默性情，在海内外学界为之肃然起敬的启功身上，有时流露得叫人吃惊，但这点儿性情是可爱的，而不是肤浅的。读罢

---

① 启功：《启功丛稿》，中华书局 1999 年版，第 81—82 页。

这首诗，谁又不为轻松字面底下那一重、两重、三重的人生况味而驻足沉吟。正是，"满纸荒唐言，一把辛酸泪"呀。

启功本人，以及他身后的那个民族，是经历过命运浮沉跌宕的。自然，经历过类似浮沉跌宕的个体与群体，并不是都能参透红尘、得其三昧，走向人生大智慧境界。启功做到了这一点。他拥有博大的文化视野，拥有比视野还博大的心灵空间。《贺新郎·咏史》如下："古史从头看。几千年，兴亡成败，眼花缭乱。多少王侯多少贼，早已全都完蛋。尽成了，灰尘一片。大本糊涂流水账，电子机，难得从头算。竟自有，若干卷。书中人物千千万。细分来，寿终天命，少于一半。试问其余哪里去？脖子被人切断。还使劲，断断争辩。檐下飞蚊生自灭，不曾知，何故团团转。谁参透，这公案。"① 启功晚年，断不会为身外小事上心，书画市场上每见署他名字的作品，朋友们问其真伪，他总是乐呵呵地说：他写得比我好。他不愿大家称他为"爱新觉罗启功"，却颇具满人的民族感情，时常面对学生或媒体，直言"我是胡人"。下面两首作品，写出了自己民族归属心理，和对于本民族历史的幽思与醒见：

> 闼门②如镜沐晨光，更见朱申世望长，我愧中阳旧鸡犬，身来故邑似他乡。
>
> ——《一九七八年十二月在长春吉林大学观
> 哲里木盟出土西周铜器二首》之一③
>
> 长白雪长白，皓洁迎新年。神板白"挂钱"，门户白春联。地移习亦变，喜色朱红鲜。筋力自此缓，万事俱唐捐。
>
> ——《古诗四十首》之六④

启功古典文学习养极深，可是他的诗词最抢眼的特点，即秉承满人文学传统，白话书写，格调晓畅，幽默调侃，不乏自嘲。在《启功絮语·自序》当中，有这样的表述值得玩味："数年前承北京师范大学出版社刊行拙作诗词为《启功韵语》一册，贻笑大方，十分自愧。分呈友好，随时请教。得到

---

① 启功：《启功丛稿》，中华书局 1999 年版，第 49—50 页。
② 原注："长白山天池，满语曰'闼门'"。
③ 启功：《启功丛稿》，中华书局 1999 年版，第 88 页。
④ 同上书，第 242 页。

的回音，颇为多样。一般都在照例夸奖之中，微露有油腔滑调之憾；也有着
实鼓励以为有所创新的；更有方家关心惜其误入歧途的；还有不客气的朋友
爽直告诫不须放屁的；俱不啻顶门金针，使我心感不绝！""然这册中的风格
较前册每下愈况，像《赌赢歌》等，实与'数来宝'同调，比起从前用俚
语入诗词，其俗更加数倍，如续前题，真是自首其怙恶不悛……"① 且让我
们来欣赏这首"与'数来宝'同调"的《赌赢歌》② 罢：

　　　　老妻昔日与我戏言身后况，自称她死一定有人为我找对象。我笑老
朽如斯哪会有人傻且疯？妻言你若不信可以赌下输赢账。我说将来万一
你输赌债怎生还？她说自信必赢且不须尝人世金钱尘土样。何期辩论未
了她先行，似乎一手压在永难揭开的宝盒上。从兹疏亲近友纷纷来，介
绍天仙地鬼齐家治国举世无双女巧匠。何词可答热情洋溢良媒言？但说
感情物质金钱生理一无基础只剩须眉男子相。媒疑何能基础半毫无？答
以有基无础栋折梁摧楼阁千层夷为平地空而旷。劝言且理庖厨职同佣保
相扶相伴又何妨？再答伴字人旁如果成丝只堪绊脚不堪扶头我公是否能
保障？更有好事风闻吾家斗室似添人，排闼直冲但见双床已成单榻无帏
帐。天长日久热气渐冷声渐稀，十有余年耳根清静终无恙。昨朝小疾诊
疗忽然见问题，血管堵塞行将影响全心脏。立呼担架速交医院抢救细检
查，八人共抬前无响尺上无罩片过路穿街晾盘儿杠。诊疗多方臂上悬瓶
鼻中塞管胸前牵线日夜监测心电图，其苦不在侧灌流餐而在仰排便溺遗
臭虽然不盈万年亦足满一炕。忽然眉开眼笑竟使医护人员尽吃惊，以为
鬼门关前阎罗特赦将我放。宋人云"时人不识余心乐"，却非傍柳随花
偷学少年情跌宕。床边诸人疑团莫释误谓神经错乱问因由，郑重宣称前
赌今赢足使老妻亲笔勾销当年自诩铁固山坚的军令状。

说此诗"与'数来宝'同调"，毋宁认为它更为接近当年满人喜欢的"子弟
书"样式，作者特别钟爱"子弟书"，是许多人都晓得的事情。身为当代顶
级学者之一，启功将发妻逝去决意不再续室的一己"隐私"，用这种方式亦
庄亦谐和盘托出，其趣似顽童，意比偃翁，藏深情于家常俚词，貌洒脱而心

　　① 　启功：《启功丛稿》，中华书局 1999 年版，第 165—166 页。
　　② 　同上书，第 191—192 页。

地凝重，示执著于世人，表衷肠于闲笔……噫，同伊者何人？

　　黄裳"新时期"以来的笔耕收成，是足以叫文苑内外望而兴叹的。1981年之后，他陆续发表的散文集、杂文集、书话集凡数十种，其中包括：《八方集》《榆下说书》《花步集》《金陵五记》《山川·历史·人物》《黄裳论剧杂文》《过去的足迹》《晚春的行旅》《银鱼集》《珠还记幸》《翠墨集》《河里子集》《负暄录》《惊弦集》《笔祸史谈丛》《彩色的花雨》《清代版刻一隅》《榆下杂说》《一市秋茶》《旧戏新谈》《春夜随笔》《音尘集》《黄裳书话》《黄裳散文选集》《妆台杂记》《书之归去来》《书林一枝》《黄裳散文》《秦淮拾梦记》《掌上的烟云》《来燕榭书跋》《书的故事》《黄裳说南京》《来燕榭读书记》《春回札记》《黄裳自述》《清刻本》《来燕榭书札》《白门秋柳》《黄裳序跋》《梦雨斋读书记》《海上乱弹》《来燕榭集外文抄》《插图的故事》《拾落红集》《皓首学术随笔：黄裳卷》《嗋馀集》《黄裳自选集》等，此外还出版了六卷本《黄裳文集》。而"高产"，却不是黄裳最醒目的文学招示，渊博、儒雅、丰沛、大气……更为他赢得了 20 世纪以来中国散文巨擘的声誉。而今，国内文坛出现以"文化大散文"相标榜的涌流，其实凡散文无不需要涉及文化，若确有"文化大散文"流派风尚存在的话，那么，将黄裳平生之书写认作其渊薮，量无错谬。

　　黄裳的作品，可分为两大类。书话、书评、剧评、题跋类，专业性与学术性较强，读者群亦多在有相当学养之上流。黄裳又是当代知名的版本学家与藏书家，有方家说过，"黄裳即使不治别的学问，不发别的议论，他也完全可以版本学立身。"① 而另一类囊括历史、人物、山川、掌故的自由挥洒，则为有一定文化感触的、喜欢散文的大众读者所热读甚至痴迷。黄裳年轻时当过记者，他把视野广开、脚力劲健、睹物敏感、笔头麻利的习性，径直保持到老年。他对中国文化及其变迁有着深刻且独到的把握，谈史、阅人、读景，论事，皆有不落窠臼之目力。黄裳晚年的记游散文炉火纯青，典雅而不赖藻饰，理性又饱蘸浪漫，驱笔从容，运墨温润，读来乃人生享受，实如论者所云——有"看那风流款款而行"② 之感。其《山川·历史·人物》书内的许多篇什，若所谓"文化大散文"能够列出排行榜的话，均会列为前茅。

---

　　① 　何满子：《〈黄裳文集〉鼓吹》，《出版广角》1998 年第 6 期。
　　② 　李辉：《看那风流款款而行——黄裳印象》，《精品阅读》2012 年第 18 期。

胡昭（1933—2004），在 20 世纪后期至 21 世纪初，是公认的满族新诗创作执牛耳者。这位性格温善、卓具才情的诗人，1957 年以后的 20 年间，竟然颠沛流离家破人亡①，待文学"新时期"来临，已是疾病缠身。但是，连续出版的长诗《杨靖宇》和诗集《山的恋歌》《从早霞到晚霞》《瀑布与虹》《人生之旅》《冰雪小札》等，却总是让他的读者惊喜之余平添敬畏。

　　　　一棵老树默默地倒下了/默默地默默地倒在路边/一蓬蓬枝叶不知究竟/仍然肆意地伸向云天//不跟谁枝叶拍打，不跟谁根须牵扯/不歌唱不舞蹈也不炫耀青春年华/当自知重病缠身/它只默默隐忍，不呼救也不呻唤……//终于在昨夜那狂暴的风雨中/它闷声地倒下了，不肯惊动邻居和伙伴/生不要赞美，死不要哀哭/也不要亲人悲怆的召唤//它默默生于大地/默默返回大地/默默地倾其所有把毕生奉献/请尊重它的心态，它的意愿/请尊重请保持它的谦卑，它的尊严

这首《老树》②，看似沉重忧郁，实则刚毅坚韧，不仅仅是对于自然界一棵老去生命的摹写与扶挽，更抒发了作者纯正无瑕、无怨无悔的生命观。熟悉胡昭的友人都知道，他这个人，从来都是心口一致地宽厚谦和，骨子里，则葆有他一刻也不懈怠的尊严。

诗人在《哦，长白山森林》里高声放歌："哦，长白山森林！/你经历过多少迅雷骤雨，/多少次满山呼啸的大雪狂风……/作为神圣的集体，扎根于祖国大地，/你雄伟而坚定。/哦，还有老辈传说的火山爆发——/漫山是流动的火，张狂的火，喧嚣的火，/吞噬着一切的生命。/又经过漫长的沉寂的岁月，泥土里、石缝中/那折断的根须、那隐藏的种子/又萌芽绽叶了。/大森林重新站起，更加郁郁葱葱！/我不知自己是新的一代，还是劫后余生，/只知道从有记忆就同你们在一起，/呼吸你们的气息，汲取你们的水份；/同你们一起成长并歌吟——歌吟我们的团结，歌吟我们的战斗，/我们胜利的欢欣……"③ 这正是胡昭，他的歌喉属于永不失音的人民，永不低头

---

① 1957 年胡昭被无端打成"右派"，到"文革"期间冤情申雪更遥遥无期，他的妻子——满族诗人陶怡，在多重打击下，被迫含冤自尽。

② 胡昭：《老树》，《作家》2005 年第 2 期。

③ 胡昭：《哦，长白山森林》，《民族文学》1984 年第 10 期。

的强者，以及崇山广野上永不言弃的生存活力。

胡昭身为满族诗人，深情关注着本民族文化的运程。他有多首写给同胞们的诗。《乌拉的女儿——给一位满族歌手》写道："你的歌声悠扬、明亮柔韧/当它在船头飞起/不会在浪中撞碎/不会在网上刮破/你的歌声结实、粗壮/当他在马背上飞起/不会被雨淋湿，不会被风卷走//你的歌声又长又绵密/像罗网像缰绳/拴住那远行汉子的心/一刻也不会放松//你的歌声是亮的是热的/像灯光像炉火/那远行人千里万里都看得见/顶风冒雪也会寻来。"① 诗人为松花江上的满族歌声而感动，更为这个民族精神文化的光大而祝福。

丁耶在 1980 年，终于完成了从 1957 年即开始创作的叙事长诗《鸭绿江上的木帮》，作品以大开大阖的笔触，绘写出 20 世纪三四十年代，长白山下、鸭绿江上伐木放排劳作者的苦难与斗争。长诗前后修改 18 次，诗人还是坦率承认它"没有超过《外祖父的天下》"②。

丁耶在度过他的生平"劫波"之后，有了精神上的顿悟和文体上的转型。他潜心检讨了大半生经受的风风雨雨，从中找寻到太多的杂陈况味，将其撰写成杂文随笔，为世间留下了一笔特殊的精神财富。

> 鸣放，流放，下放，解放；我是个"四放"干部。在"改正"以后，新上来的领导班子很关心我，要设法给我评一个"高级职称"，好享受"高干"待遇。一位管人事的同志问我有什么"突出贡献"。这可难住了我。写了半辈子诗，严格说来，能有几句算"诗"呢？可她一定要我讲几条，好往上呈报。我憋了半天只想起一条"突出"的："1957 年帮党整风，在省委召开的文艺工作座谈会上，我提出尊重知识，尊重教师。我的意见如果被采纳了，那可真是个'突出贡献'！"她听完笑了："您真会开玩笑。您不是几次得过文学创作奖吗？"我严肃地向她解释："您说的和我讲的并不矛盾；我得奖的那些作品就是当年在'鸣放会'上发言的内容，只不过通过文学形式把它生活化了、形象

---

① 胡昭：《乌拉的女儿——给一位满族歌手》，《胡昭文集·诗歌卷》，吉林人民出版社 2001 年版，第 352 页。

② 丁耶：《丁耶诗文集》，吉林人民出版社 2001 年版，第 390 页。

化了……"①

宋有黄庭坚歌云："……东坡之酒，赤壁之箫，嬉笑怒骂，皆成文章。"②丁耶晚年的杂文随笔，亦可谓熔嬉笑怒骂于一炉，三分怒骂如同匕首，刺向往日"拉大旗作虎皮"的权奸顽恶，七成嬉笑，则回赠给我们这些秉持着迷蒙心态讨生活的国民同胞。他的文章，篇篇都有"笑"的魂灵在歌舞跳跃，既长于笑世间可笑之人，也敢于笑今昔难容之事。

满族的老诗人、老作家，均未辜负"新时期"文坛上重现的春光。

金寄水（1915—1987），是一位旧京文坛上知名度较高的作家，系清初摄政王多尔衮13代孙。少年时家计日蹇迁离王府；北平沦陷后已家徒四壁，却凛然选择不为日寇挟持的社会做事③，更严词拒绝伪"满洲国"向他发出的"袭爵"召唤。光复之后，他供职报业，发表连载小说《惆怅西风》《梦里朱门》及系列小品文《秋斋碎墨》。共和国初期，虽被老舍安排在北京文联工作，却较少发表作品。时至1980年代，才将完成多年的长篇小说《司棋》（《红楼梦》外编之一）诉诸出版，文采功力获行家读者交口赞誉。1987年，他在友人赞襄下又写作发表了长篇纪实作品《王府生活实录》，为世间留下大批珍贵的文史资料。老作家病弱异常，却在生命的最后岁月精心构思着一部满族题材的家族体长篇小说《衰草王孙》，惜尚未动笔，即已往生西去。

女作家邢院生（1927— ），母系为清末满洲名臣端方一族。当其成长之际，父亲因投身革命"出走"，家人只能靠曾为京戏名票的母亲"下海"演艺度日。邢院生毕生职业是医生，却不惧命运跌宕（1968年曾被打成"反革命分子"遭受4年之久的非法监禁），爱好写作，1982年后，陆续发表了"动荡三部曲"长篇小说——《叛女》《女伶》和《伶仃》。作品以清末两江总督家庭出身的贵族姑娘润格及其女儿江风凄楚、曲折且带有戏剧性的生存

---

① 丁耶：《鸣放·流放·下放·解放》之《"突出贡献"》篇，《丁耶诗文集》，吉林人民出版社2001年版，第265页。

② 黄庭坚：《东坡先生真赞》，曾枣庄、刘琳主编：《全宋文》第107册，上海辞书出版社、安徽教育出版社2006年版，第301页。

③ 当时他写过一首诗："不把深杯便索然，况逢灯节雪连天。衣裳典尽箱何用，抬向长街换酒钱！"（刘肇麟：《金寄水》，关纪新编《满族现代文学家艺术家传略》，辽宁民族出版社1987年版，第188页）可看出其生存况遇。

遭遇为主线，展现了中国现代社会光明与黑暗两种命运的对立与斗争。小说充盈着历史异变、风情民俗、旗人生活、梨园场面的交替呈现。

辽西乡土作家李惠文，也把握住文学"新时期"的创作时机，写出了长篇小说多部，以及小说集《悲欢离合》和《盛世姻缘》等。长篇小说《乱世夫妻》和《莫测姻缘》，描写了1975年之后接近10年期间，一个叫雁落庄的北地农村的风云变幻，凸显了"文革"内乱给农村带来的灾难，反映了民心思念改革、拥戴改革的历史潮流，是"文革"遭到清算不久，中国文坛上出现的大部头优秀作品。而李作一如既往地体现着辽西满族农村百姓格调的明快、诙谐，蘸足了乡土气味儿的叙述语言跟人物语言，依然是每每令人们称奇叫绝。

前文提及的军旅作家寒风、马云鹏也是一样。从20世纪70年代末算起，前者发表了革命战争题材长篇小说《淮海大战》《上党之战》《战将陈赓》《中原夺鹿》《邯郸战役》，后者则出版了《雁塞游击队》《最后一个冬天》《只有我还活着》《夜奔长白山》《决胜千里》等作品，均被列入当时军事文学创作的佳制之列。

二

从民国初年起始，满族文学有过一段为期不短的、不堪回首的经历，彼时，出身满族的作家锐减，仅有的少量满族作家往往不敢轻易吐露自身族籍，笔下也极少或者完全无法注明题材和人物的满族性质。

民族环境及民族文化环境的宽松与宽容，是世纪之交30多年间中国社会一大进步。一旦史册翻开"新时期"多民族文学竞相繁荣的新页面，满族的自我文学书写，便因其长久压抑与蓄势的作用，出现了有如"井喷"般的现象。

满族作家，大都不习惯在人前高谈阔论自己民族，也不善于向别人直露地表白自己的民族意识和民族使命感。但是，假如就凭这点，便以为满族作家跟汉族人的心理状态差不多，可就错了。不管他们各自笔下写没写过满族题材，只要彼此坐到一处，都好切磋一番自己民族的古往今来，说到动情处，热血上涌，眼圈发红。笔者听到过不少满族作家发誓般地说过："迟早，我一定好好写写自己的满族！"满族，在众多满族出身的作家心里，永远是自己的。在谁也不会承认自己不爱本民族的少数民族作家圈儿里，据笔者观察，满族作家们对本民族的爱，有着别样的深沉。

各民族的历史和现状不大相同，作家为自己民族尽上一份衷肠的方式，当然也不会一样。当人们并无恶意地跟满族作家开玩笑说"你们阔过"的时候，满族作家常常是报以淡淡一笑。是啊，自己的民族有过辉煌历史，难道留到今天的却只能是一曲唱不尽的挽歌？满族经历过大的社会沉浮，可历史并没有让它灭亡，它还活生生地存在这片版图上。在世纪之交中华各民族争先恐后地向现代文明发起冲击的时候，满族的位置究竟应该在哪里？

满族作家是用一种滚烫的情感和一种自审的目力，去接受和把握本民族的历史、文化和社会题材的。20 世纪 80 年代中期，女作家边玲玲（1947—）挥泪写出了短篇小说《德布达理》。作品围绕一个满族女大学生毕业后两番深入满族聚居的偏远山区，采集著名的满族民间古歌"德布达理"的过程，凸现了新时代的满族来者着力寻觅、承继和高扬自己民族魂灵的动人主题。尽管由于历史的唐突，满族民间文化出现了令人抱恨的断裂，但大学毕业女学生却终于从那里的山石草木和水土风情中，从那里世代生息的满族儿女及其血质中，更从自己的心底，找到了那首不灭的歌。这首歌从远古传来，"向着文明奔去"，跃动着一个民族的"独特韵律"。也许，边玲玲写作时受到了文学"寻根"思潮的感召，但她与那种猎奇于民族文化表层的轻浮行动显然迥然异路，在她笔端腾跃着的，是急切呼唤民族自尊自强的生命之火。

小说《乡恋》，是"新时期"较早出现的又一篇展现满族精神的佳作，作者是文坛后起之秀王家男（1962—）。他 19 岁时写下的这篇作品，开凿到东北山区满族劳动者质朴而又浑厚的内心世界精神层次，读者阅毕足以触发心灵的共振。年轻的作家怀着赤诚的情意，与长白山麓满族同胞一道，弘扬民族精神中的优质，超越民族性格中的杂质，去完成民族价值观的必要修正。

在 20 世纪后期满族文学发展中，作家赵大年（1931— ）是业绩卓著的一员猛将。他对本民族历史、现实思索较多，发表的满族题材小说篇数也很多，盖有中篇小说《公主的女儿》《紫墙》《"二七八团"》和短篇小说《西三旗》《家风》《艾罗三绝》，等等。

每个民族，要找好自己未来的位置，都不简单。优胜劣汰，谁都懂得这个道理，可是说准了自己民族优在哪里劣在何处，却又不是脱口而出一两句话的事情。历史喜欢跟这个民族、那个民族，制造些不大不小的恶作剧，所谓"历史局限性"吧，在特定的历史地位上，谁也难挣脱它，于是乎，喜一场悲一场，让人头晕目眩，也让民族头晕目眩。本来想创造历史的，到头来却只落了个在历史迷宫里转圈儿。满族的以往，大抵如是。

憋在迷宫里头久了，总须琢磨琢磨。有知有识的满族文化人，琢磨了一代又一代。曹雪芹写《红楼梦》，就开始想这件事，他发出了"喜荣华正好，恨无常又到"的感叹，做出过"须要退步抽身早"的警告。老舍也反思过，早在 20 世纪 20 年代，他就说过"民族要是老了，人人生下来就是'出窝老'"这样的石破天惊之语。60 年代，他在《正红旗下》里，更具体地检讨了满民族的历史性滑落。检讨民族历史，自谴民族劣根，是该长久落在民族精英阶层肩头的任务。它对有心寻找出路的民族来说，是件要紧的事情。

赵大年认识了这种重要性。他在"五十而知天命"的年纪，写出了中篇小说《公主的女儿》。作品勾画出清代满族贵族后裔一家三代七口人的命运曲线，道出了一个既浅显又深刻的人生哲理：成由奋斗败由奢。老公主叶紫云和出身宗室"黄带子"的黄允中，年轻时赶上了"辛亥"，一步跌进了赤贫阶层，结为夫妻后，全凭黄允中会修"万国车"的技术吃饭，闯过沟沟坎坎，活到了 80 岁。在黄允中"家财万贯不如一技在身"的家教下，大女儿夫妇靠本事过活，外孙子张兴又自学成才，日子过得挺好；而二女儿，少年时代便弃家外出，参军作战吃遍了苦，当上干部，组成了生活优裕的家庭，反倒惯出来一个娇小姐、"新贵族"式的外孙女，把祖宗多少代人的喜悲剧脚本又浓缩上演了一遍，叫人啼笑皆非。赵大年的用意，不仅在赞赏"平民意识"的健美和证实"贵族命运"的可悲，他是想邀上他的读者，一道去认识历史给人们设下的道道岔路口……生生不息，励精图治，是满族先贤对子孙殷切的遗训；不过，世上没有比忘掉这类遗训更便当的事，假如风调雨顺日子好过的话。叶紫云被轰出大红门的王爷府 60 年了，"她把这座磨砖对缝、雕梁画栋、金漆粉墙的王爷府整整看了 60 年！她先用留恋的眼睛看它，又用哀怨的泪眼看它，用过诀别的眼光看它，也用这里的眼光看过它。看着看着，她渐渐看出了一点名堂，就是：搬进王爷府的人家，无不趾高气扬，喜气洋洋；轮到这家人搬出王爷府的时候，又无一例外地如丧家之犬，都是被扫地出门的！因此，随着她的头发越来越白，她看王府的眼神儿也越来越冷峻，还带有几分嘲讽意味了！"① 她算是阅尽沧桑、悟透人生了吧，谁料到，60 年过去，她得知那座院落现在的主人原来是自己亲生女儿一家，"老公主叶紫云颤巍巍地站了起来，双手抚拢头发，环视左右，缓缓说道：'时候到了，回府克！'"② 她重回"王爷府"后又会是怎样心态，又会生发出些什么样的故事，只好由读者去想象。历史还是不肯轻易饶了这位经历了 60 年平民生活磨炼的老公主。老公主命该这样也就罢了，饱经磨难的民族，难道也会鬼使神差地走回到旧迷宫中去吗？

赵大年写满族，余味无穷的还有《西三旗》。这个短篇，文字不多含量不小。它选了平民劳动者佟二爷老公母俩，做故事的主角儿。这老两口，年年旧历二月初八，都得摆谱儿"当一回主子"，一天要花光全年辛苦攒下的那点钱，吃"仿膳"点心，雇"小厮"伺候，清水泼街，黄土漫道，拿着架子请客……并非有什么"主子"情结，他们就是这路"熟透了"的旗人"玩儿"文化的活标本。社会发展到了什么地步，他不管；他想咋个活法儿，别人也没法儿问，"您别看我穷，我攒一年，玩一天，图个痛快自在！"③ 京城的老旗人天生爱玩儿，会玩儿，可照佟二爷老两口这个玩儿法，真是北京人讲话——"玩儿大了"。在旧文化生活的花样翻新上面，他们又内行又有魄力，能叫局外人目瞪口呆。只要玩得过瘾，他们全然不计较"经济成本"。这样的"文化性情"，怎令人不叹为观止。而更"绝"的情节还在后头：当旅游部门希望把佟家列为"开放点"接待外国游客，公费支付其全部花销的时候，佟二爷"忽然感到受了侮辱"，断然拒绝"想花钱买走"他的"自在"，次日，照旧跟老伴去寒风中叫卖"二分一碗"大碗茶。京郊西三旗佟家小院，比起城里座座旧王府，是不足挂齿的，佟二爷作为旗人旧文化思维的代表，可比谁也不差什么。在京旗满族黏稠得足以拉出丝儿来的文化里，穷自在、穷摆谱、穷要面子，历来被当成一种价值观念。佟二爷的作为，乃是"文化"高妙表现，从他身上，读者看到的是受"雅文化"浸泡三几百年的满族人，如何登临"高文化档次"，又是如何用"纯艺术"眼光打点自己那既贫困又"富有"的生活。日后，佟二爷还会自愿地接受它的"文化"推操而走下去。作家却在提醒他的同胞，是否还维持如此走法……

---

①　赵大年：《公主的女儿》，花城出版社 1984 年版，第 196 页。

②　同上书，第 244 页。

③　赵大年：《西三旗》，关纪新、王科选编：《当代满族短篇小说选》，民族出版社 1988 年版，第 40 页。

朱春雨（1939—2003），称得上是世纪之交满族文学发展中得彪史乘的优秀作家。他英年早逝，身后留下多种脍炙人口的作品。50 岁之前他即以创作的高产优质著称，曾发表过长篇小说《在人海里——道德见闻录》《太阳依然在故乡》《山魂》《沧桑小户》《橄榄》《亚细亚瀑布》，中篇小说集《绿荫》《白鹤浦》，短篇小说集《陪乐》，散文集《莫斯科笔记》，报告文学集《军旅回旋集》《大山作证》等一系列有全国性影响的作品，所辐射的题材极其广阔，不但涵盖中国的农村、林场、都市知识界、解放军部队等不同侧面，还触及东西方不同家庭的现代遭遇，以及国际间的战争烽烟，从中探讨了社会的人文价值重建与人类的共有精神塑造等重要话题。

20 世纪 80 年代中期，这位供职于部队创作室里艺术气质浓烈的军旅作家，其个人的民族心理与民族情感，及时复苏并迅速张扬，书写内容也随之展现了被论者称为"远游者的壮丽回归"[①] 的重大嬗变。1989 年初，朱春雨出版了整体构思中"浪漫的满洲"长篇小说三部曲的第一部——《血菩提》[②]。这部作品，是满族文学在"世纪旅次"舞台上精湛罕靓的亮相。《血菩提》与"新时期"中国文学"寻根"潮汐同步涌现，那时，受国外文学的文化叙事风尚诱导，中国作家民族文化意识倍增，不少写手将视线投向各自民族身后走过的漫漫长路，试图假以现代人的思维，对传统做出亦扬亦弃的双向甄别，意在能够批判性地继承。一时间，不同民族的不同作者以不同态度跟不同手法所推出的"寻根"叙事，不一而足。《血菩提》出版时，抑或只能被看成风流云起的"寻根文学"收获之一，而其后 20 多年过去，它却仍旧独享着纷至沓来的热议热评，可以预测，伴随"寻根文学"喧嚣渐趋消散，《血菩提》之异常宝贵与恒定的价值，还将越来越得到彰显。

《血菩提》以 20 世纪 50 年代文科大学生"我"，进入长白山纵深地带满族山村采访 30 年代初抗联斗争史实为叙事主干，展开了未曾进入正史描摹的酷烈历史图画：隆冬密林当中，激战后残存的抗联支队武装，与日军部分

---

① 王天军：《远游者的壮丽回归——关于满族作家朱春雨的创作及创作道路》，硕士学位论文，中国社会科学院，中国优秀硕士学位论文全文数据库，http://epub. cnki. net/kns/brief/default_ re-sult. aspx 。

② 《血菩提》写作于 1986 年 8 月至 1989 年 2 月。在该书"跋"中，作者写道："《血菩提》是我的第八部长篇小说，耗了三年半光阴。如此之长的创作周期为我此前所无。"朱春雨：《血菩提》，作家出版社 1989 年版，第 445 页。

迷路军士，以及曾经聚啸山林的土匪势力，在严寒与饥馑条件下，彼此苦苦周旋，屡屡折冲恶战，最终均没能够走出覆亡命运。在这令人异常揪心的主干叙事之勾连下，小说还穿插追溯了满洲先民原始的生存情状和宗教场景，演绎了乡野满人对自身种群勃然不败的传承欲求在相关生存下直欲左右历史的特别力道；同时，作品还叙写了 20 世纪 50 年代中期至六七十年代"文化大革命"，再到 80 年代"改革开放"，总体政治、经济、文化面貌在中国社会大众心理间留下的投影。小说全方位覆盖着关东乡野满族历史与生存的各个侧面，文化气息浓重，更难得的是，作家将笔锋直接触牴了满族中间的独特群体——张广才岭里的"巴拉人"。"巴拉人"是一支殊异的女真人后裔，努尔哈赤统一女真各部之际，倔强地逃逸其外，到原始林莽深处生存。这一当初努尔哈赤鞭长未及的山民部落，却终未逃脱命定一劫，"他们当中最后被日本关东军的刺刀逼进所谓集团部落的老人，还以为身上的血痕是努尔哈赤的战鞭抽打的。"[①] 他们的历史，因此也便为外界关注——当大学生们跋山涉水辛苦备尝地走近他们，才发觉，要清晰展示他们的"历史"，却是个大难题。当年濒临弹尽粮绝的抗联支队残部，尚有 200 余人，正奉命赶往境外休整，却接得上级一纸命令，要他们不惜一切代价到日军手中营救他们谁也不认识的"39 号"首长。在敌我力量悬殊情况下，为无条件执行命令，支队战士们以冻饿伤残之躯，向敌军发起前仆后继的血战，非但未能找到"莫须有"的"39 号"，我方已伤亡殆尽。这时，土匪队伍里心存抗日志向的"大当家"关东鹰，主动要求被抗联收编，却遭到抗联支队长隗喜涛回绝，连主张收编关东鹰部的抗联小队长关德，也被无端怀疑是"奸细"，抗联支队既拒绝外部支援，又在拼剩最后三五个人的时刻持续着内部的猜疑互戕，终至隗喜涛、关德等均告牺牲……在此前后，土匪武装亦发生内讧，空怀一腔爱国抱负的关东鹰遭宵小暗算；被追击的日本兵们也因走不出严冬密林而集体自杀。当初真切发生的以上史实，被大学生"我"从当地仅存的老人口中挖掘出来，却因与既定意识形态及历史书写"原则"相左，而不能允许公正地记录。于是，关键的认识症结凸现出来：历史真相假如有悖于"教科书"立论是否还能获得直面和承认，所谓"信史"，究竟是由世间实际存在过的人们的鲜活作为来定夺，还是应当交由权势者认定的笔墨去杜撰？

　　"菩提"本是树名，在佛教教义里，"菩提"（梵文 bodhi）则意为"觉

---

　　① 　朱春雨：《血菩提》，作家出版社 1989 年版，第 27 页。

悟"。朱春雨此作，显然希望借助昔日长白山里惨烈的斗争故事，达成一种民族精神的顿悟跟提振。作者在"跋"中谈道："由于文明使人变得聪明，推卸罪责的招法也青出于蓝而胜于蓝。这是人类一个不小的毛病：缺少自我反省意识。从能够用语言、文字抑或是某种符号宣称自己走出荒蛮那一刻起，人性中便开始滋生可怕的虚伪。""我……想推开沉重的历史之门纵向地看看过去"，"因此我在久久苦闷之后写了这部《血菩提》。"① 这部作品，以其繁茂遒劲的主干叙事贯穿与铺展开若干放射性情节，向读者一再提供掩卷沉思的开阔界面。从原始初民，降至近古，再降至现代，又降至当代，满民族由现实生存与现实理念所派生的，一出出时而主动时而被动地跟进于时代的斑驳杂沓的悲喜剧，在小说中得到了或浓或淡的扫描。"在这里作者深刻揭示了历史本来的复杂性和含混性，其清浊相融，正误相交，用单向的尺度往往难以衡量评说，而作品正是从中淘筛出历史固有的哲理，给人以多重的启迪。"② 抗联支队叫读者难以承受的苦涩终结，个中殷鉴是不可一语言说的。隗喜涛、关德、关东鹰等小说人物皆系满人，就社会位置与文化人格上看却大为不同。读者恐怕不会怀疑隗喜涛的信念忠贞，然其固守权势、唯我独尊、宁左勿右的做派，则委实体现的是那个历史过程的"党性"选择，反映了时代政治给任何民族都要强行留下的烙印；关德是一条典型的"巴拉"汉子，他期盼接纳关东鹰的"绺子"，一方面是他了解关东鹰的为人纯正，想借此挽抗联支队于既倒，另一方面则不能不说他和关东鹰自幼一同习武交好，朋友间的义气也起了一定作用；隗喜涛来自于正身旗人，他秉承正身旗人一贯小觑没入旗的"巴拉人"的眼光，对于手下久经阵战的小队长关德，亦每每猜忌（在牺牲前甚至破口大骂关德"你们这些臭巴拉人！""野种，蛮根，天生的叛逆！"），也是造成抗联支队步入绝境的深一层因素；当然，如若苛求一下小说中让人喜爱与同情的关德，他那宁折不弯的"巴拉人"个性，也与酿成悲剧不无关系，他身在抗联，若能被革命队伍"改造"得更加"驯服"些的话，隗喜涛也不至于将他视为"奸细"，弥留之时，还给小警卫员留下遗嘱："你有权随时惩治叛徒或奸细……"③ 从这个角度切入，我们甚而也会品出作品中某种民族性格检讨的韵味。其实，历史上一切民族的

---

① 朱春雨：《血菩提》，作家出版社 1989 年版，第 446—447 页。

② 李红雨：《回视与凝望：对于生命与灵魂的叩问——论满族作家朱春雨的长篇小说〈血菩提〉》，《中央民族大学学报》2010 年第 5 期。

③ 朱春雨：《血菩提》，作家出版社 1989 年版，第 374 页。

步步"异化"，都是注定的。不过，作家朱春雨却分明是对他的读者有别一样的提示。

《血菩提》是耐人咀嚼的，其丰富的思想蕴含仍有待评论界的继续解读。同样的，该书的艺术也颇有建树。首先，小说载史载今，叙事手段大开大阖，情境掩映从容变幻，有极真实的社会历史氛围及文学表现力，蓄积着非同常规的故事强度与精神容量。其次，作者大胆启用了熔小说与戏剧不同写作形式于一炉的新颖尝试，书内矫称意外得到了日本剧作家渡边伸明题为《神之牢》的剧本，继而在小说里成场成场地"转录"该剧，使其剧情与"我"在长白山区的调查所获，达到一种天衣无缝的对接与互证，也教作品产生了亦真亦幻的审美价值——这种手法的成功兑现，乃是以作家模拟日人书写习惯足能以假乱真为前提的。[①] 还有，《血菩提》一书所纳入的满族今古民俗文化相当饱和，也十分地道，如果撇开老舍、赵大年、叶广芩等人笔下的京旗习俗文化不论，单就一部作品容纳关东乡野满族的习俗万象来比较，人们迄未读到过朱氏此作这般高密度的满族习俗书写，则是肯定的。另外，《血菩提》又一个显见的特点，是它的人物语言保留着长白山乡野原生态的鲜活、粗鄙与生猛，这在《血菩提》的独特叙事场景下，是应有的，更是必须的。个别读者曾挑剔这些，其实不必，设使这书中的山间士兵、村民与土匪，也都比着京旗市井间的方式说话，又怎么能够获得彼时彼地的文化质感呢？

满族文学的世纪行囊，因《血菩提》的问世而厚重了不少。朱春雨亦由此赢得了 20 世纪终了阶段满族文学"第一小提琴"的美誉。可惜的是天妒良才，朱氏英年殒殁，"浪漫的满洲"三部曲只写出了一部。这很容易使人联想到满族文学史册上的先期记录——雪芹没能写完《红楼梦》、老舍没能写完《正红旗下》、端木蕻良没能写完《曹雪芹》……

庞天舒（1964— ）也是一位身在军旅、心系满族创作题材的作家。她

---

①　有趣的是，朱春雨的这一招数竟然真的瞒过了不少读者，连评论家何镇邦、李红雨等谈及这一剧本时，也都采取了审慎的不予确切置评的态度（可参见《民族文学研究》1990 年第 4 期载何镇邦《推开沉重的历史之门——读朱春雨的长篇新作〈血菩提〉》和《中央民族大学学报》2010 年第 5 期载李红雨《回视与凝望：对于生命与灵魂的叩问——论满族作家朱春雨的长篇小说〈血菩提〉》）。当然，遗憾也同时出现，据笔者所知，在一次重要的文学评奖时刻，有评委即以"小说当中大量引用外国人的剧本，此风不宜"为由，左右评委会，否定了这部小说的参评资格。

在文学写作上赖早慧而闻名，最初发表短篇小说集《大海对我说》的时候，年甫 15 岁。20 世纪 90 年代，庞天舒对满洲—女真民族的军事历史题材痴迷非常，连续出手了中篇小说《蓝旗兵巴图鲁》《战争神话》，长篇小说《落日之战》和短篇小说《消失的乐土》等作品。

《蓝旗兵巴图鲁》很像一个文化寓言。女作家以类似绘画技法中泼墨大写意的方式，交叉书写了明末后金军喷薄崛起与清末八旗军遭列强入侵两个不同时刻的战争故事。"蓝旗兵巴图鲁"，是努尔哈赤麾下孔武善战的赳赳军卒，是个"受的伤可以死十次"①却精魂犹在的无敌勇士；而镶蓝旗后裔、贵族子弟巴布阿，则是个在帝国末日余晖下荒嬉无度的冒牌儿箭手，他百无聊赖，正中了先辈最不愿见到的"黄鼠狼可别下个豆鼠子"②的咒语。小说还揭示了进入近代之后，满人不但失落了宝贵的尚武意识，连残存其间的萨满教神灵，也已然顾不过来这个民族以及他们的"大清国"。继而发表的《战争神话》，始将庞天舒对历史战争的思考带进新的境地，而《落日之战》，便是把相关思考融入更高艺术情境的突出探索。后者叙写的，是公元 11 世纪中华版图上契丹（辽）、女真（金）、汉（宋）三元民族（及其政权）之间悲壮殊死的战争故事，以及在战争天幕衬托下几对不同民族男女荡气回肠的情感纠结，小说以这些描写为基准，向社会正义与人性价值的深层探寻，悖写出人类有史以来种种战争特别是反抗性战争的不可避免，以及凡战争尤其是大型战争都可能造成某些民族群体（或者阶级群体）一时的自我抬升和终极的命运滑降——所以，一场胜利的战争，往往也就是引诱胜方走向反面的"落日之战"。女作家将她的辩证思维，与其擅长的抒情式情节演化结合起来，构建了沉淀历史、激荡心胸的文学向度。

2006 年，女作家雪静（1960— ）出版了她的长篇小说《旗袍》，成为新世纪初满族文坛上展现民族题材方面又一不容小视的成果。作品精心完成了一次往昔与现实的双元互构，在追述历史的场景里，血泪交迸地描绘了日本侵华时期满洲贵族后裔少女叶玉儿，被日军逼迫充当"慰安妇"的惨淡经历；而在巡示当下的镜头中，则又深刻挖掘了世纪之交的中国社会，围绕是

---

① 庞天舒：《蓝旗兵巴图鲁》，《蓝旗兵巴图鲁·庞天舒历史战争小说》，辽宁民族出版社 1995 年版，第 80 页。

② 同上书，第 5 页。

否需要正视与保护作为"二战"期间法西斯暴行铁证的"慰安馆"旧建筑"八角楼",所出现的心灵交锋和利益角逐。

李曼姝(即从前的少女叶玉儿),是使这部作品达到双元互构布局的纽带人物,少年时代的她,东北家乡变为日寇占据下的"伪满洲国",一家人既愤慨又无奈,为挣脱魔掌,她在自幼心仪的满族青年哈哥庇护下出逃,哈哥却为敌人射杀,她也被掳去,日军将她投放到南方某大城市专供侵华士兵宣淫的八角楼"慰安馆"……在跟敌寇殊死抗争的过程,她借身着旗袍以明志,认定"旗袍是中国女人的国服"①。遭受百般蹂躏、九死一生的她,后来侥幸逃离八角楼,乘乱搭船到了韩国,几十年间在那里隐名埋姓默默度日。直到80多岁高龄,才得以重访故国,岂知真的又见到了城中尚未拆除的旧建筑八角楼——那处"扒了皮我也认识它的骨头"②的伤心地。小说《旗袍》的此项描写,虽颇具意义,却远不是小说价值的全部,与此一样有价值或者毋宁说是更有价值的书写,体现在另一部分:现实中的报社记者郭婧,出于维护文化名城历史原貌进而让国人不忘国耻的使命感,捕捉到八角楼前之年迈过客李曼姝的惨然神态,穷尽追索,终于完成了向老人采访60多年前侵华日军"八角楼—慰安馆"惨绝人寰的暴行,证实了八角楼的文物地位,为当地营建历史文化名城做了不可或缺的积累,然而,她的努力,却很难抗衡自己的情人叶奕雄——有满族贵族历史背景的房地产商人——企图拆掉八角楼改建高档商业街区野心勃勃的计划。这场以一对故旧情人为主要对手的激烈较量,时而报界,时而商界,时而情场,时而官场,上下左右卷进多人,动魄惊心处可感可叹,最困难时,女记者甚至是在孤军奋战,"就像堂吉诃德一样,用自己单薄的身体去撼动城市建设的风车"。③在这里值得玩味的,最是博弈双方的各执一词,且确切地讲,双方的道理与说辞皆在现实社会的精神心理构成中占有"合情合理"的位置。其一方坚持说,"如果为了世俗的利益就放弃历史,放弃对历史的审视,悲剧很可能重演,灾难很可能让人类重温。"④并且质问:"对于我们这座具有悠久历史内涵的城市来说,是历史内涵重要,还是商业利益更重要?"⑤而另一方更加言之凿凿:

---

① 雪静:《旗袍》,作家出版社2006年版,第220、300页。
② 同上书,第81页。
③ 同上书,第282页。
④ 同上书,第274页。
⑤ 同上书,第299页。

"经济基础决定上层建筑，没钱啥事也办不成，如果我们有钱有势，八国联军敢来抢我们吗？"① 甚至断定，"让世世代代的中国人还有外国游客来参观'二战'期间侵华日军怎样在八角楼糟蹋中国的女人，这是活丑啊"② ……

在一个人们愈益见怪不怪的、举目四望欲海纵横的中国社会，民族、历史、文化及其所派生的哲思心省，到底还有无存在的意义，是《旗袍》作者对其读者、对其所处世间的铮铮叩问。该主题无疑是严峻的。

《旗袍》的主题也是复合的，它的又一主题，在于满族女作家对几十年间本民族心路脉息的跟踪与扫描。出身高贵却不幸沦为"慰安妇"的叶玉儿，命悬一线时刻，仍旧坚守着爱国情感与民族尊严，她拒绝身穿和服，而反复换穿几套随身带去的旗袍以示反抗。她从来就咬定，旗袍既是满族对中华祖国宝贵的文化奉献，也是中国女性彰显民族气质的"国服"。后来大半生被命运抛向韩国，衣着上只能入乡随俗，暮年重返故国，她依旧十分动情地说："我这一生最没穿够的衣服就是旗袍啊！"③ 这叫郭婧分明意识到，"她已经把穿旗袍上升到爱国的高度了。"④ 她信任祖国的新闻媒体，如实倾吐了当年在魔窟八角楼里难言的遭遇，表达着对同胞们的期待。而《旗袍》当中的另一个当代满人，便是与叶玉儿（即李曼姝）精神反差强烈的叶奕雄，这位经济时代应运而生的"弄潮儿"，虽有不俗的文化根底，却彻底顺应于"金钱拜物"的法则，踏出唯钱是从、六亲不认、数典忘祖的"时尚"足迹。他为了攫取开发八角楼地段的暴利，不惜跟多年的情人郭婧翻脸，还躲着不与本家族老亲李曼姝相认，甚至铤而走险地诱骗副市长的太太上床。《旗袍》正是这么一部直面当下社会两套处世法则彼此对垒的现实主义作品。作者有意把书中的两极人物，分别设计为满族同一姓氏的一老一少，折射而出的，应是满族作家对时代蜕变下民族心理失神异动的追究与拷问。

满族是个拥有众多方面生活积淀的民族，作家们在领取了较为自由的书写空间以后，八仙过海，各展身手，对本民族的身边题材纷纷做出特色挖掘。胡冬林（1955— ）笔下的长白山自然情境叙事，亦属亮眼的一页。胡冬林是位富有民族情感的作家，他的创作选择一向围拢与追索民族传统的生

---

① 雪静：《旗袍》，作家出版社 2006 年版，第 266 页。
② 同上。
③ 同上书，第 221 页。
④ 同上书，第 242 页。

存方式与观念形态，代表作散文集《鹰屯：乌拉田野札记》《青羊消息》和长篇小说《野猪王》，都给了越来越陷入现代都市化生活藩篱的欣赏者，以新奇的文化震击与意外的心灵感受。2007 年，身为省级作协驻会作家的胡冬林，撒手于大都会稳定舒适的生活，只身扎进长白山腹地，无分冬夏，一住就是四五年光景，这位素常就对大自然有着不败兴趣的写手，从头开始，积累有关这片崇山林莽的一切知识跟信息。2010 年问世的《野猪王》，集中反映出了他迥然有别于世间的创作路数与优长。

这是以长白山原始森林中一只身躯巨硕、威力超群的野猪为作品主角的书，写了被称作"天阉"的野猪王的一生，它永无止歇地与林间天敌——老虎、棕熊尤其是作为人类代表的猎人——做着无数次动魄惊魂的殊死搏杀，虽遍体鳞伤，却保持了胜多负少的光荣纪录，但其结局则是在垂老之年，命丧于跟它长久苦苦周旋、抵死斗狠的老猎人枪下。《野猪王》的故事，发生在距离作者书写三五十年的前一个历史过程，书中交代，"上世纪六十年代，野猪、狼、熊、兔被列为林区四害，遭大肆屠杀，野猪位列第一。"① 然而，或许是缘于作者怀抱的思维定式，小说虽写到野猪王的野蛮、凶猛，却并没有去数落这"林区四害"之首对人类的任何主动冒犯，反之，为读者所辨析感触的，却多是"万物灵长"人类对付野生动物苦苦的纠缠、施暴与"用险"。究此原因，一方面，传统的渔猎民族在与大自然相依相守的悠久历史上，确曾须以取猎生存资源于山林为基本生计，故直至晚近，人们也还总想着"在山吃山"；另一方面，故事发生的"那年月不许个人多养猪……人们馋肉馋疯了"②，也是社会现实。

《野猪王》没有像某些动物小说那样，赋予野猪王以人格化的特征，而是处处揣摩着它低等动物的行为本能去加以刻画，维系了极强的可信度。作者还有意收敛自己对笔下描绘的人兽双方的情感取势，尽由读者从或人或兽的位置来体验山林里的残忍搏杀，达成对于人兽原始血拼故事在现代搬演的价值权衡。作者对长白山间飞禽、走兽、鱼虫、林木的熟稔感知，在作品中得到了近乎饱和也近乎完美的展示，读起来，甚至于会觉得胡冬林已然将自我融入了那片大林莽间每一缕生命。

作家不曾在这部典型的"长白山叙事"当中，刻意凸写满族，而是把对

---

① 胡冬林：《野猪王》，人民文学出版社 2010 年版，第 138 页。

② 同上书，第 43 页。

满族历史文化之会意与沉思，如同化学元素般地，溶解进入小说的每一层面。"狩猎长白山"本是满洲先民的世代营生，早就形成了民族的捕猎专长。作品里的满族猎手郎老大，是闻名长白山区的"狼虫虎豹"猎帮重要一员，先民惯用的使犬打围方式，是他的特长。小说讲述他带几条技艺非凡的猎犬进山，与野猪王"天阉"一场恶战。"天阉"利用有利地形，摆脱群犬围攻并将它们各个击溃，还险些要了郎老大的命，在野猪扑杀郎老大千钧一发时刻，猎人下意识地驱开重伤在身的头犬"老刁"，老刁则以残存的一丝气力，引开凶兽，保住了主人性命……恶战过后，郎老大看到已死爱犬"老刁紧闭的双眼淌出两行眼泪"。这叫郎老大羞愧难言："在性命攸关的时刻，身为主人的他，背叛了心爱的猎犬，而不会说话的狗儿，却舍出生命来拯救主人。如果它有思想，当主人把它推出去的那一瞬间它会怎么想？"[1] 猎帮兄弟给"老刁"办了葬礼——"大伙离去时，只有郎老大一人单独留下。目送众兄弟走远后，他跪地抱拳，一个字一个字地低声道：'老刁，在阴间等我，咱一块儿转世投胎。你当人，我当狗。'"[2] 满族有世人皆知的敬犬爱犬传统风习，那是跟久来的游猎生计相伴随生成的，犬类对人的忠诚和情义，不断感动着世代的人们，人们也常以义犬的忠贞不贰来完成自我精神的打磨。

　　小说中的黄炮，是"狼虫虎豹"猎帮的首领，是长白山区数第一的名猎手。可是与"天阉"死拼20多年，却败绩连连，眼看自己渐渐老去，与"天阉"寻衅死战的意念无时不在折磨着他。这里，读者应当读出一位老猎手誓死捍卫自身荣誉的尊严，也许同时也能读出人类原是较其他动物更短缺一些肚量的弱点。这位一辈子踏遍高山林海的最有经验的老猎手，居然在追击"天阉"的时候"撞上了鬼打墙"，走失了方向，陷入接二连三的心理恐惧，连公路和沙滩都分不清了。

　　　　坐山雕一动不动的身形，低掠而过的鹗影，棕熊移动的乌黑轮廓，树上幽灵般的人骨柴捆，深夜森林中看不见的鬼打墙，暴雨中野猪模糊的暗蹄印，墙垛般压过来的大水头，妖怪包克绕圈跛行的浓黑魔魇，野猪形状的卧牛石……这一切在黄炮脑海里搅作一团，整个人像站在悬崖边上，摇摇晃晃失去重心，向深不可测的深渊掉下去，掉下去……

---

[1]　胡冬林：《野猪王》，人民文学出版社 2010 年版。
[2]　同上书，第 147 页。

　　　　不知过了多久，他出现了一丝知觉。脑海中闪出第一个念头：必须赶紧逃命！五大瓮所有会动的跟不会动的野物、连妖精都算上，它们是一窝子，是一个妈生的一窝同胞，合起伙帮野猪王对付闯进来的人，连跟它打架的棕熊都帮它，真要命啊！

　　　　五大瓮的荒野莽林跟它是一家。年轻时它有原始林的力气，现在它拥有原始林的智谋。这辈子根本打不住它，下辈子吧！①

　　《野猪王》乃不折不扣的现实主义创作，此处"疑似"魔幻现实主义的勾勒，其实同样是最现实不过的笔墨。越是有本事的人，越是容易迷信自己的神通，在深不可测的大自然当中，也越容易把自己推向绝境。满族初民笃信萨满教，其中敬畏大自然、万物有灵的理念，未必就是些彻底落伍于今天的精神文化。面对大自然，人类永远渺小，顾盼自雄的人类中心主义更是只会把人类从灾难引向灾难。深刻了解大自然伟力的作家胡冬林，将小说里最出色的猎手鬼使神差迷失一切的地界，取名"五大瓮"，此名甚善，我们一向高傲的人类难道真的总也记不得自己一再陷入"瓮"中的教训吗？

　　《野猪王》各章开头，作者均嵌入一段与满—通古斯民族元初经历、传说、信仰、理念等相关联的楔子。笔者以为，那可不是作者在无谓"作秀"。要想令满族文学长足前行，用今人视角来观照甄辨本民族旧时的生存方式与精神意识，不能不说是一种关键诉求。

　　世纪旅次间的满族叙事，在着力推出本民族题材方面，还出现一位业绩丰饶、被外界誉为"当代中国文坛上最具代表性的实力派女作家"②，她就是叶广芩（1948— ）。叶广芩出身于京旗叶赫那拉旧族之书香门第，先辈身份极高，有不少清代的皇亲国戚，父兄们又多为文史相关领域专门家。家庭厚重的文化濡染使她日后受用匪浅，而其成长中正逢愈演愈烈的极"左"社会风潮，也使她青少年时代的心灵再三领受政治气压的排斥与淬炼。多方面的熏陶熔铸，难得地，化作了她骨子里的贵族气质，与为人为文金不换的大气跟淡定。1970 年代末，身在西安某单位医院做护士的

　　①　胡冬林：《野猪王》，人民文学出版社 2010 年版，第 289 页。
　　②　王童：《逍遥津·序》，《逍遥津》，文化艺术出版社 2007 年版，吧，第 1 页。

她，游戏似地发表一篇小说，立刻被杜鹏程、路遥等名家发现，得到有力鞭策，乃不甚情愿地走向文学生涯。30 余年一路写去，赢得著作等身。作品以中、长篇小说为主，兼及散文、纪实等文体，且可分别归入几大系列。家族命运系列、中日战争与和平系列、动物与自然保护系列、秦岭历史文化系列；等等，是她主要之涉猎。

本书尤为关注满族题材书写，为篇幅计，只能重点议论一下叶广芩的"家族命运系列"，这一最具满族气象的写作类别。她的"家族命运系列"，还可析分为两个"亚系列"，前一个"亚系列"即"采桑子"组，有九个中篇：《谁翻乐府凄凉曲》《风也潇潇》《雨也潇潇》《瘦尽灯花又一宵》《不知何事萦怀抱》《醒也无聊》《醉也无聊》《梦也何曾到谢桥》和《曲罢一声长叹》，曾于 1999 年以《采桑子》为总题结集出版（坊间多把它看作一部内容有点儿松散的长篇小说，亦不为过）；后一个亚系列，作者没有给出总体命名，姑且称之为"三字戏名"组，迄今已发表中篇也是九个：《状元媒》《大登殿》《三击掌》《逍遥津》《拾玉镯》《玉堂春》《三岔口》《豆汁记》《小放牛》……"采桑子"组作品均写于 20 世纪末尾，讲述了"金氏"大家庭十几个成员相互关联却又自成格局的故事；"三字戏名"组小说发表于 21 世纪伊始，篇篇都跟"采桑子"的中心家族叙事彼此勾连，却不同于"采桑子"的宅门"内视"，改取中心家族之"外视"角度，专门描绘另外一些与中心家族连带着的往事。①

"采桑子"九篇所述，是金氏老少在 20 世纪前前后后参差错落的性格与命运，码放一起，则拼接浮绘出一个文化气息浓烈的满洲旧贵族大家庭，自辛亥以降，由离异分化到因应社会、跌宕蜕变的历史画面。1911 年的政治鼎革，对京城旗族有根本性撼动，如果说人们能从穆儒丐、老舍、王度庐等满人作家那里，得知八旗下层被驱赶到市井贫民当中的真情事态，那么满洲上层人等又是如何应对这一过程的呢？"采桑子"给出了有历史信服力的答案。此际，尚无衣食之忧的金家，在思想意识、文化价值、伦理情感、身份选择上，都乍现出超乎外界想象的奔突撕裂：大姐舜锦酷嗜于京戏，最后孤苦、潦倒，就死在了她奉为性命的戏曲上；跟大姐人生近似的是七哥舜铨，专心致志画了一辈子画，道德操守无懈可击，却到了儿也没能明明白白活在他的

---

① 前后两个亚系列的区割也是存在的，例如作者为重新组构某些故事情节需要，将"采桑子"中心家族"金家"，改为"三字戏名"里的"叶家"，方便了某些情节铺排上的"重打鼓另开张"。

当下时代；二姐舜镅，当初爱上个商界青年并与之私奔，激怒了父亲，终其一生再未获家庭宽恕；大哥舜锗与三姐舜钰是政治上的冤家对头，大哥系国民党军统高官，三姐属中共地下党员，在前者的"灭亲"举动下，后者牺牲于屠杀；五哥舜镖的人生最离奇，他从小遭父亲厌恶，彼此存下心结，遂混迹市井丐帮，招摇过市羞辱家庭，这位贵公子到头来冻饿暴毙街头；而另一种"荒唐"人生，也体现到一家之主"威严肃整"的父亲身上，他多次避开家人，去晤会小胡同里一位终年劳作妇人，在那儿，他会变成全然不同的、勤劳快活的人。金家故事多而又多，更叫读者把卷欷歔的，是一向讲求伦理秩序的金氏家族，当中也有人，在"文革"中倾轧手足，在改革开放时局下坑蒙家人……

　　"采桑子"内诸篇小说题目，除《曲罢一声长叹》外，均依次取自清初满洲大词人纳兰性德《采桑子》词的八个分句。此作家匠心所在，它让人们感觉连环相扣的家族故事，不论多么离奇乖张，本来却有着一式的潜在血脉相主宰，更造成一种特定氛围，好像这末世金家的林林总总，都未能脱出民族先人早先预知的颓局运命。总计 30 多万字的九个中篇，完整灵动地囊括了一部清季满洲望族家庭的 20 世纪衰败史：从这个世纪的前期到后来，十几口的家族成员，无不从旧有的家族营垒跌撞起步，竭力找寻纷乱世事底下的自我，有人迷醉，有人抓狂，有人反叛，有人坚守，有人苟且，有人异变，了似未了，直落得偌大家族"曲罢一声长叹"。

　　"采桑子"的故事不是面壁杜撰，相当一部分史料原型，源于作家叶广芩的家庭。可贵的是，拟写如此荡气回肠的家族变迁，作家却没有给她的讲述涂抹上悲怆怨艾的色调，相反，她以沉浮不惊、荣辱两忘的淡淡然，靠近读者受众、不失客观尺度的心态，达成了对过往时空从容信步般的文学叙说，收取了人们对破落大家族异样人物遭逢际遇的深度探询。叶广芩的过人之处，不但在于她的所讲，亦在于她怎样讲。这不能不说是摹写特定民族历史的胸襟和智慧。

　　《采桑子》出版于世纪之交，那时世人对历史讲述（尤其是民族历史讲述）的态度还不像后来这么宽容，以至于出版社在出书时也采取了"稳扎稳打"、"低调操作"[1] 的办法，印数未及万册。了解中国当代精神文化进程的

---

　　①　叶广芩：《行道水穷处 坐看云起时——写在〈采桑子〉再版之时》，《采桑子》，北京出版社2009 年第 2 版，第 1 页。

人会知道，满族及其历史，的确是个为社会大众渐趋找寻共识的认知范畴。是人们的大步思想行进，为《采桑子》这样的作品腾出了更多的包容空间，抑或是《采桑子》这样的作品为人们扩宽心理空间产生了积极影响？这是个有趣的问题。

"三字戏名"一组作品①，显然在写作上手脚更放开了些。

"采桑子"组小说多是就往昔谈往昔，当中虽有些今昔比照的笔触，却比较收敛。"三字戏名"小说跨越出一大步，多数作品都有今昔两重现实及观念的比照关系，使历史书写进逼到现实的人文省视。《状元媒》写"我的母亲"因清末状元刘某作伐，由朝外"穷杂之地"南营房的苦命丫头一跃成为富贵大家族少奶奶的故事，捎带着写了母亲当年在南营房的邻居老纪（母亲差点儿嫁给他）一家从前的贫困无奈与眼下的"暴富"、"精彩"。《大登殿》讲的是"母亲"嫁入大家族，为争得正妻名分维持一己尊严而绝地一搏的往事，穿插叙述"三姐女儿博美"（即母亲的外孙女）在当下甘愿为年长于己28岁的老男人做"小"，还美其名曰"抓住一切机会，享受短暂人生，为生命的每一刻创造出最高价值"②。《拾玉镯》是对"采桑子"中五哥舜錤故事的扩容，进一步勾勒五哥投身丐帮前后的失范人生、无绪举止，同时披露的，则是其密友赫洪轩之孙赫兔兔，现今坦然以同性恋身份面世，还选择种种离经叛道方式生活，赫兔兔讲："我们活着不是给别人看的，爱自己所爱，无论他是谁，只要彼此喜欢，不怕它飞短流长。"③《玉堂春》说的是两个大夫——旧时的京城名医彭玉堂，和"文革"期间陕地游方"神医"彭豫堂的事——前者救死扶伤，"文革"来了，却"治得了病，治不了命"，后者则乘乱世装神弄鬼，甚至要病人亲属去弄刚枪毙的犯人脑子当"药引子"。《三岔口》涉及的是人的社会出身和身份变换问题，满族有尊重姑奶奶的习俗，"我的姑爸爸"（京旗满人多称姑姑为姑爸爸）出阁后在婆家是"低声敛气"的小媳妇儿，"在我们家绝对是说一不二的'皇太后'"④，她的两个儿子大连、小连也

---

① 这组作品，在本书出版之前，以《状元媒》为总题目整合后正式出版。至《状元媒》出版前，叶广芩"三字戏名"类小说已经写出来11篇，悉数收进《状元媒》内，被编为11章：第1章状元媒，第2章大登殿，第3章三岔口，第4章逍遥津，第5章三击掌，第6章拾玉镯，第7章豆汁计，第8章小放牛，第9章盗御马，第10章玉堂春，第11章凤还巢。

② 叶广芩：《状元媒》，北京十月文艺出版社2012年版，第84页。

③ 同上书，第264页。

④ 同上书，第108页。

颇有故事，大连工作没精神，让人家从政府机关给裁了，入"一贯道"四处敛财，判刑蹲了 15 年监狱；而"小连是个情种"，先是把胡同里的大闺女"肚子搞大了"，女的自杀，他吓得躲到江西，又恋上"红军"（江西地方习惯把不同时代共产党军队统称红军）女兵，追来追去便参加了革命，解放后成了高官，住上北京城戒备森严的官邸，结过好几次婚；而当初带小连去江西的"我的父亲"，他"江西一行撞进了革命怀抱又撞出来了，让人很遗憾。"①《豆汁记》的主角，是末代王朝的宫女莫姜，清帝逊位后她被指婚嫁给御膳房出宫太监刘某，因刘暴虐成性，她躲进"我"家做厨子，手艺精美不算，还有极佳的人品教养，后刘某找上门来，莫姜又跟他回去熬苦日月，并照顾瘫痪在床的丈夫数年，不料"文革"一到，老两口养大的穷孩子成了"造反派"，不仅造养父母的反，还来造"我"家的反，为掩护"我"的父母，70 多岁的莫姜挺身而出、惨遭毒打，回家就跟重病的老夫一起吸煤气自尽了。

叶广芩是个惯于徜徉在往事和现今之间的作家，在《状元媒》里她说："历史就是这么绕着圈往前走的，不知什么时候，我们便踩在了昨天的脚印上。"② 她还说过："对作者来说，写作是出于真心的感动，出于一种欲罢不能的心理，如果能由书的机缘使我与读者的灵魂和情感相识、相契，继而相知，将是我最大的满足……繁华尽，风云歇，往事都已升华散尽，扑朔迷离、五彩纷呈变得纯净而平淡，幻化作了绵远悠长的滋味。如今将这悠长缓缓道出，读者倘能在温馨的冬夜，在暖暖的灯下有一份心灵上的舒展，泛出一个会心的微笑，我便知足了。"③

叶广芩提供给当今满族文学的东西非常之多，她的举重若轻的讲述力道、寓意深广的叙事张力、渊博道地的社情民俗学养、创作中高密度的文化信息、与老舍等旗族平民作家有所不同的京旗语言调式④、满族文化人不露

---

① 　叶广芩：《状元媒》，北京十月文艺出版社 2012 年版，第 133 页。

② 　叶广芩：《状元媒》，《北京文学·精彩阅读》2008 年第 12 期。

③ 　叶广芩：《行道水穷处 坐看云起时——写在〈采桑子〉再版之时》，《采桑子》，北京出版社 2009 年第 2 版，第 001 页。

④ 　作者在《谁翻乐府凄凉曲》里面谈道："我们家是老北京人，却至今无人能将北京那一口近乎京油子的话学到嘴。我们的话一听就能听出是北京话，而又绝非一般的'贫北京'、'油北京'，更非今日的'痞北京'，这与家庭的渊源或许有关……"叶广芩：《采桑子》，北京出版社 1999 年版，第 26 页。

声色的幽默"抓哏"方式①……都是他人无法轻易临摹的专长。

叶广芩的个性书写，为满族文学的既有殿厦填充了一笔不容缺少的新财富。百年以来满族史上几多风云雨雪，被她次第摄取，度时成文。当那高昂的"革命"呐喊轰鸣过后，她是能够教人们读出清代贵族苗裔坎坷生存，并向这类人物命运投放温情关怀的第一人。

她的作品，在满族文学的世纪旅途上，竖起了新的里程碑。

这一历史发展当中，选择本民族创作题材并且撰写出较为优异小说作品的，还有王安的中短篇小说集《金色的白桦树》，赵大力的长篇小说《恭亲王奕䜣》《末代皇父》《京旗魂》，淑勒的长篇小说《荡平三藩》，赵雁（女）的长篇小说《空谷》，白玉芳（女）的长篇小说《秋霄落雁女儿情》和《神妻》，来印生的长篇小说《神拓》和中篇小说《御前侍卫的后裔》，霍克的长篇小说《娃噜嫂》，显晔的长篇小说《固伦长歌》，等等。

至于运用诗歌咏叹自我民族，亦是满族诗人们天然的情致与不竭的意愿，发自肺腑的歌声，证实了唱颂人对母亲民族的深挚情感。诗人佟明光（1936— ）以长白山这一满民族心中永恒的圣山为喻体，深情表述："涅槃于地火岩浆/遂有一副千古奇寒也难征服的/铁石心肠/纵有漫天大雪无妨/在儿女眼里/你满含热泪的瞳孔里/又总是蓄满花的芬芳"；"抽几克血浆/检验我炽热的胸膛/有几多你的遗传因子/豪放而绝不张狂/以致可以在百转柔肠之后/练出一腔烈火金刚"②。戈非（1932— ）更是将故园长白山麓的火红枫叶，认作自己的形象依托，同样宣示出对母亲民族的炽烈情愫："假如我是

---

① 例如："说是月余便归，但以父亲的闲散性情，徐霞客式的游逛方式，注定了他信马由缰的行程。走到哪儿了，无人知晓，他也无需禀告。用今天时髦的话说是'自由而舒展的行走，是对心灵的一种放飞'。我的父亲崇尚自由，一辈子自由，解放后划的成分是'自由职业者'。"（叶广芩：《三岔口》，《中国作家》2009年第9期。）再例如："老张说老孟说话侉，其实他比谁说话都侉。他是河北唐山西边鸦拱桥人，地道的'老呔儿'，张嘴就是'贴饼子莩（熬）小鱼儿'，进北京几十年了，那口音也没变过来。我跟老张的交道打得多，也无意间学了一口唐山话，就是后来演员赵丽蓉、巩汉林演小品说的那种话。五十多年后，跟被誉为'三驾马车'的河北作家关仁山、何申和谈歌在一个学习班学习了不短的时间，为了表示亲切起见，我常用他们的家乡话和他们交谈。我的一口标准唐山话引起了他们的惊奇，问从师何人，我说看门人老张，直引得三个人对老张生出无限的敬重来。"（叶广芩：《醉也无聊》，《采桑子》，北京出版社1999年版，第297页。）

② 佟明光：《长白山》，《北方的太阳》，沈阳出版社2005年版，第41—42页。

一片叶子／我选择枫树／朝霞的续篇／生命的原色／在沸点上舞蹈的血！"① 女诗人礼露（1954— ）是满洲萨克达氏后代，她的《长白山咏叹》，凸现着有如绵绵瓜瓞般纷披史册的民族血脉，对初民精神追求的怀思："认得出我吗，长白老人？／……／是的，从这儿，您的脚下／曾走出我的祖先——满族那支古老的萨克达氏族……／／是那匆匆，匆匆告别了往日的平静，／大无畏地一跳，便跃下百尺悬崖。／爆响火山口压抑的胸音，／摔碎天池水蓝色的梦，然后就是／奔流／奔流／奔流……不再回头。／是的，这是萨克达之源，／或汇成大海，／或积成深潭，／或挽起千万条溪流的手，一道／汩汩／涓涓／（不错，还有碧透的一支，悄然消失在茫茫荒原，／她的身后，／却撒下啼血的红杜鹃。）／……"② 满族的往昔与当下，时时将自己的子孙撒向四方，然而任凭岁月的流沙漫过存在，她的子孙却铭记着"我是满族子孙"，再来读读云南诗人金鸿为（1954— ）的诗句："我是满族／中国北方一个古老民族的子孙／母亲，吃关东青高粱／喝辽河的水，孕育和哺乳了我／于是，一粒种子在东北平原上／露出鹅黄的鲜嫩。虽然／我在南方抽穗、扬花／与红土高原的稻米包谷荞麦／结下不解之缘／虽然我并不熟悉我的民族／读满文，似读不曾相识的外文／／我常常思念北国，思念／对我十分陌生的祖先／夜里，躺下的梦／伴我想象他们／怎样渔猎、游牧、繁衍、生息／也常常步入史书，在铅字的长廊里／踯躅，寻觅他们的足迹和我的根／以自己和别人性情的差异，推知／我们民族的气质与兄弟民族的异同……"③

　　满族诗人们对自身民族的时代歌唱，有赤诚，有追怀，有寻觅，更有深入肌理的自我反思。1963 年出生的巴音博罗，是满族诗人庄严自省的一个代表。他在《女真哀歌》里唱出："我叫巴音博罗，是努尔哈赤的／纯种后裔。更远枝蔓的女真／是我剽悍的祖先，从白山黑水中／挺出来，用金戈铁马／踏倒过一个庞大的王朝……／这是谁都知晓的虚荣，不值炫耀／值得炫耀的是大烟、鸟笼或女人／我时常从梦中惊醒，看见我／衰败的帝国，卷屈在奢侈上／拥着女人，喷云吐雾／熟视无睹地任凭血色黯淡下去／仿佛昏热的战火，从里到外／渐渐毁灭／／……当初的满文像青草。我在青草里／漫步时，迎面遇见一位大师／他讲给我一个关于石头的梦／（确切说是玉的泪，泪的族）／他还没

①　戈非：《假如我是一片叶子》，路地编：《满族诗人诗选》，民族出版社 1991 年版，第 62 页。
②　礼露：《长白山咏叹》，路地编：《满族诗人诗选》，民族出版社 1991 年版，第 184 页。
③　金鸿为：《我是满族》，路地编：《满族诗人诗选》，民族出版社 1991 年版，第 176—177 页。

讲完，我就听到惊天动地的/坍陷声。这也未免太快了/大师死于一场内心的地震/你们只能从废墟上重建光明/而劫难就站在不远处回过头来/遥遥地嘲笑着大地上叩拜的人群……"① 在巴音博罗冷峻的诗句深层，能够读出的是他的哀婉跟苦痛，他知道只有沿着先辈文学大师曹雪芹的方向向前走，才能找到历史长河暗流间的隐秘因果，平复心灵"地震"的重创，"从废墟上重建光明"。他不是民族的悲观主义者和虚无主义者，他渴求于自己的民族跨越昔日的光荣与耻辱，在大伤大恸后，全力步入大彻大悟，重塑自我。

> 越过这浑然不觉的千年长寐。究竟/颂扬是怎样淹没一个民族的/诅咒是怎样淹没一个民族的/辉煌之后的暗淡如同昙花之萎缩/让我静静咀嚼并默默承受//这是我们的故土，祖先世居的家园/到处是马匹和女人，智慧和鲜血/靰鞡草拱破荒芜的城堡/瓷器上母亲们的遗像完好如初/庙宇。酒觞。弯曲的文字/盲信的风俗与沉默的史诗……//于是地老天荒。祖宗的陶罐被打碎/又一次次划伤我们伤痕累累的心灵/土地发芽过了，麦穗继续沉重/道路颤抖着走过原野又茫然无措/像八角鼓空空洞洞的倾诉/大马哈鱼顺流而下，放牧神话/白山黑水的胸膛又一次驮起/永不卸鞍的目光②

一个民族，其价值存在的永恒，无论怎样去看，都将与它相濡以沫的、忧郁歌者的沉重吟哦，互为因果。这也就是满族文学的世纪行吟，继续要和流光溢彩之外的若干冷色相伴相随的道理。

三

民族的文学艺术，既贵于个性张扬，又离不开普世价值的恪守。在 20 至 21 世纪文学的过渡时段，这种关系尤其被强调。

满族的书面文学是个性丰沛的族别文学。同时，满族书面文学自其萌芽状态起，就不仅不排斥，而且相当理性地认定了要包容八方族群乃至人类精神文化的普世性价值。

---

① 巴音博罗：《女真哀歌》，《悲怆四重奏》，辽宁民族出版社 1994 年版，第 8—9 页。

② 巴音博罗：《悲怆女真》，《悲怆四重奏》，辽宁民族出版社 1994 年版，第 35—40 页。

与国内一些少数民族的书面文学有所不同，满族的作品书写滥觞于自身投入中原的历史举动中，随后蔚成满族文学洪波的汉文创作形式，更是这个文化后进民族跨进中原文化腹地的确切注脚。在中华民族渐趋形成的历史背景下，满族的文化及文学，注定带有中国大文化一定的烙印。满族书面文学历来不缺少与国内兄弟民族会通互读的质素和机制。

20世纪的中国国门时慢时快终于敞开。东西方文化原本鲜明的边界氤氲模糊开来，翻越国别的跨文化交流互动成为必然。世人猛然体验到，自己已为人类信息化的宏阔版图所接纳、吞没，再也做不成隔绝于外部时空的"桃花源中人"。

中外各个民族文化与文学互通有无的时代来了。

昔日较长时间，满民族在文学和文化上头，感觉有些尴尬和缺理。他们的文学因为用汉文字书写，被世间不留情面地说成是没了特征，更兼历史原因造成满族作者不能明示作品的民族性质，一个民族的文学便被轻而易举地称作是"汉化了"的文学。

而今，满族赢得跟别民族一样痛痛快快状写自身存在的文化语境（拙著前两节的绍介已有明证）。不过，满族书面文学却肯定不会齐步走回专意书写满族自身的范畴。满族作家文学长期养成了高度包容的性格，不愿收缩自己一向拥有的外向型视野。行进在世纪旅途的满族作家，因应于这样一个前所未见的铿锵时代，精神意识领受着人类优秀思想的洗礼，更乐于以开放的文化胸怀、进取的人生眼光，全方位地观察发现生活，将融会着现代理念的艺术思考，注入笔端。

当代中国，处在瞬息得见巨大变迁的过程，处在千年古国向现代文明的匆匆走行途中。光明在望，难题丛生，观念倾覆，气象万千……除了现实生存在寻求各民族作家来盘诘和叙写，古今中外亦不知有多少题材有待作家们开掘。

由中国文学"新时期"始，至本书撰写时刻的30多年间，是满族文学把握时机，在中国文学总体犹可的大环境下勇猛前行的难忘岁月。数百上千位的满族文学作者，通力撑起了世纪之交本民族文学书写的湛湛天际，满族的族别文学再次显示出它在中华多民族文学若干领域的标杆作用。

小说写作，是满族的传统强项，满族文学的世纪之旅将此荣誉发扬光大。除去本章前两节议论到的一批典范式的小说家之外，笔者还要在此再介绍一些满族小说创作的代表性作家。

赵玫（1954— ），是一位才情横溢、个性醒目的女作家、大手笔，1982
年起发表作品，已有逾 30 部文学制作接续面世，其中多为长篇小说或小
说集。

早期，她追求先锋派小说的写作样式，中篇小说《河东寨》等不但观念
前卫，在语言表述等形式打理上面，也主动模拟欧式长句来加以铺张。

而中近期的书写，则分明带有女性主义的叙事征候，显现着以女性为经
验主体、思维主体、审美主体和言说主体的书写特征，并把通过摹写女性命
运、女性情感，向男权社会话语发动质疑与挑战，作为自己基本的创作使
命。赵玫的 6 部长篇小说，即"女性三部曲"《世纪末的情人》《我们家族
的女人》《天国的恋人》，以及"唐宫女性三部曲"《武则天》《高阳公主》
《上官婉儿》，是她在文坛内外被人们经常谈到的女性主义书写的代表之作。

她笔下的现代女性，多葆有雅致的文化精神与优异的人格魅力，自尊自
爱并且自信，更不乏自强不息的现代人文理想，有着不屈不挠向命运抗争的
意志跟勇气。身为满族作家，赵玫透过对自我家族一干女人生存真情的追
忆，获得过一番切实感触："在生命中的一个必然的时刻，我像悟出天机般
悟出了满族女人的命运。差不多所有的皇家格格，无论她们怎样的高贵、骄
矜、颐指气使，甚至万人之上，到头来，都不会有完好的命运。或者，一生
不幸于无声无息的民间；或者，刚烈地为爱心而死；也或者，如慈禧般遭世
世代代的唾骂。"① 满族女性及其生命状态，历来为世间关注与议论，见仁见
智，"横看成岭侧成峰"，是很自然的。赵玫的个人真知，缘于对家族史和民
族史的独到体认，她在《我们家族的女人》这部有其原型依据的长篇创作
中，情意宛然地讲述了一组感伤故事，推出了一个特定的思想主题，"爱是
永恒的忍耐"。

赵玫撰写的"唐宫女性三部曲"，和一般读者惯常接触的历史题材小说
大为不同，它并不在摹拟唐代历史风云、政治事变和朝野习俗之类地方耗费
笔墨，而是着力瞄准小说塑造的女主人公们——武则天、高阳公主和上官婉
儿——三者作为女性个体的身世际逢，探查其深层面的命运真谛。从这个角
度来说，女作家之历史叙事，实乃"借古人酒杯浇今人块垒"的智慧选择。
华夏古国许久以来，女人常常只被视为一介"罪过"的肉身，一切权利均被

---

① 赵玫：《一本打开的书》，春风文艺出版社 1994 年版，第 255 页。

男性及男性秩序所无情剥夺，她们没有了任何存在的自主地位，是连做人起码的性欲快乐都无权主动取得的一群。《武则天》小说的全部描述，或许皆可以当成这位亘古一人的女性皇权主宰者最终留在其身后"无字碑"的"谜底"；而独步宫帷、我行我素的高阳公主，她的所有"越轨"与"放浪"，也只不过是对天罗地网般男权世界一丁点儿可怜的游离与叛逆。"难道性的快乐只是男人的权利吗？难道女人就不能成为性生活的主宰？"① 女作家赵玫为了高阳公主如此这般之"战声"② 于中华传统的"纲常大道"，其实，亦可理解为是作者在替古往今来普天之下女性同胞，发出的异常严肃的社会追诘。

赵玫的散文、随笔也有很高的成就，代表作有《以爱心 以沉静》《一本打开的书》《从这里到永恒》《网住你的梦》《欲望旅程》《以血书者》《阮玲玉》等。

赵玫的小说和散文，透散出女性书写者的高品位：在精到的心灵剖白和情感聚发之上，示人以大气和贵重。凡接触过赵玫其人其作的人，都对她那文静利落的处世做派和剔透明朗的叙事语言，留有印象。也有些批评家中肯地指出过，赵玫受西方文学影响不浅，她的作品能让人读得出东西方文化的多重参照系。不过，却更有高人，能从当代芸芸众生间，辨识到女作家赵玫与众不同的满族族裔身份来。在她还没有写《我们家族的女人》之前，"记得一个专门研究民族历史的朋友问我，你不是汉族吧？……因为你的瘦削、你的气质，还有你骨子里散发出来的宫廷格格的感觉……我不知道那么细微的民族的差别竟是可以表现出来的。"③ 据认为，满族人的血液里流淌着自尊、进取、不屈与高贵的精神……赵玫自己也不知是在什么地方，被人窥出了这一点。

世纪旅次，满族的另一位重要作家是孙春平（1950— ）。他的先辈曾经做过山海关的守关旗兵，而青年时代即当过铁路工人的他，更是生就了家国万里一身系之的使命意识。

孙春平出道较早，1983 年其小说《一夫当关》被拍摄成故事片《犟小

---

① 赵玫：《随笔二篇之一·编织爱与死的永恒》，《百坡》2006 年第 1 期。
② "战声"是笔者在这里借用的一个当下台湾词语，大致意思是当面高声抗议，更准确地说，不仅仅是对于某项社会主张表达己方反对意见，更主要的，是要当面也要当众表达自己的激烈情绪。
③ 赵玫：《一本打开的书》，春风文艺出版社 1994 年版，第 254 页。

子》，便一举成名。自此他一直坚持现实主义书写，对中国社会纷纭奔突以及底层人物的生存实况，保持着高度的精神关注与艺术敏感，著有长篇小说《江心无岛》《老师本是老实人》，短篇小说集《路劫》，中篇小说集《男儿情》《逐鹿松竹园》，中篇小说《华容道的一种新走法》《放飞的希望》《天地之间有杆秤》等作品，很受读者欢迎。

前期创作的短篇《吃客》，已显示出作者立足现实编织与组构故事的超强能力，他信笔勾画了一个趁坊间公款吃喝之风盛行，便能大肆行骗各类筵席的"饕餮"之徒阿 C，其可笑可悲复可怜的嘴脸，更以阿 C 小聪明的屡屡得逞，一举掘出读者们都不陌生的滋生此项流弊的社会土壤。

把故事讲得好听好看，用生动的文笔摹写人和事，让叙事包容尽量深入的蕴含，是孙春平社会题材小说的书写特色和艺术优长。改革开放 30 多年，作家始终站在社会生活的最前沿，悉心观察时代现实的潮涨潮消，反复品味洪波激荡时每朵浪花的多姿多彩，及时思考这些浪花的来因与去向，再将它们演绎为顺应人心、感发民意的文学情节。他的作品题材广泛，时而官场，时而民间，时而工矿，时而邻里，不管故事怎样曲折，总是烛照着清澈的理性光亮：正气包举，劝善惩恶，导引良知，伸张爱心，是一以贯之的题义。孙春平的小说，通俗却不媚俗，严正却不说教，褒贬批判力透纸背，而幽默诙谐又溢于言表。尤其可贵的是，这些深刻而形象地反映当下社会多重矛盾关系的创作，既能给人以亮色的鼓舞，又绝不搭售廉价的夸饰。

冀东地区渤海湾畔农家出身的关仁山（1963— ），是世纪转换过程中中国文坛上书写农村题材少见的"重镇"作家之一。1976 年唐山大地震，年仅 13 岁的他与身为农妇的母亲，被瞬间坍塌的房屋掩埋，数小时后获乡亲们刨挖而新生，就此更强化了与农民同胞的不解之缘。他说："靠鲜活的生活之流，书写农民的命运史……这是我心中一个永久的理想。"① 迄已发表的长篇小说有《风暴潮》《天高地厚》《白纸门》《福镇》《权力交锋》《麦河》等近 10 部，此外还有短篇小说集与纪实文学作品多种问世。专事观照农民及农村问题的《天高地厚》《白纸门》《麦河》，就眼界、文思和蕴意来讲，一部胜过一部。

《天高地厚》以广角扫描方式，全景多侧面地浮绘出中国农村在世纪之

---

① 关仁山：《天高地厚》，河北教育出版社 2008 年版，第 489—490 页。

交二三十年间覆盖一切的烽烟嬗变，用泼墨重彩技法，描画了乡间农民之命运前景与心灵波轨。1970年代，河北东部蝙蝠村因饥馑难耐而倾巢外出逃荒，直到等来乾坤巨变的国家改革，才翻过去历史的忧伤页面。作者以感同身受的宽广情怀，一一刻画农村兄弟姐妹的鲜活形象，为现代中国农村社会的根本性变迁做了极其生动有力的艺术诠释。《白纸门》则将极具感染力的文学笔触，直抵与中国农民命运相近的渔民群众生存真实，令人震撼地讲述着主人公们在大变革年月伦理持守与灵魂倾覆的故事，托显了作家不无倾向性的民间精神立场，同时从大众文化根性上，反思了民族传统心态的缺陷，含有一番荡气回肠的醒世力量。

2010年出手的《麦河》，更是关仁山艺术生涯的一次超纪录发挥。他向人们铺开一幅中国农村沧桑百年持续衍变的历史图卷，以土地是为民生根基之深刻立意，讲述了名叫鹦鹉村的北方小村庄，围绕土地的使用制度及经营方式层层递进的悲喜事件，重点揭示农村田亩近30年间由个体承包到规模流转为产业化操作中，广大农民尤其是其间引领潮流者，迎受历史冲撞所呈现的精神负荷与心灵蜕变。《麦河》将土地对农民大众来说至上重要无比严峻的价值，烘托到醒目非常的地位，小说中心曹家祖孙四代，以及相应书写所涵盖的一切人，不管处在什么样的世道环境，自身的生死衰兴、荣辱显鄙，皆与土地密切攸关：谁人占有和怎样经营土地，早已是天下苍生身心所系的命根子。

如果说曹老大跟张兰池即旧时代贫苦农民与豪绅地主间围绕土地的争斗，还能清晰显示善与恶的人性角逐性质的话，眼下从农村"大包干"到土地流转过程，要一语辨析人们的道德质地与精神走向，则要难得多。关仁山不单写出来农村土地使用方式上"合久必分、分久必合"的必然性，亦不曾放松对于现代化土地经营趋势下各色人等的灵魂探查甚至判断。曹双羊是改革年月青年农民中涌现的"弄潮儿"和成功者，他的发迹路上，不可避免地飘散着壮志、心计、贪婪、血腥乃至黑幕的驳杂气息，从矿难过后掘出第一桶金，直到从土地流转中达到家资逾亿，他胆识过人于工商同业，却又每每弄险于黑白两道，饱尝心理的沉沦和挣扎，又总是在朋友鞭策下竭力完成自我救赎。曹双羊的形象，逼真地写出而今成大气候的农民企业家，他们那循环往复的人生得意与炼狱痛楚。

《麦河》出人意料地采用了"瞎子"白立国第一人称"我"的叙述视角，实为关仁山艺术用"奇"之处。本来盲人感知世界是极有限的，但白立国却被赋予常人少有的特异功力，他能跟去世了的老支书狗儿爷（曹双羊祖父）的魂灵攀谈，从而知晓本地上溯三四代人百年来的纷繁经历。他还豢养着一只颇通神性的苍鹰"虎子"，它会帮自己俯瞰远近视听民情，瞎子"我"就此有了"千里眼""顺风耳"。加之"我"还有某种预卜未然的能力，便进一步获取了几近"全知"的视角。而作品启用第一人称叙事，本来就有切近矛盾内里、强化事态感受的写作优势，与上述构思融会，便使关仁山的讲述赢得了通观今昔坐视遐迩的能力，更为小说平添了几分文化想象力，几分社会寓言的色彩。

　　关仁山长成于满汉杂居的冀东农村，一向把个人的思维关注点放在现实中的"三农"问题。他试图通过自己的大型土地叙事，重新建构起国人的土地崇拜文化，就像《麦河》末了，村民们在故园乡土上耸立起"寻根铸魂碑"那样。书间这重重一笔，从满族文学的流变角度，确乎证实了满族这个几百年前的渔猎经济民族，业已服膺于农耕经济与农耕文化的事实。然则笼统认为关仁山者即是"汉化"作家，却是有些唐突。你看，瞎子白立国特有的会话鬼魂、预测日后的才力，多像满洲先民原始宗教神职人员萨满师傅的功夫，特别是有关神鹰"虎子"的摹写，竟与满人世代葆有的亲近大自然、顶礼大自然以及苍鹰放养、苍鹰崇拜习俗，同出一辙！一些知名评论家纷纷赞赏《麦河》当中设置的有特异功能的瞎子白立国及其助手苍鹰"虎子"的构思巧妙，可惜他们对满族传统文化太过陌生与隔膜，没有想象到关仁山的满族出身上面来，更没有把这样别出心裁的艺术手段跟别个特定民族的传统文化事相挂钩。评论界倒是普遍注意了关仁山作品浓烈的伦理倾向，道德主义的民间立场时常被径直取来，成为关作区别善恶、褒贬时弊、守望灵魂的标尺，作家甚至连为这类观念包裹上时尚的"现代人文情怀"都来不及做，因为世风日下的浊浪，时时冲刷着已然离土与尚未离土的整个农民阶层的精神底线，情势严重。拙作前面，已经一再谈到满族作家文学对社会伦理站位的坚守，到关仁山的叙事面前，人们又一回与这种民族文化现象不期而遇。由此可见，在高度肯定关仁山小说现实意义与普世价值的同时，提示人们探询其作品的满族精神特质，仍有必要。

　　关仁山如是说过："小时候，爷爷跟我讲过满族舞蹈。当时我填表写的是汉族。我一直不明白，我们汉人咋会跳满族舞蹈？爷爷偷偷告诉我，我们是满族改成的汉族。后来我们找到了家谱，证明我们是满族人，祖籍在辽宁丹东的一个村庄。"①

　　这个历史过程中，满族小说创作形成了豪华的阵仗，名家辈出佳作迭现，流光溢彩风光无穷，到了教人目不暇接的地步。这里继续做些介绍。

　　年长一些的小说作家，成就突出的，还有柯兴、扬子忱、完颜海瑞、中申、何永鳖等。柯兴（1939— ）的《风流才女石评梅传》《魂归京都关露传》，杨子忱（1938— ）的《纪晓岚全传》《金圣叹全传》《鬼圣蒲松龄》，完颜海瑞（1943— ）的《归去来兮》《天子娇客》，均为刻画历史人物的小说。满族作家流连史乘、追慕先贤的特色文风，于此当略见一斑。

　　而中青年作家业绩优异者，为数尤多：

　　于德才（1950— ），系率先状写改革变局中农民阶层精神异动的作家。发表于 1985 年的短篇《焦大轮子》，是他从事创作以来总计达到千万字的收获中，最当紧也最具代表性的作品，曾给予当时文坛以足够震撼。主人公"焦大轮子"——焦炳和，原先是个贫困却又富于才智的农民，改革巨变激活了他发家的心火，也促发了他叛逃传统伦理的冷面做派，他背井离乡置身矿区，"玩命似的背煤"，"也常常猎狗似的屈眯着血丝丝的眼睛，东走西窜，蹲在一旁，听别人——窑主、车主、店掌柜的——唠生意、谈行情、发牢骚，听醉汉子打仗、骂人；常常溜达到工商分所、农业银行营业分所去，坐在门边的凳子上，一句话也不说，闷着头抽烟，却把那里发生的一切都听在耳朵里，看在眼睛里……"② 当他一一看清了人际关系的缝隙，便用狡黠的手段，分别"控制"银行信贷主任、工商分所所长、税务员、交通监理等，就此扶摇致富，变为腰缠万贯的运煤专业户"汽车王"。小说生动披露了这么一路一举腾飞的农村小人物，怎样抓牢身旁机遇，游离传统轨道，以其非常手段走向"成功"。其实，我们在生活中不乏此种感触：当改革飓风一波波席卷大地，社会的混乱使人炫目，魔术般产生了不少难以想象的"原始积累利润最大化"的"暴发户"——"焦大轮子"即其中一员，于德才的小说可以说是最先直击事相"谜底"。正如作家所指出的，"焦大轮子"们的"自我伸展必然带有极大的反传统性、极大的不理想性、不合法性、极

---

　　① 关仁山：《心灵的圣殿》，《文艺报》2011 年 3 月 14 日，第 7 版。
　　② 于德才：《焦大轮子》，关纪新、王科选编：《当代满族短篇小说选》，民族出版社 1988 年版，第 132 页。

大的盲目性、也就是极大的不合理性"①，然而，不管对它的价值判断如何，这类现象却又自然逢时地呈现到世间来了。于德才的现实主义观察没有就此打住，在将主人公的无良丑陋足够示人的同时，又真实刻画了他灵魂深处无以排解的矛盾：他毕竟是由传统的人情社会、道德空间长成的，心灵堕落总是把他推向失重、惶惑以至于斛觫的境地，他挣扎，他自我拯救，却很难找到二元性格悲剧归宿的途径。小说结尾有一定的寓言意蕴，"焦大轮子"决心返回他温馨却又贫困的故乡生活，却在最后一夜的异乡梦中，惨死于煤气中毒。否则，读者也许会问："焦大轮子"还有重新找回他的精神故园的可能吗？作家给出的结局，正含蓄地展示了主人公的精神两难与命运歧路。

　　江浩（1954— ），是20世纪末叶满族文坛上出现的文学"怪才"。他小学还没读完即因社会动荡家庭变故而失学，少年时代独自流浪于草原荒漠，曾为盗马贼及盗墓贼团伙收容，有诸多奇特经历。24岁起发表作品，后径直进入大学研究班研修写作，著有中短篇小说多篇，以及长篇小说《盐柱》《他从古墓中来》《倾斜》，长篇报告文学《血祭黑河》《昭示：中国慰安妇》《盗猎揭秘》，长篇人物特写《强行曝光：中国影坛六匹黑马》和长篇随笔《西藏：世纪末的探望——走进西藏》等。就中短篇小说而言，江浩笔端推出的大多为边地叙事，表达出回避主流话语影响的民间思维。《北方的囚徒》《雪狼和他的恋人》《冷酷的额伦索克雪谷》，以遒劲且野性的笔触放胆描摹大野荒原间充满神秘苍凉及浪漫色彩的故事，情节雄奇震撼，多以悲剧艺术架构，涵盖生与死、善与恶、灵与肉之间激烈的矛盾冲突，凸显深藏于民族民间的精神立场；《哀歌》《老枪》《圆寂》《空祭》各篇，则以"敢为天下先"的文学探索意向，确切检视莽原旷野中人兽互动语境与西方魔幻现实主义等书写方式的内在契合，文化边地的意识元素同样达到饱和程度。《盐柱》是江浩最为出彩的一个长篇小说，写一个女青年，来自都市的音乐工作者，进入草原深处千辛万苦地寻觅古代乐器胡笳，却与她原本陌生的、活泼泼的非中原文化思维传统陡然邂逅、深度拥抱的故事。草地民族存之久远的"盐柱"图腾，既是人类初民精神健美的鲜明佐证，更是中华多元文化内在张力的一种象征物。江浩，可以称为"百变"作家。他的作品，题材广泛，体裁繁复，叙事方法亦再三变幻了无定规。20世纪收尾前的20年，是他的创作

　　① 于德才语，转引自曾镇南《对于德才小说创作道路的一个勾勒》，路地、关纪新主编《当代满族作家论》，春风文艺出版社2004年版，第511页。

高峰期，各类作品接踵而至，却又总是教人有目瞪口呆般的惊喜。更有甚者，还是这个江浩，又是电影业界的知名编剧和导演。他宣称："我认为衡量一个作家成功与否并不那么简单。他可能一生中都没有写出一篇成功的作品，但他的艺术观念是总在不断地变化的——这就是作家的成功。……一个民族要有否定自己的勇气，一个作家要有更新自己之勇气。文坛需要的是一千次一万次及时的残酷的否定。我们太缺乏自信心，太缺乏再创造力，一味地'继承传统'或'全盘西化'都是片面的。时代是创造的。历史才是继承的。"①

高光（1952—　）是又一位以小说为主要创作方式的高产作家。他的写作，显见地分属于"雅""俗"两个领域，并且均取得相当高的成就。他曾经耗用9年时间，以"熊沐"笔名推出长篇武侠小说《食色男女》《剑痴书狂》《天残地缺》《神木令》等近40部（有些仅发行于海外），并自称那是由于读金庸小说读得"一时兴起"，"不满中国武侠小说的套路，不甘心让金庸、梁羽生和古龙三分天下，发誓要重新走出一条中国武侠小说的道路来"。② 这些通俗文学叙事圆熟，文笔老到，个中不乏现代理念浸润，叫阅读界赞叹之余很难猜测：写家年寿几许，究为何方高人？高光的"纯文学"书写，复可辨作两种，一种是现代或当下题材，包括小说集《血劫》《北方图腾》与长篇小说《第五种武器》，另一种则是历史长篇小说，有《虎符》《秦王恨》《西施泪》《岳飞与秦桧》《孔子》《司马迁》等，他的所有的纯文学作品，其言说与摹绘对象始终瞄准人和人的心灵图像。《第五种武器》的讲述是围绕东北沦陷时期中日民族矛盾冲突展现的，着力点却不是一味地放在世间充斥的血火情仇，作品突出特点，是完成了对诸多有血有肉的双方人物其生存压力与灵魂变异的全力追问，尤其是针对当中不止一个中方政治"变节"之徒——通常被一概叫作"叛徒""汉奸"的人物——作者并没有像通常作品那样，把其心理层面彻头彻尾涂上猥琐无耻的性格底色，而是将现实世界复杂微妙的人性蜕变，做出尽可能充分恰当的还原，从而拨响读者心弦，加深人们对什么才是历史真实、生活真实的体验。高光的历史小说，占据很大篇幅的是人物的语言跟心理描绘，不是过多地顾及对具体史料记载

① 江浩：《散散荡荡地说》，《文学自由谈》1987年第3期。
② 高光：《我写的不是历史，而是历史中的人》，引自"高光的BLOG"（http：//blog. sina. com. cn/s/blog_ 4b72bf4a010007pr. html）。

的认定，相反，他认为历史小说写到今天就是应当把史料撕碎、打烂，吞到作家肚子里，再用符合今人接受尺度的时代语言、当下思维写出来，这样，才会让历史随着时代向前走，让历史小说变成人们特别是青年读者有兴趣看下去的东西。高光对他笔下的一系列历史人物作出重新的文学阐释，譬如《司马迁》，就着意发掘了主人公人格的两面性，太史公司马迁在自身的残酷遭遇中寻找个人位置，他是汉武帝的近臣，更是受过酷刑的阉人；他的身上有男人的雄风壮志，身体残疾又使他具有自秽与阴涩心态，这样的一个司马迁写出了《史记》，著书人也成了中国文人的痛苦两难煎熬处世的写照，成了垂训于千秋后代的历史人物。作家高光以他的作品昭示世间，中国文人的心理扭曲可能是从司马迁那时开始的，后世的文人是可以从司马迁身上找到自己讨好、奴性性格雏形的。

　　钟晶晶（1960— ）亦世纪交接途中势头劲健的满族巾帼作家之一。著有长篇小说《昆阳血骑》《李陵》《黄羊堡故事》，小说集《战争童谣》《你不能读懂我的梦》《雨中栀子花》，以及中篇小说《蒺藜之子》《我的左手》等。她毕业于大学历史系，偏要以写小说为生计，而将透视历史的灼灼目光，留存在书写历史题材及人类过往经验的兴致上。她曾被视为中国"新生代"① 创作当中"新历史小说"② 的锋线作家，质疑种种"正史""信史"的可信度，而宁肯用虚幻梦境样的文学言说，去克复历史本真沦丧的失地。长篇《昆阳血骑》与《李陵》，描绘了中国汉代两个"耻辱"人物——"篡汉"的王莽、"投敌"的李陵，经由女作家的再度言说，两个人物在历史逼仄下浓烈的悲剧容量，得以极大释放。《黄羊堡故事》也是悲剧，所不同的，只是选材于当代中国那段不堪回首的年月。钟晶晶之人生观和历史观满注悲

---

　　① 文学评论界所说的新生代作家，特指20世纪60年代以后出生，90年代走上文坛的一批作家。他们处在时代夹缝中，其活动余地有限，荣誉不及老作家，写作技巧也让中生代占尽。他们须站在前几代开拓的空间上，寻得自我发展的可能，且与其他各种写作力量，形成对峙博弈局面。

　　② "新历史小说是一种产生于（20世纪）90年代，以新历史主义为其主要历史观的文学形式。传统的历史主义在承认客观历史事实存在的前提下，认为历史学家可以通过认真的研究考察，最终完成对于历史真相的真实还原，即我们所阅读的历史是完全真实可信的。与此形成鲜明对照的是，虽然新历史主义的理论也承认有客观历史的存在，但这些理论家们却认为所有的历史书写都不可能真正地达到还原历史真相的目的。在他们看来，所有的历史学家都是带着一定的情感价值立场从事于历史的书写工作的，虽然他们的确想尽可能客观地将历史的真相呈现出来，但不同的情感价值立场的存在本身却极明显地阻碍着这样一种目标的实现……因此，新历史主义也就自然更多地把历史的书写理解为是一种主观性明显的叙事行为。而不是对历史的客观再现。"见互联网"百度·百科"之"新历史小说"词条（http：//baike. baidu. com/view/2564989. htm）。

恼气质，中短篇代表作也都能用凄美的文字，展现细密体认人世间惨淡生存的情怀。《第二次阵亡》里的年轻战士死于激战，死后痛悔自己因冲锋时起身较迟而死得"像个懦夫"，借助作家宽容悯恤的笔墨：小战士"明白奇迹发生了。他明白他回到了那个白天，而上天，已把他所要的 12 秒赐给了他……年轻士兵大吼一声便向着那终点扑去。弹片在他身后嘶嘶响着，但……在弹片抓住他的那一瞬间他跑到了终点！"① 这样有悖于生活逻辑的二度拆建式的叙述，或许不止是作者的心理诉求，也同样是读者的心理诉求——作者奋力托起的，乃是人之为人的那份情感。中篇《我的左手》，描述两个知青的患难之交以及较相互交情更多些的人性内容，于感伤的叙事里溶解西方精神分析学的思维因子，耐人寻味；小说还别出心裁，取第二人称"你"为言说视角，催化了故事的新颖可读，亦可隐约感觉冥冥中，有着逼视作品中存活者"你"心灵底里的精神紧张度。另一个中篇《家谱》，是钟晶晶作品里暂不多见的本民族题材，表述了中国社会异常政治秩序与传统伦理亲情之间的激烈抵牾，故事更深层面，则包含着试图阻击反传统的阴冷伦理，在当下这"正常"社会机制下的恣意蔓延。

同为 1970 年出生的青年小说家于晓威和金瓯，笔下常见均系跨民族题材书写。前者著有中短篇小说集《L 形转弯》和长篇小说《我在你身边》等，后者则发表小说集《鸡蛋的眼泪》以及《补墙记》《刀锋与伤口》《前面的路》《一条鱼的战争》《1982 年的钻戒》等中短篇小说。二人的叙事，集中代表着满族文学持续更新自我的前沿意识，他们勇于向海内外各个时期不同流派的大家汲取，向现实条件下一切可能发展，在不疲倦的风格探索和个性演变中，渐渐确立异乎常人的艺术气质跟美学追求。

无论是从满族文学的角度观察，抑或从中国文坛来放眼，出身满族的作家王朔（1958— ），都是一个极端惹眼的"异数"。不管人们对他喜欢、追捧也罢，无视、厌弃也罢，王朔 20 世纪末期赢得的超高的知名度与阅读记录，乃是不争之事实。王朔 1978 年跨入文坛，拥有 3 部长篇、22 部中篇总数 160 万字的小说创作量。谈起文学缘分，他说："身体发育时适逢三年自然灾害，受教育时赶上'文化大革命'，所谓全面营养不良。身无一技之长，只粗粗认得三五千字，正是那种志大才疏之辈，理当庸碌一生，做他人脚下

---

① 钟晶晶：《第二次阵亡》，载《战争童谣》，长江文艺出版社 2001 年版，第 7 页。

之石；也是命不该绝，社会变革，偏安也难，为谋今后立世于一锥之地，故沉潭泛起，舞文弄墨。"① 这句句都是实话，他实在是凭着非同小可的才情（而非学历），从社会以及文化的石缝间，蓦然"蹦"出的精怪。王朔这席话同时也承认了自己的非传统化和非"文化"化。"文革"的 10 年重压曾将青年人推向三个方向：一是不甘潦倒愈挫愈奋，灾难一过顿时返回传统轨道；二是到底未能走出灾难制约，后来的大半生也撂荒了；三是不肯再回到传统，持有反传统姿态走向主流对立面。王朔是第三种，表现看似扎眼，其实当时有同一心态或者同情这样心态的大有人在。王朔为中国当代文学画廊成功推出所谓"顽主"系列形象，洵非向壁虚构，那既是现实描摹，也反映了作者的情绪宣泄。作者有幸的是，他的此番书写恰好与大众商业文化的初潮不谋而合。作者用外人不易摸到底线的玩世不恭、戏谑调侃，寻衅于文化与文化人的尊严，颠覆着既有道德秩序。在王朔书中，边缘立场、市井趣味被挥洒得淋漓尽致，成为对古往今来"正襟危坐"式书写规范的亵渎跟逃逸。不论承认与否，王朔毕竟是某个庞大社会群体的典型代言人，该群体当时动情喧哗并造成王作销量直线蹿升。就像通常所说"存在即合理"，文坛应当看到王朔价值叙事"大爆发"的必不可免性质，与他面对传统不平则鸣的"合理冲撞"性质。就艺术而谈，王朔无疑是将调笑、反讽等手段引向了当下极致，更有值得王朔辈炫耀的，便是所锻造的其时最新鲜、刚出炉的"京味儿语言"，以至于有论者以为："王朔以一种真正的民间的口语写作。他是中国现代文学史上最伟大的语言大师老舍的当代传人……"② 假使只从艺术角度考察，中国文学界的"不肖之徒"王朔却真跟他的满族文学前辈有若干的"酷肖"之处。何以这个"全面营养不良"的满族后生，却拥有此等本民族"家传"技艺？是个有意思的问题。③

　　本章前节，曾专门议论部分满族作家近 30 多年的满族题材创作，这一节虽也涉及相关作家的满族内容作品或满族风格作品，但其着眼点已有不同。想来，读者是会明辨的。

　　满族不愧是个盛产小说的民族。世纪之旅的满族知名小说家，除以上已

---

① 王朔：《王朔自画像》，《我的千岁寒》扉页，作家出版社 2007 年版。
② 葛红兵：《不同文学观念的碰撞——论金庸与王朔之争》，《探索与争鸣》2000 年第 1 期。
③ 王朔对《红楼梦》也极为喜爱，甚至公开出面"捍卫"小说《红楼梦》的满族文化属性。可参见王朔《谈〈红楼梦〉》（《三联生活周刊》2007 年第 4 期）等文章。

然议论到的诸位，还可以罗列出一个长长的名单：许行、苑茵（女）、傅惟慈、苏方桂、木青、陈玉谦、亢彩屏（女）、张少武、林和平、那守箴、尚静波、陈宏光、张铁成、朱秀海、劳马、何家弘、张策、周建新、关圣力、梁存喜、郎纯惠、袁纬冰、舒丽珍（女）、胡健（女）、何双及（女）、吴秀春（女）、京梅（女）、赵香琴（女）、彭明艳（女）、曹革成、寇丹、傅百龄、王中和、那耘、巴威、陈永良、王旭光、刘鹏、吴岩、徐岩、胡耀武、康洪伟、阿满（女）、蔡若菁（女）、解燕喃（女）、傅玲（女）、韩秀成……知晓一些满族文学流变的人，自不会对此感到过于惊奇，而不大了解底里的人也许要问：究竟是从几时，缪斯女神司理小说艺术那根神经，误搭在了这个民族的肩头？

第十三章　世纪途次——为霞
满天纵歌吟（下）

　　满族的族别文学，时至而今，业已形成书写题材多样、创作体裁均衡、作家布局合理、艺术诉求纷繁的整体态势。当下历史进程的满族作家，在小说、诗歌、散文、报告文学、杂文、随笔、童话、寓言以及戏剧、影视文学等各种门类写作上，都显示了实力。此外，放眼香港、台湾以及海外，满族文学也还有一番相关业绩，值得关切。

　　拙作篇幅有限，以下，再着重补充谈论一些有关中国大陆满族诗歌、散文与报告文学的创作情况。

　　之后，将对在中国大陆之外生活并从事创作的满族文学家们，做些大致介绍。

一

　　中国许多少数民族在口承文化阶段即以"诗歌海洋"著称，满族却得不到此样荣誉，我们没有发现满族先民人人皆是民歌俗谣传诵者的证据，初民留下来的韵体作品不太多，基本上属于萨满神歌，严格意义的英雄史诗尚未得见，而小型歌谣虽有一些却谈不上有足够气候。曾经拥有一批民间讲唱文学，发展到随后，形式上变得"讲"多"唱"少，逐渐异化为只说不唱的说部。故而，认为满族在"前书面"阶段较乏诗歌传统，亦无大错。

　　不过，进入清季情况则大有改观。那是个满洲诗人多如过江之鲫的时代，用汉语言文字来写诗、填词及编创子弟书、八角鼓唱词的，数不胜数。在诗歌领域，满洲人陡然成了书写"暴发户"。这种新创造的传统，一直影响到了该民族的晚近。

　　满族当代文苑中，诗人是人数上仅次于小说家的一部分。也许是囿于本民族整体美学趣味更趋向于小说一类的叙事文学，20 世纪初期以来满族诗歌创作上，到底没能出现像小说家老舍、端木蕻良那样第一流的大家。

拙作前面已经述及部分满族当下诗人，这里再追加介绍数位。

资深诗人路地（1928—），著有诗集《绿纱窗》《淡淡的紫雾》《鹅黄的柳絮》《人生拾趣》《鸭绿江吟》等，诗风空灵冲淡，富于哲理，不尚大制作，而每每将多变人生的深层体验，交由短章诗行去表露：

> 老奶奶/小孙孙/还有两只山羊/走在河冰上/脚下/是沉睡的浪 // 浪若醒了/他们/正走在浪尖上①

这是他广受击赏的《走在浪尖上》，36 个字，洗练到篇幅无以复减的地步，毫无藻饰之堆砌、意气之驱排，却把个大千世界红尘生存的参悟尽纳其内，意象的多义性与包容性开阔至极，给读者驻足静心、放飞遐思的广阔空间。再看《往事》一诗："往事悠悠/在人生的来路上/恼人地啁啾 // 筑一道清静的墙/围在身后/往事如烟散尽/那愁烦不在心头/欢乐也不在心头/心上自有高楼"②。老诗人跨越世俗价值的精神追求，在他的作品中常有这样清晰的表达。

满锐（1935—）亦北国诗坛宿将，发表过诗集《岁月的回声》《致大海》等，情感真挚清澈，许多诗题都有力透纸背的开凿。如《雁阵》："一个巨大的'人'字/游弋在蓝天上 // 小草在张望/大树在张望/高山在张望 // 从近处端详的/是云朵/在远处瞩目/是太阳 // 雁群啊/知道么/你们塑造的/是我们自己/已经陌生的形象"③。

白金（1937—）是以写"工业诗"起家的诗人，在那块缺少浪漫诗情的书写区域，他执着前行，乐此不疲，一以贯之地跋涉了数十年，著有诗集《爱的呼唤》《海的音响》等九部。在《飞天——写在船厂》里他高声咏唱："沧海、蓝天和谐地拥抱在一起，/他追随在白云下巡游的海燕，/毅然升起一面无畏奋进的帆。/这里没有礁丛，没有狂涛怒雨，/不需要祖父那雄健的

---

① 路地：《走在浪尖上》，路地编：《满族诗人诗选》，民族出版社 1991 年版，第 28 页。
② 路地：《往事》，路地编：《满族诗人诗选》，民族出版社 1991 年版，第 33 页。
③ 满锐：《雁阵》，路地编：《满族诗人诗选》，民族出版社 1991 年版，第 95 页。

紫铜胸脯，/不需要几番被风暴折断的古老桅杆；/眼前是现代工业罗盘上标出的航线，/是闪光的船台，巨轮的摇篮……"① 他的诗作，摄下来从小手工业作坊到现代化大工业企业的岁月影像，用炽烈的诗句拥抱劳动和劳动者的荣光。把白金作品中一幅幅建设画面连缀到一起，人们差不多可以得见一部共和国起步 40 年间工业发展变迁的简约"诗史"。这样的诗人当然是难得的。

佟希仁（1935— ）以儿童诗写作见长，其作品思路奇特，色彩瑰丽，葆有一颗纯净的、永不退色的童心②，与他须臾不愿离开的小读者们，做着真与美的心灵沟通。他的诗，健康向上却又不是每篇都包藏着一番"教育"的苦心。《九月的风》写道："九月的风，多么有趣，/像个七八岁的孩子，/淘气又顽皮。/一会儿摇响豆荚的铃铛，/一会儿拽拽高粱的手臂，/一会儿亲亲西红柿的脸蛋儿，/一会儿摸摸丝瓜的长肚皮。//九月的风，多么有趣，/像个七八岁的孩子，/喜欢涂鸦的游戏。/给梨子柿子涂上金黄，/给苹果抹上半红半绿，/给葡萄染上紫色，/给西瓜勾花脸儿像要唱戏。//九月的风，多么有趣，/像个七八岁的孩子，/总喜欢恶作剧。/将萝卜的脑袋土里埋，/将苞米的孩子粘上胡须，/将蚕蛹个个塞进小黑屋，/将石榴嘴巴扯开让它笑嘻嘻。"③我们从这样的诗，窥得老诗人为两三代孩子们欢喜拥戴的奥秘。

著有诗集《关东风情》和《绿皮日记》的雷恩奇（1959— ），是典型的关东田园诗人，他呱呱坠落于黑土地，也长久讴歌着黑土地。"是春的一声阔笑吗/那以一冬的力量压缩的声响/冰排溃裂了，由远流近/那是残冬在流浪，在逃亡//春，悄然从冰缝里走出来了/和粗犷的江风/和回归的燕子/组成北方大合唱中的一个乐章……"④ 尽管他早已离土离乡，一根坚韧的情感丝缕总不肯与黑土地上的人们脱开——

> 风风雨雨的历程之后/你发现自己的一生/注定要和土地联姻//所有的方言都是江河的方言/所有的口音都是山野的口音/一方水土一方乡人/平展展的原野/不是自己的近邻/就是自己的远亲//于是日子就火爆

---

① 白金：《飞天——写在船厂》，《爱的呼唤》，百花文艺出版社 1987 年版，第 37 页。
② 笔者不无感慨地注意到，时至落笔撰写这部拙稿的当下——2010 年和 2011 年——老诗人佟希仁已经年近耄耋，仍有大量新创作的儿童诗，接二连三地发表出来。
③ 佟希仁：《九月的风》，《民族文学》2006 年第 6 期。
④ 雷恩奇：《开江》，《关东风情》，中国文联出版公司 1987 年版，第 37 页。

起来／于是民歌就悠扬起来／于是江河就曲曲折折／不停地向远方延伸／这时你总会问自己／农人是什么／农人是那些高山平野／一代又一代的父亲和母亲……／／忽然有一天／山外的人来村里寻根／这时你才微笑起来／知道所有的人其实和自己一样／原来都是土地的子孙①

诗是人类情感的载体，爱情诗是古今诗歌的一大要类，满族当代诗坛同样不乏爱情的礼拜。以下选取老、中、青年诗人的几首情诗：

两道目光的碰击／溅起心灵的涟漪／一泓清澈的阳光／滋润芳草的碧绿／／沿着幽幽曲径／杨柳依依摇曳／你走近我的灵魂／我走进你的梦里

——未凡：《感知》②

是的　我敲过的那扇门／已长出一堵墙／／墙上长满青苔／像挂在记忆中的一幅挂毯／／栅栏内　紫丁香向谁述说／那长着眼睛的纤手来撷的／／那朵五个瓣的丁香／和寓意在花瓣上的甜甜的微笑

——朗恩才：《寓意》③

妻子是很荣幸的称谓／是脚下平实稳扎的土地／可惜我做不来／妻子是个很美好的角色／是一幢应有尽有的房间／遗憾是我无法做／／我是你的一泓暖流／当季候风送你的舟楫漂来／我会用浪花的柔舌／舔遍你的头和脚／再用白天鹅的双臂／紧紧将你箍牢／我是你的一小畦草原／当你受伤的俊蹄驰入／便用每片草叶的眼睛／一寸一寸地抚摸你／储存了整整一冬的露水／羽毛般覆盖你的伤口／／我只能是情人泊／你的情人泊／仅仅如此／永远如此

——匡文留：《情人泊》④

丝瓜藤上的秋天还剩下一半／我得到了／想要的／神秘的风来了／我听见裙摆上的花／对蜜蜂说：多好／与以往不同　幸福／它落到了实处／落到一把青菜　一块豆腐的精神上／比炊烟传得更远／当它是陈旧的／这些尘埃比它新鲜？

——娜夜：《一半》⑤

---

① 雷恩奇：《农人》，《诗刊》1996 年第 8 期。

② 未凡：《感知》，载路地主编《满族诗人诗选》，民族出版社 1991 年版，第 123 页。

③ 朗恩才：《寓意》，载《相信童话是真的》，春风文艺出版社 1986 年版，第 102 页。

④ 匡文留：《情人泊》，［香港］黄河文化出版社 1990 年版，第 149—150 页。

⑤ 娜夜：《一半》，《诗选刊》2005 年第 1 期。

未凡（1936—　）、朗恩才（1941—　）、匡文留（女，1949—　）、娜夜（女，1964—　）四位，都是满族暨国内诗歌界饶有名气的情诗写手，通过上引未必称得上各自代表作的一首诗，也可辨别出那是他们生存在互异的精神氛围里、出于不同的性别语境中甚至于吟哦在相对个性化的心态下，所摘得的酸甜不一的情感果实。不过，人性与情爱，乃人生在世最圣洁的魂灵依托，因之每一首好的情诗都会无阻隔地畅行于各个民族的阅读时空。情诗往往具有充分的普世价值。

　　诗歌既是情感的、意绪的，也是哲理的、经验的。大而言之，每一位成熟的诗人，都走过持续锻造、个性淬炼并自我寻找的崎岖路途。满族的诗人们概莫能外。这里有两位诗人的个案可供巡查，一位是牟心海（1939—　），另一位是华舒（1943—　）。二人从艺道路有几分近似，都是年轻时即发表诗歌，中年阶段操劳奔波于仕途却未放弃写作，晚年退出公职后，则各自纵情于诗、书、画等多个艺术范畴，不但连续出版诗歌集，而且均能以全副心力，领受诗歌写作新的思路、方式和技艺，令笔下创作分别呈现再上层楼乃至脱胎换骨的嬗变。

　　　　没有人的宇宙／却有大自然的一切　山河　星斗　云雨／也有寒冷和炎热／是什么　把我推入空旷之中／这里空旷得使人害怕／周围的一切都不着边际／仿佛有神在主宰／神在哪里　我寻觅着／没有行踪没有声音／渐渐地空旷开始吸引着我／也许我寻觅的便是这空旷吧／这里自由而轻松／使人开阔　超越　脱俗／我伸手抚摸着月亮／将这圆圆的清凉摆在天空／时间长了也许会烙熟／这里的氧气很充分／轻轻地吸口气／宇宙的空气全部都鼓胀在胸中／大气层便在呼吸中起伏／这里的语言　长着翅膀／到处飞翔／碰撞出一串串有声的云／这云使人失去记忆／一切从头开始／感觉了　空旷也是宇宙／身　在空旷中独舞／心　在空旷中飞升

牟心海这首《空旷也是宇宙》①，意象新奇，怀抱独到，是诗人罢弃凡俗的魂灵欲翱翔在空旷宇宙，还是清凉而无边的宇宙被诗人援引来充扩一己精神空间？恐怕是皆备于我。全诗落墨苍茫，追寻博大，浸润着现代的人文哲思

---

① 牟心海：《空旷也是宇宙》，《诗潮》2008 年第 10 期。

与气度。

华舒长诗《人生白皮书》，是肉体与灵魂在世间匆匆游历数十年后，作者的痛彻自醒。回视来路，"命运是胜者/生命总是输家"①，"不是我在选择目标 而是/目标在严格地选择我"②，当酸辛甘苦成为过去，诗人难得赢取了整理人生的显微镜、解剖自己的手术刀：

——"壮烈的悲剧是积极的人生/轻松的喜剧是庸俗的人生/一幕一幕的季节/全由血汗和眼泪切割"

——"踱来踱去 围绕着/烦恼和焦虑的枯枝/任你怎样认真选择/也无法平稳地降落"

——"挣扎在自己的无奈里/如笼中困兽舔擦伤痛/把自己萎缩成一块/无言无语冰冷的石头"

——"打捞往事 向对面的空谷/喊出沉寂已久的苦闷/灵魂便顺流而下/漂泊成两岸懒洋洋的绿"

——"逝水伤心/欲火毁神/告别自己是一种承诺/投入永远的期待/正果在远方/那便是含笑不语的你"

——"肉体捅个窟窿便会流血/而生命便会流出咸涩的泪水/生命脆弱所以/总是伤痕累累"

——"把自己的影子折叠起来/提在手上 然后/认认真真地告别"③

寄生现世，我亦非我，性情、选择、持守、欲求，皆遭受外力异塑与格式化。不再属于自己的自己一生，一般说来是不大需要或者无从主动反思的，华舒不然，他亲手点起炼狱之火，对所熟稔的自我灵魂来龙去脉细加索问，思想的烈度，理性的浓度，获得极大释放。他为诗歌镀上了精神升华的光泽。

"史诗"，本是口承文化界面上一个特有概念，又称"英雄史诗"，专指人类进入奴隶制早期，所编创歌颂具有英雄身份的人（而非像先前原始制度下的神话古歌用来礼赞神祇）的诗体作品。而这一概念又常被借用到书面文学研究中，把某些架构庞大、历史感强、对事件人物有纵深宏观照

---

① 华舒：《人生白皮书》，春风文艺出版社 1996 年版，第 113 页。

② 同上书，第 45 页。

③ 华舒：《人生白皮书》，以上 7 段引文，分别出自第 75 页、第 32 页、第 34 页、第 75 页、第 92 页、第 98 页和第 108 页，春风文艺出版社 1996 年版。

射的长篇叙事作品，也比拟为"史诗"性制作。在读到满族诗人大解（1957— ）的长诗《悲歌》之际，同样有若干诗评家启用这一概念表述阅读感受。《悲歌》的问世在近几年的诗界产生了较大冲击波。多达 1.5 万行的诗句，编织成为统一格局的大型叙事诗，以一个复姓"公孙"贯通古今的人物作故事线索，从容且广泛地徜徉于中华人文历史，触及自然及人类源起，围绕农业文明展开的无休止流血纷争，专制王权迭现下历史景致的循环闪回，人的两性情感爆发、维系和重构，灵与肉、形而上与形而下的乖离、整合，人类拼杀建功欲念和故园回望情结之矛盾同一，生命的宗教皈依及其面向彼岸的灵魂超度……纵观全诗，物质与精神的冲突、感性与理性的格斗，这个蘸满现代思考的沉重命题，是诗人关注的重点和焦点。《悲歌》让人读出在阅读某些中外经典名著才能得到的生命感触：人的个体命运与总体命运究竟在何等境况内会发生骇人的裂变，民族生存有否极限，历史定数何以突破，人类是不是永远能够重新得到向死而生的契机？

　　　　这时夕阳西下 悲歌四起/整个人群在晚风中歌唱/歌声听到之处 人民起立 随声呼应/有人在山脉之外掀开平原/释放出地下的老人和草根/有人吹着魔笛穿过泥土村庄/叫醒那沉睡的亡灵/歌声过处万物皆应/大海在远方拍打着胸脯 为歌声伴奏/在天地之间产生了强烈的共鸣……//黄河在咆哮 在疼痛 在圣歌的旋律中/人们看见黄河宽大的水面轰然裂开/一个婴儿从水中诞生①

诗人经由多重辩证的思考，向哲思下的人生苦旅，审慎做出乐观推衍，他当然还是企盼每一缕生命都别忘记，这 1.5 万行的陈述，想要托付给世间的重重考量。

　　叙事长诗《悲歌》证实了当下的歌者，远非都是"宏大"题材的避让者。作品熔叙事、抒情、文化哲理书写于一炉，展示了驾驭超大型诗体创作的技艺能量。中国古典的汉文诗苑里面，叙事诗尤其是长篇叙事诗非常缺乏，清代中晚期，旗族子弟大量编写的"子弟书""八角鼓"唱词，是对汉文古代叙事诗欠缺的一次有效补救；读到《悲歌》，笔者忽然联想到那里。

---

　　① 大解：《悲歌》，河北教育出版社 2005 年第 2 版，第 605—607 页。

不知《悲歌》这一叙事诗重大收获在当下满族创作领域的出现，可否唤起满族诗人们创作叙事诗的新一轮热情。

二

再来谈谈满族作家这段时期的散文。因散文常被解释为不拘韵律的散体文章，定义宽泛书写自由，所以原本专守一种其他文体例如小说、诗歌、报告文学、戏剧乃至理论评论的作者，大多都来染指一二。满族亦如是，放眼圈儿内，几乎不大找得到没写过散文的作家。昔日散文书写，还有几条原则约束着，例如"形散神聚"，"意境深远"，"辞采优异"，这些年随着文学写作原则的整体"解扣"，民众的散文欣赏趣味也在多样化。

若从满族内部论散文名家，老舍与端木蕻良等人都算得上，但20世纪至今，第一把交椅还是须让由黄裳坐着。姑且不说黄裳散文的高雅、大气、识博、述广，但讲他一生几无旁骛写散文"从一而终"，以及把散文文体所属随笔、游记、杂文、笔记等形式一网打尽的强势展现，也是旁人无以匹敌的。

就当下国内散文成就来看，满族女作家赵玫与叶广芩都很数得着。个人的特异气质，决定了二人的散文都以文格优雅大度著称。她们的优雅大气，似都来自多年来"文化满洲"家庭的那点儿贵族气息。就像欧洲老话所言："培养一个贵族需要三代人"，赵玫、叶广芩们的精气神也不是外人轻易仿效得去的。不过，这优雅大度与优雅大度又有不同，赵玫优雅大度得尊严而饱满，叶广芩却优雅大度得潇洒且随意——这两类人的性格原型，皆不难从旧日的满族营垒中找到：该民族曾经那么富有责任感，担天下为己任，赵玫颇像；该民族又久经磨砺教许多成员翻越劫波获取彻悟，叶广芩则类。

赵玫散文以情感抒发见长，笔触凝重深邃。"是在最寒冷的冬季，遥想着春光明媚的一天。是因为满心愧疚，为着我的最亲爱的读者。""最初写作……只迷恋于将心中郁积的对人生的感悟描述出来。很多的岁月，我的文字就这样孤单地行进着，烛照着我独自艰辛的步履……有一天我开始接到读者来信，很多。""当我面对这么博大的爱，我的心反而沉重起来。因为爱不仅仅是一种心灵的感觉，而且是一种你必须承担起来的情感的责任。"① 虽然她已坐拥不少小说名篇，却还是把散文当作自己的第一方向，她承认，散文"是有灵魂在其中挣扎的一种文体"，"读到了我的散文便是读到了我，我的全部的心与灵魂。"② 海内外的赵玫散文追读者成千上万，使他们摄心动魄之处，盖在女作家杜鹃泣血般的真挚坦诚。

　　读叶广芩散文，也跟读她的小说差不多，许多人迷恋的是文化心态的那种"味儿"和那股"劲儿"。散文集《没有日记的罗敷河》因涉及家庭及个人经历最不堪回首的一些事件，她说"这本小书写得沉重又轻松"③，书里甚至写到自己在"文革"期间被逼无奈的"未遂"自杀过程，没法儿不沉重；然而作者却把它写得又不失轻松，这个京城大宅门出去的、平素连京城市井语言都觉着"痞"的"格格"，竟然这样了结了她纠结心头的自杀预谋："躺在床上，我想了想事情的前前后后，想了那些心里一个个解不开的死疙瘩，自己突然噗嗤一笑都是扯淡。这两个很粗俗，又很管用的词从那以后一直成了我的座右铭。后来，无论再遇到多么难排解的，多么不如人意的，多么使人能气炸肺的事情，都可以用这个词了断。"④ 读叶广芩散文，潇洒跟轻松会伴君左右，她的散淡性情，能踩碎并穿越人生苦难，是一种极大的透彻。

　　"人生失意常八九，能与人言只二三。"这是一句沧桑旧语，笔者以为，那上半句被叶广芩，下半句被赵玫——降服了。她们的散文体现出做人的力量，这力量包含满族的影子。

　　作为散文家的赵大年和舒乙，作品也有这样的影子。他们的行文，都别无选择地贴近"京味儿"。赵大年散文读来，有如秋凉甫至闲坐京城四合院，听邻家大叔平和款态地怀旧，个中透着从容与老到，偶尔说句怪话，也有其潜在的情趣跟幽默。"我 18 岁参军，在解放军和志愿军历任文工团员、文化教员、宣传助理员。多次立功，却'不听话'，所以'一员到底'。工龄 50

---

　　① 赵玫：《春天，给最亲爱的读者》，载《赵玫随笔自选》，广西民族出版社 1998 年版，第 1—2 页。

　　② 赵玫：《逝水流年》，《文学自由谈》1998 年第 6 期。

　　③ 叶广芩：《没有日记的罗敷河·自序》，载《没有日记的罗敷河》，吉林人民出版社 1998 年版，第 1 页。

　　④ 叶广芩：《没有日记的罗敷河》，吉林人民出版社 1998 年版，第 103 页。

年，最高军衔少尉，最高职务团小组长。历次政治运动都挨整，从来没整过别人，不是不想整别人，是没缓过手来。我自幼热爱文艺，34 岁发表小说，最伤心的事情是'反右'之后丧失写作权利 20 年，真想大哭一场，又想起出生时已经哭过了，就不必再哭。"① 虽年已古稀，说起文化上的事儿，照样机敏犹然妙语连珠："汉族妇女裹小脚的陋习，满族并不学习。我曾开玩笑说，母亲裹脚两千年，这大概就是中国足球上不去的缘故吧。国内大连足球队踢得好，因为这些球员的母亲不裹小脚。"②

　　舒乙的散文，不像赵大年那么松弛，也没有搁进太多的诙谐，可是就凭着京味儿言谈饱满到足斤足两，便诚可跃出于众人。他坚守自己的个性化京味儿语言路子，没有向大家习焉不察却人人张嘴就来、下笔皆是的"套话"靠拢，更不肯向京城市井口语日趋出现的"低俗化"缴械，在当下散文语言方面，他是个"独一份儿"：

　　　　看过法海寺的壁画之后，第一个感觉是北京人白当了！那里有顶精致、顶豪华、顶完整的明代大幅壁画。最美丽的存在原来就在这儿！③

　　　　老舍先生家有一样菜远近闻名，年年必做，备受欢迎。有客人来，往往点名索要。母亲，还有父亲，毫不含糊：管够，管够！这个菜，叫"芥末墩儿"。一听名字，就带着京味儿。它是北方菜。第一要有大白菜，第二要天凉，热了不行，搁不住。东北、京津一带盛行在冬季和初春时吃。满族人尤其喜欢吃这道菜。芥末墩儿是北方年菜里必须有的。它属于素菜，而且是素菜里的首席。④

　　在这段世纪交接的路途，满族作家运用散文作品绘写本民族生活及历史题材的比比皆是。

　　曾经出版过散文随笔集《赫图阿拉家园》的解良（1956—　），是清朝发祥地辽宁新宾的土著。他的笔，能满怀亲情地，历数赫图阿拉满洲故园的山川景物风土民俗，讲述许许多多跟老罕王努尔哈赤有关的传说轶事。他的体

---

　　① 赵大年：《赵大年的婚礼》，《北京文学·精彩阅读》2000 年第 3 期。
　　② 赵大年：《大美京音》，《北京文学·精彩阅读》2006 年第 2 期
　　③ 舒乙：《最美的就在这儿——法海寺》，《紫禁城》2007 年第 1 期。
　　④ 舒乙：《"芥末墩儿"：老舍最爱的年菜》，《健康必读》2008 年第 3 期。

会："每一个地方都有自己的名山秀水、历史渊源、风土人情和民间文化。文化是一种历史现象，是一个社会精神财富的积累。当努尔哈赤带着他的金戈铁马离开了这片神奇的故土，当满族儿女将自己创造的古老文化像苏子河流入大海那样汇入中华文化的大血脉，走进新宾这个县份，你会发现源自大莽林的悠远的神韵还逗留在孩子们的童谣里，游戏里，曾经驮在马背上的虹霓散落在民俗世界的角角落落，依然美丽……"① 这位"赫图阿拉通"，在互联网时代，继续大量书写着他的故乡情怀，以个人"博客"方式展现世间。散文《格格》，娓娓道来"格格"称谓的由来与内涵，指出近些年国内到处滥用"格格"形象的"穿帮"滑稽，介绍了满族故乡人对自己格格们的真实感觉，后面笔锋一转，谈起满族女性的传统服装："旗袍，是满族为本民族设计的适于骑马射猎、男女皆穿的无领、箭袖之长袍。时至清朝中叶，八旗子弟开始声犬色马，玩鸟斗鸡，骑射日渐荒疏，男子旗袍逐渐废弃，女子旗袍却在智慧的格格们身上发扬光大。她们不断地改进旗袍的款式，让想象在旗袍的世界里自由遨游，让旗袍成为在中国流行的老少皆宜贫富皆穿落落大方新颖别致的服装款式，并将它当成特殊的礼物献给了新中国。随着新中国女性光彩照人地亮相于国际舞台，旗袍凝聚了全世界的目光，用旗袍包装起来的中国妇女形象令世界刮目相看，它作为中华民族最灿烂的服装文化使者，瑰丽的情影每到一处都会引起不同肤色女性的共鸣，得到青睐与赞叹！旗袍，从关东老家出发，走遍神州华夏。她集中华民族文化之辉煌于一身，像一面旗帜辉映着日月，锦绣出风情万种的格格模样。"② 字里行间，既有对民族往昔的清醒探视，也有一份生为满族后来人的自豪，出示了当代满族健康舒展的心境。

李大葆（1955— ）以创作散文诗知名。他的《努尔哈赤故园采风》篇什，脍炙人口，在满族读者间多所传诵。《族人家宴》篇写道："是你一双粗糙的大手捧过来一只粗糙的大碗，满满的'罕王醉'（作者原注：一种地方白酒名）洋溢成激荡的亲情；是你放开喊山的喉咙，把祝酒的歌吆喝成痛快淋漓的曲调；是你一饮而尽的豪放，唤醒了我已经沉睡多年的冲动……在你温热的土炕上，我们比肩而坐。只要记得一句简单的母语，只要略知一件

---

① 解良：《满族文化系列短文·题记》（http：//blog. sina. com. cn/s/blog_ 494a90180100033r. html）。

② 解良：《格格》（http：//blog. sina. com. cn/s/blog_ 494a90180100p23i. html）。

族人的旧事，只要理解部落的微笑和眼泪，推开老城任意一扇木栅门，便可获得一份家的温馨！此刻我已经坠入老城情结，我思索着粗糙的大手和粗糙的大碗是如何朴拙地包装了你的寒苦。绵长的酒意会渗透漫长的岁月，让族人的亲情滋生出一串新的老城故事……"① 这样的民族文化怀想、赫图阿拉情结，乃是流灌于当代满族诸多后裔心田的甘泉，作家们不过是民族精神的负载者跟代言人。而任何民族的任何时候，这样的负载者与代言人，都短缺不得。

　　资深作家张少武（1933— ），在题为《先祖的传说》散文里，讲到小时候不愿替家里去有钱有势人家送礼，气得母亲直骂："你们都是犟种——随根儿！"进而引出来先祖阿可敦，一位清初入关时屡建战功的骁将，进京后不肯阿谀皇权及其诌媚者，酿祸"发回关东，永不叙用"的陈年旧事，以及后来自己的叔祖父、同辈大哥等人"继续演绎其'故事'"的倔强之举；作者既非感慨也非炫耀地谈到，科学界认定，人的性格形成，遗传基因占着相当比重，诸多学科领域都重视遗传基因。作品落脚点又回到自己："冥顽不灵的我，血液里是否也有先人的'余惠'？——本来受过高等教育，本来'为人作嫁'多年，操笔为文时，仍然不懂'为尊者讳'这门避嫌的学问，一篇《文品与人品》令一位当红的文友不悦地'对号入座'，十几则《酸葡萄》意在讥刺世风流弊，善意的朋友却规劝我：本已退休无'位'，'入世'的情绪，不该太浓……"② 人们在日常生活里，总也躲不开"性格使然"一道坎，民族的、家族的"族性"遗传因子，时常令人做出些或主动或被动地改变人生命运的"怪"事情，因此，它也就成了文学中最具魅力的话题之一。满族的"犟种"性情是古而有之的，"遗传"到现今的怕也不少。

　　对本民族的民间"善德"追求，一些作家也做出艺术勾勒。康启昌（女，1932— ）《额娘的信仰》，选了个独特角度，即老母亲的信仰"混乱"："额娘的信仰确实奇特。她可以刚从教堂作完弥撒出来，就跑到灵神庙老道那里求签问卜。叔叔们开她玩笑，说上帝早晚要惩罚于她。她不在乎，只说不能因为信奉上帝就把其他神灵扔到脑后。何况天地万物都有神灵，她没有任何理由轻视任何一位无名的小神。好在她并不了解上帝，也不了解佛

---

　　① 李大葆：《族人家宴》，http：//www. chinawriter. com. cn/yc/2004/2004 – 03 – 10/10497. sht-ml。

　　② 张少武：《先祖的传说》，《满族文学》2005 年第 3 期。

祖，甚至不知道耶和华的国籍观世音的性别。我对她说，所有神灵都在冥冥之中关照您保护您，因为您太善良，你善待任何人不拘美丑，您善待各路神仙，不分大小土洋。好心自有好报！额娘两只昏花的老眼闪出奇异的光芒。其实所有宗教的教义由她来浅析简释都是这一句话：好心自有好报。"① 作家赵晏彪（1957— ）《祖母与茶叶枕头》，则由八旬开外老祖母总是给周围新生儿赠送自制茶叶枕头这样的小事，窥得老人的长寿秘诀，与康启昌的文章异曲同工——"她把做茶叶枕头当作大事、善事来做，而且做得尽善尽美！她也得到了回报，大人孩子都喜欢祖母，说她净做善事能活一百岁。祖母笑了，她满足了，欣慰了，她活得很开心。"② 悠然游弋于"善"海之波涛，不屑说，是心灵向善民族每个成员的幸福和安宁。

　　"问世间、情为何物？直教人生死相许。"满族作家之情爱抒发，也有些佳制存世。总揽这些作品，笔者似乎还没读到哪篇散文，较《道一声珍重，我去也》③ 那么撼摇心旌。作者是鲁野（1926—1997），身患绝症之际，他为至亲至爱的人生伴侣，写下了书信形式的几页文字。"春花溅泪野鸟惊心，他不知道这些语无伦次的文字能否表白他心境的万分之一。他不愿意伤害你，更不愿意连累你。他希望所有的不幸都降落到他一个人的头上。不希望你为他伤心，不愿意你看见他落魄的眼睛。"作者深情回顾了此生多舛又浪漫的情爱来路——为了那情爱的美好曾经让他"甘下地狱"，也描绘了老伴当初年方六七岁，给自己留下的美好的第一印象。作者还似年轻一样，多少有点儿激动地去解释彼此的些许误会，似乎在诀别之前，"只有一点，一点微小的请求，求你不要相信那些莫须有的判断，他绝对不是这样或是那样的坏人。"作者异常郑重地再次表白人过中年追求真诚情感之艰辛与折磨……他明了，生命的终结已好似行军令下，于是，操起最笃意的口吻，以最宁静的方式，去做最后一遍递达对方心址的言说："不要回信了。前面的驿站是个未知数。让我用刚刚滴下的泪水作为我和你的故事的最后一个句号。道一声珍重，我去也。"生前曾是所在省份散文创作领军人物的鲁野，用他生命的最后墨迹，向人们演示了，什么才是上品散文的感情内核。

---

①　康启昌：《额娘的信仰》，《民族文学》1999 年第 1 期。
②　赵晏彪：《祖母与茶叶枕头》，《中国民族博览》2000 年第 1 期。
③　鲁野：《道一声珍重，我去也》，《当代》1992 年第 5 期。

晚近的散文书写，走出一种新的路向，即压低作家身段及视线，贴近饮食男女的常态存在图景，以"纯客观"的方式，真实再现凡人琐事以及深蓄其内的本原思维与尘世情绪。满族散文家格致的作品，大抵可以归入此类。《减法》《转身》《军用行李绳》等，是她受到关注的作品。这些篇目，均没有传统散文那类鲜明、劲健的思想主题，看上去书写得漫漶、枝蔓，却篇篇由切身记忆出发，有着吸引人的"看点"。《减法》写自幼的求学道路，读小学时同村二十几个学伴，读到初中毕业就剩了自己一个，其他人在不同时刻因不同缘由被"减"掉。虽说自己成绩一向优异，作者却无意凸写个人志向才智，而是逐一叙写了那一个又一个"减数"的出局，无形中完成了支离拼接的农村学童升学问题的连环画面。《转身》讲述神经足够坚强的"我"，如何面对一次年轻男子的强奸企图，场面惊怵，而"我"的心理推进及意念闪回则足够频繁。《军用行李绳》说的是自己在哺育幼子时，深感危机四伏，将丈夫的军用行李绳偷偷藏起，以备灾难来临从窗口逃离之需所引发的旧事。格致享有与一般作家不尽一致的文学触觉，能让散文透出小说的味道，这种会通文体的意向，还体现于她从个体经验出发的女性异动心理征候，在笔下得到了准确的、从容的甚至是放大了的描绘。此外，格致散文的语言也有特点，她用偏向冷色的笔墨，搭造起时而硬韧，时而脆弱，时而冷漠、时而斜辣的艺术语境，读者被引领走向心灵紧张之下的个性艺术时空。下面一段话，出自《军用行李绳》，写的是丈夫去执行军事任务前搜去了那根行军绳："我坐在湿冷的水泥地上哭了很久，两岁的孩子也被我哭醒了，并立刻绷紧他的只有两岁的声带加入到我的哭声中来。孩子高亢嘹亮的哭声和我低低的啜泣同时响起，像精心制做的混声，听上去层次分明，意味无穷。我们一同为一条被夺走的绳子痛哭；一同为我们细若琴弦的生命而痛哭；我们一同呆在一个连一条绳子都没有的屋子里为生命的赤裸无助而恸哭不止。"[1] 据称，格致已为文坛列为"新散文"的典型作家。当然，同样也是这个格致，又写过诸如《父亲的渔网》《寻找满文》《金姓少年》《叔叔的王国》那样展示心间满族情结的散文，字里行间，有着对满族传统文化事项流失的躁虑不安。

这一时段满族最年轻的文学"新星"张牧笛（1991— ），入中国作家协

---

① 　格致：《军用行军绳》，《从容起舞》，时代文艺出版社 2006 年版，第 40 页。

会时候才 18 岁，还是个高中"小女生"，已出版诗集《看不见的风在吹》和随笔集《如烟》等几部作品。在一个人生观、价值观飘忽无定、少男少女盲目争当"愤青"的年头，"90 后"作家张牧笛却像她的名字那样，为文坛送来了清新明丽，以及因青春与憧憬才能漾动的美好诗情。十几岁的人生"花季"，正是全面构想并自信肯定拥有未来世界的如歌岁月，张牧笛奋力展开了稚嫩的翅膀，背负着她对大千万物的好奇、洞悉和思索，向我们飞来。一篇《心中的彩虹》，"想按照光谱的颜色说说自己心目中的几种阅读"。她把经典作品概括为红色，说对古今中外经典的阅读，"那么玄妙，深刻，像是光和影，既可能亘古不变，也可能稍纵即逝，我惊诧到难以呼吸。天空隐没在浓厚的光芒里，我在光芒中采集智慧和幸福。"她把童话看作橙色，说："童话在我的心中筑建了另一个世界，有太阳，月亮和星星，有驯良的马，活泼的狗，多情的蝴蝶，婉转的鸟，背着圆壳的蜗牛……它们温柔，快活，情意丰沛并充满了孩子气。我们一起爱这个世界，我们也彼此相爱。"她又将诗歌比喻为绿色，"当流水、季节、童年都走了的时候，我的感觉留了下来，和色彩、芳香、音律一起，步入我的青春。那些属于我的、分行的、长长短短的文字，像一只只水鸟，在我心灵的键盘上起起落落，将翩然翻飞的诗意定格成美的姿态。这样轻盈单纯的快乐，谁人不想？"而哲学，她断定是蓝色的，"它给我持续的、足够的警醒、反思和历练，让我在花花绿绿的文学梦里，不至晕头转向，不至过早的沾染功利、虚伪、自以为是的恶习，也不至透支自己的激情和天赋。哲学提升了我的理性，给我清冷的痛感，也给我恬静的幸福。"至于闲杂文学，她体会那该是紫色，"有时我把不同种类的书放在一起写阅读笔记……我一边写，一边依照我的理解，探寻它们的内在要素以及相互的关联，并与我的思考结论在某个隐秘之处汇合，彼此打量，心领神会。这是一种精神上的快意，有此积淀，文字便可以举重若轻了。"① 这样年轻的作家，对于满族族别文学未来的象征意义，是自不待言的。满族各个年龄层的作家、诗人们，会向她，向许多年轻的满族文坛新秀，送上去包含无限可能的期许。

当下满族出身的散文家，尚有邵燊、尹汉胤、赵正林等，也有颇多成就。

---

① 张牧笛：《心中的彩虹》，《课外阅读》2009 年第 7 期。

三

报告文学，又称为纪实文学，从前是一个比较难以在文学大家族内得到"认定"和正当"开户"的种类。其鲜明的纪实属性，曾被说成应当隶属新闻报道，与"新闻特写"同门。名正言顺地作为文学之一支出现，是比较后来的事情。

清代满洲作者便写过这类文字，依传统，也只是看作纪实散文罢了。而时至文学发展的现阶段，文学总体格局中承认了报告文学的"合法"席位，我们谈当下满族文学之际，也就不可慢待了它。

理由（1938— ）是中国报告文学苑囿中一员战绩显赫的骁将。《她有多少孩子》《中年颂》《扬眉剑出鞘》《希望在人间》《南方大厦》《倾斜的足球场》《痴情》《元旦的震荡》《香港心态录》等一批作品，都曾经名噪一时。

任何文学作品都需要用艺术魅力去打动人，而报告文学又必须以真实为生命线。理由选择的报告文学题材多出自相当切近的现实，为了赢得更广大的读者，一方面，他尽量选取社会生活中的焦点人物或焦点事件为内容，以火热思考轰击所述题目的核心，辨析揭示社会变革时代人物的心灵幽微与事件的内在要害；另一方面，他又坚持在报告文学渐趋"非文学化"的环境里，把牢自己的文学性追求，擅长借用小说等文体的写作笔法，让读者充分享受到报告文学阅读的审美快感。《倾斜的足球场》是他 1985 年第一时间突击完成的有关中国足球的作品，当年 5 月 19 日，国家足球队在万众激昂、众目睽睽之下，意想不到地惨败于香港队脚下，惜失仅差一步打进"世界杯"决赛的良机，酿成少数球迷失控肇祸。作家极富眼光地捕捉到场内场外最戏剧性最本质的事实痛加书写，且将犀利的笔端直捅相关人物的心理底线。他写中国队总教练曾雪麟临场指挥失策，而"他没有输给香港队却输给了自己和包围他的自己人。他的过失是由于他持有谦恭、谨慎、热情、温和以及我们所有人都一样称之的那种平凡的美德。"① 写中国队："我们这支球队，见了强队不弱，见了弱队不强，技术水平不稳定，心理素质差，这是一

---

① 理由：《倾斜的足球场》，载《扬眉剑出鞘》，人民文学出版社 2005 年版，第 269 页。

个方面；还有一个原因得从我们的人事制度上去找，用人都爱用听话的，听话都爱听好听的……"① 写临场观众："而一般球迷们的说法更为简单明了：难道上亿人派出的一个球队还打不过小小的香港队！这巨大的热情有着神圣的熔化力，一热俱热，一涨俱涨，使人沉浸在庄严神圣的幻觉之中。"②《倾斜的足球场》当初问世便得到广泛热读，而今将近 30 年匆匆又过，作家之提醒，仍有其深刻意义。

　　理由写人物的作品，多为正面讲述。他写功成名就的专家与"明星"，也难能可贵地去写整个社会极不关注的"小人物"。《中年颂》写的是毛纺厂的挡车工索桂清，同样把凡人小事间蕴藏的艰难与高洁描绘得感人至深。他的笔也用以勾勒开阔的社会场景。例如在香港确定回归祖国却尚未回归之际，他发表了《香港心态录》，通过对 8 位当地不同群体、不同来历的市民所作访谈，反映了重要历史时刻降临前大家对未来的纷繁猜测，亦凸现出这片异样人文、异样土地上绝大多数人们的拳拳"中国心"。

　　蒋巍（1947— ）是另一位报告文学领域的知名作家。《在大时代的弯弓上》《人生环行道》等，是他早期代表作，分别书写工业改革与私人情感两个遥不相及的话题。他中期与近期创作，触角更广泛伸向国内与国外、各行及各业、历史和当下、寻常情态乃至极端时变等，完全不设限制自己施展的空间。这是一位血热的、敏健的作家。新世纪初，国内多处频繁出现灾异现象，年逢花甲的蒋巍了无歇息，仅 2008 年内，便先后深入冰灾围困的贵州与大地震后的四川，及时写出中篇《2008——中国的春天》和长篇《撬动历史的杠杆》两部报告文学。随后，他又马不停蹄地钻进贵州境内的十万大山，以当地帮扶贫困民族"春晖行动"——海内外黔籍人士支援故乡建设——中间各项义举为切入点，撰写了新书《灵魂的温度》。该书以滚沸的情感，高声歌赞"春晖使者"们热恋家乡、反哺故土、大爱无疆、回报桑梓的传统美德。谈起这部长篇报告文学的写作，蒋巍说：常到生活深处走走，到深山老林里的百姓中间走走，其实是激昂生命、激荡热血、激发活力的一种好方式。那可以证明你的血还是热的，你的生命还有八面来风……近年间，蒋巍夫妇还通力完成了另一部厚重作品《中国女子大学风云录》。创作

---

① 理由：《倾斜的足球场》，载《扬眉剑出鞘》，人民文学出版社 2005 年版，第 266 页。
② 同上书，第 260 页。

缘起于一个偶然的过程，二位作者得知当年延安曾经有过一个"中国女子大学"，成百上千的女青年和长征走过来的部分女战士在那里学习、工作。而她们的这段历史竟长期无人翻动。于是，一项旷日持久的探踪寻访和档案阅读由此开启。据蒋巍介绍，当事人们均已年入耄耋，在断续说完她们的故事后，许多人便溘然长逝，但她们的青春身影、悲壮故事、历史见闻，却终于被挽救下来，展现出来。《中国女子大学风云录》里近百名资深女性革命者的珍贵回忆，教人读到一种久违了的、由别样"花季"生命所谱写的精神找求。

《发现伍连德——诺贝尔奖候选人华人第一人》是一部在晚近期间科技界引起轰动反响的纪实文学著作，作者礼露（拙著前章在谈论满族题材诗作时提到过）。这位女作家曾为 2003 年那场 SARS 瘟疫所击中。拖着勉强"病愈"的虚弱状况，出于对自己疾病的探求，她从各种渠道遍索相关的疫情资料，无意中，竟发现一个久被岁月尘封的名字：伍连德。伴随女作家对这个名字的好奇心愈益加重，她几乎惊倒：这是一位历史上做出何等重大贡献的杰出医学家和伟大爱国者！

2010 年，《发现伍连德——诺贝尔奖候选人华人第一人》出版，对这位第一个获得剑桥大学医学博士学位的华人、中国现代医学先驱者、20 世纪前期国际防疫界泰斗、对中华医学有过非凡建树的科学家、实践家，做了多角度的重新展示。伍连德一生中最辉煌的成就，出现在清末 1910 年冬，年仅31 岁的他，奉命前往烈性传染病急速蔓延、万条生命已被吞噬的哈尔滨，领导了一场有效扑灭人类此前尚未遭遇及认识的"肺鼠疫"疫情……此外，他还是迄今最权威的中华医学会的创始人与首任会长，是载誉国际的北京协和医院的参与创办者，是今天北京人民医院、哈尔滨医科大学等国内数家医学临床与教学单位的创始人，是华人世界第一位诺贝尔奖候选者。该书的每位读者，无不像作者当初一样，为伍连德这个不该被遗忘的名字所久久震撼。

女作家礼露本有足够的能力和文采，独立撰写这部书稿。不过，为了让读者分享更确凿的历史感、说服力与厚重性，她采用了两套方式加上两种笔墨的叙事策略。两套方式是，除书中主干部分"第二部 伍连德博士行迹录"由礼露自己撰写外，"第一部"（启动铺垫部分）"当发现成为集体行动"，和"第三部"（追加印证部分）"发现者札记"，则由作家或约请或征引相关人士（也包含自己）来做纷纭叙讲；而两套笔墨是，主干部分"第二部 伍连德博士行迹录"是调动几近"纯新闻"式的力戒议论、力戒抒情的客观表述姿态，来审慎而精准地交代伍连德及其贡献，作家将她盈满文学及其情感特征的书写，放在此外的部分来表达。

> 迎着夕阳，我们走出编辑部，我听到学信轻声问：伍连德的文章，怎样了？我说基本可以了，有一万多字，又找到好些好照片，标题初定《中国现代医学先驱——伍连德》，随时可以发稿，可以5月号6月号连载。
>
> "不发了吧，好不好……"他嗫嚅着。
>
> 我站住了，不相信自己听到的。
>
> "不行。一定要发。我可以离开。这篇文章一定要发！"不是乞求，是在命令。接着我将了他一句：学信，你不用怕！你怕什么？
>
> "我怕什么！"他将"我"字说得又重又长。
>
> "……好，定了！发五月号。连载。"①

女作家抱病完成了其第一篇较长篇幅调查、介绍伍连德史迹的文章，不想却因对所供职杂志社其他工作的忽略，遭到单位最高领导"劝辞"，连本已拟定的自家刊物连载此篇文章的计议也将废止。这是女作家告别编辑部前，跟她的顶头上司、原本理解支持她的朋友、编辑部主任王学信的对话——完全是小说笔法。从这里，还可以看到报告文学《发现伍连德——诺贝尔奖候选人华人第一人》的再一个特点，"发现伍连德"事件的当事人即女作家自我，亦成为作品中角色之一，其当时的抑或可以说是代表着读者"发现"愿望的情绪与立场，也被高度地烘托出来。

理由、蒋巍、礼露作品风格颇异，可有一点是相近的：他们都把关切的焦点，定格在中华民族文明进步的时代诉求上，定格在人类健康发展的普世价值上。作为族别文学之一的满族文学，非但不会因为这样作品未写出本族群特点而自增惭怍，反倒认为这是自身的光荣。

满族较有影响的报告文学家，还有马成翼（代表作《地火天光》和

---

① 礼露：《发现伍连德——诺贝尔奖候选人华人第一人》，中国科学技术出版社2010年版，第18页。

《当代茶圣》等）、周建新（代表作《飞天骄子——杨利伟》等）、谭杰（代表作《天道》和《厚土》等）。

三

满族本是中国大陆上的一个少数民族，然因种种历史因素，一个多世纪以来，其后裔流布到香港、台湾地区乃至于亚洲以外各国家的，也不是很少。下面，就来谈一谈在中国大陆之外的满族文学家们。

赵淑侠（1932— ）与赵淑敏（1935— ）姊妹俩，都是在国际华文创作界闻名许久的文学家。二人祖籍黑龙江省肇东县，青少年时期随家庭迁居台湾。之后赵淑侠赴欧洲留学，定居入籍于瑞士；赵淑敏则在台湾就任教授。他们的母系为满洲叶赫氏族，自幼受过良好的满族家教，且成年后皆愿以满人身份自视。①

赵淑侠，是欧洲华文作家协会创始人暨多届会长，并担任世界华文作家协会副会长等职，长期活跃于海外华文文学界与文化界。自40岁方才投身文学创作，却已有《我们的歌》《落第》《春江》《塞纳河畔》《凄情纳兰》《赛金花》等长篇小说，《西窗一夜雨》《当我们年轻时》等短篇小说集，《故土与家园》《文学女人的情关》《紫枫园随笔》《异乡情怀》等散文集，不断面世。她的书写，以"浪漫写实"著称，在题旨选取、意向表达、境界营构和文化涵盖诸方面，不但有着传统的承继，更有独特的建树。

　　唱啊，我的同胞／唱我们的歌／中华民族五千年的文化／开出鲜丽的花朵／孕育出自己的声音，自己的曲调，自己的歌／……我们的歌，是我们灵魂的呼号／是我们民族的标记／是我们的骄傲和光荣／我们的歌，让我们记住我们是母亲的孩子／让我们不忘是中华儿女／让我们愿做炎黄子孙／我们的歌，让我们勇敢的承受，千百年来的内忧外患／让我们认识欢

---

① 台湾及海外华文写作名家中间有满族家庭背景者良多，例如柏杨、李敖以及长篇小说《巨流河》作者齐邦媛等；拙著之依据乃作家个人明确的民族身份选择，而不以是否具有相关背景或者本人偶尔表达为凭。

乐和苦难/让我们挺起了背脊，在狂潮逆流中屹立如山……①

上面这段文字，是《我们的歌》中由女主人公心底唱出的歌。"追寻民族根，寄托游子魂"，是赵淑侠笔端表述最为集中的思想主题。深深的故国怀思和高扬的民族忧患意识，于其代表作中俯拾皆是。小说《我们的歌》塑造了余织云、江啸风等一批负笈海外，在欧风美雨强烈冲刷下，克服多重艰辛，满怀振兴民族憧憬，终致学业有成的华人青年形象。

赵淑侠还从自身遭遇跟心灵积累出发，痛切摹述了20世纪后期华人"新移民"在西方社会身处无根、文化无着的飘零情态。长篇小说《春江》和《塞纳河畔》，展示来自中国的留学生坎坷苦闷的精神之旅，以及他们相近的来历和多向的去路。赵淑侠更以许多散文，凸显了去国离乡的海外赤子们，萦绕毕生的"中国情结"。"无根一代"的殷殷乡愁，是她这类作品中最能拨动读者心弦的地方。通过这类作品人物的精神和言行，也分明地诠释着"中华一家，血浓于水"的坚定理念。

《凄情纳兰》，是写清代词人纳兰性德的长篇传记小说。赵淑侠说："我本人有一半满族血统，母亲出身于松花江流域的叶赫族正黄旗。满族出了纳兰容若和曹雪芹这两位中国文学史上光彩夺目、才华横溢的文学家，满族后裔引以为荣。我虽没受过母亲那样的满族高贵人家的文化教育，没有琴棋书画方面的造诣，但也读过一些满族的历史，对纳兰容若的名字绝不陌生……"②她对之前读到的几部有关纳兰的著述不甚满意，便找来大量有关清初社会、政治、皇室生活，以及与纳兰经历有关的资料，足足看了八个月。作品主人公特别的人生际遇和他凄清的性格持有，在女作家那里都得到了深入刻画。

《赛金花》是她推出的另一部历史题材长篇。对赛金花这一饱受社会争议的清末女性，赵淑侠重点挖掘她特殊时代下面复杂性格生成中间，刚强、坚毅，不向命运让步的心理定式。其书写倾向上亦透视出女作家的精神站位。

常年生存在西方社会氛围中间，赵淑侠的笔下扩充着中、西文化的张

---

① 赵淑侠著，金宏达、于青编：《赵淑侠文集·我们的歌》，安徽文艺出版社1997年版，第149—150页。

② 赵淑侠、陈贤茂：《海外华文文坛的独行侠——赵淑侠访谈录》，《华文文学》2010年第1期。

力。她热爱中华，依恋故园，却又有乐于辨思、包容多重文化的优长。她认为，在这不同文化的联系与迥异中，使之互容互谅、取长补短、去芜存精，可能产生一种新的精神。"这种新的精神，正是我们这些居住在欧洲的华文作家们，写作灵感和题材的源泉。"①

赵淑敏，比起姐姐赵淑侠，倒可以说是早慧的作家，15 岁就发表了处女作——散文《落叶》。她是历史专业的教授，撰写过《中国海关史》《厘金和关税自由》《清代的新制海关》等学术著作。然而她在文学创作上的成就，仍不输姐姐半分，迄已发表的各类作品已经超过 20 部，包括散文集《属于我的音符》《乘着歌声的翅膀》《多情树》《采菊东篱下》《水调歌头》《短歌行》《生命的新章》，短篇小说集《高处不胜寒》《惊梦》，长篇小说《松花江的浪》《恋歌》，以及与赵淑侠合作的长篇小说《寻根》，等等。

她的散文很有读者缘分，其中的情感色彩异常丰富，亲情、友情、民族情、祖国情，无不被她刻绘得真挚宛然、淋漓尽致。她的集子当中，写到父女、母女、姐妹、夫妻情感的篇什颇夥。

> 有时候想，很多年了，一种习惯总是不改，很多年了，某种喜好也总是不改。延续着这种习惯或喜好，生命是没有界限的，时间的痕迹被悄然弥合。我会在模糊中看见已经逝去的亲人或朋友，我会在音乐和雨的和声中感受到一种臆想的场景。它如此美妙而又温情，像久远的恋情又回到你的身边，生活的美到底在那里，我总在自己无边的激动中发出感慨。②

爱国情愫，是赵淑敏作品流淌不尽的精神泉源。《心桥》《重庆精神》《我是中国人》《明天的希望》一类单篇，真切记录了作者毕生不移的爱国志、中华情，读到令人动容。《我是中国人》讲述过往海外旅行的感受，每到一地总被误认为是日本人，教她郁闷与愤慨，她想做个光荣的中国人，却不能不正视唐人街上那一张张漫不经心、恓恓惶惶、风霜满面、麻木不仁乃

---

① 沈振煜、吴奕锜：《"一次超越了本身意义的学术会议"——"赵淑侠作品国际研讨会"综述》，《华文文学》1995 年第 1 期。

② 赵淑敏：《言秋》，《北方作家》2010 年第 3 期。

至愁苦沉肃的同胞面孔，"踏踏那里的土地，吸吸那里的空气，仿佛会感到血液激荡脉脉相通的震动。令人沉重不快，可是就有那样的感觉……"文章结尾她说："在异域巡行数万里，十一万九千六百分钟，没有一分钟忘记自己是个中国人！要做个不带一星霉气困色的体面中国人！"①

赵淑敏的短篇小说，两性婚恋题材居多。作家的女性社会立场和反对男性霸权的价值表述，是十分明朗的，对于台湾的传统宗法文化的反思及揭露，也是切中要害的。

长篇小说《松花江的浪》，是赵淑敏对中华民族抗战文学的奉献，在女作家的写作生涯中占重要位置。东北沦陷之际，赵氏家族已漂泊关内，且作者年纪尚小。但她对故乡热土松花江畔当年那场民族灾难，以及中华儿女愤击外寇的历史风云，却须臾不曾忘怀。当她终于在文学和历史学两个领域均扎下根基之后，便启动了这次特殊的书写。故事发生在"九·一八"事变前夜，到抗战胜利在望的十多年间，以小说人物金生之经历为线索，铺展了从东北到内地广阔的抗日场景，为了重点体现所要讴歌的中华意志和"东北精神"，尤其加强了对人们心理与情感的描摹，使作品平添了浓重的"心史"蕴味。值得注意的还有，小说塑造出中华民族"文化人"的代表性人物高铁屏，其忧思天下、勇于承当的献身精神，给中国抗战文学加入了一笔不该缺少的书写。

纪刚（1920—　），在台湾和海外华文读者中间，也是广受爱戴的作家。他本名赵岳山，祖籍东北辽阳，早年学医并一生悬壶。1969年，年甫半百，蓦然出手一部长篇小说《滚滚辽河》，立时于海峡对岸引起轰动效应②。

抗战初期，纪刚年仅17岁，便慨然献身民族救亡洪流，加入"重庆系"地下秘密组织"觉觉团"，与日伪统治进行了8年的殊死斗争，甚而被捕系狱犹不敢稍减斗志。《滚滚辽河》即是以作家本人当年从事的斗争生活为蓝本，完成的一项抗战文学大型叙事。"我之所以要写这本书，记录下当年种种铁的生活，火的情感，血的工作，目的就是要让我们这一代、我们的下一代乃至我们的世世代代，不能忘记那个充满屈辱的时代，那段淌着血和泪的历史；不能忘记在那个时代、那段历史中为民族献身，为国家流血，为信仰

---

① 赵淑敏：《我是中国人》，载《台湾散文选》，人民文学出版社1979年版，第43、46页。
② 该作问世后，在台湾地区持续畅销30余年，创下了连续60多次印刷的记录。

牺牲的一代热血青年。"① 纪刚曾经如此倾情地谈到自己的这一创作。

"颈上头颅任君取,冲霄壮志万古存。"当日寇铁蹄肆意蹂躏中华河山之际,东北大地上的不屈儿女们是如何决死抗争的?《滚滚辽河》以其最骨肉饱满的故事,向人们做出最真实客观的交代②。纪刚、罗雷、伊正、仲直、宛如、诗彦、心竹……民族危亡关头一群挺身而出、纵横出没的热血青年,通过作品描写,神态坚毅地向读者走来。其实,这批可爱的青年人,也同任何时代的青年人一样,每个人都有他自己的情感依恋、个性追求、生活情趣、人生志向,然而在作家笔下,他们却为了"天下兴亡,匹夫有责",放弃了一切个人意念,甘愿牺牲,九死不悔。

《滚滚辽河》具有作者自传体的文学性质,其主人公与作家笔名相同,连书中那么真情宛然写出的青年主人公与两位女友——宛如、诗彦——先后产生的情感纠葛,都有十足的现实原型。一方面,是民族利益高过一切,另一面则是血性男子及性情中人,为了效忠的崇高事业,而不得不舍弃一己情感。"生命写史血写诗,革命误我我误卿",小说反映了一代民族骄子,痛别昔日纯真爱情的悲悼心绪。

小说文笔流畅,结构严谨,叙事从容,情节富有戏剧性和惊险度,却丝毫不见一处流俗之墨。作品异常厚重的创作主题,皆借助于丝丝入扣的人物刻画和事件讲述来达成。

20世纪末,台海两岸的政治封禁渐见冰释,《滚滚辽河》及其作者重返故乡,大陆读者也便得以读到这部现实主义力作。1995年,东北地区的一家出版社,出版了《滚滚辽河》长篇小说的大陆版:《葬故人——鲜血上飘来一群人》。

纪刚晚年移居美国。尚撰有《诸神退位》和《原来如此》等文化随笔著作。

林佩芬(1956—),女,为台湾历史文学写作名家,有《努尔哈赤》《天问——明末春秋》《两朝天子》《辽宫春秋》《西迁之歌》和《故梦》等多部长篇小说,先后在海峡两岸出版。

努尔哈赤,无疑是满洲史册上最光辉的名字之一。他是垂范后世的民族

① 参见《葬故人》,http://book.douban.com/subject/1431977/。
② 作者甚至证实,书中情节99%均属真实,仅结尾处主人公狱中的故事细节是出于艺术编织。

英雄，是激励民族来者自强不息的精神力量。遍访今日域内，满族人对努尔哈赤的景仰崇拜，依然如故。20 世纪 80 年代，当历史题材电视剧形式刚登上大陆荧屏，便有辽宁籍满族剧作家俞智先领衔创编了 16 集的电视连续剧《努尔哈赤》，颇为观众喜好。无独有偶，在海峡对面，女作家林佩芬，也开始了长篇《努尔哈赤》"马拉松式的"撰写工程。

林版《努尔哈赤》全书共六卷，依次为《上天的儿子》《不死的战神》《苍鹰之翔》《巍峨家邦》《天命皇帝》《气吞万里》，凡 120 余万字，创意于 1981 年，初命笔在 1985 年，总体完成于 1999 年，历时 18 年。它是一部框架恢弘的制作，选取明万历十一年到天启六年（1583—1626）前后 43 年的历史，以广阔社会生活为场景，以错综的民族矛盾、社会矛盾为依托，大开大阖，浓墨重彩地描绘出女真族天才的民族英雄努尔哈赤，以"十三副遗甲"起事，逐步成长壮大，经连年征战配合实施政治策略，统一女真各部，建立新生的"后金"政权，进而以"七大恨"告天出师伐明，进取中央政权，这个遍布艰辛与辉煌的历史过程。努尔哈赤是全书中心人物，小说以其青年时代风雪夜奔、举旗复仇开篇，以其英雄迟暮壮志未酬、抱憾辞世收尾，显现了他壮怀激烈的斗争生涯，勾勒出他刚强的个性、非凡的胆识、缜密的思维、超人的耐力和博大的胸襟。

在长期斗争中，努尔哈赤置生死于度外，身先士卒喋血搏杀，在非常关头展示了军事指挥和政治运筹的天赋。在扭转全局力量对比的"萨尔浒大战"中，面对十倍于己的明军四路包抄，他冷静地制定"凭你几路来，我只一路去"的作战宗旨，以集中优势兵力各个歼灭敌军的战略战术，短时间风卷残云地聚歼强敌，创造了人类战争史上的奇迹。为统一女真进取大明，他用汉人"水至清则无鱼，人至察则无徒"的哲理自勉，将数十年跟随自己南北征战的"五大臣"视为股肱手足，在刚刚称帝领受万民欢呼时，也对臣下的忠谏从善如流，对可以感化为己所用的人才，哪怕是射伤过自己的俘虏，要暗杀自己的刺客，均宽容义释……他以穿越历史的远见，创建、完善"八旗制度"，倡导满文创制，刚柔相济地安抚蒙古诸部，招徕各族人口强大自我，为未竟事业日后加速走向成功奠定基石。小说刻画了英雄的内心世界与所作所为，对人们了解这位在中华历史上产生划时代影响的人物，很有裨益。

《努尔哈赤》不是单线条描述英雄人物斗争道路，作品通过观察努尔哈赤时代缜密交织的社会经纬，印证和阐发其历史性思辨。作品投入大量篇幅刻画发生于明王朝内部，乃至蒙古诸部落，以及朝、日之间的各种事件。非努尔哈赤身边的故事，不再作为张扬主人公业绩的副线而无关宏旨地存在，而是通过彼此对应展示，使人读出，在同一时代背景中，各方政治力量因因相袭、此消彼长，从而揭开潜伏于社会演变深层的历史殷鉴——兴替由来岂瞬间。正如唐人杜牧《阿房宫赋》所言，当日强秦实非他人所灭，而是亡于自身的不检点："秦人不暇自哀，而后人哀之；后人哀之而不鉴之，亦使后人而复哀后人也！"

林佩芬期许她的小说成为既往历史的文学描述与文学诠释。她所启动的是艺术的笔法与样式，相当重要的行为目的则在于要以当代人富于哲思的眼光，重新审视明清之际动荡年代，做出与史实对位的检讨，为人类不断续写的历史，留存一份"忧思备忘录"。

晚近发表的《故梦》是林佩芬另一部厚实的作品。小说以自己家族史料为依托，表现了一个旧时满洲贵族家庭自清政息影以来，百年间的沧桑蜕变。这一家庭的祖孙三代，遭逢曲折，故事百端，时而大陆，时而台岛，"眷恋故土、中华至上"那颗永不退色的民族心，却始终如一坚贞可感。作家唐浩明曾就此作指出："其写作风格，与她的历史小说一脉相承：大气、细腻，只不过历史小说呈现的是大气中有细腻，而《故梦》则是细腻中见大气。"①

唐鲁孙（1908—1985），是享誉海内外的民俗题材作家。乃清末贵族出身，是珍妃与瑾妃之堂侄孙。1946年到台湾并在那里度过后半生。他对老北京风俗、掌故及宫廷秘闻了如指掌，年轻时游遍各地，见闻宽详。1973年退休后，凭着对大陆往事的浓郁情思及超强记忆，写出许多真切表达旧日生活趣味的随笔，而其中犹以诸种"美食"详解尽释著称。出版有《什锦拼盘》《天下味》《说东道西》《老乡亲》《故园情》《南北看》《中国吃》《大杂烩》《老古董》《南北杂碎》等文集。

老北京的宫帏市井、风土世情，在唐鲁孙笔下，无不摹绘得模是模样是样，叫人如临其境，如触其形；而国内各地之五行八作三教九流，他也能叙讲得根柢明细、触类旁通；最是这位自称"馋人"的作者，可以如数家珍般地接连写下上百篇美文，漫谈中华古今之南北大菜、荤素珍馐、佐餐佳酿、

① 唐浩明：《故梦·序文》，载《故梦》（上），广西师范大学出版社2009年版，第4页。

风味小吃……直赢得一个"侠有金庸，吃有鲁孙"的美誉。

　　台湾的资深名笔陈纪滢，谈起唐鲁孙时说："在我未晤教以前，早已料到他是北平人无疑，是美食专家可信，是历史学者无误，而其记忆力之强，举今世同文无出其右。他涉猎之多，更非一般人可比；他足迹之广，也非写游记的朋友们可望其项背。""鲁公不但是北平人，而且是旗人，是旗人中的'奇人'。"①

　　"美食家"唐鲁孙的个性化书写，甚具价值——世间每议老式旗人，总好给个"吃喝玩乐游手好闲"的褒贬，但唐氏向非游手好闲之辈，却因一生"性馋"且有上佳记性、上佳文笔，为世间留下了太多中华餐饮文化等方面的史料。随着祖国餐饮文化和餐饮产业的日后开发，唐鲁孙此类随笔的珍贵，还会越来越获得彰显。满人的某些文化持有，在乱世则未必被人看好，乱世过后，便有可能愈益值价。

　　关于晚年书写的作品，唐鲁孙坦言："自从重操笔墨生涯，自己规定了一个原则，就是只谈饮食游乐，不及其他，以宦海沉浮了半个世纪，如果臧否时事人物，惹些不必要的啰唆，岂不自找麻烦。"② 这点儿倒是很有几分满人气质。

　　　　北平照一般吃食的习惯，都得按时当令，颇得孔老夫子所谓不时不　　食的真谛。不是三月初三，您买不着太阳糕；不到重九，想吃花糕也不　　太容易；抗战前不交立秋您想吃烤肉也没有卖的；至于糖炒栗子，不过　　白露，也没有哪一家敢提早应市！③

　　　　饺子有蒸煮之分，所以煮的叫水饺，蒸的叫蒸饺。满洲人管水饺叫　　煮饽饽，黄河两岸有的地方叫扁食，最特别的是山东莱管煮水饺叫"下　　包"，外乡人初履斯土，听说"下包"时常被弄得莫名其妙……包饺子　　又叫捏饺子，饭馆做的多半跟家庭包法不同，叫"挤"，一挤一个，手　　法非常之快。北方还有个老妈妈论，三十晚上包饺子、接财神的时候无　　论男女老幼，都要包上两三只。说是包几只饺子，可以把小人嘴捏

---

　　① 陈纪滢：《酸甜苦辣咸·序》，载唐鲁孙《酸甜苦辣咸》，广西师范大学出版社2004年版，第4页。

　　② 唐鲁孙：《何以遣有生之涯》，《酸甜苦辣咸》，广西师范大学出版社2004年版，第8页。

　　③ 唐鲁孙：《桂子飘香·栗子甜》，《酸甜苦辣咸》，广西师范大学出版社2004年版，第17页。

住，可免小人胡说八道，招惹些是是非非出来。财神饺子里面要包小钱，恐怕饺子捏不牢，破了会漏财，于是财神饺子都捏上花边，虽然费点事，可是绝不至于饺子咧嘴散馅儿漏财。①

随便选出上面两段叙述，满宫满调京腔京韵的语言，加上道道地地的故园风习，敢是真的要让不少别井离乡多年的老读者，一掬怀土之泪了。

20世纪70年代中期移居香港的女作家杨明显（1938—　），也以"京味儿"叙事闻名。1978年她发表处女作小说《程爷爷的故事》，即被媒体誉为"纯北京风味的有趣小说"。其后，撰写了长篇小说《姚大妈》和散文集《城门与胡同》，均得到好评。年近花甲的时候，她再次乔迁到了澳洲。

> 有次课间休息我站在校园矮矮的围墙外面，看见一个六七岁的亚裔小男孩儿，孤零零的一个人靠在树下低着头用脚尖儿踢地上的青草。试着用中国话和他打招呼，他一听高兴地跑过来。我问他为什么不和同学一块儿玩，他满脸委屈的样子说：
> "我才来四个多月呀，哪里会说那么多的英文！我都说不来，不来了，他们一定要把我接过来，在上海和外公、外婆多好，还有那么多的小朋友……"
> 看见他快要流泪的样子，我把手伸过去和他紧紧握住……②

身在海外的满族作家，写也写不尽的，除了乡情，还是乡情。

---

① 唐鲁孙：《吃饺子杂谈》，《酸甜苦辣咸》，广西师范大学出版社2004年版，第22页。
② 杨明显：《问候》（http：//gb.chinareviewnews.com/crn－webapp/cbspub/secDetail.jsp？bookid=1304&secid=1644）。

跋

现在，有关满族书面文学流变的阐述，该做些简要的抽象了。

1

中国的满族文学，是满洲民族亦即满族历史及文化的依托与载体。满洲民族问世于 17 世纪之东北亚，始终是中国境内的一个少数民族，始终是与中华主体民族汉族之间，存在近距离社会交流与文化互动的民族。我们对它的文化、它的文学的全部认知和诠释，都不应离开这一基本看法。

2

满族文学以及作为其背景的满族文化，是一个由古至今的客观现实。满族存在一天，满族文学就会存在一天。在中国的总体文化语境下面，边缘族群同主体族群的接触交流，是迟迟早早都会发生的事情，满族不过是在历史的晚近过程走先了一步，走快了一些。满族文学这种走先了一步，走快了一些的少数民族文学，向人们提供了诸多如何与主体民族原本比较发达的文学交流互动的、正负两面的经验教训。

3

满族问世之时，文化的原始色彩浓郁。本民族文字的创制，本该较大地弥补它的薄弱，却没有能够充分发挥作用。该民族政治军事的迅猛崛起与疾速进入中原，没有给自身文化的长足推衍留有充裕时间。全民族倾巢进关，政治利益上的巨大攫取，跟文化库存上的大幅流失，几近同步，亦自是宿命。满语满文与满族间的彼此乖违，是满洲民族的莫大损失。

4

文化自救是任何民族都葆有的本能。面对文化上的"灭顶之灾"，满洲人使出浑身解数顽强自救，力争在万千围困当中蹚出一条生路。胆识和聪敏帮了他们不少忙，他们在相当大的程度上拜别了自身的原生态传统，又创造出来一番气象独具的次生态传统。单就满族文学而言，"后母语阶段"的满族文学，借海扬帆，居然取得了许多不可思议的成就。民族文学界常用满族及东西方其他一些民族的例子来证实，一个民族的文学，未必一定得全靠母语书写来打造。

5

满族文学，包括口承文学与书面文学两个组成部分。在先民只有口承文学而不具备书面写作能力的岁月，曾经创造了琳琅璀璨、神奇摇曳的民间作品。而后代们一俟闯进书面文学领域，他们优先从前人那里继承的，乃是在艺术世界驰骋想象的超常能力，与全民酷爱大型叙事作品的审美定势。中外一些民族确有后代作家喜好从先民口头创作来翻新原有叙事题材或者故事原型的情形，满族书面文学中这类作品却并不多。有论者以为这颇可说明满族书面文学创作与民间文化遗存是脱节的，甚而判断满族书面文学是他民族文学的延伸演进，是不准确的。民族文学从民间口头蜕变到作家笔头，历来就有"形似"与"神似"之分。升华后的作家文学与本民族民间文学的"神似"，大抵是更高境界。

6

对博大精深、美轮美奂的汉族文学，满族的优秀作家们多半有个"醉进去"然后再"醒出来"的二度蜕变过程。不管是本能为之，还是能动打造，满洲民族早期进入汉文书写状态的一些诗人和作家，没用很久，便陆续找到了真我，回归了自我。艺术上真我与自我的显现与守望，标志着满族文学自我救赎行动的告捷。满洲入关之初粗犷豪放、胸臆阔大的朔方文化精神，"以自然之眼观物，以自然之舌言情"的"未染汉人风气"的美学价值，是这种成功的端倪性展示。

7

清代前中期的满族书面文学写手，大多是来自民族上层或中层的知识分子，只有到了后期，少量下层知识分子才有机会跻身于书面创作格局。不过，诗画琴棋与吹拉弹唱，这有着文野差异的两类艺术实践，于有清一代，却未能成为贵族大宅门与小户穷旗人之间云程相阻的不同娱乐消遣方式。满族文化存在着内部的整合态势，进入和平年代以后，困坐愁城没有人身自由的八旗子弟们，将生活逐渐文化化、艺术化，渐成具有整合态势的满族"次生态"文化的总体特征。

8

清代满族文学业已形成一系列独特艺术选项。深刻的社会批判，是其中比较引人注目的特色之一。满洲贵族本是一个由共同利益维系而成的统治集团，然而集团内部各种矛盾造成的不稳定性，时常会令某些失势者去到历史的夹缝间惨淡生存，宠辱浮沉的家世变迁，使他们清醒地觉察出带有社会本质性的矛盾，从而或委婉或激烈地书写出来。这是人们在历代文学当中较少看到的部分，因而也是满族文学较为珍贵的部分。

9

文化上面的沧桑嬗变，亦是满洲民族于清中期之前的突出感触。文化反思因之在民族菁英阶层渐趋形成，并在一些文学巨匠的笔下被出色地模拟展现。从近古到近代，到现代，再到当代，满族文学自身包蕴的文化自醒、文化反思、文化批判，比中国境内任何民族的文学，都来得要更加鲜明与更加持久。将这一点视为满族文学的传统优势，已无非不可。

10

八旗制度，是清代满洲民族内部长期坚持的社会体制。对这一独特民族的独特体制，师法现实主义写作原则的满族作家们，有许多近距离的真实记录。他们描绘了为中华古国开疆拓土、建功立业时期八旗将士的壮怀风貌，也反映了"八旗生计"问题日益严重给旗籍族众带来的困厄与潦倒。在满族作家那里，"成也八旗，败也八旗"的历史殷鉴，被揭示得最为准确。

11

国家至上，曾经是满洲民族的不二信条，自古至今，满族文学的优秀作品，一以贯之地激荡着忠贞爱国的雄浑心律；而关注民瘼，也是许多饱含良知的满族作品反复宣示的题义；至于对传统伦理道德苦心孤诣地守候，既是满洲民族崇尚自尊、守护名誉的核心价值所在，又是该民族作家文学写也写不完的题目；还有，敬爱长辈、恪守亲情、扶弱助贫、行侠仗义等利他主义的处世方式，更是一代又一代满族作家戮力褒奖的社会内容……有人说，读满族作家作品，最易体会什么是古典情结。

12

满洲是个从白山黑水大自然中走出来的民族，历史上长期信奉原始宗教萨满教。后来，萨满教不再作为该民族的显性宗教信仰，其笃信万物有灵与敬畏大自然、师奉大自然的精神意念，却仍在心底潜移默化。不但在阅读清代满族作家作品之际人们还会与这样的意念不期而遇，连满族当代作家的叙事和抒情，也依旧还有它的清晰烙印。传统文化的作用力，有时会让满族作家，不在外表而在心理上，成为另一类型。

13

满洲及其后代，是十分重视自身民俗原则的一群人。他们跟许多民族的成员一样，只有生活在自己的民俗氛围里才感觉舒服，他们的作家也因而成为特别关注民俗事象的书写者。满洲传统民俗当中有许多内容，都是作家们依依眷恋、百书不厌的。就拿他们是多么强调自己的女性观来说罢，礼让女性、"重小姑子"、"重内亲"之类的故事，每每见诸笔端。从中国主体民族宗法观念的传统立场放眼，满人的女性人物书写，不仅仅是奇特而已。或许，满族传统的女性观念，更易于与现代人文精神接轨。

14

除开满族文学在上述主题选择和理念表达方面的别出机杼，满族书面文学的艺术调式，也有不少"重砌炉灶"的地方。头一宗，就是满族的作家们通力营造了让汉语文学告别艰深晦涩罗网，走进大众欣赏层次的新天地。满洲人喜欢文学，却不喜欢教自己费许多气力也读不懂的文学，他们出于自己的文学层次与文化气质，编织成一把切近自我需要的艺术"筛子"，存己之长、弃己之短，教通俗、晓畅和易于表现日常生活面貌的东西，优先进入文学殿堂。在他们的观念里，艺术只有做到雅俗共赏，才是上品。只顾高雅炫耀艰深而不让老百姓看懂的艺术诉求，则一向为有眼光的满族文学家所不取。

15

清代的北京城，是满族文化的大本营。在初步学会习用汉语表达之后，满洲人竟别出心裁地改造起京城汉语来。到满族进关百年左右，旗人嘴边新颖别致的"京腔京韵"已现雏形，自此，满洲作家及诗人们更是操起这种鲜活灵便的市井语言，大步疾进。清代的满族书面文学制作，大多出现在京城旗人当中，至清末时节，"京腔京韵"大放光彩，该民族的作家文学，已经成为生动、悦耳的京味儿方言最真切、最可靠的范本。满族文学与清代居京旗众一道，在奠定日后京语"普通话"地位的过程里，功不可没。

16

清代八旗制度酿成的人生苦酒，造就了旗人们与众不同的心性。旗族内人人都是皇家奴隶；外人面前他们又是"统治民族"的"人上人"。刚强—达观—散淡—诙谐，在特殊环境中沉淀为民族的精神习尚。民国年间满族的不幸，又把这种习尚推向极限。"苦中作乐"的满族，把他们的幽默性情灌注到作家笔端，使困苦命运下的韧性心态提纯为满族式的幽默艺术。满族作家的幽默艺术在许多场景中难为社会所认同：中原传统的书面文学一向坚守"文以载道"原则，后来更要求"为政治服务"，故而排斥满族作家的幽默调式。不过，好在艺术的真金子总不怕被发现得太晚。中国文学对幽默话语的重新捡拾，里面自有满族的突出贡献。

17

满族的书面文学因为大量运用汉文书写方式，所以自来便不是一个密闭的系统。它是伴随中国清代以降的历史而展开的，领受了时代风云的充分赠予，也直接参与了中华精神文化各阶段的积极建设。作为一种族别文学，满族文学具备着开放的性格和宽容的襟怀。海纳百川，有容乃大。为了成就自身的成熟品格，它随时汲取着八方营养。敞开胸襟，不拒绝学习，非但没有因此丧失了自己的艺术传统，恰恰相反，它的文学艺术传统还被确认是中华多民族文化中颇具价值及魅力的传统之一。满族文学，是在国内不同质地的民族文化彼此碰撞与互动中形成的。没有自我的魂魄，与没有向文化先进的汉民族学习，对满族文学的成长与成熟，都是不可以想象的。

18

自从满文创制出来之后有人用它来书写带有文学色彩的史学著作起算，差不多四个世纪过去了。而由首位满洲诗人用汉文写诗到如今，也是三个半世纪还要多了。回眸来程，不管是"扁舟孤进"的母语书写也好，还是"借海扬帆"的汉文制作也罢，满民族的书面文学所积淀起来的全盘成就，已经不再令世间小视。通过拙著各章各节的粗略梳理，满族作家文学的"流"不难看清，其"变"也是不断显示着的。一个民族的文学，其"流"其"变"，均是对传统而言。民族存在，它的文化，它的文学，都必然会是"流"与"变"的密切结合。一成不变的"流"，与离开本流的"变"，在族别文学的推进中，皆无从想象。满族的书面文学史其实就是这么一部"流变"的历史。

19

以往，人们常常误以为，只有用少数民族语言文字写下的作品，才属于少数民族文学范畴，而不习惯于在用汉语文创作的作品中，剥离和理解少数民族文学的这样一个越来越引人注目的亚种。直到晚近阶段，学术界才看清了将这份文化遗产归还到少数民族人民名下的意义。满族书面文学经验证实，处在社会变革时代的民族作家，不再可能到封闭的文化环境中找寻成功之路，要勇于走进充满异质文化碰撞的天地，在接受外民族文化冲击的过程中，体现本民族文化的魅力和风采。中国现有的少数民族，其传统社会都在快速异化，民族互相影响大大超出人们意料。中国已有作家文学的少数民族，他们达到总数 90% 以上的作家均在用汉文写作。清代满族走上的那条语言转轨道路，已然出现在许多少数民族脚下。这很正常，人类文明进程从来如此。应当看到，逐步放弃本民族原来的语言文字，甚至洞开民族间的文化壁垒，都还离一种民族文化最后被他族"同化"，离一个民族最后被"注销"，相距遥远。

20

随着文化人类学等现代学术理念深入人心，再想撇开少数民族文学的存在而谈论中国文学，已经不太可能和不合时宜了。中华多民族文学的相辅相成、交相辉映，已然成为中国文学总体格局内不可或缺的一个重要环节。创建并确立中华多民族文学史观的任务，历史性地落在了当代学人们的肩头。这既是我们文学研究界的当务之急，又是一项可能需要通过比较长久的努力才能达到的目标。好在，我们的学术界已经接受过各种新鲜思想的洗礼，不再那么坚持几十年前的保守乃至僵化的思维，正式提出这个问题，应当说时机已经成熟。总有那么一天，中国的多民族文学研究会交相汇通，人们会满意地看到，中华多民族文学史观，已经自然地深入于每一位文学研究者的精神世界当中。

后　记

　　因为众所周知的发生在 20 世纪六七十年代的社会大变故，我得以入读大学，是在 29 岁那年。

　　我是满族人，读的又是中央民族学院语言文学专业，自然而然地开始思考本民族的文学与文化。读书期间，完成了第一篇学术文章《满族文学的瑰丽珍宝——试探老舍〈正红旗下〉的写作》，并携此文参加了我今生第一次学术会议"全国（第一届）老舍学术讨论会"。我的大学毕业论文，也同满族文学有关，题为《"几回掩卷哭曹侯"——清代宗室诗人永忠和他凭吊曹雪芹的诗》，指导教师就是这本书的"序言"撰写者张菊玲教授。

　　离开大学课堂迄今整整 30 年。聊以自豪的是，我始终没有离开这张冷板凳。30 年来，不管面对何种情况，在本职工作编辑业务繁忙之际，在十数年的眩晕疾病纠缠之下，在退休回家本当踏实歇息之时，我放不下的，总是自己的满族文学研究。

　　在病重敲击电脑键盘都有困难的当口儿，老伴儿抱怨说：你不写它难道地球就不转啦吗？我说，是的。

　　现在呈送到大家面前的，就是这本被"誉为"不写它地球照旧转的书。

　　我自知不是治学问的大材料。就算是敝帚自珍吧，我得承认，这部书稿即便写得再不理想，也是自己 30 多年的一片心血。

　　这些年也曾有过其他一些著述问世。但是，私心中之最偏爱者，恐怕还是这本书。它是一项归结，一项交代。

　　张菊玲先生是我的业师，一贯以学术为性命。我的满族文学研究是从聆听她的教诲为起步。多年来，先生亦师亦友地待我，彼此保持着深刻的学术交流。不仅她的许多相关著作一向被我看作学术路标，此番请她为拙著撰写了序言，更是我以及这本书的荣幸。

同样不该忘记的是，所有指点我、鞭策我、帮助我和关切我的师长与亲友。

本书作者 谨再拜

2012 年 5 月 15 日